铁山魂

胡世博　熊勇／著

中国文史出版社
CHINA CULTURAL AND HISTORICAL PRESS

图书在版编目（CIP）数据

铁山魂 / 胡世博 , 熊勇著 . -- 北京 : 中国文史出版社 , 2022.5

ISBN 978-7-5205-3497-0

Ⅰ . ①铁… Ⅱ . ①胡… ②熊… Ⅲ . ①长篇小说—中国—当代 Ⅳ . ① I247.5

中国版本图书馆 CIP 数据核字 (2022) 第 047994 号

责任编辑： 梁玉梅

出版发行： 中国文史出版社
社　　址： 北京市海淀区西八里庄路 69 号院　邮编：100142
电　　话： 010-81136606　81136602　81136603（发行部）
传　　真： 010-81136655
印　　装： 北京温林源印刷有限公司
经　　销： 全国新华书店
开　　本： 16 开
印　　张： 26.5
字　　数： 432 千字
版　　次： 2022 年 8 月北京第 1 版
印　　次： 2022 年 8 月第 1 次印刷
定　　价： 68.00 元

目录

001 / 引　言

001 / 第一章
妈妈倒在女儿枪下

017 / 第二章
“棒老二”来了

033 / 第三章
县太爷放走了强盗

049 / 第四章
救了船家小妹

065 / 第五章
东溪场烧了半条街

081 / 第六章
铁山寨

098 / 第七章
端午节的枪声

114 / 第八章
霍团长偷运鸦片

131 / 第九章
吴老爷家来了客

147 / 第十章
岩洞坝遇险

163 / 第十一章
陈家老矿出铁了

178 / 第十二章
铁山寨土匪内讧

195 / 第十三章
土匪要收保护费

212 / 第十四章
一模一样的小红袄

228 / 第十五章
狡猾的王专员

245 / 第十六章
小矿洞征收风波

262 / 第十七章
招工队遭袭击

278 / 第十八章
攻打铁山寨

294 / 第十九章
悄悄离开的女人

309 / 第二十章
陈家小妹跳了崖

325 / 第二十一章
新娘子回不来了

341 / 第二十二章
刘老板的特殊使命

357 / 第二十三章
穿上军装的土匪

374 / 第二十四章
送给陈莎莎的小红袄

386 / 第二十五章
暗杀阴谋

401 / 第二十六章
小莎莎见到了亲妈妈

引 言

重庆南面渝黔边境上有一个县，名叫綦江县。綦江县南部有一座巍峨挺拔、高耸入云的大山，山里面埋藏着丰富的铁矿砂，从宋代开始就有人在山里凿洞取矿砂炼铁。经元、明、清到民国初期，当地人一代又一代在山上凿洞取矿砂，还把山叫作了“铁山”。由于采用近乎原始的凿洞取矿砂的方法，上千年来，不少采矿人因矿洞坍塌受伤或送了性命，也有不少炼铁人因炼铁时铁水溢出或土炉垮塌被烫伤、砸死。不过，铁山上的采矿炼铁人没有因为伤人、死人退却，反而越来越多，采矿炼铁业越来越繁荣，明、清高产期达到年产二十多万担生铁，铁器不仅供应四川成渝地区，还远销湖北、湖南、贵州等地。不过到了民国初期，战事频繁，土匪猖獗，在铁山上开矿炼铁十分艰难。

铁山下有一条河，名叫綦江河，从铁山中流出，从南往北经过綦江县城，流入了长江。铁山脚下，綦江河边上有一个乡场，名字叫东溪场，铁山上采出的矿砂、炼制成的铁器，人背马驮运到东溪场水码头，装上船运到綦江县城或重庆水码头，再转运到各地。东溪场从前是一个只有几十户人家的小乡场，随着铁山上采矿炼铁业的繁荣，东溪场也繁荣起来，有了几千户人家，上万人口，街房从綦江河边延伸到铁山脚下，街道纵横，店铺林立，既有古色古香的牌坊、寺院，又有一幢幢两三层高的小洋楼。邻近山路上马蹄声不断，水码头船来船往，运走矿砂、铁器，运来铁山上、东溪场上采矿炼铁人需要的各种各样的生活用品。

故事就发生在铁山和铁山脚下的东溪场上。

第一章 妈妈倒在女儿枪下

东溪场有一条通往綦江县城的山路，山路有时爬上高高的山崖，有时下到深深的河谷，山路两边长着茂密的山林，一些地方，山草遮住了山路，挑担运货的挑夫走在山路上十分艰难。

民国二十一年寒冬的一天傍晚，天上下着小雨，雨雾蒙蒙，七八步远就辨认不出人形。山路边上一片小树林里埋伏着二十多个拿刀拿枪的土匪，这帮土匪的老窝在铁山上的铁山寨里。铁山上有一座铁神庙，是铁山上采矿炼铁人修建用以供奉铁神菩萨的。后来，铁神庙被土匪占据，还在山口修筑了防守工事，做了土匪窝子，铁山上的人把它称作“铁山寨”。这一天，铁山寨上的土匪二头领宋大发得到从綦江县城传来的消息，一个家住东溪场、长期在县城做铁器生意的老板将带着一伙挑夫挑着布匹、丝绸等生活用品从县城走山路回东溪场。宋大发欺骗大头领、自己的老婆刘翠花说是有鸦片烟贩子带着贩卖鸦片赚的钱财从綦江县城回东溪场，要从铁山路过，让刘翠花带着一伙匪徒埋伏在山路旁边的小树林里，抢劫过路的鸦片烟贩子。

刘翠花是铁山寨上已经死去三年多的大头领刘胡子的养女。她来到铁山寨时年纪很小，记不得自己的亲生父母是谁，将她带上铁山寨的是养母李婶。李婶上山后被铁山寨大头领刘胡子娶了做压寨夫人，于是刘翠花便成了铁山寨上土匪大头领刘胡子的养女。

刘翠花在土匪窝子里长大，一天到晚看到的是凶神恶煞、蛮横不讲理的土匪为争夺财物打打杀杀，听到的是土匪下山杀人放火抢劫财物的事。好在养母李婶是一个心地善良的女人，害怕养女在土匪窝子里学坏了，一天到晚把刘翠花带在身边，并且管教很严，千方百计不让刘翠花跟着土匪学坏，有了空还给养女讲一些为人要以善为本，不要抢劫老实本分的生意人、辛辛苦苦挣钱养家的采矿人，更不要随意伤人杀人的话。为了让养女有防身的本领，养母李婶在土匪群中挑选了两个比较老实、会舞枪弄刀的小土匪教刘翠花学打枪玩刀。刘翠花人很聪明，空闲时间又多，十六七岁时枪法便很好，能一枪打下天上飞的小麻雀，而且还会耍刀。刘胡子死了，铁山寨上的土匪推举他的养女刘翠花做了新的大头领。过了不久，铁山上来了一个姓宋的年轻汉子，带着十多个手下在铁山寨对面一个山头安营扎寨，姓宋的自称宋大发，以前是军队的连长，军队被打散了，没有地方可去，于是带着手下的十多个士兵上了铁山。后来，宋大发带着手下投靠了铁山寨。宋大发枪法很好，而且还懂一些行军打仗的方法，嘴巴甜，说话很讨刘翠花喜欢，于是被刘翠花任命做了二头领。刘翠花的养母李婶见宋大发识字，是土匪群中十分难得的文化人，看到养女年纪不小，大字不认识几个，于是拜托宋大发教刘翠花读书识字，让一对青年男女有了经常接触的机会。李婶万万没有想到，宋大发是一个口蜜腹剑的伪君子，寻找机会勾引刘翠花，让自己上了她的床。于是，铁山寨的土匪大头领成了宋大发的小情人。时间久了，李婶发现自己的养女和宋大发有情人关系，她非常后悔让刘翠花跟着宋大发学认字，可是木已成舟，无可奈何，李婶只好让宋大发娶了刘翠花。后来，李婶发现宋大发是一个阴险狡猾的人，担心自己的养女嫁给宋大发会随着邪恶的丈夫而变成一个邪恶的女人。她想让刘翠花将宋大发赶出铁山寨，又不想让养女失去丈夫，不知道该怎么办，只是不断地教导刘翠花不要让山上的土匪下山祸害老百姓，更不要随意伤人、杀人，要做一个有善心的好人。

宋大发是一个十分有心机的歹人，设计让刘翠花和自己拜堂成了夫妻，还慢慢掌握了铁山寨的部分控制权，常常在铁山寨上发号施令。宋大发看出李婶是自己完全掌控刘翠花的最大障碍，很想除掉李婶，不过铁山寨上的土匪大多是刘胡子当年的手下，不敢轻易对刘胡子的妻子下手，唯一可行的办法是让刘翠花变成与自己同一类的人，于是想方设法背着李婶让刘翠花去干一些拦路抢劫的事。

刘翠花带着土匪埋伏在小树林里，天色越来越暗，雨越下越大，她正想下令让手下土匪撤回山寨，远处隐隐约约传来人在山路上走路的声音。刘翠花身边一个名字叫歪脖子的土匪小头领十分高兴地说："大头领，来了，听，来了。宋大哥的消息可真准，这一次我们一定要捞一票大的。"

刘翠花摇了摇头，瞪了歪脖子一眼，轻声训斥说："不能光想着捞钱，我要看一看来的是什么人，如果是寻常生意人，不能抢，真正是鸦片烟贩子才能下手。"

歪脖子有些不满意地说："大头领，你真是有善心的活菩萨，不过，你怎样看得出来是寻常生意人还是鸦片烟贩子卖了鸦片带着钱财回家？"

刘翠花耐着性子说："歪脖子，我曾经听妈妈说：鸦片烟贩子赚的是黑钱，舍得花，出门坐大轿，骑高头大马；寻常生意人赚的是辛苦钱，舍不得花，跟着挑夫走山路的，多半是寻常生意人。"

歪脖子不屑地哼了哼，说："妈妈？如果你妈妈真的有一副菩萨心肠，就不该嫁到铁山寨来，铁山寨上的人个个都是要钱不要命的。"

刘翠花不再搭理歪脖子，她心里明白，铁山寨上不少土匪是杀人不眨眼、要钱不要命的，宋大发让歪脖子陪着自己来抢劫山路上经过的生意人，是害怕自己心慈手软，放走了土匪眼里的"财神"。刘翠花有些不满宋大发对自己的不信任，不过她是一个很看重情义的女人，既然做了宋大发的老婆，就应该听他的话。然而刘翠花已经很明显地觉察出宋大发和养母不是一路人，平时说的话也不同，有时候她很犹豫，不知道到底该听养母的话还是丈夫的话。

山路上的走路声越来越近，越来越响，蒙蒙雨雾中山路上出现了八个人影，没有坐着大轿、骑着高头大马的，除了挑夫，只有两个打着雨伞在山路上艰难行走的汉子。两个汉子的衣服已经被雨水淋得湿透，看到挑夫们在山路上挑着担子走得十分艰难，一个汉子要抢过担子帮挑夫挑担，可能是挑夫不想累着老板，两个人正争着要挑起担子。

歪脖子催促说：“大头领，开枪吧！”

刘翠花仍然在犹豫，从铁山寨出发时宋大发再三吩咐，要抢的鸦片烟贩子身上带了不少钱，不能放过；可是走在山路上的人不像鸦片烟贩子，像寻常生意人，养母再三教导不能抢劫辛辛苦苦做生意的人。她拿不准此时此刻该不该抢劫山路上的过路人。

“砰！”一声枪响，歪脖子抢先开了枪，接着，“乒乒乓乓”，没有等刘翠花下命令开枪，埋伏在小树林里的土匪一个个都开了枪。山路上的挑夫撂下担子，拿出了藏在货物中的短枪，也“乒乒乓乓”开了枪。刘翠花见双方已经打了起来，没有办法阻止带来的土匪，轻轻叹了口气，也端起了枪，枪口瞄准了山路上的一个汉子，正要扣动扳机，突然一个老妇人发疯似的从她身后的树林中蹿出，大声叫着：“翠花，不能开枪！”扑到了刘翠花的枪口前。刘翠花已经扣动了扳机，子弹飞出，正好击中了老妇人的胸膛，老妇人胸膛里喷出了血，倒下了。

刘翠花吓得白了脸，浑身颤抖，她已经认出，倒在自己枪口下的，是辛辛苦苦把自己养大，苦口婆心教导自己要当好人、善人的妈妈，她扔下枪，冲上前，抱起了妈妈。

李婶在刘翠花怀里挣扎着说：“翠花，这些人不能抢，绝对不能抢，让手下人回山寨！”

刘翠花发疯了，捡起手枪朝天打了两枪，大声吼：“滚回山寨，不听话的，我要打碎他的脑袋。”

埋伏在小树林里的土匪见大头领刘翠花发了火，一个一个地退走了。

三天前，铁山寨上土匪二头领宋大发带着两个心腹悄悄地进了綦江县城。

綦江县城在綦江河边上，县城东面是綦江河，西面是高耸入云的古剑山。古剑山是綦江的名山，山势险要，高崖壁立，山上林木茂盛，山路崎岖难行，山顶建有神庙，敬有玉皇大帝、观世音等神佛，每到传统的祭拜时间，成千上万的綦江人，扶老携幼，艰难地爬上古剑山顶拜神求佛。綦江县城有呈“Y”字形的三条街，分别叫春和街，又叫中街；文明街，又叫南街；北极街，又叫北街。三条街的交会处是以前的县大堂。辛亥革命后，清政府的皇帝被赶下了龙庭，县大堂取消了，变成了县知事衙门，民国十六年又改称县政府，行政长官称县长。县政府的县长大人和有皇帝时的知县大老爷有着同样大的权力，有关心民间疾苦的县长大人，也有只知捞钱肥腰包、对老百姓的事不闻不问的县长大人。綦江县城有三道城门，南门、北门、东门，南门和北门有山路分别通向綦江南边的三溪、东溪以及北面的北渡、永新等乡场，东门在綦江县城东边，紧靠綦江河，是城里老百姓到河里取生活用水的必经之地，同时河边有渡口，从渡口过河有直通重庆的大路。有皇帝的时候，朝廷派到綦江当官的都要从重庆骑马坐轿到达县城綦江河对岸的水码头，再坐船过河到县衙上任。县城河对岸水码头建有接官亭。綦江县城西边因为山路险峻，路人罕至，没有修建城门。清道光年间，县令邓仁坤为了防御贼人攻城，在县城西边筑了炮台，铸有火炮置放在炮台上，綦江县城的人把那里称作“西炮台”。

宋大发趁天黑綦江县城南门即将关闭的时候带着心腹悄悄进了城，走背街，穿小巷，熟门熟路进了县大堂背后小巷里的一间小屋。小屋主人，一个打扮得十分娇艳的年轻女人迎上来，娇滴滴地尖声叫起来：“哎呀呀，今天刮了什么风，把宋老板刮到了我这里。宋老板，听说你在铁山寨上找到一个娇滴滴的漂亮妹子，我以为早把我甩到脑袋后面十万八千里去了，想不到今天又来了。”

宋大发一把将女人搂进怀里，用手拧了一下女人的嫩脸蛋，说：“香妹子，我宋大发可以忘掉自己姓什么，也不会忘掉你的，不过今天你宋大哥有事，麻烦你到县政府去帮我等一个人……”

宋大发是日本人，在中国住的时间长了，会说一口流利的中国话，不了解底细的都会把他当成中国人。

宋大发到铁山上当土匪是受了日本特务机关的指派。日本政府中有一些人早就筹划着对中国发动全面侵略战争，并且推测战争爆发后中国大西南将成为抗击侵略者的大后方，在西南地区建立为战争服务的军工生产系统。军工生产需要铁，綦江南部铁山里丰富的铁矿砂资源必将成为中国大西南军工生产铁矿砂的主要来源，于是日本特务机关将宋大发派到铁山，打入土匪内部，要他争取掌握一支可以威胁铁山铁矿砂生产的土匪武装力量。宋大发进了铁山寨，花言巧语取得了铁山寨土匪大头领刘翠花的信任，娶了土匪大头领做老婆。宋大发是一个十分狡猾的人，他知道尽管自己成了铁山寨上土匪大头领的男人，掌控了铁山寨上的一部分权力，不过仍然指挥不了铁山寨的全部土匪，而妨碍他在铁山寨上号令大小土匪，左右大头领刘翠花行动的，是刘翠花的养母李婶。刘翠花很听养母的话，刘胡子死后给铁山寨的土匪立了不少规矩，不准土匪随意下山抢劫寻常百姓，不准伤害铁山上采矿炼铁人。有两次宋大发要带领土匪下山抢劫东溪场采矿炼铁的吴家、夏家，做铁器生意的陈家，李婶知道了，让养女刘翠花出面阻止了土匪的抢劫行动。宋大发十分恼火，可是刘翠花是大头领，在土匪中有不少好兄弟、好姐妹，加上刘翠花枪法好，百步以外说打人的鼻子不会打到眼睛上，是不少土匪崇拜的神枪手，在土匪群中很有威望，说的话在土匪中有不少人听。

宋大发来到綦江县城，是想找一个在綦江城里有钱有势，又被自己拉拢成为心腹的人帮忙，想出一个能降服刘翠花，让铁山寨大头领、自己的女人听从摆弄的好主意。

天黑了，一个帽子戴得很低，遮住了半边脸的中年男人来到宋大发藏身的香妹子家。宋大发支走了香妹子，两个鬼鬼祟祟的人压低声音商量起了害人的办法。

宋大发叹了一口气说："姓刘的女子虽然上了我的床，和我拜堂成了夫妻，可有时候不听我的话，好几次坏了我的事，怎么办？"

帽子戴得很低的男人轻声说："姓刘的女子和你不是一路人，除掉她，你就能在铁山寨当上有名有权的头头，说出的话就没有人敢反对了。"

宋大发是一个好色之徒，舍不得漂亮女人，摇了摇头说："不，这么漂亮的女人不能除掉，要想办法让她成为我们的人。"

帽子戴得很低的男人说："要想让姓刘的女子成为我们一路人，我倒有一个办法。"

宋大发性子急，说："什么办法？快说。"

那个男人鼻子哼了一下，说："让她手上沾上血，而且沾的是东溪场上她亲人的血。"

两个歹人说话的声音更低了，商量起了害人的主意……

东溪场上采矿砂炼铁的有吴、夏两大家，做铁器生意的有陈家。陈家祖祖辈辈靠着在铁山上帮人采矿炼铁维持生计，有兄弟三人，做铁器生意的是老二陈知生，大哥叫陈知雄，跟祖辈父辈一样，给开铁矿的老板凿洞采矿砂赚钱养家，三弟陈知农年幼时在吴家大老爷的帮助下到重庆城里读书，师范学校毕业后在重庆一所小学校当了老师。陈知生原来还有一个妹妹，很小的时候在一次土匪抢劫中走失了，有人说被土匪抢上了山，也有人说土匪抢劫时为了躲土匪摔下山崖死了。陈知生脑袋瓜子灵活，很会做生意，白手起家，开始时帮铁矿铁厂的老板卖矿砂、卖铁器，收取一点辛苦钱，慢慢地攒下了一些本钱，从铁矿铁厂老板手里收购矿砂、铁器，运到重庆城头卖，本钱越攒越多，生意越做越大，成了东溪场上的大老板。陈知生懂得和气生财的道理，善交朋友，和东溪场上开铁矿铁厂的吴宏宜、夏河水都是好朋友。同时，陈知生虽然做生意赚了钱，成了东溪场上的大老板，仍然没有忘记当年一起拜把子、结为兄弟的穷朋友。如同他哥哥陈知雄一起帮老板凿洞采矿砂的陈大生，碰上老朋友有困难，陈知生总是慷慨解囊，倾全力相助。

老朋友陈大生在矿洞里采矿砂时被从矿洞顶棚上掉下的石头砸伤了腰，因为伤势重，东溪场上的医生治不了，陈知生将陈大生送到綦江县城，帮着找县城的医生治好了伤。陈知生在綦江县城收了一大笔货款，又置办了一些日用品，接上了治好伤的陈大生，准备雇挑夫将日用品运回东溪场卖给摆摊卖货的小商贩。正当陈知生一行定好了日期，准备走山路回东溪时，在綦江县城大街上遇到了铁山上开矿炼铁的老板吴宏宜。听说陈知生要带着货款，雇挑夫挑着货物走山路回东溪场，吴老板摇起了脑壳，把他带回了自己在綦江县城的公馆。

吴宏宜的父亲吴能雄曾经和陈知生的父亲是好朋友，吴宏宜见到陈知生十分高兴，吩咐用人王妈上街买肉买酒，要陈家兄弟陪自己喝两杯。酒席上吴宏宜劝陈知生不要冒冒失失地带着货款、让挑夫挑着货物走山路回东溪场。

吴宏宜皱着眉头说："陈家兄弟，难道你没有听说铁山寨上的土匪经常在山路上抢劫过往客商的事？綦江县城到东溪场的山路要从铁山经过，你不怕土匪拦路抢劫？陈家兄弟，为什么不乘船走水路回东溪场？"

陈知生脸上有了愁容，说："吴老板，我要赶着回东溪场把收到的货款付给夏老板，生意场上最讲信用，我和夏老板约定的交款日期就在这两天，可是綦江城坐船到东溪场是上水，船走得慢，我怕误了到夏老板家交货款的日子。"

吴宏宜摇了摇头说："陈家兄弟，虽然做生意遵守诺言、讲求信用十分重要，但是也不能冒险，万一货款被土匪劫了，你拿什么钱付给夏老板？”

陈知生哀求说：“吴家哥子，求你了，帮我想一个办法。”

吴宏宜皱着眉头想了一阵，脸上露出笑容，说：“陈家兄弟，你把心放进肚子里，我在这綦江城里住了几十年，也交了一些朋友，认识当今在县团防局里当副团长的霍树楠，我让人给霍树楠送个信，请他到我家喝酒，让霍团长派几个团丁保护你们回东溪场，铁山寨上的土匪不敢和官家作对。陈家兄弟，你就放心大胆带着货款回东溪。”

陈知生急着送货款回东溪场，第二天，让吴宏宜备了酒席，让人送请帖请来了霍团长。綦江县团防局副团长霍树楠在酒席上听了陈知生、吴宏宜的请求，脸上装出了十分为难的样子说：“派团丁保护商人要县长亲自下命令，因为县长是团长，我只是小小的副团长，没有派团丁保护商人的权力，要回县政府请示县长后才能作决定。”霍副团长酒足饭饱，走了。陈知生提心吊胆地等了一天，霍树楠派人送来了信：他在县长面前说了不少好话，县长准许派团丁护送陈老板一行回东溪。霍树楠还让送信的人转达陈老板，他得到准确情报，铁山寨大股土匪窜到挨邻贵州地界去了，让陈老板放心大胆回东溪场。

陈知生和吴宏宜悬着的心落下了。

陈知生吓出了一身冷汗。

小树林里射出了密集的子弹，“乒乒乓乓”，枪声震耳，从枪声判断，埋伏在小树林里的土匪不是少数几个、十几个，而是最少有二三十人枪，装扮成挑夫的团防兵只有四个，根本不是土匪的对手，并且团防兵见小树林里射出的子弹密集，似乎吓破了胆，一个个甩了挑着的货物，提着枪逃走了。

陈知生雇挑夫运的货，还有身上带着的货款，眼看就要落入拦路抢劫的土匪手里了。然而就在陈知生绝望的时候，小树林里的土匪停止了打枪，也没有冲出来抢劫，悄悄地撤走了。

陈老板仿佛丈二和尚摸不着头脑，弄不清楚小树林里的土匪为什么发了善心，放弃了即将抢到手的财物撤走了，他是一个好奇心很强的人，想弄明白土匪停止打枪撤走的原因，于是悄悄摸进了土匪埋伏的小树林，借着丛生的茅草隐蔽，顺着土匪撤退的小路往前走，看到小树林中一块草坪上，一个女土匪正把背着的受伤的人放下休息。女土匪似乎听到了陈知生偷看时弄出的响声，掏出了枪，朝天“砰砰”打了两枪。女土匪打枪的时候，陈知生看清了她的脸，一张似乎有些熟悉，又十分陌生的脸，陈知生惊住了，这张脸之所以有些熟悉，是因为十八年前有着这样一张脸的女人曾经给了他们兄妹幸福、温馨，十八年来这张脸经常出现在他的梦里。尽管岁月过去了很久，陈知生始终不能忘记这张脸，因为这是他妈妈的脸。妈妈已经死去十八年了，陈知生却总觉得妈妈仍然在身边，妈妈的音容笑貌经常在他的梦里出现。

陈知生很想走近一些，再仔细看一看女土匪的脸，可是女土匪已经重新背起了受伤的人，在一些土匪的簇拥下，进了更大更密的山林，看不到了。他一脑袋的疑惑，摇了摇头，叹了口气，返身回到了山路上。陈知雄得到二弟要带着货物、货款回东溪场的消息，担心陈知生一行人的安全，领了一些矿山的朋友，带着大刀、土枪赶来接应，已经到了土匪准备拦路抢劫的地方。

陈大生向陈知雄讲述土匪开枪，担任保护任务的团防兵扔了挑着的担子跑了，危急时刻土匪突然退走了的事。

陈大生一脸气愤，大声说：“团丁靠不住，土匪枪一响，一个个像兔子似的跑得比谁都快！”

陈知雄见二弟回来，有些奇怪地大声问：“知生，你看到了什么？弄清楚土匪突然撤走的原因没有？”

陈知生摇了摇头，他很想说看见一个长得跟妈妈十分相像的女土匪，话到嘴边又咽回了肚子。

天色越来越暗，下起了雨，雨点子打在树叶上发出窸窸窣窣的声音。

陈大生提出了建议，说：“快挑起担子回东溪场吧，今天有惊无险，让陈老板在家弄几个好菜，买两壶好酒，让大伙喝酒吃菜压压惊。”

陈知雄是一个豪爽的人，大声说：“好，今天我二弟有惊无险，回东溪场喝酒吃肉压惊，还要好好敬一敬铁山上的山神菩萨。也许是山神菩萨使了法，让土匪不敢抢我二弟的钱财。”

陈知生笑了，说：“好，回东溪场一定好酒好菜招待，算我慰劳大家，给兄弟们压惊的。”

装扮成挑夫的团防兵跑了，扔下的担子由陈知雄带来的兄弟们挑上，一行人回到了东溪场。陈知生果然让媳妇在家里弄了两桌子好菜，从储藏室里抱出了两坛珍藏了好几年没有舍得喝的好酒，陈知雄、陈大生以及他们的工人兄弟和挑夫坐到桌子旁吃喝起来。

陈大生把一口酒吞进肚子，嘴里吐着酒气说："陈老板，陈家哥子，我听说你在綦江城里时专门去拜了团防局那个姓霍的副团长的码头，姓霍的告诉你铁山寨的土匪到贵州去了，山寨里没有剩下几个，还给你派了团丁保护，可是今天拦路抢劫的土匪有好几十人，姓霍的派来的团丁没有等土匪冲上来就跑得一个不剩，陈老板，我们是不是被姓霍的耍了？"

陈知雄瞪大了眼睛说："二弟，大生兄弟说得有道理。现如今当官的很少有真心实意护着我们老百姓的，不论是姓张、姓李，还是姓霍的，大多数都只管捞肥自己的腰包，不管老百姓的死活。官匪官匪，自古以来官和匪就是连在一起的，穿一条裤子。"

陈知生点了点头说："大哥和大生兄弟说得都有道理，确实，防土匪不能只依靠官家的团防兵，要想一个办法让东溪场上不想遭土匪祸害的人抱成一团，保护东溪场做生意的、开矿炼铁的和老百姓。"

陈知雄用筷子夹起一块肥肉塞进嘴里，大声问："兄弟，这次在綦江县城一定见到了吴家的人，吴家怎么说？"

陈大生抢着回答："陈家大哥，不要提吴家了，这次陈老板就是听了吴家人的话去找的那个姓霍的副团长，依我看，吴家和姓霍的穿的是一条裤子。"

陈知雄板起了脸，摇了摇头说："大生兄弟，我不准你这样说吴家。我陈知雄是知恩的人，吴家对我们有恩，要不是吴家的人帮衬，知生兄弟的生意不会做得这么顺。"

陈知生插上嘴说："大哥说得对，吴家是好人，吴老板和我是好兄弟，吴家对我们有恩，吴家人做的生意都是正当生意。我不相信吴家会和姓霍的副团长联起手来害我们。"

陈大生知道自己说错了，用手抽了自己两巴掌，说："两位哥子，你们说得对，吴家在东溪场上做的都是正当生意，没有害过人，不该胡乱猜疑好人。"

陈知雄用手拍了拍陈大生的肩膀，说："对，大生兄弟，我们不能胡乱猜疑好人，将来在东溪场和土匪斗，还需要吴家帮着出主意，出力气。"

众人吃着菜，喝着酒，说着话，商讨着联合起来对抗土匪的事。夜深了，酒足饭饱，陈大生和带来的兄弟回家了。陈知雄也要回自己的家，被二弟留住了。陈知生让人安排好挑夫们的住宿，把大哥叫到了自己的房间，拿出了父亲临终时交给自己的失踪小妹妹穿的小红袄给大哥看。陈知雄弄不明白二弟为什么拿出了小妹妹的小红袄，有些疑惑地问："知生，你，你想妹妹了？"

陈知生眼里有了泪，点了点头说："对，大哥，我想妹妹，我也想死去的妈妈，白天想，晚上做梦也在想。"

陈知雄的眼里也有了泪，声音凄楚地说："爸爸、妈妈被土匪害死了，走了十八年了。"

陈知生带着自责的语气说："十八年了，大哥，爸爸去世时交给我们要办的事，十八年了，我们还没有办到。"

陈知雄愧疚地举起拳头擂打着自己的脑袋，还拉起兄弟的手拍打自己的胸膛，话声里带着哭声，说："兄弟，你说得对，爸爸临终时再三嘱咐，要我们找回失踪的小妹妹，十八年了，大哥无能，没有找回失踪的小妹妹。大哥该挨骂，该挨打，兄弟，你骂我吧，打我吧！"

陈知生抽回了自己的手，说："大哥，不能只怪你一个人，也怪我，这几年只顾做生意挣钱，没有去寻找小妹妹，那年在小树林里看到很像妈妈的女人，没敢到铁山上去寻找。"

陈知雄用手背擦了擦脸上的泪，说："我们到什么地方去找啊！方圆百里的场镇找遍了，没有找到，铁山上的土匪一个个凶神恶煞，不敢去找，我们该到哪里去找小妹妹啊？"

陈知生带着疑惑的口气说："大哥，今天我又看到那个女人了。"

陈知雄愣住了，大声问："女人？什么样的女人，又在哪里看到的？"

陈知生抬起脸望了望大哥，拿起已经放到桌上的小红袄，没有回答大哥的问话。

陈知雄似乎猜到了什么，一把夺过父亲留下的小红袄，大声追问："二弟，快告诉哥哥，你今天是不是又看到了小妹，不，看到样子很像妈妈的女人？她，她是女土匪？"

陈知生点了点头说："小妹失踪时太小了，大哥，我又看到了那个长得很像妈妈的女人，十八年来我经常在梦里看到妈妈，今天又看到那个长得很像妈妈的人……"

陈知雄着急地打断了二弟的话，大声追问说："知生，你真的又看到了很像妈妈的女人？是小妹，一定是小妹，我记得爸爸说过，小妹长得像妈妈，十八年了，小妹长大了，一定更像妈妈了。知生，好兄弟，快告诉大哥，像妈妈的女人在哪里？我们去找，现在就去找。"

陈知生向大哥讲述了在树林深处见到很像妈妈的女土匪的情景。陈知雄愣住了，他知道虽然那个很像妈妈的女土匪很有可能是失踪了十八年的小妹，可是小妹成了女土匪，住在高高的铁山寨里，自己和弟弟都没有办法到土匪窝子里去寻找妹妹。悲从心起，陈知雄一把抱住了陈知生，伤心地大声哭了起来。陈知生也忍不住大声哭了起来。

两个男子汉哭得十分伤心，哭了很久……

刘翠花满脸是泪，在几个贴心姐妹的保护下，背着受了重伤的养母，沿着崎岖难行、被茅草遮住路面的山路撤退回到铁山寨，养母的血浸透了她背上的衣服，一滴一滴地滴在路面上，染红了路上的野草、草丛中的小花。

刘翠花不知道累，心里充满了悲伤，两个小姐妹想换下她，替翠花背李婶，刘翠花很坚决地拒绝了。她背着养母走着，爬上山坡，踩水过小河，一边走一边带着哭音和背上的养母说话。

"妈妈！妈妈！咬紧牙坚持一会儿，女儿不孝，开枪打伤了你。妈妈，女儿不能没有你，你如果死了，女儿不知道能不能一个人活下去！妈妈，好妈妈，亲妈妈，快二十年了，女儿和妈妈相依为命。妈妈，你一定要活下去，回到山寨，女儿就找人给妈妈治伤，给妈妈到大山里采药，到綦江城里、重庆城里给妈妈买药，妈妈，你一定要活下去，女儿不能没有你……"

刘翠花知道李婶并不是自己的亲妈妈，可是，她心里十分清楚，快二十年了，李婶给她吃，给她穿，在土匪窝子里保护她，请人教她耍刀弄枪，让她长大后在土匪群中能够保护自己，李婶做了亲妈妈能够给女儿做的一切。在刘翠花心中，李婶早已经成了她的亲妈妈，爱她疼她的亲妈妈。

刘翠花想起了自己小时候发生的几件事。

在她八九岁的时候，有一次在铁山寨上玩耍，走到了一个隐蔽在小树林深处的山洞里，发现山洞里绑着几个人，有头发胡子都白了的老人，也有年轻人，其中一个老人看到她，流着眼泪哀求她帮忙解开捆绑的绳索放他走。

刘翠花是一个心地善良的孩子，尽管当时不知道捆绑着的是什么人，但见哀求的老人可怜，便费了很大的劲帮老人解开了绳索，又帮着解开了其他被捆绑的人身上的绳索，指给了下山的小路。

事后土匪头子刘胡子发现，辛辛苦苦抓来的准备勒索钱财的“肥猪”被刘翠花放走了，气得暴跳如雷，气势汹汹地提着一把大刀来找刘翠花。李婶知道了，慌忙把养女藏进了自己的房间，她找了一把刀提在手上，扬言刘胡子如果伤害了养女，就要和他拼命。刘胡子舍不得已经被霸占做了老婆的李婶受到伤害，饶了刘翠花的死罪，不过仍然坚持要处罚她，让手下土匪从李婶房里找出刘翠花，绑在一根木凳上，他用皮鞭子抽。李婶听到翠花的哭叫声，冲上前去抢夺刘胡子手里的鞭子，在和刘胡子的扭打中脸上被皮鞭抽出了很多道血痕。

还有一次，刘翠花独自一人到铁山寨附近山梁玩，玩着玩着在一片密密的树林里迷了路，不知道怎么走才能回山寨。天黑了，下起了雨，刘翠花的衣服被雨水淋湿了，山路上的茅草划破了脸，流出了血，火辣辣地疼，树林里还响起了野狼的叫声。刘翠花吓得大声哭了起来，大声呼喊着妈妈。终于，她听到风雨中传来的李婶的呼喊声，小翠花奔到妈妈跟前，扑进了妈妈的怀抱，她见妈妈也是一身泥水，头发乱蓬蓬的，脸上、手背上有不少血痕。原来李婶发现小翠花天黑了还没有回山寨，急得独自一人到山寨附近山梁寻找，摔了好几个跟头，被山路上的茅草荆棘划破了手背和脸，费了不少力，吃了不少苦，找回了小翠花。

后来，刘翠花长大了，出落成了一个漂亮的大姑娘，于是，土匪窝子里的一些臭男人打起了歪主意，想占有刘翠花的臭男人中，最坏的要数她的养父、土匪头子刘胡子。一天傍晚吃饭时，刘翠花被刘胡子灌了几杯酒，昏昏沉沉地回到自己房间上了床，闭上眼睛不久，朦胧中感觉到有人压到了身上，要脱自己的衣服，她吓得大声惊叫起来，认出要占有自己女儿身的是养父刘胡子。刘翠花拼命挣扎，可是养父的力气很大，紧紧抱着不松手，就在情况万分紧急的时候，房门被人从外面撞开，李婶手里提着一把大刀，满脸怒气冲进了屋，大声吼道：“刘胡子，你这连野兽还不如的东西，霸占了我，还想要霸占我的女儿，老娘和你拼了！”刘胡子害怕老婆的大刀真的砍到身上，放开了紧抱着的养女。刘翠花挣脱身子逃出了屋……

快二十年了，李婶像亲生妈妈一样护着刘翠花，让她在土匪窝子里长大了。

刘翠花把李婶背回了铁山寨里自己的房间，让李婶躺在床上，拜托贴身姐妹帮着照顾李婶，自己急匆匆要去寻找治伤的郎中。李婶大声叫住了她，让女儿坐到自己床边，大口喘着气，挣扎着说："好女儿，好翠花，不要去找郎中了，妈妈受的伤很重，再好的郎中恐怕也治不好了……"

刘翠花哭出了声，说："妈妈，好妈妈，亲妈妈，我要去找郎中，让郎中治好你的伤，妈妈，女儿不能没有你，女儿受了你太多的恩，还没有好好地报答，女儿要找郎中治好你的伤……"

李婶咳了起来，胸口上的伤口涌出了血，挣扎着轻声说："好女儿，妈妈知道你是孝顺女儿，妈妈有一些话要告诉你，很要紧很要紧的话，现在不说恐怕没有机会了。"

刘翠花撩起衣襟擦了一下脸上的泪，哀求说："妈妈，我要去找郎中治好你的伤，你让我走吧！"

李婶艰难地伸出手抓住了翠花的衣襟，说："好女儿，你不想知道亲生妈妈是谁吗？现在应该告诉你了。"

刘翠花紧紧抓住了李婶的手，说："妈妈，你就是我的亲生妈妈，疼我、爱我的好妈妈！"

李婶摇了摇头，喘了两口气，说："不，好女儿，你不姓刘，姓陈，你知道吗？今天你用枪瞄准要伤害的是你的亲哥哥呀！"

刘翠花吓了一大跳，"扑通"一声跪倒在李婶的床前，哭着说："妈妈，好妈妈，亲妈妈，原来今天你是怕我伤着亲哥哥，将来遭亲人唾骂，替我的亲哥哥挡了一枪！"

李婶喘了几口气，接着说："好女儿，你是被刘胡子抢上山来的，我也是被刘胡子抢上山的，我和你家里的人都是老老实实的本分人，你父亲帮人凿洞采矿砂，辛苦一辈子，省吃俭用，积攒钱开凿了一个小矿洞，可是刘胡子下山毁了你们家的矿洞，那天你妈妈忙，拜托我帮着抱你，想不到刘胡子把我和你一起抢上了山，我们在土匪窝子里一待就快二十年了。前几天，我托人到东溪场上打听，你爸爸、妈妈都不在了，大哥仍然在帮人凿洞采矿砂，二哥在做铁器生意，三哥不在家，据说在重庆教书。好女儿，你不能在土匪窝子里待一辈子，我看出来了，土匪窝子里没有几个好人，你要下山去寻找亲人。”

李婶大口喘气，说一会儿，停下来歇一阵，然后再说，她让刘翠花到自己房间拿来一个藏得十分隐秘的小布包，让翠花打开小布包，从里面拿出了一件小红袄。李婶把小红袄捧着交给了刘翠花，一边大口喘气一边说：“好女儿，这是你被土匪刘胡子抢上山时身上穿的小红袄，你妈妈亲手给你缝的小红袄，快二十年了，我一直收藏着，为的是有一天让你拿着小红袄去认亲人。好女儿，带着小红袄去找亲人吧！你男人宋大发不是好人，跟我们不是一路人，你瞎了眼，妈妈也瞎了眼。听话，想办法离开宋大发，离开铁山寨。你是好人家的女儿，要做好人，不能伤害给人凿洞采矿砂和种庄稼的下力人，也不能伤害做正当生意的生意人。好女儿，听话，一定要听妈妈的话，妈妈要死了，要甩下女儿走了……”

李婶紧紧抓住刘翠花的手，咽下了最后一口气。刘翠花听得脑子里乱哄哄的，心里有无数疑问要问妈妈，没想到妈妈突然就死了，忍不住大声哀号，哭得上气不接下气。

猛然，她想起如果不是宋大发派到身边的歪脖子抢先开枪，引起对方还击，自己就不会开枪，就不会打死妈妈。歪脖子是害死妈妈的罪魁祸首，要让歪脖子为妈妈偿命。刘翠花怒气冲冲，提着一把大刀奔到院子里，大声吼叫起来：“歪脖子，你给我滚出来，你害死了我的妈妈，老娘要你偿命！”

铁山寨上的土匪吓坏了，歪脖子躲进了宋大发的房间不敢露面。刘翠花大声吼叫，要冲进土匪住的房间搜寻歪脖子。终于，宋大发出了面，假惺惺的，满脸都是笑，走到刘翠花身边，伸出手要去搂刘翠花的腰，轻声责备说：“翠花，李婶死了，你难过，我们都难过。不过，这件事不能完全怪歪脖子，李婶又不是他开枪打中的。”

刘翠花睁圆了眼睛，举起了手中的刀，叫了起来：“姓宋的，不是歪脖子害死了我妈，就是你害死了我妈。如果不是你让我带着人去抢劫，妈妈不会死。”

铁山寨土匪二头领和大头领争吵起来，吵着吵着要动手。刘翠花的几个贴心姐妹害怕她和宋大发真的动起手来会吃亏，赶忙出面劝回了刘翠花。她们相帮着请山里人做了棺材，选了墓地，埋了李婶。刘翠花跪在妈妈坟前，跪了整整三天三夜，最后昏倒在了妈妈坟前，她的几个贴心姐妹救回了她。

第二章 『棒老二』来了

时间倒回到民国三年。这一天，陈家矿洞出铁矿砂了。

陈家的矿洞是陈家兄弟俩不分白天黑夜，辛辛苦苦挖了三年才挖出矿砂的，而且赔上了陈家老二的一条命。

铁山里埋藏的铁矿砂在大山的东南面，离东溪场有十多里路，方圆不到百里范围内分布着大大小小二十多个矿洞，有吴家的、夏家的大矿洞，还有张家、李家、王家的一些小矿洞。在铁山上开矿采矿砂要占地，矿洞占的地有一些是矿洞主人自己家的，有一些是矿洞主人向土地的主人租来的，每年要付给土地主人一笔数目不小的租金。在铁山上凿洞取矿砂有两种方法，一种是在铁矿砂非常丰富的地方，刨开一两米深的土层就能取到矿砂，不用花费多大力气，这种矿洞被铁山上的人称作“富矿”，数量很少；多数是在铁矿砂埋得很深的地方凿洞取矿砂，有的矿洞是从山顶斜斜地往下挖，有的是从山的斜坡往里挖，不论是从山顶斜斜地往下挖还是从山的斜坡往里挖，都需挖成一段矿洞后，用木板或竹子编成的竹片遮住洞顶，再用木头柱子撑着然后继续往里挖。由于采用近乎原始的挖掘方法，铁山上的矿洞经常出事，矿洞垮塌砸伤砸死采矿工人，或地下水涌出淹没矿洞，淹死采矿人。

陈家祖祖辈辈都是在铁山上帮矿洞主人凿洞采矿砂的，陈家人非常希望有一天能有属于自己的矿洞，能在自己家里的矿洞采矿砂。可是，开凿矿洞不是一件容易的事，首先要在铁山上埋藏有矿砂的地方买土地或租用土地，还要请人帮着挖矿洞，这些要花不少的钱。陈家祖祖辈辈都是下苦力帮人凿洞采矿砂的，挣的钱能让家里的人吃饱饭、有衣服穿就非常不错了，攒不下买土地或租土地以及请工人的钱，直到陈仲元这一辈。

陈仲元兄弟两人，弟弟叫陈仲明，两兄弟成人后，都帮吴家凿洞采矿砂挣钱养活家里人。陈仲元娶妻后，有了三个儿子和一个女儿，他和弟弟陈仲明都很能干，挣的钱能够让一家人吃好穿暖。陈仲元还托人给弟弟陈仲明说了一门媳妇，媳妇姓李叫春香，是个苦人家的孩子，李家没有要多少聘礼，两家人通过媒人已经定好了日期，让陈仲明和姓李的女子成亲。

三年前的一天，陈仲元正在矿洞里干活，矿洞老板吴能雄到矿洞了解铁矿砂的生产情况。吴能雄是个心地善良的人，每次卖了矿砂总是先付给采矿工人工钱，采矿工人家里有了困难，遇到了迈不过去的坎，他知道了也是尽力帮助，因此吴家矿洞的采矿人都很喜欢自己的老板。

吴能雄进了矿洞，正和采矿工人陈仲元摆谈，突然，矿洞深处响起了“隆隆”的声音，常年在矿洞里采矿砂的人都知道，这种声音预示着矿洞要发生坍塌事故，情况十分危急。吴能雄还在发愣的时候，陈仲元猛冲上前，一把按倒了他，扑在了他身上。矿洞垮塌了，顶棚上的石块和泥土落下，砸到了陈仲元身上，他的腰和腿受了伤，而在陈仲元身下的吴能雄则安然无恙。吴能雄非常感谢陈仲元救了自己，知道陈家人非常希望有一个自己的矿洞，便把一处已经探明地下埋有铁矿砂的山土无偿地送给了陈仲元。

陈仲元终于有了可以开矿洞采矿砂的山土，他很高兴，知道陈家祖祖辈辈希望有属于自己矿洞的愿望有可能在自己手里成为现实。可是，虽然有了山土，要开成矿洞还需请工人，请工人要花不少钱，陈仲元思来想去，找来弟弟陈仲明一起商量，决定陈家人一齐上阵，凿矿洞探矿砂。大儿子陈知雄十二三岁了，自告奋勇帮助父亲和叔叔挖矿洞，陈仲元还让弟弟去李家请来了未过门的媳妇李春香帮助带孩子，让老婆也帮着挖洞运土。

陈家人一起出动挖矿洞，可是，干了不到两个月，米罐子里没有米了，晚上点灯没有油了，无可奈何，陈仲元只好又回到吴家矿洞干活挣钱养家，让弟弟领着老婆和大儿子继续挖陈家的矿洞。

俗话说：天有不测风云，人有旦夕祸福。一年多的时间过去了，就在陈家矿洞快要出矿砂的时候，矿洞坍塌，陈仲明被砸伤，医治无效死亡，陈家遭到了灭顶之灾，好在吴老爷吴能雄再一次伸出了援助之手，派人到陈家帮忙清理矿洞，还借给了陈仲元一大笔钱，而且不要利息。陈仲元在吴家的帮助下清理了矿洞，弟弟不在了，好在大儿子陈知雄长大了，没有过门的弟媳妇李春香和陈家有了感情，尽管未婚夫死了，仍然留在陈家帮忙。陈仲元白天在吴家矿洞干活，晚上回家在自己家的矿洞里干活。又过去了一年多的时间，陈家挖矿洞前前后后用了三年多的时间，终于挖出了铁矿砂。

铁山上的风俗是，新挖成的矿洞采矿砂前要祭矿神，摆酒席宴请周围邻居以及熟识的矿洞主，有的还请戏班子演大戏。尽管摆酒席、请戏班子唱大戏要花不少钱，可是陈家有了自己的矿洞，就要采出铁矿砂，陈家几代人的愿望就要实现，陈仲元很是高兴，再一次到吴家向吴老爷借了钱，让妻子操办酒席，自己专程跑到县城请来戏班子，又请人选了一个吉利的日子，举行祭拜矿神、开矿采矿砂的典礼。

陈家矿洞前欢声笑语，非常热闹。

吴能雄带着儿子吴宏宜来了，在铁山上开矿洞采矿砂的大老板夏老爷来了，大大小小几十个矿洞的老板来了。陈家矿洞前摆了四五十张大桌子，用木板搭起了一个戏台子，熙熙攘攘，到处都是前来贺喜或看热闹的人。

“贺喜陈老板，矿洞建成，矿砂采出，以后日进斗金，陈老板要大发了！”一个矿洞老板前来贺喜。

“陈家兄弟，你真是时来运转，我们曾经都是帮老板采矿的穷苦人，现如今你自己开了矿洞，成了老板，而当哥子的还是帮人干活的，你以后可不能瞧不起当哥哥的。”曾经同陈仲元一个矿洞干活的人前来贺喜。

“陈大哥，我们当了几十年的邻居，现在你发了，将来有了钱会在东溪场上盖新房子，陈大哥，以后我们做不成邻居了。”多年的好邻居也前来贺喜了。

陈家人忙得团团转，陈仲元负责接待前来贺喜的客人。陈家是善道人家，在陈仲元眼里，来的都是客，不论是穿着华丽衣衫、带着贵重礼品的老板、有钱人，还是穿得破破烂烂、没有送礼的邻居、穷乡亲，陈仲元都热情接待，请到酒席上坐好，送上烟，送上茶，让客人等待时辰到了，敬了矿神，喝酒吃菜。陈仲元的妻子陈大嫂在厨房里忙，这边掌勺的大师傅在叫：“老板娘，油不够了，炒菜要油，快拿油来。”那边切菜的大师傅在喊：“老板娘，炒肉丝的瘦肉不够了，瘦肉在哪里？”陈大嫂忙得额头上全是汗。陈知雄带着两个弟弟帮着给前来贺喜的人端凳子，递茶递烟，陈家小儿子陈知农还不怎么懂事，在两个哥哥带领下，端了两条板凳到戏台上安放，累了，不想端了，看到戏台子上的人正在化妆，往脸上涂红的蓝的颜色，觉得十分好奇，见两个哥哥在忙，便自个儿悄悄地跑到了戏台子边看演员化妆。陈知雄给一个贺喜的客人端了茶水，回过头来找不到小弟弟了，想起清早起床时母亲再三叮嘱要看好小弟弟的话，吓出了一身冷汗，赶紧叫上二弟大声呼喊，四处寻找小弟弟，后来碰到了背着小妹妹陈知娇的李春香，在这个没过门的二婶帮助下，找到了正在戏台边上偷看的小弟弟陈知农。

李嬢嬢春香是陈仲元特意请来照看四岁的小女儿陈知娇的，二弟死了，还没有过门成亲的李春香仍然经常到陈家帮忙挖矿洞、带孩子，陈仲元和陈大嫂还是把她当成亲人，春香也仍然把陈家人当成亲人。陈家矿洞要举行祭拜矿神的大礼，陈仲元想到会有不少贺喜的客人来，家里只有妻子一个女人忙不过来，于是去李家请来了李春香，让她帮着照看小女儿陈知娇。

祭拜矿神的典礼开始，锣鼓声响起，装扮成各路神仙的戏子来到矿神菩萨前，演出了各路神仙和矿神菩萨同饮贺酒、共同保佑下界凡人平安的戏文。陈仲元高兴了，也向戏班子里的人要了戏服穿在身上，还要了神仙张果老的面具戴在脸上，扮成了神仙张果老，跟着扮成各路神仙的戏子拜矿神。不料被小女儿陈知娇发现了，小知娇在背上叫着嚷着，让李嬢嬢把自己背到了父亲陈仲元身前，大声叫着爸爸，伸出小手揭开了父亲戴在脸上的面罩，让神仙张果老现了原形，引得观看祭神大典的人大声笑起来。

祭拜矿神的典礼结束了，酒菜摆上了桌，前来贺喜的客人，看热闹的邻居都被请上了酒席……

划拳声、叫好声、吵闹声响成一片，酒席上热闹非凡。

“四季财呀！好又来呀……”划拳声一阵高过一阵。

“吴大爷，你又输了，喝酒！喝酒！”

“好，我输了该喝酒，李家兄弟，我姓吴的不会耍赖。”吴能雄端起酒杯，刚要往嘴里倒，坐在身边的吴宏宜一把拉住吴老爷的胳膊，大声说：“父亲，你喝多了，儿子代你喝这杯。”

吴能雄推开儿子的手，涨红着脸说：“孩子，今天我高兴，多喝两杯不会有事的。”

另外一桌酒席上，主人陈仲元在敬夏老爷的酒，他站起了身，双手端着酒杯，大声说：“夏老爷，我知道，你跟吴老爷一样，也是有善心的好人，过去我们来往少，今天夏老爷能光临我陈家拜祭矿神的大典，给足了陈家的面子，以后有用得着陈仲元的，打个招呼，我一定遵命去办。”

夏老爷站起身子，接过了酒杯，满脸是笑，正要开口说话，“砰”的一声，像是放鞭炮，又像是枪声。酒桌上有了骚乱，陈仲元愣了一下，赶忙大声招呼酒桌上的客人：“各位老辈子，乡亲们，不要慌，一定是有人放鞭炮……”

可是，他的话声未落，“砰！砰！砰！”又是几声沉闷的响声，已经十分清晰地听得出来，不是有人放鞭炮，而是有人在打枪。一个年轻人急匆匆地奔到陈仲元身边，大声喊：“陈老板，不好了，棒老二来了！正从山脚下往山上攻。”

“棒老二”是铁山人对土匪的称呼，棒老二到了山脚，很快就会攻上山，大祸临头了。

酒桌上炸了锅，陈家的矿洞在半山坡上，祭矿神摆酒席的地方离山脚很近。有人吓得大声哭了起来，有人呼叫着自己的亲人，有人咒骂着土匪强盗，哭声、叫声、骂声响成一片。

陈仲元非常慌，在举行祭拜矿神的大典前，他做了一些防御棒老二前来抢劫的准备，从吴家、街坊朋友家借了一些炮筒子（火药枪）和大砍刀放在矿洞里一个隐蔽的地方。而且，选择祭拜矿神、举办酒席的坝子通往山下有两条山路，一条通东溪场上山的路口，一条通往綦江河边，綦江河码头上停靠着吴家、夏家以及其他人家的大小船只，强盗从上山路口向山上进攻，可以让乡亲们从通往綦江河边的山路退到綦江河码头，或藏在綦江河码头附近的山林里，或藏在船上躲土匪。陈仲元站在一张酒桌上，挥舞着双手大声呼喊："大伯大妈，兄弟姐妹们，千万不要慌，年轻人跟我进矿洞拿刀拿枪，到山口去抵挡棒老二，其他人从通往綦江河边的小路退走。大伯大妈，兄弟姐妹们，我们都是好乡亲，年轻人让老年人，男子汉让妇女娃娃，不要争先恐后，赶快从山路退到綦江河边！"

陈知雄带着两个弟弟，还有一起玩耍的好朋友陈大生挤到了父亲身边，大声说："爸爸，棒老二来了，我们要跟着一起去打棒老二！"

陈仲元瞪了儿子一眼，训斥说："打棒老二是大人的事，快去找李家嬢嬢和妹妹，人多，有些乱，快找地方躲好。"

"砰砰砰"，枪声越来越响，土匪越来越近了，陈仲元带领着二三十个大胆的青年，有的拿着炮筒子，有的拿着大刀，人多武器少，有的人没有抢到武器，在山崖上抱起了大石头，准备用石头去砸强盗。

把土匪带来的是东溪场上的二流子歪脖子。歪脖子并不是真正的脖子歪了，是因为他看人总爱斜着眼睛，东溪场上的人便给他取了一个外号叫"歪脖子"。歪脖子偷鸡摸狗，调戏妇女，干尽了坏事，气死了父亲母亲，赶走了两个弟弟、一个妹妹，成了一个光棍。有一次，天快黑了，歪脖子混进了一个丈夫到铁山矿洞采矿砂，家中只有女人的家里，要强行上女人的床，吓得这家女人大声呼救，正好陈仲元从这家门前经过，听到女人的呼救声，非常气愤，冲进屋里抓出了歪脖子，在大街上当着众多前来看热闹的街坊邻居的面狠狠地揍了歪脖子一顿，打得歪脖子鼻青脸肿，于是歪脖子记下了陈仲元的仇。

后来，歪脖子在东溪场上混不下去了，跑上铁山寨投靠了土匪头子刘胡子。几天前，他偷偷溜回东溪场找女人取乐，听说了陈家要举办祭拜矿神大典的事，十分眼红仇人陈仲元建成了矿洞，当上了老板，回铁山寨找到了刘胡子，要土匪头子下山搅陈家祭拜矿神的事。刘胡子知道陈仲元并不富有，抢他捞不到多少油水，不愿意兴师动众带着土匪下山。歪脖子知道刘胡子跟自己是一路货色，见了漂亮女人心里就痒痒，怂恿说："刘大爷，陈仲元确实是个穷光蛋，抢他捞不到什么油水，可是他家有漂亮女人，他老婆是东溪场上有名的美女。他家还有一个死了丈夫的兄弟媳妇，也是綦江河两岸有名的美人儿。如果能把这两个美女抢上山，刘大爷，你一定高兴得晚上睡不着觉。"

刘胡子心里发痒，最后终于决定带着手下匪徒下山，能抢到钱财抢钱财，抢不到钱财抢美女。

陈仲元带着一帮年轻人在山口阻击土匪的进攻。刘胡子大声吼着："兄弟们，山上有不少美女，冲上山抢美女，除了陈家的两个美女，其他美女谁抢到就是谁的。"

歪脖子跟着大声叫："兄弟们，山上的人没有硬枪火，不用怕，冲上山不光是可以抢美女，还可以抢钱抢财，往上冲啊！谁抢到是谁的！"

陈仲元端着一根炮筒子，瞄准正往山上爬的歪脖子，一枪打去，一团火药燃烧着从歪脖子头顶上擦过，烧掉了歪脖子一大束头发，吓得歪脖子"哎呀"大叫了一声，滚下了山。一些年轻人抱起身边的石头砸向山下的土匪群，有的土匪被砸伤了腿，有的被砸伤了腰……

通往綦江河边的山路上，男男女女、老老少少喊着、叫着往綦江河边走。吴老爷不小心摔了一跤，伤了腿，走不动了，吴宏宜背起了父亲，夏老爷也被人挤得差一点摔倒，他家一个壮汉背起了他。有人大声喊着，要下山的人互相谦让，可是人多路窄，而且一声声吓人的枪声传来，不少人心惊胆战，想早一点逃到安全的地方去，仍然喊着、叫着，拼命往前挤着。

陈家的人，陈仲元妻子，三个儿子，还有背着小妹的李嬢嬢，陈知雄的好朋友陈大生没有随着人群往山脚下逃，陈家人个个都有一颗善良的心，知道往山下逃的人都是自己家里请来的客人，棒老二来了要先让客人逃走，让客人们平平安安回到家。陈大嫂扶着一个老人，牵起一个摔倒的小孩，护送下了山。李嬢嬢、陈家兄弟以及陈大生帮着扶老人、牵小孩……

抵御土匪进攻的山口上，陈仲元带着一些年轻人艰难地抵抗着。土匪的武器好，人多，陈仲元和守山口的年轻人手里只有炮筒子、大刀和山上的石头，而且，炮筒子要用火药，陈仲元和帮着守山口的年轻人带的火药不多，只好节省着用，打一枪，歇一会儿，再打一枪，再歇一会儿。土匪"乒乒乓乓"往山上打着枪，吼着、怪声叫着往山上冲，一个青年被枪打着了，陈仲元让人背起他撤走，又一个青年受了伤，在山上抵抗土匪进攻的人越来越少。可是，前来参加祭矿神大典的客人还没有完全撤下山，陈仲元只好带着人坚持守在山上，不让土匪冲上山。

终于，客人都撤下了山，山上只剩下陈家的人和守在山上的年轻人，陈仲元松了一口气，正想带着年轻人撤走，一颗子弹飞来，击中了他的胸膛。陈仲元的胸部涌出了血，身子歪了歪，一头栽倒了，他身边的年轻人吓坏了……

土匪涌上了山，陈家人想撤下山已经来不及了，陈大嫂赶忙让三个儿子和陈大生躲进矿洞旁边密密的树林，李嬢嬢背着陈家小女儿也躲进了树林，陈大嫂害怕强盗发现了儿女们躲藏的地方，转过身顺着一条山路跑了。歪脖子跟在土匪头子刘胡子身后正好爬上山，看到山路上逃跑的陈大嫂，大声叫了起来："快抓住那个女人，他就是刘大哥要的美人儿！"

陈大嫂在前面跑，十多个土匪跟在后面追，躲在树林里的陈家三兄弟眼看着土匪离母亲越来越近，最小的陈知农吓得要叫出声，陈知雄赶忙用手捂住了小弟弟的嘴；陈知生想跑出树林救母亲，陈知雄流着眼泪一把抓住了弟弟的衣服……

陈大嫂拼命跑着，土匪越追越近，她跑上了一个山崖，前面没有路了，土匪从四面包围上来。陈大嫂知道被土匪抓住后的下场，她不愿意受土匪的侮辱，大叫一声跳下了山崖……

刘胡子、歪脖子和土匪们追到了山崖上，山谷很深，山崖很陡，土匪们在山崖上朝下看，雾茫茫一片，看不清山谷里的情况，不知道想要抓的美人跌落到了什么地方。刘胡子想让手下的土匪崽子抓住长在山崖边的树藤下到山谷找人，土匪们个个害怕，你望着我，我瞪着你，谁也不敢下山谷，刘胡子无可奈何，大声骂了几句，和歪脖子一起带领着土匪走开了。

陈知雄带着两个弟弟和好朋友陈大生躲在树林里，听到土匪们大声吵闹，知道母亲跳下了山崖，脸上淌下了眼泪。陈知生、陈知农和陈大生要冲出树林去救人，陈知雄摇了摇头，用力拉住了两个弟弟的手。

陈知生哭着说："大哥，妈妈，我要去救妈妈！"

陈知农脸上满是泪水，正要开口大声喊哥哥去救妈妈，嘴巴被陈知雄捂住了。陈家大哥压低声音说："土匪走了再去救妈妈，土匪有枪有刀，我们打不过。"听到土匪的脚步声越来越近，害怕被土匪发现，陈知雄带着两个弟弟和陈大生钻进了更深更密的树林。

歪脖子带着刘胡子和土匪们在矿洞内外搜寻没有来得及逃走的人。一些土匪看到酒席桌上还残留着一些鱼肉和酒，抢到手里，吃进嘴里，把酒壶里的酒往嘴里倒。歪脖子跑到矿洞前，放了一把火，点燃了矿洞里支撑着矿顶的木头和竹片子，矿洞着了火，火烧得呼呼响。陈仲元躲在离矿洞不远的树林深处，听见了矿洞被烧的呼呼声，见自己一家人辛辛苦苦干了三年多，弟弟还丢了性命才建成的矿洞被土匪一把火烧了，挣扎着要站起身，冲出树林去找放火的土匪拼命，身边一个好心的乡亲一把拉住了他，压低声音劝说："陈大哥，矿洞被烧了可以再修。俗话说，留得青山在，不怕没柴烧，千万不要冒冒失失冲出去找土匪拼命！"

陈仲元抹了一把脸上的泪，摇了摇头，长长地叹了一口气，嘴里没有说话，眼里冒出了火。

土匪们在树林里搜出了一些没有来得及撤离下山的乡亲，在里面挑选了一些年轻女人，李春香背着陈家小妹躲的地方被土匪发现，搜了出来。刘胡子、歪脖子还要带着土匪继续在陈家矿洞周围搜寻，山脚下綦江河边响起了"乒乒乓乓"的枪声，刘胡子和歪脖子害怕剿匪的军队来了，吓得带着抓到的年轻女人撤下山逃走了。

在綦江河边打枪吓跑土匪的不是前来剿匪的军队，而是吴老爷、夏老爷家里的人，东溪场上吴、夏两家都在铁山上建有不少矿洞，是东溪场一带出了名的铁矿老板，为了保护矿洞少受土匪干扰，两家都买了枪，请了人保护矿洞和自己家里人的安全，不过清末民初，铁山寨上的土匪人多枪多，势力大，吴家和夏家保矿护家的人轻易不敢和铁山寨上的土匪对抗，有时候发现土匪下山抢劫，也只隔得远远的打枪吓唬土匪。

刘胡子、歪脖子带着手下土匪和抓到的女人退走了，躲藏在树林里的人陆陆续续出来了。陈仲元让身边的年轻人把自己抬到了还在燃烧的矿洞前，看到矿洞被土匪毁了，挣扎着爬下了担架，爬到矿洞口大声痛哭，大声喊叫着："老天爷，你打雷劈死那些害人的土匪强盗吧！我的矿洞，我们陈家人辛辛苦苦建成的矿洞被毁了，被害人的土匪毁了……"

陈知雄带着两个弟弟和陈大生从藏身的树林出来了，听到父亲的哭喊声，陈家三兄弟奔到了父亲身前，陈知雄看到父亲一身的血，吓得一把抱住，大声叫起来："爸爸，爸爸，你受伤了！流了这么多血！不要紧吧？"

陈仲元摇着头，挣扎着说："知雄，爸爸不要紧，妈妈呢？李孃孃和小妹妹呢?”

陈知农忍不住号啕大哭，说：“妈妈！妈妈被土匪追得跳崖了！”

陈仲元吓坏了，身子颤抖起来，胸口上的伤口又涌出了血，昏过去了。

陈知雄“扑通”一声跪在了父亲身边的几个年轻人前面，流着眼泪说：“叔叔们，大哥哥们，求求你们把我爸爸抬回东溪场，我要带着弟弟到山崖下寻找妈妈，求你们了！”

一个青年拉起了陈知雄，眼里也有了泪，大声说：“知雄老弟，你放心吧，我们一定小小心心地把陈大叔抬回东溪场，还会请来郎中治伤，你们到山谷寻找陈大娘，一定要小心。”

青年们砍了树林里的一棵小树做成一个更结实的担架，小心翼翼地把昏迷过去的陈仲元抬到担架上，抬着担架下山了。陈知雄、陈知生、陈知农三兄弟和陈大生来到陈大嫂跳崖的山崖边，山谷很深，雾气蒙蒙，看不到谷底。陈家三兄弟脸上满是泪水，寻找可以下到山谷底的路。陈大生眼睛尖，发现山崖边悬挂着一根长长的野葛藤，半山腰还横长着一棵老松树，抓住野葛藤可以下到半山腰的老松树上。于是要抢先抓住葛藤下山谷，陈知雄把他拦住，流着眼泪哀求说：“好兄弟，拜托了，你帮着照看好知生和知农，我先下去。”说完，抓住山崖边的葛藤下了山崖，到了半山腰的老松树上。紧接着，陈知生、陈大生也抓住葛藤到了老松树上，陈知农在山崖上哭着、叫着，也要下山谷寻找妈妈。大哥陈知雄没有办法，抓住葛藤又爬上山崖，找了一根葛藤绑在小弟腰上，小心翼翼地把陈知农放到了老松树边，然后自己也抓住葛藤回到老松树边上。陈家三兄弟和陈大生在半山腰老松树上找到了一些悬挂在半山的葛藤，费了很大劲，终于到了山谷底。

山谷里杂树丛生，有横亘着的大石头，有很深的山洞，还流淌着一条小河，陈家三兄弟艰难地寻找着母亲。陈知农哭着大声喊：“妈妈！妈妈！你在哪里？”陈知雄、陈知生跟着叫：“妈妈！你在哪里？”陈大生也帮着呼喊：“陈大婶，我们在找你。”

山谷里有风声，有小河流水的声音，还有树丛深处野兽的叫声，淹没了陈家兄弟焦急寻找妈妈的呼叫声。

陈知农大声哭了起来，泪水蒙住眼睛，没有看清路，一脚踩进树洞里，拔不出脚。两个哥哥和陈大生帮着，有的抱着脚往树洞外拔，有的用手刨树洞边的腐木和石块，费了不少力气，陈知生刨石块还弄伤了手指头，流了一手血，终于帮助陈知农拔出了脚，继续往前走。陈知生走在最前面，没有看清楚前面是小河，一脚踩进了河里，小河边是淤泥，陈知生的脚陷进了淤泥里，而且越陷越深，吓得大声叫起来。大哥陈知雄赶忙一把抓住二弟的手，陈知农、陈大生也过来帮忙，一起努力，帮着陈知生拔出了沾满淤泥的脚……

陈家三兄弟在陈大生的帮助下，在山谷里艰难地寻找着妈妈。天色暗了起来，下起了小雨，山谷里雨雾蒙蒙，刮起了风，呼呼地响。四个孩子的衣服湿了，沾满了泥，树枝挂破了手臂，挂破了脸，血和雨水混在一起往下流，脸上痛，手臂上痛，脚底下也痛。

终于，陈家三兄弟在山谷里找到了妈妈，陈大嫂从山崖上跳下，受了很重的伤，成了一个血人。

陈知农大声哭着叫着呼喊着妈妈，陈知雄、陈知生也大声叫着妈妈。陈大嫂听到了儿子们的呼喊，努力挣扎着睁开了眼睛，眼泪混着血水从脸颊上流下，艰难地说："我的好孩子，你们来了，你们来找妈妈了！"

陈知农哭着喊："妈妈，我们躲在树林里看见你跳下山崖！吓死了！"

陈大嫂惨白的脸上露出了微微的笑，突然，她仿佛想起了什么，十分着急地问："知雄，你带着两个弟弟来了，爸爸呢？还有小妹妹呢？"

陈知农抢着回答："爸爸受了伤，抬回东溪场去了，小妹妹？小妹妹？"陈家三兄弟猛然想起土匪退走后，找到了爸爸，也找到了妈妈，可是一直没有看到带着小妹妹的李家嬢嬢，他们不知道小妹妹在什么地方。

陈大嫂见三个儿子摇起了头，急了，挣扎着想坐起来，一阵刺骨钻心的疼痛传来，额头上有了汗，她大口喘着气，挣扎着说："好孩子，快，快去找妹妹，要找到妹妹，一定要找到小妹妹。"

陈知雄用手背擦了擦脸上的泪，说："妈妈，你放心，我们一定会去找妹妹，一定要找回小妹妹。"

陈知生、陈知农抢着说："妈妈，我们一定要去找妹妹，一定会找到妹妹！"

天上的雨越下越大，大家身上的衣服淋湿了。陈知雄看到母亲伤得很重，扶不起来，走不了路，正在发愁怎样把母亲接回东溪场，山谷通往綦江河码头的一边响起了人声，还亮起了火光，原来是吴宏宜奉父亲吴能雄之命，带着人来山谷寻找跳下山崖的陈大嫂和陈家兄弟了……

受了重伤的陈大嫂被抬上了担架，担架被抬起时，她抓住大儿子的手，流着眼泪说："找妹妹，要找到妹妹，一定要找到小妹妹！"

陈大嫂被吴宏宜带来的人抬走了，陈知雄从吴家人的手中要了几个火把，叫上两个弟弟，也喊上了陈大生，四个人准备回到山上去寻找李家孃孃和妹妹。吴宏宜十分同情陈家的遭遇，紧紧握住陈知雄的手，说："知雄，我也同你们一起去找李家孃孃和知娇妹妹，好吗？"

陈知雄摇了摇头说："谢谢了，好兄弟，你护着我妈妈回东溪场，妈妈受的伤很重，拜托你请郎中给妈妈治伤。"

吴宏宜带着人抬着陈大嫂回东溪场了，陈家兄弟和陈大生一起，你拉着我，我牵着你，攀山崖，钻密林，到了已经被烧得面目全非的矿洞前，雨水打湿的衣服紧紧贴着身子，一阵风吹来，陈知农颤抖起来，上牙齿打着下牙齿，发出"咔咔"的声音。陈知雄担心年幼的小弟弟冻坏了，说："知农，你到矿洞里去躲一躲吧，不然会冻坏的。"

陈知农倔强地摇了摇头说："我不去矿洞躲，我要跟着你们一起去找妹妹，妈妈说了，我们一定要找到小妹妹。"

四周黑黑的一片，看不清路，陈知生一脚踩滑，摔倒了，陈大生想去拉，不料脚下没有踩稳，也摔倒了，两人相互搀扶着站了起来。陈知生见天很黑，刮着风，下着雨，伸出手看不到手掌，面对面看不到人影，不知道李家孃孃和小妹妹在什么地方，带着哭声大声喊起来："李家孃孃，小妹妹，你们在哪儿？"

陈知雄、陈知农和陈大生跟着大声喊起来，山谷里回荡着孩子们呼唤亲人的声音："小妹妹，你在哪儿……"

大哥陈知雄见四周漆黑一片，根本没有办法寻找亲人，叹着气，带着哭声说："回家吧，天这么黑，我们不会找到李家孃孃和小妹妹的，天亮了再来找。"

陈知农大声叫起来："不，我要找小妹妹，天黑看不到人，我就大声喊，李孃孃和小妹妹会听到的。"

陈知生流着眼泪劝说："小弟，听大哥的话，回家吧，天亮了再来找妹妹。"

陈家三兄弟回到了东溪场家里，陈大生也跟着一起到了陈家。刚到家门口，隔壁邻居家一个大嫂拉着陈知雄往陈大嫂屋里拽，急切地说："好孩子，快带着弟弟去看看妈妈，陈大嫂，陈大嫂快不行了。"

仿佛遭受晴天霹雳，陈知雄眼前一黑，脑袋嗡嗡响，他挣扎着没有摔倒在地，看到两个弟弟大声哭着叫着"妈妈！"奔进了母亲的房间，也大声哭了起来，奔进母亲房间，"扑通"一声跪在了陈大嫂床前，满脸都是泪，声音颤抖着大声问："妈妈！妈妈！你怎么啦？你不能扔下我和两个弟弟啊！妈妈，你怎么啦？"

陈大嫂从山崖上跳下，受了很重的伤，吴家人相帮着把她抬回东溪场家里，给陈仲元治伤的郎中还没有走，查看了陈大嫂的伤，摇了摇头，叹着气说："伤得太重了，不用花钱买药吃了。"吴能雄求郎中开了药方，派人到场上药店买来了药，可是，药熬好了，陈大嫂牙齿咬得紧紧的，药水灌不进嘴里。吴能雄和前来帮忙的邻居一个个都很着急，想不出办法让受伤的人喝下救命的药汤。陈大嫂躺在床上，紧紧闭着眼睛，嘴里反复说着一句话："知雄，知生，知农，找到小妹妹没有？"不过说话的声音越来越低。

陈家三兄弟跪在了母亲床前，陈大嫂听到了儿子的呼叫声，挣扎着睁开了眼，嘴里咕噜着在说话，可是力气快要用完了，说话的声音听不清了。陈知雄把耳朵贴在母亲嘴巴上，终于听清了母亲说的话："知雄，找着小妹妹没有？要找到小妹妹，一定要找到小妹妹！"他知道母亲挂牵着没有找到的小妹妹，为了不让母亲在咽气前伤心，流着眼泪撒了谎，大声说："妈妈，找着小妹了，天太黑，路不好走，明天天亮，李嬢嬢就会带着小妹妹回来。"

陈大嫂微微点了点头，眼睛紧紧闭上了，再也没有睁开……

陈知雄知道母亲走了，永远地走了，悲从心起，站起身扑倒在母亲身上，大声哭着，呼喊着："妈妈，妈妈！你不要走，不要离开我们，妈妈！你睁开眼睛看看我们兄弟！"

陈知生、陈知农也知道疼他们、爱他们的妈妈不在了，同时大声哭起来。陈知农抱着妈妈的头，陈知生抱着妈妈的两条腿，哭喊着，希望妈妈能再睁开眼睛。可是，陈大嫂的眼睛再也没有睁开。躺在隔壁房间床上同样受了重伤的陈仲元听到三个儿子悲惨的哭叫声，明白相亲相爱二十多年的妻子已经先他一步走了，悲痛异常，虽然郎中再三告诫他受的伤太重，不能下床，仍然恳求身边的邻居帮着下了床，让人搀扶着到了妻子床前，和三个儿子一起扑在陈大嫂身上哭着、叫着……

陈大嫂死了，陈仲元受了重伤，躺在床上起不来，陈家三兄弟，老大陈知雄十六岁，老二陈知生十二岁，老三陈知农才六岁，个个哭肿了眼睛，不知道应该怎样办母亲的丧事，好在陈家在东溪场上是出了名的善道人家，相帮的人很多，开矿洞的吴家、夏家派了人到陈家帮忙，隔壁邻居也有不少人到陈家帮忙。吴能雄派人送来安葬亡人的棺木，还帮忙请了法师，挑选了适宜安葬亡人的日子。陈知雄知道母亲自从嫁到陈家就帮着父亲实现陈家开矿洞的愿望，特意把母亲的墓地选在了被土匪烧毁的矿洞附近，他暗暗下定决心，一定要修复矿洞，让陈家有自己的矿洞，同时要千方百计找回小妹妹。

母亲死了，陈知雄忙着给母亲办丧事，没有时间去寻找小妹妹，同时他已经从一些土匪袭击时在矿洞附近山林里躲藏的邻居嘴里得知，李家嬢嬢和小妹妹被土匪抓住，带到铁山寨土匪窝子去了，要找回妹妹，就要进铁山寨，需要好好策划，不能盲目行动，因此尽管小弟弟陈知农常常吵着闹着要到铁山上去找妹妹，都被他劝住了。

陈仲元心里压了一块大石头，相亲相爱的妻子走了，自己也被土匪打伤，据治伤的郎中讲，土匪炮筒里打出的铁砂子打断了两根肋骨，即使治好了伤也会落下残疾，以后自己不仅再也不能下到矿洞里干活，甚至连挑担子这样的活也不能干，将来只能成为儿子们的拖累。陈仲元是一个要强的汉子，一心想凭着自己有一把子力气，努力实现陈家祖祖辈辈希望有自家矿洞的愿望。终于，在吴老爷的帮助下，建成了矿洞，可是矿洞又被土匪毁了，而要靠自己的力量修复矿洞，也许永远不可能了，身上中了土匪罪恶的子弹，要成为依赖儿子的残废人了，残酷的现实让陈仲元没有办法接受，他吃不好饭，睡不着觉。

思念着逝去的贤妻，想着没有一点光亮的将来，陈仲元决定追随妻子而去。一天晚上，他把三个儿子叫到床前，眼里流着泪，声音凄楚地说："知雄，你十六岁了，是该懂事的时候了，以后，你，你要带好两个弟弟，爸爸受了很重的伤，郎中说要落下终身残废，恐怕以后不能照顾你们兄弟了。"

陈知雄眼里也有了泪，说："爸爸，你放心，妈妈不在了，我不但会照顾好两个弟弟，还要照顾好你。"

陈知农抢着说："爸爸，我也要照顾好你，还要照顾好两个哥哥！"

陈知生接上嘴说："爸爸，我和哥哥、弟弟都会好好照顾你。"

陈仲元用手擦了擦脸上的泪，长长地叹了一口气，说："好孩子，你们是爸爸的好孩子，以后你们兄弟要互相照顾，还要想办法找回小妹妹。我知道知娇被土匪抢去了，要去把她找回来，你们母亲临咽气还挂念小妹妹，一定要找回小妹妹，让你们的妈妈在地底下放心，也让我放心。"

陈知雄语气坚定地说："爸爸，我一定要带着两个弟弟找回小妹妹！"

陈知生、陈知农同时大声喊起来："爸爸，我们一定会找回小妹妹！"

陈仲元脸上露出了淡淡的笑，他让大儿子陈知雄从盛放衣服的柜子里找出一件胸口绣着小红花的小红袄，说："知雄，知生，这是你小妹妹穿的小红袄，你妈妈做了两件，让小妹妹换着穿，还有一件在小妹妹身上。以后，你们就带着这件小红袄去找小妹妹。"陈仲元停住嘴，歇了一会儿，接着说："被土匪烧垮的矿洞要修复，有自己家的矿洞是我们陈家几代人的愿望，我原想在自己手里建成矿洞，可惜被土匪毁了。好孩子，你们兄弟一定要圆了我们陈家几代人的梦，修复矿洞，挖出矿砂。"

陈知雄"扑通"一声跪在父亲面前，陈知生、陈知农虽然不知道大哥为什么跪下，也跟着"扑通"跪下了。陈知雄大声说："爸爸，我们三兄弟一定会修复矿洞，挖出矿砂！"

第二天早晨起床，陈家三兄弟吓得齐声大哭起来，他们发现父亲陈仲元上吊自杀了。

陈家夫妻俩相继死了，留下了三个还没有完全成年的孩子，陈家的天塌了，地陷了，好在吴家、夏家，街坊邻居都伸出了援手，吴家又送来了棺木，请来了做道场的法师，街坊邻居帮助三个孩子送陈仲元入了土。

天黑了，帮着办理父亲丧事的邻居陆续离开了墓地，陈家三兄弟没有走，三个孩子跪在父亲母亲的坟墓前，膝盖跪破了皮，流出了血，很痛很痛，可是连只有六岁的陈知农也没有叫痛。起风了，山里风大，呼呼作响。大哥担心两个弟弟着凉，轻声说："知生，知农，你们起来，到矿洞里去避一避风。"

陈知农带着哭声叫了起来："不，我要守着爸爸妈妈，守他们一辈子！"

陈知生比小弟弟懂事，说：“我们不能一辈子守在这里，要去找妹妹，还要修复矿洞，挖出矿砂。”

陈知雄提高声音说：“对，我们兄弟一定要找回小妹妹，修复矿洞，挖出矿砂！”

不远处有了光亮，吴老爷派人来劝说陈家三兄弟回家了……

第三章

县太爷放走了强盗

20 世纪初，北京皇城里的皇帝被赶下龙庭，清朝政府结束了二百六十多年的统治，中华民国成立。第三年，綦江县新上任了一个知事大老爷，新的县知事姓王，名字叫之淦，上任不到一个月，便让手下衙役给东溪镇的镇长送了信，要到东溪镇铁山脚下视察铁矿矿洞和铁厂生产情况。清朝末期，铁山上闹起了土匪，东溪镇的镇长害怕土匪抢了镇公所，伤害自己，吓得夹着尾巴逃进了县城，后来感觉到县城也不安全，于是带着家人逃到了重庆。綦江知事衙门的差役到了东溪场，找不到东溪镇长，没有办法完成新任知事的指令，正愁得紧皱眉头，大声叹气，遇到了东溪场上开矿洞铁厂的吴能雄，于是把知事老爷给东溪镇长的信交给了吴能雄，恳求他代替东溪镇长接待到东溪视察的王知事。

王之淦原来是一个生意人，偷偷从云南、贵州鸦片烟贩子手里买了鸦片运回自己的家乡四川南充一带，卖给吸食鸦片的人，几年间赚了不少钱。王之淦有了钱，腰包鼓胀起来，便有了做官的想法。民国初期，四川军阀割据，实行防区制，一个县或者一个府被什么军阀给占了，那个地方的官员就由这个军阀头子任命，摊派给老百姓的苛捐杂税，也由这个军阀手下的军队自己征收自己用。当时占据重庆南部州县的是贵州军阀，碰巧王之淦做鸦片生意时认识了贵州军阀的一个团长，他送给了这个团长不少鸦片烟，还送了一大笔钱，并且表达了想当官过一过官瘾的想法，贵州兵的团长便托关系把他安排到綦江当了县知事。

王之淦得意扬扬地带着两个心腹到綦江县上任当县知事，成了一县之长。他是生意人，綦江县知事老爷的官位是用钱买来的，王之淦不想做亏本买卖，要想办法在县知事的位子上把花了的钱赚回来，还要多捞一些。到了綦江，他便吩咐心腹家人到处打听当官赚钱的法子，有一次，他的一个心腹喝酒时认识了县团防队一个姓霍的团丁，打听到綦江县东溪场边上的铁山出产铁矿砂，开矿洞采矿砂卖的老板一个个都是腰缠万贯的大富翁，可以想办法从这些老板身上捞取油水。王老爷得到这个信息非常高兴，决定到东溪场上走一遭，想办法从开矿洞采矿砂以及开铁厂的老板们身上榨取油水。

知事大老爷要到东溪场视察的消息传开了，陈家三兄弟听到县知事老爷要来东溪场，非常高兴。父亲和母亲被土匪害死，小妹妹被土匪抢上山后一直打听不到消息，家里辛辛苦苦开凿的矿洞被土匪毁了，好在吴老爷同情他们，十天半月派人送来钱粮，不然陈家三兄弟要饿肚子了。陈家兄弟恨透了土匪，可是他们是孩子，土匪手里有枪，一个个凶神恶煞，打不过。听说綦江县最大的官要到东溪场，陈知雄找来陈大生、吴宏宜，商量在知事大老爷面前告状，请求知事大老爷派兵上铁山寨剿匪，帮着他们找回小妹妹。

陈知雄苦苦哀求说："宏宜兄弟，你到吴老爷面前求一求，听说知事大老爷到东溪场是吴老爷和夏老爷接待，请吴老爷接待时吩咐家人放我们兄弟进去，我们要在知事大老爷面前告状。"

吴宏宜拍着胸脯说："知雄哥哥，你放心，我一定想办法让父亲安排你们在知事大人面前告状，还求父亲帮着在知事老爷面前求情，求知事老爷派军队上铁山剿匪，找回你们的小妹妹。"

陈大生脸上露出疑惑的神色，摇了摇头说："我听说现在当官的只管派捐收税，不管剿匪安民，求王知事派兵剿匪，恐怕额头上要碰一个大青包。"

陈知生抢过话头说："只要王知事王老爷答应派兵救出小妹妹，不要说一个大青包，就是脑壳上碰得到处都是大青包，我们也愿意。"

陈知雄紧紧握住了二弟的手，说："对，不要怕碰一脑壳大青包，我们三兄弟跪在知事大老爷面前哀求，他不答应派兵打土匪、救妹妹，我们就跪着不起来。"

吴宏宜眼睛红了，大声说："知雄哥哥，知生弟弟，我帮你们，大生兄弟也会帮你们，我们求知事大老爷派兵剿匪，知事大老爷不派兵剿匪，我陪你们上山救出小妹妹。"

陈大生拍着胸脯说："陈大哥，知生兄弟，我也陪你们上山救妹妹！"

吴能雄得知陈家兄弟要在王知事面前喊冤，恳求知事老爷派兵上山剿匪，摇起了头，他和官场上的人打过不少交道，见过不少大官、小官、芝麻官，十分清楚官场上的规矩，知道在官场上不花钱是很难办成事情的，并且吴老爷也托人打听到王之淦是靠贩卖鸦片发家的，官位是用钱买来的，这样的官是不会真心实意为老百姓办事的，不过看到陈家兄弟救妹妹心切，十分同情，不愿意拒绝陈家兄弟的要求，便答应了下来。他吩咐家人事先让陈家三兄弟躲在会客厅的屏风后面，准备等王知事进了客厅，用人端上茶时，安排陈家三兄弟出屏风喊冤。

王之淦坐着轿子，在前前后后一百多名背着枪拿着刀的团丁的保护下到了东溪场。吴老爷、夏老爷带着东溪场上十多个绅士、开矿洞办铁厂的老板在东溪场口迎接县知事大人。由于东溪镇政府已经没有了人，房屋破烂，院子里长满了野草，不适宜接待知事大人，吴老爷、夏老爷直接把王之淦一行人迎接到了吴家大院。王知事进了吴家客厅，在太师椅上坐下，还没有等吴老爷、夏老爷以及迎接他的绅士老板们坐下，便跷起二郎腿，虚情假意地寒暄了两句，正要说出此行的目的——以军队打仗要花钱为借口，加征东溪场上开矿洞办铁厂老板们的捐税，不料屏风后面冲出三个年纪不大的孩子，"扑通、扑通"跪在了前面，吓得王知事脸上变了颜色，瞪大着一双眼睛，把要说的话咽回了肚子。

陈知雄磕了头，大声喊起来："知事大老爷，冤枉！冤枉！土匪害死了我家父亲、母亲，抢走了我家小妹妹，恳求知事大老爷派兵剿匪，救回我妹妹！"陈知生、陈知农也磕了头，大声喊起了冤枉。

跟着王之淦到东溪场充当知事保镖的县团防队姓霍的团丁板起脸大声吆喝起来："哪里来的野孩子？胆子不小，居然混进吴老爷家，惊吓了县知事大老爷，快滚出去！"

吴能雄带着歉意解释说："知事大人，不要生气，这三个孩子的父亲刚开了一个矿洞，铁山寨上的土匪来抢，打伤了他们的父亲，逼得母亲跳了崖，小妹妹也被土匪抢走了，他们一家遭土匪祸害得非常惨，没有了家，我把他们收留在家里，想不到三个孩子不懂事，惊吓了知事大人，还望知事大人不生小孩子的气，原谅他们，不要怪罪，同时恳请知事大人派兵上铁山剿匪，保护东溪场的老百姓。"

夏老爷也帮着陈家兄弟说好话："王知事，王大人，这三个娃娃遭铁山上土匪祸害得很惨，铁山上的土匪实在可恶，望王知事派兵剿匪。"

王之淦冷笑了两声，脸上有了怒气，训斥说："吴老板、夏老板，想不到你们这么会演戏，我刚刚到东溪，板凳还没有坐热，你们就找三个娃娃来给了我个下马威。派兵到铁山上剿匪，说得轻巧，像根灯草？养兵要花钱，派兵剿匪要枪要子弹，枪和子弹要花钱买，听说东溪场上开矿洞、开铁厂的老板都很有钱，先交出五十万剿匪捐，再商量派兵上铁山剿匪的事，派兵到铁山土匪窝子里帮三个娃娃找妹妹，这样像芝麻粒大小的事也要来找我知事去办，真是笑话……"

知事大老爷板起面孔训斥的一席话，惊得陈家三兄弟一个个瞪大了眼睛，不敢再说话。吴老爷、夏老爷后背心也吓出了汗。王知事和他带来的随从在吴能雄家大吃大喝了一顿，走了，离开东溪场回了县城。陈知雄知道自己闯了祸，王之淦一伙人走后，带着两个弟弟找到了吴能雄。

三兄弟跪在吴老爷面前，一个个泪流满面，陈知雄说："吴老爷，我们三兄弟今天闯了祸，错了。"

吴能雄摇了摇头，长长地叹了一口气，望着三个可怜巴巴的孩子，眼里也有了泪，他让陈家三兄弟站起身，拉他们到身边，搂着最小的陈知农说："孩子们，你们没有错，你们认错了人，姓王的知事跟我们不是一路人，我看明白了，他到东溪场来，不是来给老百姓办事的，是来要捐要税肥腰包的，不论你们怎样哀求，也不会打动姓王的知事大老爷的心，王知事是不会派兵上铁山剿匪，帮你们寻找小妹妹的。"

陈知农"哇"的一声哭了起来，哭着说："吴老爷，我们找不回小妹妹了，找不回小妹妹了！"

吴能雄抚着陈家小弟弟的头，轻声安慰说："好孩子，我们中国有一句话'善有善报，恶有恶报'，铁山上的土匪做了不少恶事，迟早要遭报应。你们陈家是慈善人家，做了不少善事，会有好报的，你们会找到小妹妹的，一定会找到小妹妹的。"

陈知雄握紧了拳头，瞪大了眼睛，说："吴老爷说得对，我们一定会找到小妹妹的，官兵不上铁山剿匪，不帮我们找小妹妹，我们自己去，一定要找回小妹妹，还要重新修好矿洞。"

陈知生、陈知农同声叫起来："对，我们上铁山找小妹妹，修矿洞。"

陈知雄哀求吴老爷派人陪着一起上铁山，到土匪窝子里寻找妹妹。吴能雄见陈家三兄弟都是孩子，担心他们上了铁山不但找不回陈家小妹，反而会遭到土匪伤害，摇着头劝说："好孩子，你们是陈家的好孩子，也是我们吴家的好孩子，可是你们都还小，是孩子，不能去铁山上冒险。万一你们兄弟被土匪伤害，我对不起你们死去的爸爸妈妈。"

吴能雄眼睛红了，眼泪珠子在眼眶里转。陈知雄理解吴老爷的心意，不想难为疼他们爱他们的老人家，没有再说什么，领着两个弟弟离开了吴家，回自己的家。

陈知农救妹心切，刚刚走进家门，便拉着大哥的胳膊问："哥哥，吴老爷不派人帮着救小妹妹，我们怎么办？"

陈知生也大声问："大哥，我们怎么去救小妹妹，你快想出一个办法来。"

陈知雄在凳子上坐下了，把两个弟弟搂在身边，语气坚定地说："我们要上铁山救妹妹，一定要上铁山救出小妹妹。"

陈知生有些疑惑地问："大哥，我们三兄弟上铁山去救小妹妹，行吗？"

陈知雄握紧了拳头，说："知生，你忘了，我们有好朋友吴宏宜、陈大生，我们去找他们，让他们帮忙，趁天黑偷偷摸到铁山寨土匪窝子去找妹妹。我去找陈大生，知生去找吴宏宜，记着，要背着吴老爷找宏宜。"

天黑了，约定上铁山寨土匪窝子的时间到了，陈知雄见小弟弟年纪太小，吩咐他在屋里看家，不让他跟着上铁山。陈知农不愿意，嘟着嘴嚷着："不，我不在家里看门，我要跟你们一起上铁山找妹妹。昨天晚上做梦我都梦见和你们一起上铁山找妹妹，我眼睛尖，一眼就看见了小妹妹。”

陈知雄耐着性子劝说了一阵，小弟弟坚持要跟着一起上铁山，实在没有办法，他把陈知农锁在了家里，想不到陈知农年纪虽然小，却十分机灵，想办法弄开窗户翻了出去，偷偷跟在了哥哥们的后面。

陈知雄、陈知生摸黑出了门，在东溪场边小树林和偷偷摸出家门的陈大生、吴宏宜会合，四个孩子摸黑往铁山上爬，天黑看不清路，并且山路弯弯曲曲，爬坡下坎，四个孩子走得十分艰难。吴宏宜一脚踩虚摔倒了，陈知雄赶忙拉住，陈知生的衣服被路边的树枝挂住了，陈大生帮着解开，害怕被土匪发现，四个孩子尽量不弄出声响，你拉着我，我拽着你，努力往铁山上爬。在他们身后二三十步的地方，陈家小弟弟走得更加艰难，不小心一脚踩到荆棘丛中，腿上的肉被野山藤上的刺划破了，火辣辣地疼。陈知农眼里流出了泪，害怕被两个哥哥发觉，不敢哭出声，咬着牙忍着。

半夜过了，孩子们终于爬到了铁山寨下，陈知生不小心，脚蹬松了一块石头，石头往山下滚，弄出了声音。铁山寨上放哨的土匪听到声响，大声吆喝起来：“什么人，出来！”四个孩子吓得停止了往山寨上爬，身子贴着路边的大石块一动也不敢动。山寨上放哨的土匪听不到声响了，以为是野兔子跑过，骂了一句：“原来是野兔子，吓了老子一跳。”

陈知雄是孩子们的头，他见铁山寨土匪窝子有哨兵把守，皱起了眉头，做手势让其他三个孩子停止往上爬，退到了离铁山寨比较远的树林里，商量怎样进到铁山寨里。

陈知农悄悄地跟在哥哥们后边，见前面的人退进了路边小树林，跟着也退进了小树林，他弄不清楚前面几个哥哥打的什么主意，心里十分焦急，害怕被发现受到两个哥哥训斥，不敢去到哥哥们身边，也不知道应该怎么办。正在这时，他听到上山的路上传来人走路的响动和说话声。

“大哥，我们就带着这三个漂亮妹儿回山寨？”

“兄弟，我们不回山寨还能到哪里去？”

“大哥，我们冒着掉脑袋的风险才弄到三个漂亮妹子，回到山寨一定会被刘胡子霸占了去。大哥，我有些不甘心！”

“两位哥哥，我知道山寨附近有一个山洞，我们把三个漂亮妹子弄进山洞，先玩够了再弄回山上让山寨的兄弟们玩。”

“这个主意好，对头，先把这三个妹子弄到山洞里去。”

陈知农见几个人影子没有继续往铁山寨方向走，钻进了路边一片树林，他已经猜出说话的是三个土匪，一定要到附近山洞里去干坏事，于是悄悄跟着人影子往树林深处走。过了一会儿，突然不见了前面的人影子，正在焦急寻找，突然听到前面不远处有响动，顺着响声寻去，找到了一个藏在草丛中的山洞口，但见山洞里燃起了火把。陈知农偷偷地往山洞里看，见三个土匪放下了肩头上扛着的大包袱，包袱里边有东西在动，他猜包袱里包着的是抢来的女人，并且他还认出来了，三个土匪中，有一个是领着土匪打死父亲、逼得母亲跳崖，放火烧了他们家矿洞的歪脖子。

陈知农决定去找哥哥们，抓住三个土匪，逼着他们说出小妹妹被抢到了什么地方，再让几个哥哥想办法救出小妹妹。

陈知农悄悄离开了山洞，顺着山路往上爬，找到了哥哥们。陈知雄见小弟陈知农摸上了山，大吃一惊，压低声音问：“知农，你怎么来了？”

陈知农轻声说：“大哥、二哥，我看到了歪脖子，歪脖子带着两个土匪在那边山洞里干坏事。”

陈知生轻声问：“小弟，你看到了歪脖子，真的是歪脖子？领人抢我们家的歪脖子？”

陈知农说出了看到的事情。陈知雄拍了拍脑门，低声问：“兄弟们，我们有四个人，不，加上小弟有五个人，敢不敢冒一次险，去山洞里抓住干坏事的土匪，只要抓住歪脖子，就能问出我家小妹妹的下落，再想办法去救出小妹妹！”

陈知生抢着回答：“敢！我敢冒险，抓住歪脖子，问出小妹妹的下落。”

陈大生、吴宏宜也回答，愿意跟着一起去抓土匪。

陈知农知道土匪藏身的山洞，在前边领路，陈知雄带着其余人紧跟在后面，一行人轻手轻脚地靠近了歪脖子一伙准备干坏事的山洞，火把还在燃烧，昏暗的火光下歪脖子正从大布包袱里拖出一个年轻女人，女人的嘴里不知塞着什么东西，喊不出声音，手脚被绑得紧紧的。歪脖子一边给女人松绑一边说：“小美人，你好好地服侍我，我玩高兴了，玩痛快了，说不定会放你下山回家。”

山洞里的三个土匪做梦也没想到，有一群小孩子在洞外盯着他们。匪徒们想着到手的美人，心里乐滋滋的，放松了警惕，三支枪放在山洞边上。陈知雄让两个弟弟轻手轻脚去偷来了枪，然后带着陈大生、陈知雄，一人抱着一块石头悄悄地进了山洞，用石头砸昏了三个正在做坏事的土匪，解开了捆绑女人手脚的绳索，把三个土匪结结实实地捆绑了起来。三个被土匪抢来的女人家都在东溪场，见几个小孩子救了自己，万分感激救命恩人，帮着把三个土匪押回了东溪场。

陈知雄领着两个弟弟和陈大生、吴宏宜押着三个土匪进了吴家。吴宏宜晚上偷偷离开了家，吴能雄害怕儿子出事，领着家里人找了一个晚上。天刚刚亮，吴宏宜和陈家兄弟一起押着三个土匪进了家门，吴老爷心里一块石头落了地，想到陈家兄弟带着儿子偷偷上山抓土匪，怕从心来，坐在客堂上接待陈家兄弟，板起了脸，瞪起了眼睛，脸上有了怒气。

陈知雄自知理亏，“扑通”一声跪在了吴老爷身前，他的两个弟弟也跟着跪下了。吴能雄看到陈家三个失去爹妈的孤儿跪在身前，心软了，一把拉起陈家小弟紧紧抱住，轻声说：“孩子们，你们不听话，悄悄上山抓土匪，万一被土匪伤害了，我对不起你们死去的父亲、母亲。”

陈知雄跪得直直的，低着脑袋说：“吴老爷，我知道你是为我们好，我错了。”

吴能雄让人扶起了陈知雄、陈知生，吩咐家人煮了好饭好菜，留陈家三兄弟和陈大生在家里吃饭，饭桌上笑着夸奖陈知雄胆大心细、陈知农人小机灵，几个娃娃居然抓住了做坏事的土匪，救了三个被土匪抢去的女人。

吃完了饭，吴能雄和陈家兄弟一起商量如何处置被抓到的三个土匪。

陈知雄大声说：“吴老爷，就在你们家里设大堂，你当大老爷，审三个土匪，让他们说出把我家小妹妹抢到什么地方去了。”

吴能雄笑着摇了摇头，说：“我当大老爷审土匪，歪脖子一伙个个狡猾，不招供你家小妹被抢到什么地方怎么办？”

陈知农瞪大了眼睛说：“我看过戏台子上的大老爷审强盗，强盗不招认，就用竹板子打！”

吴能雄是一个讲法守法的生意人，耐着性子给孩子们解释：“我们是平常老百姓，没有权力随便打人，抓到土匪应该送交官府，让官府去审问，让歪脖子交代出你家小妹被抢到了什么地方。”

陈知雄一脸失望的神色，说："吴老爷，上次到东溪场来的知事大老爷我见过，到东溪场来要捐要税，不派兵打土匪，我们把抓到的土匪交给他，万一他得了土匪的钱放走了土匪，怎么办？"

吴能雄皱起了眉头，他心里十分明白，坐在綦江县大堂上的知事大老爷王之滏是个昏官、贪官，不会真正给老百姓办事，不过自己是一个生意人，没有权力处置抓到的土匪。

吴能雄耐心说服了陈家兄弟，找了一只船，亲自陪着陈家兄弟把抓到的歪脖子和另两个土匪押到綦江县城交给了知事衙门，吴能雄还给认识的知事衙门的师爷交代，一定要让三个土匪交代出抢上铁山寨的陈家小妹被弄到了什么地方，希望县衙门帮助救回陈家小妹。

吴能雄在綦江县城有住宅，见陈家兄弟想知道妹妹下落的心很迫切，便让陈家兄弟住在了自己家的住宅里，还托人捎信让儿子吴宏宜也从东溪场到县城陪陈家兄弟。吴能雄知道官府办事慢，劝陈家兄弟耐心等待消息。可是陈家兄弟个个都是急性子，并且妹妹被土匪抢走已经有不少的日子，担心被土匪遗弃，抛到荒山野沟遭伤害，在吴家住着感觉度日如年，一趟一趟地往县知事衙门跑，衙门口有差人把守，进不去，向守门的衙役打听消息，还没有开口便被差官衙役轰走了，打听不到送进知事衙门三个土匪的消息，晚上睡在床上，脑子里涌现的全是小妹妹遭土匪遗弃扔到荒山野沟的画面。

一天晚上，陈知农梦到小妹妹被几个土匪抛来抛去玩，一个土匪没有接住，小妹妹落到地上哇哇大声哭叫，突然，妈妈出现了，发疯似的扑过去要抱起女儿，一个凶恶的土匪端起枪打去，妈妈胸口上涌出了鲜红的血，手里紧紧抱着小妹妹倒下了。陈知农大声喊着"妈妈"要扑过去，睡在身边的大哥醒了，摇着小弟的肩头喊："知农！醒一醒，你是不是做梦了？"

陈知农流着眼泪，带着哭腔说："哥哥，我又看见妈妈了，妈妈去救小妹，被土匪开枪打死了，哥哥，我想妈妈，想妹妹！"

睡在另外一张床上的陈知生和吴宏宜被吵醒了，陈知生轻声哭了，说："我也做梦看到妈妈了，还有爸爸，爸爸训斥我们，要我们赶快去找小妹妹。"

吴宏宜跟着激动起来，大声说："铁山寨上的土匪真可恶，抓住了，一个个都该砍脑壳，枪毙！"

吴能雄十分理解陈家兄弟的心情，一有空便到他们身边劝解，让陈家兄弟耐心等待官府的消息。不过见知事衙门迟迟不告诉审讯土匪的情况，吴老爷心里有了疑惑，他托人找来认识的师爷询问，师爷说话吞吞吐吐，似乎有难言之隐，吴老爷心里的疑惑更大了。

歪脖子和同时被送进知事衙门的两个土匪仅仅在知事衙门监狱里关了三天便被放了出来。歪脖子被押进监狱关押，碰见了到监狱探监的姓霍的团丁。姓霍的团丁名字叫霍树楠，虽然只是县团防队普普通通的团丁，可是手眼通天，和綦江境内各大山头的土匪头头以及核心骨干都认识，并且是朋友，暗中经常来往。霍树楠阴险狡猾，能言善辩，见人说人话，见狗学狗叫，不仅暗中通土匪，和县里的有钱绅士、大老板也有往来。每次有新的知事到綦江上任，他便仔细观察，摸清上任知事大老爷的底。如上任的知事是愿意为老百姓办好事的清官，霍树楠便给土匪通风报信，知事要带人剿匪，土匪得到信便早早地躲开了，让知事的剿匪军队扑一个空；上任的知事若是贪官，霍树楠便暗中为土匪和知事牵线搭桥，让土匪定期给知事上贡，贪财的知事便对土匪行凶抢劫睁一只眼闭一只眼。正是因为有霍树楠这样暗中为土匪做事的人，綦江境内的土匪不怕官府，官府剿匪，越剿土匪越猖狂，真是苦了綦江境内的老百姓。

霍树楠见铁山寨上的歪脖子被关进了监狱，当天晚上便到监狱探望，商量好让歪脖子拿出一笔钱作为酬金，说通知事大人放人。王之淦当官是为了赚钱肥腰包，綦江境内的老百姓穷，干竹竿炸不出多少油，一些有钱的大老板又在省里、东川道里有熟人，后台硬，吓不住，啃不动，所以到綦江上任后没有弄到多少钱，正后悔不该到綦江这样的穷地方当官，听到团防队里的霍树楠说被关进大牢的三个土匪愿意拿出一大笔钱来交罚金，心中暗暗高兴，对歪脖子和他的两个同伙不审不问，便悄悄放了。

陈家兄弟还在苦苦地等待知事衙门审问歪脖子及同伙的消息，弄清楚小妹妹被土匪弄到了什么地方。吴老爷也为陈家兄弟着急，一次又一次让家里人到县知事衙门找师爷询问……

一天傍晚，陈家三兄弟等不到知事衙门审讯土匪的结果，心里烦躁，在吴宏宜陪同下到街上游玩。天色越来越暗，陈家兄弟不想回到吴老爷家，仍然在县城大街上走，走过一家门口挂着大红灯笼的饭馆，见里面走出两个喝得醉醺醺、走路歪歪倒倒的人，陈知农眼睛尖，认出其中一个人是土匪歪脖子，吓了一跳，轻轻拉了拉大哥陈知雄的衣襟，说："大哥，快看，那个人是土匪歪脖子。"

陈知雄以为天色暗，小弟弟认错了人，说："知农，歪脖子被关在县衙门的大牢里，怎么会在这里？"

陈知农着急了，大声说："大哥，真的是歪脖子，被我们抓过的歪脖子。"

陈知生也认出来了，感觉不解："大哥，真的像是土匪歪脖子。"

喝得醉醺醺的两个人似乎听见了陈家兄弟说的话，急急地钻进了一个黑黑的小巷子，不见了人影。

被关在知事衙门大牢里的土匪居然出现在大街上，还喝酒喝得醉醺醺的，陈家兄弟，还有陪着他们的吴宏宜都深感诧异，没有心思在大街上走了，回到吴家的住宅，找到了吴老爷，讲了在饭馆门口见到土匪歪脖子的事。吴能雄正在为县知事衙门迟迟不审讯被抓住的土匪而感到疑惑，听孩子们说在大街饭馆门口看到了歪脖子，心里的疑团更大，带着陈家兄弟连夜去了比较熟悉的知事衙门师爷的家，想弄清楚县知事衙门是怎样处置被老百姓抓住送来的土匪的，可是师爷不在家，无可奈何，吴能雄只好带着陈家兄弟回了自己家。第二天清晨，天还没有完全亮，吴能雄又带着陈家兄弟去了师爷家，终于见到了衙门师爷。师爷见吴老爷登门询问，知道不能再隐瞒了，如实告诉了三个土匪交了罚金，知事老爷认为其认罪态度好，决心改过做好老百姓，于是无罪释放的事。

陈家兄弟见冒着生命危险抓住的三个害人的土匪，被送进知事衙门不审不问，交了罚金就无罪释放，十分气愤。陈知雄气红了脸，咬牙切齿地说："知事衙门只知要钱，我要去找知事大老爷评理！"

陈知农尖声叫起来："歪脖子坏得很，被放走了，我们找不到小妹妹了！"

陈知生流着眼泪说："歪脖子被放了，他害死了我们的爸爸妈妈，被知事大人放了！"

吴能雄也十分气愤，摇着头叹着气说："奇闻，真是天下奇闻，老百姓抓土匪，县衙门放土匪，当官的不为老百姓做事，和土匪穿一条裤子。"

陈知雄挥起了拳头，大声叫："我要去知事衙门找知事问个明白，凭什么放了害死我爸爸妈妈、抢走了小妹妹的土匪歪脖子！"他气冲冲地出了师爷家的门。吴老爷害怕陈知雄到知事衙门闹事吃亏，赶忙让儿子吴宏宜陪着陈知生、陈知农赶到知事衙门去劝阻，然后急急忙忙赶回自己家，让家里的人到知事衙门口打听消息。

陈知雄心里有气，步子迈得大，赶到县知事衙门，衙门前只有两个值班的衙役，他一心要找知事评理，问明了王之淦在县城住的地方，急匆匆又往王知事的住处赶，来到王知事住的大宅子门前，刚好遇到知事大人坐着轿子从门里出来。陈知雄年纪小，胆子大，闯上前拦住了王知事乘坐的大轿，挥着拳头高声喊："王知事，王大人，你凭什么放了害死我爸爸妈妈、抢走我妹妹的土匪，我们抓来的土匪，送进衙门，你把他放了，你讲不讲理？"

王之淦坐在大轿里，听说有一个十五六岁的娃娃拦住了轿子，大声指责他放了害人的土匪，气愤异常，命令轿夫不要理睬拦轿的娃娃，抬着轿子快走。陈知雄的叫喊声引来了不少过路的百姓，老百姓围上前，好奇地询问拦轿的娃娃知事衙门放走土匪的事，挡住了轿夫，王之淦不得不下了轿，走小巷子去了知事衙门，他决定要教训拦轿的娃娃，便让手下衙役驱散了围观的百姓，抓走了陈知雄。

陈知雄被王知事下令关进了曾经关过歪脖子一伙土匪的大牢。

吴宏宜带着两个家人，陪着陈知生、陈知农赶到知事衙门前，没有看到陈知雄，到处寻找，听到大街小巷一些人在议论，有一个十五六岁的孩子拦住知事大人的轿子喊冤，被抓进知事衙门，关进了大牢。

吴宏宜和陈知生、陈知农猜出拦轿喊冤被关进大牢的是陈知雄，吴宏宜吓了一大跳，要带着陈家兄弟回家找父亲出主意，可是陈知生、陈知农听说大哥被关进了大牢，吓得走不动路了。陈知农"扑通"一声坐在了地上，大声哭起来，一边哭一边叫着："大哥！大哥！你被关进了大牢，土匪害死了爸爸妈妈，抢走了小妹妹，土匪被放了，歪脖子被放了，大哥被关进了大牢……"

陈知生满脸是泪，大声吼叫："大哥，你冤枉，我们家冤枉，大哥被关进了大牢，我和弟弟怎么办？怎样去找小妹妹？"

不少老百姓围了过来，见两个娃娃哭得伤心，都十分同情，有的摇头，有的叹息，有的打抱起了不平。

"唉，这是什么世道，当官的放了杀人害命的土匪，抓了被害人家的娃娃，老百姓以后怎么活啊！”

“姓王的真是个大贪官，和土匪穿一条裤子，他到綦江来当知事，綦江老百姓倒霉了。”

“听说姓王的原来是一个鸦片烟贩子，赚的是黑心钱，拿钱买的官当，和土匪强盗是一路货色。”

“娃娃莫要怕，綦江的县知事是贪官、赃官，到东川道、四川省去告状，没有路费，我们大家给你凑。”

县知事衙门派出衙役，想驱散围着陈家兄弟、声言要为陈家兄弟打抱不平的老百姓，可是围观的老百姓越来越多，堵了大半条街。衙役使出了吃奶的力气，驱不散，还挨了这些老百姓不少拳头，一个个被打得鼻青脸肿。

吴能雄听儿子吴宏宜回家禀报陈知雄挡住知事轿子喊冤被关进县衙门大牢，气得浑身哆嗦，瞪大了眼睛，大口喘着粗气。吴老爷是一个守法的生意人，开矿洞、办铁厂，生意做得很大，在重庆及川东一带很有名气，不过他从不以财欺人、以势压人，守法经商，和睦乡邻。他万万没有想到，知事衙门不审不问老百姓送来的土匪，反而收了罚金把土匪放了，把一个拦轿喊冤的娃娃关进了大牢。吴老爷要进知事衙门找王知事说理，要求放了陈家孩子，派兵进山剿匪。他让儿子吴宏宜扶着，怒气冲冲出了家门，来到了知事衙门大门口。

知事衙门守门的衙役见綦江城里很有声望的吴老爷气冲冲地要进衙门找知事，害怕把吴老爷放进衙门，自己会受知事大人训斥、处罚，脸上堆起了笑，装出一副无可奈何的样子劝说：“吴老爷，知事老爷有规定，不通报就放人进衙门，我们要受罚，吴老爷，你耐心等一下，让我们进去通报，好不好？”

吴能雄不想为难守门的衙役，不过心里有气，说话的语气十分强硬：“我等着你们去通报，告诉知事大人，姓吴的今天有重要事情见知事大人，如果知事大人推托不见，我就要闯进知事衙门！”

王之淦听了守门衙役的禀报，气得吹胡子瞪眼睛，吼道：“哪儿钻出来的刁民？我看綦江城里刁民多，一个十五六岁的娃娃都敢拦本大人的轿子，现在又冒出来一个吴能雄，不见，他敢硬闯知事衙门，抓起来关进大牢。”

知事衙门的师爷正好在知事大人身边，赶忙劝说："知事大人，吴能雄不是一般人物，东川道、重庆府里都有熟人，听说和川军头领刘湘手下一个旅长拜过把子，绝不能轻易抓起来关进大牢。"

王之淦被吓住了，瞪着眼睛问："不能抓，姓吴的硬闯进衙门怎么办？"

师爷叹了一口气，说："知事大老爷，吴能雄来知事衙门，一定是为了放走土匪的事。衙门放了老百姓抓到送来的土匪，亏了理，不能和老百姓硬碰硬。先让衙役借口老爷您下乡去视察了，劝吴能雄改日再来，再找人劝说吴能雄不要跟着老百姓一起闹，然后想办法安抚老百姓。"

王之淦采纳了师爷的建议，让衙役去给吴能雄讲知事老爷下乡巡视去了，请吴能雄等知事老爷回来后再来。

吴能雄听说知事下乡巡视去了，摇起了脑袋，猜出是王之淦不愿意见自己，可是见不到王之淦就救不出关在大牢里的陈家孩子。吴能雄心里急，大声喊起来："知事衙门放了杀人放火、祸害老百姓的土匪，关起了被土匪害死父母的十多岁娃娃，知事衙门讲不讲理啊！"

知事衙门前聚集了不少老百姓，同时一大群要为陈家孩子打抱不平的人簇拥着陈知生、陈知农来到了知事衙门前，陈家兄弟见到吴老爷，猜出是为了自己家的事来找知事评理的，"扑通"跪倒在了吴老爷身前，兄弟两人流着眼泪大声喊起来。

"吴老爷，大哥被关进大牢了！"

"吴老爷，求求你救出大哥！"

陈家兄弟哭得伤心欲绝，周围不少老百姓也流了泪，一个年轻人挥着拳头大声吼起来："知事老爷不给老百姓办事，我们冲进衙门，把知事老爷抓出来，要他给我们讲清楚放土匪的道理！"

"对！要知事老爷讲出放了土匪的道理，还要他放了被关进大牢的陈家孩子！"

"放走了残害百姓的土匪，抓起无辜被害的孩子，这样的人不配做綦江县的知事老爷！"

"王之淦滚出綦江，我们不要这样的县知事！"

守在知事衙门前的衙役见黑压压一片老百姓拥在衙门前，两条腿软了，身子颤抖起来，他们手里虽然拿着棍，拿着枪，可是不敢用棍，更不敢用枪驱散百姓，因为聚在知事衙门前的老百姓是守门衙役的百倍千倍，惹怒了老百姓会给自己带来不可预测的灾祸。守在衙门前的衙役偷偷溜了。知事王之淦听衙役禀报成千的老百姓聚集在知事衙门前，吓得不轻，平日的威风没有了，他后悔低估了綦江的老百姓。王之淦曾经认为，老百姓是一群羊，当官的是羊群的主人，想把羊群驱赶到什么地方都可以，想杀羊吃肉可以随便挑一只，砍下羊头，剥下羊皮，把羊肉煮着吃。现在他明白了，老百姓确实是羊，可是羊会发怒，成百上千只愤怒的羊会把赶羊人推倒在地，踩得浑身是伤，甚至要了赶羊人的命。王之淦后悔不该收罚金放了土匪，事情闹大了，上司知道了自己会罢官，还会遭到处罚。

王之淦思来想去，决定三十六计走为上计，换了衣服，戴上一顶能遮住半边脸的帽子，借口要到乡下巡视，带了两个心腹衙役，从知事衙门的后门悄悄溜了。老百姓簇拥着吴老爷和陈家兄弟涌进了知事衙门，找遍了整个衙门也没有找到知事大人。衙门师爷害怕老百姓乱砸衙门里的东西，他是一个明理的人，知道老百姓涌进衙门事出有因，理亏的是知事大人，他不想因为百姓的一些不当行为让知事找到诬陷善良百姓的借口，便主动站出来接待老百姓，还让衙役把陈知雄从大牢里放了出来，好言劝告老百姓离开知事衙门。吴能雄也知道百姓涌进知事衙门出现抢砸行为的后果，极力配合衙门师爷安抚百姓。吴能雄在綦江城里的百姓中有声望，老百姓听他的话，又看到师爷让人从大牢里放出了陈家孩子，很多人松了一口气，便要离开知事衙门。

可是吴能雄不想就这样带着陈家孩子回家，他担心王知事秋后算账，一些善良百姓，包括让人放出陈知雄的师爷会受迫害，吴能雄要在县知事大堂上写呈文递交东川道、重庆府，把王之淦私放土匪，抓受害孩子关进大牢，百姓气愤冲进县知事衙门的前因后果，以及王之淦到綦江上任后不体恤百姓，追加捐税的种种恶行都写进呈文。百姓听说吴老爷要写呈文控告王之淦，一个个拍掌高喊赞成，留下来要在吴老爷写好的呈文上签上名字，按上手印。衙门师爷拿来了纸笔，还帮着磨墨。吴能雄不仅会做生意，文笔也很好，拿起笔一挥而就。

呈文写好了，吴能雄大声念给在场的老百姓听了，众人争先恐后在呈文上签名，有些人不会写字，便请吴老爷代写了名字，咬破手指，在名字上按下血手印，一张纸签满了綦江老百姓的名字，还有不少人没有地方签名字，并且仍然有人涌进县知事衙门大堂，要在吴老爷写的呈文上签上自己的名字。衙门师爷又拿出了一张纸让众人签名，结果老百姓签名用了三张大纸。吴能雄派人带着呈文和老百姓的签名分别送给了东川道和重庆府，还专门派人送了一份呈文给川军头领刘湘。

吴能雄、吴宏宜领着陈家兄弟回到家时天已经黑了，累了一天，忙了一天，也饿了一天肚子，吴能雄让家人去准备饭。陈知雄眼里含着泪，“扑通”跪在了吴老爷身前，声音颤抖着说：“吴老爷，你为我们陈家的事情受苦了！”

吴能雄赶忙拉起陈知雄，摸着孩子乱蓬蓬的头发、弄脏了的脸，心疼地说：“孩子，你受苦了，你们没有了爸爸妈妈，以后有事我会给你们做主，你们也是我的孩子。”

陈知农扑进了吴老爷的怀里，可怜巴巴地说：“吴老爷、吴老爷，土匪被放了，我们找不到妹妹了，我想小妹妹！”

吴能雄眼里闪着泪花，轻声安慰说：“好孩子，吴老爷会想办法帮你们找到妹妹的，一定会找到小妹妹的。”

吴能雄的呈文送到了东川道、重庆府和川军头领刘湘手里，县知事私放土匪的事情传开，震动了川东一带的府县官员和老百姓，同时贵州军阀和四川军阀作战时打了败仗，暂时退出了綦江县境，东川道呈报川军头领刘湘，撤了王之淦县知事的职务，任命知事衙门的师爷暂时代理县知事，主持知事衙门的事务。

王之淦花钱买了綦江县知事的官位，结果做了一笔赔钱的买卖，只当了不到一年的綦江县知事便被撤职，灰溜溜地离开了綦江县。

师爷是一个愿意为老百姓做好事的人，知道綦江县境内土匪猖獗，杀人放火，强奸妇女，抢劫财物，害得老百姓苦不堪言，于是带着团防队上山剿匪。剿匪的团防队伍上了铁山，可是铁山的刘胡子、歪脖子一伙从团防队的霍树楠那里得到消息，躲进了更大的山里，剿匪的团防队在铁山上没有找到土匪。陈家兄弟跟在团防队后面上了铁山，他们找遍铁山的大小山头，搜遍了一片又一片密密的树林，然而都没有找到被土匪抢上山的小妹妹。

第四章 救了船家小妹

歪脖子和同他一起被放的两个土匪躲在霍树楠家的暗室里，霍树楠家在知事衙门附近，暗室开了一个小窗户，正好对着知事衙门口。歪脖子站在小窗户前看到知事衙门前聚集了黑压压的一大片人，听着老百姓气愤地谴责知事私放土匪的怒吼声，吓得胆战心惊，额头上冒出大颗大颗的汗珠。歪脖子担心愤怒的老百姓打听到了他藏身的地方，冲进霍树楠家找到自己，如果真的落到了愤怒的老百姓手里，歪脖子担心自己会被撕成几大块。

门"吱呀"响了一声，有人推开暗室门进了屋，歪脖子吓得"扑通"一声坐在了地上。

进屋的是霍树楠，他来到歪脖子身边埋怨说："歪脖子，你闯了大祸，我让你躲在这里，不要出门，你偷偷出了门，又不小心被陈家小子看到了，给知事大老爷惹了大麻烦。"

歪脖子爬起身，用手拍了拍屁股上的灰，哭丧着脸说："霍家兄弟，我不好，我该死，给知事老爷和你们添了麻烦，我看陈家小子如此大胆，一定是姓吴的矿洞老板在后面撑腰，我们要想一个办法好好教训一下姓吴的。”

霍树楠脸上露出阴险的神色，眼里闪着恶狠狠的光，说：“姓吴的实在太可恶了，现在正领着头让老百姓在呈文上签名到东川道、重庆府告王知事的状。歪脖子，你回到铁山寨，让刘胡子带人砸了姓吴的矿洞，杀一杀姓吴的气焰。”

歪脖子咬牙切齿地说：“霍家兄弟，你说得对，要杀一杀姓吴的威风，神不知鬼不觉地干掉姓吴的，除掉这个祸害。”

歪脖子带着两个土匪不敢在綦江城里久留，趁半夜悄悄溜出了霍树楠家，从东门出了城，摸黑走了近百里山路，回到了铁山寨。

铁山寨上的土匪头子刘胡子听探子汇报，綦江县王知事因为私放土匪被罢官职，县里的新知事要带领团防队到铁山寨剿匪，气得吩咐手下人把歪脖子及同行两个土匪五花大绑押上议事大堂，他带着亲信坐在大堂上，要处罚歪脖子。

歪脖子大呼冤枉，眼里挤出了几滴泪，说：“大哥，冤枉啊，我们冤枉啊！”

刘胡子瞪圆了眼珠子，恶狠狠道：“歪脖子，你害得能和我们乘坐一条船的王知事被罢了官，县里师爷带着团防队要来围剿铁山寨，给山寨带来这么多麻烦，我要让人割了你的耳朵，削下你的鼻子！”

歪脖子吓白了脸，身子颤抖起来，哭丧着脸说：“大哥，这些都要怪东溪场上开矿洞的吴老贼，姓吴的管闲事，领着百姓写呈文告状，才害得王知事被罢了官。若不是因为他横插一杠子，我们啥事没有。”

刘胡子歪着脑袋，眯着眼睛想了一会儿，觉得歪脖子说得有道理，加上一些土匪兄弟为歪脖子说好话，于是让人给歪脖子松了绑，商量起了报复吴家的事……

新知事带着团防队上铁山剿匪扑了空，陈家兄弟没有找回妹妹，无可奈何跟着吴老爷一起回了东溪场。想到被土匪害死的父母亲、被抢去的小妹，陈知雄没有心思做事，陈知生、陈知农常常半夜在梦中惊醒，哭着喊着爸爸、妈妈和小妹的名字。陈家原本不富裕，遭土匪抢劫，家里更穷了，好在左邻右舍都是好心人，东家送来米，西家送来菜，吴家、夏家每隔三五天派人到陈家看望，给陈家兄弟送来吃穿用的东西，吴宏宜、陈大生一有空就来陈家陪他们，说一些劝慰的话。

陈家兄弟有好乡亲、好邻居的帮助，不愁吃，不愁穿，可是仍然时时刻刻都在思念父亲、母亲和小妹妹。

一天，陈家兄弟想去父母坟前祭拜，清早出门，在小贩买了香烛纸钱，陈知生还买了两挂鞭炮，爬上山崖，来到父母坟前。陈家兄弟看到父母坟头上长了草，心里悲痛，陈知雄"扑通"跪在坟前，眼里流出了泪；陈知生、陈知农跟着大哥跪下了，陈知农年纪小，忍不住大声哭叫起来："爸爸！妈妈！我想你们，天天都想！我也想小妹妹……"

陈知雄点燃了香烛，供奉在父亲、母亲坟前，流着眼泪说："爸爸、妈妈，你们让我们找回小妹妹，至今没有找到。爸爸嘱咐重新修好陈家矿洞，两个弟弟年纪小，我要照看弟弟，还要找小妹，还没有动手修矿洞。爸爸、妈妈，你们嘱咐的事我一样都没有做好，你们要原谅我这个不孝的儿子。"

陈知生跪在坟前，流着眼泪抢过话头："爸爸，妈妈！不能怪大哥，土匪凶，又遇上了贪官，我们没有找回小妹，我要帮着哥哥继续找，长大一些，再帮着哥哥修矿洞……"

陈家兄弟祭拜了父亲、母亲，磕了头，倾诉了想说给父亲、母亲的话，该点燃鞭炮了，陈知生把买来的一挂鞭炮放在了坟头上，用打火石打燃了火，正要去点，"乒乒乓乓"，远处传来响声，像是放鞭炮的声音，又像是打枪的声音。

陈知雄愣住了，抓住了二弟拿着打火石的手，说："听，什么声音？"

陈知农大声喊起来："大哥、二哥，哪家也像我们一样祭祖坟放鞭炮？"

陈知生有些疑惑地说："大哥，你听，好像是有人放鞭炮，又像是在打枪。"

远处"乒乒乓乓"的声音还在响，隐隐约约还传来人的呼喊声。

陈知雄皱起了眉头，说："不是放鞭炮，是打枪，一定是土匪又下山抢劫了！"

陈知生也听出是枪声了，而且是从吴家矿洞方向传来的，吃惊地喊起来："大哥，是枪声，一定是土匪下山抢吴老爷家的矿洞了。"

陈知雄也听出枪声是从吴家矿洞方向传来，心里一急，大声说："二弟，三弟，你们回家躲好，我去吴老爷家的矿洞看一看。"

陈知生叫起来："不，大哥，我跟你一起去！"

陈知农也跟着喊起来："大哥，我也要去！"

陈知雄没有办法，只好带着两个弟弟往响枪的地方跑。陈家兄弟经常到吴家矿洞附近玩耍，熟悉路，他们钻树林，过小溪，爬山崖，时间不长，来到了吴家矿洞边上的一片树林里。

土匪刘胡子正指手画脚，大声呼喊，指挥手下土匪向吴能雄家的两个矿洞发起进攻。吴家矿洞的一些工人、东溪场上的一些百姓，有的拿着打野兽的火药枪，有的拿着大刀抵抗着土匪的进攻。

刘胡子听信了歪脖子的话，认为东溪场上开矿洞的吴能雄是妨碍他们在铁山一带肆意横行的钉子，决心狠狠教训一下姓吴的。刘胡子还按照歪脖子想出的主意，把手下土匪分成了两股，大股土匪由他亲自带领攻打吴家矿洞，占领矿洞后放火烧毁矿洞，以断吴家的财路。歪脖子则带着两个身手敏捷、枪打得准的土匪去偷袭东溪场上的吴家，能打死吴能雄最好，打不死吴能雄也要让他知道得罪铁山寨上的人有什么下场。刘胡子没有料到东溪场上的人变得越来越难对付，抱成了一团和他们作对，刘胡子带着手下兄弟攻打吴家矿洞遭到顽强抵抗，伤了三四个弟兄才攻下两个矿洞，其中有一个还是挖光了铁矿砂废弃不用的。刘胡子指挥手下兄弟要攻打挨邻的又一个矿洞，忽然听到身后密密的树林里响起了"砰砰"的枪声。

刘胡子被吓住了，手下的土匪喽啰也被吓住了，他们弄不清楚身后树林里是什么人在打枪，如果树林里有了姓吴的人，手里还有枪，或者是赶来增援的团防兵，前后夹攻，他们会遭受很大的损失。

刘胡子身边一个小头目声音打着战说："大哥，撤吧，万一遭前后夹攻我们就惨了。"

刘胡子还在犹豫，树林里又响起了密集的枪声，土匪小头目没有等刘胡子下达撤退的命令，扭转身跑了，一些土匪喽啰也跟着跑了。刘胡子无可奈何，只好带着手下土匪撤退。

树林里响的不是枪声，而是陈家兄弟放的鞭炮。陈家兄弟急急忙忙往吴家矿洞赶，翻过一座山梁，来到吴家矿洞前密密的树林里，想帮助吴家守矿洞的人，可是，自己两手空空，土匪手里有刀有枪，一个个凶狠如狼，怎么办？他们急得头上有了汗。突然，小弟陈知农轻声说道：“大哥、二哥，你们手里拿着鞭炮，快放鞭炮吓土匪。鞭炮声和枪声差不多！”

陈知雄眼睛亮了，从陈知生手里拿过鞭炮，先取下几个点燃放了，过了一会儿点燃了整挂鞭炮放起来，想不到还真吓走了土匪。

歪脖子带着两个土匪窜到东溪场上吴能雄家附近，正好遇到吴能雄要带着人赶到矿洞增援，歪脖子让一个枪手躲在暗处开了枪，吴能雄手臂被打伤，吴家的人开枪还击。东溪场的百姓听说土匪流窜过来，还打伤了吴老爷，非常气愤，有的拿刀，有的拿棒，呼喊着朝吴家住宅涌来。歪脖子和枪手吓坏了，慌慌张张开了几枪，没有打着吴老爷家里的人，只打死了一只狂叫着扑上来的看家狗。

歪脖子带着两个枪手逃走了。

四川兵和贵州兵打起了仗，一些打散的官兵带着枪上山当了土匪，铁山寨上的刘胡子也收了一些打散的贵州兵，铁山寨势力大了，更加猖狂。刘胡子、歪脖子带着手下匪徒四处抢劫，铁山上开矿洞、铁厂的老板害怕土匪，多数停止了采矿砂，炼铁高炉也熄了火，带着家人躲进了綦江县城，有的还躲到了重庆城里。东溪场上开矿洞、铁厂规模最大的吴老板、夏老板也担心土匪抢劫，准备关了矿洞，停止炼铁，带着家里人躲到县城里去，吴能雄还准备把陈家兄弟带到重庆去躲土匪。

一天，吴能雄家里来了客，是从好几百里外自贡来的，客人姓王，吴能雄称他为王老板，在自贡开盐厂，一直用东溪场上铁厂铸成的熬盐大锅，是吴能雄生意场上的朋友。稀客到家，吴能雄十分高兴，吩咐家里人准备了好酒好菜，他要陪客人喝两杯。上了饭桌子，两杯酒下了肚，吴能雄、王老板脸红了，吴能雄叹了口气，皱起了眉头，大声说：“王家兄弟，我们生逢动乱年头，苦啊！土匪经常骚扰，矿洞、铁厂都开不下去了，我要带着家人躲土匪去了。”

王老板也皱起了眉头，长长地叹了一口气，说：“吴大哥，我正是听说铁山上开矿洞铁厂的吴家、夏家要歇业，到重庆去躲土匪才赶来的，吴大哥，铁山上的矿洞轻易关不得，铁厂的高炉熄不得火。”

吴能雄愣住了，有些不明白地问："王家兄弟，为什么？"

王老板端起酒杯，把杯里的酒倒进嘴里，瞪着红眼珠大声说："吴大哥，铁山上的矿洞关了，炼铁高炉熄了火，我们四川，不，还有云南、贵州的千千万万老百姓就要受苦了。"

吴能雄沉默了，他知道铁山是四川、云南、贵州一带最大的铁矿山，千千万万老百姓煮饭要用铁山产的矿砂炼出的铁铸成的锅，四川盐厂熬盐的大锅也是铁山矿洞采出的矿砂制成的。吴老爷紧紧地皱起了眉头，长长地叹了口气。

王老板坐到吴老爷身边，用手拍了拍吴老爷的肩头，带着恳求的语气说："吴大哥，东溪场上的铁厂熄了火，我买不到熬盐的大锅也只能关门歇业，目前自贡、宜宾一带盐厂产出的盐供应着云贵川大片地区，没有了盐巴，老百姓要吃淡食，要受苦啊！铁山上有土匪，我们自贡山上也有土匪。吴大哥，不要怕土匪，土匪有人有枪，我们也可以买枪招人打土匪。"

王老板的话提醒了吴能雄。客人走了，吴能雄一夜没有睡好觉，想了很多很多，终于作出决定，买枪招人，组织护矿护厂队，和铁山上的土匪斗，不能让盐厂没有熬盐的大锅，老百姓没有盐巴吃。

吴家要组织护矿护厂队的消息在东溪场上传开，夏老板也十分赞成，派人找到吴能雄，建议吴、夏两家联起手来组织护矿护厂队，东溪场上不少痛恨土匪的年轻人，争先恐后到护矿护厂队报名。陈家兄弟和他们的好朋友陈大生也到护矿护厂队来报名，要拿枪打土匪。吴能雄听说了，让儿子吴宏宜把陈家兄弟和陈大生叫到自己家，竖起大拇指夸奖，说："好孩子，你们都是好样的，不怕土匪，要拿起枪打土匪，不过年纪太小，特别是知生和知农，身子还没有枪高，怎么能拿枪打土匪？知雄要带好两个弟弟，也不能到护矿队去拿枪打土匪。好孩子，我知道，铁山上的土匪害死了你们的爸爸妈妈，抢走了小妹妹，你们和土匪有仇，这个仇，吴伯伯帮你们去报。"

陈知农噘起小嘴叫了起来："吴伯伯，我要打土匪，扛不动枪，我拿刀打土匪，砍死那些害人的土匪。"

陈知生拍着胸膛说："吴老爷，我不小了，满十二岁了，求求吴老爷，让我参加护矿队，我要打土匪！"

陈知雄也苦苦哀求："吴老爷，你是我们陈家的大恩人，我们兄弟的好伯伯，知生十二岁了，可以照顾自己，还可以带弟弟，让我参加护矿队，我要打土匪，为爸爸妈妈报仇！”

陈知生急了，大声叫起来：“大哥，我不在家里带弟弟，我要参加护矿队！”

吴宏宜也帮着陈家兄弟求情，吴能雄终于动了心，摇着头，叹着气，答应已经满十六岁的陈知雄、陈大生参加护矿队，尽管陈知生、陈知农缠着吴能雄要求参加护矿队，因为年纪太小，吴能雄没有答应。

陈知雄、陈大生、吴宏宜参加了护矿队，每天天刚亮就随着其他护矿队员一起到小山上练瞄准，练投弹，陈家只剩下十二岁的陈知生和刚过七岁的陈知农。两个孩子没有事情做，陈知生便找了一把割草刀，用草绳捆在腰上，陈知农拿了家里一把生锈不能用的菜刀，跟在哥哥屁股后面，上午到护矿队训练的小山上看护矿队练瞄准，练拼杀，下午找一帮年龄差不多大小的小孩在綦江河边草地上学着护矿队练瞄准，练拼杀。孩子们年纪虽小，但多数看到过土匪行凶抢劫，痛恨土匪，训练得十分认真。其中，有一个跟陈知农差不多大的小姑娘，叫孙晓兰，父亲是綦江河上走船的，东溪场上的人叫他孙老大。

孙老大的妻子四年前生病死了，留下了两个女儿，大女儿孙梦兰，小女儿孙晓兰，因为曾经帮吴老爷送陈家兄弟抓到的土匪到县城交给知事衙门，得罪了歪脖子一伙土匪。歪脖子回到铁山寨后，便报复孙老大，一天夜里，带着手下的土匪砸开门，闯进了孙老大的家。

当天晚上孙老大刚好不在家，孙梦兰见土匪砸门，慌乱中把小妹妹孙晓兰塞进家中地窖躲藏，自己开后门逃跑。土匪发现有人开后门跑了，吆喝着追赶，孙梦兰害怕被土匪追上，跳进了綦江河。歪脖子让手下土匪朝河里开枪射击，孙梦兰手臂中了枪，浮不动水，沉入河水中淹死了。

后来，孙老大从綦江河中捞出了大女儿的遗体，守着女儿遗体三天三夜没有吃饭，也没有睡觉，他把大女儿埋在了綦江河边，从此更加疼爱小女儿孙晓兰。不放心把小女儿留在家中，他便把船拴在河边一个浅水湾里，不再走船运货，在码头上给人搬运货物，挣一点辛苦钱维持一家两口人的生活。陈知生、陈知农经常带着小伙伴到綦江河边练拼杀，因为都被土匪害死了亲人，孙晓兰和陈家两个小兄弟同病相怜，便玩到了一起，孙晓兰也参加了娃娃训练队。

一天下午，天色阴沉沉的，孩子们害怕下雨淋湿衣服，一个个都回家了，綦江河边的草地上只剩下陈家小兄弟和孙晓兰，三个孩子你一言我一语摆谈起来。

陈知农眼泪汪汪地说："我想爸爸妈妈了，土匪太可恶，害死了我们的爸爸妈妈！"

孙晓兰眼睛也红了，说："土匪害死了我姐姐，我也想姐姐，天天晚上做梦看到姐姐。"

陈知生握紧了小拳头，说："我长大了要带人到铁山上打土匪，为爸爸妈妈报仇。"

孙晓兰委屈地说："爸爸说我是女娃子，不能拿枪打土匪，陈家哥哥，我姐姐的仇怎么报？"

陈知农拍起了小胸膛，说："你的仇，我给你报，我长大了上铁山把土匪都打死，找回小妹妹，给我爸爸妈妈和你姐姐报仇。"

草地边上有一片小树林，小树林里有一个人喊孙晓兰，说孙老大搬货上船时摔倒了，要她去照顾父亲。孙晓兰信以为真，急急忙忙向码头方向跑去。陈家小兄弟见小伙伴们都走了，也回了家。不料刚进家门坐下，孙老大急急忙忙蹿进来，问女儿在不在这里。

陈知生吃惊得瞪圆了眼珠子，大声叫起来："不好，晓兰妹妹被人骗了，我们在河边草地上玩，有人说孙大伯你搬货上船摔伤了，喊晓兰妹妹去照看你了。"

孙老大吓白了脸，说："我没有摔伤啊，也没有看见女儿到码头上去，坏了。晓兰受了骗，不知道被人带到什么地方去了。"

陈知农急得挥起了小拳头，大声说："一定又是土匪捣的鬼，抓走了晓兰妹妹。二哥，快，我们跟着孙伯伯一起去找晓兰妹妹。"

陈家兄弟跟着孙老大跑到了綦江河边、草坡上、小树林里、码头上到处寻找，东溪场上一些人陆陆续续知道了孙老大小女儿丢失的消息，都赶来帮着寻找，然而，都没有孙晓兰的踪迹。大家猜测会不会是土匪把她弄到铁山上去了，都往沿途寻找。半夜时，陈知雄、陈知生从东溪场边一个瞎眼老婆婆那里打听到，天要黑时，听到了上铁山的小路上有女孩子哭叫和男人训斥的声音。

铁山寨里，土匪大头领和被他抢上山来的漂亮女人举行婚礼，张灯结彩，热热闹闹。

刘胡子是一个见了漂亮女人就走不动路的色鬼，不过他从不在漂亮女人面前动粗，强行霸占，而是花言巧语，做出十分疼爱的样子，哄得漂亮女人跟自己上床。歪脖子把带着陈家小妹的李春香抢上了铁山寨，李春香的美貌迷住了刘胡子，他命令手下，不得在李春香面前动粗，连说一句挑逗的话也不准，安排了好房间让李春香带着陈家小妹住下，每天派人送去好菜好饭。刘胡子有空就往李春香住的地方跑，轻言细语地说一些问寒问暖的话。

刘胡子想用温情打动李春香，让她对自己产生好感。因此，李春香带着陈知娇在铁山寨上生活得倒是很好，想吃就吃，想喝就喝，想睡就睡，她曾经想过悄悄带着陈知娇逃出铁山寨，不过很快就打消了这种念头——铁山寨四周山高谷深，悬崖峭壁，山路难行，土匪在各个山口都安了哨岗，有明哨，还有躲藏在山洞密林中的暗哨，一个弱女子想带着小孩逃出铁山寨，比登天还难。

刘胡子让手下匪徒无微不至地照顾李春香，时间长了，他发现李春香不仅长得漂亮，而且心地好，照顾随身带着的小女孩十分周到，不知不觉爱上了她，竟然动起了娶她为妻、相伴一辈子的念头。

上铁山当土匪以前，刘胡子也有一个贤惠好看的妻子，还有两个乖巧的娃娃。有一次，他和铁山脚下一个开矿洞的老板发生了纠纷。刘胡子家养的牛从牛圈里跑出，撞伤了在路上行走的矿洞老板儿子。矿洞老板告到了官府，綦江县衙门的官员把刘胡子抓进大牢关了一个多月，还让刘胡子赔了矿洞老板儿子治伤的钱。刘胡子卖了牛，卖了房子，好不容易赔给了矿洞老板，带着妻子、儿子住进了铁山脚下的一个山洞。谁料一天晚上，铁山上的野狼闯进山洞，咬死了两个儿子，咬伤了老婆。刘胡子落得个家破人亡，他把仇恨记在了矿洞老板身上。一天深夜，带着刀，翻墙进了矿洞老板家，杀死了矿洞老板，逃上铁山当了土匪。而他的老婆避走不及，被官府抓去关进大牢，死在了牢里。

刘胡子打定主意，要娶李春香做自己的老婆，便耐着性子等李春香对自己产生好感，可是手下一些匪徒等不及了，想早日促成刘胡子的好事。一天，几个土匪用酒灌醉了刘胡子，又在送给李春香的饭里下了迷药，等到李春香吃了饭菜迷晕了，便让两个在山寨厨房烧饭的老女人把她抬上床，脱光了衣服，然后把喝得醉醺醺的刘胡子也抬上了李春香的床。刘胡子迷迷糊糊感觉到身边有女人，鼻子闻着女人身上的香气，睁大蒙眬的醉眼，看到女人洁白的皮肤，高高耸起的乳峰，心里咚咚跳，忍不住伸出手抚摸女人细嫩的皮肤，摸着摸着，终于脱光了身上的衣服，爬上了女人的身子。等到做完了男女之间的那种事，刘胡子猛然清醒，狠狠抽了自己两个耳光，跳下李春香的床，穿上衣服慌慌张张逃走了。

李春香昏昏沉沉地睡在床上，一个多时辰过去，她醒了过来，发现自己赤裸着身子，下身黏黏的，知道被人强行霸占了。被土匪抢上山后，李春香知道女人在强盗窝子里会遭遇到什么，于是做了准备，借口要剪指甲，向侍奉自己的人要了一把剪刀藏在身上，准备遇到要霸占自己的匪徒时拼命，杀死施暴的匪徒，然后自尽。她万万没有想到，土匪耍了阴谋，用迷药迷昏了自己，然后强暴了自己。李春香非常伤心，眼泪顺着脸流下来，打湿了胸前的被子，她无声地哭着，哭了很久。她不想活了，用力撕坏了盖在身上的被子，搓成了一根长长的布绳，然后穿上衣服，把布绳挂在房梁上，站在床头，头伸进布绳结成的套子。

李春香声音凄惨地喊着："爸爸，妈妈，陈家哥哥，我来找你们了！"两条腿离开了床头，身子悬挂在房梁上。

"哇哇……"隔壁房间传来陈知娇的哭叫声。李春香被哭声震住了，挣扎着让脚回到了床头，脖子伸出了绳套，跳下床，来到隔壁房间，抱起陈知娇，大声哭着说："娇儿，我不能死，我死了谁来照看你，我不能死，不能扔下你不管……"

李春香搂着陈知娇哭了一个晚上，第二天清晨，她让服侍自己的婆婆叫来刘胡子。

刘胡子从李春香房里逃出来，非常后悔，叫人找来设计让他上了李春香床的几个土匪，痛骂了一顿。刘胡子害怕李春香恨上自己，美梦成泡影，唉声叹气，一夜没有睡好觉。天亮了，正想派人去打听李春香被强暴后的反应，服侍李春香的婆婆来了，说李姑娘叫他去。刘胡子有些高兴又有些害怕，心里"咚咚"打着鼓，走进了李春香的房间，"扑通"跪下，狠狠抽了自己几个大巴掌，说："我错了，我中了手下那些混蛋匪崽子的计，求求你饶了我，我是混蛋，以后再也不敢做出那样的事了！”

李春香冷笑了两声，说：“刘胡子，你是铁山寨的大头领，手下好几十个弟兄，说说看，这两年你欺负过多少个像我这样的女人。”

刘胡子大声叫起了冤枉，说：“我是混蛋，是铁山寨的大头领，这几年铁山寨上的兄弟确实干了不少坏事，抢东西，糟蹋女人，还杀过人，我也带着兄弟们抢过东西。可是我刘胡子对天发誓，我从来没有欺负过女人，昨天是被手下兄弟灌醉酒才做了傻事，不信，你问问服侍你的人。”

李春香狠狠瞪了土匪头子一眼，说：“刘胡子，刘大头领，说说吧，你霸占了我，准备怎么处置我？”

刘胡子站起身，大着胆子说：“美人，我，我要娶你做老婆，我原来有老婆，还有孩子，都死了，我要娶你做老婆！”

李春香心里暗暗吃惊，有些不相信地说：“刘大头领，现在你要娶我做老婆，以后找到一个比我漂亮、年轻的女人，一定会把我甩了，又娶她做老婆。”

刘胡子急了，发起了毒誓：“小美人，如果以后我负了心，天打五雷轰，我不得好死！”

李春香叹了口气，说：“我带在身边的孩子，虽然不是我亲生的，我要把她当成亲生的，一直带在身边。”

刘胡子拍起了胸膛：“小美人，你放心，你把带在身边的孩子当成亲生的，我们结成夫妻后，我也把你带在身边的孩子当成亲生的，我的两个儿子死了，现在有一个女儿是好事。”

刘胡子见李春香答应嫁给自己，十分高兴，安排手下兄弟准备了热闹的婚礼。刘胡子在婚礼上宣布，以后大小土匪都要尊重他的新娘子，不得有丝毫冒犯，还宣布把李春香带上山的陈知娇收养做自己的女儿，铁山寨上的大小土匪不得做出任何伤害她的事情。

李春香很不情愿地嫁给了铁山寨上的土匪头子刘胡子，她借刘胡子在铁山寨的势力保护了自己，也保护了陈知娇。李春香是个十分善良的女人，她做了土匪头子的老婆，常常在刘胡子耳边嘱咐他不要做伤天害理的事情，不要欺负女人。在贤惠妻子的规劝下，刘胡子果然不再随意杀人，不再把年轻女人抢上山了。

歪脖子痛恨綦江河上走船的孙老大用船押送自己去綦江县城，想方设法要报复孙老大，他心狠手辣，害死了孙老大的大女儿孙梦兰还不解恨，又偷偷将孙老大的小女儿孙晓兰诱骗到綦江河边小树林里，抢上了铁山寨。歪脖子知道刘胡子很听老婆的话，害怕孙晓兰被李春香看到，发善心放了孙晓兰，让自己竹篮打水一场空，便趁天黑背着捆得结结实实的孙晓兰回到了铁山寨，不料孙晓兰拼命挣扎落到了地上，弄出了响声，恰好被带着翠花上茅房的李春香看到了。

李春香知道歪脖子是铁山寨上最坏的人，常常怂恿刘胡子做坏事，见他背回了一个五六岁大的小女孩，还绑住了小女孩的手脚，知道他的臭毛病又犯了，便大声喊叫，把刘胡子从房间里叫了出来。土匪头子见老婆一脸怒气地瞪着要把孙晓兰重新背上肩的歪脖子，知道歪脖子犯了老婆的大忌，他不敢违背老婆的意愿，一番审问，得知歪脖子抢上山的小女孩是綦江河上船夫孙老大的小女儿，寻思抢的这个孩子不会给铁山寨带来多少利益，喝叫歪脖子放了孙晓兰，还叫两个土匪小喽啰送她下山。

李春香见歪脖子放了小女孩，没有多想便带着翠花回房间了，她没有想到歪脖子不甘心到手的猎物飞了，等到刘胡子夫妇俩进了房间，悄悄追赶下山的孙晓兰。

船夫孙老大得知小女儿被铁山寨上的土匪抢上了山，想到铁山寨上的土匪一个个都是恶魔，“哇”的一声哭起来，一屁股坐在了地上，一把鼻涕一把眼泪地哭着咒骂铁山寨上的土匪。

“挨千刀的土匪，做绝了坏事，害死了我的大女儿，又抢去了我的小女儿，抓住你们一个个都枪毙，不，要千刀万剐……”

陈知雄在孙老大身边，眼里也满是泪水，好心安慰说：“孙大叔，明天一早我们就上铁山寨帮着寻找晓兰妹妹，我参加了护矿队，在护矿队里有不少朋友，有的人有枪，没有枪的也有大刀，不怕土匪，我一定帮着抢回晓兰妹妹！”

孙老大抹了抹眼泪，摇着头说：“明天？晓兰被土匪抢上了山，等不到明天就被土匪糟蹋了，你们明天上山，即使打败了土匪，也许只能抢回晓兰的遗体了。”

陈知农在一旁叫了起来："我们今天晚上就上铁山寨，抢回晓兰妹妹，大哥，我跟着你，今天晚上就上山！"

孙老大仍然泪流满面，摇着脑袋说："好孩子，孙大叔感谢你们的好意，今天晚上去不得铁山寨，你们上山在明处，土匪躲在暗处。好孩子，你们上山要吃亏，吃大亏，今天晚上一定不能上山！"

陈家兄弟，还有陈大生、吴宏宜和一些东溪场上的好心人劝说了半天，孙老大仍然泪流满面，伤心欲绝，后来哭累了，声音嘶哑，哭不出声来了，人们把他扶回了家。

吴能雄得知土匪下山抢走了孙老大的小女儿，也十分气愤，找来护矿队的几个头头，商量决定，第二天太阳升起前偷袭铁山寨，解救被土匪抢上山的孙家小妹。

陈家兄弟、吴宏宜、陈大生帮着送孙老大回了家，几个孩子没有回家，来到了綦江河边草地上，有的坐着，有的躺着，还在说着孙家小妹被土匪抢上铁山寨的事。

陈知农哀求说："大哥，你带着我们今天晚上上铁山，摸进土匪窝子，把孙家小妹偷出来，说不定还会找到我们的小妹，也把小妹偷出来。"

陈知雄摇了摇脑袋说："土匪窝子把守严得很，我们上过铁山，到了山口也没有进到山寨里边。"

陈知生插上了话："大哥，我们今天晚上上铁山。上次上铁山虽然没有找到小妹，抓回了三个土匪，今天晚上上铁山，说不定还能抓到土匪。"

月亮升起来了，洁白的月光洒在綦江河岸，朦胧的月色中，綦江河水静静流淌，綦江两岸高低起伏的山峦很静很美，一阵微风吹来，带来了凉意。

陈知雄被两个弟弟说得动了心，翻身站了起来，大声说："好，今天晚上我们再偷偷上一次铁山，能救出孙家小妹当然好，就是救不出孙家小妹，也能给明天早上上铁山的护矿队探一探路。"

吴宏宜、陈大生觉得陈知雄说得有道理，异口同声叫起来："对，陈大哥，你就带着我们一起上铁山！"

几个孩子说走就走，陈知雄、吴宏宜、陈大生回家拿来了护矿队发的大刀，陈知生、陈知农没有大刀，两人拿上了平时打麻雀玩的弹弓。上铁山的路很难走，土匪在铁山上做了窝，上山的老百姓少了，山路上长满了荆棘，有的地方山路被山上流下的水冲垮了，须绕道小树林，穿过树林再回到山路上，有的地方，山路蜿蜒在高高的山崖上，爬山崖需手脚并用，手拉着山崖边的树枝，或抓住突出的山石，双脚一点一点往上移，好在天上有明晃晃的月亮，朦朦胧胧能看清楚路。

陈知雄领头走在前面，吴宏宜、陈大生和陈家两个小兄弟紧紧跟着，半夜时分，离山口不远了，孩子们走得很累，大口喘着气。陈知生和陈知农还被山路旁边的荆棘划破了手背，流出了血，不过，两个孩子都忍住了痛，没有叫，也没有哭。

山路旁边有一棵弯弯的老松树，陈知雄从松树下走过。树上飞出两只大黄蜂，“嗡嗡”叫着扑向树下的过路人，他愣住了，知道如果被黄蜂蜇了，不仅钻心般疼痛，严重了还可能死掉。不过黄蜂只蜇走动着的人，因此遇着黄蜂只能一动不动，等着黄蜂飞走。

陈知雄低声喊：“有黄蜂，不要动。”

孩子们一动不动地站在老松树下，两只黄蜂“嗡嗡”叫了一阵飞走了。陈知农眼睛尖，看到老松树上挂着一个黄蜂窝，两只黄蜂是从蜂窝里飞出来的。

几个孩子小心翼翼，轻脚轻手地从老松树上的黄蜂窝下走过，继续往铁山上爬，突然听到山路上传来女孩子的哭声。

啼哭的正是孙老大的小女儿孙晓兰。李春香让刘胡子放了孙晓兰，又派了两个服侍自己的小土匪送孙晓兰下山。歪脖子不甘心，带了两个土匪偷偷下山追赶孙晓兰一行。护送孙晓兰下山的小土匪在铁山上待的时间长了，知道歪脖子心狠手辣，害怕真的送小姑娘下山，以后会遭歪脖子报复，半路上借口要解便，扔下孙晓兰，偷偷绕小路回铁山寨土匪窝子睡大觉去了。孙晓兰年纪小，孤零零地往山下走，又害怕又伤心，忍不住哭了起来。

歪脖子带着匪徒尾随着孙晓兰往山下走，他知道刘胡子耳根子软，听媳妇的话，不敢在离铁山寨近的地方下手抢回孙晓兰，准备走得离铁山寨远一些再下手，转移到一个李春香不知道的地方关押起来。

陈知农耳朵灵，轻声叫起来：“大哥，二哥，孙家小妹在哭，听，孙家小妹在哭！”

陈知生也听到了孙晓兰的哭声，又惊又喜，没有等大哥陈知雄说话，奔过去一把抱住了孙家小妹，高兴地叫起来："晓兰妹妹，我们找到你了！我和大哥、小弟、大生哥哥，还有宏宜哥哥，我们来找你，接你回家。"

山路远处传来了脚步声，脚步声越来越近，原来歪脖子听到了陈知生的说话声，害怕孙晓兰被人救走，煮熟的鸭子飞了，加快了追赶的步子。

陈知雄听到脚步声，猜出土匪在追赶晓兰，而且人很多，皱起了眉头，有些着急地说："快！有人追来了，快到小树林里躲起来。"

陈知农聪明机灵，歪着小脑袋笑着说："大哥，你带着小妹躲起来，我把土匪引到老松树下面去。"

陈知雄不明白小弟的意思，着急地说："知农，你也躲起来，万一被土匪抓去怎么办？"

陈知农把手里的弹弓扬了扬，笑了笑，没有说话。陈知生猜出了小弟的心思，轻声说："大哥，放心，小弟不会有事的。"

陈知雄带着人藏进了树林，陈知农故意跑出了声，跑到大松树下躲起来，看到歪脖子带着几个小土匪追到了大松树下，拿出弹弓瞄准挂在大松树上的黄蜂窝射去。

歪脖子一伙追到大松树下，听不到前面山路上的脚步声了，正东张西望寻找逃走的人，突然"咚"的一声，大松树上的黄蜂窝掉了下来，受到惊吓的黄蜂飞出，"嗡嗡嗡"叫着扑向歪脖子和他手下的匪徒。歪脖子吓得呆住了，头上、手臂上落满了黄蜂，他知道遭到黄蜂攻击时不能乱动的道理，傻呆呆地站着，瞪着眼睛看着几个孩子大摇大摆地从前面走过，往下山的道路上越走越远了。

陈家兄弟和陈大生、吴宏宜一起护送孙晓兰回到了綦江河边孙老大的家。孙老大又惊又喜，"扑通"一声跪在了孩子们面前磕起了头，流着眼泪说："恩人，你们都是我孙老大的恩人，今后只要恩人吩咐，我孙老大上刀山下火海，也要报答你们的大恩大德……"

几个孩子吓坏了，陈知农连忙说："孙大叔，晓兰妹妹是自己逃出来的，我们在山路上碰到了一起。"

陈知雄抓住孙老大的手，要拉他起来，大声说："孙大叔，小弟说得对，晓兰妹妹是自己逃出来的，我们在山路上碰上了。"

孙晓兰抱着父亲的头，哭着说："不，爸爸，我被土匪放下了山，又遇到土匪来追，要抓我回去，是陈家哥哥、吴家哥哥救了我……”

陈家兄弟用黄蜂制住了铁山寨上的土匪，救回了孙家小妹的事传遍了东溪场。吴老爷听了不敢相信自己的耳朵，叫来儿子吴宏宜询问，然后特意叫家里人做了一桌酒菜，请来了陈家三兄弟和陈大生，慰劳智退歪脖子救回孙晓兰的小英雄们。酒席上吴老爷竖着大拇指高声称赞说：“小英雄，了不起的小英雄，小小年纪智退土匪，将来长大一定会为东溪场出力，为铁山出力，成为大英雄。”

第五章 东溪场烧了半条街

过年了，没有了父亲母亲，陈家兄弟的年过得十分凄凉。

父母在的时候，陈家兄弟和父母、小妹妹一起过年，虽然家里穷，过年没有钱买大鱼大肉吃、买好看的衣服穿，但一家人相亲相爱，争着推磨磨细糯米包汤圆。陈知农年纪小，手上没有力气，包的汤圆放进热水锅里就散了，妈妈不让他包汤圆，让陈知农背小妹妹。小妹妹哭，陈知农唱着大哥教的歌哄小妹妹："小妹嘴巴甜，小妹样儿乖，妈妈不抱哥哥抱……"唱着唱着忘了下面的词，急得用手挠头皮，逗得妈妈和两个哥哥笑起来。有一年大年三十晚上，东溪场上玩龙灯，爸爸带着三个孩子去看，人多拥挤，陈知农走丢了，爸爸和两个哥哥到处寻找，急得满头大汗，终于找到了陈知农。

如今，爸爸妈妈不在了，小妹妹被土匪抢上铁山寨也不知道是死是生。由于闹土匪，东溪场上也不玩龙灯了，冷冷清清。爸爸走了快半年了，下矿洞挖矿砂挣的钱用完了，陈家兄弟没有钱买好吃的、买漂亮的衣服过年，好在吴能雄十分关心三个没有了父母的孩子，年前派人送来了米和面，还送来了两斤肉，周围邻居可怜陈家兄弟，张家送来汤圆面，李家送来新鲜蔬菜，陈大生还从家里拿来了过年祭拜亲人时要用的纸钱、鞭炮。过年的东西不缺，可是家里少了几个人，陈家兄弟过年想爸爸，想妈妈，想小妹妹，一个个眼里含着泪，吃了年夜饭，三兄弟在屋里坐着，你望望我，我望望你，守着一盏菜油灯不说话，门没有关好，一阵冷风从门缝里吹进屋，菜油灯闪了几下，灭了。屋里黑黑的，陈家三兄弟还是坐着，谁也没有到床上睡觉。

忽然，陈知农扑进了大哥陈知雄的怀抱，尖着嗓子叫："大哥，我怕，我要爸爸妈妈。"

陈知雄满脸是泪，把小弟弟搂在怀里，搂得紧紧的，轻声说："小弟，不要怕，有大哥在，我们不怕！"

陈知农身子轻轻颤抖着，哭着说："大哥，我要爸爸，我要妈妈，我要像往年一样，和爸爸、妈妈、小妹妹一起过年。"

陈知生流着眼泪插上话："小弟乖，有大哥，还有我，小弟不要怕，爸爸妈妈被土匪害死了，不在了，小妹也被土匪抢走了，还有大哥、二哥，不要怕。"

大年初一，天上下起了雨，淅淅沥沥，陈家兄弟起了床，一晚上没有睡好，三兄弟的眼睛都是红红的，按照当地风俗习惯，用邻居送来的汤圆面包了汤圆煮好吃了，还盛了一大碗汤圆，准备到父母亲坟前祭拜时送给父母吃。三兄弟出了门，一阵风吹来，带来寒意，细雨点子飘在头上，打湿了头发，陈家三兄弟没有拿伞，也没有戴遮雨的草帽、斗笠，陈知生双手端着汤圆碗，陈知雄一手拿着纸钱、鞭炮，一手牵着小弟陈知农，三兄弟爬坡过坎，来到了父母坟前，恭恭敬敬地把汤圆碗放在父母坟前，跪下祭拜。陈知雄见坟头长了一些荆棘和杂草，用手去拔，陈知生、陈知农也跟着大哥用手去拔，棘刺扎破手指，流出了血，鲜红的血染红了坟头的杂草，陈家三兄弟谁也没有叫一声疼。

住在綦江河边的船夫孙老大大年初一打开房门，发现门上贴着一张纸，纸上用黑笔写了字。孙老大不识字，揭下了纸，请认识字的人念了，原来是土匪歪脖子写的恐吓信，要孙老大卖了自家的船，把卖船的钱按照指定的时间放在指定的地点，不然就要再一次把孙晓兰绑上铁山寨，让孙老大这辈子再也见不到小女儿。

孙老大吓坏了，船是船家的命，走船人家吃的、穿的、用的全都要靠船帮人运货挣钱开销，卖了船，把卖船的钱送给土匪强盗，会断了一家人的生活来源，孙老大不愿意干这种傻事，可是他更不愿意看到自己的小女儿被土匪抢上山。媳妇死得早，大女儿被土匪害死了，孙老大只剩下了小女儿，孙晓兰成了父亲的命根子，让土匪抢走小女儿，等于让土匪要了自己的命。

怎么办？孙老大思来想去，决定让小女儿离开东溪场，去一个土匪歪脖子找不到的地方。他有一个远房亲戚，住在綦江县城北面的升平场，升平场离东溪一百多里，亲戚家在一个十分隐蔽的大山深处，歪脖子即使找到升平场也不会找到亲戚家，便打算把小女儿送到那里去。孙晓兰知道父亲要把自己送到亲戚家去了，她是被陈家兄弟从土匪窝子救出来的，要分手了，不知道会分开多久，小姑娘就悄悄地把自己要走的事告诉了陈家兄弟。

孙老大定好了送女儿去升平场的日子，女儿太小，走不了一百多里山路，孙老大准备用船送小女儿去升平。这天清早，他带着女儿刚刚上船，陈知生便领着小弟陈知农来到了綦江河边的船码头，要上船送孙家小妹一程。孙老大见陈家两个小孩要为小女儿送行，有些吃惊，不过他知道陈家兄弟和小女儿经常一起玩耍，是很好的朋友，又感念陈家兄弟冒险上铁山救女儿，于是让陈家两个小孩上了船。

孙老大的船慢慢地在綦江河上漂着，船舱里陈知农抓住了晓兰的手，眼里有了泪花，轻声说："小妹，你走了，我们再也不能在一起玩了，以后你会想我吗？"

孙晓兰眨了眨眼，似乎眼里也有了泪，说："小哥哥，我会想你的，铁山上没有土匪了，我就会回来的，回来和小哥哥一起玩。"

陈知生也拉起了孙晓兰的手，说："小妹，我们做朋友，永远都做朋友，好吗？"

孙晓兰拍着小手叫起来，说："好，我们做朋友，永远都做好朋友。"

三个孩子亲亲热热说着话，船顺着綦江河往下游漂了四五里，孙老大怕陈家兄弟在船上的时间长了，船往綦江河下游漂得更远了，他们回东溪场找不到路，劝两个孩子下了船。

陈知雄清早起来去了吴能雄家，去早了，吴能雄家还没有开门，他只好回到自己家，发现两个弟弟不见了，急出了一头汗，急急忙忙上街寻找，找了两条街没有找到，想到陈大生家叫上好朋友帮忙找弟弟，不想转过一个街口，看见两个弟弟手牵着手迎面走来，心里一块石头落了地。陈知农跑到大哥身边，抬起头，眼里闪着泪花，说："大哥，孙家小妹走了，要等铁山上没有土匪才回来，没有好朋友陪我们玩了！"陈知雄本来想责备两个弟弟不该随便离开家，看到小弟弟有些可怜的样子，心软了，把陈知农的手抓得紧紧的，说："孙家小妹走了，叫二哥陪你玩，大哥有了空也陪你玩。"

陈知雄让陈知生带着小弟回了家，再次赶到吴家，见到了吴老爷，他请求到吴家矿洞采矿砂，挣钱养活两个弟弟。父母亲死后，陈家兄弟靠着父亲留下的一点钱，以及吴老爷和好心邻居的帮助，过了半年多的时间，父亲留下的钱用完了，陈知雄不愿意靠吴老爷及邻居们的帮助过日子，他觉得自己已经是大人了，快要满十七岁了，可以下矿洞采矿砂挣钱了。陈知雄想靠自己干活挣钱养活两个弟弟，还想依靠自己干活挣钱修复父亲辛辛苦苦开凿，后来被土匪烧毁了的矿洞，圆了陈家几代人想要拥有自己的矿洞，在自己家的矿洞里采矿砂挣钱的梦。

吴能雄听陈知雄说明了来意，紧紧地皱起了眉头。吴能雄和陈家兄弟的父亲陈仲元虽然一个是矿洞的老板，一个是在矿洞采矿砂的工人，可是两人是很好的朋友。陈仲元在吴家矿洞干活勤恳，由于几十年在矿洞里干活，经验丰富，好几次矿洞要出事故都被陈仲元发现，给吴家挽回了损失，还有一次矿洞壁垮塌时奋不顾身救了吴能雄。吴能雄是一个至诚君子，信奉有恩不报非君子的理念，他没有把陈仲元看成是雇用的工人，而是当成了朋友，把陈家的事看成了自己家的事。陈家出了事，陈仲元和妻子被土匪害死了，吴能雄把陈仲元的三个儿子当成自己的儿子一样关怀，不想让陈知雄小小年纪就到矿洞里干活下苦力。

陈知雄见吴老爷皱着眉头不说话，猜出是嫌自己年纪小了，急忙大声说："吴老爷，我十七岁了，能干活，我听父亲说过，他也是十七八岁就下矿洞干活的。"

吴能雄叹了口气，摇了摇头说："孩子，你的身子骨还嫩，到矿洞干活很苦，我怕你吃不了那个苦，再等一两年吧。如果你们三兄弟缺吃的用的，尽管到家里拿，你不用担心，好吗？"

陈知雄“扑通”一声跪在吴老爷身前，说：“我不怕吃苦，吴老爷，求你了，让我下矿井干活吧。我们陈家人不能老是依赖别人供吃供穿，我要干活挣钱养活两个弟弟。”

吴能雄苦笑了，一把拉起陈知雄，让他坐在了身边，紧紧握住了陈知雄的手，说：“有志气的好孩子，我答应你，让你挣钱养活两个弟弟，不过你还小，不能到矿洞里面干采矿砂的苦活，你到矿井里去打杂，给采矿砂的人打下手。好孩子，听吴伯伯的话，你还要和吴宏宜一起在护矿队里保护矿洞，打土匪。”

陈知雄进了吴家矿洞，当了一名打杂的工人，挣钱养活自己和两个弟弟了。

四川兵和贵州兵又在重庆城附近打了仗，贵州兵打败了，被打散了编制的贵州兵七八个人一伙、十多个人一群，沿着重庆到贵州的大路，从北往南经过綦江县城、东溪场退回贵州境内。

东溪场来了好几伙被打散了的贵州兵，老百姓遭了殃，败兵挨家挨户索要吃的喝的，还要漂亮女人陪着吃饭喝酒，搂着抱着睡觉。老百姓拿酒拿菜慢了，或者拿的东西不合败兵的心意，他们张口就骂，动手就打。败兵看见漂亮女人，不管女人愿不愿意，也不管是四五十岁的中老年妇女还是十三四岁的小姑娘，强行要人家陪着睡觉。东溪场到处是哭声、骂声、尖叫声。有时候，两伙败兵为争抢财物和女人发生纠纷，打起了架，动了刀枪，伤了人，打死了人。被打伤的睡在大街上大声呻吟，被打死的摆在大街上没有人收殓。东溪场成了一个十分恐怖的世界。

一天，铁山寨上的土匪歪脖子带着手下两个小兄弟到东溪场边一家小酒馆喝酒，铁山寨大头领刘胡子听了老婆李春香在枕头边上一次又一次的劝告，改变了以往随意带着手下下山抢劫的做法，约束手下大小土匪，令其不得随意下山抢劫老百姓的财物。可是，土匪群中有一些三五天不打家劫舍搂着漂亮女人玩就浑身痒痒的人，像歪脖子和他手下的几个兄弟，他们不愿意受大头领的约束，常常背着刘胡子悄悄下山，闯进老百姓家抢财物，找漂亮女人。歪脖子背着大头领在东溪场上安了几个窝子，让窝子里的人暗中通风报信，把东溪场上发生的大事小事报告给他，寻找可以下山抢劫的机会。打败了的贵州兵驻进了东溪场，闹得东溪场鸡犬不宁，歪脖子得到消息，觉得是一个可以浑水摸鱼，装扮成贵州败兵抢劫财物找女人的好机会，便瞒着大头领刘胡子带着两个信得过的小土匪下了山。东溪场边有一家小酒馆是歪脖子的窝子，他带着手下小兄弟进了小酒馆，躲进了一间隐蔽的房间，让店主人端上酒菜，还让手下悄悄找来窑子里的两个漂亮女人，搂着女人吃菜喝酒，等待机会上大街抢劫财物。

太阳落山，夜幕降临，东溪场大街上没有路灯，黑黢黢的，因为惧怕败兵，大街上没有玩耍的人，也很少有走夜路的人。

突然“砰”的一声枪响，紧接响起了争吵声、吼叫声、骂声。原来两伙败兵闯进一家窑子，为了争夺一个漂亮的窑妹发生了纠纷，一个败兵小头目拿出随身带的手枪想威胁对方，不料枪走了火，打伤了对方一个人。

两伙败兵打了起来，从窑子里打到了大街上，大声吼骂，你一拳我一脚，惊动了东溪场上的老百姓，也惊动了住在东溪场上的其他败兵。一些败兵参加到了打架的两伙败兵中，打架的人越来越多，架打得越来越大，终于动了枪，“乒乒乓乓”，枪声吓得东溪场上老百姓家里的孩子哭叫起来。老百姓害怕乱飞的子弹打中家里的人，紧闭门窗，带着家里人躲进了更加隐蔽的房间，有一些人躲进了为防土匪挖掘的地下室。

歪脖子觉得趁乱抢劫、找女人的机会到了，让酒店主人找了几套拾来的贵州兵服换上，大摇大摆上了街。

吴能雄的家在东溪场大街上，陈家兄弟的家在离吴家不远的一条小巷子里。参加打架的败兵越来越多，打架涉及的范围越来越广，终于混战到了吴能雄家所在的大街，败兵们开枪射出的一些子弹射进了吴家。吴宏宜带着四岁的小妹吴宏琴正要躲进地下室，一颗子弹穿过窗户纸射进来，射中了吴家小妹吴宏琴的大腿，血流出来，染红了裤子，吴宏琴疼得“哇”的一声哭了起来。

吴能雄气坏了。败兵在东溪场上抢东西，强奸女人，做了很多祸害老百姓的事，吴能雄很想出面制止，可是他知道自己只是一个生意人，虽然组织了护矿队，但是参加护矿队的人没有经过军队的正规训练，没有上战场打过仗，对付土匪能够起到一些震慑作用，在败兵面前也许只能甘拜下风了。吴能雄不想让护矿队和败兵对抗，拿鸡蛋去碰石头，他让家里人不论白天还是晚上，都紧闭门窗，不要轻易上街，尽量躲开败兵，并且拿出不少的钱送给各伙败兵的头头，让败兵头头约束手下，不要到矿洞和老百姓家骚扰。然而他万万没有料到，自己的妥协策略并没有起到作用，败兵的子弹从窗户飞进，打伤了小女儿。

吴老爷带了四五个家人，打开大门上了街。他想方设法找来了两伙败兵的头头，带着败兵的头头想去制止大街上打群架的败兵。可是两伙败兵已经打红了眼，尽管上司大声吼叫，还朝天开了枪，败兵们仍然打得一塌糊涂，败兵头头已经约束不了手下了。几个败兵蹿到吴老爷跟前，举起拳头要打，危急时刻，陈知雄带着五六个护矿队员赶到，护住了吴老爷。

几个打红了眼的败兵冲上前，和护矿队员打了起来。败兵们在东溪场上行凶作恶，早已让陈知雄和一些护矿队员恨得咬牙切齿，陈知雄见败兵冲上来行凶，扑上前扭打在一起，尽管年纪不大，很少同别人打架，但是仇恨与怒火填满了胸膛，他和同伙用脑袋撞，用牙齿咬，发疯似的同败兵搏斗，终于让行凶的败兵害怕了，退缩了。同时，东溪场上不少痛恨败兵的年轻人听说有人出头打败兵，也冲上了街，与败兵厮打起来。一些东溪百姓壮了胆，也打开房门，为同败兵扭打在一起的年轻人呐喊助威。终于，一直在东溪场上行凶作恶的败兵害怕了，开始往后退。

可是，就在这时，歪脖子带着两个小土匪赶到了，他想要帮助败兵稳住阵脚，以便从中捞取好处。他拿出了枪，朝着正与败兵厮打的东溪青年开了枪，两个东溪青年倒下了，助威的东溪百姓吼叫起来。歪脖子趁乱退到了大街背后一条小巷子里，他发现小巷子里住着陈家兄弟，并且离吴家住宅也不远。歪脖子和陈家兄弟、吴家都有仇，他一直在寻找报复的机会。现在机会来了，他决定趁着混乱放一把火，把吴家和陈家烧成破瓦烂砖。歪脖子躲在一个墙角下，拿出了随身带着的淋过松油的火把，又拿出打火石打燃了火，点燃了火把，把火把扔进了陈家院子，还点燃了一堆放在墙脚的柴草。

大火燃烧起来。很快，火苗蹿上了房，烧着了一间房，又殃及了另一间房，烧得越来越大。然而人们正和败兵打得难分难解，压根儿没有注意到。

终于，吴能雄一抬眼，发现邻居家着了火，大声呼叫，一些东溪百姓听见了呼喊声，才看到大火已经蹿上了好几户人家的房顶，火光中传来房梁被烧断、房顶垮塌的声音，惊得呆住了。一些年轻人赶紧放弃了搏斗，回过身来救火，有的回家拿来水桶，有的抬来了长梯子，一些躲在家里的街邻也闻声出了家门，参加到救火的行列。吴宏宜遵照父亲的命令，在家照顾受伤的四岁小妹，突然发现自己家里的房子着了火，小妹吴宏琴吓得大声惊叫起来，吴宏宜心里发慌，背起小妹妹冲出了着火的房屋。

东溪场上的火越烧越旺，陈家着火了，吴家着火了，挨邻一些老百姓家也着火了。陈知雄冲到自己家的大门前，火封住了门，他进不了家，急得大声呼喊："知生、知农，你们在哪儿，快回答一声，急死我了！"

没有人回答，火烧着房梁，发出"噼噼啪啪"的声音，大火中有一股东西被烧焦的刺鼻气味。

陈知雄眼里流出了泪，跳起脚大声吼："知生，陈知生，你和弟弟在哪儿？逃出来没有，快回答！"

仍然没有回音。东溪场上的大火越烧越旺，一家又一家老百姓的房子着了火，呼叫救火的声音，寻找亲人的吼声，哭声，叫声，到处乱哄哄的一片。歪脖子的阴谋得逞了，不仅烧了陈家、吴家的房屋，还趁乱窜入一些老百姓家里，抢到了不少财物。

陈知雄听不到两个弟弟的回答，心里也仿佛燃起了火，他脱了长衣长裤，光着膀子就要往燃着大火的屋里奔。刚好陈大生赶到了，一把拽住了他，大声喊："知雄大哥，你不要命了！火快要把房梁烧塌了，你还要往屋子里冲！"

陈大生的话音刚落，轰隆隆一声巨响，房梁塌了，墙壁垮了，火星乱飞。

陈知雄一把抱住陈大生，哭喊起来："大生兄弟，知生、知农困在屋里了，我的两个弟弟困在屋里了，他们不在了，我也活不成了。大生兄弟，我要和他们一起去！"

陈大生拽着陈知雄远远离开了着火的房子，安慰说："知雄哥哥，知生和知农弟弟都是机灵人，不会傻待在着火的房子里等火来烧，他们一定逃出了房子，不知跑到什么地方去了。知雄哥哥，你放心，知生和知农弟弟不会有事的。"

陈知雄身子软软的，一屁股坐到了地上，摇着头，大声哭着说："大生兄弟，我找了，大声喊了，没有听到知生、知农的回答，我怕两个弟弟不在了，我也不活了。"

陈大生鼻子酸酸的，眼里也有了泪，说："知雄哥哥，我们再去找，一定能找到知生和知农弟弟。”

陈知雄被陈大生拉着站起了身，两个人大声呼喊着陈知生和陈知农的名字，到处寻找。

却说陈知生和陈知农被大火堵在了屋子的地下室里。铁山四周闹起了土匪，为了防土匪，陈仲民活着的时候就带着陈知雄、陈知生在家里挖了地下室。陈家的地下室挖得很深，地下室里储存有水，还放有棉被等御寒的衣物。败兵在东溪场大街上闹事，还开了枪，陈知雄要同护矿队里的朋友一起保护矿洞，离开家时嘱咐陈知生，在家里好好带弟弟，不要随意出门。败兵在大街上打架斗殴，枪声乱响，陈知生担心枪弹飞进屋里打伤了弟弟，带着陈知农下到了地下室。陈知农是一个喜欢热闹、好帮助人的孩子，听着大街上闹哄哄的，担心好人被坏人欺负，要去帮助好人打坏人，哀求二哥放他出门。陈知生牢牢记住大哥的嘱咐，守在地下室门口不放弟弟走。

陈知农拍着胸膛做保证：“二哥，求求你，放我出门，我只在远远的地方看。”

陈知生摇了摇头，口气十分坚决，大声说：“小弟，街上当兵的闹事，他们打了败仗，不讲道理，还开枪打人，子弹不长眼睛，你就是站得远远的，也会被子弹伤着，我们就在这里待着，败兵散了才能出家门。”

陈知农哭丧着脸说：“二哥，求你了，让我出门吧，我要撒尿，要拉屎。”

陈知生狡猾地笑了笑，说：“知农，我知道你的鬼点子多，早防着呢，尿盆子、屎盆子早准备好了，拉屎撒尿都不用离开地下室。”

陈知农知道哀求没有用，噘起了嘴，走到床前躺下，拉过被子盖住眼睛，不说话了。

大街上仍然传来男人的吼声、女人的哭叫声、零零星星的枪声，陈知生心疼小弟弟，不想让陈知农生气，走到弟弟身边坐下，用手轻轻地拍着他的肩头说：“小弟，当兵的不闹了，街上安静了，我带你上街玩，还带你到綦江河边玩，下河浮水……”

陈知农睡着了，陈知生也迷迷糊糊地闭上了眼睛。突然，一阵“噼噼啪啪”的响声传进了地下室，惊醒了陈知生、陈知农。一股带着烟味的热气灌进了地下室，陈知生吃了一惊，一骨碌翻身跳了起来。陈知农也跳起了身，揉着眼睛问：“二哥，什么响声，还有烟味，是不是着火了？”

陈知生、陈知农走到了地下室门口，吓得呆住了，地下室的门锁已经被火烧得变了形，兄弟俩打不开锁、开不了门，没有办法出去，而且透过地下室烧坏的门，他们看到了外面燃着的熊熊大火。

陈知农吓得哭了，大声说："二哥，我们家的房子着火了，我们出不去了，要被烧死在里面了。"

陈知生也吓得心里"咚咚咚"地跳，他努力让自己镇静下来，看到地下室门口堆着一堆修地下室剩下的砖头，急切地说："知农弟弟，快，我们把砖头垒在地下室门口，火就烧不进来了。"

陈知农含着眼泪点了点头，搬砖头，垒门口，兄弟俩累得气喘吁吁，陈知农被砖头掉下砸了脚，他掉了几滴眼泪，没有叫疼。终于，地下室门口垒了厚厚的一层砖头，外面的火烧不进来了。

陈知生、陈知农累了，兄弟俩在被子上坐下，张开大口呼呼喘着气。陈知生有些后悔地说："小弟，刚才你吵着要出去，我放你出去就好了，现在想出去也出不去了。"

陈知农是一个懂事的孩子，安慰哥哥说："不怕，等到火灭了，我们会想办法出去的。"

陈大生陪着陈知雄寻找两个弟弟，在救火的人群中寻找，没有找到，又到东溪大街没有着火的地方寻找，还到綦江河边草坡上和小树林里寻找，仍然没有找到。

东溪场大街上到处是女人凄惨的哭声，孩子的尖叫声，寻找亲人的呼喊声。

一个老婆婆坐在被烧塌房子旁边的地上，一把鼻涕一把眼泪地哭喊着："老天爷呀，你睁开眼睛看看，现如今我们过的是什么日子啊？土匪抢，当兵的祸害，老天爷，你还要不要我们活啊！"

一个女人冲进着火的房子救孩子，孩子救出来了，女人却被垮塌的房梁砸着头，死了。孩子扑在母亲身上大哭："妈妈，你醒醒，睁开眼睛说话呀。妈妈，求你了，快睁开眼睛……"

一个头发胡子都白了的老人望着烧成一片废墟的家大声号叫："谁放的火，该遭天雷劈！我的家毁了，今后住在哪里？吃什么穿什么呀？"

吴能雄家的房子修得比较结实，高墙大柱，还修有风火墙，火刚烧着门楼便被扑灭了，大厅、住房都没有进火。

吴能雄祖祖辈辈都是东溪人，他生在东溪场，长在东溪场，平日和东溪场上的老百姓相处得非常和谐，吴家有了难事，东溪场上的老百姓会帮忙，吴能雄家有了喜事，东溪场上的老百姓会登门贺喜。另外，东溪场上还有不少人是给他家采矿砂或炼铁的工人。如今听说东溪场不少人家的房子被烧毁了，没有住处，没有饭吃，天冷了没有御寒的衣物，他觉得不能袖手旁观，便带着管家上了大街，到一家又一家被烧了房子的老百姓家里安抚，让管家记下姓名、家里紧缺的东西，以便设法帮助。吴能雄在大街上遇到了和他一样开矿洞、开铁厂的夏老板，夏老板也在安抚受灾的老百姓。

东溪场上有善心的人多，有人遭了灾遇了难，会有不少人伸出援手，帮助受灾遇难的人家渡过难关。

天蒙蒙亮了，陈知雄没有找到两个弟弟，心里仿佛有一团火在烧，一把刀在绞，好朋友陈大生搀扶着他回到了家，家已经成了一片残破的瓦砾，房梁掉下来横在烧毁的房子中间，破碎的砖头砸在烧垮了架的床上。

陈知雄看到破碎的家，想到两个不知下落的弟弟，紧握着拳头，瞪圆了眼睛，大声号叫起来："该遭五雷轰顶的坏蛋，放火烧了我的家，害得两个弟弟不见了踪影，这个仇，总有一天我会报的！"

陈大生在烧毁的屋子中间翻找着，脸上露出欣喜的神色，大声叫了起来："知雄哥，房子里没有人，没有知生和知农，房子着火时，他们一定逃出去了，他们一定还好好地活着。"

陈知雄眼睛亮了，急忙奔进被烧毁的屋子里，和陈大生一起翻找起来，抬走倒下的房梁，捡走破碎的砖瓦，果然，没有发现两个弟弟的尸体，高兴得挥舞着手叫起来："知生和知农没有被火烧死，他们一定还活着！"

陈大生继续在烧毁的房子里翻找，突然听到地下传来呼救声，惊喜地大声叫起来："知雄哥快来，地下有声音。"

陈知雄猛然想起家里修有地下室，两个弟弟一定是躲进了地下室，他刨开了堆在地上的残砖烂瓦，拿走了烧毁的衣物和家具，找到了地下室的门，地下室里果然传出两个弟弟的呼救声。陈知雄非常激动，用力去推地下室的门，门被烧坏了，推不开。陈大生找来了一段烧了半截的木头，陈知雄用力地用木头砸门，终于，门砸开了，陈知生和陈知农从地下室里爬了出来，陈知雄扑上去抱住了两个弟弟。

陈知农走出地下室时一只脚踩到了掉在地上的一颗生锈的铁钉上，脚出了血，走路一瘸一拐的。

家被烧了，家里吃的、穿的、用的全都烧成黑乎乎的一片，用的不能用，吃的不能吃了。陈知生望着被烧毁的家大声哭了，哭着问："大哥，家被烧了，今后我们住在哪里？吃什么？用什么呀？"

陈大生和陈知雄、陈知生是好朋友，看到好朋友家被烧毁了，心里很难过，抢着回答："知生弟弟，你们家烧了，还有我的家，以后搬到我家去住，我们家里的人吃什么，用什么，你们就吃什么，用什么。"

陈知雄摇了摇头说："大生兄弟，谢谢你的好意，你们家不宽敞，我们兄弟不能住到你家去打扰你的爸爸、妈妈。房子被坏人烧了，我们搭草棚住，没有床，在地上铺上稻草睡，三块石头搭个灶，放上铁锅就可以煮饭吃，坏人烧了我们的房子，将来要盖更好的，气死坏人！"

陈知农挥着小拳头叫了起来："对，坏人烧了我家的房子，将来盖更好的，气死坏人！"

陈知生看到小弟弟的脚还在流血，皱起了眉头，说："大哥，小弟的脚受了伤，要想办法找郎中看一看。"

陈大生也十分着急，催促说："知雄哥，小弟弟的脚流了不少血，快找郎中治治吧。"

陈知雄摇了摇头说："大街上不少人家的房子被坏人烧了，乱糟糟的，到哪儿去找郎中啊？"

陈家兄弟正在着急，吴宏宜找来了，吴老爷担心三个孩子没有住的地方，让儿子吴宏宜去陈家看一看，把陈家三兄弟接到自己家里来。

陈大生看到吴宏宜来了，高兴地叫起来："宏宜兄弟，你来得正好，知雄哥家里的房子被烧了，吃的用的烧得一塌糊涂，知农小弟的脚还被铁钉扎了，快帮着劝劝知雄哥，让他们搬到我家去住。"

吴宏宜摇了摇头说："大生哥，你们家不宽敞，不能到你家。知雄哥，你们搬到我们家里去住吧。我们家虽然也被火烧了，但是我们家宽敞，住的房子没有被火烧着，有地方给你们住。"

陈知雄特别感激自己家遭遇灾祸的时候争相伸出帮手的吴老爷和大生兄

弟，不过他是一个十分要强的人，不想依赖别人帮助，他摇了摇脑袋说："我们三兄弟也不能搬到吴老爷家去住，两位兄弟放心吧，我们会找到住的地方，会有吃的、穿的和用的。"

吴宏宜想起父亲的吩咐，有些着急地说："知雄哥，我父亲有事要和你们说。房子烧了，没有地方住，这些事以后再说，先到我家去，找纱布给知农小弟包脚。"

陈知雄知道吴老爷是好人，父亲生前的好朋友，于是背起脚受伤的小弟陈知农，带着二弟陈知生，陈大生也陪着一起，跟着吴宏宜去了吴家。吴老爷看到陈知农脚上流着血，十分着急，好在请来给小女儿吴宏琴治枪伤的郎中还没有走，于是也请郎中查看陈家小弟脚上的伤。

郎中仔细看了陈知农脚上的伤，皱起了眉头，说："吴老爷，这孩子被生锈的铁钉扎穿了脚板，不好好治，会发炎化脓。可是当前东溪场乱糟糟的，药铺都关了门，弄不到药，治不好脚上的伤，这孩子恐怕要成为残废了。"

陈知雄听了郎中的话，吓了一大跳，"扑通"跪在了郎中面前，大声哀求："郎中爷爷，求求你，治好我弟弟脚上的伤……"

陈知生也吓坏了，跟着大哥跪在了郎中面前，流着眼泪说："郎中爷爷，求你了，治好我小弟的脚，他不能变成残废啊……"

郎中拉起了陈家两兄弟，安慰说："好孩子，你们放心，有吴老爷帮你们，小弟弟的脚一定会治好，他不会成为残废的。"

吴能雄在一旁插上了话，说："知雄，知生，好孩子，你们放心，我不会让你们的小弟弟成为残废的。"

郎中走了，陈知雄还在为小弟脚上的伤忐忑不安，皱着眉头问："吴老爷，你怎么帮小弟弟治好脚上的伤？"

吴能雄把陈知雄、陈知生叫到身边，把陈知农抱在了怀里，亲切地说："孩子们，你们都把心放进肚子里，我小女儿被枪打伤了，我要送她到重庆治伤，顺便也把你们小弟弟带到重庆治脚伤。重庆地方大，好郎中多，药好买，一定会治好知农脚上的伤。"

陈知雄感动得流下了泪，要跪下给吴老爷磕头，被吴能雄拦住了。吴能雄接着往下说："孩子们，知农和宏琴的伤治好了，我想把他们留在重庆读书。我看出来了，知农非常机灵，是读书的料，宏琴也要留在重庆读书，东溪场经常过败兵，铁山上还有土匪，学堂都关了门。綦江县城也不安宁，两个孩子太小，不论是在东溪场还是在綦江县城都容易遇到危险，留在重庆城里读书，我会请人好好照顾他们。”

陈知农听说要和两个哥哥分开，很不情愿地叫起来：“吴老爷，吴伯伯，我不到重庆治伤，不到重庆读书，我要和哥哥们在一起。”

吴能雄把陈知农紧紧抱在怀里，说：“好孩子，听话，读好了书，将来才能回来重振陈家，实现你爸爸有自己矿洞的愿望。”

陈知雄明白吴老爷的一片好心，十分感激，大声劝说弟弟：“知农，听吴伯伯的话，遇上了吴老爷这样的好心人、善心人，你才能到重庆治脚伤，到重庆城里读书。”

陈知农噘起了嘴，不说话。吴能雄接着吩咐说：“知雄、知生，你们家房子烧了，没吃的没用的，没有地方住，住到我们家来吧。我不在东溪的时候，不管是矿洞、铁厂，还是家里遇上了事，知雄还可以帮着出点主意，想想办法。”

吴宏宜在一旁帮着劝说：“对，知雄哥，听我爸爸的话，搬到我们家来住吧！”

陈知雄摇了摇头，拉着二弟来到吴老爷跟前，兄弟俩跪下磕了头，站起身，陈知雄满脸是泪，大声说：“吴老爷，吴伯伯，你是我们家的大恩人，小弟就拜托给你了，今后只要需要我，喊一声，上刀山下火海我都要去，不过我们不能住进吴伯伯家。房子烧了，我和二弟搭草棚住，我们有手、有脚，饿不死也冻不死。”

吴能雄十分赞赏陈知雄的男子汉气魄，伸出了大拇指夸奖说：“好，有志气，陈家有你这样的后人，一定会兴旺起来。”

陈知农要随吴老爷到重庆去了，大哥陈知雄背着他，二哥陈知生跟在后面，三兄弟来到了父母的坟前。陈知农在两位哥哥的搀扶下跪在了坟前，“哇哇”大声哭了起来，说：“爸爸！妈妈！我要跟着吴老爷到重庆去了，去治脚上的伤，还要留在重庆城里读书，会很久很久不能来看你们了。爸爸！妈妈！我不想离开东溪场，不想离开大哥、二哥，可是吴老爷要我去，大哥二哥也要我去，我，小孩子犟不过大人啊……”

陈知雄、陈知生也在父母坟前跪下了，陈知雄抹了一把脸上的泪，说：

“爸爸、妈妈，坏人烧了我们家的房子，小弟脚上受了伤，吴老爷是好人，爸爸的好朋友，他要带小弟去重庆治伤，还要小弟留在重庆城里读书，是天大的好事。我们兄弟三个从来没有分开过，我也不想小弟离开，可是小弟要治脚上的伤，而且我们家的房子、吃的用的都被火烧了，今后的日子一定过得很苦。小弟太小了，我不想他小小年纪就受这么多的苦……”

陈知生接过大哥的话头说：“爸爸妈妈，吴老爷带小弟到重庆治伤、读书，是好事，天大的好事。吴老爷说了，小弟人聪明，读了书会更聪明，将来我们陈家兴旺全靠小弟了！”

天上下起了小雨，刮起了风，“呼呼呼！”似乎在替睡在坟墓里的人回答陈家兄弟：孩子们，受苦了，作恶的人会受到报应，善心人会有好报。

陈知农跟着吴老爷走了，他们乘坐船夫孙老大的船到了綦江城，搭乘轿子去了重庆。

陈知雄、陈知生送走了小弟，两个人带着刀拿着锄头回到了父母亲的坟前，陈知雄已经选好了地方，准备在离父母坟前不远处一个背风的山窝子里搭草棚子住。陈知雄年纪大一些，力气也要大一些，负责砍竹子，陈知生拿着刀割茅草。雨住了，天晴了，太阳从云层里钻了出来，兄弟俩都很卖力气，陈知雄砍了好几根竹子，其中两根有小碗大小，他用大的竹子做竹棚的梁，小一些的竹子用来搭在竹梁四周，再盖上茅草。陈知生割茅草很卖力气，刀割破了手指，流出了血也不叫疼。兄弟俩把盖草棚剩下的茅草铺在草棚里，又从家中地下室里拿出了被盖。有了遮风避雨的草棚，也有了晚上睡觉盖的棉被，陈家兄弟算是有了一个简陋的新家。

陈知雄、陈知生清晨离开吴老爷家，忙了一天，干了一天的活，肚子咕咕叫了，虽然说离开吴家时吴宏宜再三嘱咐陈家兄弟回去吃饭，可是陈知雄、陈知生不愿意再麻烦吴老爷家，都不提回吴家吃饭的事，兄弟俩忍着饿，坐在新盖成的草棚子里发呆。

草棚外传来脚步声，吴宏宜提着一个瓦罐子来了，大声喊：“知雄哥哥、知生弟弟，我给你们送饭来了。”

陈家兄弟又惊又喜，奔出草棚迎接。陈知雄接过瓦罐子，十分感激地说：“宏宜兄弟，辛苦你了，我们实在不想再麻烦你们家了，想不到你爬山送来了饭，实在是辛苦你了。”

吴宏宜累得气喘吁吁，说："知雄哥哥，我们是好朋友。我知道你们没有吃饭的地方，所以送饭来了。"

草棚外又响起脚步声，陈知生出草棚去看，原来是陈大生来了，手里也提着瓦罐，背上背着背篓，进了草棚，放下瓦罐和背篓。瓦罐里是煮好的饭，背篓里有米有红苕，还有一个大南瓜。

陈家兄弟在草棚里安了家，他们又搭了一个草棚做厨房，用石块砌成了灶，吴宏宜从家里送来了锅碗，还送来了米面。陈知雄每天到矿洞上班，采矿砂。

东溪场经常过军队，铁山上的土匪也经常下山骚扰，不少人家搬离了东溪场，到矿洞上班的人少了，可是陈知雄记住在吴老爷面前的承诺，天天都去矿洞上班。吴家遇到难事，也帮着出主意想办法解决。

晚上，陈知雄、陈知生睡在草棚里，想着远在重庆的小弟弟，还有被土匪抢上铁山寨下落不明的小妹妹，久久睡不着……

第六章 铁山寨

十六个年头过去了。

刘胡子仍然在铁山寨上当土匪大头领，十六年间，有国民政府的军队攻上铁山寨围剿，刘胡子带领着手下兄弟，仗着熟悉铁山及附近大山的地形，和围剿的军队藏起了猫猫。围剿的军队人多武器好，刘胡子自知打不过，躲进了深山密林，等围剿的军队退走了，刘胡子又带领手下兄弟回到铁山寨，继续当他的大头领；也有国民政府的正规军、地方上的杂牌军，想招安刘胡子，派人上山，但因为年纪太大，害怕吃不了正规军的苦，刘胡子没有接受招安，仍然在铁山寨当草头王。刘胡子娶了当年抢上山的李春香，天天晚上搂着老婆睡觉，李春香在山上住久了，铁山寨上的人喊她李婶。李婶是一个善良本分的女人，在枕头边一次又一次地劝说刘胡子要以善为本，说做多了恶事迟早会遭到报应，终于劝得刘胡子改了以前很多恶行，不再随意下山抢劫一般老百姓和正当生意人。为了维持山寨里众多兄弟的日常开销，李婶给刘胡子出了一个“黑吃黑”的主意，抢劫从贵州贩鸦片到重庆的烟贩子。她对铁山寨的兄弟们说，烟贩子把鸦片烟运到重庆綦江卖，害得无数人染上鸦片烟瘾，以致家破人亡，他们做的是伤天害理的事。抢了鸦片烟贩子是做好事，替天行道。不过，铁山寨上土匪多，有人相信李婶的话，也有人不相信李婶的话，像歪脖子和他的几个心腹仍然经常悄悄到东溪场抢劫老百姓的财物，强奸民女。

刘胡子喜欢李春香，把李春香带上山的陈知娇认作了干女儿，取名叫刘翠花。刘胡子上山当土匪后，曾经和政府军刀对刀、枪对枪地打过仗，下身受过伤，郎中说他不会有自己的儿女了，于是刘胡子渐渐地把刘翠花当成了自己的亲生女儿。为了让女儿在自己不在之后有防身的本领，刘翠花五六岁时便教她打枪，还教摔跤、上树，等到十七八岁时，刘翠花便能双手打枪，百步以外要打人的鼻子不会打到眼睛上去，在密林中奔跑像兔子一样快，还能爬上高高的树梢。刘翠花是李婶一手带大的，一直把李婶当成自己的亲妈，李婶也把刘翠花当成亲生女儿，她害怕女儿在土匪群中跟一些坏人学，染上了坏习惯，一有空便给刘翠花讲为人行善的道理。她害怕刘翠花知道自己的身世后怨恨刘胡子，以致父女不和，影响刘胡子对养女的爱，一直没有把刘翠花的身世说出来，不过她始终精心保存着刘翠花被抢上山时身上穿的小红袄，以待时机到了让养女下山去认亲人。

有一次，刘胡子带着刘翠花到山上打山羊，不小心摔下了山崖，受了重伤，尽管李婶让人下山请来了郎中，还派人到綦江县城买了药，刘胡子的伤仍然没有治好，而且越来越重。刘胡子知道自己的伤治不好了，这一天，他把老婆、女儿叫到床前。虽然刘胡子当了半辈子土匪，经历了无数凶险的事，早已把生死置之度外，可是看到李婶和养女刘翠花，想到自己走了，老婆、女儿会过得十分艰难，刘胡子便动了感情，眼里有了泪，拉着刘翠花的手说：“花儿，爸爸要死了，以后你要好好待妈妈，听妈妈的话。”回过脸又嘱咐老婆：“老婆，我不在了，你也要好好待女儿，山寨上待不下去就下山，另外找个好人家的男人嫁了，好好过安稳日子……”

刘胡子要安排好自己的身后事，他想让女儿刘翠花接替铁山寨大头领的位置，以免女儿受人欺负。刘胡子让人把一些小头目找来，用商量的语气说：“兄弟们，我们是几十年的好兄弟、好朋友，我要死了，我想把铁山寨大头领的位置传给女儿刘翠花，你们说行不行？”

铁山寨上的小头目多数是和刘胡子磕过头、结拜为兄弟的朋友，把刘胡子说的话当成皇帝的圣旨，你一句我一句争先恐后嚷开了。

“大哥，我听你的，以后翠花妹子就是铁山寨的大头领了。”

“大哥放心，以后翠花头领说的话就是大哥你说的话，谁要是敢反对，我一枪崩了他。”

“大头领，你的女儿有勇有谋，枪打得准，爬山上树样样行，该当大头领。”

两天后，刘胡子死了，铁山寨上的人安葬了他，按照刘胡子生前的嘱托，推举刘翠花做了铁山寨上的大头领。

刘翠花新官上任三把火，安排人整修铁山寨破损的房屋和寨门，和几个小头领商量制定约束兄弟们随意下山抢劫的新规定，天黑了回到和李婶一起居住的房间。吃过李婶留的饭，母女俩坐在床沿边摆谈了起来。

李婶脸上露出忧虑的神色，说：“好女儿，你当了铁山寨的大头领，还记得妈妈从前给你讲的话吗？”

刘翠花点头说：“妈妈，我记住了你说过的话，当土匪要当好土匪，不随意抢劫老百姓，不抢劫正当的生意人，要抢就抢劫贩卖鸦片的烟贩子。”

李婶满意地点了点头，把女儿搂进怀里说：“对，好女儿，要学戏文里面演的梁山好汉，做杀富济贫的英雄。对了，女儿，以后抢了烟贩子，有了钱，要帮助铁山附近的穷乡亲。”

刘翠花拍着胸膛说：“妈妈，以后我听你的，铁山寨的弟兄们也听你的，杀富济贫，抢鸦片烟贩子，扶助接济铁山附近的贫苦乡亲。”

李婶脸上露出满意的笑，可是笑容很快消失了，她叹了口气，皱起了眉头，说：“好女儿，你是女人，不能一辈子待在铁山上当土匪头子，以后要嫁人，要生孩子，要有一个家。”

刘翠花似乎没有听懂母亲的话，满不在乎地说：“妈妈，我不嫁人，就跟妈妈一起过，我们母女两人在一起就是一个家了。”

李婶苦笑，没有再说话，轻轻叹了口气，把女儿搂在怀里，紧紧地搂住……

突然，房门外院坝里传来一个男人粗野的吼声：“刘翠花，出来，一个女人年纪轻轻就想当铁山寨上的大头领，真是不知天有多高地有多厚。刘大头领死了，这铁山寨上的大头领理所应当由我来当，你凭什么趁我不在山寨抢了我大头领的位置……”

吼叫的是土匪歪脖子。

歪脖子接到在綦江县城当上了团防局副团长的霍树楠让人秘密捎来的信，说是有一位很神秘的朋友最近要到綦江县城，让歪脖子来见一见，一起商量做一件惊天动地的大事，办好了会有一大笔钱财，一辈子吃不完也用不完。于是歪脖子借口说江津家里的老婆生了病，要回家为老婆治病离开了铁山寨，到綦江县城躲进了霍树楠家里，不料等了十多天，神秘的客人还没有到，却听到留在铁山寨的心腹托人捎来的信——刘胡子死了，一些小头领推举刘胡子的养女刘翠花做了铁山寨的大头领。歪脖子在铁山寨待了二十多年了，早已经觉察到大头领刘胡子娶了李春香做老婆后，做事越来越不合自己心意，对手下弟兄管束越来越严。歪脖子猜出刘胡子的变化全是老婆枕头风吹的，心里暗暗恨上了李春香和刘翠花。刘胡子死了，刘翠花当上了铁山寨的大头领，歪脖子不甘心，迅速离开綦江县城，赶回铁山寨，想从刘翠花手里夺取铁山寨大头领的位置。

刘翠花听到歪脖子的吼叫声，她早就对歪脖子不满，从几个心腹小头领那里多次听说歪脖子背着养父下山抢劫财物、强奸女人的事，又见歪脖子在院坝里吼叫，非常生气，开了门来到院坝，大声训斥：“歪脖子，你胆大包天，现在我已经是铁山寨上的大头领，你敢胡乱喊叫，冒犯本大头领，按照山寨的规矩应该拖下去重重地打板子。”

听到歪脖子的吼叫，院坝里聚集了不少人，有的帮着大头领呵斥歪脖子，也有悄悄替歪脖子说话的。

“歪脖子，大头领是我们大家推举的，容不得你在这里乱吼乱叫！”

“大头领，歪脖子辱骂你，坏了山寨的规矩，应该重重处罚！”

“歪脖子是铁山寨上的老人，不能因为吼叫几句就受到处罚。”

歪脖子毫不示弱，蹦跳着大声道：“刘翠花，你太嫩了，不配做铁山寨的大头领，今天我要和你这个小女子比试比试，如果胜不了我的拳头，趁早把大头领的位置让给我！”

刘翠花冷笑了，大声说：“好，歪脖子，今天我不把你打倒在地学狗叫，我就让出大头领的位置给你坐。”

歪脖子仗着个头高，力气大，没有把刘翠花放在眼里。他瞪着一双牯牛般的眼睛，使出了全身力气，挥舞着拳头冲向刘翠花。刘翠花不慌不忙，等到歪脖子冲到眼前，手脚同时向对手击去，拳头打到了脸上，脚尖踢到了下身处，歪脖子惨叫一声，嘴角流出了血，“扑通”一声栽倒在地上。

观看的人群中响起一片叫好声。

“好啊，大头领好拳脚，一个回合就把歪脖子打倒在地上了。”

“歪脖子，你这下该认输了！”

歪脖子疼得躺在地上滚了几下，稍稍平息，嘴巴还不认输，吼道：“刘翠花，你手脚并用，不合规矩，我不服！”

刘翠花奔到歪脖子身边，挥着拳头要打下去，李婶出来拦住了女儿，她不希望刘翠花刚刚当上大头领就打伤手下小头领，劝道：“女儿，住手吧，不要打了。”

刘翠花收回了拳头，她让心腹小头领把歪脖子关进了一间黑屋子，想等第二天和手下头领们商议处置歪脖子的方法。可是，当天晚上，歪脖子的两个心腹偷偷蹿到黑屋子，弄开锁，放走了歪脖子。

歪脖子逃出铁山寨后，他没有去的地方，爬高山，穿密林，走小路到了綦江城外，白天害怕有人认出，不敢进城，天黑时从东门城墙一个缺口偷偷进了城，穿背街小巷子来到了团防局副团长霍树楠的家，拍响了门。

霍树楠家来了一个重要的客人，姓宋名大发。宋大发是日本人，三年前来到中国西南地区做生意，一些贪财的人被宋大发的厚礼诱惑了，心甘情愿帮宋大发做事，即使是有损国家和老百姓利益的事，也要帮宋大发去做，霍树楠就是其中一个。

其实，宋大发是日本间谍，受日本间谍机关派遣来到中国，日本政府中一些有野心的人一直窥伺中国的资源和财富，阴谋发动侵略中国的全面战争，于是派遣间谍到中国各地刺探情报，秘密组织愿意投靠日本人、甘愿出卖国家利益的人结成团伙，接受日本间谍机关指令，为日本间谍机关服务。日本间谍机关刺探到川黔边境的綦江县铁山一带地底下埋藏了大量铁矿砂。这里离中国西部工业重镇重庆很近，如果中日之间爆发战争，这里极有可能成为生产钢铁供应军工企业、支持中国打仗的重要原料供应地。为了进一步了解铁山一带的铁矿砂储藏开采等相关情况，寻找机会破坏铁山一带的铁矿砂开采，日本间谍机关指令宋大发到綦江执行任务。宋大发到了綦江县城，找到了已经被收买的团防局副团长霍树楠，向霍树楠交代了日本间谍机关的指令，一起商讨组建间谍组织、完成日本间谍机关指令的事，正在这时，歪脖子找上门了。

宋大发听霍树楠介绍了歪脖子的情况，又听歪脖子亲口讲了自己的遭遇，心里做了判断——歪脖子是可以为日本间谍机关卖命的人。于是向歪脖子表明了自己的身份，让歪脖子参加间谍组织。

歪脖子听说要自己当日本人的间谍，有些犹豫，低着脑袋没有说话。

宋大发猜出了歪脖子的心思，用手拍了拍他的肩头，笑道："歪大哥，你运气好，遇上了我，只要听我的话，按照我的指令办事，钱不是问题，我们大日本帝国有的是钱，可以让你天天吃好的喝好的，抱着漂亮女人睡觉，还可以把你接到日本去过神仙般的好日子。"

霍树楠在一旁帮着劝说："歪脖子大哥，你被姓刘的女子赶出了铁山寨，没有了去处，不如跟着宋老弟干，吃香的喝辣的，天天晚上还有美人抱。说实话，现在我们中国已经没有希望了，一些带兵的你打我我打你，不少当官的只顾捞钱，依我看，中国早晚要亡在日本人手里，到那时候我们就是功臣了，论功行赏或许能捞个省主席、县长来当。"

歪脖子心动了，答应跟着宋大发一起干，还拍着胸脯保证，今后叫干什么就干什么，赴汤蹈火在所不惜。

宋大发、霍树楠、歪脖子三个歹人秘密商量去刺探铁山一带的铁矿砂储藏及生产情况，进而破坏铁矿砂开采。宋大发听说铁山寨上有一股土匪，大头领是一个年轻女人，眼睛亮了，嘻嘻笑着说："霍大哥，歪大哥，我们要掌握这股土匪武装，利用土匪武装力量去破坏铁山一带的铁矿砂生产！"

歪脖子摇了摇头，皱着眉头说："宋家兄弟，铁山寨上的大头领虽然是一个年轻女人，可是厉害得很，背后还有她妈出谋划策，要打她的主意，难！"

宋大发阴险地笑了笑，说："对付年轻女人，我有办法，当前要办的第一件事是想办法打入铁山寨。"

……

三个歹人商量起来。终于，宋大发大声笑了，说："好，就这么办，凭着我们的神机妙算，一定能拿下铁山寨上那个年轻女人。”

刘翠花得到消息，一伙鸦片烟贩子要运鸦片从綦江境内一个叫大罗坝的地方经过，决定带着手下兄弟赶到大罗坝拦截鸦片烟贩子，抢下鸦片烟贩子运的鸦片烟毁掉，夺下鸦片烟贩子身上的钱财。她留下了十多个兄弟看守铁山寨，保护留在寨子里的老人和孩子。刘翠花没有料到，她带着手下兄弟离开不到一天，县团防剿匪部队就到了铁山脚下，向铁山寨发起了进攻。铁山寨上的人少，武器也不好，抵挡不住县团防剿匪部队的进攻，形势十分危急，就在剿匪部队要攻上铁山寨时，宋大发带领十多个全副武装的手下在县团防剿匪部队的屁股后头开了火，剿匪部队经不住前后夹攻，溃败退走了。宋大发带领的人并没有趁铁山寨空虚攻上山寨，而是遵照江湖规矩，另外选了一个山头，搭起帐篷住下了。

刘翠花带着手下兄弟在大罗坝埋伏了两天两夜，没有等到鸦片烟贩子，知道情报有误，带着手下兄弟回了铁山寨，然后听说了离开期间铁山寨发生的事情。宋大发帮助铁山寨打退团防兵，有恩于铁山寨，刘翠花决定按照江湖规矩，亲自到宋大发驻扎的山寨登门拜谢。

刘翠花带了两个贴身保镖到了宋大发一伙的营盘。听到守门人通报铁山寨大头领来答谢相救之恩，宋大发亲自到营盘外迎进了刘翠花，满脸笑容：“刘大头领，幸会幸会！我早听歪脖子大哥说你是女中豪杰，今日相见，真是三生有幸。”

刘翠花见歪脖子在宋大发营盘中，心里暗暗吃惊。歪脖子看出刘翠花脸色有变，赶紧上前认错赔罪，说：“刘大头领，我和你争夺大头领的位置，是自不量力，我错了。刘大头领，你是一个大大的女中豪杰，我败在你手下，心服口服！我走投无路，投奔了宋头领。宋头领原来是川军一个连长，部队被打散了，拉起了杆子，他跟刘大头领一样，也是一个大大的英雄豪杰！”

刘翠花仔细打量了宋大发，年龄不到三十，两眼有神，脸上带笑，衣着整齐，不像她见过的土匪头领，更像是年轻英俊的军官，赶紧双手抱拳行了礼，郑重地说：“宋大头领，这次你带人救了铁山寨，是铁山寨的恩人，请受我一拜。”

宋大发十分谦虚地说：“区区小事，刘大头领不要记在心上，如今我们都是占山为王的人，是一家人，有事理应互相帮助！”

宋大发让手下兄弟摆上酒席，请刘翠花一行喝酒吃饭，然后亲自送出营盘，送到了铁山寨下。第二天，刘翠花按照江湖礼节，把宋大发请上了铁山寨，照样摆上酒席，请宋大发喝酒吃饭。酒席上宋大发喝多了，红着脸，吐着酒气，说起了酒话：“刘、刘大头领，你是我宋某人见过的最美的女人，最美的英雄，年纪轻轻就当了大头领，将来手下的兄弟多了，接受招安会当上团长、师长，成为既漂亮又能干的女英雄，比戏文里的花木兰还要英雄……”

刘翠花的心“咚咚”跳了起来，她从小生活在土匪群中，看到的大多数是粗鲁丑陋的土匪，从来没有见到过像宋大发这样的人，便有些腼腆有些谦虚地说：“铁山寨是我父亲开创的，我是沾了父亲的光，不像宋头领，当过正规军的连长，真是年轻有为。”

宋大发端起一碗酒倒进嘴里，摇了摇头说：“刘头领不要谦虚，你是真正的女英雄，大英雄，将来谁要是娶了刘头领，真是最有运气、最有福气的人。”

刘翠花不由得对宋大发有了好感，宋大发成了铁山寨上的常客，每隔三五天就要到铁山寨做客，有时候是刘翠花派人去请，有时候是宋大发主动到铁山寨拜访，喝酒吃菜，还相互切磋武艺，比试枪法。宋大发枪法好，能一枪打下天上飞的小麻雀，摔跤也很在行，能连续摔倒七八个人。有时候，宋大发邀约刘翠花到铁山寨附近山头上游玩，摆谈各自感兴趣的事情。

刘翠花和宋大发越走越近，李婶看在了眼里，有时候为女儿高兴，有时候感到不安。

一天晚上，刘翠花送走了在铁山寨上游玩了一天的宋大发，回到自己房间，看到妈妈坐在自己床上，皱着眉头，仿佛有心事，有些奇怪地问：“妈妈，怎么了，遇到了什么不开心的事？”

李婶轻轻地摇了摇头，问：“翠花，你送走了宋头领？”

刘翠花似乎明白了妈妈的心事，脸红了，轻声说：“宋头领是一个好人，他与其他土匪头领不一样。”

李婶把刘翠花拉到身边坐下，轻声说：“好女儿，你太年轻了，经历的事太少了，你还不完全明白世事凶险的道理。宋头领看起来确实是一个好男人，可以托付终身的好男人，可是，你知不知道他家里有些什么人？他是怎么到了铁山上的？歪脖子是头顶长疮、脚底流脓的人，宋头领为什么会容下他……”

妈妈一个接着一个的问题问得刘翠花有些迷糊了，她也皱起了眉头。

刘翠花和宋大发仍然继续来往，时间长了，宋大发嘴巴甜，说的话让铁山寨上的年轻女大头领听着心里舒服，也让刘翠花的妈妈李婶放松了警惕。刘翠花把年轻英俊的宋大发当成了信得过的好人，不过对宋大发身边的歪脖子仍然存有很大的戒心。

一天，宋大发把歪脖子带到了刘翠花面前，刘翠花皱起了眉头，脸上有了怨气。歪脖子“扑通”跪在了刘翠花面前，伸出手“啪啪啪”连续打了自己好几个响亮的耳光，大声说：“大头领，以前我做了不少糊涂事，还异想天开要夺铁山寨大头领的位置，我错了，大错特错！大头领，自从我跟了宋头领，懂得了做人要宽容的道理，宋头领知道我以前得罪过大头领，特意把我带来给大头领认错。大头领，你大人有大量，千万不要记我这样的小人的仇，今后大头领和宋头领一定会联起手来干，我不单要听宋头领的话，还会听大头领的话。大头领指东我打东，指西我打西。”

宋大发在一旁帮着劝说：“刘大头领，这歪脖子是一个粗人，一根肠子从喉咙通到屁股眼儿，刘大头领犯不着记他的仇。今后如果歪脖子有得罪刘头领的地方，我知道后会割掉他的耳朵、鼻子。”

歪脖子一面磕头一面说：“不敢！不敢！今后我再也不敢得罪大头领了，如果以后得罪了大头领，不要说割耳朵、削鼻子，就是砍掉脑袋我也心甘情愿。”

刘翠花碍着宋大发的面子，轻轻叹了口气说：“起来吧，歪脖子，既然有宋大哥说情，我就从心里把你以前做的糊涂事、缺德事通通抹掉。今后你要听宋头领的话，为宋头领做事。”

歪脖子从地上爬了起来，拍着胸膛说：“大头领，你放心，今后我不单要听宋头领的话，也要听大头领的话。”

宋大发和歪脖子在刘翠花面前演了一出戏。

歪脖子走了，屋子里剩下了宋大发和刘翠花。窗户外有一棵桃树，春天到了，桃树开了花，一阵阵花香飘进了屋，几只不知名的鸟儿在树上“叽叽喳喳”地叫个不停。

宋大发见屋子里墙上不仅挂着枪，还挂着弓箭，想出了一个主意，脸上堆满了笑，说："刘大头领，难得今天天气好，走，我们到山上打鸟去。"

刘翠花有些犹豫地说："打鸟，用枪打鸟会惊动周边的乡亲。"

宋大发摇了摇头说："不用枪，你这里有弓箭，我们用弓箭射鸟，不会惊扰乡亲。"

刘翠花有些吃惊地说："宋头领，你也会用弓箭射鸟？"

宋大发笑着解释："我家在东北大森林里，父亲是猎户，我从小跟着父亲上山用弓箭打猎。"

刘翠花完全相信了眼前这个年轻英俊的男子，便从墙上取下弓箭，跟着宋大发出了门，她的两个心腹随从不放心，要跟着一起上山打猎，被刘翠花红着脸拒绝了。

宋大发带着刘翠花上了山，他在日本特务机关接受训练时练习过用弓箭射击，射得很准，一会儿工夫便射下了五六只鸟。刘翠花从小跟着刘胡子学的是打枪，很少练习弓箭，半天过去一只鸟也没有射到，感到自己不如宋大发，非常惭愧。在一个悬崖边上射鸟时，弓箭失手落下山崖，挂在了半山一棵大树上，刘翠花想抓住山崖边一棵小树到半山捡回弓箭，不料小树被拉断了，吓得刘翠花大声叫起来，幸亏宋大发在山崖上伸出手抓住了她的衣襟，把她拉上了山崖，还自告奋勇下到半山捡回了弓箭。

刘翠花不仅完全信任了宋大发，心里还萌发了一个年轻女人对未婚男子的爱慕，脸红了……

打了大半天的猎，刘翠花和宋大发都累了，两个人在一块青石板上坐下休息，刘翠花轻声说："宋头领，你会打枪，还会射箭，真是一个有本事的男人。"

宋大发猜到了刘翠花的心思，笑了笑说："我小时候被在军队里干事的叔叔带到城里进了军校，不仅学会了打枪射箭，还学了不少军事知识。"

刘翠花十分羡慕地说："你上过军校，一定懂得不少行军打仗的道理，你真是一个能文能武的人。"

宋大发故意装出谦虚的样子，说："我不行，哪里像刘头领，从小就学打枪用棒，又一直生活在大山中，了解大山的脾气，刘头领才是真正的能人。"

刘翠花想解开心里最后一个疑团，轻声问："宋头领，你在军队里当过连长，为什么不回军队，到大山里来当土匪？”

宋大发早就准备好了回答的话，装出气愤的样子说：“刘头领，你看看当今世道，带兵的大官们从来没有为老百姓想过，争地盘，今天你打我，明天我打你，打来打去苦了当兵的，苦了老百姓。我实在看不惯了，才不当连长，带着一些兄弟出来闯荡，我要像小说《水浒传》里写的梁山好汉一样，也当一个杀富济贫的好汉！”

刘翠花感动了，点了点头说：“对，我们要当梁山好汉，我听妈妈给我讲过梁山好汉的故事，宋头领，你也给我讲一讲梁山好汉的故事，好吗？”

宋大发知道女土匪已经被自己说得动了心，暗暗高兴，说：“好哇，刘头领，我有一些梁山好汉的书，有空我把书拿来读给你听，梁山好汉里有女英雄，铁山上也有像你一样的女英雄……”

铁山寨上一间小屋子里，门关得紧紧的，桌上放着酒碗，歪脖子和几个相好的兄弟一面喝酒一面摆谈着。

歪脖子吐着酒气说：“我现在跟着的宋头领是一个十分体贴手下兄弟的好人，我跟着他，有大块肉吃，有好酒喝，还可以找女人睡觉，三五天发一次钱。宋头领手下的兄弟和你们比，真是一个天上一个地下。”

一个小土匪羡慕地说：“歪大哥，你把宋头领说得那么好，干脆带着我们去投奔了他，行不行？”

歪脖子摇了摇头，眯着眼睛狡猾地笑了，说：“不行，现在还不行，不过，只要你们愿意吃好的，喝好的，心里想着跟着宋头领干，会有机会的。”

一个土匪提出了疑问：“大哥，你夸宋头领有本领，待手下兄弟们好，怎么经常往铁山寨跑，在大头领面前说一些奉承好听的话？”

歪脖子轻声说：“兄弟们，宋头领说了，要干成大事，要能伸能屈，宋头领是干大事的人，他的大事干成了，我荣华富贵的日子就到了。只要你们跟着我，跟着宋头领干，你们荣华富贵的日子也会到的。”

刘翠花心里有了和宋大发合伙，迎接宋大发和他手下兄弟进铁山寨的想法，不过，和宋大发合伙是山寨上的大事，刘翠花想听一听手下心腹的想法。这一天，她把几个心腹兄弟姐妹叫到自己的房间，关上了门，还让人在门外放哨，说出了心里的想法。

一个姐妹拍着手轻声叫起来："大头领，好事呀！宋头领英俊漂亮，文武双全，把他接上山寨，将来和大头领配成一对，我们可以喝喜酒了。"

刘翠花红了脸，装着生气的样子训斥说："不准胡说八道，我是看宋头领文武双全，在军校受过训，懂得行军打仗，把他迎进铁山寨，能领着大家好好干！"

一个兄弟皱着眉头说："大头领，铁山寨维持到现在不容易，你是我们看着在铁山寨长大的，知根知底，信得过，姓宋的是什么地方人，以前干过什么，都是听他自己说的，山寨上的人谁也没有亲眼见过。俗话说，知人知面不知心，我们猜不透姓宋的到底安的什么心，迎他上铁山寨，把大头领的位置让给他，我实在不放心。"

一个姐妹也提出了反对意见："大头领，你的位置是刘大头领交下来的，不能随便让给其他人，在铁山寨，我们只认你是大头领，不会认其他人做大头领。"

刘翠花耐着性子解释了很久，说了宋大发不少好话，最后和心腹兄弟姐妹达成了一个折中的办法，可以迎接宋大发和他的手下兄弟进铁山寨，不过铁山寨的大头领仍然由刘翠花做，不能让给宋大发。

晚上，刘翠花来到妈妈住的房间，想把和心腹兄弟姐妹商量决定的事告诉妈妈。李婶已经知道了女儿准备迎接姓宋的一伙进山寨的事，心里十分矛盾，由于弄不清楚宋大发的底细，她实在是不放心让翠花迎宋大发进山寨。近二十年了，她把刘翠花抚养成人，有了很深的感情，早已把翠花当成自己亲生女儿了。刘翠花生活在土匪窝子里，很难找到一个称心如意的男人做终身伴侣，当妈妈的很为女儿着急。李婶想把女儿的身世说出来，几次话到嘴边又咽回了肚子，因为她看到刘胡子虽然害死了女儿的亲爹亲妈，可是后来很好地对待了女儿，刘胡子和自己结成夫妻后也改了很多恶行，夫妻之间有了感情，李婶不想让女儿知道身世后把养她长大的刘胡子当成仇人。李婶也想让女儿离开铁山寨，回到亲人身边，可是又想到女儿在土匪窝子里长大，还当了铁山寨的大头领，害怕女儿下了山被抓起来关进大牢，甚至枪毙，不敢让她下山。

李婶爱女儿，不想让刘翠花受到伤害，生活在矛盾中，常常一个人偷偷地流眼泪。她听刘翠花讲了准备迎接宋大发以及手下兄弟进山寨，心里既为女儿担心又有一丝高兴，皱着眉头叹了口气，轻声说：“翠花，俗话说，害人之心不可有，防人之心不可无，迎姓宋的一伙进了山寨，平时做事一定要多长个心眼儿。晚上睡觉要睁一只眼睛闭一只眼睛，千万记住，大头领的位置轻易不能让出去。”

刘翠花被妈妈关心的话感动了，扑上前抱住了她的脖子，亲热地说：“妈妈，我听你的话，永远听你的话。”

铁山寨打开寨门，迎接宋大发和他手下的兄弟进了山寨，两股土匪合成了一股，宋大发拿出钱在附近乡亲家中买了两口猪宰了，让手下兄弟从东溪场上买来了酒，摆了酒席庆祝合并，铁山寨上热闹了三天。

铁山寨上张灯结彩，歪脖子为讨好两个头领，特意派人下山请来了戏班子，要唱大戏以示庆贺。

铁山寨上的兄弟姐妹有的兴高采烈，有的摇头叹息。刘翠花在妈妈李婶的房间里，妈妈拉着女儿的手，母女俩坐在床沿上，李婶总是不经意间皱着眉头，刘翠花欢喜之余也就隐隐有了一丝不安。

李婶轻轻叹了口气，说：“孩子，以后千万要多长个心眼儿，不要被人卖了还帮着数钱。”

刘翠花点了点头说：“妈妈，以后遇到事，我一定和你商量，不再做糊涂事了。”

宋大发和手下兄弟进了铁山寨，刘翠花并没有把大头领的位置让出来，让宋大发做了二头领。宋大发装着一点也不在意，事事遵照刘翠花的要求办，帮助约束山寨上的兄弟，不随意下山抢劫普通百姓，山寨上缺钱缺粮，就拿出自己的钱给山寨买粮食、犒赏大小头领，还带着手下兄弟到挨邻的贵州地界抢了两次鸦片烟贩子，把抢来的钱一文不留都交给大头领，得到了山寨上不少兄弟的赞扬，刘翠花也十分满意。宋大发想着法子讨得刘翠花欢心，常常下山到集市买些漂亮的衣服、首饰、耳坠子等送给翠花，有时候还约翠花到山寨附近的山头看风景，坐在草地上讲故事给她听，什么“牛郎织女”“天仙配”呀，“梁山伯爱上了祝英台”呀，还教刘翠花认字看书。一开始在山寨大厅里，慢慢地就移到了翠花房间里。

对于女儿和宋大发越走越近，关系越来越亲密，李婶看在眼里，愁在心里。她猜不出宋大发心里打的什么算盘，十分害怕翠花吃亏。刘翠花大了，已经到了谈婚论嫁的年龄，李婶心里着急。刘翠花是清白人家的孩子，虽然在土匪窝子里长大，当了铁山寨的大头领，李婶也不愿意她嫁给土匪当老婆。她希望有一天带着刘翠花下山找到亲人，嫁给一个清清白白的男人做老婆。可是李婶没有料到，尽管一次又一次提醒女儿不要轻信宋大发，刘翠花仍然没有抵御住男人的感情攻势，糊里糊涂地让宋大发上了自己的床。

一天夜里，宋大发在翠花房间里教她识字看书，夜深了，宋大发教得认真，教一遍两遍翠花认不了，他就很有耐心地继续教，四遍五遍、七遍八遍。刘翠花心下里感动，让人拿来酒，要陪着宋大发喝两杯。宋大发听说翠花要陪自己喝酒，暗自高兴，自告奋勇去拿酒，偷偷在酒中做了手脚，放了歪脖子从山下买回的春药。刘翠花喝了宋大发的酒，浑身燥热，再也没有办法控制自己，让宋大发上了自己的床。

刘翠花中了宋大发设下的圈套，十分苦恼和悔恨。二头领上了大头领床的消息又悄悄地在铁山寨传开了，一些土匪在她背后指指点点。为了堵住山寨上兄弟们的嘴，刘翠花决定嫁给宋大发，她给妈妈说了结婚的事。李婶无可奈何，同意刘翠花嫁给宋大发。

铁山寨上大头领和二头领的婚礼举办得热热闹闹。

宋大发和刘翠花结成了夫妻，他可以搂抱着年轻貌美的翠花睡觉了，可是他心里清楚，还不能完全掌控同自己睡在一张床上的女人，也不能完全掌控铁山寨上的兄弟，自己还没有完成日本特务机关交给的任务：在铁山矿区附近掌握一支可以随时用来摧毁矿山的武装力量，必要时毁掉铁山矿区。

端午节快到了，这天深夜，隐藏在铁山寨附近的电台收到了日本特务机关的指令，趁端午中国人过节放松警惕之机组织武装力量，袭击铁山矿区的矿洞和铁厂，打掉大西南的铁器供应源头，在中国西南地区的民众中制造混乱。歪脖子已经成了日本特务机关的忠实走狗，从电台话务员那里取得电报，便悄悄找到宋大发，把日本特务机关的指令交给了他。

宋大发皱起了眉头，他心里清楚，他还没有占据刘翠花的心，在铁山寨里能够忠实地听从自己指挥的人还不多，并且刘翠花已经在山寨里立下了规矩，山寨兄弟只能抢劫鸦片烟贩子，不能随意下山抢劫百姓。刘翠花发现自己带着兄弟下山攻打矿洞铁厂，一定会出面阻止，她在山寨声望高，权威大，能镇住不少山寨上的土匪。

宋大发想不出一个能完成日本特务机关任务的好办法，他让歪脖子把几个心腹兄弟叫到铁山寨上一个隐蔽的山洞里，商量下山攻打矿洞、铁厂的办法。

歪脖子拍着胸脯说："宋大哥，你现在已经是山寨大头领的男人了，怕什么，带着兄弟们下山，嫂子不敢为难你。"自从宋大发与刘翠花成亲后，歪脖子为了讨好他，抱大腿，就不惜屈就自己，明明是宋老弟，偏要叫他一声"宋大哥"了。宋大发倒也心安理得地接受。

宋大发摇了摇头说："不行，大头领虽然嫁给了我，但是山寨上的一些事还是她说了算，不准兄弟们随意下山抢劫是大头领定下的规矩，她不会听我的话改了规矩。"

宋大发手下一个兄弟低声叫起来："宋大哥，你就带着我们破了大头领的规矩，现在成天困在山寨里，闷死了。"

宋大发训斥说："想破山寨规矩，下山找快活，不行！不要忘了我们有任务，这次下山是执行任务，不是寻找快活。"

歪脖子鬼点子多，眨了眨眼睛，又想出了一个主意，说："宋大哥，我们像上次一样，在大头领喝的酒吃的饭里下药，趁大头领昏迷过去，你就带着山寨的兄弟偷偷下山攻打矿洞、铁厂，等大头领清醒了，生米已经煮成熟饭了。"

宋大发想了一会儿，无可奈何地叹了口气，点了点头说："现在只好用你的主意了。不过饭菜里下药上次用过了，大头领已经有了警觉，现在喝的水、吃的饭菜都要经过心腹的手，你想偷偷在饭菜里下迷药，难！"

一个兄弟叹着气说："大头领已经成了我们的大嫂，还是不能和我们一条心，要是大头领同我们一条心，或者宋大哥做大头领就好了。"

宋大发脸上露出笑容，安慰道："会的，等到我们的人打过来，大头领不听我的话就当不成大头领了。"

突然，歪脖子拍响了巴掌，叫了起来："宋大哥，你说大头领现在吃的喝的都由她心腹姐妹负责，我们不在她吃的喝的里面下药，我们在大头领睡觉的窗户外点燃迷香，用扇子把香气扇进屋，照样能让大头领睡个一天半天不醒。"

宋大发高兴了，夸奖说："歪脖子，你真是我的好兄弟。对，我们用迷香，让大头领在床上睡个一天半天，我们下了山，生米煮成了熟饭，她想阻止也阻止不了。”

一个兄弟提醒说：“单单迷倒大头领不行，还有李婶。大头领听李婶的话，山寨上不少兄弟姐妹也听李婶的话，她知道我们下山攻打矿洞铁厂，也会出来阻止的。”

宋大发点了点头说：“对，在李婶窗户外也点上迷香，也把她迷昏。”

为了不让刘翠花和李婶察觉他们的阴谋，宋大发给手下心腹兄弟打了招呼，严守秘密，不能露出半点风声。

端午节到了，在铁山一带，端午节是非常隆重的节日，家家户户都要包粽子，吃粽子，还要喝雄黄酒，在家里的大门两旁挂上菖蒲、陈艾，而且铁山一带还有一种传统的说法，端午节那天山上百草都是药，老百姓相互邀约上山采摘，用采摘的草熬成水喝，还用采摘的草烧水洗澡。刘翠花想让山上的兄弟们好好过一个端午节，和宋大发商量，派兄弟下山买了雄黄酒、糯米，又让手下姐妹到山里采来包粽子的叶子。端午节前一天，李婶带着一些会包粽子的姐妹包粽子，刘翠花、宋大发和一些兄弟在一旁帮忙，从下午一直忙到半夜。刘翠花、李婶和土匪们累了，回屋里睡觉。

刘翠花迷迷糊糊地睡在床上，睡在一起的宋大发悄悄起了床，出了门。不知过了多久，她隐隐约约听到房门外有人在大声呼喊，挣扎着起了床，揉着眼睛到了门边，然而门被反锁了，打不开。翠花意识到山寨出了事，让在门外喊叫的人砸开了锁。出了门，几个心腹姐妹站在门外，一个个满脸惊慌。

刘翠花心里悬起了一块大石头，睁大了眼睛问：“山寨里出了什么事情？快说。”

一个姐妹急切地说：“大头领，二头领、歪脖子带着不少兄弟下山去了，我们想向你禀报，可是叫不醒你！”

刘翠花急出了一头的汗，问：“知不知道二头领带着手下兄弟去了哪里？”

一个姐妹说：“我偷偷问了一个兄弟，他说二头领要带着他们去攻打矿洞、铁厂。”

李婶也起床过来了，得知宋大发、歪脖子带人去攻打矿洞和铁厂，焦急不安，大声吩咐：“好女儿，铁山寨的人绝对不能去攻打矿洞、铁厂，快去想办法阻止。”

刘翠花紧皱着眉头说：“对，不能让铁山寨的兄弟去攻打矿洞和铁厂，我要赶下山去阻止二头领和歪脖子。”

一个姐妹担心地说：“大头领，你一个人下山危险，多带些姐妹下山吧！”

刘翠花摇了摇头说：“人多了会吓坏矿山、铁厂附近的老百姓，我一个人下山！”

刘翠花下了山，几个心腹姐妹担心她的安全，也跟着下了山。

第七章 端午节的枪声

十几年过去了，当年的娃娃们长大了，成了二三十岁的汉子。由于四川兵和贵州兵没有再打仗，东溪场上很少过兵，铁山寨的土匪也很少下山抢劫，东溪场上太平了许多，老百姓在被烧毁的房屋旧址重新盖起了房子，有的在附近山地上种了庄稼，有的到矿洞铁厂做工，采矿砂，炼铁铸锅，有的在綦江河上走船，还有的经商做生意，过上了比较安稳的日子。东溪场慢慢恢复了以前的热闹。

陈知雄、陈知生结了婚，有了孩子。陈知雄的妻子叫王兰花，是一个非常贤惠、疼爱丈夫的女人，他们的大儿子叫陈铁，小儿子叫陈勇，陈知雄在吴家矿洞做工采矿砂，慢慢攒钱盖了新房。他始终没有忘记父亲临死前的嘱咐——要有一个属于自己家的矿洞，把新房建在了荒废的陈家矿洞旁边。新房盖成了，陈知雄没有拆当年和弟弟住的破草棚，常常把儿子陈铁和陈勇带到破草棚前，告诉儿子们以前发生的事。陈知雄一有空，就带着儿子钻进废旧矿洞做修复矿洞的事，清理垮塌下来的石块，重新竖起支撑的柱子。

陈知生长大成人后做起了生意，把铁厂铸成的铁锅卖到各地，运回盐巴、棉纱等东溪百姓需要的物品卖出。开始他跟着吴能雄学做生意，跑跑腿，帮着收钱、发货，慢慢地自己做起了生意，当上了老板。陈知生做生意赚了钱，在自己家被烧毁的房屋旧址上盖了新房。他的妻子叫张春容，是一个非常能干的女人，帮着丈夫做生意。陈知生有一个女儿，取名叫陈秀芳，刚满三岁，夫妻俩带着小女儿，日子过得和和美美。

三弟陈知农当年跟着吴能雄到了重庆，和吴家小女儿一起到学校读书，陈知农高中毕业，因为学习成绩好，被学校留下来当了老师。吴家小女儿吴宏琴高中毕业后进入医科学校继续读书，毕业后当了医生。八年前吴能雄去世了，吴家的矿洞、铁厂由吴宏宜接管经营，他和陈知生从小是朋友，关系好，友谊深，联手做生意，吴家铁厂铸出的大小铁锅全交给陈知生卖出，需要的物资也全由陈知生购进。

三年前夏家老爷也死了，儿子夏河水接管了夏家矿洞、铁厂的生意。吴家和夏家加上以陈知生代表的陈家联合在了一起，生意做得十分红火。

端午节到了，东溪场上的人们不论是当老板开矿洞铁厂的、做生意的，还是种田的、帮工干活的，都盘算着过节的事情。吴家、夏家、陈家开矿洞做生意赚了钱，商议拿出一些钱来办一场划龙船比赛，让东溪场上的老百姓高高兴兴过节。划龙船是东溪场以前过端午节的传统节目，可是自从闹起土匪，经常过兵，东溪场上的百姓躲匪躲兵，一天到晚提心吊胆，没有心思划龙船了。近几年世道太平一些，吴宏宜、陈知生、夏河水商量，决定在端午节恢复划龙船的传统节目。

端午节到了，天刚刚亮，綦江河两岸挤满了前来看划龙船的人，男的、女的，老的、少的，挤得人挨人。一些娃娃个子矮，挤在人群中看不到河里的情况，拼命往前挤。有的孩子挤得摔倒了，张开嘴巴要哭，大人赶紧抱起来，哄着说："好娃娃，乖娃娃，龙船要开始划了，不要哭，快看划龙船！"孩子果然不哭了，睁大眼睛望着河里。一个老婆婆力气小，挤不到前面看划龙船，索性退到后边，一屁股坐在草坡上，叹着气说："没有力气挤到河边看划龙船，就坐在这里听一听划龙船的锣鼓声吧，十多年没有听到过这种锣鼓声了。"

旁边有人接过了话头，说："是啊，十多年没有划龙船了，不少娃娃还没有看到过划龙船，要是天下从此太平，年年都划龙船，多好啊！"

在重庆当老师的陈知农和当医生的吴宏琴听说家乡东溪场要举行划龙船比赛，相互邀约着回了东溪场，陈知农住在二哥陈知生家。端午节到了，天刚蒙蒙亮，吴宏琴便敲响了陈家的门，来叫陈知农到河边看划龙船。陈知农还没有吃早饭，见吴宏琴催得紧，拿了几个煮好的粽子跟着去了。陈秀芳见叔叔去看划龙船，也吵着要去，陈知生无可奈何，也拿起一些粽子带着，领着妻子、小女儿去了河边。

东溪场河码头边停着五只龙船，吴、夏两家的矿洞各有一只，吴家龙船上掌舵的人是陈家老大陈知雄，他头上扎着黄帕子，身上穿着黄色紧身衣，双手掌着船舵，神采奕奕。他的妻子王兰花带着小儿子陈勇正在河边观看，陈勇两只眼睛紧紧盯着父亲，拍着小手叫着："爸爸，快抱我上龙船，我也要划龙船！"逗得周围的人都笑了。王兰花哄着儿子说："小勇快长大，长大跟着爸爸划龙船！"

陈知农和吴宏琴来得早，占了河边的好位子，等着看划龙船。陈知农看到有一只龙船的舵手是女孩子，她年龄跟自己差不多，人长得漂亮，头上包着红色头巾，一绺乌黑的头发露在头巾外边，身上穿着红色紧身小褂，衬得前胸鼓鼓的。女人上了龙船，还当上了舵手，这在东溪场是稀罕事，引得观看的人议论纷纷。

"哎呀，怎么让女人上了龙船？"

"看，女舵手多漂亮啊，谁有福气娶到这样的美人啊！"

"听说是船老大孙怀安的女儿，孙怀安老婆死得早，留下了两个女儿，大女儿早年被土匪害死了，这是小女儿，从小跟着父亲走船，划桨掌舵样样行。"

"对，我知道孙老大女儿船上功夫好，今年龙舟竞赛，她掌舵的龙船一定会夺得第一名。"

陈知农听了身边人们的议论，眼睛落到了女舵手身上，儿时的记忆在脑海里徐徐展开。哇，原来是孙晓兰呀！十几年不见，当年的小妹妹长大了，成了漂亮的龙船舵手了。

陈知农的眼睛紧紧地盯住了龙船上的孙晓兰，旁边的吴宏琴不高兴了，拉了拉他的衣襟，轻声说："知农哥哥，你回到东溪场是来看划龙船的，还是来看漂亮的女舵手的？不怕人们笑话！"

陈知农不好意思地收回了目光，轻声解释："我从小就认识龙船上的女舵手，她叫孙晓兰，还是要好的朋友。"

吴宏琴不满意地说："你和女舵手从小就是很好的朋友，那和我呢？我们从小一个学校读书，一张饭桌上吃饭，是不是好朋友？"

陈知农轻声说："是好朋友，我们从小就是好朋友，我和晓兰也从小就是好朋友！"

锣鼓声响起，龙船比赛开始了，河中五只龙船仿佛五条水上飞龙，你追我赶，一只龙船冲到了前面，旁边的龙船不服输，划桨手一齐用力，冲了上来。龙船上的锣鼓声，岸边观看的人的欢呼声、叫好声，响成一片，龙舟比赛非常热闹。

"砰！"一声枪响，紧接着"砰砰砰"又是几声枪响，龙船上正在用力划桨的人、綦江河岸边观看比赛的人都惊住了。开始，一些人还以为是有人过节放鞭炮，大声喊："不要乱，不要害怕，是有人放鞭炮玩，把心放进肚子里，安心看划龙船！"可是"砰砰砰"的声音不断响着，夹杂着远处传来的惊叫声、粗鲁的吆喝声。

终于，人们明白了，不是有人放鞭炮，是枪声，土匪下山了，土匪来抢劫了。

龙船上，陈知雄从一个划桨的人手中夺过船桨，大声喊："土匪来了，不怕土匪的人跟着我，我们打土匪去！"说着便"扑通"跳下水，向岸边游去。

龙船上一些划桨的人取下了船桨，跟着陈知雄"扑通"跳下了水，向岸边游去。

岸边观看的人乱成了一团，有人大声喊叫，呼唤走散的亲人，有的人受到惊吓，大声哭叫起来。人们争先恐后想离开河边，离开人群，躲到安全的地方，有的小孩被推倒了，哇哇大哭，身边的大人赶紧抱起孩子，随着人群逃跑。

吴宏琴吓坏了，紧紧地抱着陈知农的膀子不放，身子颤抖着，说话哆嗦起来："知农哥哥，土匪来了，我怕，我怕土匪！"

陈知农赶紧安慰说："宏琴，不要怕，我们不怕土匪，快找地方躲起来。"

吴宏琴两条腿发抖，迈不动步子走不动路，刚好龙船上的孙晓兰跳下龙船，游上了岸，从陈知农、吴宏琴身边跑过。她手上抱着一个走散的孩子，见吴宏琴被土匪吓得走不动路，大声喊："快，我带你去躲土匪！"一把扶住她。孙晓兰一手抱着孩子，一手拖着吴宏琴，快步走在前面，陈知农紧紧跟在后面。他很想和孙晓兰说话，可是形势紧急，话到嘴边又咽回了肚子。

陈知生想找到吴宏宜、夏河水一同组织人打土匪，可是太拥挤了，背着女儿、拉着妻子走不快，听到越来越急促的枪声，害怕遇上土匪，令妻子和女儿受到伤害，赶忙带着妻子女儿躲进了路边一片小树林。

陈知农和孙晓兰把吴宏琴送回了家，孙晓兰抱着的孩子也找到了妈妈。两个人刚要分手各自回家，一个小土匪躲在墙角举起枪，瞄准了陈知农，孙晓兰眼睛尖，看到土匪正要扣动扳机，急得大声喊："快趴下！"扑上来按倒了陈知农。陈知农躲过了黑枪，可是孙晓兰的肩膀被子弹擦破了皮，流出了血。

东溪场上一些老百姓手里拿着棍棒，奔过来打土匪，打黑枪的土匪吓得夺路而逃。

陈知农发现孙晓兰受伤了，急得额头上出了汗，大声叫起来："晓兰，你受伤了，快到我家，我给你上药包扎伤口。"

孙晓兰没有认出眼前的男子是陈知农，她不愿意到陌生男人家里包扎伤口，便摇了摇头说："不用了，我们走船人天天在风里浪里找饭吃，受点伤没有什么，家里有药。"回过头匆匆忙忙地走了。陈知农怅然地望着儿时的伙伴走远，不见了身影，才回过身回了二哥的家。

陈知雄手里提着船桨，翻山过溪走小路，身后跟着一些东溪百姓拿着刀、提着棍棒，要去打土匪。他们赶到了离东溪场不远的吴家两座炼铁高炉前，看见一群土匪正怪叫着冲向高炉，歪脖子手里拿着一把枪，在土匪群中大声喊叫着："冲啊，兄弟们，冲到高炉前，炸了高炉，每人赏五块大洋！"

土匪们大声吼着叫着，冲向高炉。吴宏宜已经赶到，组织了二三十个工人抵抗土匪的进攻。土匪人多，手里拿着枪，平时在高炉干活的工人多数趁端午节放假去看划龙船了，守在高炉前的人不多，只有不到十支枪，一些工人没有枪，拿着刀和棍棒。吴宏宜担心土匪靠近高炉，扔炸药炸了高炉，急得满头是汗。好在夏河水领着一些人赶到了，不过他带来的人不多，只有两杆枪，其他人手里拿着棍棒和大刀，虽然能帮助吴宏宜抵挡一阵土匪进攻，可是土匪人多枪好，仍然占了上风。

夏河水心里着急，把吴宏宜拉到一个隐蔽处，大声说："吴家兄弟，我们抵挡不住土匪进攻，要派人到盖石场军营报信，让军队来赶走土匪。"

盖石场是离东溪场十多里的一个乡镇，驻扎有打土匪的军队。吴宏宜也想到了到盖石场军营报信，可是派出报信的人都在路上遇到了土匪，被迫退了回来。

吴宏宜摇了摇头，叹了口气说："土匪断了路，报信的人过不去。"

吴宏宜和夏河水正在焦急，陈知雄领着一些人赶到了，他见土匪已经攻到了离高炉不到一里的山头下，歪脖子正挥舞着枪大声吼叫，让匪徒往前冲。陈知雄认出了他正是当年领着土匪害死了父母亲，抢走了小妹妹的仇人，眼里冒出了火，大叫了一声："歪脖子，老子和你拼了！"冲进了土匪群，挥舞着船桨冲向仇人。歪脖子正指挥土匪向高炉进攻，没有料到从侧面杀出了一群人，他看到冲在最前面的汉子，瞪着一双大眼睛，满脸怒火，手里的船桨劈倒了一个又一个手下兄弟。歪脖子吓住了，惊呆了，忘记了手中有枪，回头转身想跑，刚刚跑出两步，陈知雄追到了身后，大声喊着："歪脖子，你去死吧！"挥舞着手中船桨劈去。想不到船桨刚要劈下，不远处一个土匪开了枪，陈知雄手臂被打中，船桨落到了地上，他忍着疼痛，扑过去抓住歪脖子用牙齿咬，吓得歪脖子拼命挣扎，终于逃脱了。

歪脖子带领攻打高炉的土匪被陈知雄带来的人打退了，暂时解了高炉的围。可是，歪脖子一伙土匪发现赶来帮忙守高炉的人不多，而且多数人没有枪，手里只拿着棍棒和大刀，不害怕了。歪脖子喝住了往后退的手下匪徒，重新向高炉发起进攻。

一大群土匪怪声叫着，"乒乒乓乓"打着枪冲向高炉，高炉随时有被土匪占领、炸毁的危险。

陈知农回到二哥家，喝了两口二嫂送来的开水，猛然想到土匪来势汹汹，东溪场上没有团防部队，单靠大哥和矿洞、高炉的工人一定打不过土匪，东溪场上的老百姓要遭殃了。陈知农也知道离东溪场不远的盖石场驻有军队，要想赶走土匪，只有到军营报信，请来军队剿匪。陈知农预料到东溪场到盖石场的山路会有土匪把守，很难通过，于是想到走水路乘船到盖石场报信，便急匆匆出了门，穿小巷出了东溪场，来到了水码头，看到码头上一只小船正要离开，急忙大声叫住，跳上了小船。

小船上一个穿红布衣衫的年轻女子正划着桨，陈知农一眼认出是刚刚分手的孙晓兰，急切地说：“孙家妹子，土匪占了东溪场，我要到盖石场军营报信，求求你送我到盖石场。”

孙晓兰也认出了陈知农，笑了笑说：“好，我也是要到盖石场报信，下水船水急浪高，你坐好了！”

孙晓兰划着的小船就要离开东溪场，不料被岸边的土匪发现，宋大发、歪脖子都知道离东溪场不远的盖石场驻有军队，派人守住东溪场到盖石场的山路，就是害怕有人到军营报信。宋大发还派人守在綦江河边，防止有人坐船报信。孙晓兰听到土匪吼叫的声音，看到几个土匪跳进河里想浮水截住小船，划桨的双手加了劲，小船走得更快了，加上东溪场到盖石场是下水，水流很急，浪花拍打着船帮，小船像箭一般地往前冲，几个土匪浮水到了河心，小船却已经走得很远了。土匪只好浮回河边，上了岸，派人去报告了宋大发。

刘翠花和紧跟着她的几个心腹姐妹急匆匆赶到了东溪场。东溪场已经乱成了一锅粥，一些土匪正在砸老百姓家里的房门，要进屋抢东西，有的土匪抱着财物从老百姓家里出来，还有的土匪拉着哭哭啼啼的年轻女人往屋外拖。

刘翠花气坏了，举着手枪朝天“砰砰”打了两枪，大声吼道：“铁山寨上的人，统统给我住手，不准抢老百姓的东西！”一些土匪看到大头领来了，听到了大头领吼叫的声音，吓得呆住了，扔了抢到手里的财物，松开拽住年轻女人的手。有两个土匪仗着有二头领、歪脖子撑腰，装作没有听见大头领的吼声，仍然抱着抢来的东西不松手，一个胆子大的土匪还紧追着年轻女人不放。刘翠花气坏了，冲到跟前，“啪！啪！”打了那个土匪的耳光，让随身跟着的姐妹把他捆绑起来。

宋大发正准备让身边的土匪去支援攻打铁厂、准备炸毁高炉的歪脖子，一个兄弟跑来报告，大头领赶到了东溪场。宋大发心里暗暗吃惊。宋大发十分清楚，他还不能和刘翠花翻脸，一是刘翠花在铁山寨兄弟们中的威望比自己高，心腹比自己多，二是他舍不得这个已经拜堂成亲的漂亮女人。于是急匆匆地赶到刘翠花面前，装出了一副后悔、认错的样子说：“大头领，千不该万不该，我昨天晚上多喝了几杯酒，醉醺醺地听手下兄弟们诉苦，说很久没有下山了，荷包里没有钱，家里没有米下锅了，所以带着一些兄弟下了山，想打几户为富不仁的有钱人，找几个过节钱。”

刘翠花瞪大了眼睛，眼里冒出了火，大声吼道：“姓宋的，你打的什么算盘，安的什么心？打几户为富不仁的有钱人，你睁大眼睛看一看，你手下这些兄弟抢的都是普通老百姓，有的还抢女人。你说一说，哪一家是为富不仁的有钱人？”

宋大发装出十分生气的样子，指着抢东西、抢女人的小土匪大声骂起来：“混账东西们，下山前说好的只抢为富不仁的人，为什么要抢普通老百姓？等回了山寨，让大头领重重处罚！”

刘翠花的脸上仍然有怒气，大声问：“歪脖子呢，这狗东西到哪儿做坏事去了？”

宋大发低声下气地说：“大头领，不要冤枉了歪脖子，他没有抢普通老百姓，带着一些兄弟去攻打吴家的铁厂了。”

刘翠花曾经听李婶讲过，东溪场上陈家、吴家、夏家都是正正当当的生意人，听说歪脖子带着人在攻打吴家铁厂，大声吼起来：“东溪场上的吴家是正当生意人，不能让歪脖子去攻打铁厂，快让人去叫他住手！”

宋大发似乎理由充分，大声辩解说：“大头领，吴家在东溪场可是首屈一指的有钱人。中国有句古话叫‘为富不仁’，歪脖子带领手下兄弟攻打铁厂，没有错！”

刘翠花仍然一脸怒气，大声说：“我不懂什么叫为富不仁，我只知道吴家是正当生意人，不能抢！”

铁山寨的大头领、二头领正在争论，两个小土匪急匆匆跑来报信：綦江河上有小船冲过了防守线，往盖石场方向去了，估计是到盖石场军营报信。

刘翠花、宋大发都十分吃惊，两人赶到正在组织进攻铁厂的歪脖子跟前，让土匪停止了进攻，一起商量起了有人到军营报信的事。

歪脖子瞪着眼睛大声说：“不怕，我带人去炸了东溪场通往盖石场的小石桥，让军人过不了河，到不了东溪场。”

刘翠花摇了摇头说：“不行，炸了小石桥，以后东溪场上的人怎么过河去盖石场，盖石场的人怎么过河到东溪场？不能断了东溪场到盖石场的路。”

宋大发摇了摇头，说：“大头领，我的好夫人，你有一副菩萨心肠，可是不能不顾手下兄弟的死活，军人过了桥，进了东溪场，几十个手下兄弟怎么办？”

刘翠花也很担心军队赶来后手下兄弟们的安危，无可奈何地叹了口气，同意让歪脖子带着人，去炸石桥。

陈知雄带着一些工人兄弟抵御着土匪的进攻。歪脖子大声吼叫着，给炸铁厂的小土匪许愿，事成之后，奖励银圆和女人。陈知雄带的工人兄弟枪少，多数只有大刀和棍棒，挡不住土匪一次又一次的进攻，眼看快要守不住了。吴宏宜急得满头是汗，夏河水也很担心土匪攻进铁厂会炸毁高炉，正在焦急中，突然发现土匪停止了进攻，退走了。陈知雄等人一头雾水，弄不清楚土匪为什么会退走。

吴宏宜十分感激陈知雄带着人赶来帮助守铁厂，紧紧地握住他的一双手，激动地说：“陈家大哥，谢谢了，如果不是你带着人及时赶到，铁厂就要毁在土匪手里了。”

陈知雄摇了摇头说：“吴家兄弟，先不忙着感谢，土匪不是我们打退的，是自己退走的，他们在玩什么花招，我要去弄个明白。”

夏河水来到了旁边，插上嘴说：“对，要想办法弄清楚土匪玩的什么花样，不能让他们的阴谋得逞。”

陈知雄留下一些人在铁厂附近防守，带了几个手下兄弟，拿着刀枪走小路到了东溪场，他担心歪脖子一伙回到东溪场抢劫。可是，陈知雄发现歪脖子一伙并没有在东溪场逗留，而是穿过东溪场去了盖石场方向，恍然大悟，歪脖子一伙一定是得到了盖石场军营驻军要赶来围剿土匪的信息，想阻止军队来到东溪场。陈知雄知道盖石场到东溪场路上有一座石桥，如果炸毁石桥，军队过不了河，就不能到东溪场剿匪了。陈知雄想要阻止土匪炸毁石桥，带着人走山路到了石桥附近山坡上的树林中，监视着土匪的行动。

歪脖子带着一伙土匪拿着从老百姓家中抢来的锄头、铁钎，商店里抢来的炸药来到了石桥旁边，叫嚷着：“快，快把石桥炸掉，军队过了桥我们都会没命的，快挖坑埋炸药，炸了石桥回山寨，大头领、二头领会重重奖赏……”

“砰”的一声枪响，子弹从歪脖子头皮擦过，他头顶上出了血，一屁股坐在了地上，惊恐地大声叫起来：“谁！谁打老子黑枪？”

正在挖坑的土匪被枪声吓住了，扔了手中的锄头、铁钎，抱着脑袋四处奔跑躲避。见枪声没有再响起，歪脖子镇静下来，叫回了跑散的土匪继续挖坑。过了一会儿，山坡上滚下了一块大石头，不偏不斜刚好砸到挖坑的两个土匪身上，一个土匪大腿受了伤，一个土匪手臂被砸出了血。土匪们吓坏了，尖叫道："老大，山上有人，说不定是军队过了河，快跑吧！"

"大哥，山上有人，带着人去搜吧！搜出打黑枪、砸石头的人枪毙了他！"

歪脖子也猜出山坡上树林里藏着人，于是带了几个土匪战战兢兢地爬上山坡搜寻，可是进了小树林，一个人影子也没有见到。

陈知雄发现歪脖子一伙土匪人多，一个个带着枪，硬拼硬打要吃亏，于是和土匪玩起了藏猫猫的游戏，在暗处打一枪，砸几块石头，引诱土匪上山搜寻，拖延土匪挖坑埋炸药的时间，等待军队赶到。

歪脖子受到陈知雄带的人骚扰，挖不了坑，埋不了炸药，炸不了石桥，正在焦急万分时，盖石场方向传来枪声。挖坑的土匪知道军队赶来了，吓得扔了手中的锄头、铁钎和炸药，慌慌张张逃跑了。歪脖子害怕被剿匪军队抓住，也慌慌张张逃走了。

宋大发让歪脖子带着人去炸石桥，他想到日本特务机关的指令，不愿意轻易放弃攻占吴家铁厂、炸毁高炉的计划，纠合起剩下的土匪，准备重新向吴家铁厂发起进攻，遭到了刘翠花的坚决反对。

宋大发不敢公开反对刘翠花，哀求说："大头领，好夫人，求求你了，让兄弟们攻进铁厂，弄一些钱，能吃好一些，穿好一些，日子过得舒坦一些！"

刘翠花摇了摇头，说："不行，要抢只能抢那些鸦片烟贩子，赚黑心钱的人，不能抢正当生意人。"

大头领、二头领正在争执，一个土匪小头目跑来报告：歪脖子带的人没有能够炸毁石桥，盖石场军营里的军人已经过了石桥，正往东溪场赶来。

宋大发大吃一惊，慌忙召集手下土匪退出了东溪场。刘翠花担心一些走散的兄弟被军队抓住，让几个心腹姐妹到东溪场去寻找走散的兄弟，她则躲进东溪场边的小树林等待。

陈知生领着妻子、女儿准备从綦江河边逃回家，听到东溪场上枪声、人声乱成一片，猜出土匪进了东溪场，不敢回家，慌乱中躲进了东溪场边的一片小树林，他听到铁厂方向也传来了枪声和吼叫声，猜出土匪去攻打铁厂了，担心铁厂受到损失，很想抄小路到铁厂去帮助守厂的人，可是小女儿听到枪声、土匪吼叫声，吓得浑身颤抖，紧紧抱着爸爸的身子不放手。陈知生也不放心把妻子和女儿丢在小树林里自个儿去铁厂，心里“咚咚”跳着，仿佛悬起了一块大石头。终于，外面的枪声少了，乱喊乱叫的声音也少了。陈知生猜想土匪要退出东溪场了，正想带着妻子和女儿回家，突然看见几个带着枪的女人进了小树林。他知道铁山寨上的土匪中有女人，猜出这几人是铁山寨上的女土匪，吓得躲在小树林深处隐蔽的地方，悄悄往外看。

陈知生突然发现女土匪中有一个人十分面熟，似乎在什么地方见过，他想啊想啊，猛然想起面熟的女土匪很像死去的妈妈。陈知生大吃一惊，但是小树林中光线很暗，看不十分清楚。陈知生很想离得近一些，再仔细看一看，于是试着轻轻挪动身子，往很像妈妈的带枪女人身边靠。

正在这时，小树林外响起了枪声，刘翠花派出的心腹姐妹在东溪场上寻找到了十多个走散的兄弟，急急忙忙赶回小树林和大头领会合。碰巧，盖石场军营的士兵赶到了东溪场，四处搜寻土匪，一些士兵发现小树林里人影晃动，打着枪进小树林搜查。

刘翠花发现军人进了小树林，想带着心腹姐妹躲到更隐秘的地方，刚刚动身，树枝摇晃惊动了搜查的军人，一个士兵朝着晃动的树枝打了两枪。一颗子弹击中了刘翠花的肩膀，血流了出来，她咬着牙忍着痛，没有发出声响。一个姐妹学起了野狼叫，搜寻的士兵以为树丛中有野狼，没有继续搜寻，退出了小树林。

刘翠花见士兵退走了，挣扎着想要站起身，一阵钻心般疼痛，身子晃了晃又坐下了。

一个心腹姐妹说：“大头领，你受的伤很重，我们背你回山寨吧！”

刘翠花轻声说：“我，我还走得动，可以走回山寨！”咬着牙忍着疼痛想站起身，挣扎了一阵没有站起来，她无可奈何地叹了一口气，让一个心腹姐妹背起了自己。

陈知生看到士兵们进小树林搜查土匪，很想站出来指给他们女土匪藏身的地方，可是想到长得很像妈妈的女人，又想到十几年前被土匪抢上山的小妹妹，担心那个女人就是当年被土匪抢上山的小妹妹，犹豫了。陈知生想到，如果小妹妹真的当了土匪，被士兵抓去也许会关进大牢，甚至会枪毙，今后再也没有兄妹相认的机会了，心里悬起了一块大石头，犹豫了一会儿，终于没有站出来指认土匪藏身的地方。士兵们离开了小树林，陈知生很想靠近再仔细辨认一下，猛然见那个女人被同她一起的女土匪背起要走，害怕失去辨认的机会，不顾危险站起了身，追了上去。

刘翠花听到身后有动静，回头发现一个男人追来，有些惊慌，她知道士兵们还在小树林附近搜查，不敢开枪，让手下姐妹在地上抓起一把泥沙，躲在树丛中撒向越追越近的男人。

陈知生正往前追，不料被一把泥沙撒在脸上，眼睛被泥沙迷住，看不清东西了。他揉了一阵子眼睛，等到能够重新看见东西，哪还有女土匪们的影子?

陈知雄带着人搜寻逃散的土匪进了小树林，看到了弟弟陈知生一家，十分吃惊地问:“二弟，你们一家怎么在这里?”

陈知生刚要回答，随陈知雄进入小树林的工友发现远处树枝在晃动，追过去，看到了正往山上逃跑的刘翠花她们，大声喊起来:“陈大哥，快带人来，我看到了逃走的土匪，那个受伤的女土匪我认识，是铁山寨土匪的老大。”

陈知雄闻讯，大喊一声:“兄弟们，跟我去活捉土匪头目!”

他正要去追，胳膊被陈知生紧紧拽住了，心里一急，连忙说:“知生，快放手，我要去捉土匪头头!”

陈知生心里“咚咚”跳起来，手拽得更紧了，轻声哀求:“大哥，不要去追了，到我家里去，我有重要的事情要给你说。”

陈知雄不明所以，急得额头上冒出汗来，说:“兄弟，抓土匪大头领也是大事，快松手!”

陈知生紧紧抓住大哥的膀子不放，压低声音说:“我，我刚才看见了那个土匪大头领，她长得同妈妈一模一样，我害怕她是当年丢失的小妹妹!”

陈知雄愣住了，十几年来，他同两个弟弟一样，心里始终没有忘记被土匪抢上山的小妹，多次在梦里看见过长大成人的小妹。陈知雄顿了顿神，决定追上去看个究竟，他挣脱了二弟的手，轻声说:“知生，我要看一看那个长得像妈妈的女人!”穿过密密的树林往前跑去，可是女土匪已经翻过一道山梁，钻进了一片更加浓密的树林，不见了。

陈知雄带着人在东溪场及附近树林里搜寻了一阵，没有发现土匪，心里挂牵着那个长得很像妈妈的土匪大头领，让跟着一起搜寻土匪的兄弟们散了，顾不得回自己家去看妻子和儿子，急急忙忙往二弟陈知生家里赶。

陈知生和妻子、女儿已经回了家，弟弟陈知农乘坐孙晓兰的船到盖石场军营报了信，担心两个哥哥一家受到土匪伤害，心里悬着一块大石头，回到东溪场后急匆匆来到二哥陈知生家。陈知农听二哥说起在小树林中看到长得很像妈妈的女土匪，十分惊讶，追问道："二哥，你仔细想一想，那个女土匪真的很像我们的妈妈？"

陈知生眼里有了泪，叹了口气，说："弟弟，像，那个被同伙背走的受伤女土匪长得和妈妈一样。"

陈知农紧紧皱起了眉头，说："二哥，小妹妹如果真的成为铁山寨上土匪的大头领，怎么办？以后我们还认不认小妹妹？"

陈知生叹息说："小弟，我想小妹妹不会当土匪大头领的，小妹乖，听话，不会成为土匪大头领的。"说着说着，眼里的泪水流满了脸颊，声音越来越低……

陈知生和陈知农正在谈着小妹妹的事，大哥陈知雄赶到了，再一次听二弟讲了女土匪的情况，眼里也有了泪，他很不愿意相信二弟说的是真的，大声追问："二弟，你真的看到了土匪大头领长得像妈妈，跟妈妈一模一样？"

陈知生用手擦了擦脸上的泪，点了点头，没有说话。

陈知农带着哭声说："大哥，小妹妹真的当了土匪大头领，我们还认不认她，我们是不是没有了小妹妹，永远都没有了小妹妹?!"

陈知雄不知道该怎样回答小弟的话，他心里十分清楚，如果小妹真的当了铁山寨土匪大头领，领着土匪抢劫财物，杀人放火，就成了东溪场上的罪人，像戏文中唱的"人人得而诛之"的罪人，他们将永远失去小妹妹。不过，陈知雄听说过，土匪中也有好人，就像东溪场上说书人讲的"梁山好汉"，专打为富不仁的豪绅及贪官污吏，不伤害老百姓，他希望小妹即使当了土匪，当的也是像梁山好汉那样的土匪，如果真是那样，他们和小妹妹还会有重逢的机会。

陈知生重重地叹了口气，说："大哥，在小树林里我抓住你的膀子，就是怕你追上去抓住小妹，如果那样，我们会永远没有了小妹妹。"

陈家兄弟正在摆谈小妹妹的事，吴宏宜来了，他是来找陈知生去商量捐钱买枪组织民团保护矿洞、铁厂以及东溪场老百姓的。看到陈知雄也在，吴老板知道陈家大哥在矿洞、铁厂工人中素有威望，土匪攻打铁厂时又为击退土匪出了大力，是有功之臣，于是也把陈知雄叫去商量买枪武装民团的事。

刘翠花在心腹姐妹的保护下逃脱了追捕，回到了铁山寨。宋大发听说大头领回来了，还受了伤，心里打起了鼓，如果刘翠花被士兵抓去或者打死，他虽然失去了年轻貌美的妻子，却可以名正言顺地坐上大头领的位置，完成日本特务机关交给的在铁山矿区组建一支武装力量的指令，是好事，所以听到手下兄弟禀报大头领受伤被士兵追赶，没有派人去救援。可是刘翠花平安回到了山寨，宋大发心里十分清楚，大头领在铁山寨的威望高于自己，如果翻脸不认人，可以把自己及手下赶出铁山寨，至少现在还万万不能得罪她，于是慌慌忙忙赶回房间。刘翠花不在，宋大发又赶到了李婶房间，看到请来的郎中正在给刘翠花包扎受伤的膀子。

宋大发装出十分生气的样子，大声训斥刘翠花的心腹姐妹："看一看，你们在怎样保护大头领？让她受了这么重的伤，我要处罚你们，让你们知道，今后一定要好好保护大头领，不能让她受到一丝一毫的伤害！"

刘翠花不耐烦了，大声吼起来："姓宋的，你不要猫哭老鼠假慈悲，没有你带领兄弟下山攻打铁厂，抢劫东溪场上的老百姓，我就不会受伤！你根本没有把我这个大头领放在眼里！"

宋大发"扑通"跪在了翠花面前，伸出手"啪啪啪"打了自己十多个嘴巴子，说："大头领，我的贤惠夫人，我喝醉了酒，听了一些手下兄弟诉苦，说荷包里没有钱，家里煮饭的锅吊起来当了锣打，哀求我带他们下山找一点钱。我按照你平时的吩咐，只抢为富不仁的有钱大户，才让歪脖子下山去抢铁厂！大头领，我错了，从今以后少喝酒，不再私自带人下山了。"

刘翠花瞪了宋大发一眼，她很想按照山寨规矩，将私自带人下山的宋大发以及他带来的人赶出山寨，不过宋大发已经和自己结为夫妻，夫妻之间有感情，刘翠花不想为了一次违规就断了同宋大发的夫妻之情。她让心腹姐妹扶起宋大发，大声训斥说："姓宋的，这次我饶了你，下次再私自带人下山，一定按照山寨规矩赶出山寨，断了夫妻之情。"

宋大发装出感激涕零的样子，拍着胸脯大声说："大头领，贤夫人，今后我一定不再私自带人下山，而且按照山寨规矩，只抢做坏事、赚缺德钱的鸦片烟贩子，不抢普通老百姓和做正当生意的人。我还要清查这次下山抢了东溪场上老百姓的兄弟，让他们交出抢到的东西，每人打三十板子。”

刘翠花相信了宋大发的话，挥了挥手说：“好，宋大哥，我相信你的话，这一次就饶了你，快去清理抢劫老百姓财物的兄弟吧，不过让打板子的人手下留情，不要把人打坏了。”

宋大发走了，李婶来到女儿身边，一脸的疑惑，轻声说：“翠花，你真的相信姓宋的说的话？”

刘翠花点了点头，说：“妈妈，姓宋的已经和我做了夫妻，夫妻之间不能轻易翻脸。”

李婶摇了摇头，叹了口气，说：“翠花，我也希望你们夫妻和谐，不要互相猜疑，不过人们常说，害人之心不可有，防人之心不可无啊！”

一个心腹姐妹插嘴说：“大头领，李婶说得对，我经常看到二头领和歪脖子一伙喝酒，还压低了声音说话。歪脖子不是好人，能和歪脖子吃吃喝喝、打得火热的也一定不会是好人。”

刘翠花皱起了眉头，抬起脸望了望疼自己爱自己，从小把自己养大的妈妈，又看了看身边几个像亲姊妹一样的心腹，想说话，又闭上了嘴。

天黑了，陈知雄回到了家，脑子里想的全是那个长得像妈妈的女土匪。商量了买枪组织民团的事后，吴宏宜要留他们吃晚饭，陈知雄摇了摇头，陈知生要大哥到自己家里吃饭，陈知雄也没有去，心里有事，不觉得饿，往家里走。天黑了，陈知雄径直来到父母的坟前，眼泪流了出来，满脸都是，他没有擦，“扑通”一声跪下去，扑在父母的坟头，低声倾诉起了心里的苦。陈知雄爱两个弟弟，更担心被土匪抢上山的小妹妹，他始终没有忘记父母临死时的嘱咐——找回被土匪抢走的小妹妹，曾经几次偷偷上铁山寻找小妹妹。陈知雄是个意志坚强的人，坚信只要不断努力，一定会找到小妹妹，陈家兄妹一定有团聚的一天。可是如果小妹妹真的成了土匪的大头领怎么办？土匪害死了父母，毁了陈家几代人渴望有的矿洞，是陈家兄弟不共戴天的仇人，小妹妹成了土匪的大头领，还可能回到陈家，兄妹还能团聚吗？父母临死时的嘱咐还能做到吗？

陈知雄心里有苦，眼泪不住地流，伏在父母的坟头上迷迷糊糊睡着了，仿佛看到父母从坟墓中走了出来，父亲厉声喝道：“知雄，我让你去找回小妹妹，怎么让她当了土匪，你对得起我和你母亲，对得起陈家祖宗吗?”母亲走过来拉住他的手，流着眼泪说:“儿啊，快去救救小妹妹，千万不能让她当了土匪，我们陈家虽然穷，但是不能出土匪啊!”

一阵凉风吹来，陈知雄被冻醒了，四周黑黑的，远处传来几声野狼的嚎叫。

这一夜，陈知生、陈知农想着小妹妹的事，也没有睡好……

第八章

霍团长偷运鸦片

民国二十年，九一八事件爆发，中国人民开始了抗击日本侵略者的斗争。

陈知农在重庆教书的学校里参加了中国共产党地下组织，接受党组织交给的任务，回家乡宣传抗日。日本侵略者侵占了国土，中国共产党发出停止内战、团结起来抵抗侵略者的号召。陈知农的任务是把中国共产党的号召传达给家乡各个阶层的爱国人士，激发家乡人民的爱国热情。

过年了，东溪场上在重庆教书的吴家小姐吴宏琴、在上海读书的夏家少爷夏江伯回到了家。一天，几个年轻人被陈知农邀请到了二哥家，你一言我一语摆谈起日本人霸占东北三省的事。

吴宏琴挥着手，十分气愤地说："日本人太可恶了，甲午海战击沉了我们国家的军舰，占了我国沿海一些地方，现在又公然霸占了东三省，害得东三省的许多老百姓背井离乡，四处逃亡。"

夏江伯插嘴说："对，日本人太可恶了，我真不想到学校读书了，当兵打日本鬼子去！”

陈知农笑了，竖起大拇指称赞说：“江伯兄弟，好样的，面对日本鬼子的欺负，每个中国人都应该参加到抗击侵略者的队伍中。我编了一个剧本，内容是东北一家人争着当兵打鬼子，特意带回了家。”

吴宏琴高兴地拍着巴掌叫起来：“好啊！知农哥哥编了宣传抗日的剧本，我们在东溪场演出宣传抗日。”

夏江伯摇了摇头说：“一个剧本，太少了，要搞演出宣传抗日，光演话剧不行，还要唱歌、跳舞，演得热热闹闹的，老百姓才喜欢看。”

吴宏琴热情很高，大声说：“我可以唱歌，唱《松花江上》，还可以跳舞，我们三个人太少了，还要去联络更多的年轻人。学校放了假，不少在外面读书的年轻人回了家，去动员他们参加演出。”

陈知农觉得吴宏琴的主意好，支持在东溪场上搞宣传抗日的演出活动，几个年轻人分了工，陈知农、夏江伯分别动员熟识的年轻人参加演出，吴宏琴准备演出服装和道具。

陈知农回到家乡东溪场后，陈知雄、陈大生参加了共产党地下外围组织，东溪场成立了中国共产党地下外围组织分部，选举陈知雄担任分部负责人。为了过年时在东溪场组织宣传抗日的文艺演出，陈知农去了大哥家，说了演出的事。陈知雄非常支持，为了保证演出不受铁山寨土匪的干扰破坏，陈知雄召开了分部会议，制定措施。

大年初五晚上，东溪场举行宣传抗日的文艺演出，天还没有黑，东溪街头搭起了演出台子，锣鼓响起来，喜欢热闹的老百姓相互邀约着去看演出。

“大兄弟，走，到戏台子下抢个好位子看演出。”

“哎呀，我家还没有吃晚饭，大哥，麻烦你去帮我占一个位子，谢谢了。”

“快走啊，听说今天晚上吴家大小姐要登台唱歌，我听她唱过歌，又脆又甜，好听得很。”

“一个大姑娘，大庭广众之下登上台子唱歌，不嫌丢人！”

“大婶，世道变了，女人不仅能登台唱歌，还能当兵打仗，日本人打进了中国，不论男女都应该上战场打鬼子。”

戏台子前挤了黑压压一片人，有的坐着，有的站着，后来的人被前面的人挡住了看不到戏台子上的演出，拼命往前挤。陈知雄、陈大生带了一些人维持秩序。

演出开始，吴宏琴在陈知农的二胡伴奏下唱了《松花江上》，她嗓子好，声音洪亮，唱得很有感情。还没有唱完，台下的观众拍响了巴掌，掌声持续了很久，有的人把手掌拍红了，还在使劲拍着。

吴宏琴唱完了歌，接着演出的是街头活报剧《放下你的鞭子》。东溪场上以前演过戏，不过演出的都是古代的戏，第一次看到穿着和观众一样的衣服，打扮也一样的演员在舞台上演出，大多数观众都倍感新鲜，专心看着戏，被戏中的情节吸引住了。

一个头发胡子都白了的老人气愤地对旁边人讲："台子上这一对父女多可怜啊，遭天杀的日本鬼子打进了东北三省，不少人有家回不去！"

旁边一个人搭上话："万一日本鬼子打到了东溪场，我们该怎么办？"

一个年轻人咬牙切齿地骂起来："日本鬼子真可恶，跟铁山寨上的土匪一样，一个个都不得好死。"

一个老婆婆大声咒骂："日本鬼子比土匪强盗还可恶，抓到了千刀万剐！"

戏台上演出陈知农编写的小剧《一家人》了，台下的一些观众听说剧本是本地人编的，感到新鲜好奇，对编剧本的人十分佩服。

一个年轻人竖起了大拇指，大声称赞："我们东溪场上出名人了，能编写剧本演出了。"

旁边一个女人说："编剧本的人我认识，就是做铁器生意的陈老板的弟弟，他在学校读书成绩顶呱呱，听说现在在重庆城里教书，还没有娶妻子，不知哪个女娃子有福能嫁给他。"

陈知农、吴宏琴、夏江伯组织的抗日宣传演出十分成功，在众多观众的要求下，初七、初八又演了两个晚上，每次演出观众都挤得满满的，掌声一阵又一阵响起。初八晚上演出时，刮起了风，下起了小雨，可是观看演出的人不怕风吹，不怕雨淋，一面专心看着演出，一面鼓掌大声叫好。

吴宏琴悄悄喜欢上了陈知农。晚上演出结束，陈知农帮着陈知雄、陈大生收拾舞台上的东西，让吴宏琴先回家，可是姑娘悄悄地在路边等待，等着他收拾好舞台上的东西一起回家。初八的晚上下了雨，雨点子越来越密，吴宏琴在路边等着，头发被雨水淋湿了，冷风吹来，打了几个寒战，她仍然耐心等着。陈知农回家时发现吴宏琴在路边等，叹了口气轻声责备说：“宏琴妹子，下着雨，刮着风，你该早回家，着凉了要打针吃药。”

吴宏琴把身子往陈知农身边靠了靠，低着头说：“天黑，我一个人回家害怕，要等着你一起回家。”

陈知农心里明白，吴家小妹对自己有了好感，他也喜欢眼前的吴家小妹，不过，他是把吴家小妹当作妹妹一样喜欢。吴家对陈家有恩，陈知农很想像一个大哥哥那样保护吴家小妹，可是，眼前的吴家小妹不是把自己当成大哥哥，而是当成了……

陈知农不知道该怎么办，他既不想伤害吴家小妹，哪怕是一丝一毫的伤害，可是，又不愿意接受吴家小妹的感情。

到了吴家门口，吴宏琴好像不想进家门，抬起脸望着身边的男人，似乎在等陈知农说什么。然而，姑娘始终没有听到想听的话，眼里有了泪花，轻轻叹了口气，转身进了家门。陈知农知道自己伤了吴宏琴的心，狠狠抽了自己两个嘴巴，慢慢吞吞走回了二哥陈知生的家，叫开房门，二嫂关心地询问他肚子饿不饿，要到厨房煮汤圆。陈知农摇了摇头，没有说话，走进哥嫂为自己准备好的房间，衣服没有脱就上床睡了，刚刚闭上眼睛，就做起了梦，梦中看到吴家小妹责备他无情无义……

綦江城里的人听说东溪场上的青年抗日宣传演出了好节目，派人专程赶到东溪场，请陈知农、吴宏琴、夏江伯带着演出队伍去县城演出。

演出队要到綦江县城演出了。东溪场到綦江县城八十多里，不单是演员要去，一些演出时要用的道具也要带到綦江县城，陈知农、吴宏琴、夏江伯商量后决定租一条船，陈知农自告奋勇承担了到东溪场水码头租船的任务。

天晴了，太阳从厚厚的云层里钻出来，照得綦江河两岸暖洋洋的。还没有过元宵节，很多走船人还在家里歇着，码头上船很多，有运货的大船，有打鱼人划的小船，可是不少船上都没有人。陈知农找啊找，找了好一阵子，终于找到了孙老大的船，孙老大被朋友邀约上街喝酒去了，只有孙晓兰在船上。陈知农和孙晓兰是娃娃朋友，小时候孙晓兰被土匪歪脖子抢上山，陈家兄弟救回了她，后来孙晓兰被孙老大送去了开平场，陈知农被吴能雄送去了重庆，不过他始终没有忘记綦江河边的孙晓兰，端午节划龙船时，又目睹了孙晓兰的风采，心里更增添了对她的敬佩。

谈好了租船到綦江县城的生意，陈知农舍不得离开，找了一个小凳坐下，和孙晓兰摆谈起来。

陈知农竖起大拇指称赞说：“晓兰妹妹，去年端午节你在龙船上好威风啊！”

姑娘脸红了，低着头说：“你们在东溪场上演出，你还写了演出的本子，好多人都在夸你。”

陈知农提出了邀请，说：“晓兰妹妹，过年家里事不多，跟我们一起到县城演出吧？你上了舞台，一定会得到观众的掌声！”

孙晓兰摇了摇头说：“我们走船人家的女子，上了舞台会被别人笑话。”

陈知农鼓励说：“走船人家的女子能上舞台，演得好同样能获得观众的掌声……”

码头上传来了吴宏琴的呼喊声，吴家小妹关心租船的事，找到东溪场水码头来了。

宋大发、歪脖子瞒着刘翠花偷偷下山攻打东溪场上的铁厂，刘翠花起了疑心，她不放心宋大发、歪脖子一伙人，指派了心腹姐妹暗中监视。这一天，刘翠花最信得过的小姐妹霞姑把大头领约到了一片隐秘的小树林里，报告了一个暗中侦查到的大秘密：歪脖子和綦江县城团防局副团长霍树楠偷偷做鸦片烟生意，歪脖子曾经下山帮霍树楠从贵州运鸦片烟到重庆。

刘翠花最恨贩卖鸦片烟的人，曾经在山寨立下规矩：不论是谁，胆敢私下贩卖鸦片，重打五十大板后赶出山寨。听了霞姑的禀报，她吃惊地瞪大眼睛问：“歪脖子和县里团防局副团长合伙贩卖鸦片？这事是真的吗？”

霞姑点了点头说：“千真万确，我们安插在山下窝子里的人亲眼看见歪脖子和霍树楠贩运鸦片。”

山寨下的窝子是刘翠花亲自安排的暗探，只有她和最信得过的心腹姐妹知道，专门打探官家剿匪的消息，兼有监视山寨兄弟下山有没有做违背山寨规矩的事。刘翠花十分信任窝子里的探子，相信探子报告的情况。

霞姑气愤地说：“大头领，歪脖子违背山寨规矩，应该受山寨的处罚。”

刘翠花摇了摇头说：“歪脖子曾经被我赶下山寨，二头领又把他带回山寨。歪脖子是二头领信任的人，不抓到真凭实据，单凭窝子里探子的话就处罚，二头领不会服的，要想办法抓到歪脖子贩运鸦片的真凭实据。”

刘翠花决心拿到歪脖子一伙贩卖鸦片的证据，她知道山寨里有歪脖子的人，自己在山寨里的一举一动都会被歪脖子知道，于是和霞姑商量，借口为山寨筹措吃穿费用，到四川和贵州挨邻的地方转一转，便挑选了十多个心腹姐妹离开了山寨。

刘翠花带着心腹姐妹向贵州方向走了一百多里，兜了一个大圈子，又悄悄地走山间小路绕到了铁山寨附近，她没有回山寨，和心腹姐妹住进了密林中一个隐秘的山洞，并且让霞姑和窝子里的探子保持联系。

宋大发从日本特务机关发来的指令中知道，日本已经占领了东北三省，而且有在华北、华东发动侵略战争的计划，日本特务机关指令他抓住机会破坏铁山地区的铁矿和铁厂。宋大发明白，铁山寨上的土匪是铁山地区可以利用的一股最大的武装力量，自己虽然当了铁山寨上的二头领，还是一直受着大头领刘翠花的牵制，指挥不动铁山寨的土匪。宋大发几次想除掉刘翠花，又舍不得这个娇妻。宋大发想召集歪脖子和心腹商量出一个万全之策，让刘翠花顺从自己，心甘情愿为日本特务机关效劳。无奈，刘翠花天天守在身边，她的心腹姐妹每天都按时前来禀报在山寨内外打听到的情报，不方便召集自己人来密商。现在刘翠花带着心腹姐妹离开了山寨，机会来了，宋大发心里高兴，这天晚上，他把歪脖子和手下心腹兄弟召集到离山寨不远的一个隐秘山洞，准备了酒菜。

宋大发在酒碗里倒满了酒，端起酒碗把酒倒进嘴里，吐着酒气，脸上露出得意的神色，大声说：“兄弟们，你们都是我们大日本的好朋友，告诉你们一个天大的好消息，我们大日本的军队已经占领了东北三省，马上就会向华北、华东进攻，要不了多少时间就会打到这里来，到时候你们都是大日本的功臣，再也不用待在深山老林里，到东溪场上，不，到綦江、重庆城里，大洋塞满腰包，美女抱在怀里，过上神仙一样的日子。”

歪脖子和匪徒们高兴极了，纷纷叫嚷起来：“好啊！我们的苦日子熬到头了！”

“我要到重庆城里挑选一个大美人，晚上搂着睡觉！”

一碗碗酒倒进了嘴里，一块块肥肉塞进嘴里，歪脖子和几个匪徒快要疯狂了。

宋大发等他们闹够了，大声叫起来："兄弟们，我们的好日子要来了，不过现在还要过一段苦日子，要完成我们的上司——大日本特务机关交给的任务，破坏铁山周围的矿洞、铁厂，让矿洞出不了矿砂，铁厂炼不出铁，铸不成铁锅，这样天下就会乱，大日本才能趁乱而入，我们才能过上神仙般的好日子。"

一个匪徒大声说："二头领，你说该怎么办？上次我们去打铁厂，大头领不让，现在铁山寨上大头领说了算，怎么去破坏矿洞和铁厂？"

歪脖子恶狠狠地说："干脆，把姓刘的大头领做掉，推举宋大哥为大头领，我们都听你的话。"

一个匪徒叫嚷起来："歪哥说得对，做掉大头领，她一个女人，手下心腹不多，容易做掉。"

一个匪徒摇着头大声说："做掉大头领，难！她武艺高强，手下有心腹姐妹，一个可以打十个。"

宋大发大声表示赞同，说："这个兄弟说得有理，不能轻易做掉大头领，不要忘了大头领还是你们大哥我的妻子，你们的大嫂。"

匪徒们不出声了，你望着我，我看着你，想不出好办法。歪脖子又把一碗酒倒进嘴里，瞪着红眼珠子说："宋大哥，你说，我们该怎样对待大头领？"

宋大发眯起了小眼睛，似乎在认真思考，隔了一会儿，抓了抓头皮，叹了口气说："兄弟们，要想一个办法，让大头领能同我们一条心，带着我们一起去攻打矿洞，破坏铁厂，也做大日本的好朋友。"

歪脖子歪着脑袋想了一会儿，拍着手掌笑了起来，说："宋大哥，我有一个办法，保准能叫大头领同我们一条心。"

宋大发见歪脖子话到了嘴边又住了口，心里明白他想说什么，笑了笑说："歪脖子，你有什么好主意，快说出来，事情办成了，我重重谢你。"

歪脖子狡猾地眯着眼睛笑了，说："要想让大头领和我们一条心，一个办法，让她手上沾上东溪人的血，让她在东溪场上老百姓心中、矿洞和铁厂工人心中，成为杀人不眨眼的女魔头！"

歪脖子停住嘴不说话了，宋大发点点头笑了，也不说话。一个匪徒不耐烦了，大声叫起来："歪脖子，大头领轻易不会杀人，更不会杀东溪人。你说，怎样才能让她手上沾上东溪人的血？"

宋大发完全明白了歪脖子话里的意思，高兴地给歪脖子身前的酒碗倒满了酒，也给自己的酒碗倒满了酒，两个人碰了碰，宋大发一口喝干了酒，大声说："歪脖子，好兄弟，你想出的主意好，让大头领手上沾上东溪人的血，沾上的血越多越好，只有让她成了杀人不眨眼的女魔头，她才能和我们一条心，才能成为大日本的好朋友。"

刘翠花带着心腹姐妹离开了山寨，李婶身边少了陪伴说话的人。她带着陈家小妹被土匪抓上铁山寨快十八年了，陈家小妹从一个四岁多的小娃娃长成了大姑娘，而且有了丈夫，成了铁山寨的大头领。李婶是一个心地善良的好女人，希望女儿能和三个亲哥哥相认，离开山寨回到哥哥们身边，做一个普普通通的女人，但是她又担心在土匪窝子待了近十八年的翠花下山回到东溪场得不到老百姓谅解，会遭到伤害，迟迟没有让翠花下山。宋大发和刘翠花结成了夫妻，李婶很想劝说女婿也做一个善良的人，可是随着时间流逝，她渐渐发现宋大发和女儿不是一路人，心里悬起了一块大石头。

李婶打开箱子，从箱底找出了一件小红袄，这件小红袄已经保存了近十八年，胸口绣着两朵小红花，是翠花的亲生母亲给女儿做的，翠花被土匪抢上山时就穿在身上。李婶知道，刘翠花的亲生母亲为女儿做了两件一模一样的小红袄，让女儿换着穿。刘翠花长大了，不穿小红袄了，李婶替她精心保存着，是希望有一天她拿着小红袄去认自己的亲哥哥。望着小红袄，李婶眼里有了泪，她不知道刘翠花什么时候才能与亲哥哥相认。

李婶从下过山的土匪嘴里得知，陈家三兄弟在父母死后得到了吴家帮助，长大成人，都很有出息。老二做生意赚了钱，当上了老板，老三在重庆读书当了老师。老大、老二成了家盖了房，尽管日子过得辛苦，但夫妻和谐，孩子乖巧。李婶暗暗为陈家兄弟高兴。李婶担心刘翠花因为不认识三个亲哥哥，很可能有一天会发生亲兄妹互相残杀的事，她很想告诉女儿她的身世秘密，几次话到嘴边，又咽回了肚子。

宋大发等人正在蠢蠢欲动，突然听到打探消息的心腹回来禀报，大头领率领心腹姐妹在铁山脚下袭击了贩运鸦片烟的贩子，宋大发和歪脖子都惊得呆住了……

陈知农经中共地下党组织的同意，辞去了重庆学校当老师的工作，接受綦江县政府聘请，在綦江县政府教育科当了副科长。

当时綦江的县长姓黎，军人出身，老家在东北吉林省。日本人占了东北三省，黎县长和老家的亲人失去了联系，他十分痛恨日本人，对国民政府消极抵抗侵略者非常不满。黎县长在过年的演出活动中认识了陈知农，赞赏他的抗日热情，要把陈知农留在县政府。重庆地区中共地下党组织认真研究后决定，陈知农回綦江，一面宣传抗日，一面秘密重建中共綦江地区党组织。早在大革命时期，綦江就曾建立中共地下党组织，后来国民党反动派背叛革命，疯狂镇压共产党人，致使綦江地区的党组织遭到严重破坏……

陈知农回到了綦江，发展陈知雄、陈大生参加了中国共产党，组建起中共綦江县特别支部，陈知农担任了特别支部书记。

八月的一天，陈知生到綦江县城办事，顺便到县政府看望小弟陈知农，正巧陈知农有事要回东溪场，于是兄弟俩一起走山路从綦江县城回东溪场。

太阳火辣辣的，没有风，山路两边的水田没有了水，快成熟的稻子蔫蔫的，耷拉下了脑袋，小树林里的树叶子卷了，到处灰扑扑的一片。

陈知生、陈知农顶着太阳走着，身上出了汗，兄弟俩都脱了上衣，光着膀子赶路。天气热，走得慢，天快黑了才走到离东溪场还有十多里的铁山脚下。天突然变了脸，一朵乌云飘过来遮住了半边天，刮风了，刮起地上的尘沙和碎叶，让人睁不开眼。一道耀眼的闪电亮起，紧接着“轰隆隆”一声，雷声震天动地，大颗大颗的雨点子落了下来。开始雨点子不密，雨下得不大，陈家兄弟顶风冒雨往东溪场赶，可是雨越下越大，雷声一声接着一声，到处雨蒙蒙的，辨不清方向，看不清路了。陈知生一脚踩滑，身子一歪要摔倒，幸好陈知农眼疾手快，一把抓住二哥的胳膊，没有让他摔下山崖。

陈知生大声吼道：“小弟，雨太大了，走山路危险，找一个地方躲躲雨吧！”

陈知农回答说：“二哥，这荒山野岭的，没有躲雨的地方啊！”

陈知生拉起了小弟的手，说：“随我来，我知道这附近有一个大石洞，可以避风躲雨。”他把陈知农带到树林深处的一个石洞里，这个石洞很大很深，可以躲进一两百人。

雨下着，哗啦啦，响成一片。雷响着，“轰隆隆”，一声接着一声。陈知农第一次来到密林中的大石洞里，有些好奇，借着闪电的亮光往石洞深处走，观看石洞里形态各异的钟乳石。陈知生陪着小弟也往石洞深处走。

突然，石洞口传来人声，又有一些躲雨的人进了石洞。

“大哥，这一次歪脖子为什么没有来？”

“歪脖子在铁山寨上有大事情要办，来不了。”

“大哥，我们冒着危险运鸦片，卖鸦片赚的钱大多数被县里的人和歪脖子拿去了，太便宜了他们。”

“小弟，不能这样想，要不是歪脖子在铁山寨帮我们盯住那个姓刘的大头领，鸦片烟能顺顺利利运过铁山吗？要不是县政府里的人在綦江城里上下打点，我们的鸦片烟能卖出去吗？人家的能耐大，出的力多，应该多分一些钱。”

陈知生、陈知农听到这些话，惊得呆住了。他们知道在山洞口躲雨的是贩运鸦片的坏人，很想冲出去，抓住这些坏蛋，不过他们心里清楚，这里的鸦片烟贩子多，自己只有两人，不是鸦片烟贩子的对手，于是藏在山洞深处没有动，想听一听鸦片烟贩子还要说什么。

一个鸦片烟贩子长长地叹了一口气说：“大哥，听说这次到綦江当县长的人不贪钱，要抓鸦片烟贩子砍脑壳，恐怕贩运鸦片烟这碗饭，我们是吃不成了。”

被叫大哥的鸦片烟贩子大声说：“兄弟们放心，这次来綦江的黎县长是要抓鸦片烟贩子，可是他带到綦江的只有几个人。我们在县政府里的人是老綦江人，和綦江县衙门上上下下都有交情。有他为我们上下打点，兄弟们，把心放进肚子里，贩运鸦片不会有事。”

雨慢慢地停了，鸦片烟贩子们担着、背着鸦片烟出了山洞，往綦江县城方向走了。陈知生、陈知农兄弟俩听到了鸦片烟贩子说的话，知道县政府里也有人参与贩卖鸦片烟的活动，十分气愤，想早一点赶回东溪场，找陈知雄、陈大生、吴宏宜一起商量把这些情况报告给县政府，刚刚走到山洞口，又听到外面山路上响起了枪声。

鸦片烟贩子遇到了刘翠花带领的心腹姐妹的袭击，鸦片烟贩子个个都是亡命徒，还带着枪支，遭到袭击后并不惊慌，很快拿出枪支，利用路边有利的地形进行反抗。

鸦片烟贩子中的大哥一边还击一边大声吼："喂，你们是哪一个山头的？这里离铁山寨近，我们和铁山寨上的歪脖子是朋友，听到枪声他一定会下山帮我们，是朋友就知趣一点，不要打了！"

刘翠花生气地大骂："贩卖鸦片丧天良，祸害老百姓，告诉你们，我就是铁山寨上的大头领，知趣的不要反抗，交出鸦片和身上的钱，我可以饶你们不死。"

鸦片烟贩子见铁山寨大头领下了山，慌了，扔下鸦片，有的抱着脑袋往山崖下滚，有的浑身颤抖着躲进树丛，有的撒开两腿，拼命往綦江县城方向跑。刘翠花带着心腹姐妹从藏身的地方冲了出来，抓到了一些鸦片烟贩子，打扫了战场，把捡到的鸦片烟堆在一起放火烧了，搜了鸦片烟贩子的身，搜走钱财放走了人。

陈知生、陈知农直到枪声完全平息，人声也没有了，才从藏身的地方走出来，看到被烧的鸦片烟还冒着烟，有一股刺鼻的怪味。陈知农发现有一些鸦片烟还没有烧着，担心天亮了被坏人捡走，在附近捡了一些干树枝，点燃，把地上散落的鸦片烟烧得干干净净，才和哥哥一起回了东溪场。

陈家兄弟知道县政府里有人在做鸦片烟贩子的背后庇护人，心里燃起了一团火，回到东溪场家里，换下了被雨淋湿的衣服，尽管一夜没有睡觉，疲倦不堪，而且天还没有亮，不过两兄弟心里着急，还是敲响了吴宏宜、夏河水家的门。陈知农摸黑到了山上大哥家，敲门叫醒了陈知雄，还让大哥叫来了陈大生。

陈知生家里，陈、吴、夏三家的管事人聚到了一起，商量到县里报告黎县长，让黎县长追查鸦片烟贩子在县政府的庇护人。

陈知生十分气愤地说："国民政府天天喊禁烟，可是有一些当官的暗中贩卖鸦片烟，禁烟成了一句空话！"

吴宏宜也很生气："我们要写呈文递到县政府，让黎县长清查县政府里的鸦片烟贩子保护人。"

夏河水摇了摇头说："鸦片烟贩子在綦江地盘上的根子深得很，一时很难清查干净。"

陈知生点了点头，叹了口气说："夏家兄弟说得对，我同小弟虽然听到了鸦片烟贩子的话，知道县政府里有人暗中贩卖鸦片，但是没有拿到真凭实据，也没有搞清县政府哪些人在暗中贩卖鸦片……”

陈知雄家里，陈知雄听弟弟说县政府里有人帮着做鸦片生意，气得挥起了拳头，大声骂：“有些当官的真不是东西，拿着国民政府给的俸禄，干着违法的勾当，贩卖鸦片害百姓！”

陈知农皱着眉头思考了一会儿，说：“我们要和东溪场上的老百姓团结起来，揭露政府中参与贩卖鸦片、破坏抗日的反动分子。”

陈大生点了点头说：“对，东溪场上，吴、陈、夏三家是有良心的生意人，痛恨鸦片害人，我们要和他们联起手来，和鸦片烟贩子斗。”

陈知农说：“对，二哥正在和吴、夏两家的人商量和鸦片烟贩子斗争的事，我们去找他们。”

陈知生正同吴宏宜、夏河水商议怎样同县政府里帮助鸦片烟贩子的人斗争，陈知农带着陈知雄和陈大生来了。吴宏宜见了陈家小弟高兴地说：“知农小弟，你在县政府里做事，快来帮我们出个主意，把鸦片烟贩子在县政府里的同伙揪出来。”

陈知农点了点头说：“我在綦江县政府做事，知道黎县长也痛恨鸦片烟贩子，写呈文交给他或许会引起重视。我们没有拿到县政府有人贩卖鸦片的真凭实据，黎县长清查起来很难，不过会让黎县长警觉起来，那些鸦片烟贩子的保护人迟早会露出马脚。俗话说，久走夜路要遇着鬼，总有一天他们会被发现，受到惩罚。”

吴宏宜竖起了大拇指说：“陈家兄弟到重庆上过大学堂，看事准，说得对。好，我来写呈文，让陈家兄弟带到綦江县政府交给黎县长，请黎县长查，即使查不出鸦片烟贩子的黑后台，也要吓他们一大跳。”

天亮了，太阳露出了笑脸，吴宏宜写好了呈文，吴、夏、陈三家的人和陈大生在呈文上签了名字。东溪场上一些老百姓痛恨鸦片烟贩子，听说县政府里有人也在私下贩卖鸦片烟，都很气愤，互相邀约着来到吴宏宜家，在给县长的呈文上签上了名字。

陈知农带着东溪场老百姓的呈文，匆匆赶回了綦江县城。

刘翠花带着心腹姐妹回到铁山寨，让手下抓来了歪脖子。得知大头领带人袭击鸦片烟贩子的消息，宋大发和歪脖子猜出刘翠花已经知道了铁山寨上有人参与贩卖鸦片烟的事，歪脖子庆幸没有下山参与贩运鸦片烟让刘翠花拿到证据，他早打好了应付刘翠花审问的主意，不慌不忙地到了刘翠花跟前。

刘翠花一脸怒气，大声吼道：“歪脖子，你贩运鸦片烟坏了山寨的规矩，来人，给我赶下山寨！”

歪脖子一脸委屈的样子，“扑通”跪下，眼里挤出了两滴泪水，大声叫起来：“大头领，冤枉，我天天守在二头领身边，听从二头领吩咐，为山寨做事，哪里去贩运过鸦片烟？大头领不信，可以把二头领叫来问一下。”

宋大发见刘翠花刚回到山寨就抓了歪脖子，匆匆赶来，听到歪脖子申诉，赶忙上前为歪脖子说起了好话：“大头领，你一定误听了有人陷害歪脖子的诬告，歪脖子一直在我身边，按我的吩咐做事，不会去贩运鸦片烟。”

刘翠花怒气未消，大声说：“我亲耳听到鸦片烟贩子说歪脖子是他们的朋友，还敢狡辩！”

宋大发坐到了大头领身边的椅子上，笑着说：“翠花，歪脖子在江湖上混了几十年，交的朋友遍天下，也许鸦片烟贩子真的是他曾经交过的朋友，不能因为同鸦片烟贩子是朋友就处罚手下兄弟。大头领，那样会让兄弟们寒心的。”

刘翠花说不过宋大发，只得让歪脖子回了自己的住处，不过，她心里对宋大发、歪脖子一伙的疑心越来越大。

霍树楠是綦江团防局副团长。民国初期，土匪猖獗，地方政府为了剿匪安民组建了团防队，后来又成立了团防局。团防长由各级地方政府行政长官担任，副团长由能够指挥团防兵作战、亲民爱民的人担任。由于地方行政长官经常更换，真正掌握团防武装的是副团长。如綦江县，民国初期县知事更换频繁，一年换了三四次，有的任职一两个月便被撤换了，真正掌握团防武装力量的是副团长霍树楠。

霍树楠小时候家中不富裕，他十分机灵，可惜机灵没有用到学本事，靠做手艺或者做正当生意让自己及家里人过上好日子的正道上来，而是投机取巧，损人利己，变着法子害人。稍稍长大，他便跟了一个鸦片烟贩子贩卖鸦片，赚了不少黑心钱。有一次他随着鸦片烟贩子偷运鸦片，遇到土匪拦截，鸦片烟贩子被打死了，霍树楠侵占了鸦片烟贩子所贩运的鸦片及身上所带的钱，成了綦江城里的有钱人。他不想再冒着风险贩运鸦片，便混进了县里的团防队，后来用钱买了团防局副团长当，凭着手里掌握的枪杆子，当起了鸦片烟贩子的幕后保护人，还偷偷和日本特务机关拉上了关系，收受日本特务机关的活动经费，暗中为日本特务机关做事。不过，自从黎县长到綦江上任，霍树楠感觉日子一天比一天不好过。黎县长既要剿匪，又要禁烟，并且极其痛恨日本人侵略中国，好像事事都在与霍树楠作对。

霍树楠计算着日子，这一次到贵州贩运鸦片的人应该回到綦江了，他可以收到一大笔保护费了，而且鸦片烟贩子贩运的鸦片中还有他的股份，卖了鸦片又能收到一大笔钱。霍树楠心里美滋滋的，从县政府回到家，让老婆炒了两个好菜，拿来了好酒，一边吃菜喝酒，一边在脑子里计算可以到手的钱，脸上露出了得意的笑。

霍树楠正在做着美梦，守门的伙计来报，到贵州贩运鸦片的人回来了，要见他禀报情况。霍树楠急忙吩咐，让鸦片烟贩子从后门进了屋。鸦片烟贩子见了霍树楠，挤了挤眼睛，“哇”的一声哭了起来。霍树楠吓了一大跳，预感出了事，心里悬起了一块大石头，声音颤抖着说：“不要哭，快说，出了什么事？”

鸦片烟贩子把鸦片烟被截，身上带的钱被抢的事讲了，霍树楠气得瞪圆了眼睛，骂起来：“哪里来的小蟊贼，胆大包天，敢在太岁头上动土，抢我姓霍的鸦片烟！”

鸦片烟贩子添油加醋地说：“霍团长，抢鸦片烟的是铁山寨的大头领，她知道是你的鸦片，扬言专门要抢你的货，还要派人进城抄你开的鸦片烟馆。”

霍树楠心里有些疑惑，问：“你们没有说出我同铁山寨上的歪脖子是朋友？”

鸦片烟贩子哭丧着脸回答：“霍团长，我们说了你和歪脖子是朋友，可是铁山寨上的大头领根本不买歪脖子的账。”

霍树楠咬牙切齿地骂起来：“刘翠花，这辈子我和你势不两立，你抢了我的鸦片烟，我要叫你加倍偿还！”

霍树楠心里有气，一夜没有睡好觉，第二天早晨起得早，早饭没有来得及吃便匆匆忙忙往县政府赶。黎县长上任后整顿县政府工作人员的纪律，迟到要挨训，还要被扣薪水。霍树楠刚刚走进自己的办公室，还没有坐下，黎县长身边的副官来了，让霍副团长到县长办公室去。黎县长的副官到綦江后，吃了霍副团长好几顿酒，还收过红包，在去黎县长办公室的路上悄悄告诉霍树楠，县长接到了东溪场送来的呈文，正在生气，让霍副团长小心点。

霍树楠心里“咚咚”打起了鼓，弄不清楚呈文里写了什么，小心翼翼地喊了“报告”，进了县长办公室。

黎县长接到了陈知农交来的有东溪场百姓签名的呈文，让手下人查了查县政府里的有关官员，查出霍树楠有与鸦片烟贩子勾结的嫌疑，十分气愤，看到霍树楠进了屋，便大声吼起来：“来人，把这个贩卖鸦片烟的混蛋绑了！等查明案情，押到河沙坝枪毙！”

霍树楠颤抖起来，“扑通”一声跪倒在地上，大声喊着：“黎县长，县大老爷，我冤枉啊，我天天按时到县政府上班办公事，哪里有时间去贩卖鸦片？黎县长，不知什么人和我有仇有恨，诬告了我，黎县长，不能冤枉好人啊……”

黎县长挥了挥手，让拿着绳索要捆绑霍树楠的卫兵住了手，训斥道：“霍树楠，东溪场上老百姓签名控告县政府有人私贩鸦片烟。我让人清查，查出你有和鸦片烟贩子勾结的嫌疑，快快坦白，如果能供出同党，或许可以饶你一命。”

霍树楠一把鼻涕一把泪，伤心莫名地说：“黎县长，俗话说，捉奸拿双，捉贼拿赃，你查出我暗地里贩卖鸦片，不知有没有拿到真凭实据。如果有我霍某人贩卖鸦片的真凭实据，黎县长你让人押我到河沙坝枪毙十次、百次我都认了！”

副官在黎县长耳朵边，悄悄帮着求情说好话：“县长大人，或许霍副团长真的被冤枉了，我们没有查出霍副团长与鸦片烟贩子勾结的真凭实据，不能随随便便定他的罪。等到以后抓到鸦片烟贩子审清问明，有了真凭实据再来处置霍副团长，就不会冤枉他了。”

黎县长是当兵出身的，急性子，做事有些鲁莽，不想放过一个坏人，也不想冤枉一个好人，想了想，觉得副官说的话有道理，让霍树楠站了起来，警告他不能和鸦片烟贩子有丝毫联系，如果让人拿到真凭实据，一定严惩！

霍树楠被吓出了一身冷汗，小心翼翼地离开了县长办公室，回到了自己办公的地方，心里害怕，坐立不安，打不起精神办事，好不容易熬到下班的时间，回了家。他怕鸦片烟贩子上门找他商量的事情被人发现，让心腹偷偷出门通知认识的大小鸦片烟贩子，不准登门，如有重要事情商量，约定地点再见面。

霍树楠想暂时切断和鸦片烟贩子以及山寨土匪头头、日本特务机关的联系，他心里十分清楚，黎县长不同于以往他见过的綦江县县长，不能让黎县长抓到他做坏事的把柄。同时，霍树楠想暗中查明，是东溪场上的什么人写呈文递到了县政府黎县长手里，然后想办法除掉这个领头写呈文告状的人。

正当霍树楠要暂时切断与相识的各路歹人的联系，保住自己在县政府位置的时候，宋大发到綦江县城来找他了。霍树楠心里打起了鼓，为了自身安全，他想闭门不见，不与铁山寨的土匪头头见面，可是铁山寨离东溪场近，也许从宋大发口里可以打听到东溪场呈文控告之事。再三犹豫后，霍树楠决定见宋大发一面，他让手下人选了一个隐秘的地方，在綦江河对面营盘山上一个小庙里和宋大发见面。

宋大发冒着危险到綦江县城找霍树楠，是要商量如何除掉东溪场上姓陈的、姓吴的几个对头，并且让刘翠花手上沾血，最好沾上陈、吴两家人的血，成为东溪场上人人痛恨的土匪头子，以便成为可以控制的对象。宋大发乔装打扮进了綦江城，和霍树楠的心腹取得了联系，过綦江河到了河的东岸，找到营盘山上的小庙。

营盘山原来是一座树林茂密、景色秀丽的小山，和綦江城隔着一条綦江河，山上盖有四五座小庙，民国初期闹起了土匪，营盘山上的小庙住进了土匪。后来，剿匪军队和土匪打仗，土匪吃了败仗，放火烧了营盘山，一些树木被烧毁了，小庙也被烧了好几座，只剩下一座墙壁透风、房顶漏雨的小庙，营盘山成了人迹罕至的地方。

宋大发在营盘山上等到了天黑，霍树楠也没有现身，他耐着性子，半夜过后才见到霍树楠。

宋大发有些不满意地说："霍大哥，你怎么变得胆小如鼠了？半夜才来。"

霍树楠苦着脸摇了摇头，长长叹了一口气，说："宋老弟，今天你能见到我，已经是托了菩萨的福。东溪场有人写呈文到县政府告状，说县政府有人私贩鸦片，黎县长生气了，让人清查，查出我有嫌疑，差一点把我五花大绑押到河沙坝枪毙了。"

宋大发装出吃惊的样子说："东溪场上什么人如此大胆，写呈文到县政府控告?"

陪着宋大发进城的一个小土匪低声叫起来："我知道，写呈文的一定是东溪场上陈家和吴家的人。我听歪脖子大哥说，陈家小弟回到了綦江，被姓黎的县长留在了县政府，一定是他们串通了东溪场上的老百姓，写呈文到县政府的。"

霍树楠恶狠狠地说："宋老弟，你帮我查一查，东溪场上写呈文的是不是陈、吴两家？这个仇我要报，这个钉子要拔。"

宋大发阴毒地笑了笑说："歪脖子对东溪场上的人很熟，他说的十有八九不错，东溪场上姓吴的、姓陈的，还有姓夏的年轻娃娃们猖狂得很，过年时演出对抗大日本皇军的歌舞，要想办法教训一下。"

霍树楠想起鸦片烟贩子在铁山下被拦截的事，带着责备的语气说："宋老弟，这次我们贩运的鸦片烟在铁山脚下被拦截，损失了不少钱，铁山寨上的兄弟为什么连自己家门口的地盘都保护不了?"

宋大发摇了摇头说："霍大哥，这次是铁山寨的大头领刘翠花偷偷下山拦截了贩运鸦片的兄弟。霍大哥，你知道，在铁山寨，有时候我做不了大头领的主……"他叹了口气，接着说，"霍大哥，这次我下山来找你，就是想商量出一个办法，借大头领的手除掉东溪场上仇视大日本皇军的人，让大头领的手沾上东溪场吴、陈两家的血，死心塌地跟我们一起干!"

霍树楠压低声音说："对，要尽快让姓刘女人的手沾上东溪场人的血。"

第九章 吴老爷家来了客

像亲妈妈一样的李婶被刘翠花误伤死了，刘翠花悲痛欲绝，她让心腹姐妹霞姑拿着钱到附近乡村买了上好的楠木做成棺木，请来道士在铁山顶上选择了一块地安葬了李婶，还竖立了墓碑。

刘翠花让帮忙安葬李婶的铁山寨兄弟都回了山寨，霞姑也被派出执行任务，铁山顶上只剩下了刘翠花一个人，她脸上满是泪水，默默地跪在李婶坟墓前，回忆着一件件往事。

五岁的时候，刘翠花到铁山寨附近树林里玩，不小心从一个山崖上跌下，额头上摔了一个洞，血流满面。李婶得到报信，三步并成两步，跑到山崖下背回刘翠花，逼着刘胡子去请郎中给女儿治伤。治伤需要一种大山深处才能采到的草药，李婶拜托铁山寨的一个大姐帮助照看刘翠花，一个人到深山沟里寻找草药，不料天下大雨，山洪暴发，李婶过一条小溪时不小心跌入水中，被洪水冲走了十多丈，好不容易才抓住小溪边的树木爬上了岸，衣服被小溪里的石头刮破了，身上受了伤。李婶忍着痛，一瘸一跛地爬坡下坎，终于找回了给女儿治伤的药。她顾不得自己身上有伤，把采回的草药敷在刘翠花的伤口上，守着女儿。刘胡子派人来叫她回房间睡觉，李婶没有回房间，守着女儿一夜没有合眼。小翠花喊疼，李婶哄着不让女儿哭，刘翠花要喝水，她就赶忙去倒。李婶守在女儿床前照看了三天三夜，一直到刘翠花额头上的伤稍微好了，能下床了。

八岁的时候，刘翠花偷偷拿出养父刘胡子的手枪玩，不料枪走了火，打伤了山寨上的兄弟。刘胡子十分生气，抓住刘翠花，举起拐棍要打，李婶闻讯奔了过来，紧紧抱住女儿，刘胡子的拐棍打了下来，没有打到刘翠花身上，却打到了李婶头上，李婶的头被打破了，流出了血，一滴一滴落到了刘翠花脸上，她抱着妈妈大声哭叫起来。刘胡子觉得养女太顽皮，要罚她跪一个时辰，李婶不让女儿跪，和刘胡子大吵大闹，还跑到山寨外面的山崖上，威胁要跳下山崖，吓得刘胡子收回了成命，不罚刘翠花跪了。事后，李婶流着眼泪抱着女儿吩咐，要刘翠花乖一点，不要惹养父生气，不然会遭到惩罚。妈妈抱着女儿，女儿抱着妈妈，母女俩都哭成了泪人。

十二岁的时候，有一次，刘翠花和山寨上一个土匪带上山的儿子争吵起来，男孩子骂她没有亲爸亲妈，是一个野种。刘翠花哭着跑回屋里找到了李婶，询问李婶是不是自己的亲妈妈，如果不是，她的亲生父母在哪里？李婶流着眼泪搂抱着女儿，告诉小翠花会像亲生妈妈一样待她，并且承诺长大后，一定会让刘翠花找到亲人，回到亲人的家。

刘翠花回忆着一件件往事，在心里和躺在坟墓里的李婶说着话："妈妈，我的亲妈妈，最亲最亲的妈妈，为了把我养大成人，你吃了很多苦、受了很多罪，女儿却开枪打死了你。妈妈，最亲最亲的妈妈，你对我的好，下辈子也报答不了。女儿是罪人，犯了滔天大罪，亲手打死了最亲的亲人、辛辛苦苦把女儿养大成人的妈妈，我该被天上的雷劈死，我该被小鬼抓进阎王殿用锯子锯成两半，用大磨子磨成灰。妈妈，如果能让你活过来，让我死一百次我都心甘情愿……"

起风了，刮得树木摇晃着，天色暗了起来，一个惊雷响起，紧接着大颗大颗的雨点子打了下来。刘翠花仍然跪在李婶坟墓前，抬起头望着天，大声喊起来："老天爷，我打死了妈妈，你生气了，发怒了，你用雷劈死我这个罪人吧。老天爷，快让雷劈死我，我有罪，我是罪人！”

两个女土匪带着斗笠、蓑衣赶来，要为大头领遮雨挡风，刘翠花大声呵斥，让两个姐妹回了山寨。她在风雨中跪着，雨水淋湿了衣服，水珠从头上滚下，风吹来，带来阵阵寒意，刘翠花仍然跪在风雨中。

宋大发来了，也带来了遮雨的斗笠、蓑衣，假惺惺地劝说：“大头领，我的好妻子，妈妈死了，我们都很伤心，不过不能完全怪你，她不该悄悄跟着去你们埋伏打鸦片烟贩子的地方，还扑到你身前。你是误伤，不要太责备自己了。”

刘翠花发怒了，跳了起来，瞪圆了眼睛，咬牙切齿地大声吼：“姓宋的，滚，快滚！你从哪里得到的混账情报？你让我带人去伏击的不是鸦片烟贩子，是东溪场上做正当生意的生意人，妈妈是怕我伤了无辜才扑到我面前的。姓宋的，妈妈的死你要负责，你是杀死我妈妈的凶手！”

宋大发被刘翠花凶狠的样子吓得倒退了两步，装出万分委屈的样子说：“大头领，我确实得到情报，有鸦片烟贩子带着枪从铁山经过，或许是情报有误，但是不能怪我呀。不信你把歪脖子叫来问一问，他也得到了鸦片烟贩子路过的消息。”

刘翠花恨得咬牙切齿，大声骂：“歪脖子，这个王八蛋，要不是他让我开枪，我不会误伤妈妈，回了山寨，我要和歪脖子算账，用刀劈了他。滚，快滚，再不滚开，我要开枪打碎你的脑袋，让你为我妈妈偿命！”

宋大发吓坏了，把要为歪脖子辩护的话吞回了肚子，悄悄走了。

刘翠花又回到李婶墓前跪下了，天黑了，风还在吹，雨还在下，闪电一道接着一道，惊雷一声接着一声，似乎要把铁山顶劈成两半。刘翠花跪的时间长了，头发昏，眼发花，终于昏倒在了李婶的坟墓前，被暗中守护着她的心腹姐妹救回了铁山寨。

天快亮了，刘翠花醒了过来，发现自己躺在床上，霞姑守在床前，一脸的泪水。她吃惊地翻身坐起，大声问：“霞姑，我记得自己是在妈妈坟前，怎么到了这里？”

霞姑用手背擦了擦脸上的泪水，说：“大头领，你醒了就好了，你昏倒在李婶坟前，姐妹们救回了你。”

刘翠花摇了摇脑袋说：“姐妹们不该救我回来，我有罪，我是罪人，天雷把我劈死在妈妈的坟前，是罪有应得。”

霞姑叹了口气，轻声说：“大头领，你不能死，姐妹们不能没有你，再说，李婶死得冤枉，也死得离奇。大头领，我觉得有人故意让你去杀人，却又想不通这些人为什么要让你去杀人。再说，李婶为什么会扑到你的枪口上，她不让你开枪打死的是什么人？大头领，你死了，谁来解开这些谜团？大头领，你不能死，不能倒下，要为李婶报仇……”

刘翠花听着霞姑的话，想起了妈妈临死前交给自己的小红袄，让霞姑从衣柜里找出了小红袄，仔细看着小红袄胸口绣着的小红花……

刘翠花回忆着妈妈临死前的嘱托，似乎明白了什么，轻声说：“霞姑，妈妈不准我伤害东溪场上姓陈的人家，因为我的身世和陈家有关。”

霞姑轻声说：“大头领，依我看，歪脖子一伙有阴谋，故意把姓陈的生意人说成是鸦片烟贩子，让你去伏击，还催你开枪。大头领，以后我们要防着歪脖子一伙，不要再上当吃亏，让他们把我们当枪使，借我们的刀去杀人。”

刘翠花点了点头说：“你说得对，霞姑，以后你要盯紧歪脖子一伙，想办法拿到真凭实据，不过千万要小心，没有拿到真凭实据不能走漏风声。”

霞姑压低了声音说：“大头领，你放心，我一定会想办法拿到歪脖子害人的真凭实据。”

刘翠花睡不着，霞姑见她的身体没有大碍，想让她好好休息，便离开了房间。桌上的菜油灯发出昏黄的光，刘翠花一闭上眼睛就看到妈妈站在面前，她想回到妈妈坟前去，身子软软的没有力气，挣扎了两下没有能下床。她躺在床上，拿起小红袄，想着寻找亲人，眼里又有了泪，用手擦去，泪水又从眼里流了出来……

天亮了，歪脖子让人把自己五花大绑起来，来到刘翠花的房间认罪，他已经和宋大发商量过了，知道要完成日本特务机关交给的任务，还需要好好利用刘翠花，不能让刘翠花有疑心。进了刘翠花房间，他“扑通”一声跪在了刘翠花床前，眼里挤出了两滴泪，大声说：“大头领，我错了，中了奸人的计谋，以为有鸦片烟贩子从铁山路过，又见对方开了枪，越发相信是鸦片烟贩子，所以催着你开枪，结果误伤了李婶。大头领，我有错，有罪，任你处罚！”

宋大发跟在歪脖子身后，也进了刘翠花睡觉的房间，接过话头说：“大头领，歪脖子来认罪了，我也有罪，不该听信不实的情报，让你带人去打鸦片烟贩子，也任你处罚，以后铁山寨上的大事小事，我绝不会再误听谣言，有事一定好好同大头领商量。”

刘翠花看到歪脖子五花大绑地跪在床前，弄不清他是真心悔罪还是在演戏，有些糊涂了，叹了一口气，训斥道：“歪脖子，妈妈的死确实和你有关系，既然你主动认罪，今天暂且饶你，以后要看你是不是真心悔过！”

重庆地质学家李贤诚带着五六个学地质勘探的大学生到了綦江县城，准备到铁山调查铁矿砂的储藏情况。

李贤诚是重庆一所大学里教地质学的老师，日本人侵占东北三省后，大学里组织起分析研究日本侵略军动向、向政府提出抵抗日本侵略的建议、在民众中进行抗日宣传的团体。李贤诚是一个爱国的人，参加了大学里的抗日团体。在一次分析讨论会上，抗日团体里的人分析了日本侵略军的动向，得出了日本侵略军的野心是吞并中国，把中国变为他们殖民地的结论，而中国抵抗日本侵略军的大后方是包括重庆在内的大西南地区，因此，西南地区必须建立起供应战争所需的军工生产系统。军工生产需要钢铁，生产钢铁必须有铁矿砂，重庆附近的綦江南部大山中储藏有铁矿砂，不过铁矿砂资源储藏量怎样，质量好不好，要实地勘探，采得样本分析研究才能得出结论。为了帮助政府掌握綦江一带大山铁矿砂的储藏情况，抗日团体在中共地下党组织支持下组织了一个调查小组，决定深入铁山铁矿砂储藏地区进行调查，采集铁矿砂标本进行分析。李贤诚担任了调查组组长，抗日团体找了一些青年学生给李教授当助手，一行人翻山越岭，从重庆来到綦江。

陈知农收到了中共重庆地区党组织的通知，全力支持抗日团体组织的赴铁山调查铁矿砂储藏情况的活动，他把调查组要来的消息报告了黎县长。

到綦江境内的铁山搞调查，必须要得到綦江县政府的允许和支持，李贤诚一行人来到綦江县城，便拜访了黎县长。

黎县长热情接见了李贤诚一行，听说调查组到铁山调查铁矿砂储藏情况是为了给抗击日本侵略者的战争做准备，竖起大拇指称赞说：“李教授，佩服！鄙人佩服极了，你们为了帮助政府做好打日本鬼子的准备，跋山涉水，从重庆来到了小城綦江，还要到铁山大山沟里去搞调查，为国分忧之心实在令人佩服！李教授，有什么需要鄙人帮忙，只管开口，鄙人一定尽力去办。”

李贤诚谦虚地说："黎县长，国难之时，为国分忧是每一个中华儿女应尽之责，我们来到綦江，还要去铁山矿区，人地生疏，麻烦贵县的地方一定很多。首先，我们需要有人带路去铁山矿区。"

黎县长拍着胸膛说："李教授，我一定为你们挑选一个好向导。我这里有一个家住铁山附近东溪场上的人，曾经在重庆读书，还当过老师教过书，他对铁山一带熟得很，并且早就听说你们要来，让他给你们当向导去铁山，他一定愿意。"

黎县长让勤务兵叫来了陈知农。李贤诚和陈知农见了面，两个人愣住了，原来陈知农在重庆读书时就认识李贤诚，后来还参加了大学里的同一个抗日团体。

陈知农紧紧握着李教授的手，又惊又喜："李教授，你怎么到綦江来了？我听说重庆有人来綦江调查铁矿，想不到是你。"

李贤诚笑着说："小陈，原来黎县长给我们找的带路人是你！好久不见，听说你回家乡搞抗日宣传，搞得轰轰烈烈，大家都很佩服。"

黎县长见李教授和陈知农认识，哈哈大笑，说："好，你们是熟人，不用我介绍了。从今天起，小陈，你就给李教授当向导。"

黎县长要留李贤诚一行在綦江县城休息两天，还准备从军队里借几匹马让调查组的人骑着到铁山搞调查。李贤诚谢绝了，他是搞地质研究的，经常跋山涉水到野外搞调查，不怕走山路、钻深山沟，同时调查任务重，时间紧，不想耽搁时间，只在綦江县城住了一夜，便让陈知农带路，向东溪场进发。

时值初秋，早晨，太阳从东边山头升起，给山山水水披上了一层金色的光彩，风轻轻吹着，给人带来微微的凉意。山坡上，梯田里，早起下地的农人有的在稻田里挥刀割稻，有的挑着粪桶到菜地里给瓜菜施肥。一个年轻的汉子一边干活一边大声唱起了山歌：

凉风绕绕天放晴，
情妹打扮要出门。
出门要把花来戴，
进门忙把花来熏。
把花插在花箱头，

出门欢喜进门愁。

陈知农领着李贤诚和调查组的年轻人爬上了一个高高的山顶，爬山坡累了，有人大口大口喘起了气，大家便在山顶路边几块大石头上坐下休息，环顾四周。远处高高低低的群山，有的大山巍峨挺拔，被雾气笼罩着，只露出了山顶，仿佛白色浪涛中的绿色小岛，有的大山绵延起伏，山坡上梯田层层，从山脚到山顶，好像登天的梯子，群山脚下有一条白色带子一样漂浮的河流，从南往北，消失在远方看不到的地方。

景色很美，调查队员你一句我一句称赞起来。一个调查队员高声喊起来："綦江的山山水水太美了，太壮观了。"

陈知农插话说："綦江的山山水水确实很美，如果没有战争，这里的山水会越来越美，綦江的老百姓才能过上美好的生活。"

李贤诚接过话头说："对，我们到铁山搞调查，就是为了抵抗日本人发起的战争，为了消灭战争，为了让老百姓过上好日子。"

陈知农领着李贤诚一行赶到东溪场时，天已经黑了，他不想惊动其他人，准备把李教授带到二哥陈知生家里住，同时让二哥想办法给调查组的年轻人找住的地方。不料经过吴家门口时，被出门准备到铁厂查看生产情况的吴宏宜撞见了，吴宏宜觉得陈家老三带回的李贤诚有些眼熟，左看右看，抓住李教授的手叫起来："李老师，李教授，你还记得我吗？我们见过面。"

李贤诚盯着吴宏宜看了看，也高兴得喊了起来："吴老板，真是太巧了，在这里遇到了你。"

原来，有一次，自贡一个盐厂老板在重庆一家饭馆请铁厂老板吴宏宜吃饭，盐厂老板把熟识的大学教授李贤诚请来陪客。酒席上听说吴老板家乡出产优质铁矿砂，李教授很感兴趣，问了很多有关铁矿砂的事，还约定要到铁矿砂产地考察，想不到他们真在东溪场街头碰见了。

吴宏宜听说李教授带领调查组要到铁山调查铁矿砂的储藏情况，十分高兴，硬把李贤诚一行人拉进了自己的家，让人到陈家请来了陈知生，还叫家里人准备了酒菜，要给李教授带的调查组接风洗尘。

李贤诚不想太麻烦吴宏宜，婉言谢绝："吴老板，我们今天赶了一天的路，明天一早要到铁山搞调查，让小陈带我们去小饭馆要两个菜填饱肚子，再找一个睡觉的地方就行了，不用准备酒菜。”

吴宏宜摇了摇头，笑着说：“李教授，你是勘探铁矿砂的专家，平时我们请都请不来的客人。我让人去请的陈家二哥、夏家兄弟同我一样，不是开矿洞铁厂就是做铁器生意的，我们应该算是同行，有好多事情要请教李教授。再说你们到铁山搞调查，铁山寨上有土匪，没有人保护进不了铁山，不但完不成调查任务，弄不好还会送掉性命，进铁山调查必须很好地策划一下。”

陈知农接过话头说：“李教授，吴大哥说得对，进铁山调查要好好策划，绝不能冒冒失失进去。”

李贤诚无可奈何，叹了口气，听从了吴宏宜的安排。

吴宏宜把李贤诚一行请到客厅坐下，泡上了茶，工夫不大，陈知生来了，听完介绍，他对李贤诚既颇为佩服，又有些担心，皱着眉头说：“李教授，铁山里有土匪，进铁山调查遇上土匪十分危险。”

李贤诚态度十分坚决，说：“谢谢陈老板关心。不过，我们不能怕土匪，进铁山调查铁矿砂是为了抗击侵略者，当前，日本鬼子张开了血盆大口要吞下我们中国，不努力行动起来我们就会做亡国奴。现在进铁山有危险，日本鬼子打到家门口更危险，我们不能因为有危险就不进铁山调查了！”

吴宏宜佩服得竖起了大拇指，说：“李教授，你说得对，为了打鬼子，不能怕危险！”

饭后，安排李贤诚和调查组人员睡下，吴宏宜和留下来的陈知生、陈知农一起商量保护调查组进铁山调查铁矿砂储藏的事，然后各自回家。夜深了，陈知农来到大哥陈知雄家，让大哥找来陈大生和另外两个共产党员，召开了中共綦江特别支部会议，传达了上级党组织关于帮助李贤诚率领的调查组调查铁矿砂储藏情况的指示，研究决定由陈知雄、陈大生和陈知农一起为调查组带路进铁山，吴宏琴担任联络人，随时将铁山寨土匪的情况报告给调查组。

铁山上，日本特务宋大发从秘密电台中收到了日本特务机关的指令——潜伏在重庆的日本特务组织已经得到了地质专家李贤诚带着调查组到綦江铁山地区调查铁矿砂储藏情况的消息，指令潜伏在铁山寨的宋大发除掉地质专家李贤诚和调查组。宋大发把歪脖子叫到一处密林里，传达日本特务机关的指令。歪脖子皱起了眉头，叹着气说：“二头领，干掉几个调查组人员是小菜一碟，容易得很，难在刘翠花和我们不是一条心。有她在山寨上，我们要办成一件事，难！”

宋大发为歪脖子鼓气，说：“兄弟，我们不能怕难，可以像上次一样用迷香迷昏刘翠花，然后偷偷带人下山，也可以哄骗刘翠花，说调查组是鸦片烟贩子，让她带人下山袭击。”

歪脖子摇了摇头说：“这两种方法我们都用过，刘翠花一定有防备，不灵了，要想一个没有用过的法子。”

宋大发编了一个天大的谎言欺骗刘翠花，企图让刘翠花准许他带着手下兄弟下山袭击李贤诚带领的调查队。

宋大发把刘翠花叫到夫妻俩住的房间，装出诚恳的样子说：“翠花，我的好夫人，我得到山下兄弟传上山寨的确切情报，一伙歹人要进铁山寻宝，听人说这宝贝埋在铁山已经上万年了。如果宝贝被人劫走，铁山要垮，东溪场会被垮下的泥巴、石头埋住，不知道会有多少人被石头砸死，所以一定不能让这伙歹人劫走宝贝。翠花，这伙歹人和官府串通一气，不顾铁山上的老百姓死活，要取走宝贝，让我带兄弟下山赶走这帮歹人，不让他们的阴谋得逞。”

刘翠花瞪大了眼睛，一脸的疑惑，说：“二头领，我是铁山生铁山长的人，怎么不知道铁山有什么宝贝？你不要大惊小怪，被山下兄弟误传的情报吓坏了。”

宋大发拍打着胸膛大声说：“大头领，现在东溪场上传遍了有人要取走铁山里宝贝的事，万一铁山垮了，我们都将死无葬身之地，如果不赶走歹人，宝贝被取走，那时再后悔就晚了。”

刘翠花似乎有些相信二头领的话了，不过她知道宋大发和歪脖子一伙歪点子多，会编造谎言借机下山祸害老百姓，没有得到确切情报，不能让他们下山。犹豫了一会儿她作出决定，自己带着两个心腹姐妹下山弄清是不是有歹人要进铁山取走宝贝，如果事情真的像宋大发说的那样，再让人通知山上的其他土匪下山，赶走妄想取走铁山宝贝的歹人。

陈知农、陈知雄、陈大生带着李贤诚的调查组进了铁山，走铁矿砂储藏地区调查的大路要从铁山寨下经过。因为怕遭到铁山寨上的土匪袭击，调查组没有走大路，而是由陈大生带着，走了一条避开铁山寨的小道。小道十分难走，要爬上高高的山崖，下到深深的河谷，穿过密密的树林；有的地方路断了，要用砍刀砍去草丛开出一条小路；还要穿过一条湍急的小河，小河上没有桥，只有几个石块让人踩着过河，不小心踩滑会跌进河里；有的地方树丛中有蜂窝，走过时不小心碰着了蜂窝，黄蜂飞出来会把人蜇得鼻青脸肿，遍身是伤。

陈大生走在调查组前面，手里拿着大砍刀砍去拦在路上的树枝和荆棘；陈知雄走在调查组后面，帮助掉了队的调查组员赶上队伍；陈知农走在李贤诚身边，负责他的安全。调查组行进得异常艰难，走得很慢，太阳从东边山头刚刚露脸时出发，太阳到了头顶还没有走出十里路。铁山里天气变化快，上午还有明晃晃的阳光从树缝中射下，下午便下起了雨，淅淅沥沥打湿了人们的衣服。爬上一个山崖时，李贤诚一脚踩虚，从山崖上摔了下来，陈知农一把没有拉住，摔到了五尺高的山崖下，摔伤了腰，走不动路了。调查组不能没有李贤诚，只好在附近找了一个山洞休息。陈大生、陈知雄到山上找来一些治伤的草药，敷在李贤诚受伤的地方。天快黑了，走山路十分危险，调查组决定在山洞里过夜，人们吃了随身带的干粮，晚上山洞里凉，打开行李包，取出厚一些的衣服穿上避寒。夜里风越刮越猛，呼呼地响，还下起了雨，风把雨星子刮进了山洞，越来越冷。调查组员们挤在一起，仍然有人打起了寒战，身子不由自主地抖了起来。

半夜时分，山洞外响起了狼叫，开始是一两只狼在叫，接着更多的狼叫了起来，十分吓人。一个调查组员吓得颤抖着哭出了声，说："狼来了，我们要被狼吃了！"陈大生、陈知雄出洞捡了一些干树枝和干树叶，李贤诚掏出打火机打着火，树枝树叶被雨淋湿了，点不着。狼的叫声更近了，更加吓人了，又有调查组员被吓哭了。陈知雄见狼群离山洞越来越近，脱下了一件贴身的干衣服点燃了火，引燃了树枝树叶，狼怕火，被烧得越来越旺的火堆吓得逃走了。

天亮了，调查组员吃了干粮，准备起身继续前进。李贤诚的伤口敷上草药好了一些，不过仍然走不动路，陈知雄背起他，陈知农和大哥换了位置，走在了调查组最后面，帮助走不动路掉了队的组员赶上队伍。

李贤诚率领的调查组艰难前进着，又有一条小河拦在前面，过河时一个调查组员一脚踩滑摔倒在河里，陈大生急忙拉起了他，他的衣服被打湿了，身子冷得颤抖起来，走不动路。陈大生脱下身上的衣服给他换上，自己穿着湿衣服走在调查组前面带路。

刘翠花带着霞姑和另外两名心腹姐妹离开山寨，在密林中找到了宋大发所说的要到铁山取走宝贝的“歹人”，悄悄跟在调查组后面，想弄明白这些“歹人”进铁山究竟要干什么。刘翠花观察着“歹人”的一举一动，她已经认出“歹人”中有东溪场上的百姓，还有两个人与妈妈临死前交代的不准伤害的陈家生意人长得很像。刘翠花已经让人打听清楚，东溪场上做生意的陈家人有兄弟三人，还有一个从小丢失的小妹，她猜出陪同“歹人”进铁山的有陈家的大哥和小弟，同时猜出自己就是陈家丢失的小妹。刘翠花不相信陈家哥哥们会帮助“歹人”盗走铁山宝贝，认定宋大发说的是谎话，不过，她很想搞清楚宋大发说的“歹人”到铁山要做什么，于是一直悄悄跟着调查组。

李贤诚率领调查组在高山深谷中艰难地走了两天，终于到达了预定的调查区域。李贤诚受的伤敷上了草药，已经不痛了，一瘸一拐地能走路了。调查组员选了一块比较平坦的草地作为营地，搭了帐篷住下来。李组长把调查组员分成了三个小组，分别由陈知雄、陈知农、陈大生带路，寻找裸露在地面上的铁矿砂，采集铁矿砂标本。调查组员们十分勤奋，天刚刚亮，吃了一点干粮就出发到山头下、河谷里调查，中午肚子饿了也吃干粮，晚上天黑了才回到营地休息。铁山上的铁矿砂分布区域很广，调查组采到的标本大多数是优质铁矿砂，李贤诚很是高兴，调查组员们也兴奋极了，尽管每天辛苦劳碌，但是不感觉累。

刘翠花带着心腹姐妹躲在树林深处，注视着李贤诚和调查组员的一举一动，看到宋大发说的“歹人”每天清早外出，天快黑了才背着、抱着一些石头回到营地，实在想不明白一块块发黑的石头有什么用。铁山上到处都有这样的黑石头，无论是什么宝贝，多了就不稀奇了。刘翠花心里已经得出结论，李贤诚和他带领的调查组员不是歹人，但是这些人到处寻找乌黑的石头，为的是什么呢?

一天晚上，刘翠花带着霞姑，悄悄摸到了调查组营地的帐篷边上，想偷听帐篷里的人在摆谈什么，以便猜出弄一些黑石头来要做什么。

帐篷里，李贤诚正在和陈知雄、陈大生、陈知农摆谈这次到铁山调查铁矿砂的事情。

陈知农关心地问：“李教授，通过调查，你认为铁山矿区的前景怎样?”

李贤诚高兴地说：“铁山很可能是一个储量丰富、质量好的大矿场，我们这次调查收获很大。根据我的经验判断，收集到的矿石标本都是优质矿石，铁山矿的开发价值很大，特别是当前日本侵略者霸占了我国东北三省，又阴谋在华北、华东挑起战争，西南将成为我们国家抗击日本鬼子侵略的大后方，开发铁山矿区将会对建成抗战大后方军工生产体系，造出枪炮打击侵略者起到很大的作用。铁山矿会为我们的国家抗击日本侵略者作出贡献，铁山的老百姓也会为抗击日本侵略者作出贡献。”

陈大生感觉不解，说：“李教授，日本人已经占领了东北三省，为什么还要在华北、华东挑起战争？”

李贤诚叹了口气说：“日本人打进我们中国，占了东北三省，还要在华北、华东挑起战争，是因为我们国家贫困落后，军阀之间你打我我打你，打成了一团，越打国家越穷。”

陈知雄插嘴说：“对，人弱被人欺，国家弱了也会遭人欺负。”

陈知农愤愤不平地说：“我们一定会把国家建设得富强起来，东溪场在铁山边上，我们是东溪人，也是铁山人，一定要想办法在铁山建成大铁矿，为国家作出贡献，也让铁山的老百姓富起来。”

调查组的组员们见李教授摆谈得十分起劲，一个一个围了过来，你一言我一语摆谈起来，谈了开发铁山建成钢铁生产基地抗击日本侵略者的事，也谈了铁山建成大铁矿会让铁山周围的老百姓日子越过越好的事……

刘翠花和霞姑在帐篷外偷偷地听着，终于听明白了，宋大发说的“歹人”到铁山是为了采出更多的铁矿砂，炼成钢铁，造枪造炮打日本鬼子，还想让铁山周围的老百姓日子过得好一些。她决定要暗中保护“歹人”，不让“歹人”受到宋大发、歪脖子一伙人的伤害。

一天，陈知雄陪着李贤诚和两个调查组员在山沟里寻找铁矿砂标本，发现对面山梁密林中有若隐若现的人影，他担心是土匪在附近活动，警觉地让李贤诚和调查组员躲进了密林。傍晚回到营地，陈知雄把看到密林中有人影的事告诉了弟弟陈知农和陈大生，陈知农找来李贤诚一起商量，为了不让调查组受到铁山上土匪的伤害，决定撤了帐篷，选了一个十分隐秘的山洞作为调查组的营地。山洞深处有地下河，可以取水食用，调查组员从密林中找来枯草和枯树叶，铺得厚厚的，作为晚上睡觉的床，还把铁矿砂标本堆砌在洞口，让不明真相的人发现不了洞口。李贤诚还安排调查组员在山洞附近值班，观察四周的山林，发现异常情况立即报告。提高了警惕，李贤诚率领的调查组继续在铁山上调查铁矿砂的储藏情况。

调查组员随身带着的干粮不多，快要吃完了，陈家兄弟和陈大生与李贤诚商量后决定，陈知雄、陈知农回东溪场拿干粮，陈大生留在铁山上担负保护调查组安全的任务。

陈家两兄弟回到东溪场，让吴宏宜、陈知生准备好了调查组要用的干粮。陈知雄说起发现有人在调查组营地附近活动的事，吴宏宜让人找来了两支步枪，让陈知雄、陈知农带在身上，遇上土匪袭击时好用。陈家兄弟带着干粮和步枪要动身返回铁山上调查组营地了，吴宏琴知道了，缠着陈家兄弟，要跟着一起上铁山，帮助调查组寻找矿石标本。陈家兄弟和吴宏宜耐心劝说，告诉她铁山上有土匪，非常危险，不让吴家小妹去。可是吴宏琴用手捂着耳朵不听劝，嘟着嘴嚷着："你们都很封建，大男子主义，男人能干的事，我们女人也能干！"陈家兄弟背着干粮起身出门，吴宏琴冲上前抓住陈知农背的干粮口袋，要跟着一起走。吴宏宜没有办法阻止妹妹，只好请求陈家兄弟带着她一起进铁山。

天气很好，太阳光透过树枝间的空隙照射到山路上，照得人身上暖暖的。大山里吹着微微的风，吹干了路人脸上的汗珠，让人感到清凉。吴宏琴紧跟在陈知农身后，一边走路一边说话："知农哥哥，你背着干粮，还背着枪，一定很累，把枪给我，让我替你背吧。"

陈知农身上背负着几十斤重的东西走山路，确实很累，衣服被汗水打湿了，大口大口喘着气，但他没有回答，背着干粮和枪走着。

吴宏琴叫了起来："知农哥哥，你把枪给我吧！"说着冲上前，拽着陈知农身上背的步枪不放手。

陈知农有些生气了，责备说："吴家小妹，不要闹，你人小力气小，背着枪走不动山路。"

吴宏琴瞪着眼，噘着嘴说："知农哥哥，我知道你瞧不起我，我二十多岁了，不小了，在学校参加过运动会，长跑还拿过奖，背枪像拿一个鸡毛掸子，不费力气。"

陈知雄见吴宏琴闹着要帮弟弟背枪，看出她对弟弟有感情，便替她说话："知农，你就让宏琴小妹背枪吧，她背累了，背不动了，你再拿过枪来自己背。"

陈知农见哥哥说了话，无可奈何地把枪从肩上取下，拿给了吴宏琴。

陈家兄弟和吴家小妹背着干粮和枪继续往前走，山路越来越险，爬山崖，下深沟，三个人都累得满头是汗，大口大口喘着粗气，过一条小河沟时，吴宏琴一脚踩滑，身子一歪，幸好陈知农在身边，赶忙一把拉住，吴宏琴才没有掉进水里。

吴宏琴很少进铁山，对铁山上起伏的山梁、密密的树林、淙淙流淌的小溪、陡立的山崖感到新鲜，一边走着一边抬起头四处观看，突然发现有几个人影一直远远地跟随在身后。她仔细观察，跟随在身后的人好像还带着枪。

吴宏琴把有人跟随的事告诉了陈家兄弟，陈知农吃了一惊，赶忙让大哥带着吴宏琴躲进山路旁边的密林，他爬上一棵高高的松树仔细察看，发现确实有人跟随在后面，而且认出了跟在后面的人是铁山寨上的土匪。

宋大发、歪脖子一伙歹人见刘翠花下山后好几天没有回到山寨，聚在一起商量袭击调查组的事。

一个匪徒担心私自下山会受到大头领处罚，摇着头说："等等吧，等大头领回到山寨，劝说她让我们下山，私自下山违背了山寨规矩，会受到处罚的。"

歪脖子眯着眼睛，阴险地笑了，说："处罚？兄弟，今日的大头领已经不会再有往日的威风了。今天在这里的都是好兄弟，我实话实说，山寨上的不少兄弟已经是我们的人了，不会再看大头领的脸色做事了……"

宋大发心眼儿多，狠狠瞪了歪脖子一眼，打断了他的话说："大头领还是我们铁山寨的大头领，兄弟们要听从她的号令，不过大头领下山好几天没有回山寨，说不定被来铁山盗宝的歹人困住了。我们下山，一是解救被困住的大头领，二是把盗宝的歹人赶出铁山。"

终于，宋大发和歪脖子带着一些心腹离开了山寨，想按照日本特务机关的指令找到在铁山上调查铁矿砂的人，破坏调查组的调查。可是，铁山方圆上百里，山高沟深，有着茫茫无边的大森林，宋大发、歪脖子带着匪徒找了一天多时间，也没有找到铁矿调查组的踪影，正当无计可施时，发现了进铁山给调查组送干粮的陈家兄弟和吴家小妹。宋大发脑子灵活，猜出三个东溪人进铁山的目的，于是悄悄跟踪，想顺藤摸瓜找到铁矿调查组的营地。

陈知农溜下了大树，把大哥陈知雄和吴家小妹叫到身边，压低声音说："不好，有铁山寨上的土匪跟着我们，他们没有对我们动手，估计是想跟着我们找到调查组营地。我们不能往前走了，如果让这帮匪徒发现调查组的营地就糟了。"

陈知雄有些紧张地说："小弟，现在怎么办？"

吴宏琴虽然是女孩子，胆子却很大，说："不怕，我们手里有枪，可以打土匪，不让土匪伤害调查组。"

陈知农摇了摇头说："土匪人多，我们人少，只有两支枪，子弹也不多，不能跟土匪硬拼硬打，不能让土匪发现调查组的营地。"

陈知雄心里着急，说："小弟，你说怎么办？我听你的。"

陈知农想了一会儿，说："现在我们三个人分开，我去把土匪引开，引得离调查组营地越远越好，大哥和小妹把干粮藏好，找地方躲起来。我把土匪引开后，你们赶紧回到东溪场，向吴家大哥报告情况，让他召集更多的人带着枪上铁山打土匪，保护调查组的人不受到伤害。"

吴宏琴担心陈知农的安全，说："知农哥哥，你一个人引走土匪有危险，我和你一起去引走土匪！"

陈知农摇了摇头，说："不行，宏琴妹子，你同我大哥回东溪场搬救兵打土匪，我去引走土匪。"

陈知农让陈知雄把他背的枪里的子弹退出来，装进了自己的衣兜，走了。陈知雄和吴宏琴刚刚藏好干粮，就听到远处传来枪声，一群土匪吼叫着，追向了响枪的地方。陈知雄一边担心小弟的安危，一边带着吴宏琴走小路向山下奔去。

陈知农打一枪换一个地方，向铁山一处险要的山崖奔去，宋大发和歪脖子带着一伙土匪紧紧跟在后面追赶。歪脖子见越往前走山路越险，心里有了疑惑，吼叫起来："宋大哥，打枪的小子是不是把我们往相反的方向引，让兄弟们不要追了。"

宋大发气喘吁吁地说："不行，我们在铁山上转了一天多，调查组的影子都没有看到，让兄弟们加快脚步，抓到打枪的小子，追问出调查组的营地。”

陈知农和土匪兜起了圈子，他见土匪追得紧，赶忙躲进树林中一棵大树茂密的枝叶里。宋大发、歪脖子一伙土匪听不到枪响，没有了追赶的方向，到处寻找打枪的人，累得气喘吁吁。正想停下休息一会儿，枪声响了，一个土匪的耳朵被子弹打穿，痛得“哇哇”叫，土匪们赶紧顺着枪响的方向追，可是枪声又停了，匪徒们再一次失去了追赶的目标，停止追赶四处寻找。枪声响起，一颗子弹飞来，又有一个土匪被击中，子弹穿过大腿，被击中的土匪痛得哭爹喊娘，躺在地上起不来了。歪脖子气得跳起脚大声骂：“狗娘养的，有本事站出来枪对枪刀对刀地干，不要躲在暗处打黑枪……”骂声没有停，枪声响起，一颗子弹飞来，擦着歪脖子的头皮飞过，在脑袋上划出一道血痕，痛得歪脖子两手抱着脑袋大声号叫，这回轮到他哭爹喊娘了。

陈知农打着枪，把土匪向调查组营地相反方向引，不知不觉到了一个三面悬崖的山头，没有路了。宋大发、歪脖子见打枪的人走到了绝路，高兴了。

宋大发大声狂叫起来：“兄弟们，冲上去抓住那小子，让他说出盗宝贝的一伙人在什么地方！”

歪脖子双手抱着脑袋号叫：“兄弟们，抓住那小子，用刀在他身上穿几个洞，为挨了枪子的兄弟们报仇。”

陈知农见前面没有路了，身后的土匪围了上来，心里有一些慌，不过很快镇静了下来，他仔细查看山崖四周，发现山崖边有一根很粗的藤蔓吊着，顺着藤蔓可以下到半山腰一个凹进去的地方，于是把枪背在了背上，抓住山崖边的藤蔓下到了半山腰。

宋大发、歪脖子带着一伙土匪冲上了山崖，可是没有找到打枪的人。

陈知雄、吴宏琴回到了东溪场，找到吴宏宜、陈知生，报告了土匪正在四处寻找调查组营地的情况，还讲述了陈知农单人独枪引走土匪之事。陈知生、吴宏宜听罢，万分着急，一面让人赶到綦江县城向县政府报告，请县政府派军队赶到铁山上保护调查组，一面让矿洞、铁厂的护矿队带上枪弹，由陈知雄带着上铁山去救陈知农和调查组的人。

第十章 岩洞坝遇险

调查组的干粮吃完了，李贤诚和调查组员饿起了肚皮，好在陈大生在周围农户家中买来了一些南瓜，调查组的人把南瓜当饭，一天三顿吃南瓜。尽管生活很苦，李贤诚和调查组员还是坚持天天到山里调查，穿密林，过溪流，爬山崖，终于完成了预定的铁山铁矿砂矿床的勘查了解，收集到一千多公斤的铁矿石标本，准备运回重庆做科学鉴定。

一天下午，太阳歪到了西边山头，调查组员吃晚饭，李贤诚端了一大碗南瓜，大口大口地吃，似乎吃得很香。陈大生在他身边，带着歉意说："李教授，平时你一定不会把南瓜当饭吃，都怪我们不好，进山时带的干粮少了，知农弟弟和知雄大哥回东溪取干粮不知道遇到了什么事，到现在还没有回来。"

李贤诚把一大块南瓜塞进嘴里，吞下肚，笑着说："小陈，我们搞地质调查的，经常在大山里跑，吃不上饭，饿肚皮是常事。多亏你买来了南瓜，让我们有了南瓜吃。这次到铁山调查铁矿砂，多亏了东溪人的支持和帮助，等到国家在铁山建起了铁矿，采出的矿砂在西南地区的建设和打击日本侵略者的斗争中起了作用，我一定要写一本书，记载东溪老百姓对国家的大贡献。”

一个调查组员在一旁插上话：“李教授，你给我们讲一讲铁山上铁矿砂开采的前景，好不好？”

李贤诚放下南瓜碗，笑着说：“好，陈家兄弟，同学们，根据这次调查掌握的情况，铁山是一个大有前途的矿区，目前大西南还没有发现可以开发的大型铁矿区，没有大型钢铁厂，搞建设要从外地，甚至从外国运进来钢铁，花费很多很多钱。如果日本侵略者在华北、华东、华南打响了侵略我国的战争，切断了钢铁运进大西南的通道，我们就没有办法搞建设，打仗时没有钢铁，造不出枪炮，战场上只有挨打的份。陈家兄弟，同学们，我们今天的调查，对建成大西南钢铁生产基地有很大的意义，我们吃的苦，值！”

陈大生和调查组员都沸腾起来。一个调查组员提议说：“李老师，为庆祝这次调查任务即将圆满完成，我们以水代酒，大家都来干一杯！”

李贤诚摇了摇头，说：“同学们，现在还不到庆祝胜利的时候。我们这次调查采集了不少的矿石标本，但是要把这些矿石标本运回重庆很难，我们肩上的担子还很重，也还要靠东溪朋友的大力帮助……”

远处隐隐约约传来枪声，李贤诚、陈大生心里暗暗吃惊，脸上露出了疑虑，调查组员的心都悬了起来。

陈知农提着枪，从密林中钻了出来，脸上有血痕，身上的衣服撕破了，走路一瘸一拐。

陈大生脸上变了颜色，赶忙迎上前扶住了陈知农，担心地问：“陈家兄弟，你是不是遇到了土匪，知雄大哥呢？”

李贤诚也大步迎了上来，急切地问：“陈家小弟，土匪到了什么地方？我们该怎么办？”

陈知农在一块草坡上坐下，大口喘着气说：“我们带了干粮返回铁山时遇到了土匪，不过被我甩掉了。我还让大哥回东溪搬救兵，目前这里还比较安全，不过土匪迟早会找到这里来，要做好土匪来了的准备。”

李贤诚心里焦急，说：“小陈，我们的调查任务基本完成了，可是收集的矿石标本怎么办？这些矿石标本十分重要，要赶快想办法运到重庆。”

一个调查组员担心地说："这里离东溪场几十里，要把这么多矿石标本运到东溪，再运到重庆，很难办到。"

李贤诚急出了一头汗，哀求说："小陈，一定要想办法把矿石标本运到重庆，千万不能弄丢了，更不能让土匪毁了。"

陈知农皱着眉头想了一会儿，说："李教授，我想出办法了。我们现在就动手，把矿石标本运到岩洞坝，那儿离这里只有七八里路，比运到东溪场近得多，岩洞坝也在綦江河边，可以在岩洞坝把矿石标本装上船，用船运到綦江县城，再运到重庆。"

陈大生有些担心地提醒说："知农，岩洞坝一带河里水急浪高，水下礁石多，很少有船家敢把船划到岩洞坝，我们到哪里去找船？"

陈知农笑了笑说："大生哥，你忘了东溪码头的孙老大，他是走船的好手，一定敢把船撑到岩洞坝来，现在要赶紧把矿石标本运到岩洞坝。"

李贤诚听说能把矿石标本运回重庆了，十分高兴，一把抓住陈知农的手，握得紧紧的，眼里闪着泪花说："小陈，我谢谢你，还代表调查组谢谢你！"

太阳已经落下了山，山林里黑黝黝的，山路曲折，爬坡下坎十分难行。陈知农、陈大生让李教授和调查组的青年学生们安心睡觉，天亮了能看清楚路时再搬运矿石标本到岩洞坝河边。调查组员休息了，李贤诚也休息了，陈知农和陈大生不敢休息，两个人守在调查组营地的石洞外边，注意听着周围山林里的响动，为李贤诚和调查组放哨。

天亮了，调查组里煮饭的煮熟了一大锅南瓜，陈知农、陈大生和调查组的青年学生吃了南瓜开始搬运矿石标本。青年学生很少干体力活，力气小，一个人搬不动大块的矿石标本，只好两个人抬，可是山路高高低低，抬着几十斤甚至上百斤重的矿石标本不好走，不小心就会摔跤。李贤诚见矿石标本多，搬运的人少，害怕搬运时间长了，土匪找上来，也和一个青年学生抬起了一块矿石标本，艰难地走着。陈知农看见了，赶忙过去劝阻。李教授坚持要和学生们一起搬运矿石标本，诚恳地说："小陈，我有力气，也不怕走山路，让我和同学们一起搬吧，多一个人多一份力量。"话没有说完，脚下就踩到了一块滑动的石头，没有稳住身子，摔倒了，连累一起搬运标本的同学也摔倒了，两人都扭伤了腰。李贤诚挣扎着想爬起来，用力试了几次没有成功。陈大生离得近，急忙跑过去扶起李教授。李贤诚无可奈何地叹了一口气，摇着头说："我没有用了，一块石头标本都抬不动，摔了跤，拖累了大家。"

陈知农肩头上扛了一块矿石标本，手里还拿了一把大砍刀，一边走一边砍去拦在山路上的树枝和荆棘。陈大生肩上也扛了一块矿石标本，他和陈知农分了工，陈知农开路，他负责警戒周围的情况，防备土匪来袭击。李贤诚摔伤了，陈大生只好把肩上的矿石标本放在路边，背起了李教授。

终于，第一批矿石标本运到了岩洞坝河边，陈知农、陈大生领着调查组里的年轻学生返回去继续搬运矿石标本。正好陈知雄、吴宏琴领着二十多个带着武器前来支援的铁厂工人赶到了。原来他们在路上又遇到了宋大发、歪脖子带领的土匪，害怕土匪跟踪到调查组营地，便隐藏在一个密林山洞里度过了一个晚上，天亮了绕小路赶到了调查组营地。陈知农听大哥陈知雄介绍路上遇到的情况，认为土匪可能很快就会找到调查组营地，他把铁厂兄弟分成了两组，一组隐蔽在调查组营地四周，一组帮助搬运矿石标本。有十多个工人兄弟参加搬运矿石标本，搬运的速度大大加快了。

陈知农和一个铁厂工人抬起一块一百多斤重的矿石标本，心里想着早一点运到岩洞坝，没有看清楚路边有一丛荆棘，一脚踩进去，荆棘扎破了布鞋，扎进了肉里，钻心般疼痛，身子一歪摔倒了。吴宏琴抱着一块小的矿石标本走过，看到陈知农抱着脚轻声呻吟，心疼地放下肩上的矿石标本，蹲下身子，帮陈知农脱了鞋和袜子，拔出刺进肉的荆棘，轻声埋怨说："力气小就不要逞能抬大块石头，眼睛也不看清楚路，摔倒了不仅耽误时间，还痛。"

陈知农有些不好意思，说："小妹，快去搬运矿石标本，让我自己拔掉脚上的刺。"

吴宏琴抓住陈知农的脚不放，摇摇头："你自己拔刺？我知道你眼睛不好，怎么拔？不要动，让我给你拔掉脚上的刺。"

陈知农红了脸，无可奈何地坐在草地上，让吴宏琴替自己拔脚上的刺。

远处又传来一阵枪声，从枪声可以听出，土匪离调查组营地不远了，李贤诚心里着急，挣扎着站起身要去搬运矿石标本，被陈知雄拦住了，刚好吴宏琴赶到，帮着劝说李教授坐下休息。吴宏琴在学校读书时学过护理知识，她让李教授脱了长裤，露出摔伤的地方，还脱了自己的外衣，撕成布条替李教授包扎。李贤诚感动地说："小妹妹，谢谢你了，东溪人太好了，对我们调查组的帮助太大了。"

调查组营地的矿石标本终于全部运到了岩洞坝河边，李贤诚悬在心里的一块石头落了地。陈知农分了工，让大哥陈知雄赶到东溪场水码头去找船老板孙老大，陈大生则带着铁厂赶来支援的工人兄弟负责阻击土匪，保护铁矿石标本安全运走、调查组人员撤退回东溪场。

宋大发、歪脖子率领的土匪终于发现了调查组营地，害怕遭到伏击，匪徒们一个个胆战心惊地搜索前进，钻进了调查组作为营地的山洞，惊起了山洞附近树上的乌鸦，“哇”的一声飞起，吓得匪徒端起枪，朝着鸟叫的地方乱打了一阵枪。

宋大发、歪脖子发现了营地，欣喜万分，搜索半天，却只捡到了几双破袜子，其他什么东西也没有找到。

宋大发气得头发昏，眼冒金星，大声吼叫：“找，挖地三尺也要找出盗走宝物的那伙歹人，夺回宝物！”

歪脖子带着匪徒到处找寻，找遍了山洞的每个角落，翻动一块大石头时，石头滚动砸伤了歪脖子的脚，痛得歪脖子大喊大叫，走路一瘸一拐的。匪徒们又找遍了营地附近的密林，一根草也没有放过，仍然没有找到调查组的踪迹。

宋大发无可奈何，让歪脖子和匪徒们停止了搜寻，正当他准备带着匪徒们撤走时，一个匪徒发现了草丛中人走过的痕迹，大声叫起来：“二头领，歪哥，快来看，这里有人走过！”宋大发、歪脖子赶紧来到匪徒手指的草丛仔细寻找，歪脖子还俯下身子，像狗一样用鼻子闻，折腾了一阵，两个土匪头头终于确定——调查组顺着草丛中的小路撤走了。

歪脖子为了显示自己的本领，顺着草丛中的痕迹又往前寻找了一阵。他是东溪场上的本地人，了解铁山的地形，高兴地吼叫起来：“宋大哥，二头领，我猜到了，那伙歹人一定是在铁山盗取了宝物，顺着到綦江河边的小路把宝物运到了岩洞坝，准备装船运走。”

宋大发兴奋起来，连声夸奖：“歪脖子，你为山寨立了大功，追上那伙歹人，截下盗走的宝物，我给你大大的奖赏。”一边说一边挥舞着手，指挥匪徒往岩洞坝方向追赶。匪徒们为了抢功，争先恐后往前追，突然“砰”的一声枪响，一颗子弹飞来，一个匪徒手腕被打中，“哎哟哎哟”大声叫起来，其他匪徒吓坏了，乱纷纷地找地方躲藏，不敢往前追了。

宋大发急了，大声吼叫：“兄弟们，不要怕，我们人多枪多，往前冲，谁先到岩洞坝堵住歹人，我奖赏十块大洋，不，二十块大洋。”

几个要钱不要命的匪徒小心翼翼地从藏身的地方探出了身子，歪脖子也探出脑袋左右看了看，看到的只是一丛丛荒草，密密的树林，找不到开枪人躲藏的地方，慢慢地，胆子大了，身子抬得高了。“砰！”又是一声枪响，子弹擦着头皮飞过，歪脖子“妈哟”叫了一声，吓得“扑通”倒在了草丛中，脑袋碰到草丛中一块尖尖的石头上。歪脖子觉得头顶火辣辣地痛，用手一摸，摸了一手的血，吓得脸色发青，身子颤抖起来，尿吓出来了，裤子湿淋淋的。

躲在密林中打黑枪的是陈大生和他带领的铁厂工人。土匪多，一个个像恶狼似的凶狠，陈大生知道，他们硬拼硬打打不过土匪，不能保证调查组千辛万苦采集到的铁矿石标本安全运走，于是想出了躲在密林中打黑枪的办法，尽量拖延时间，让陈知雄到东溪场水码头找来船，指挥人们把矿石标本搬上船运走。

宋大发见歪脖子被密林中的枪手打得头顶出了血，也吓出了一身冷汗，不过想到日本特务机关的指令，无可奈何，躲在一块大石头后面大声吼叫：“兄弟们，不要怕，歹人没有几个，往前冲，谁先冲到岩洞坝，赏五十块大洋！”

尽管宋大发一次又一次提高了赏金，也确实有几个不怕死的匪徒从躲藏的地方现了身，吼着叫着往岩洞坝方向冲，不过，匪徒现身后在明处，陈大生和他带领的铁厂工人躲在暗处，匪徒成了枪靶子，不敢放心大胆地往前冲，行动非常缓慢，一个时辰前进不了两丈路。

陈知雄顺着岩洞坝的小路急急前行，想早一点赶到东溪场水码头，找到熟悉的船。小路很少有人走，长满了荒草和荆棘，陈知雄不小心，一脚又踩进了荆棘中，荆棘扎进鞋袜，扎进肉里，钻心刺骨般疼痛，他咬着牙忍着痛大步往前赶。不料脚又踩着一块横在小路上的斜斜的石头，身子一歪摔倒了，额头破了皮，流出了血，陈知雄用手摸，脸上手上沾满了血。

陈知雄不敢耽误时间，忍着痛继续往前赶，终于来到了东溪场水码头，看到孙晓兰划桨、孙老大用竹篙撑船，就要离开水码头，急忙大声呼喊起来。

孙老大、孙晓兰吓了一大跳，没有认出满脸是血的人是谁。孙晓兰把船划到了岸边，陈知雄跳上了船，孙家父女终于认出了他。孙老大吓得叫起来：“陈家侄子，你怎么了，满脸的血？”

孙晓兰放下手中的船桨，奔到陈知雄身边，仔细打量着，埋怨说：“陈大哥，你走路怎么不小心？摔得满脸是血。”

陈知雄心里急，催促道：“孙大伯，快把船撑到岩洞坝装标本，土匪快要到岩洞坝了，情况十分紧急。”

孙老大有些犹豫，摇了摇脑袋说：“陈家侄子，我已经答应去运稻谷了，再说岩洞坝有土匪，十分危险。”

陈知雄大声哀求起来：“孙大伯，标本很重要，是东溪人的宝，来到铁山采集标本的是好人，是知农的好朋友，不能让土匪抢走标本。求求你们了，快把船撑到岩洞坝。”

孙晓兰听罢，埋怨起了父亲，说：“老爹，你平时常说好人要帮好人，陈家哥哥是好人，他的好朋友也一定是好人，我们要帮！陈家大哥，你满脸是血，太吓人了，快跟我到船舱里，我帮你擦去脸上的血，用草药包扎伤口。”

孙老大听了女儿的话，决定把船撑到岩洞坝运标本：“陈家侄子，你大伯是明事理的人，我答应你到岩洞坝运标本，你快进船舱，让我女儿给你包扎脸上的伤。”

陈知雄心里一块石头落了地，进了船舱，让孙晓兰帮忙包扎伤口。姑娘害怕弄疼了陈家大哥，包扎伤口时轻手轻脚，用干净的白布轻轻擦掉陈知雄头上脸上的血污，拿出祖传秘方制成的草药涂在伤口上，一边往伤口上涂草药，一边用嘴轻轻吹气。

孙老大把船撑到了岩洞坝水码头，李贤诚、陈知农和调查组员悬起的心落到了实处。陈知雄指挥铁厂工人把堆放在码头上的铁矿石标本往船上搬。营地方向传来的枪声越来越近，越来越密，形势危急，陈知农害怕土匪攻到岩洞坝，让李教授和调查组员受到伤害，准备派人护送李教授一行走密林小路回东溪场，可是李贤诚不放心码头堆着的矿石标本，不愿意离开。

岩洞坝水码头上的人，男的女的，老的少的，争着把铁矿石标本往船上搬，李贤诚抱着一块矿石标本搬上船，一脚踩虚，差一点掉进水中，吓得紧跟在他身后也抱着矿石往船上搬的吴宏琴惊叫起来。矿石从手里落到地上砸伤了脚，疼得吴宏琴咬着牙，眼里有了泪花。孙老大和孙晓兰听到枪声心里着急，也帮忙搬起了矿石标本，孙晓兰见抱着矿石标本走在前面的陈知农上船时身子晃了晃，担心他没有踩稳掉进江里，一手抱着矿石标本，一手腾出来去扶他。陈知农心里热乎乎的，想说两句感激的话，话到嘴边又吞回了肚子。

陈大生带着人阻击宋大发、歪脖子一伙匪徒，铁厂工人手中的枪都是旧的，不好用，子弹也不多，艰难地抵抗着土匪的进攻，一边和土匪打，一边往后撤退，离岩洞坝越来越近了。后来，陈大生把铁厂工人撤进了密林，一会儿打一枪，拖延土匪进攻岩洞坝的时间。

陈知农指挥人们把矿石标本往船上搬，听着越来越近的枪声，心里仿佛燃起了一团火，终于，堆放在码头上的矿石标本全都搬上了船，孙老大和孙晓兰划着船顺着弯弯曲曲的河道走了。陈知农松了一口气，正准备让大哥陈知雄带着李教授和调查组的人走密林小路撤回东溪场时，土匪的枪声已经在岩洞坝周围的山头响起，从岩洞坝撤回东溪场的小路被宋大发、歪脖子带领的土匪切断了。陈知农、陈知雄、吴宏琴以及李贤诚和调查组的人被土匪包围在了岩洞坝。

宋大发终于醒悟——密林中的枪手在为岩洞坝的人争取突围的时间，便不再让手下匪徒和密林中的枪手纠缠，径直穿过密林来到岩洞坝周围山头，包围了岩洞坝水码头。

李贤诚看到矿石标本被安全地运走了，心里的石头落了地，尽管听到四周山头响起枪声，土匪包围了岩洞坝，也不是十分着急。李教授知道，即使自己逃不脱土匪的魔掌，回不了重庆，也有像他一样有爱国心的人做完余下的事，认真分析运到的矿石标本，得出结论，写出实事求是的报告上报政府有关部门，为在大西南建设抵抗日本侵略者的后方基地开发建设铁山矿。李贤诚向陈知农要了一支枪，躲在一棵大树后面，枪口瞄准了周围山头上的土匪，可是没有等他扣动扳机，土匪射出的一颗子弹飞来，打中了肩膀，李贤诚身子晃了晃，“扑”的一声栽倒在了草丛中。陈知雄、吴宏琴吓了一大跳，赶忙奔了过去，陈知雄抱起了李教授，吴宏琴脱下衣服撕下袖口为他包扎伤口……

土匪准备进攻了，形势非常危急。

刘翠花带着心腹急急忙忙往铁山寨赶，害怕宋大发、歪脖子趁着她不在山寨的时候带着人下山袭击来铁山找矿的人，想赶在他们带人下山前赶回山寨阻止，心里着急，钻密林，爬山崖，走小路。蹚水过一条溪流时，刘翠花脱了鞋袜，卷起裤子，迈开大步走进水里，不料脚下踩到一块光滑的圆石头，“扑通”一声摔倒在水中，好在走在旁边的霞姑一把抓住，她没有被急流冲走。霞姑扶着刘翠花走上了岸，要她脱下湿衣服，放在草坡上晾干再穿上赶路。刘翠花害怕耽误时间，穿着湿衣服继续赶路。

刘翠花带着人回到了铁山寨，发现宋大发、歪脖子和不少兄弟都不在，找来留在山寨里监视歪脖子一伙行动的心腹姐妹一询问，得知自己还是迟了一步，宋大发、歪脖子趁她不在山寨，带着人下山了。

刘翠花心里着急，眼里冒出了火，大声责备监视歪脖子一伙行动的心腹：“二头领、歪脖子带人下山，你们为什么不拦着他们等我回来？”

那个女土匪十分委屈，眼里闪着泪花说：“大头领，二头领要带人下山，我们拦不住。”

刘翠花知道她说得没错，长长地叹了口气，回过身吩咐霞姑：“快去准备干粮，我们马上下山去阻止二头领、歪脖子一伙干傻事。”

霞姑好心提醒说：“大头领，我们从山下急急忙忙赶回山寨，姐妹们都很累，你也很辛苦，是不是休息一天，让大家喘口气再下山？”

刘翠花脸上阴沉沉的，仿佛就要下雨的天，她摇了摇头说：“霞姑，好妹子，我们不能休息，二头领和歪脖子就是冲着在铁山上找矿的人去的。我偷偷听过找矿人说的话，知道他们都是好人，千万要阻止二头领和歪脖子，不能让他们去祸害好人。”

霞姑听大头领说得有道理，赶紧去准备下山要带的干粮了。

刘翠花带着心腹姐妹刚刚回到山寨，又急急忙忙下了山，她走在前面，抄近道往已经探明的调查组营地赶。天黑了，看不清山路，无可奈何，刘翠花和心腹姐妹吃了干粮，选了一棵大树，在树下过了一夜。第二天天刚蒙蒙亮，又起身继续赶路，终于在天黑前赶到了调查组营地，可是只发现了有人住过的痕迹，没有看到宋大发、歪脖子带下山的兄弟，也没有看到来铁山找矿的人。刘翠花紧皱眉头，正向四周山头张望，突然听到枪声，猜出是宋大发、歪脖子带着兄弟在向找矿人发起进攻，急忙带着心腹姐妹往传来枪声的地方赶去。

宋大发、歪脖子一伙匪徒把陈知雄、吴宏琴带来支援的铁厂工人分成了两部分，土匪也分成了两伙。歪脖子带着一些匪徒阻击陈大生带领的铁厂工人，宋大发带着一些匪徒包围了陈知农和调查组，发起了进攻。李贤诚受了伤，伤口流出的血染红了衣服，他不想让陈知农、陈知雄和吴宏琴担心，咬着牙忍着痛，脸上硬挤出了笑容，说："我不要紧，子弹擦破了一点皮，离心脏远着呢！"

吴宏琴眼里闪着泪花说："李教授，你受苦了，为了调查铁山的铁矿砂，你被土匪打伤了。"

李贤诚笑着说："我的伤不要紧，铁山的矿藏开发了，将来对大西南建设、对抗击日本侵略者都有好处，我受这点伤，算不了什么！"

陈知农敬佩地说："李教授，将来铁山开发了，应该给你记上一个大功！"

山头上，宋大发指挥匪徒发起了进攻，一些匪徒怪声叫着冲向岩洞坝。陈知雄带领铁厂工人顽强地抵御着匪徒的进攻，他发现了正在大声吼叫、让匪徒进攻的宋大发，猜出是土匪头子，拿着枪认真瞄准，一枪打去，打伤了宋大发的胳膊，宋大发痛得"哇哇"怪叫起来。

匪徒十分猖狂，歪脖子怪声叫着："兄弟们，不要怕，来铁山偷宝的没有几个人，没有几条枪，狠狠打，事后二头领会按功行赏！"

陈大生带领的铁厂工人想突破歪脖子一伙匪徒的防线去和陈知雄会合，保护李教授和调查组组员，无奈子弹快要打完了，冲了几次都被歪脖子打回了密林。

孙晓兰随着父亲驾着装满矿石标本的船离开了岩洞坝水码头，姑娘心里挂牵着陈家兄弟，船到了东溪场水码头，孙晓兰在码头上找了一条小船，用篙撑着又回到了岩洞坝，大声喊着："陈家哥哥，快和李老师一起上小船，我把你们送回东溪场！"

陈知农看到孙小妹划船回来接自己，十分感激，赶忙让吴宏琴扶着李教授上了小船。孙晓兰心里着急，大声喊："陈家小哥哥，你也快上船吧！我把你们一起送到东溪场水码头。"

陈知农知道自己不能在调查组仍处于危险的时候离开，摇了摇头说："晓兰小妹，谢谢了，快把李教授送走吧，我要留下来和大家一起打土匪。"

孙晓兰眼里有了泪花，带着哭声催促："陈家小哥哥，上船吧，土匪太凶了。”

陈知农没有上船，他正催促孙晓兰把小船撑走，山崖上一个匪徒发现了小船，瞄准船上的人一枪打来，他枪法不好，没有打着船上的人，却把船底打了一个洞。小船漏了水，水越漏越多，船身慢慢地往水里沉。孙晓兰吓坏了，赶忙把李教授扶下了船，吴宏琴也跳上了岸，小船沉到了水里，孙晓兰浮水走了。

陈知雄看到土匪的进攻越来越猖狂，心里燃起了一团火，带领铁厂工人顽强抵抗，可是子弹快要打完了，无可奈何，只好慢慢往河边退。

宋大发见铁厂工人和来铁山调查铁矿的人退到了河边，快要没有退路了，狂妄地吼叫起来："兄弟们，来铁山盗宝的歹人没有退路了，打呀，冲到河边去抓人，抓住一个赏大洋五十！"

他看到了伏在河边一块大岩石后面的陈知农，猜出是一个负责人，拿出手枪瞄准，正要开枪，手被一只脚踩住了，手里的枪被踢飞了。

宋大发想不到竟然有人敢踢飞自己的手枪，瞪圆眼珠子正想破口大骂，扭头发现踢飞手枪的是铁山寨大头领，自己娇滴滴的夫人，愣住了，张大嘴巴说不出话。

刘翠花带着心腹姐妹及时赶到，她站在山崖上大声喊："铁山寨的兄弟们，不要打了，撤回山寨！"

宋大发终于回过了神，他见到手的鸭子要飞，日本特务机关的指令完成不了，心里着急，瞪着眼珠子喊了起来："大头领，兄弟们不能撤，千万不能撤！这一仗兄弟们已经打赢了，马上就要捉住那些盗走铁山宝贝的人，我们要发大财了，千万不能撤！"

呐喊着要冲向岩洞坝河边的匪徒见大头领下命令撤回山寨，都停止了进攻。只有一两个宋大发的心腹小匪徒没有执行大头领的命令，端着枪瞄准岩洞坝河边的吴宏琴正要开枪，霞姑发现了，一枪打去，打中了匪徒的胳膊，小匪徒怪声叫了起来，手中的枪掉到了地上。

歪脖子见大头领带着人赶到了，吓了一跳，他不愿意放弃到手的肥鸭子，赶了过来，大声哀求说："大头领，二头领带着我们来打在铁山上盗取宝贝的歹人，夺下他们的宝贝，没有违背山寨里不准抢劫东溪场上老百姓和正经生意人的规矩，你怎么又来制止？"

刘翠花冷笑，大声说：“二头领，歪脖子，你们打的是来铁山盗取宝贝的歹人吗？你们的消息是从哪里来的？”

宋大发眨着眼睛分辩说：“消息？消息是我守在重庆城里的探子探到的，千真万确，一点不假。”

刘翠花厉声责备：“二头领，你安在重庆城里的探子报的是假消息，你们睁大了眼睛看一看，你们口中的歹人是什么人？二头领，你刚才的枪口瞄准的是什么人？他们是东溪场上铁厂的工人，铁厂的工人为什么会保护来铁山盗取宝物的歹人？”

宋大发强词夺理，大声说：“铁厂工人受骗了，被歹人用钱收买了！”

刘翠花生气了，大声吼道：“姓宋的，你不要再说瞎话骗我了，告诉你，我已经查得一清二楚，你所说来铁山盗宝的歹人是好人，他们不是来盗宝的，是来调查铁矿砂，将来铁山的铁矿砂开发了，东溪场上的老百姓都会得到好处！”

歪脖子伸长脖子叫起来：“大头领，你说的那些事又是怎么知道的？该不是你得到了什么人的好处，不让我们打来铁山盗宝的歹人！”

霞姑愤怒了，义正词严：“歪脖子，你不要胡说八道，收人钱财干坏事，只有你才会这样做。大头领做事光明正大，实话告诉你，大头领带着我们在你说的歹人住地附近暗中观察了好几天，还偷听了他们的谈话，知道他们确实是好人，不是盗宝的歹人。”

刘翠花和霞姑与宋大发、歪脖子争吵起来，谁也不服输，匪徒们见山寨上大头领和二头领一个要撤、一个要打，不知道该听哪一个的，你望望我，我望望你，大眼瞪小眼，愣住了。

宋大发心里明白，大头领带人来制止，他的阴谋很难得逞了，在铁山寨上，他是二头领，位置在大头领之下，按山寨规矩应该听从大头领的指挥。宋大发还知道，自己在铁山寨匪徒中的威望还没有大头领高，心腹没有大头领多，还没有到完全控制铁山寨的时候，终于软了下来，同意听从大头领的命令，撤回山寨。歪脖子见宋大发同意撤回山寨，无可奈何，也只好跟着二头领带着手下兄弟撤回山寨。刘翠花见二头领和歪脖子带着手下兄弟撤走了，心里的石头落了地，她和霞姑带着心腹姐妹也走小路撤回山寨。不料宋大发和歪脖子在回山寨的半路上耍了花招，歪脖子带着十多个匪徒悄悄钻进密林，从小路往綦江河边赶，想去追赶孙老大运矿石标本的木船。

陈知农见土匪停止了进攻，以为他们在玩阴谋诡计，赶紧让大哥陈知雄去通知在各个险要位置防守的人提高警惕，防止土匪突然发起进攻，过了一会儿，土匪没有发起进攻，被土匪隔开的陈大生带着铁厂工人来到岩洞坝河边，与陈知农和调查组会合了。陈知农感觉非常奇怪，土匪为什么没有开枪阻止，放陈大生带着的人与自己会合？他皱着眉头问：“大生哥，你们通过土匪封锁线到这里，没有遇到阻击？”

陈大生摇了摇头说：“陈家小弟，真的很奇怪，土匪突然停止了进攻，让我们顺顺利利和你们会合了。”

李贤诚在一旁插话说：“是不是县城来了剿匪的军队，把土匪吓跑了？”

陈知农心中的疑团没有解开，说：“军队来了会有枪声，刚才并没有响起枪声，不会是支援的军队来了吧？”

陈知雄也想弄明白土匪突然停止进攻的原因，便带着两个铁厂工人攀上大树，从一棵树纵身跳到另一棵树，又爬上山崖，来到了土匪阵地旁边一片密密的树林里。陈知雄躲在树丛中观察土匪的动静，大队土匪已经撤走，土匪阵地上只有几个女土匪在督促剩下的土匪加快撤退的速度。

突然，陈知雄愣住了，一双眼睛死死地盯住了土匪阵地上的一个女土匪，心里“咚咚”地跳了起来。

陈知雄发现，女土匪长得很像死去快二十年的妈妈。

尽管过去了快二十年，陈知雄依然清清楚楚地记得爸爸和妈妈临终时的情景，而且他经常在梦中和妈妈见面，妈妈问他找到被土匪抢走的小妹妹没有，他哭着跪在妈妈身前告诉妈妈，没有找到土匪抢去的小妹妹，祈求妈妈原谅。妈妈叹着气走了，越走越远，他哭着叫着去追赶，可是妈妈不见了，看不到身影了。

陈知雄曾经听二弟陈知生说过，铁山寨上有一个长得很像妈妈的女土匪，今天自己终于看到了，他很想站起身，大声呼喊那个女土匪，可是胳膊被身边的陈知农拽住了，没有能够站起身……

土匪撤走了，那个女土匪也走了，越走越远，陈家兄弟看不见了。

陈知雄、陈大生回到岩洞坝河边，告诉调查组的人土匪撤走的消息，大家都庆幸躲过了一劫。为了防备土匪再来袭击，陈知农建议尽快撤退到东溪场。运矿石标本的大船已经走了，孙晓兰划来接人的小船被土匪开枪击中沉到了河里，要尽快撤回东溪场只有穿过密林走山路，山路崎岖，爬坡下坎，一些受了伤的调查组人员要人背，同时沿途有可能还会遇到土匪袭击。陈知农、陈知雄、陈大生都知道保护调查组安全撤回东溪场的任务十分艰巨，三个人商量后决定：由陈大生带着一些铁厂工人在前面探路，陈知雄带着人在后面保护，陈知农随同调查组一起前进。前面要人探路，后面要人保护，剩下陪着调查组一起行进的人不多了，可是调查组中有人受伤，即便没有受伤，也因为采集铁矿砂标本太累，又受到惊吓，身上没有力气走路了。吴宏琴见陈知农和几个留下来的铁厂工人要背受伤的，扶没有力气走路的，忙不过来，于是来到了李贤诚身边，蹲下身子要背受了伤的李教授。李贤诚见吴宏琴是个身体柔弱的女孩子，摇着头说："吴家小妹，你力气小，背不动我。"

吴宏琴有些固执地说："李教授，我有力气，背得动你，快伏到我背上，我背着你走。"

李贤诚十分感动，眼里有了泪花，说："吴家小妹，谢谢你的好意，你背不动我，扶着我走吧。"

李贤诚和吴宏琴正争执不下，陈知农看见了，赶忙跑过来背起了李教授，让吴宏琴去扶没有受伤但筋疲力尽走不动的调查组人员。

陈知农、陈知雄、陈大生和铁厂工人保护着调查组艰难地在深山密林中前进。天黑了，看不清路，为了早一点赶回东溪场，陈知农和李教授商量后决定不在密林中休息过夜，而是走夜路赶回东溪场。天黑看不见路，又害怕土匪躲在暗处打黑枪，不敢点火把，一行人走得十分艰难。吴宏琴扶着一个调查组人员走着，一脚踩虚，"扑通"一声摔倒了，屁股摔在一块尖尖的石头上，裤子破了，流了血，痛得钻心刺骨。吴宏琴想哭，又害怕陈知农担心，没有哭出声，挣扎着爬了起来，一瘸一拐地还想去扶刚才扶着的调查组人员。那个青年感动了，说："小妹，你摔了一跤，一定很疼，不要扶我了，我自己能走。"

半夜过了，陈知农、陈知雄、陈大生带着铁厂工人保护着调查组艰难地行进着，忽然听到前方密林中传来人声，还看到闪动着的火光，害怕有土匪在前面设了埋伏，赶紧让调查组停止前进。陈知农带了两个铁厂工人悄悄到前方密林查看，发现不是土匪设下的埋伏，而是黎县长派来接应的军队，因为天晚了，看不清路，没有继续往前走，选择在密林中的一块草地搭帐篷住下了。陈知农和军队中的王连长见了面。王连长派士兵把调查组人员和担任保护任务的铁厂工人全都接进了搭好的帐篷里。

李贤诚和调查组的人一看有了军队的保护，感觉安全了，可是挂念用船运走的矿石标本，悬着的心仍然没有放下，陈知农、陈知雄、陈大生也很为矿石标本会不会遇到土匪拦截而担心。

船工孙老大和女儿孙晓兰驾着装满矿石标本的船，的确遭到了歪脖子带领的一伙土匪拦截。

歪脖子随着宋大发带领着手下匪徒按照大头领刘翠花的命令撤回铁山寨，半路上两个土匪坏头子动起了歪脑筋，他们见大头领不在身边，悄悄商量由歪脖子带领十几个土匪抄近路赶到綦江河边，拦截运送矿石标本的船。如果拦截成功，虽然没有消灭铁矿石调查组人员，但毁掉了调查组冒着危险、辛苦采到的矿石标本，也算是破坏了铁山矿的调查，完成了日本特务机关交给的任务。歪脖子带着匪徒拼命追赶，心里着急，没有看清路，摔了一跤，摔伤了腿，“哎哟哎哟”叫着让匪徒背起，仍然拼命往前赶。匪徒熟悉铁山上的大路小路，天快黑时，终于在东溪场和盖石场中间的一个河湾处追上了孙老大和孙晓兰运送矿石标本的船。

孙晓兰的小船沉到河底，她跳下了水。她从小在船上长大，水性很好，浮水比一般小伙子都快，她浮水追上了父亲的船。运送矿石标本的船连夜赶往綦江河水码头，孙晓兰爬上船帮着划桨掌舵。从岩洞坝到綦江县城的河水弯弯曲曲，水里礁石多，浅滩也多，还有突出水面的巨石，走船十分危险，不论掌舵的还是撑篙的都必须格外小心，稍不注意，船就会触礁搁浅或撞上水中岩石，船撞坏货受损，因此在綦江河上船行得慢，容易被岸上的人追赶上。

孙老大和孙晓兰发现歪脖子带着匪徒追上来，没有害怕。孙老大掌舵，孙晓兰提着篙站立船头，船继续往前走着。

歪脖子在岸边跳起双脚大声吼：“停船，赶快停船，姓孙的，我认识你，快把船停下，不然我要开枪了！”

孙老大似乎胸有成竹，没有理会大吼大叫的歪脖子，稳稳地掌着舵，装运着矿石标本的船仍然往前走着。

歪脖子和手下匪徒果然开了枪，“砰砰砰”，子弹在船边飞过，两个匪徒脱了衣服跳下河，浮水朝着船来了。孙晓兰见匪徒快要浮到船边，大声喊了一句：“爸爸，翻吧！”孙老大回答：“好，翻！下水抓猪蹄子！”

孙老大和孙晓兰“扑通”跳进河水中，父女俩用手抓住船的一边船帮，同时用力，船翻了，一船矿石标本倾倒在了河水中。孙老大和孙晓兰潜入水里，一人抓住了一个正在浮水的匪徒的脚，吓得两个匪徒拼命挣扎，大声呼喊，可是挣不脱水里被抓住的脚，终于被拉进了水里，江面上冒起了一串串气泡，两个匪徒没有了踪影。

岸边的歪脖子吓得胆战心惊，端起枪朝着河水乱打了一阵，天黑了，不敢在河边停留，带着剩下的匪徒慌慌张张逃回了铁山寨。

匪徒走了，孙老大和孙晓兰上了岸，回了家。第二天天刚亮，父女俩就来到了沉船的地方，脱了衣服下了水，从河底捞起了船，扶正了，又从河底一块一块捞起矿石标本放回船上，孙老大和女儿孙晓兰能在水里睁大眼睛看清河底，他们把沉到江里的矿石标本一块不少地捞进船里。父亲孙老大掌舵，女儿孙晓兰撑篙，把一船矿石标本安全地运到了綦江县城水码头。刚好李贤诚带着调查组回到了綦江县城，看到一船矿石标本也运到了，心里激动，拿出钱要付给孙家父女运费。

孙老大和孙晓兰知道李教授是陈家兄弟和吴老板的朋友，没有收运费，帮着调查组把矿石标本搬上了岸，驾着船回了东溪场。

第十一章 陈家老矿出铁了

陈知农在东溪场铁厂、矿洞工人中又发展了两个共产党员，东溪场成立了党小组，陈大生被选举担任了党小组组长。

陈家老矿洞被土匪烧毁快二十年了，陈家兄弟一直牢记着父亲临终时的嘱托，修复矿洞，让祖祖辈辈给矿洞老板帮工采矿砂的陈家有自己的矿洞。父母死后，战乱不停，土匪猖獗，陈家三兄弟，小弟被吴老爷带到重庆读书成了老师，常年在重庆或綦江县城，老二做起了铁矿砂和铁器生意，一天到晚忙忙碌碌，很少有时间来看陈家被毁坏的老矿洞，只有陈知雄在吴家矿洞给吴老板采矿砂，因为家在陈家老矿洞附近，每天上班下班都要从陈家老矿洞旁边经过。看到快要被荆棘荒草遮住洞口的老矿洞，陈知雄想起父亲的临终嘱托，心里非常难过。终于，战乱平息了，铁山上的土匪也没有当初那样猖狂，世道比以前安稳，陈知雄开始修复自家的老矿洞了，每天在吴家矿洞干完活，他回到家都要扛起锄头、铁镐，到荒废的矿洞干一阵，除去矿洞口的荆棘荒草，把矿洞里垮塌下来的泥土石头、破损的木头柱子，以及一些乱七八糟的东西弄出来，清理矿道。陈知雄干得很认真，老婆叫他回家吃晚饭，叫了一次、两次、三次，陈知雄仍然在矿洞里干活，直到老婆生气了，跑进矿洞夺了他手里的锄头、铁镐，才跟着老婆回家吃饭，三两口吃完，饭碗一搁又进了矿洞，干到半夜才回家。

陈知雄白天在吴家矿洞上班，下班后钻进自己家的矿洞干活，太累了，时间长了，人瘦了，有时候干活没有精神。陈大生十分奇怪，一天下班专程来到陈知雄家看望，才知道陈知雄在吴家矿洞下班回家，又到自己家矿洞干活的事。

陈大生把陈知雄从矿洞里拽回了家，责备道："大哥，你不要命了，白天晚上拼了命地干活，早晚要把身子累垮！"

陈知雄叹了口气，眼里有了泪，说："大生兄弟，我父亲辛辛苦苦半辈子才有了这个矿洞，可是被土匪毁了。父亲临死时嘱咐我要修复矿洞，让陈家有一个自己的矿洞，大生兄弟，我不能把父亲的嘱托抛在脑后不管，做一个不肖子孙！"

陈大生感动了，眼里也有了泪，说："大哥，要修复你们家的矿洞，光靠一个人的力量不行，你还有两个兄弟，还有我们这些好朋友。大哥，你不能忘了我们，苦了自己一个人。"

陈知雄摇了摇头说："大生，我的两个兄弟都在忙他们的事，我不想拖累他们，更不想拖累你们这些好兄弟。"

王兰花在一旁插嘴说："大生兄弟，你好好劝一劝你大哥，不能让他再这样苦干了，不然他的身体早晚要累垮！"

陈大生大声说："对，不能让大哥再这样一个人苦干了，我天天来陪着大哥一起干。"

果然，陈大生有空就来帮陈知雄清理矿洞，有时候还带来几个一起干活的工友帮着陈知雄干。

在东溪场做矿砂、铁器生意的陈知生和在綦江县政府做事的陈知农得知大哥陈知雄每天回家又钻进被土匪毁了的矿洞干活，十分敬佩他为了父亲临终时的嘱托而作出的努力。一天，两个弟弟一同来到陈知雄家，遇上陈知雄正准备进矿洞干活，便跟着大哥进了矿洞。

陈家矿洞里垮塌下来堆积的石块、泥土已经清理干净，接下来要做的事是修复矿洞的顶棚，用柱子撑起矿洞顶棚和矿洞壁。陈知生和陈知农已经有一段时间没有来矿洞看了，看到矿洞已经修复得像一个正儿八经的矿洞了，倍感喜悦。陈知生又感动又内疚地说："大哥，你为修复我们陈家矿洞吃了苦，矿洞已经快要修复好了，我天天忙着做生意，没有为修复矿洞出力。大哥，你骂我吧！"

陈知农也惭愧地说："大哥，我事情多，天天忙，把父亲临终前的话忘到了脑后，让你一个人天天到矿洞干活，我是陈家的不肖子孙。"

陈知雄笑了笑说："知生，知农，大哥不怪你们。知生要忙着做生意，帮着吴老板、夏老板把铁山矿洞里采出的矿砂、铁厂炼出的铁、铸成的铁锅卖出去。知农要做的事情也很多。你们是办大事的，大哥看着你们有出息，心里高兴，修复矿洞是力气活，大哥没有本事办大事，有力气干力气活，理所当然由我来修复我们陈家的矿洞。"

陈知生和陈知农也要为修复矿洞干活，两个人想抬起一块一百多斤重的石头到矿洞外面。由于很久没有干力气活，两个人费了很大的力气，咬着牙，脸涨得通红，勉强抬起了大石头，可是还没有走出几步，陈知生一脚踩虚了，身子一歪跌倒在地上，大石头落下，差一点砸到了陈知农的脚。陈知雄听到大石头落地的响声，看见二弟跌倒在地，赶忙跑过来扶起他，埋怨说："二弟，不能干千万不要逞能，大石头砸到脚上会砸断骨头的，一定要小心。"

陈大生带着两个工友来帮忙，正好看到陈知生跌倒在地，笑着说："陈老板，你做生意是大行家，到矿洞干活就不行了，甘拜下风吧。"

陈知生满脸通红，苦笑着说："大生哥，让你们笑话了，以后有空我要到矿洞干活，为修复陈家矿洞出力。大生哥，你们来帮着修复矿洞，谢谢了！"

陈大生挥了挥手说："陈老板，不用谢，我们是娃娃朋友，亲热得很，朋友帮朋友，理所应该。"

吴宏琴从重庆城里回东溪场看望哥哥，听说陈知农也回了东溪，想找他一起谈谈心，摆一摆龙门阵，到陈家询问，得知陈知农到山上陈家老矿洞干活去了，趁着天还没有完全黑，也跑上山赶到了陈家老矿洞，看到陈知农正在和二哥陈知生抬着一根木头往矿洞里送，跑过去一边叫着"知农哥哥"，一边抢过陈知生肩上的木头放在自己肩上，和陈知农一起抬。

陈知农有些奇怪地问："宏琴妹妹，你也回了东溪场，怎么不好好待在家里，跑到了山上来？"

吴宏琴有些调皮地笑了笑，说："知农哥哥，我会算，算准你要回东溪场，也从重庆赶回了东溪场，又算出你在山上陈家老矿洞干活，所以也上了山。"

陈大生看见吴宏琴帮忙抬木头，开起了玩笑，说："吴家大小姐，今天刮的什么风，把你这个该待在家中写写字、绣绣花的大小姐刮到山上矿洞里干活来了？"

吴宏琴脸红了，反驳说："大生哥哥，你不要瞧不起女子，如今女子不仅能在家里绣花写字，还能扛枪打仗，当然也能扛木头干活了。"

矿洞里干活的人都笑了起来，吴宏琴和陈知农把木头抬进矿洞放下。陈知农不愿和吴家小姐抬木头了，吴宏琴只好在矿洞里捡起一些小石头搬运到矿洞外……

陈家要修复矿洞的事让吴宏宜知道了。吴陈两家是世交，几辈子的好朋友，吴宏宜便派了人帮助陈家修复矿洞。夏河水也知道了陈家修复矿洞的事，也派了人来帮忙。人多力量大，终于，陈家被土匪烧毁的矿洞修复了，可以采铁矿砂了。

陈知雄完成了父亲临终时交代的事，心里一块大石头终于落了地，他准备答谢帮助修复矿洞的亲朋好友，和两个弟弟商量后，准备在家里备上酒宴，请来吴宏宜、夏河水、陈大生以及为修复矿洞出过力的朋友吃一顿。陈知生知道大哥家里不富裕，特地买了鸡鸭鱼肉和酒送到他家。陈知农在黎县长面前请了两天假赶回东溪场，到大哥家里帮忙。吴宏宜知道陈知雄要设宴答谢肯定要忙上几天，特意放了他的假。

陈知雄和老婆一起忙了三四天，终于准备好了酒宴。这一天，天气特别好，太阳从东边山头升起，旁边飘浮着几朵云彩，风轻轻吹着，带来凉意，明媚的阳光下，起伏的山峦，清新的树林，一块块铺满绿色稻秧的水田，一间间飘着炊烟的农家小屋，组成了一幅美丽的山村山水画。

陈家矿洞前十分热闹，客人早早来了，进矿洞观看修复的情况，竖起大拇指，称赞陈家人能把被土匪放火烧得一塌糊涂的废旧矿洞修整得焕然一新。矿洞前的坝子上摆了六张大方桌，陈大生、吴宏宜、夏河水等为修复矿洞出过力、有功劳的客人被请到了上席。中午时分，酒宴开始，陈家人没有在酒宴上说客套话，只是频频地给客人敬酒，表达敬意。

酒宴结束，陈家三兄弟送走客人，太阳从西边山峦上落了下去，风大了，吹得树枝摇摆，发出“哗哗”的声音。陈知雄、陈知生、陈知农来到父母的坟前跪下了，三兄弟眼里都有了泪花，一同说道：“爸爸，妈妈，你们看到了吗？当年被土匪烧毁的矿洞修复了，可以出矿砂了，爸爸临终前嘱托要办的事办好了……”

周围树林发出“哗哗”的声音，仿佛是父母的在天之灵在回应陈家兄弟。

陈知农搭乘孙家父女的运货船从东溪场回綦江县城。东溪场到綦江县城是下水，船行走在江面上无须撑篙划桨，只需掌好舵，孙老大在船后舱掌舵，孙晓兰坐在船头。天气暖和，河里的水不凉，姑娘脱了鞋袜，把一双白嫩嫩的脚伸到河水里，心里高兴，大声喊着：“陈家哥哥，快来，像我一样把脚伸进水里，舒服得很！”

陈知农摇了摇头说：“我不敢，万一掉进江里，我怕爬不上船。”

孙晓兰笑了笑说：“陈家哥哥，不用怕，万一你掉下水，我会救你起来。”

陈知农果然来到了船头，也脱了鞋袜，坐在船沿边，把一双光脚伸进水里，刚好船从一块礁石旁边经过，船身颤动了一下，男孩的脚碰到了女孩的脚，陈知农红了脸，赶忙把脚移开了。

孙晓兰“嘻嘻”笑了起来，轻声说：“陈家哥哥，亏你还是在重庆城里头读过书、见过大世面的人，想不到也害怕碰女孩子……”

江面上耸立着一块大石头，船擦着石头边缘通过，陈知农害怕被石头撞着，身子往后仰，屁股在船沿上没有坐稳，眼看着要掉进江里。孙晓兰急了，一把抓住陈知农的胳膊往身边拉，陈知农的头被拉进了晓兰的怀里，心里“咚咚”跳了起来，双脚赶紧上了船，离开了船沿。

孙晓兰笑着说：“陈家哥哥，不要怕，有我在，你不会掉进水里。”

掌舵的孙老大看到陈家少爷吓白了脸，责备道：“晓兰，不要吓着你陈家哥哥。”

孙晓兰也把一双脚收回到船沿上，站起身，从船舱里搬来了两只小木凳，和陈知农一人坐一只，一男一女挨在一起摆谈起来。

陈知农轻声说：“晓兰妹妹，你到綦江县城来读书吧，我给你找学校，还给你找住的地方、吃饭的地方。”

孙晓兰回过脸望了望正在撑船的父亲，轻声叹了口气说：“我家只有我和爸爸两个人，我要帮助划桨，撑篙，不能到学校读书。”

陈知农好心劝说：“我可以帮你父亲请一个帮工，让他帮着你父亲划桨撑篙，你到学校去读书。”

孙晓兰抬起脸望了望身边的男孩，声音有些凄楚地说：“陈家哥哥，你的好意我心领了。我知道你是为我好，可我是船家的女儿，苦命人，我不会离开爸爸，不会离开这条船到城里读书的。”

陈知农有些不甘心，继续轻声劝说：“晓兰妹妹，读了书可以多懂很多道理，日本鬼子打进我们中国，需要很多有知识有文化的人参加抗日队伍。晓兰妹妹，进城来读书吧。”

孙晓兰望了他一眼，没有说话，站起身，提起了船篙，走到船沿边把船篙伸进河水中撑了起来。

孙家父女的船到了綦江县城，陈知农下了船，回到县政府上班。他心里始终挂牵着綦江河上走船的姑娘，尽管工作很忙，仍然在百忙中抽空来到綦江河水码头，在停在码头边的船中寻找孙家父女的船，想见到孙家妹子，想听到她说话的清脆声音，想看到笑得灿烂的少女脸庞。可是，陈知农一次又一次到綦江县城水码头寻找孙家父女的船，始终没有再见到。

过年的时候，陈知农回到东溪场哥哥家里，初一清早便到东溪场水码头寻找孙家父女的船，还是没有找到，陈知农见不到孙晓兰，心里好像压上了一块大石头。两个哥哥关心小弟弟，看出陈知农有心事。初三晚上，陈家三兄弟聚在一起谈心，碰巧吴宏琴到陈家看望陈知农。陈知雄、陈知生见弟弟已经到了娶亲的年龄，劝陈知农找一个情投意合的女孩子做妻子。吴宏琴在一旁红着脸，夸陈知农人好，有学问，心也好，一定会有不少姑娘愿意嫁给他。陈知农听着两个哥哥和吴家小妹的话，低着头没有说话。

夜深了，陈知雄回了家，陈知生也回到了自己的房间，吴家有人来找小姐，吴宏琴只好跟着回家了。陈知农一个人呆呆地坐着，夜深了，冷风吹进了屋，他感到冷，回屋上床睡觉了。两只眼睛刚刚合在一起，便做起了梦，他梦见自己坐在孙家父女船上，他和晓兰妹妹坐在船沿边，两个人都把一双光脚伸进了水里，船被河水冲击得歪斜了一下，晓兰扑进了他的怀抱，白得可爱的脚碰到了他的脚，陈知农的心“怦怦”跳了起来。

陈知农知道自己喜欢上了孙晓兰，有时候他在心里责备自己——宣传抗击日本侵略者的事情多，上级党组织交给的任务重，自己不应该为男女之间的事分心。可是陈知农常常管不住自己的心。

县城里的公事忙，初四一早，陈知农便离开东溪场回了綦江县城。他仍然一有空就到县城水码头去寻找孙家父女的船，一次又一次，每一次都扑了空。陈知农经常回东溪场，每次回到东溪场都要到水码头寻找孙家的船，一次也没有找到。他把心里对孙晓兰的喜爱告诉了大哥。陈知雄也很是喜欢孙晓兰，便托人到孙家提亲，想不到遭到了拒绝。后来，陈知农听说孙晓兰同铁山下一个种庄稼的年轻人定了亲，倍感失望。

过了立夏，天上下起了雨，哗哗哗、哗哗哗，雨越下越大，下了两天、三天、四五天，过了小满节气还在下，綦江河涨水了，浑浊的浪头席卷着山里冲来的枯枝败叶，整棵整棵的大树，以及农家小屋房顶向下游奔去，发出震天动地的咆哮声。走船的船夫们害怕船只被大浪卷走，将船拖上岸，放在了安全的地方。

大雨不停地下，愁坏了东溪场上开矿洞和铁厂的老板吴宏宜、夏河水。吴家和夏家的矿洞有的在山上，也有不少在山脚，连续不断的大雨让地处山脚的矿洞进了水，水涨过了采矿砂的地方，采不出矿砂了。铁厂没有矿砂炼不出铁，铸不成盐厂熬盐要用的大铁锅。自贡盐厂的王老板早就和吴、夏两家铁厂签订了供应两百口熬盐大铁锅的合同书。王老板听说綦江南部铁山一带大雨不断，担心东溪场上的铁厂老板不能按期供应大铁锅，影响盐厂生产，影响盐巴供应，专程来到綦江，坐镇东溪场，天天跑到吴宏宜和夏河水家，催着两个铁厂老板想办法按时铸成大铁锅供应盐厂，急得两个铁厂老板白天吃不好饭，晚上睡不着觉。

这天一大早，夏河水皱着眉头来到吴宏宜家，看到吴老板正哭丧着脸，坐在堂屋椅子上发呆，心里着急，大声喊起来：“吴家哥子，吴老板，盐厂王老板天天到我家里催着要铁锅，我实在想不出办法。吴家哥子，求求你帮我想办法，应付上门催货的王老板。”

吴宏宜看到来了客人，叫家里人端来了椅子，请夏老板坐下，长长叹了一口气说："夏家兄弟，我现在是泥菩萨过河，自身难保，怎么帮你？王老板也是天天上门催货，还扬言吴家铁厂到时间交不出货，他就要到綦江县政府去告，让县政府关我的铁厂。"

夏河水坐下了，苦着脸摇了摇头，说："是啊！吴家哥子，我们吴、夏两家铁厂现在是同病相怜，铁厂供应不出熬盐的大锅，熬不出盐，市场上断了盐要影响社会安定。吴家哥子，要想出一个应付的办法。"

吴宏宜、夏河水正在皱着眉头叹气，自贡盐厂的王老板找来了，也是紧皱着眉头，一脸愁容，看到吴宏宜、夏河水都在，大声哀求起来："吴老板，夏老板，快想想办法，昨天盐厂来人到旅店找到我，说盐厂熬盐的大锅已经用完了，再不及时运回大锅，就熬不出盐巴了，四川、贵州市场上要断盐了。两位老板，求求你们了，赶快想出办法，火已经烧到眉毛上了。"

吴宏宜哭丧着脸说："王老板，这一次不能按时交出熬盐的铁锅，是天灾，大水淹了采矿砂的地方，工人采不出矿砂。俗话说：巧妇难为无米之炊，王老板，不能按时交出熬盐的大铁锅，不能怪我们。"

夏河水插上话说："王老板，你放心，水一退我们就催工人进矿洞采矿砂，白天黑夜加班干活，尽快铸出大铁锅。"

王老板找了一个凳子坐下，有些不满地说："两位老板，不能坐在家里等着水退，要想办法让水早一点退了，或者在高一些的地方开洞采矿砂，尽快铸出大铁锅。"

吴宏宜苦笑，说："在高一些的地方开矿洞取矿砂，王老板，你没有开过矿洞，不知道开一个新矿洞要花费的人工和时间。等到新矿洞开好，采出矿砂，恐怕过年的鞭炮声都响了。"

三个老板正愁眉苦脸想不出办法，突然，堂屋门外响起一个洪亮的声音："吴老板、夏老板，我给你们送铁矿砂来了！"吴家堂屋里的三个老板都大大地吃了一惊，抬起头朝门外望去，原来是陈知雄、陈知生兄弟来了。吴宏宜见了陈家兄弟，有些疑惑地问："知雄大哥、知生兄弟，你们怎么会有铁矿砂送给我们？"一面赶忙端来凳子请陈家兄弟坐。

陈知雄坐下了，他看了看屋子里三个愁眉苦脸的老板，哈哈笑了，大声说："三位老板，你们忘了中国有句古话——'天无绝人之路'，我知道你们的矿洞被水淹了，采不出铁矿砂，铁厂没有矿砂炼不出铁，铸不成锅。不过低处的矿洞被水淹了，高处的不会淹，高处的矿洞可以采出铁矿砂。”

陈知生接过话头说：“昨天下午大哥带我去看了我们家的矿洞，因为地处山上，没有被水淹，而且大哥没事就进矿洞挖矿砂，我的小侄子也跟着进洞挖，挖出的矿砂没有卖，日积月累，已经堆成了一座小山，有好几百吨，可以救铁厂缺矿砂的急。”

陈知雄接着说：“我把我家矿洞里面拓得很宽，能容下几十个人采矿砂。吴家兄弟，夏老板，你们可以派一些工人到我们家矿洞去采矿砂，一天也能采出好几吨。”

吴宏宜、夏河水听了陈家兄弟的话，又惊又喜，吴宏宜站起身，奔到陈知雄面前，紧紧握住了陈知雄的手，大声叫起来：“陈家大哥，你真是救苦救难的观世音！救了我们的难，陈家大哥，这一次你帮我们渡过了难关，我一定要重重谢你！”

王老板也高兴地站了起来，拉住了陈知生的手，大声说：“陈老板，你们兄弟解了吴老板、夏老板的难，也解了我的难，我也要重重谢你们！”

夏河水激动得大声叫起来：“陈老板，陈家大哥，你供应给我们的铁矿砂，我出双倍的价钱买。”

陈知雄似乎有些不高兴了，摇了摇头说：“吴家兄弟、夏家老板，不要见外了，我们都是东溪场上靠采矿砂炼铁铸铁锅挣钱养家的人，是铁山人，遇到难处，互相帮助理所应当，谁要是出高价，我就不卖给他铁矿砂！”

陈知雄和陈知生带着吴宏宜、夏河水、王老板冒雨爬到了陈家矿洞前，看到堆得像小山似的铁矿砂，吴宏宜、夏河水、王老板非常高兴。吴宏宜笑着说：“够了、够了，炼成铁够铸盐厂的大锅了。我下山就让人来搬运铁矿砂到铁厂，炼铁铸锅。”

夏河水在一旁插嘴说：“吴老板，这些矿砂你可不能一个人独吃，要分给我一些。”

陈知雄笑道：“两位老板，采出来的矿砂不够，还可以派工人进矿洞白天黑夜加班采，够你们两家解燃眉之急的。”

铁矿砂问题解决了，三个老板心里悬着的大石头落了地，都大大地松了一口气，心里高兴。吴宏宜在东溪场上一家最有名的饭馆里叫了一桌酒席，请了陈家兄弟和夏河水、王老板喝酒吃饭，喝得醉醺醺的，才各自回了家。

东溪场一带下暴雨，不少农户受了灾，中共綦江特别支部召开了会议，决定派人下乡调查农民的受灾情况。刚好黎县长派陈知农回东溪场办事，陈知农回到家乡，了解了农民的受灾情况，办好了县长交代的事，正准备回县城，便碰见了从重庆回来看哥哥的吴宏琴。

从前，吴家和陈家是邻居，吴宏琴和陈知农是孩童时的小伙伴，一起玩耍，后来陈知农被吴老爷带到重庆，同吴宏琴生活在一起，还在一个学校读书，一对男女慢慢地一起长大。吴宏琴看出陈知农心地善良，学习努力，是一个好男孩，心里悄悄喜欢上了他。可是陈知农只把她当妹妹，丝毫没有理会她表露出来的爱慕。后来吴家小妹觉察出来陈知农喜欢上了船家女儿孙晓兰，她倍感失望，暗暗伤心，背着人悄悄流过眼泪。不过，吴宏琴是一个心地善良明事理的女孩子，知道爱情应该是相互的，虽然有些嫉妒孙晓兰，但并没有想去破坏他们的爱，还暗中祝福。后来听说孙晓兰和另外的青年订了婚约，吴宏琴心里暗暗有些高兴，觉得自己有可能获得陈家哥哥的爱了。寻找着机会，准备再一次向陈知农表达心里的爱恋，希望陈家哥哥接受自己。

吴宏琴见到陈知农，脸红了，心里“咚咚”地跳起来，周围有人，不方便同陈家哥哥多说话。她回了家，坐在窗户下面，透过窗户可以看到外面的小路，陈知农回东溪场上住在二哥陈知生家，进出家门会从窗前的小路上走过。吴宏琴守在窗户下面，想找机会同陈知农单独会面，说一说心里话。太阳落山了，天色暗了下来，也没有看到陈知农从小路上走过。姑娘耐着性子等，家里的人来叫她去吃晚饭，吴宏琴推说肚子不饿，仍然守在窗户下，两个眼睛盯着越来越模糊的小路，终于看到盼望已久的男孩从小路上走过。

陈知农心里笼罩着阴影，他趁着回东溪场办事和到乡下查看灾情的机会去了孙晓兰的家，尽管听说船老大把女儿许配了人家，他仍然不愿相信这是真的，想找孙晓兰问个明白，可是孙晓兰远远看到他的身影就关了房门。陈知农在孙家门前等了好一阵，终于，孙老大开门出来了，告诉陈知农，自己的女儿已经许配了人家。陈知农希望见孙晓兰一面，被孙老大拒绝了，无可奈何，他只好离开了孙老大的家，回了东溪场二哥的家。

陈知农心情不好，回家后进了自己的屋，关上房门睡觉了。吴宏琴来了，敲着门叫了一阵，陈知农借口被山上的冷风吹着了凉，脑袋疼，没有起床开门。吴宏琴等了一会儿，没有见到想见的人，有些伤心，泪花在眼眶里转了又转，姑娘忍着没有让眼泪流出来。第二天一早，吴宏琴又来到了陈家，可是陈知农已经早早地起床走山路回綦江县城了，吴家妹子仍然没有见到心里想见的男孩。吴宏琴心里十分犹豫，她很想到綦江县城去找陈知农，又担心偷偷爱着的男孩还没有忘掉他深爱着的女孩……

吴宏琴想了很久，决定到东溪场水码头去找孙晓兰问个明白，孙晓兰是不是真的许配了人家，她想劝说孙晓兰接受陈知农的爱，好让自己偷偷爱着的男孩获得幸福。但是她又希望孙晓兰真的和其他男人订了婚，好让陈知农不再把心里的爱放在孙晓兰身上。

吴家妹子来到水码头，寻找了很久，终于在一棵黄桷树下看到了呆呆坐在石头上的船家女儿。她轻轻走过去，孙晓兰抬起头望了一眼，没有说话，屁股挪了挪，让吴宏琴坐下。

吴家妹子紧挨着船家女儿坐下了，轻声说："陈家哥哥一早就回县城了。"

孙晓兰回过脸望了吴宏琴一眼，仍然没有说话，细心的吴宏琴发现，孙晓兰眼里有一颗泪花在闪动。

吴宏琴似乎在等着孙晓兰说话，等了一会儿，见孙晓兰仍然没有说话，轻声问："孙家小妹，你父亲真的把你许配给了别的人家？"

孙晓兰终于说话了，声音里有凄凉、悲哀，也有痛苦："许配给人家了，我已经许配给人家了！拜托你告诉陈少爷，不要再来找我了！"说着站起身，双手捂着脸冲进了水码头旁边的一片竹林。吴宏琴追到了竹林边，听到竹林里传出了轻轻的哭声。

吴宏琴没有进竹林，回过身往家里走，她明白了，孙晓兰虽然被父亲许配给了别的人家，但心里喜欢的却是陈家哥哥。

吴家来了客人，是夏家派来的媒人，给夏家少爷夏江伯提亲，想让吴家把吴宏琴嫁给夏江伯。

吴宏琴进了家门，正好听见媒人在大声夸奖夏家少爷。

"吴老板，夏家少爷算得上是东溪场上的头等男子：讲人才，算得上美男子；讲文才，在大城市里的大学堂读过书；讲家产，也是东溪场上数一数二的，真是打着灯笼火把也难找的好人家。现在夏公子在重庆城里头做事，他看上了你们吴家的宏琴小姐，如果吴、夏两家结了亲，真是顶呱呱的好亲家，呱呱叫的美夫妻，吴老板快快答应这门亲事吧！”

吴宏宜不敢做妹妹的主，耐心解释说：“我知道夏江伯是难得的好男子，不过，我做不了妹妹的主，宏琴的婚事要她自己同意，等我问过妹妹再回话吧……”

吴宏宜的话还没有说完，吴宏琴进了屋，脸色阴沉沉的，像要下雨的天，大声说：“哥哥，我和夏家少爷是朋友，但是我不会嫁给他，永远也不会嫁给他，让这位婆婆去回话吧！”

做媒的婆婆还想劝说几句，见吴宏琴没有理她，摇了摇头，叹了口气，离开了吴家。

吴宏琴回了自己的房间，脑子里满是陈知农的影子，不知道该做什么，拿起一本书想看，翻开书又没有心思看了，放下了书。突然，吴宏琴想到媒婆没有做成媒，回到夏家说不定会添油加醋说自己坏话。她和夏江伯也是从小一起长大的朋友，在东溪场同一个学校读书，后来父亲把她和陈知农带到重庆读书，夏家人也把夏江伯送到上海读书，虽然不在一个城市，可是放假回到东溪场又天天见面了，九一八事变后还一起搞过抗日宣传，演节目。后来分开了，吴宏琴去重庆教书，夏江伯也去了重庆一家公司做事。每逢中秋、过年，吴宏琴回到东溪场，有时也要约夏江伯一起玩耍，摆谈看到的、听到的各种有趣的事。但是，吴宏琴只是把夏江伯当成好朋友，没有男女之间的那种爱。吴宏琴不想让夏江伯误解自己，想了一会儿，终于决定到夏家去一趟，亲自向夏江伯解释清楚。

吴宏琴进了夏家的门，果然看到媒婆子正在客厅里向夏家兄弟说着什么。媒婆子见吴家小姐来了，红着脸起身走开了。夏河水想让吴宏琴和弟弟单独说一会儿话，也站起身离开了。

夏江伯知道吴宏琴拒绝了自己的婚事，心里有些不舒服，不过他也是一个知书达理的人，没有责怪吴家妹子，招呼她坐下后，想说话又不知道该说什么，有一些尴尬，脸红了。

吴宏琴轻声说：“夏家哥哥，你让媒婆子到我家说亲了？”

夏江伯红着脸轻声回答：“我配不上你，我知道，你已经让媒婆子回绝了。”

吴宏琴叹了口气，说：“夏家哥哥，不瞒你，我心里有人了。”

夏江伯点了点头说："我听人说了，你喜欢陈家少爷，可听说陈家少爷心里想着的是其他女人，才让媒婆子到你们家提亲。"

吴宏琴坦率地说："陈家哥哥心里装着的确实是其他女人，不过我忘不了他，心里装不下其他男人。夏家哥哥，我们是朋友，好朋友，让我们永远都做好朋友，行吗？"

夏江伯望了望坐在身前的女孩，说："好，我们做朋友，永远都做好朋友。"

吴宏琴回到家，吃了中午饭，回了自己的房间。吴宏宜见妹妹一直阴沉着脸，很少说话，知道她悄悄爱着陈家少爷，为陈家少爷喜欢其他女人而痛苦，想劝说妹妹不要单相思，便进了吴宏琴的房间。

吴宏宜试探着问："小妹，你真的一点都不喜欢夏江伯？"

吴宏琴低着头轻声说："我去过夏家了，夏江伯愿意和我做朋友，不过不是男人和女人之间的那种朋友。"

吴宏宜摇了摇头，叹了口气，说："陈知农是个好青年，不过听说他喜欢的是船家孙老大的女儿。妹妹，不要折磨自己了，夏江伯也是一个好青年，答应夏家的婚事吧！"

吴宏琴态度十分坚决地说："哥哥，我和夏家少爷只是朋友，孙晓兰已经被她父亲许配给了其他人家，虽然陈家哥哥现在还不能接受我，我要等，一直等到陈家哥哥心里有我的那一天。"

吴宏宜苦笑了，说："妹妹，何苦呢，何苦要死死等一个人呢？"

吴宏琴抬起头瞪了哥哥一眼，大声说："我要等，就是要等着陈家哥哥！"

吴宏宜叹着气离开了妹妹的房间。吴宏琴呆呆地坐了一会儿，突然想起应该写一封信，把自己的想法大着胆子告诉陈家哥哥，于是拿出信纸，磨好墨，开始写信，她提起了笔，在信纸上写了"陈家哥哥"四个字，不知道接下来该写什么。吴宏琴有一肚子的话想告诉陈知农，不知道该从哪里说起，在信纸上写了两行，读了读，认为不合适，把信纸揉成一团扔到了地上，又拿出一张信纸重新写，写了一阵觉得还是没写好，又把信纸揉成一团扔到了地上，就这样写了揉成一团扔了，再写再扔，到了吃晚饭的时间，家里人叫她去吃饭，吴宏琴感觉不到肚子饿，没有出门，仍然在自己房间里写信。半夜了，疲倦了，信纸扔了一地，信仍然没有写好，她倒在床上朦朦胧胧睡着了，做起了梦，看到陈家哥哥胸口上戴着大红花，骑着高头大马去迎接新媳妇，吴宏琴满心欢喜地期待着陈知农能把自己当成新媳妇接走，可是她失望了，陈家哥哥的迎亲队伍从她身边经过，去了另外的地方，接走了另外一个女子……

吴宏琴决定到綦江县城去找陈家哥哥，告诉他孙晓兰真的已经被父亲许配了人家，让陈知农不要再痴痴地等着了，并且向陈家哥哥表明心里的爱，说服他接受自己。

吴宏琴清早起身，离开了东溪场，翻山越岭走小路到了綦江县城，以往从东溪场到綦江县城不是坐船就是骑马，还坐过两人抬的滑竿，从来没有走过山路。吴宏琴心里想，陈家哥哥之所以没有看上自己，而是看上了船家女儿，也许就是因为自己从小生活在有钱人家，是一个娇滴滴的大小姐。她决心不再做大小姐了，做一个能吃苦耐劳的女子，决定从东溪场走山路到綦江县城。吴宏琴在山路上走着，太阳出来了，身上有了汗，累得大口大口喘着气，下一个山坡时，一脚踩滑，摔倒了，屁股摔疼了。吴家小妹眼里有了泪，想哭，她咬着牙没有哭出声，爬起来继续走。中午肚子饿了，在路边小店买了一些东西吃了继续走，走得腿跛了，腰痛了，太阳落山天黑了，终于走到了綦江县城。吴家在綦江县城有房子，吴宏琴到自己家的房子里住了一晚上，第二天早上起不了床，让看守房子的家人买了治腰酸脚疼的膏药贴上，腰腿疼痛好了一些，他挣扎着起了床，到县政府去找陈家哥哥，不料扑了个空。县政府里的人告诉她，陈知农跟随黎县长下乡，了解农村地里庄稼的收获情况去了，要四五天才回县城。吴宏琴不能住在綦江县城等陈知农回来，无可奈何，给陈家哥哥留了一封简短的信，雇了轿子回重庆了。

吴宏琴回到了重庆教书的学校，盼着陈知农能寄来回信，等了一天又一天，始终没有等到，她十分伤心，终于病倒了，病了一个多月，因为生病不能到学校上课，吴宏琴辞去了在重庆教书的工作。病好了，她准备离开重庆，到武汉、上海找事情做，远远离开东溪场，好让自己忘了陈家哥哥。

吴宏琴做着到武汉、上海的准备。一天，她来到大街上的商店里，想买两件冬天穿的衣服，想不到在大街上遇到了李贤诚。李教授在铁山调查时曾经得到吴宏琴的帮助，大街上遇见了非常高兴，邀请吴家小妹到咖啡馆喝咖啡。吴宏琴也很想知道在铁山采集的矿石标本鉴定情况，于是跟着李教授进了咖啡馆。

李贤诚和吴宏琴一边喝着咖啡一边摆谈起在铁山采到的铁矿砂标本鉴定情况。李教授兴奋地告诉吴家小妹，从铁山运回的矿石标本经科学鉴定都是含铁量很高的优质矿石，铁山是一个很有大规模开发价值的矿区，会在大西南建设和抗击日本侵略者的战争中发挥很大的作用。

吴宏琴听了李教授的话，高兴得叫起来："好啊！我的家乡能为国家作出大贡献了！"

李贤诚知道了吴宏琴想离开重庆到武汉、上海的事，摇了摇头说："小吴，将来开发铁山需要很多有文化有爱国心的人，不要走，将来跟我一起回铁山，开发铁山！"

吴宏琴相信了李教授的话，跟着一起来到了李教授工作的中国西部科学院。

第十二章 铁山寨土匪内讧

綦江县城驻军刘营长带着士兵在城门口巡逻时，发现了两个鬼鬼祟祟的人，盘问时有些慌张，刘营长让士兵搜查两人的背篼，搜出了鸦片烟。刘营长把两人带到了县政府，报告了黎县长。黎县长非常痛恨鸦片烟贩子，亲自审问，可是两个人咬紧牙关不回答县长的问话，黎县长生气了，下令将两个鸦片烟贩子押到河沙坝枪毙。两个鸦片烟贩子怕死，吓慌了，终于交代，他们只是帮人运鸦片，真正贩卖鸦片烟的老板是綦江县团防局副团长霍树楠。

黎县长吓了一跳，他没有想到掌握着上百条枪的县团防局副团长竟然是鸦片烟贩子，急忙找来驻军刘营长商量对策，决定把刘营长的一营士兵分成两部分，一部分由刘营长亲自带领去抓鸦片烟贩子霍树楠，一部分由副营长带领去收缴霍树楠手下团防官兵的枪支。

綦江县城一个叫春花楼的妓院新进来了一个叫琼妹的女子，年纪只有十八九岁，人长得漂亮，圆圆的白脸蛋，水汪汪的大眼睛，苗条的身材，细细的腰，说话娇滴滴，十分好听，迷倒了綦江城里不少有钱人。县团防局副团长霍树楠是一个色鬼，老婆五十多岁了，一脸的皱纹，被他当成了老妈子，洗衣做饭一天忙到晚，他连碰也不想碰老婆一下，晚上睡觉不和老婆在一起，另外安排了一个房间，有时候带着在外面找的漂亮女人回家里住，有时候干脆住在外面。霍树楠听说春花楼来了年轻漂亮的婊子，让手下心腹去给春花楼老板打了招呼——霍团长包了新来的婊子琼妹，不准其他人碰一下。霍树楠贩卖鸦片赚了不少黑心钱，手里掌握着枪杆子，綦江城里的人都躲着他，霍团长包了的女人，谁也不敢去招惹。

这天晚上，霍树楠和几个心腹手下在离春花楼不远的酒馆喝酒，喝得醉醺醺的进了春花楼，闯进了琼妹的房间。琼妹已经吃了饭，正在梳妆台前梳妆打扮。霍树楠睁大一双发红的眼睛，盯着年轻漂亮的女子，觉得琼妹比天上的仙女还要美，迫不及待地冲过去一把抱住，吐着酒气的臭嘴巴贴到了女人的红嘴唇上，发疯似的亲了起来，接着两手抱起她扔到了床上，三下两下扒光了她的衣服，一口咬住了她的乳头，一双手在她嫩白的身上乱摸起来……

“霍团长，霍团长，快出来，有紧急情况！”门外传来急促的喊叫声。

霍树楠正光着身子压在女人身上，听到门外的喊叫声，生气地吼起来：“混蛋，你不知道老子在做什么吗？这个时候前来打扰，滚蛋！”

门外的人似乎特别着急，申辩道：“霍团长，真的是出了事，出了天大的事，快出来跟我走。”

霍树楠不耐烦了，撑起半边身子一口吹灭了床前桌子上的灯，仍然紧紧抱着琼妹不放，没有理睬门外喊叫的人。

房门外的喊叫声没有停，一声比一声急，霍树楠和琼妹终于做完了男人和女人的那种事，放开了光溜溜的身子，穿上裤子，披上衣服开了房门。门外站着一个心腹手下，一脸惊慌，见霍团长出了婊子的门，一把拉住就往外走，来到一个僻静的地方，惊惶地说：“霍团长，大事不好了，两个鸦片烟贩子被刘营长抓了，交代出你是他们贩卖鸦片的主人！”

霍树楠吓了一大跳，心里有些慌，不过很快又镇静了下来，说：“不用怕，兄弟，我们手里有一百多条枪，刘营长轻易不敢动我们。”

报信的心腹叹了口气说：“霍团长，姓黎的县长和刘营长已经联起手来对付我们了。刘营长派人到团防局收缴枪支，已经有不少兄弟的枪被缴了，听说黎县长下了命令要抓你，霍团长，快带着兄弟们离开县城吧，再晚就走不掉了。”

霍树楠吓坏了，说：“对，要带着兄弟们离开县城，不能让姓刘的把兄弟们的枪全缴了，我要回家一趟，拿上家里的钱就带着兄弟们离开县城。”

报信的人着急地说：“霍团长，不能回家了，可能刘营长派去捉你的人已经到你们家了。”

霍树楠犹豫了一会儿，说：“我要回家带走家里的钱财，不然会被姓黎的和姓刘的全部搜去，那是我半辈子积攒的钱财呀，不能让姓黎的和姓刘的捡便宜。”

报信人见霍树楠坚持要回家取走钱财，无可奈何，只好和他约好了会合的地方，急匆匆地走了。

果然，刘营长派出抓捕霍树楠的人已经到了霍家，在家里没有找到霍树楠。猜出姓霍的在外面鬼混，刘营长担心霍树楠得到消息逃出城，一面安排人加强了城门口的盘查，一面亲自带着人在县城搜查，还在霍家附近派了兵进行监视。

霍树楠回家想取走多年积攒下来的钱财，他刚刚进家门就被在霍家附近监视的人发现了。刘营长得到消息，带着人到霍家抓住了霍树楠。

霍树楠被五花大绑关进了綦江县政府的大牢，他十分害怕，头上冒出了冷汗，身子颤抖着，嘴里含混不清地说着哀求的话：“黎县长，千万不要杀我，求求你不要杀我，我把钱财全都给你们，好多好多钱财，全都给你们……”

团防局副团长霍树楠被抓，惊动了綦江城里的不少人，也吓坏了一些人，有曾经参与霍树楠贩卖鸦片的人，有收受过霍树楠贿赂的官员，还有日本特务机关潜伏在綦江县城的特务，一些人悄悄地聚在一起商量对策，有的人主张派人把毒药送进牢房毒死霍树楠，让他的嘴巴说不出知道的秘密，有的人觉得留着霍树楠还有用处，要救他出来。日本特务机关的潜伏特务也认为霍树楠对他们有用，说服了主张杀死霍树楠的人，大家一起想办法，终于用钱买通了看守牢房的狱卒，趁夜深人静，偷偷地救出了霍树楠。

被关进大牢的霍树楠逃出了监狱，看守牢房的狱卒也不见了踪影，霍树楠手下一些团防官兵带着武器失踪了。黎县长和刘营长得到消息，吓了一大跳，担心霍树楠和他的手下心腹在綦江县城暴动，给綦江百姓带来灾难。黎县长和刘营长商量后决定在綦江县城全城戒严，刘营长手下的官兵紧急行动，一部分官兵守住綦江县城三个城门，一部分官兵在全城搜捕霍树楠和他手下带着枪的心腹。綦江县城西边城墙紧挨着大山，没有修建城门，刘营长也没有在县城西边布置官兵防守，黎县长和刘营长认真分析了霍树楠逃出牢房和他手下心腹会合后可能进行的破坏：霍树楠几十个心腹手下带着武器，如果在县城内和刘营长手下官兵对抗，一定会伤及不少无辜的綦江百姓，不如放霍树楠一伙出城，在城外消灭这伙歹人，所以留下县城西边城墙这个豁口。

霍树楠和他手下心腹兄弟果然逃到了綦江县城西边城墙脚下，商量着如何逃出县城。

霍树楠逃出了牢房，胆子大了起来，恶狠狠地说："他妈的，姓黎的狗屁县长和姓刘的狗屁营长想整死我，他们是在做梦，老子出了牢房，干脆一不做二不休，就在县城里与他们干，把綦江县城打他个稀巴烂，给姓黎的和姓刘的一点厉害看。"

一个心腹兄弟摇着头劝说："霍团长，霍大哥，俗话说，君子报仇，十年不晚，现在的綦江县城，姓黎的和姓刘的人多枪多，和他们斗是拿鸡蛋碰石头，要逃出县城，招兵买马，等到人多了，枪也多了，再来和姓黎的、姓刘的算账。"

一个心腹帮着劝说："霍团长，我们要留着这条命将来过好日子，听说日本人就要在我国东边动手了，国民政府容不下我们，我们投靠日本人，将来等日本人打过来，我们就成了有功之臣，吃香的，喝辣的，还有漂亮的女人抱着睡觉。"

霍树楠和主张在县城里对抗的人被说得动了心，霍树楠早就暗中和日本潜伏特务有联系，赶忙表示赞同，说："对，逃出县城，我和铁山寨二头领是朋友，投铁山寨去，听说铁山下面的东溪场漂亮妹子多，到了铁山寨，一人到东溪场上抱一个漂亮妹子。"

綦江县城三个城门同时响起了枪声。日本特务机关的潜伏特务为了掩护霍树楠一伙逃出綦江县城，安排了人开枪，干扰刘营长手下守城的官兵。黎县长和刘营长的布置被打乱了，埋伏在县城西边大山脚下树林中准备袭击霍树楠一伙歹人的官兵，听到枪声以为霍树楠要从城门逃出，赶到三个城门支援。霍树楠一伙趁机翻出了城墙，逃进了大山脚下的密林。不过霍树楠平时鸡鸭鱼肉吃多了，长成了一个胖子，翻越城墙时用尽了吃奶的力气也翻不过去，手下心腹有的在城墙上拉，有的在城墙脚推，霍树楠虽然翻过了城墙，仍然摔了一跤，跌进了城墙外的一条壕沟，痛得“哎哟哎哟”直叫唤。在两个心腹兄弟帮助下，才从壕沟里爬了出来，扶着手下兄弟的肩膀一瘸一拐地走，天黑，山路不好走，一脚踩虚又摔了一跤……

宋大发接到了日本特务机关秘密联络点发来的电报，知道霍树楠贩卖鸦片烟被驻军查获，带领着手下心腹兄弟近三十人逃出了綦江县城，正向铁山方向逃窜。日本特务机关指令宋大发把霍树楠及其心腹兄弟接上铁山寨，借以扩大铁山寨能够接受日本特务机关掌控的武装力量，需要的时候控制铁山矿区，破坏中国政府准备作为抗战大后方的西南地区经济建设。

宋大发皱起了眉头，叫上了两个心腹手下，悄悄地离开了铁山寨，爬山崖，穿密林，到了离铁山寨七八里路的另一个山头，找到歪脖子商量接霍树楠一伙上铁山的事。

一年多来，铁山寨上的大头领和二头领之间的矛盾不断加深，经常发生争吵，在一次为了歪脖子的争吵中，大头领刘翠花不顾宋大发的反对，把歪脖子赶出了铁山寨。歪脖子带着一些心腹兄弟在铁山另外一个山头扎下营盘，不再受铁山寨大头领管，只和二头领偷偷来往。

刘翠花赶走歪脖子，是为了铁山寨附近一个十六岁的农家小姑娘被奸污的事，小姑娘哭哭啼啼到铁山寨找到大头领告状，说山寨一些土匪趁她在山里采草药的时候奸污了她，并且指认出了歪脖子手下一个心腹。刘翠花十分生气，让人捆绑起被指认出来的人，下令枪毙。歪脖子为心腹求情，刘翠花没有准，宋大发帮着说情，最终虽然没有枪毙那个奸污小姑娘的歹人，刘翠花却把歪脖子及他手下土匪全都赶出了山寨。

宋大发一行人到了歪脖子新立的山头，见到了歪脖子，告诉霍树楠贩卖鸦片的事情被发现了，带着手下心腹逃出了綦江县城，准备逃上铁山寨。歪脖子高兴得很，张开大嘴“哈哈”笑起来，大声说：“好啊，霍团长带着人上了铁山，他是自己人，有了霍团长的人，以后就不用受姓刘的女人气了，我们可以和霍团长的人马合成一股，把姓刘的女人赶出铁山寨，让宋大哥做我们的大头领。”

宋大发皱着眉头，叹了口气说：“歪脖子兄弟，你不要忘了，大头领是和我拜过堂的夫妻，并且她武艺高强，手下有不少心腹，我不想和她反目为仇。即便做不成夫妻，也不想失去她手下的姐妹和兄弟。”

歪脖子摇了摇头说：“宋大哥，这一两年来，难道你还没有看出来，姓刘的和我们不是一路人，以前她手下人多势大，我们受了不少气，一些好事被她搅黄了，霍团长来了，我们不用怕她了。”

宋大发心里明白，歪脖子说得有道理，不过他确实不想失去年轻貌美的妻子。世界上的事有时候有些怪，一个心灵丑恶、心里装着恶毒阴谋的歹人，面对亲情时也能表现出一点善。宋大发就是这样的人，他心里装着毁掉铁山矿区，让千千万万中国人受奴役的大阴谋，是大恶人，可是在决定如何处置和自己拜过堂的刘翠花时，却轻易不愿意下毒手。

歪脖子似乎看出了宋大发的心思，说：“宋大哥，你可不能有妇人之仁，大头领和我们不是一路人，留着她，她迟早要成为我们的祸害。趁霍团长带人上山，除掉她，年轻漂亮的女人有得是。除掉姓刘的，兄弟我再给你找一个。”

宋大发摇了摇头说：“兄弟，你们中国有一句话，‘一日夫妻百日恩’，对待大头领，我们不能轻率，能把她争取成为我们的人是上策，除掉她是下下策。不到最后的时候，不用下下策。”

歪脖子无可奈何，摇了摇头说：“好，宋大哥，我听你的。”

宋大发回到铁山寨，想找到刘翠花，告诉霍树楠要上山入伙的事，希望说服刘翠花同意霍树楠一伙到铁山寨入伙。

刘翠花带着霞姑和两个心腹姐妹在铁山寨附近一个山梁上巡山，她们爬上一个山崖，累了，大口大口喘着粗气，刘翠花在山路旁边一棵大树下的草地上坐下，霞姑和两个心腹姐妹也紧挨着坐下了。

山崖很高，坐在山坡上往下望，一个山头接一个山头，延伸到很远很远的地方。有的山头高高耸立在群山之中，仿佛昂首挺立的巨人，白云在山腰飘浮；有的山头慢慢突起，像放在山间的大馒头，山上长满了树，绿绿的一片，像波浪起伏的绿色大海。

刘翠花望着群山，笑着说：“好大的铁山，我们在山里，和铁山相比，就像一群小蚂蚁。”

霞姑接过话头说：“大头领，你说得对，我们就是小蚂蚁，蚂蚁有时候会打架，我们也常常打架，一会儿你打我，一会儿我打你。”

刘翠花点点头，说：“霞姑，人是很像蚂蚁，不过做蚂蚁也要做好蚂蚁，不能做坏蚂蚁。”

一个心腹姐妹插嘴说：“大头领，我们都上山当了土匪，还怎么做好蚂蚁？”

刘翠花叹了口气说：“是啊，我们上山当了土匪，我还成了土匪头子，被当官的抓去，要五花大绑送上刑场枪毙，不过土匪也并不都是坏人，妈妈在的时候常常给我讲梁山好汉的故事。梁山好汉个个是好人，杀富济贫，老百姓个个夸奖。”

霞姑说：“大头领，你想做梁山好汉，可是山寨里的人不是个个都想做梁山好汉。就说二头领吧，我好几次看到他悄悄出了山寨往歪脖子扎营的山头跑，不知道在打什么鬼主意。”

刘翠花说：“二头领和歪脖子是好兄弟，歪脖子被我赶出了山寨，他有时候去看一看也是情理之中的事，不用大惊小怪。”

一个心腹姐妹说：“大头领，霞姑姐说得对，我也觉得二头领心里在打鬼主意，我们要防着他。”

刘翠花皱起了眉头，说：“我们是要防着二头领，不让他出山寨祸害老百姓，坏了我们铁山寨的名声。”

刘翠花一行人巡完了铁山寨附近的山头，回到山寨，正准备让霞姑集合起山寨上的兄弟姐妹操练武术，二头领宋大发找来了，把翠花叫到一个隐秘的小山头上，告诉她，綦江县团防局副团长霍树楠带着心腹兄弟出了綦江县城，要投奔到铁山寨合伙。

刘翠花大吃一惊，她知道霍树楠暗中一直和歪脖子有来往，是一个心术不正的人，如果让霍树楠进了铁山寨，他和歪脖子联起手，一定会成为山寨的大祸害，于是摇了摇头，态度坚决地说：“不行，不能让姓霍的进铁山寨。”

宋大发早就料到大头领会拒绝霍树楠进铁山寨，耐着性子劝说起来：“翠花，好夫人，霍团长遭人陷害，不得已杀出了綦江城。我们是江湖上的人，江湖上的人要讲江湖义气，霍团长有难，到我们山寨避一避，按江湖规矩理应接纳。”

刘翠花冷笑了，说：“二头领，铁山大得很，能容纳千军万马，姓霍的为什么一定要到铁山寨？我知道他和歪脖子有来往，派人拦住他，让姓霍的到歪脖子的山头去。”

宋大发装出十分为难的样子说：“大头领，以前我在綦江县城时霍团长帮过我。我们是朋友，朋友有难伸出了手，我应该拉一把。”

宋大发说了不少好话，劝说刘翠花让霍树楠进铁山寨，他想不到刘翠花的态度异常坚决，实在没有办法，只得决定实施和歪脖子商量好的下下策，派出心腹到歪脖子驻地通知了歪脖子。

刘翠花得到手下兄弟报告，霍树楠和三十多个带着枪的手下已经进了铁山，离铁山寨只有七八里路了，她召集手下大小头目商议，决定亲自带人下山寨拦住霍树楠一行，不让他进铁山寨。

刘翠花带了五十多个手下兄弟要出铁山寨去拦住霍树楠，霞姑急匆匆找来了，她见大头领没有带自己去拦截霍树楠，十分担心刘翠花的安全。

刘翠花正想叫人去找霞姑，交代给她一个非常重要的任务，于是把霞姑带到了一个隐秘的地方，轻声吩咐说：“好妹妹，我没有让你同我一起下山拦截姓霍的，是想让你留在山寨看住二头领，我不放心二头领，你对我说过，他和歪脖子是一路人，也和姓霍的是一路人。我担心离开山寨后，二头领和歪脖子联手起来占了山寨，你要紧紧盯住二头领，防止他和歪脖子联手。”

霞姑有些为难地说：“大头领，二头领在山寨的心腹兄弟多，阻止不住怎么办？你带着人去拦截姓霍的，我怕你有危险，想陪着一起去。”

刘翠花笑了笑，安慰说：“霞姑，好妹子，不用为我担心，保住山寨要紧，万一二头领和歪脖子联起了手，你手下姐妹少，阻挡不了，就赶来给我报信。我赶回山寨，阻止二头领和歪脖子一伙歹人联手。”

霞姑眼里有了泪，说：“大头领，你一定要当心，能阻挡住姓霍的就阻挡，阻挡不了就放他进铁山寨，我们姐妹另外找地方安营扎寨。”

刘翠花眼里也有了泪，说：“好妹妹，铁山寨是我们的家，不能轻易让给别人，有了你们这些好姐妹做帮手，我不会有事的。”

刘翠花和霞姑分了手，带着手下兄弟出山寨去阻拦霍树楠了。

霞姑回到山寨，找来心腹姐妹分头监视宋大发和歪脖子的行动，发现歪脖子带着手下兄弟来到了铁山寨门前，宋大发让人打开寨门接歪脖子进了山寨。宋大发和歪脖子的人多，霞姑手下姐妹少，她猜出宋大发和歪脖子早有预谋，不想拿鸡蛋去碰石头，带着手下姐妹离开了铁山寨，翻山越岭，急急忙忙地赶去给大头领报信。

宋大发、歪脖子两个歹人勾结在了一起，挖了一个大大的坑让刘翠花往里面跳，不仅要夺了铁山寨大头领的位子，歪脖子还想杀了刘翠花，让山寨上属于她的兄弟姐妹群龙无首，不能成为威胁。

霞姑担心大头领的安全，带领着心腹姐妹急急忙忙赶路，心里着急，仿佛有一团火在烧，过一个山崖的时候，一脚踩空摔倒了，幸亏及时拉住了山崖边的一棵小树，没有摔到山崖下面，脚摔伤了，艰难地站起身，一瘸一拐地往前走。一个姐妹要背起霞姑，眼里闪着泪花说："霞姑姐姐，你受伤了，走不动，让我背着你吧！"

霞姑受伤的脚钻心般疼痛，额头有了汗，她咬着牙忍着痛，坚持走着，听了手下的话，摇了摇头说："我能走，大头领处境十分危险，要快一点赶去给她报信。"

一个姐妹好心劝说："霞姑姐姐，你的脚受伤了，找一个隐秘的地方躲起来，我们去给大头领报信。"

霞姑想了想，点了点头说："好，我受了伤，走得慢，不要管我了，你们快去给大头领报信。"

霞姑正在和手下姐妹商量，"砰"的一声，对面不远的山头响起枪声，山头上有人把守。

霞姑大吃一惊，脸上变了颜色，说："坏了，前面的路一定被歪脖子封了，我们过不去了。"

一个姐妹低声哭了起来，说："霞姑姐姐，前面的路被封了，我们怎么办？要是大头领被歪脖子一伙歹人害死了，我也不想活了。"

霞姑努力让自己镇静下来，安慰说："不要怕，大头领不会死。俗话说，'吉人自有天相'，大头领是吉人、善心人，歪脖子一伙害不死她，这条路被封了，我们找其他的路，铁山大得很，我们会找到路给大头领报信的。"

刘翠花带领着五十多个山寨兄弟在铁山寨下的山路上拦住了霍树楠和他的心腹兄弟。

霍树楠已经得到宋大发派人传来的信息，按照宋大发“先礼后兵”的吩咐，躲在一棵大树后面高声喊话：“刘大头领，霍某人今天有难，想投奔铁山寨，望刘大头领大慈大悲，允许我带着兄弟们进山寨。”

刘翠花实在不想与霍树楠刀枪相见，想劝说姓霍的另外找一个地方安营扎寨，井水不犯河水，便大声回答：“霍团长，铁山寨地方狭小，容不下多少人，铁山大得很，铁山寨附近有不少高山险地，奉劝霍团长另外找一个山头。对不起了，我不能让你们进铁山寨。”

霍树楠十分生气，不过他要遵照宋大发的安排办事，便耐着性子继续哀求：“刘大头领，求求你了，让我们进铁山寨避一避吧，以后找到合适的地方我就带着兄弟们离开。”

刘翠花性子急，有些不耐烦了，因为看到对方是在好言相求，仍然耐着性子劝说：“霍团长，实在对不起，铁山寨确实容不下多少人，你还是另外选个山头吧。”

一个装成可怜巴巴的样子苦苦哀求，一个婉言相劝，半个多时辰过去了，终于，霍树楠手下一个兄弟不耐烦了，大声吼了起来：“姓刘的，你不要敬酒不吃吃罚酒。老实告诉你，今天你让我们进铁山寨，我们以后是朋友，不让我们进铁山寨，我们也要打进铁山寨，以后就是仇人了。”

刘翠花手下一个姐妹也生气了，大声叫起来：“姓霍的，告诉你手下的人，铁山寨是姓刘的开创的，不让随随便便让出。你们想打进铁山寨，先问一问我手中的铁家伙答不答应，我们兄弟姐妹答不答应！”

霍树楠知道铁山寨上宋大发、歪脖子早已做好了安排，有恃无恐，冷笑起来，说：“刘大头领，这妹子说得有道理，我现在就来问一问你带来的兄弟姐妹：如果有一半以上的兄弟姐妹答应让我们进铁山寨，你就不要挡住路，让开路放我们进；如果半数以上的兄弟姐妹不让我们进铁山寨，我带着手下兄弟马上离开。”

刘翠花听了霍树楠的话，大吃一惊，她回过头望了望带来的兄弟姐妹，这些人多半是养父刘胡子留下来的，刘翠花和这些兄弟姐妹一起生活了二十年，平时他们对自己尊敬有加，服从指挥，听从安排。刘翠花不相信他们会有一半以上背叛自己，同意姓霍的进铁山寨，于是点了点头，大声说：“好，霍团长，只要有半数以上的兄弟姐妹同意你进铁山寨，我就给你让开路。”

刘翠花太自信了，低估了宋大发、歪脖子一伙歹人的能耐，不知道宋大发暗中派人做了手脚，她带来的兄弟姐妹中已经有一半以上投靠了二头领，关键时刻倒戈了。

霍树楠躲在大树后面大声喊："铁山寨的兄弟姐妹们，今天我霍某人有难，要进铁山寨避一避，同意我进山寨的请让开大路，我霍某人会记住他的大恩大德。"

霍树楠喊了一遍，没有人让路，刘翠花笑了。霍树楠又大声喊了一遍，果然有两个兄弟退到了山路旁边的树丛中，刘翠花脸色变了。霍树楠继续大声喊着，越来越多的铁山寨兄弟让开了路，退到了山路旁边的树丛里。刘翠花身边的兄弟姐妹越来越少。

刘翠花带下山寨的人有半数以上临阵倒戈，给霍树楠让开了路。她身边一个心腹姐妹气坏了，大声吼了起来："姓霍的，你一定早和我们山寨里的一些歹人串通一气，我和你们拼了。"拿出了枪，对准霍树楠躲藏的大树"砰"的一枪打去。

霍树楠恶狠狠地骂了起来："姓刘的，你不讲信用，兄弟们给我打，往死里打。"

"乒乒乓乓"，刘翠花的心腹和霍树楠带来的人对打了起来。刘翠花的心腹一个个枪法都很好，打仗勇敢，不过人少。霍树楠带来的人贪生怕死，大多数躲在树丛里、岩石后，伸出脑袋打一枪，又缩回脑袋躲起来，可是人多，双方打了半个多时辰，刘翠花手下的心腹兄弟姐妹子弹不多了，无可奈何，只好一边打一边往铁山寨方向退。刘翠花一心盼着留在铁山寨里的霞姑能够守住山寨，准备退回铁山寨，依托山寨的防御工事阻止霍树楠一伙进山寨。

刘翠花和手下心腹边打边退，霍树楠带着人紧紧追赶，终于到了铁山寨下。刘翠花正要大声呼喊守山寨的人打开寨门，放他们进寨，突然觉得脚下的泥土往下落，吓了一跳，原来歪脖子让人在铁山寨门前挖了一个陷坑，等着刘翠花和她的心腹退回山寨时掉进陷坑。

刘翠花掉进了陷坑，紧跟着她的两个姐妹也掉进了陷坑。歪脖子站在寨门上哈哈大笑，大声说："大头领，对不起，铁山寨已经不姓刘了，你掉进了我挖的陷阱，就要成为我的阶下囚了。"

刘翠花的心腹看到大头领掉进了陷坑，十分着急，一些兄弟姐妹凭借陷坑边的树丛抵抗着紧追而来的霍树楠一伙，一些人手拉着手，连成一串要把刘翠花从陷坑中救出来。刘翠花把同自己一起掉进陷坑的两个姐妹推到前面，让陷坑上面的人救起来。枪声很紧，霍树楠手下的人逼近了，歪脖子也打开了铁山寨寨门要活捉陷坑中的人，陷坑边上的兄弟姐妹个个都急出了一头汗。

一个姐妹大声叫起来："大头领，快把手伸过来，迟了就来不及了。"

刘翠花摇了摇头，大声回答："不要管我，快去找霞姑。我是大头领，歪脖子一伙歹人不敢把我怎么样。"

歪脖子带着人到了陷坑边上，刘翠花的心腹一个个流着眼泪，退进了陷坑旁边的密林。

铁山寨的大头领刘翠花成了歪脖子的俘虏，被五花大绑关进了铁山寨上的一个山洞。

霍树楠带着手下兄弟进了铁山寨，歪脖子也带着手下人马回到了铁山寨，铁山寨成了宋大发、霍树楠、歪脖子一伙歹人的天下。歪脖子要庆贺捉住了铁山寨的大头领刘翠花，从铁山寨仓库里拿出了好酒，让手下兄弟在附近农民家里捉来两头猪、一只羊杀了，在铁山寨空坝子里摆了十多桌酒席，匪徒们大块吃肉，大口喝酒，闹闹哄哄，铁山寨上一片乌烟瘴气。

歪脖子一手提着酒瓶，一手拿着一个大猪蹄，醉醺醺地来到宋大发面前，瞪着一双被酒精熏得通红的眼珠子，大声说："宋头领，姓刘的臭婊子被我抓到了，以后这铁山寨你就是大头领了。宋大哥，我要杀了那个姓刘的婊子，跟着宋大哥干。"

宋大发狠狠地瞪了歪脖子一眼，大声呵斥："歪脖子，不要喝醉了酒胡说八道，铁山寨上的人都知道，刘翠花和我拜过堂，是我的夫人。"

霍树楠也喝得醉醺醺的，走过来插话："宋大哥，姓刘的女人不识抬举，不配做你的女人。休了她，以后我偷偷回綦江城，给你找一个如花似玉的漂亮女人做妻子。"

歪脖子在一旁大喊大叫起来："霍团长，你心里不能光有宋大哥，今天你能进铁山寨，我歪脖子也立下了汗马功劳，将来也要给我在县城里找一个如花似玉的大姑娘做老婆。铁山上的女人一个个都土里土气的，玩够了，不想玩了，要换一个洋气一点的女人来玩。"

宋大发看到霍树楠和歪脖子已经醉得东倒西歪，摇了摇头，大声训斥说：

“霍团长，歪脖子，不要光想着玩女人，要记住我们有大事要做，只要做成了大事，金钱美女都会有的。”

歪脖子高兴得叫起来：“对，宋大哥说得对，我们要听宋大哥的，做成大事……”

刘翠花的手和脚被粗麻绳绑得紧紧的，扔在了一个山洞深处的乱石堆上。她一早带着人出山寨去拦阻霍树楠，中午饭没有吃，晚饭也没有人送，肚子饿，加上手脚被粗麻绳磨破皮，钻心刺骨般地疼，她有一些迷糊了，朦胧中仿佛看到死去的妈妈站在面前，叹着气责备说：“孩子，我早就看出姓宋的不是好人，让你小心，注意防着他，你怎么不听话呀？看看，现在被他与歪脖子、霍树楠一帮歹人算计了，那些人的心肠歹毒得很。孩子，你落到了他们手里，一定要受很多折磨，求生不得，求死不能。”

刘翠花仿佛挣脱了捆绑手脚的绳索，“扑通”一声跪在了李婶面前，流着眼泪说：“妈妈，我错了，辜负了你的教导，对歹人心太软，终于有了今天的下场。妈妈，歹人一定会杀了我，我不怕死，但是死在宋大发、歪脖子、霍树楠一伙歹人手里，我不甘心啊！”

李婶长长地叹了一口气，说：“孩子，你好自为之吧，记住对歹人不能仁慈，世上多一个歹人，老百姓就要多受一些苦……”

李婶回过身走了，刘翠花想跑过去叫住她，再与妈妈说几句心里话，手脚一阵钻心的疼，她清醒过来，原来刚才是在梦中。

刘翠花眼里流出了泪，她咬住嘴唇，不让自己哭出声来，心里充满了对宋大发一伙歹人的恨。刘翠花终于明白，宋大发从来没有把自己当成妻子来关怀爱护，而是利用她在铁山寨兄弟中的威望暗中做坏事，歪脖子一伙敢在自己离开山寨时霸占了山寨，没有宋大发的支持是办不到的，说不定宋大发是这一次策划反叛自己的主谋。刘翠花又想到了山寨中自己的心腹兄弟姐妹，歪脖子一伙歹人霸占了山寨，霞姑和她手下的姐妹怎么样了？是不是也像自己一样被歹人抓住，五花大绑关进了山洞，或许已经被歹人杀害了。刘翠花暗暗责怪自己太大意了，没有想到霞姑手下的兄弟姐妹太少，根本不是宋大发、歪脖子一伙歹人的对手，不仅害了自己，也害了霞姑和她手下的兄弟姐妹。

刘翠花越想越后悔，越想越伤心，一口接着一口叹气，眼泪打湿了胸前的衣服。

山洞的一头出现亮光，传来走路的声音，刘翠花知道有人进洞来了，她猜想是歹人趁夜深天黑，没有人看见，来取自己的性命，闭上眼睛，静静地等候着。

进山洞的是宋大发，不是来杀刘翠花的，而是来说服刘翠花归顺自己，继续做自己的夫人，一起完成日本特务机关交给的任务，破坏铁山地区铁矿的开发和建设。

宋大发对待刘翠花从来没有真正的关爱，正如刘翠花已经想到的，他确实是在利用她在铁山寨多年树立起的权威做坏事，尽管他和歪脖子、霍树楠一伙已经控制了铁山寨，让昔日威风十足的大头领成了阶下囚，但是宋大发心里十分清楚，刘翠花在铁山寨一些兄弟姐妹心中仍然是大头领，霞姑和一些忠实于刘翠花的兄弟姐妹逃离了铁山寨，山寨里的一些兄弟虽然归顺了自己，但有些人是口服心不服，一旦有了机会就将反叛自己，成为他的心腹大患，这将大大不利于执行日本特务机关交给的任务，所以宋大发想说服刘翠花跟着自己一起干。同时宋大发舍不得已经拜过堂的妻子，舍不得妻子娇滴滴的身子，不愿意背上设计陷害结发妻子的恶名。宋大发和歪脖子、霍树楠一伙歹人结交，并不是想和他们成为一类人，而是想利用这些歹人完成日本特务机关交给的任务。宋大发心里有更大的阴谋。

宋大发带着一个心腹提着灯笼进了山洞，他喝了酒，但没有喝醉，看到手脚被绑得紧紧的，躺在乱石堆上的刘翠花，吃惊地瞪大了眼睛，大声骂了起来："是谁那么大胆？居然敢把我的妻子、山寨的大头领捆得像个粽子似的，扔在乱石堆上，查出来我要砍了他的脑袋！"

刘翠花紧咬着牙齿，瞪圆了眼睛没有说话。宋大发把手中的灯笼交给手下提着，蹲下身子给刘翠花解绳子，绳子绑得很紧，解了好一会儿才解开。

宋大发摇了摇头，叹了口气说："翠花，你要是听我的话，同意霍树楠进山寨，就不会受这个苦了。"

刘翠花挣扎着站起了身，突然发了疯似的扑了过来，紧紧抱住了宋大发，一口咬住了他的耳朵，疼得宋大发大声号叫起来，宋大发带来的心腹吓坏了，急忙上前掰开刘翠花的嘴，把她推开了。宋大发和他的心腹手下一起动手，重新把刘翠花的手脚捆绑起来。

宋大发在一块石头上坐下，摇了摇头说："翠花，俗话说，一日夫妻百日恩，我们做了两年多的夫妻，你怎么这样恨我？"

刘翠花恶狠狠地骂起来："姓宋的，你还有脸皮说我们是夫妻，世上有哪一个丈夫会对妻子下毒手往死里整？姓宋的，我刘翠花栽在你这个大恶人、大歹人手里，死了做鬼也要来找你，把你拖到阎王爷那里告状，让阎王爷把你打下十八层地狱。"

宋大发知道刘翠花一天没有吃饭了，让手下去弄饭。洞里只剩下他和刘翠花，便耐着性子劝了起来。

宋大发摇了摇头，叹了口气，似乎十分关心妻子，说："翠花，好夫人，你栽在了歪脖子一伙手中，他们想要你的命，被我拦住了。翠花，听我一句劝，不要再和歪脖子、霍树楠作对了，我们合成一股，一起挣钱一起花，大块吃肉，大碗喝酒，多好啊！歪脖子曾经是山寨上的人，他手下玩了个女人，你就把他赶出了山寨，所以他恨你，我出面调解，大家握手言和，做朋友，行不行？"

刘翠花大声骂起来："姓宋的，我瞎了眼，没有看清你的狐狸真面目，糊里糊涂和你做了夫妻！姓宋的，我们不是一路人，我在铁山寨是要带着手下兄弟姐妹做梁山好汉，不是和你们一起去祸害老百姓！我栽在了你们这伙歹人手里，要杀要剐随你们，绝不会和你们同流合污去祸害人！"

宋大发耐着性子继续劝说，不过刘翠花已经闭上眼睛不听了。小土匪拿来了饭菜，宋大发为了让刘翠花吃饭，解了她手上的绳索，带着手下走了，临走时让刘翠花好好想一想，想通了大声喊人，山洞口看守的人听到喊声会向他报告。

山洞里又剩下了刘翠花孤零零的一个人，肚子很饿，身上没有一点力气，但她没有吃饭，眼里又流出了泪，用手揩了，眼泪又流了出来，满脸都是。刘翠花心里明白，不答应宋大发和歪脖子、霍树楠一伙歹人的要求，会受到匪徒各种各样的折磨和侮辱，她想自杀，到阴曹地府去告状，便用手摸着，拿起了身边一块石头，想用石头砸碎脑袋，可是一天没有吃饭，手上没有力气，拿起石头砸到脑袋上，只砸破了一层皮，石头落在了身边。

山洞口传来了声音，似乎有人被蒙住了嘴发出的喊叫，很快，声音没有了，一会儿响起了轻轻的脚步声，一个熟悉的声音在轻轻地喊："大头领！大头领！你在哪里？"

刘翠花听出来了，是霞姑的声音，霞姑带着人来救她了，刘翠花心里激动，张开嘴巴没有喊出声，"咚"的一声，身子斜歪着倒下了，昏了过去。

刘翠花清醒过来时，已经到了铁山寨外一片密林里，几个心腹守在身边，霞姑手里拿着一个碗在给她喂水喝。看到大头领睁开了眼睛，守候在身边的兄弟姐妹高兴得喊叫起来："大头领醒了！""好了！大头领醒了！大头领醒了……"

霞姑擦了擦脸上的泪花，说："大头领，得知你被歪脖子一伙歹人抓住了，兄弟姐妹们急坏了。现在好了，你被救出来了，我们又在一起了。"

旁边一个姐妹插嘴说："大头领，霞姑姐为了救你，带着人冒险进了山寨，开始以为你被关在自己的房间里，霞姑姐翻窗进了你的房间没有找到，急坏了，后来偷听了歹人们的说话，才知道你被关在了山洞里边，到山洞里找到了你。"

刘翠花十分感动，挣扎着要跪下给霞姑磕头表示感谢，吓得霞姑一把抱住了她的身子，说："大头领，千万不要坏了规矩，哪里有大头领给手下姐妹下跪的道理？"

刘翠花眼里闪着泪花，摇了摇头说："不，我已经不是大头领了，从现在开始，我们是生死相依的姐妹兄弟、地位平等的姐妹兄弟。好姐妹们，谢谢你们救了我，不然我会被宋大发、歪脖子、霍树楠一伙折磨死，侮辱死。"

一个姐妹插嘴说："真想不到二头领那么狠心，把自己的结发妻子往死里整。"

刘翠花咬牙切齿地骂起来："宋大发和我不是夫妻，他是和歹人一伙的，兄弟姐妹们，以后遇到他一定不要手软，要往死里整。妈妈早就警告过我，要我防着姓宋的，我没有把妈妈的话往心里放，才有了今天受的侮辱，我对不起妈妈。"

霞姑想起了一件事，接过话头说："大头领，不，刘家姐姐，今天晚上我到铁山寨你住的房间去找你，在你枕头边看到了一件胸口绣着花的小红袄，顺手放进了衣服口袋，我害怕以后见不到你了，想拿小红袄留作念头。现在你回来了，我该把小红袄还给你了。"

刘翠花接过了霞姑递过来的小红袄，想起了妈妈临终时交给她小红袄的情景，眼里又有了泪花。

第十三章 土匪要收保护费

东溪场大街小巷一夜之间贴满了铁山寨土匪的帖子，要求东溪场居住的人家，不论是做生意的，在铁厂、矿洞干活的，还是种庄稼的，都要向铁山寨交保护费。铁山寨上的土匪对东溪场十分熟悉，把交保护费的人分成了几个等级，像吴家、夏家、陈家几户开矿洞、铁厂，做矿砂、铁器生意的，收的保护费多，做工的，种庄稼的，在綦江河上走船的，收的保护费要少一些，貌似公平。土匪在张贴的帖子上声称，缴纳了保护费就会受到铁山寨的弟兄们保护，不会遭土匪强人抢劫，如果拒不缴纳保护费，会遭报复。铁山寨土匪的帖子还规定，保护费交到东溪场头一个瞎眼老太婆家，用纸包上，纸上写明交款人的姓名、住址以及交保护费的数目。

东溪场上的老百姓人心惶惶，到处都在议论铁山寨土匪要收保护费的事，按照帖子上规定的数目交吧，不少人家交不起，不交吧，不知道铁山寨上的土匪会怎样报复。

陈知农得知铁山寨土匪要收保护费的事，赶回了东溪场，召集中共东溪党小组的同志开了会，决定要保护老百姓利益，由陈知雄、陈大生去做东溪场上吴家、夏家、陈家几个大户人家的工作，其他同志做普通老百姓的工作，团结起来和土匪斗，不给铁山寨上的土匪交保护费。

吴宏宜开着矿洞、铁厂，土匪的帖子上规定每个月要交一大笔保护费，愁得他皱起了眉头，让家人去请夏河水、陈知生来商量对策。陈知生也为保护费的事发愁，大哥陈知雄来了，两人正商量对付铁山寨土匪的办法，吴宏宜派人来请，陈知生带着大哥一起到了吴家，刚好夏河水也到了吴家。

他一进吴家客厅就大叫起来：“吴家哥子，陈家兄弟，土匪要收保护费，怎么办？这帮土匪一个个如狼似虎，得罪不得，可是月月交保护费，不到年底我的铁厂、矿洞就要因为交不起保护费关门了。”

陈知生皱着眉头，长长地叹了一口气，说：“夏家哥子，吴大哥，你们开的矿洞、铁厂在铁山脚下，东溪场边，土匪轻易不敢去捣乱，我做铁器、矿砂生意经常出门，容易遇到土匪，铁山寨收的保护费高，我也只好关门停业，不做生意了。”

吴宏宜请客人们坐下，让家人泡上了茶，一脸愁苦的样子，说：“黎县长到綦江当了县长，请来刘营长清剿土匪，稍稍清静了两年。想不到铁山寨的土匪又猖狂起来，我们要商量一个对策，对付铁山寨上的土匪。”

陈知雄插上了话：“吴老板，夏老板，土匪要收保护费，不要理这伙歹人，我看铁山寨上的土匪是欺软怕硬，只要东溪场上的乡亲们团结起来，拧成一股绳和铁山寨上的土匪斗，大家都不交保护费。土匪敢到东溪场行凶，就让人到县城请来刘营长剿匪，赶跑铁山寨上的那帮土匪！”

夏河水摇了摇头说：“请县城的军队来剿匪恐怕有些不妥，军队不能长期驻在东溪场保护我们。土匪像狐狸一样狡猾，军队上山剿匪，土匪鞋底上抹油，早跑了，等到剿匪的军队走了，土匪又回来祸害我们了。”

陈知雄笑了笑说：“夏老板，你说得有道理，对抗土匪不能完全靠军队，我们可以组织护矿队、护乡队，铁山寨的土匪曾经攻打过铁厂，还袭击重庆来铁山调查铁矿砂的调查组，都是因为有护厂队、护矿队保护，铁山寨上土匪的阴谋才没有得逞。”

吴宏宜脸上有了笑容，挥着手大声说：“陈大哥说得有道理，不用理铁山寨上的那帮土匪，陈大哥，拜托你把护厂队的人重新召集起来，再多找一些人，不单要保护铁厂、矿洞，还要保护东溪场上的老百姓，护厂队要用的钱，我们吴家出。”

夏河水也喊了起来：“护厂队要用的钱，我们夏家也出，不去理会土匪敲诈的保护费，有钱给自己兄弟花。”

陈知雄挥了挥手说：“好，我去把东溪场上不怕土匪的年轻人组织起来，保护矿洞、铁厂和老百姓。”

刘翠花和她的心腹兄弟姐妹住在铁山上一个隐秘的山洞里，也知道了铁山寨土匪贴出帖子要东溪场开矿洞、铁厂，做铁器、矿砂生意，以及做工的、种地的人缴纳保护费的事。刘翠花气得大声骂：“宋大发、歪脖子、霍树楠这群狼心狗肺的东西，不想让东溪场的老百姓活了，不能让这些歹人活得痛快舒服，不能让他们去收保护费祸害老百姓。”

霞姑插嘴说：“大姐说得对，不能让这些霸占了我们山寨的歹人祸害老百姓，不能让他们收到保护费。”

一个兄弟有些担心地说：“刘大姐，霞姑妹子，宋大发、歪脖子、霍树楠一伙现在人多势众，我们人少，打不过他们，怎样才能阻止这伙歹人收保护费？”

刘翠花也在为怎样阻止歹人强收保护费而动脑筋，皱起了眉头。一旁的霞姑笑着说话了：“大姐，我们不和宋大发、歪脖子、霍树楠那伙歹人硬碰硬，只要躲在暗处下手打黑枪就可以了。不是有句话叫‘明枪易躲，暗箭难防’吗？”

刘翠花高兴了，称赞说：“霞姑妹妹有勇有谋，有霞姑妹妹出主意，不愁斗不垮宋大发那帮歹人。”她给手下心腹分了工，让他们换上种地做买卖人的衣服，有的躲在铁山寨附近监视歹人，看到三个五个、十个八个歹人出山寨就悄悄跟着，找机会袭击，有的到东溪场上装作赶场买卖东西的，走亲戚、访朋友的，发现有歹人祸害老百姓就出手相帮。

铁山寨上的土匪在东溪场大街小巷张贴帖子收保护费，是宋大发、歪脖子、霍树楠商量好既能敛财又能给矿洞、铁厂制造混乱，一箭双雕的阴谋。宋大发接到日本特务机关的指令，要在铁山脚下矿洞、铁厂的老板及工人中制造混乱，进而破坏矿洞、铁厂生产，破坏中国西南地区经济建设。宋大发苦苦思索，他手下的两个大将，歪脖子和霍树楠都是无利不出力的家伙，让他们散布谣言，到矿洞、铁厂动手脚，闹出动静搅乱人心，吓唬矿洞、铁厂的工人捞不到多少油水，引不起他们多大兴趣，于是想出了收取保护费的阴招。宋大发心里盘算，多少会有一些人被铁山寨张贴出的帖子吓着来送保护费的，在山寨里坐等就会有利。如果再派人下山惩罚一两个拒不缴纳保护费的人，吓唬一下东溪场上的老板以及普通百姓，会有更多的人送上保护费，获得的利更多。这种不用花费多少力气，不用担多大风险就能获得大利的事，歪脖子、霍树楠一定会争着去干。果然，歪脖子和霍树楠听了宋大发的主意，拍着双手叫起了好。

不过这伙歹人没有料到，东溪场上不论当老板的还是做工的、种地的，很多人都没有被铁山寨的帖子吓到，三天过去了，五天过去了，十天过去了，只有五六户做小生意的人按照帖子上的规定交了保护费，开矿洞、铁厂，做铁器、矿砂生意的老板，以及大多数在铁厂、矿洞做工的，种庄稼的，都把铁山寨收取保护费的规定当成了耳边风，没有理睬。

铁山寨上的三个土匪头头气坏了。这一天，三个歹人聚到一起商量对策，歪脖子瞪大了眼睛大叫："东溪场上的人都吃了秤砣铁了心，要和铁山寨对着干了，我要带人到东溪场上去大开杀戒，看他们还敢不敢不缴纳保护费。"

霍树楠跟着叫起来："对，要让东溪场上的那些混蛋吃一些苦，知道铁山寨的厉害，我也下山到东溪场上去，我们要闹他个天翻地覆！"

宋大发摇了摇头说："两位兄弟说得对，要带人到东溪场上去惩罚一下不缴纳保护费的老板，不过不能把动静闹得太大，县城里驻着姓刘的带的一营官兵，现在还不能惊动他们。不过动静也不能太小，我们派兄弟下山，或烧一两个老板的房子，或捆一两个老板家里的小孩，杀一儆百，让东溪场上的老板害怕，乖乖地交来保护费。"

歪脖子高兴地叫起来："大头领，你的主意好，我们就派兄弟下山去绑陈老板家里的人，姓陈的一家仗着有人在县政府做事，专门和我们作对。上次在岩洞坝，如果不是姓陈的帮助那些调查铁矿的外来人，我们不会失手。"

宋大发点了点头说："对，去绑架陈家的人，让那个姓陈的老板倾家荡产，拿钱来赎人。"

铁山寨上的歹人决定对东溪场上的陈老板动手了。

刘翠花化装成了一个老太婆，脸上涂了蜡，黄黄的，背上塞进了一个小包袱，看上去背驼了，头上包了一块脏兮兮的白帕子，遮住了大半边脸，身上穿的衣服，补丁上缝着补丁，还发出一股臭味，一手握着一根破竹竿，一手端着一个破饭碗，装成了要饭的叫花子，翻山越岭进了东溪场。她在东溪场大街上慢吞吞地走着，嘴里叽里咕噜说着要饭人讨要东西的话。突然，刘翠花在大街上看到了也化装成叫花子的歪脖子，仇人相见，分外眼红，刘翠花紧紧盯住了歪脖子。

歪脖子带着两个土匪到东溪场上，要绑架陈家的人。他知道做铁器、矿砂生意的陈知生家在什么地方，白天来来往往的人多，不好下手，歪脖子打定主意，等到黄昏时找机会下手。陈知生家只有一个女儿，名字叫陈秀芳，只有四五岁。歪脖子的一双贼眼睛，盯在了小秀芳身上。

刘翠花猜出歪脖子到东溪场要干坏事，暗中吩咐一起到东溪场的两个姐妹，三个人六只眼睛一刻也不放过歪脖子。

太阳落山，天快黑了，刘翠花藏在一个墙角，看见歪脖子鬼头鬼脑地进了一条小巷子。巷子里一个小女孩在玩耍，一户人家屋里传出呼喊的声音，小女孩答应着要回家。歪脖子几步蹿过去，一手紧紧捂住小女孩嘴巴，另外一只手从口袋里掏出了一样东西塞进小女孩嘴里，小女孩身子软软地倒下了。正当歪脖子要背起小女孩逃走时，一块石子飞来，不偏不斜，刚好打在歪脖子脑袋上，歪脖子手软了，孩子掉到了地上，接着又飞来一块小石子，打到了歪脖子脸上。歪脖子和暗中跟随他的两个匪徒知道遇到了高手，放弃了绑架陈家小女孩的打算，脚板底下抹油，逃走了。

刘翠花和她带来的两个姐妹救了陈知生的小女儿陈秀芳。歪脖子回到铁山寨，越想越气，他自以为上山当土匪二十多年，经历过不少大风大浪，想不到竟然在一条小阴沟里翻了船，绑架一个不过四五岁的小娃娃失了手。特别让他恼火的是，被人打伤了，出了血，竟然不知道打他的是什么人，打在额头上的小石头是从什么方向飞来的，他认为陈家一定是花大价钱请来了高手看家护院。

歪脖子咽不下这口气，他要报复陈家。这天傍晚，他喝了酒吃了肉，醉醺醺地闯进了已经成为铁山寨大头领宋大发的房间，正巧霍树楠也在这里说事，歪脖子瞪圆了一双红眼睛，嘴里吐着酒气大声嚷："大头领，霍团长，我在东溪场上不明不白遭人黑打，这口气咽不下去，我要带着兄弟们再到东溪场去抓陈家的人，烧陈家的房子，报挨了两石子的仇。"

宋大发摇了摇头，轻轻叹了口气，责备说："歪脖子，以后要少喝一点酒，你跟着我是要干大事，不是干一些偷鸡摸狗的小事，不要为喝酒误了事。"

歪脖子争辩说："宋大哥，我是心里憋着气才喝醉了酒，以后听你的，戒酒。不过大头领，你要想办法帮我报那两石子的仇。"

霍树楠插话说："歪脖子，你不明不白挨了两石子，说明东溪场上的人，不论陈家还是吴家、夏家，可能都做了准备，不能冒冒失失再去东溪场了。"

宋大发点了点头说："霍团长说得有道理，我们要想一个法子，在东溪场外面动手，让东溪场上的吴家、陈家，还有夏家知道铁山寨的厉害，乖乖地把保护费送来。"

歪脖子歪着脑袋想了一会儿，突然一拍大腿叫了起来："对，我们在东溪场外面动手。陈家是做铁器、矿砂生意的，他的铁器、矿砂常常用船运往綦江县城和重庆码头，派人下山盯住东溪场上水码头的船，发现有船装运铁器和铁矿砂就报上山寨，我们在綦江河上动手，拦船抢东西。"

宋大发脸上露出了笑容，伸出大拇指夸奖道："歪脖子是聪明人，一点就透，跟着我好好干，以后前途无量。"其实，宋大发早就有了劫船的想法，不单单为了惩罚东溪场上的陈家和吴家，他心里更大的阴谋是切断铁山矿区和外界运输的水上通道，破坏铁山矿区的生产和建设。

吴宏宜家的铁厂铸成了一批川西盐厂熬盐的大锅以及城里人煮饭炒菜用的小锅，经陈知生的手卖给了川西盐厂的老板和重庆城里的商店。陈老板选择綦江河上孙老大家的船运货，让孙老大把大小铁锅运到重庆水码头。孙老大知道铁山寨上的土匪要收保护费，接到了勒索信，他见东溪场上大多数人没有交保护费，也没有交。陈知生知道孙老大没有交保护费，也知道土匪没有收到保护费可能要采取报复行动，便选了一个没有月亮，又下着小雨的晚上，请搬运工把大小铁锅搬上了船，还把孙老大请到家里，千叮咛万嘱咐要孙老大小心谨慎，不要让铁山上的土匪劫了船上的货。

孙老大拍着胸脯说："陈老板，你把心放进肚子里，我们半夜装货，神不知鬼不觉，我还会让女儿把船上的货盖上稻草，让人以为是装稻草的船，不会出事的。”

陈知生心里仍然悬着一块大石头，说：“孙老大，孙船主，俗话说，小心驶得万年船，一定要小心谨慎。”

孙老大辞别陈知生回到船上，叫上女儿和两个船工，天刚刚亮就开了船。

孙老大大意了，他没有料到铁山寨上的土匪在东溪场水码头设了暗哨，一个伪装成叫花子的探子把东溪场水码头上的一举一动打探得清清楚楚，看到铁锅装上了孙老大的船，悄悄地报告给了歪脖子派到东溪场上取情报的人。

孙老大在船尾掌着舵，女儿孙晓兰和两个船工提着船篙站在船头，从东溪场到綦江县城是下水，河道狭窄，暗礁浅滩多，船上的舵手和船工稍不注意，船触了礁或闯上浅滩，轻者需船工脱衣下水修补损坏的船底，把船推回航道，耽误行程，重者船毁货损，因此在綦江河上走船，特别是下水船，船工需瞪大眼睛观察两岸的山势和水情，竖起耳朵听水流和船行的声音，及时搬动船舵和伸出船篙。不过孙家父女和两个船工都是在綦江河上走了多年船的老舵手、老船工，熟悉綦江河水下的每一块礁石和每一处浅滩，尽管天还没有大亮，四周黑黝黝的，仍然熟练地驾着船向下游驶去。

终于，黑幕退去，天亮了，太阳出来了，金灿灿的阳光给山山水水刷上金黄的颜色，綦江河上泛着金色的浪花，四周起伏的群山、山间奔腾的河水在金色阳光的照耀下，既十分壮观又显得有些神奇。

孙晓兰提着船篙站在船头，她违心地拒绝了陈家哥哥的爱，很久没有见到他了，父亲曾经托媒人给她找过一个婆家，孙晓兰没有拒绝，但也没有答应，媒人几次邀她到男人家里去看一看，和男人见一面，孙晓兰都没有答应。姑娘处在了十分矛盾的心态中，既忘不了陈家哥哥，又因为自己是一个船家女儿，不想高攀在县政府做事的陈家哥哥。

孙晓兰站在船头唱起了山歌：

哥哥骑着大白马，
妹妹河边洗衣裳，
很想拦马叫哥哥，
又怕马蹄把妹伤。

“砰！”一声枪响，岸边山崖上出现一群挥舞着长短枪支，恶狠狠叫喊的土匪。

“船老大，快快把船靠了岸，交上保护费才准通过！”

“船老大，我们知道船上装的是陈家运的铁锅，陈家没有交保护费，要补交了保护费才能让船通过！”

孙老大大吃一惊，心里悬起了一块大石头，额头上有了汗珠子，他怕土匪开枪伤了女儿，赶忙叫孙晓兰躲进了船舱，让一个船工退到船后替自己掌舵。他来到了船头，害怕被土匪的枪打着，趴在船板上大声喊：“岸上的好汉，船上装的是稻草，不是陈老板家的货，求求好汉放过我们，等到回到东溪场，我们一定去交保护费！”

“砰！”子弹擦着孙老大的头皮飞过，把船上的竹棚打穿一个大洞，一个土匪站在岸边山崖上恶狠狠地骂起来：“姓孙的老杂种，不要用谎言欺骗老子，你船上装的是运到川西盐厂的大铁锅和重庆城头的小铁锅，老老实实把船靠了岸，交足了保护费，老子放你们过去。要想硬闯过去，等到拦停了你们的船，老子不仅要船上的货，还要你船上的人！”

孙老大一面装出一副可怜巴巴的样子应付土匪，一面暗暗吩咐两个船工和女儿孙晓兰准备闯过土匪设下的关口。他知道土匪一定在河上放了拦河绳，让船工把一把斧子递到了手里，离土匪喊话的江边山崖越来越近，已经看得见河里的拦河绳了，孙老大猛地站起身，一手拿着船篙从河水中挑起拦河绳，一手挥舞斧头砍断了拦河绳，河水冲击着货船，冲过了土匪喊话的山崖。

孙老大松了一口气，正在为冲过土匪的拦河绳高兴，不料前方狭窄的河道边山崖上又出现了土匪。“砰砰砰”，一阵乱枪打来，船被子弹打穿了好几个洞，有地方漏了水，河水涌进了运货船。

歪脖子站在山崖上挥舞着手中的枪，恶声恶气地吼叫着：“孙老大，我看你是王八吃秤砣，铁了心要和铁山寨作对，今天我设下了天罗地网，你插上翅膀也飞不过去。老子说话算话，不单要你船上的货，还要你船上的人，男人给铁山寨当苦力，漂亮女人陪老子睡觉……”

歪脖子在綦江河里设下了三道拦河绳，终于，孙老大的运货船被拦住了，几个土匪“扑通扑通”跳下了河，浮水来到了运货船边。两个土匪正往船上爬，突然，“砰砰”两声枪响，已经爬上船的土匪被子弹击中，又“扑通！扑通”掉进了河里。

歪脖子心里燃起了一把火，跳起双脚恶狠狠地骂：“哪里来的王八蛋？不敢站出来刀对刀枪对枪地和老子明干，躲着打黑枪不算英雄好汉！”

“砰！”一声枪响，一颗子弹擦着歪脖子头皮飞过，他觉得头顶上火辣辣的有些疼，赶忙用手摸，摸了一手的血，吓得一屁股坐在了地上。

一个小土匪看到了子弹飞来的方向，指着山崖上一个树丛大声叫：“快看，有人藏在树丛里打黑枪！”一群土匪顺着小土匪指的方向“乒乒乓乓”一阵乱枪打去，树丛中没有再响起枪声。不过，另外一个山崖后又响起了枪声，两个土匪被打中了，一个被打中了耳朵，用手捂着满是鲜血的半边脸又哭又叫，一个被打中了屁股，躺在地上爬不起来，哭着喊着叫着屁股疼。

孙老大看到歪脖子和岸上企图拦船抢劫的土匪被不知哪里冒出来的枪手打得哭爹喊娘，顾不上拦船抢劫了，手提斧头砍断了拦河的绳索，还让船工用破衣服堵住了被土匪打穿漏水的船帮，驾着船驶向了下游。孙晓兰眼睛尖，看到藏在草丛中向歪脖子一伙土匪打枪的是几个女人。

歪脖子带着手下兄弟下山，原指望拦下孙老大的运货船，抢了船上的货和人，让东溪场上吴老板、陈老板用钱来取货取人，他万万没有想到，打好的如意算盘落了空，不仅没有拦下船，还伤了好几个弟兄。

几个土匪被打伤，还有一个掉进綦江河里送了命，歪脖子的脑袋也挨了枪子，差一点送了命，他垂头丧气地带着手下残兵败将回到铁山寨。两次遭人暗算，连对手的人影子都没有看到，歪脖子觉得没有脸面见宋大哥和霍团长，回到山寨钻进了自己的房间，衣服也没有脱就上了床，用被子蒙头遮脸盖个严严实实。到了吃饭的时间，手下送来饭菜，歪脖子吼着叫着，要手下兄弟把饭菜端回去。

歪脖子不吃不喝，在床上蒙头睡了一天一夜，宋大发知道了。歪脖子是他手下的大将，虽然贪财好耍女人，做事不过脑子，但心狠手辣，只要给了钱，不论什么事情都敢去干，宋大发要完成特务机关交给的任务，少不了要歪脖子这样的人做帮手，于是去歪脖子房间看望。

歪脖子用被子蒙住脑袋躺着，听到了宋大发的声音，忍不住掀开被子坐起了身，吼叫起来：“宋大哥，我和兄弟们遭了黑手，挨了黑枪，丢了铁山寨的脸面，宋大哥，你把我赶出山寨吧，我不配做铁山寨的头领了。”

宋大发走到床边，用手拍了拍歪脖子的肩头说：“好兄弟，不怪你，对手太狡猾了，每次都躲在暗处下手，让兄弟们防不胜防。”

歪脖子穿好衣服下了床，大声说：“宋大哥，我不能白挨了对手的子弹，兄弟们不能白死白伤。我要报仇，带着手下兄弟去寻找打黑枪的混蛋，哪怕磨穿十双八双鞋子，也要找到他，千刀万刀剐了他！”

宋大发叹了口气，摇了摇头说：“铁山那么大，还有铁山周围的大山大河，你到哪里去寻找？好兄弟，我们要报仇，不过不能鲁莽行事，要想出一个报仇的好法子。”

宋大发让土匪拿来了饭菜，守着歪脖子吃了，两个人一起到了铁山寨大堂，让手下兄弟叫来了霍树楠，三个土匪头头聚在一起商量起了报仇的事。

歪脖子恨得咬牙切齿，大声说：“打我黑枪的一定是东溪场上的人，是东溪场上吴家、陈家请来的。那天我们袭击的船装的是陈家的大小铁锅，一定是陈家请来的人打了我们的黑枪。”

宋大发点了点头说：“对，东溪场上的陈家是我们的老对手了，几次让我们吃了大亏，我们早晚要除掉陈家。不过现在还不是时候，陈家在东溪场上住了几辈子，根子深，他家的老三又在县政府做事，明着斗，我们不是对手。”

霍树楠插话说：“对，宋大哥说得有道理。陈家老三在县政府很受县长器重，现在去碰陈家，恐怕打不着蛇反被蛇咬一口。”

歪脖子性子急，大声说：“不找陈家报仇，找谁报仇？宋大哥，拿个主意出来，兄弟我照着去做。”

宋大发眯着眼睛想了一会儿，一巴掌拍在身前桌子上，大声说：“我们先找软柿子下手，铁山寨在东溪场上张贴了要收保护费的帖子，东溪场上的吴、陈、夏三大家都敢不交，一定请了高人暗中保护，我们不去碰他们，也不去动东溪场上的人，选一个住在东溪场外，又同吴、陈、夏三家有关联的人家下手，既避开了吴、陈、夏三家请来的高手，又能伤到他们。”

歪脖子高兴地叫起来：“宋大哥主意好，我想到了一户人家，这次帮陈家运铁锅的孙老大和他的漂亮女儿。吴家、陈家每次运货到綦江或重庆都找的是孙老大，到岩洞坝运走调查组什么鬼矿石的也是孙老大，孙老大的家在离东溪场三里路的綦江河边，去绑了孙老大的漂亮女儿，让孙老大拿钱来赎。拿不来钱，我们就睡了他的漂亮女儿，然后卖到窑子里去。”

宋大发脸上露出阴险狡诈的笑，点了点头说：“对，就去绑孙老大的女儿，东溪场上不少人认识歪脖子，这次绑孙家女儿你不要去，让霍家兄弟去。找几个认识路的兄弟带路，绕过东溪场，白天也不要下手，天刚黑或天要亮时动手。”

铁山寨上的土匪发帖子要东溪场上铁厂、矿洞老板以及老百姓缴纳保护费的事传到了綦江县城，黎县长派熟悉东溪场的陈知农回东溪场了解情况，以便制定剿匪安民的对策。

陈知农又一次回到了东溪场，爬山到了大哥陈知雄的家。陈知雄刚刚从吴家矿洞下班回到家里。陈知农听大哥讲了东溪场上老百姓抱团不给土匪交保护费的情况十分高兴，听说土匪抢劫綦江河上的运货船时遭人在暗处开枪袭击了，心里有些奇怪，他想弄清楚事情真相，问：“大哥，你知不知道是什么人在暗中帮我们，与土匪作对，躲在暗处开枪打土匪？”

陈知雄也是一脸疑惑，摇了摇头说：“东溪场上的人传遍了，有人暗中打土匪，保百姓，有人说是观世音菩萨显了灵，暗中帮助老百姓，我也猜不出到底是什么人在暗中打土匪，保护老百姓。”

陈知农皱起了眉头，说：“打土匪，保护百姓是好事，为什么不现身让人知道呢？”

陈知雄似乎想起了一件事，说：“三弟，你记不记得在岩洞坝，土匪突然停止袭击的事，那次我看到土匪群中有一个女人长得很像妈妈，是不是她在阻止土匪伤害老百姓？”

陈知农脸上露出了欣喜的神色，不过一瞬间就消失了，摇了摇头说：“大哥，我知道你说的那个阻止了土匪进攻、很像妈妈的女人，怀疑是失踪多年的小妹妹，不过这种可能性太小了。这么多年了，不知道小妹妹还在不在人世，即便在人世，又在什么地方？”

陈知农在大哥家吃了晚饭，想到父母坟前看一看，陈知雄陪他来到小树林深处父母坟前，陈知农流着眼泪跪下磕了头，他想多坐一会儿，陈知雄陪着小弟……

天完全黑了，月亮升起来，刮起了风，带来了凉意。终于，兄弟俩站起身往家里走。父母的坟墓离陈知雄的家不远，只有半里多路，不过要穿过一片密林，走过一个山弯，陈家兄弟走着，迎面来了几个人，其中一个人背着装满稻草的大背篼。陈知雄看到背背篼的人，觉得有些奇怪，稻草应该比较轻，可是背着背篼的人似乎十分吃力，大口大口喘着粗气，而且背篼里好像有响动，隐隐约约可以听到“咕噜咕噜”的响声。陈知雄轻轻拉了拉小弟的衣袖，悄悄给他递了个眼色。这时，一个草帽戴得很低，遮住了半边脸的人从陈知农身边走过，月光下陈知农觉得这个人似乎认识，他想了想，突然醒悟过来，这个人是曾经担任綦江县团防局副团长，贩卖鸦片烟暴露后逃上山当了土匪的霍树楠。

霍树楠听从宋大发的安排，带了三个小匪徒下了山，没有从东溪场经过，而是在熟悉山路的匪徒带领下，翻山越岭穿密林，走小路到了船工孙老大家附近，在一片密密的树林里躲藏起来。这一天天刚亮，孙老大带着女儿运货到綦江县城，天快黑了才回到东溪场水码头，父女俩肚子饿得慌，在水码头旁边一家小面馆一人吃了一碗担担面。孙老大知道自己得罪了铁山寨上的土匪，害怕土匪报复，派人下山半夜毁船，砸了父女俩的饭碗，决定留在船上看守，让女儿孙晓兰一人回家。孙晓兰累了一天，疲惫不堪，回到家洗了脸和脚，脱了衣服上了床，刚刚闭上眼睛，就听到房门发出“吱吱”的响声，开始以为是闹耗子，没有在意，后来听到声音大了，还依稀听到门开的声音，正准备下床点灯去看，被人猛地按住了，嘴里塞进了一团臭布，喊不出声，紧接着一双手和一双脚被紧紧地捆绑起来，塞进了一个大麻袋，装进了背篼。孙晓兰知道自己被绑架了，拼命挣扎，想挣脱绳索，可是绳索捆得很紧，挣脱不开。孙晓兰大声喊叫，嘴里塞着臭布，喊不出声，只能发出“咕噜咕噜”的声音，她不知道等待着自己的会是什么厄运，特别害怕，眼里涌出了泪。

陈知农认出了霍树楠，喊叫起来：“大哥，这些人是土匪，抢下背篼，里面装的一定是土匪抢来的东西！”

霍树楠也认出了陈知农，吓了一大跳，他心里十分清楚，尽管爬山越岭走山路，但离东溪场不会太远，必须赶紧想办法脱身，不然被东溪场上的人抓住，会有杀身之祸，于是大叫一声：“兄弟们快跑！”像兔子似的一头钻进了山路旁边的一片密林。两个空着手的匪徒见霍树楠钻进了密林，也紧跟着钻进去，背着背篼的匪徒见状，扔下背篼，连滚带爬地逃走了。

陈家兄弟顾不得追赶匪徒，急忙掏出背篼里的稻草，解开了大麻袋上的绳索，看到被捆得像粽子似的、满脸是泪的孙晓兰。陈知农和陈知雄都吃了一惊，兄弟俩赶忙去解孙晓兰手脚上的绳索，绳索捆得很紧，解不开。陈知农心里着急，一头一脸的汗，用牙齿去咬孙晓兰身上的绳索，用的力气大，一颗牙齿咬掉了，满嘴是血，终于解开了捆住孙家姑娘手脚的绳索。

孙晓兰艰难地站了起来，满脸的泪，想说几句感激的话，嘴唇动了动，没有发出声音，突然“扑通”跪下了，趴在地上“咚咚咚”磕起了头，慌得陈知农、陈知雄急忙伸手去扶。

陈家兄弟救了被土匪绑架的船老大女儿。

霍树楠带着紧跟在身边的匪徒，狼狈地逃回了铁山寨，半夜三更闯到了宋大发住房的门前，拍响了门。当上了铁山寨大头领后，宋大发新近让匪徒从附近农民家里抢了一个十八九岁的姑娘做压寨夫人，这个姑娘长得白白净净，有一双水汪汪的大眼睛。当时宋大发正脱光了衣服，抱着姑娘寻欢作乐时，被霍树楠打扰了，心里很不高兴，慢吞吞地起了床，穿好了衣服，从房间走了出来。

霍树楠一肚子委屈，大哭起来：“大头领，要想办法对付东溪场上姓陈的，要报仇啊！”

宋大发大吃一惊，听霍树楠讲了事情的经过，紧紧皱起了眉头，他没有料到东溪场上的人这么难对付，歪脖子下山两次都遭了暗算，损兵折将，霍树楠下山碰上了陈家兄弟，同样损兵折将，大败而回。宋大发想到，如果不想办法制服东溪场上的人，他和手下心腹会在铁山寨上困死，没有办法完成日本特务机关交给的任务。宋大发越想越生气，越想越感到害怕，头上冒出了冷汗，终于大声道：“来人啊，快去找歪脖子，要商量一个办法制服东溪场上的人，把姓陈的、姓吴的制得服服帖帖。”

一个匪徒叫来已经做了铁山寨二头领的歪脖子，听说霍树楠绑来的孙晓兰半路上被陈家兄弟救走了，歪脖子气得瞪大了眼睛叫起来：“姓陈的，又是姓陈的挡了我们的道。宋大哥，不能轻饶了姓陈的一家人，你要亲自出马，带着山寨上的所有兄弟杀到东溪场，抓住陈家兄弟点天灯，让东溪场上的人知道铁山寨的厉害，乖乖地把保护费交上来。”

宋大发皱着眉头，摇了摇头说：“我们要让陈家兄弟知道铁山寨的厉害，让东溪场的人乖乖地交来保护费，不过不能让山寨里的兄弟倾巢而动，不能都带到东溪场上去，一是动静大了，引来官兵，我们要吃亏，二是我们带着所有兄弟下了山，让和我们作对的人知道了，趁铁山寨空虚占了山寨，我们会吃大亏。”

霍树楠恭维起了宋大发，竖起大拇指说：“宋大哥想得周到，对付姓陈的不能把动静弄得太大，不能把兄弟们都带下山。”

歪脖子急得直抓头发，大声说：“宋大哥，你有什么对付陈家兄弟的好法子，快说出来，我们都听你的。”

宋大发眯着眼睛想了一阵，终于想出了一个对付东溪场上陈家兄弟的办法。

一天傍晚，宋大发、歪脖子带着一些匪徒下了山，偷偷走密林中的茅草小路，往东溪场方向进发。不过他们的行动被潜伏在铁山寨寨门附近密林中的霞姑看到了，霞姑急忙回山洞报告。刘翠花知道宋大发、歪脖子又要到东溪场害人，带着霞姑和两个心腹姐妹匆匆下了山，在东溪场边一片密林中找到了宋大发、歪脖子一伙歹人的踪迹。刘翠花见宋大发和歪脖子分开了，两个人各自带了一些手下兄弟，一个往铁山矿方向去了，一个往位于东溪场边的一座小山去了。刘翠花也和霞姑分了手，一人带了一个姐妹，刘翠花尾随宋大发，霞姑尾随歪脖子。

宋大发想出来对付陈家兄弟的办法是兵分两路，一路由歪脖子带着人到东溪场边吴家铁厂，寻找机会炸了铁厂，如果找不到炸铁厂的机会，也要弄出响动，吸引住在小山上的陈家大哥陈知雄和他的工人兄弟，再由宋大发亲自带着人趁机到小山上，炸了陈家的矿洞，抓走陈知雄家里的人，逼着陈家兄弟交上保护费。宋大发和歪脖子心里都很清楚，东溪场只要制服了陈、吴两家，其他人家都会吓得胆战心惊，乖乖地交上保护费，并且从此不再敢与铁山寨作对。

然而，宋大发忽视了紧紧盯住他们的那一双双眼睛……

陈知雄知道因为没有按照铁山寨土匪帖子上的要求缴纳保护费，铁山寨上的歹人不会善罢甘休，特别是铁山寨上的匪徒袭击东溪场运铁锅的船，绑架东溪场上的人都遭到失败，匪徒们恼羞成怒，一定会采取更大的报复行动。他遵照小弟陈知农的吩咐，和二弟陈知生、吴家老板吴宏宜、夏家老板夏河水商量后加强了东溪场上的防御，并和陈大生一起找来一些工人兄弟组成了防匪队，用铁厂、矿洞护厂护矿的枪支、大刀武装了起来，随时准备抵抗铁山上的土匪。

过了立秋，天气一天比一天凉，吴宏宜、陈知生、夏河水一起接了川西坝子盐厂的一个大订单，一个月内要交给买家三百口熬盐的大锅，时间很紧，炼铁铸锅需要的矿砂多，吴家、夏家矿洞生产的矿砂供不应求，吴宏宜希望陈知雄的矿洞也加紧生产，多出一些矿砂炼铁铸锅。陈知雄在矿洞里摸爬滚打几十年，成了矿洞里采矿砂的行家，他担负着吴家矿洞采矿时观察矿层，保证采矿工人安全的重任，还要管好自己矿洞的开采，白天晚上都很忙。陈知雄和陈大生分了工，这一天，陈大生带着护厂队保护吴家、夏家的矿洞和铁厂，陈知雄则回家照看自家的矿洞采矿砂。

天黑了，陈知雄在自家矿洞里交代了工人采矿砂时要注意的安全等事项，肚子饿得咕咕叫，正想回家吃饭，突然听到吴家、夏家铁厂传来“乒乒乓乓”的枪声，吓了一大跳，赶紧在矿洞里叫了两个工人兄弟，带上放在矿洞里准备自卫的枪，准备赶往枪响的地方支援陈大生带领的工人兄弟打土匪。

吴家铁厂前，陈大生正带着护厂队员抵御着歪脖子所带匪徒的进攻。歪脖子本来想偷偷地摸进铁厂，把带来的炸药放在高炉附近，点燃炸药“轰隆隆”一声炸塌高炉，制造响动吸引来小山上陈家矿洞的陈知雄。因为炸塌了炼铁高炉可以造成恐慌，吓住姓吴的老板和东溪场上的老百姓，让他们知道铁山寨土匪的厉害，乖乖地缴纳保护费。歪脖子和手下兄弟的行动十分谨慎，走路轻轻的，没有让看守铁厂高炉的人发觉。眼看着离铁厂高炉越来越近，歪脖子正在暗暗高兴，不料身后一片草丛里突然响起了枪声，因为天黑，打枪的人看不清楚目标，子弹从歪脖子身边飞过，没有伤到他，可是枪声惊动了防守铁厂的护厂队员。

陈大生听到了枪声，知道土匪来袭击了，带着人搜寻，终于发现了歪脖子和他带来的匪徒，双方开了枪，“乒乒乓乓”打了起来。歪脖子和匪徒手里的枪好，而且带来的匪徒一个个都经过挑选，全是不怕死的亡命徒，一边打着枪一边怪声叫着往前冲。陈大生和护厂队员拼命抵抗，土匪攻到了高炉附近，陈大生能看清土匪一张张凶恶的脸了，一个匪徒跳起身，举着炸药包要点燃往高炉旁边扔，千钧一发之际，“砰”的一声枪响，举着炸药包的匪徒手臂挨了一枪，手软软地垂下了，手里的炸药包掉在了地上。

歪脖子知道又遇到不明不白的人在暗处打黑枪，气得咬牙切齿，大声号叫起来：“哪儿来的王八蛋？敢打老子的黑枪，我要抓住你咬碎了生吃下肚子！”他让手下匪徒掉转枪口，朝着子弹飞来的方向胡乱打起了枪，可是没有人还击，到处黑黝黝一片，找不到打枪的人。

歪脖子命令手下匪徒又调回了枪口，继续朝铁厂高炉进攻，眼看就要攻到高炉边上、把炸药扔向高炉了，关键时刻，匪徒们身后又响起了枪声，一个匪徒脖子挨了一枪，一脸一身的血，一个匪徒屁股挨了一枪，倒在地上爬不起来了。歪脖子急红了眼，再次让匪徒们掉转枪口开了一阵枪，同样无声无息，没有人还击。歪脖子带着手下匪徒到射来子弹的草丛树林里搜查，没有找到人。

陈大生正在因为进攻的匪徒一个个如狼似虎而担心，害怕守不住高炉，看到有人在匪徒身后打枪，高兴了，大声鼓励护厂队员：“看，有人在帮我们打土匪，兄弟们不要怕，土匪遭到两面夹攻，一定攻不进铁厂！”

陈知雄听到铁厂方向传来的枪声越来越急，担心陈大生守不住铁厂，心里燃起了一把火，急得头上出了汗，带着人正往铁厂赶，听到身后也响起了枪声，惊得呆住了。他一下子明白，土匪下山袭击的目标不止一个，有吴家铁厂，也有自己家的矿洞。陈知雄有一些犹豫，不知道该赶往铁厂救援，还是该回到自己家的矿洞赶走土匪，保护矿洞。

宋大发带着匪徒气势汹汹地蹿到了陈家矿洞前，正在挖矿砂的工人见土匪来了，有的吓得扔了手里的铁铲往矿洞外逃，有的逃往矿洞深处躲藏，几个胆子大的工人拿起了大刀抵抗土匪的进攻。不过宋大发带的匪徒多，枪支好，一个个如狼似虎，大声呐喊着进攻，眼看就要攻到矿洞口了。一个匪徒点燃了炸药包要炸毁矿洞，“砰”的一声枪响，举着炸药包的匪徒被打倒了。宋大发气坏了，让身边一个匪徒捡起掉在地上的炸药包扔出去炸矿洞，又是一声枪响，刚刚捡起炸药包的匪徒又倒下了。

宋大发见有人躲在密密的树林里打黑枪，知道很难炸掉陈家矿洞了，带着手下匪徒扑向了陈知雄家，想绑走陈家人做人质，威胁陈、吴两家及东溪场上的人给铁山寨交保护费。

陈知雄听到了家里人的哭声和叫声，让身边的兄弟继续赶往铁厂协助防守，自己则回过身往家里飞奔，猛然看到自己家的房子已经着了火，妻子、孩子的哭叫声更响了。

宋大发带着匪徒冲进了陈知雄的家，抓了陈家的女人和孩子，放火点燃了房子，正在得意之时，一颗子弹从房子附近密林中飞出，手臂挨了一枪，疼得“哇哇”大叫起来。陈知雄赶回来了，矿洞里一些工人也赶来救火、救人。宋大发害怕被抓住，丢下了陈知雄的妻子和孩子，慌慌张张逃走了。

第十四章 一模一样的小红袄

刘翠花和霞姑带着手下兄弟姐妹回到了铁山上的山洞里，每天派两个人到铁山寨附近监视宋大发一帮匪徒的行动，其余的兄弟姐妹或到山里打猎，弄些山羊、兔子回来煮熟当饭吃，或到附近农户家里帮助干活。刘翠花手下的兄弟姐妹离开铁山寨时身上带有一些钱，用钱在附近农户家里买粮食吃。时间长了，兄弟姐妹们身上带的钱用完了，吃饭有了困难，刘翠花、霞姑开始为没有钱买粮食、买油盐发愁。

一天，山洞附近一个姓张的大妈给刘翠花送来一口袋苞谷，看到山洞里的兄弟姐妹把山里采的野菜当饭吃，皱起了眉头，挨着刘翠花坐下，摆起了心里话。

张大妈叹了口气说："刘家妹子，你们真是好人，帮我们干活，为我们撑腰，不让铁山寨的土匪欺负我们，把野菜当饭吃，也不向我们农家要粮食！"

刘翠花轻声解释说："张大妈，我手下的兄弟姐妹大多数是穷苦人出身，被逼上了山，我们被欺负过，不能去欺负人，宁愿吃野菜也不能像铁山寨里的歹人那样去偷去抢。”

张大妈拉过刘翠花的一双手轻轻抚着，好心劝说：“刘家妹子，你们是好人，宁愿吃野菜也不偷不抢，可是时间久了怎么办？男人要娶妻，女人要嫁人，年轻的时候不选个好女人娶了或找个好男人嫁了，人老了，干不动活了，谁来养活？好妹子，要想一想你手下的兄弟姐妹以后该怎么办？”

刘翠花愣住了，张大妈还在轻声劝说，刘翠花认真听着老人的话，紧紧地皱起了眉头。

张大妈走了。刘翠花想着张大妈说的话，越想越觉得张大妈说得有道理，她知道山洞里住着的兄弟姐妹都是同甘共苦多年的好兄弟、好姐妹，她可以为这些兄弟姐妹舍了性命，他们一个个也能为她舍了性命，她和他们即使吃野菜也愿意住在一起，可是正如张大妈所说，老了怎么办……

刘翠花想了一天一夜，咬着牙作了决定，让兄弟姐妹们各自回家娶老婆，嫁男人，做一个平平常常的人。她把兄弟姐妹们叫到身边，流着眼泪说出了自己的决定。正如刘翠花事前预料到的，兄弟姐妹听了她的话，一个个大喊大叫地表示反对。

一个兄弟瞪大了眼睛说：“大头领，你好狠心，要赶我们走！不行，我们生聚到了一起，死也要在一起，我不会离开大头领的。”

一个姐妹流着眼泪说：“大头领，我们聚在一起不容易，你不能赶我们走、要我们回家。”

霞姑明白刘翠花的苦心，帮着劝说：“兄弟姐妹们，大头领要我们各自回家是为了我们好，住在山洞里，兄弟姐妹们谁也不怕吃苦，可是老了怎么办？大头领不想耽误我们，才让大家回家。”

刘翠花眼里也有了泪，长长地叹了口气说：“兄弟姐妹们，都怪翠花没有能力，不能让大家永远聚在一起。以后无论是谁遇到了难处，翠花知道了一定全力相帮。”

一个兄弟插上嘴说：“大头领，即使回家，我们也要定下联络地点和联络方法，还要定出时间，或两个月，或半年相聚一次。”

终于，刘翠花说服了手下的兄弟姐妹，一个个依依不舍地离开了，山洞里只剩下刘翠花和霞姑。刘翠花看霞姑没有准备回家，好心劝说：“霞妹子，回家吧，找一个好人家嫁了，好好过日子。”

霞姑摇了摇头，眼里满是泪水，说：“大姐，我知道你没有家，回不了家，我走了，留下你一个人孤零零的怎么办？我不能走，兄弟姐妹们走了，我要留下来陪着你，一直到你有了家。”

刘翠花扑上去抱住了霞姑，抱得紧紧的，流着眼泪说：“好妹子，大姐没有家，大姐有霞妹子，大姐知足了……”

霞姑用手擦了擦脸上的泪，说：“大姐，霞姑听李婶说过，大姐曾经有家，我想帮大姐找到家，找到亲人。”

刘翠花松开了霞姑，语气凄凉地说：“家，我的家在哪里？亲人在哪里？我在土匪窝里待了快二十年了，又嫁给了手里沾满血的歹人，我的亲人会接受我吗？原谅我吗？”

天黑了，刘翠花想到李婶坟前祭拜，霞姑坚持陪着一起去，两个人穿了紧身衣裤，包扎了黑头巾，带着枪出了山洞。两个女人都有一身好功夫，尽管四周黑黝黝一片，仍然看得清方向，辨认得出山路，爬山崖，过小溪，不到一个时辰就到了铁山寨外一个小山梁，躲过了看守山寨大小道路的匪徒，进了山寨，到了山寨后面山梁上李婶的坟墓前。刘翠花不在山寨，李婶的坟墓成了无主的荒坟，坟头长满了野草和荆棘。

刘翠花和霞姑跪到了李婶坟前，昔日铁山寨的大头领满脸是泪，怕惊动山寨的匪徒，不敢大声啼哭，轻声哭着诉说：“妈妈，不孝女儿来祭拜了，不孝女儿没有听妈妈的话，糊里糊涂嫁错了人，害死了妈妈，自己也差一点丢了性命。女儿想回家，可是家在哪里？女儿还有脸回家吗？”

霞姑也是满脸泪水，轻声祈求说：“李婶，求求你了，保佑大头领回到亲人身边吧！大头领是好人，千错万错，她不该嫁了宋大发那个歹人，现在大头领被迫离开了铁山寨，她要有个家，她该有个家，求求李婶了，保佑大头领找到家，找到亲人……”

刘翠花和霞姑拜了李婶的坟墓，回到山洞。刘翠花躺在用树枝搭成的床上，脑子里塞满了家和亲人，想象着家和亲人的样子，眼里不停地流着泪。突然，她想起了妈妈临死前交给她的小红袄，想起妈妈交代一定要保存好的小红袄，刘翠花翻身坐了起来，从放衣服的包袱里翻找出了胸口绣着花的小红袄，用手抚摸着。刘翠花又想起妈妈临死前的嘱咐，知道自己和陈家有关系。但是自己怎么离开了家，到了铁山寨，成了刘胡子的女儿？虽然妈妈临终前断断续续说过，但她当时太过悲伤，情绪太过激动，竟然没有把这些极为重要的话听得太明白。她不知道，陈家是否还在找她这个走丢的女孩儿。更重要的是，自己曾经是铁山寨土匪大头领，尽管在妈妈的约束下没有做过伤天害理的事，但毕竟做过土匪头子，东溪场上声望颇高的陈家会认一个土匪做亲人吗？

刘翠花想着，眼泪不停地流着，一个晚上没有合上眼睛。天亮了，头疼得厉害，起不了床。霞姑到附近张大妈家讨草药。张大妈听说刘翠花病了，特意用新近收割的稻子碾成的米煮了一大碗稀饭，端到山洞给她吃。

张大妈听说刘翠花从小生活在铁山寨，不知道家在哪里，家里还有什么亲人，好心好意劝说："刘家妹子，你真是苦命人。姐妹们走了，你孤孤单单没有家可以回，好妹子，不要担心，没有家就到大妈家，大妈家里虽然穷，但只要不怕苦不怕累，红薯稀饭还是能够填饱肚子的，将来大妈帮你找一个好男人嫁了，就会有一个家了。刘家妹子，你是好人，善心人，好人有好报，将来一定会有一个和和睦睦的家。"

刘翠花十分感激地说："张大妈，好妈妈，我要是找不到亲人，一定到你们家，把你当成亲妈妈。"

张大妈走了，刘翠花喝了霞姑从张家拿来的草药，吃了张大妈送来的稀饭，头不疼了，身上有了力气，让霞姑陪着到山洞附近树林里打了一只山羊，扛着送到了张大妈家，答谢张大妈的稀饭。张大妈很高兴，硬要留刘翠花和霞姑在家里吃晚饭。张大妈的丈夫很早以前就死了，留下一个儿子，名字叫张永华，年龄跟刘翠花差不多。张家在山里种了两亩水田，因为在高山，水源不好，丰年收的稻子碾成米够吃半年稀饭，歉年收的稻子碾成米只够吃三两个月。好在山高，离附近乡场远，两亩水田是自己开荒开出来的，不用向地主交租子，田里产的粮食不够吃，就让儿子到树林里打些山羊、兔子拿到街上，卖了换回粮食吃。两年前张永华被国民党军队抓了壮丁，从此没有了音信，家里只剩下张大妈孤零零的一个人。

刘翠花和霞姑在张大妈家吃了晚饭，回到山洞躺下睡了。刘翠花想着寻找亲人，回到亲人身边，睡不着觉，拿出妈妈留给自己的小红袄，借着山洞口射进的朦朦胧胧的月光看着小红袄，妈妈临死前告诉她，这是她小时候穿的小红袄，胸口的小红花是她亲生妈妈绣的。刘翠花看着小红袄，用手抚摸着小红袄胸口的小红花，想着自己的亲妈妈，久久睡不着。过了半夜，刘翠花终于作出决定，带着小红袄下山，到东溪场上做铁器、矿砂生意的陈家去认亲人。刘翠花不期望陈老板能认她这个当过土匪大头领的妹妹，只希望确认自己是陈家的人，能到亲生父亲和母亲的坟前去磕个头。

刘翠花望了望挨着睡的霞姑，霞姑似乎睡着了，发出了轻微的鼾声，她不想打扰霞姑，希望霞姑回到自己的家里，和亲人团聚。

刘翠花轻脚轻手地出了山洞，怀里揣着小红袄，向山下走去。

霞姑没有睡着，她心里清楚，刘翠花一个人行动容易遇到危险。她不放心刘翠花一个人下山，要在暗中保护刘翠花，看到刘翠花起身离开山洞往山下走，便悄悄地跟在后面也下了山。

刘翠花到了东溪场边一片树林里，鸡叫了，天快要亮了，她不想大白天闯进陈家去认亲，便找了个隐秘的地方躲了起来。霞姑也跟随着到了东溪场边的小树林，像刘翠花一样找了一个隐秘的地方躲了起来，暗中保护。

刘翠花在树林里躲了一天，拿出小红袄仔细看着，眼里流出了泪，肚子饿了，到树林边红苕地里偷偷挖两个红苕，用衣服擦一擦生吃了，等待着天黑。霞姑也在树林里躲了一天，肚子饿了，也挖了两个生红苕吃了，她始终没有离开自己的生死姐妹。

日本侵略者在华北、华东屡屡挑起事端，打响全面侵略战争的企图十分明显，陈知农接到上级党组织指示，动员民众支持抗击侵略者的神圣战争。刚好中秋节到了，他借过节的机会回到了东溪场，在大哥陈知雄家召开了党小组会，传达了上级党组织的指示。二哥陈知生听说陈知农回来了，派人来请他和大哥一家去过节。三兄弟一起吃了中秋节的团圆饭，月亮升起来了，皎洁的月光洒在大地上，清清的山峦、淙淙流淌的河水，依山临河而建的一栋栋房屋，在月光下显得别有一番情趣。

孙老大父女提着月饼找到陈知生家里来了，孙老大非常感谢陈知雄、陈知农从歹人手里救回了自己的小女儿，借中秋节的机会买了月饼，到陈知雄家里表示感谢。他带着女儿爬到小山上，见陈知雄家门上挂着铁锁，向看守陈家矿洞的伙计打听，得知陈知雄全家人都到东溪场上兄弟家里过节了，于是下山到了东溪场，找到了陈知生的家。

陈家兄弟见孙老大父女提着月饼来送礼，十分意外，陈知生赶忙招呼客人坐下，笑着说："孙大伯，我们两家非亲非故，中秋节不用送礼。"

孙老大拉着女儿"扑通"在陈家兄弟面前跪下了，说："陈家侄子，今天我们是借中秋节来感谢你们救了我女儿的。中秋节是团圆的日子，如果不是你们救了我的女儿，我们父女也许会阴阳两隔。我早就想带着晓兰来表示感谢，可是听说陈家小侄子在县城里，平时不在家，今天过节会回来，我就带着女儿来了。"

陈知雄慌了，赶忙拉起了孙老大。陈知农去拉孙晓兰，两个人的手碰到了一起，陈知农的脸红了。

陈知雄紧紧拉住孙老大的手说："孙大伯，我们是乡亲，是朋友，有事理应互相帮助，上次我们在岩洞坝遇到土匪，晓兰妹子划着船来救我们，我们也要谢谢她。"

陈知农接上话头说："孙大伯，我和晓兰妹子是娃娃朋友，一起长大，我们救她，她救我们，都是应该的，不用谢。"

孙老大说："陈家侄子，你们说得对，我们是乡亲，是朋友，以后有事用得上我们，打个招呼，我和晓兰一定来。"

陈知农张了张口，想诉说他对晓兰的爱慕，可一想到晓兰对自己的拒绝，话到嘴边又咽了下去。

孙老大带着女儿走了，陈知雄的妻子带着孩子回家去了，陈知生的妻子带着女儿也回屋睡觉了，堂屋里只剩下陈家三兄弟。

陈知雄望了望两个弟弟，想到父母亲死后经历的许许多多事情，两个弟弟终于长大了，而且都有出息，可是小妹妹却不知道在哪里。他摇了摇头，叹了口气说："中秋节是团圆的日子，可是我们兄妹还缺一个，快二十年了，我们还没有找到小妹妹。"

陈知生也有一些伤感，说："大哥说得对，快二十年了，我们兄妹没有团圆，我几次见到过长得很像妈妈的女人，不知道是不是小妹妹？"

陈知农气愤地说："小妹妹是被土匪抢走的！铁山上的土匪是铁山地区的大祸害，日本侵略者正准备发动全面侵华战争，如果日本人打到铁山，土匪一定会同日本人联起手来祸害老百姓！"

陈知生点了点头说：“对，铁山上的土匪是大祸害，小妹妹就是被土匪抓走的。”

陈知雄突然想起了一件事，说：“二弟，我记得父母临终前交给我们一件胸口绣着红花的小红袄，后来我交给了你，你保存好没有？”

陈知生站起身，进屋拿出了一件小红袄，胸口上绣了两朵小红花，他把小红袄放在桌子上，说：“大哥，我知道这件小红袄是父母留给我们的，胸口上的小红花是妈妈亲手绣上的，被土匪抢上山的小妹妹身上也穿着一件小红袄，胸口上也有妈妈亲手绣上的小红花。父母让我们以后拿着小红袄去寻找失踪的小妹妹，我一直好好保存着。”

陈知雄拿起小红袄，用手轻轻抚摸着，说：“对，父母让我们拿着小红袄去找妹妹，当初妈妈做了两件一模一样的小红袄，都在胸口上绣了小红花，一件妹妹穿走了，一件留在了家里。土匪来时，李嬢嬢正抱着小妹妹玩，后来小妹妹和嬢嬢都被土匪抓走了，没有了音信。”

一阵风从窗户外面吹进来，油灯上的火苗闪了闪，灭了，房梁上似乎有了响动，陈知生取出火镰，打着火点燃了油灯，端起油灯四处看，还抬起头望了望房梁，想弄清楚响声的来源。房梁上响起“叽叽”的叫声，陈知生以为房梁上的响声是老鼠弄出来的，把油灯放回了桌子。

陈知农从大哥手里拿过小红袄，仔细打量着，心里似乎有了希望，轻声说：“有了小红袄也许就能找到小妹妹了，我们一定会找到小妹妹。”

陈知生走到陈知农身边，轻轻拍了拍弟弟的肩头，说：“好兄弟，你要去找小妹妹，二哥陪着你去找，一定要找回小妹妹。”

陈知雄也大声表态，说：“大哥也陪着你们去找小妹妹，找回小妹妹，让我们兄妹团圆，一起去打日本鬼子。”

夜深了，陈知雄回家要爬山走很远的路，陈知生留大哥住在自己家，便带着大哥进屋睡觉去了。陈知农心里想着怎样才能消灭铁山上的土匪，寻找到小妹妹，一个人留在堂屋里，手里拿着小红袄仔细看着，抚摸着。

又有一阵风从窗户外面吹进来，桌上的油灯闪了闪又灭了，陈知农放下小红袄，在桌子上找到二哥用过的火镰和火石，打着火点上油灯，在桌子前坐着想事情。他想起大哥和二哥都看到过那个长得很像妈妈的女人，并且听他们讲，那个女人虽然曾经和土匪在一起，但从来没有向乡亲们开过枪，并且多次制止土匪祸害老百姓，是土匪中的好人，身在土匪群中，暗中却在维护老百姓的利益。陈知农想，如果那个女人就是小妹妹，那该有多么好啊！小妹妹被土匪抢去，身不由己和土匪混在了一起，但小妹妹不是土匪，是维护老百姓利益、暗中帮助老百姓的英雄。陈知农又想起了最近听说的几件怪事，二哥的孩子被土匪绑架，要装进麻袋弄走，被人暗中救了；孙老大和孙晓兰运铁锅的船半路遇到土匪拦截，可是就在土匪快要爬上船时，被人在暗处开枪打下了船；土匪袭击大哥的矿洞、吴家的铁厂时有人在暗处袭击土匪。乡亲们始终没有弄清，一次又一次袭击土匪、帮助老百姓的是一些什么人。綦江县政府曾经派人调查，黎县长还亲自告诫自己，要搞清楚什么人在暗中袭击土匪。如果暗中袭击土匪、帮助老百姓的人就是那个长得很像妈妈的人，也就是自己的小妹妹，该多么好啊！如果那样，小妹妹就不是土匪，是暗中打土匪、帮助老百姓的女英雄……

陈知农手里拿着父母留下的小红袄，脑子里想着消灭铁山上的土匪寻找小妹妹的事，想得累了，伏在堂屋的桌子上，迷迷糊糊睡着了，做起了梦。

陈知农手里捧着小红袄，走在一片密密的树林中，大声呼喊着：“小妹妹，小妹妹，你在哪里？小哥哥来找你了，今天是中秋节，我们兄弟姐妹应该团圆，小哥哥来找你团圆！”

陈知农大声呼喊着，似乎有一个声音在回答：“小哥哥，小妹妹在这里，小妹妹被土匪抢走了，小哥哥，快一点来救我！”可是声音太模糊，听不十分清楚，好像在极为遥远的地方。陈知农顺着声音往前走，手里紧紧捧着小红袄，嘴里高声喊着小妹妹，脚下绊着荆棘跌倒了，爬起来继续顺着声音往前走，前面出现一条河，河里翻滚着汹涌的浪头。陈知农仍然大步往前走，被浪头冲倒了，爬起来，尽管浑身湿淋淋的，仍然挣扎着往前走，手里捧着小红袄。突然，前面出现几个青面獠牙的恶鬼，张牙舞爪扑过来，要夺走他手里的小红袄。陈知农毫不畏惧地和恶鬼搏斗，保护着手里的小红袄。恶鬼张开血盆大口要吞下他，小红袄变成了一把大刀，陈知农挥舞着大刀和恶鬼搏斗，可是恶鬼太凶了，力气太大了，陈知农被恶鬼按压在了地上。就在恶鬼抓起陈知农要扔进嘴里的时候，一个女英雄出现了，那个女英雄长得很像妈妈，身上穿着一件胸口绣着小红花的小红袄，同陈知农手中的小红袄一模一样。女英雄手里拿着枪，“砰”的一枪，恶鬼倒下了，化成了一摊脓血。陈知农大声喊着“妹妹”，扑了上去，女英雄没有回答，抛下他走了，越走越远……

陈知农醒了，桌上的灯灭了，他回想着梦里的情景，眼里满是泪水，轻轻地叹了口气，把小红袄放在桌子上，回屋睡觉了。

陈家堂屋房梁上发出的响声不是老鼠弄出的，而是刘翠花弄出的。天黑了，月亮升起来了，一朵云彩飘过来遮住了月亮，刘翠花避开了人，悄悄来到陈知生家墙角一个隐蔽的地方。墙上有一个窗户，她用手轻轻一推，窗户开了，轻手轻脚地穿过窗户进了陈知生家的堂屋，正在寻找隐身的地方，听到堂屋外响起了说话声。刘翠花害怕被陈家人发现，抱着柱头上了房梁，躲在房梁上一个隐秘的地方，打量着堂屋里的情景。陈家三兄弟进屋摆谈起来，接着孙家父女来了，孙家父女走后，陈家兄弟继续摆谈着，谈到了当年被土匪抢走的小妹妹。刘翠花在房梁上听着，眼里有了泪，用手擦眼泪时弄出了响声，看见陈家二哥端着油灯抬起头寻找房梁上发出响声的地方，急忙装起了老鼠叫，骗过了陈家兄弟。

刘翠花在房梁上看到陈知生进屋拿出了一件小红袄，小红袄同妈妈临死前交给自己的一模一样，心里明白了，自己就是陈家失散了快二十年的小妹妹，她终于彻底明白妈妈扑到枪口前，不让自己开枪打陈家老板的苦心。妈妈临死前不准她伤害陈家人，拿出了小红袄，嘱咐她拿着小红袄去认亲人。现在，亲人就在她身下，可是刘翠花没有勇气跳下房梁去认三个哥哥。刘翠花眼里流着泪，用手擦了又涌出来。陈知雄、陈知生先后进屋睡觉了，堂屋里只剩下了陈知农一个人，刘翠花看到陈知农手里拿着小红袄仔细看着，用手轻轻地抚摸着，猜出小哥哥在想自己，思念自己，她很想从房梁上跳下去，扑到小哥哥面前，大声叫着扑进小哥哥怀里，但是她没有勇气……

刘翠花在房梁上看到陈知农伏在桌子上睡着了，发出了轻轻的鼾声，下了房梁，轻手轻脚地来到了桌子旁边，桌上的灯还亮着。刘翠花轻轻从小哥哥手里拿过了小红袄。陈知农似乎感觉到了，身子动了动，嘴里发出轻微的声音。刘翠花吓了一跳，赶紧把小红袄放回到小哥哥身边的桌子上，躲到了堂屋角落里。过了一会儿，刘翠花听到陈知农又发出了鼾声，便悄悄地从堂屋角落走出来，拿起桌子上的小红袄仔细看着，她看到陈家兄弟精心保存的小红袄，和妈妈临死前交给自己的小红袄真是一模一样。刘翠花还没看够，又从自己胸前衣服里拿出小红袄，放在一起仔细看，用手轻轻抚摸，两件小红袄胸口绣着一模一样的小红花，看得出是一个人绣的。

刘翠花确认自己就是陈家被土匪抢走的小妹妹了，她很想叫醒伏在桌子上睡着的陈知农，可是想到自己多年把杀害亲生父母的仇人认作父亲，还当了铁山寨的大头领，和土匪头子宋大发拜过堂，做过夫妻，刘翠花咬着牙忍住了，她没有勇气去叫醒陈知农，叫他一声小哥哥。正在这时，一阵风从窗外吹进，桌上的油灯灭了，看着陈知农要醒了，她赶紧躲起来。陈知农醒过来，揉揉眼睛，回房睡觉去了。

刘翠花独自一人留在了陈家堂屋，妈妈死后她很想找到亲人，可是亲人就在眼前却不敢相认，心里仿佛有一把刀子在扎，一阵阵痛，眼泪不停地流。听着从三个哥哥房间里传出的鼾声，有人还在梦中呼喊小妹妹，刘翠花几次想冲进哥哥们的房间，大声呼喊“哥哥”。可是，几次到了哥哥们的房间门口，又停止了脚步。刘翠花觉得自己已经不配做陈家人，不配喊一声亲哥哥了。尽管自己曾经在暗中帮助哥哥们做过一些事，可是弥补不了自己的罪恶，如果认了三个哥哥，东溪场上的人会为陈家有一个做过土匪婆的小妹妹而瞧不起他们。刘翠花不想因为自己，而让三个亲哥哥身上沾上污点……

刘翠花终于狠着心作出了决定，离开陈家，离开三个亲哥哥，永远地离开。她撕下了身上一块白色的衣襟，忍着痛咬破了手指头，用手指头流出的血在衣襟上歪歪斜斜地写了“忘了妹妹”四个大字，放在桌子上，又把两件一模一样的小红袄放在桌子上，流着眼泪，依次来到三个哥哥房间前，跪下磕头拜了，回到堂屋，又对着陈家祖宗牌位跪下磕了头。刘翠花磕头时用的力气大，额头流出了血，但她没有感觉到疼，眼里不停地流着泪。

刘翠花离开了亲哥哥的家，一个人漫无目的地走着，月亮从云彩中钻出来，月光照在大地上，惨白惨白的。她走着走着，不小心踢到路边的石头，摔倒了，爬起身来继续往前走，身后有声音，好像有人跟在后面，刘翠花回过头，没有看到人，继续往前走，眼里流着泪，用手擦了又流出来，她就不擦了，任凭眼泪流出。刘翠花很想回到三个亲哥哥身边，几次回过头想往回走，犹豫了一阵，又往前无目的地走了。

刘翠花漫无目的地走着，东方发白，天就要亮了，她在东溪场大街上无目的地走了一个多时辰，来到了綦江河边上，看到静静流淌的河水，河水清清的，在月亮下泛着光，像漂浮着的一条银白的丝绸，一个青蛙从河边草丛中跳进河里，“咚”的一声溅起了水花。刘翠花在河边一棵大黄桷树下坐下，背靠着树干，身下是青青的草地，草丛中开着一些野花，发出微微的香气。她摘了一朵野花放在鼻子下闻了闻，放下了，又想去摘草丛中另外一朵野花……

刘翠花抬起头望了望天，月亮旁边飘着几朵云彩，月光下云彩似乎也发出了淡淡的白光，一阵风吹过来，綦江河水泛起了微微的波浪。

刘翠花看了看青青的草地，清清的河水，天上洒下来的淡白月光，觉得这里应该是她的归宿。翠花想用綦江河里的水洗去身上的污点，变成一个干干净净的女人，让灵魂能够回到死去的亲生父母身边。她再一次用手掌揩了揩脸上的泪花，开始慢慢地脱下身上的衣服，刚刚脱下一件，又不甘心年纪轻轻就死去，停住了手，隔了一会儿，重新开始慢慢地脱去身上的衣服。

刘翠花想脱掉身上的衣服，光着身子跳进清清的綦江河水里，让河水冲洗掉身上的污点。她脱下一件衣服，又脱下一件衣服，一阵更大的风吹来，凉凉的，刘翠花没感觉到冷，终于脱光了身上的衣服，把衣服放在了黄桷树下，走进了冰凉的河水，光脚踩到了河里的一块石头上，身子歪了一下。刘翠花站稳了身子，继续往河水的深处走，一个浪花打过来，满脸的水，她身子一歪，倒在了河水中，失去了知觉。

不知过了多久，朦胧中刘翠花似乎听到有人在呼唤她，刘翠花以为自己到了阴曹地府，想睁开眼睛看一看地府的情景，用了用力，眼睛睁不开。呼唤的声音更大，声音很熟悉，刘翠花终于听出来了，是好姐妹霞姑的声音，她有些吃惊，心里想：难道霞姑也跟着跳进了綦江河，一路陪伴来到了阴曹地府……

刘翠花感到十分疲倦，朦朦胧胧睡着了。猛地，她再一次清醒，睁开了眼睛，发现躺在密密树林中的一片草地上，旁边蹲着好姐妹霞姑，正一声接一声呼唤她。

霞姑担心翠花出事，一路悄悄跟随，刘翠花走进了陈家，霞姑躲在陈家墙外一个隐秘的角落，她很想让生死姐妹和亲人相认，又担心陈家兄弟不认曾经当过土匪大头领的亲妹妹，提心吊胆地守候着不敢离开，后来看到刘翠花离开了陈家，又悄悄地跟随在后面，跟着到了綦江河边。看到刘翠花脱光了衣服走进了綦江河，吓了一大跳，赶忙奔到綦江河边，跳进河水中，救起了她……

刘翠花翻身坐起，有些吃惊地问：“霞姑，我怎么到了这里？我记得自己走进了綦江河，难道是你救了我？”

霞姑流着眼泪扑上前，一把抱住了生死姐妹，大声说：“大头领，大姐，你不该跳河，要不是我一直跟着你，从河里救起了你，以后我就没有大姐了。”

刘翠花眼里也有了泪，摇了摇头说：“霞姑妹子，你不该救我，我是一个有罪的女人，身上有污点的女人，只有清清的綦江河水才能洗去身上的污点啊！”

霞姑撩起衣襟，揩去翠花脸上的泪水，说：“好姐姐，你是好人，没有罪，你帮过不少人，救过不少人。”

刘翠花轻声哭了起来，说：“霞姑，好妹妹，刘胡子是杀害我亲爸亲妈的人。我几十年认贼作父，还当了铁山寨土匪的大头领，和土匪头子、歹人拜堂成亲。我是陈家的大罪人，没有脸去见亲哥哥，我只有用死赎罪。”

霞姑把刘翠花的头抱在怀里，轻声劝说：“好姐姐，你认刘胡子做父亲，一是不知情，二是迫不得已。李婶是好人，嫁给刘胡子也是迫不得已，你也是好人，你当过土匪，有罪，我也当过土匪，也有罪，以后我们一起帮好人，打坏人，为自己赎罪……”

刘翠花听着好姐妹的劝说，心里慢慢平静了，擦干了眼里的泪，挣扎着站起了身。

天亮了，陈知生起了床，来到了堂屋，看到桌子上放着两件一模一样的小红袄，胸口上都绣着两朵小红花，吃了一惊，又看到桌子上放着一幅白布，上面有几个暗红色的字。陈知生心里“咚咚咚”跳了起来，仔细辨认暗红色的字，竟然是“忘了妹妹”四个大字，散发着一股血腥的味道。陈知生明白了，夜里堂屋有人来过，从一模一样的小红袄和带着血腥味的白布、布上暗红色的字可以得出结论，这个人就是他们寻找了多年的小妹妹。

陈知生眼里涌出了泪，急忙奔到大哥陈知雄的房间，“咚咚咚”敲响了门，大声喊着：“大哥快起来，出事了，出大事了！”接着又跑到三弟陈知农的房间门前，同样“咚咚咚”敲响了房门，大声呼喊：“三弟快起来，小妹妹来过了！”

陈知雄、陈知农被惊醒了，翻身下了床，开了房门，一面扣着衣服扣子，一面大步奔出了房间，来到了堂屋，陈知雄仔细看了放在桌子上的两件小红袄，大声叫起来：“二弟说得对，夜里小妹妹来过，拿来了当年穿在她身上的小红袄。知生弟弟，小妹妹在哪里？快叫她出来见面。”

陈知农拿起桌子上的白布，看了布上暗红色的字，嗅到字迹散发出来的血腥味，“哇”的一声哭了起来，双手捂着脸，一面哭一面大声说：“昨天晚上小妹妹来过，白布上的字是她用血写的。小妹妹给我们留下了血书，要我们忘了她。小妹妹一定走上了绝路，小妹妹死了，我们找不到小妹妹了！”

陈知雄吓得变了脸色，拿过弟弟手中的白布看了又看，用鼻子仔细闻了闻白布上的血腥味，大声说：“三弟，不要哭，我闻出来了，白布上的血字刚写上不久。我们赶快去找，一定会找回小妹妹。”

陈知生有些疑惑地说：“大哥，我们没有见过小妹妹，不知道她长成了什么模样，怎么找？”

陈知雄心里急，大声说：“我们没有见过小妹妹，可见到过那个长得很像妈妈的女人，我猜想她一定是我们的小妹妹。按照妈妈的模样去找去认，一定会找回小妹妹。”

陈家三兄弟急急忙忙出了门，在东溪场上的大街小巷、场边的小树林、小溪边草丛中寻找小妹妹。陈知雄还请人从山上家里叫来了老婆帮着寻找。吴宏宜得知陈家兄弟发现了小妹妹的踪迹，也叫上家里的人出门帮着寻找，陈大生以及陈家三兄弟的不少朋友也帮忙寻找。东溪场大街小巷响着“知娇妹妹，你在哪儿，回家吧”“陈家小妹，你的哥哥们在找你，回家吧”的呼喊声。

陈知生眼里流着泪，大声呼喊着：“知娇小妹，回家吧，哥哥们想你！”跌跌撞撞地在东溪场边一丛丛荆棘荒草中寻找，喉咙喊得有些嘶哑了，仍然一声接着一声喊，泪水蒙住了眼睛，看不清路，仍然大步走着，脚踢着了路边的石头，摔倒了，额头撞在石头上，破了皮，流出了血，双手按到了荆棘，手背被荆棘扎了，也流出了血，一阵阵地疼。陈知生顾不得疼，挣扎着站起身，大声喊着妹妹的名字往前走。看到前面有一个走路的女人，背影有些像见过的那个长得像妈妈的女人，陈知生非常高兴，大步追上去，从背后一把抱住女人，大声喊着："知娇妹妹，我找到你了，我找到知娇妹妹了！"女人吃了一惊，吓得拼命挣扎，终于挣脱了身，大声骂起来："哪里来的疯男人？仔细看看，我最少比你大三十岁，哪个是你的知娇妹妹？"陈知生吓了一跳，仔细一看，原来是一个老太婆。

陈知雄带着妻子，也在到处寻找小妹陈知娇，他们从山上找到山下，又从山下找到山上，路边一片片树林找遍了，没有看到那个长得很像妈妈的女人。妻子在一个山崖边寻找小妹妹的时候不小心摔到了山崖下，脚扭伤了，疼得哇哇叫，陈知雄把妻子背回了家，又返身出了门，大声喊着"知娇妹妹，知娇妹妹"，在山路两边的树丛中寻找。

陈知农在东溪场上寻找小妹妹，大街找了找小巷，询问一家又一家熟悉的人家，可是谁也没有见到他要找的小妹妹。

东溪场大街小巷找遍了，东溪场边大小树林找遍了，没有找到陈家小妹。最后，陈家兄弟找到綦江河边，在一棵大黄桷树下发现了一堆女人的衣服，陈知生询问一个大清早在河边大石板上洗衣服的女人。女人告诉陈家兄弟，她刚到河边时，似乎听到有东西掉进河水里的声音，看到河面荡起了一层层波浪。陈家兄弟吓坏了，他们猜出小妹妹跳河了。

陈知农大声哭着喊叫："知娇妹妹，你受了什么委屈，为什么要跳进河里自尽？我们找你找了快二十年了，我和两个哥哥都希望有兄妹团聚的一天，你为什么找到二哥家又走了！"

陈知生擦了擦脸上的泪水，大声喊："小妹，父母临死前嘱咐我们要找到你，你被土匪抢上了山，一定受了不少委屈，受了不少罪。你为什么找到了家又走了？你心里有委屈可以告诉哥哥，千不该万不该，不该走绝路。"

陈知雄摇了摇头，叹了口气，他心里也有很多话要给小妹妹说，不过忍住了，脸上有泪，擦干了，大声说："两位兄弟，不要哭了，小妹妹跳了河，我们要捞起她的遗体好好埋葬。二弟三弟在河岸上守着，我下河去捞小妹妹的遗体。"

陈家小妹跳进了綦江河，消息传开，陈大生、吴宏宜、夏河水，还有许许多多的男人、女人都来到河边观看，走船的孙老大和他女儿孙晓兰闻讯也来到綦江河边。听说陈家大哥要脱衣服下河捞陈家小妹的遗体，孙老大和孙晓兰都站了出来，孙老大劝道：“陈家大侄子，你水性不如我们好，要下水，我带着晓兰下水帮你们捞妹妹。”

孙晓兰一边脱去穿在外面的衣服一边说：“陈大哥，你救过我的命，下水捞人有我和爸爸。你在岸上等消息吧！”

孙家父女“扑通扑通”跳下水，沉在水底下找人，陈大生也脱衣服跳下了水，一些在綦江河上走船的船夫，会水的采矿工人、铁厂工人先后跳下水，帮陈家兄弟在綦江河底找人。

时间慢慢过去，太阳出来了，孙家父女先后从水里浮出了身子，失望地摇了摇头，摆了摆手。孙家父女浮在水面上吸了口气，又潜入水里找人了。接着，陈大生和下水帮着找人的船夫、铁厂和矿山工人先后从河里浮出了身子，一个个都摇着头，摇着手，一些人浮在水面上吸了口气，又潜入水中继续找人。一些人水性不好，在河里喝了冰凉的水，支持不住，上了岸，穿上了衣服。

吴宏宜、夏河水不会水，他们知道陈家人以及不少帮着找人的朋友清早起床没有吃饭，肚子一定饿得咕咕叫，便准备了热气腾腾的饭菜送到河边。陈家三兄弟心里悲伤，没有心思吃饭。吴宏宜、夏河水亲自盛了饭，放上菜，把碗端到了陈家兄弟面前，陈家兄弟仍然没有吃。

太阳当顶了，大半天过去了，人们在綦江河底没有找到陈家小妹，不少人累了，也有人在河里被水呛了，上了岸，只有孙家父女和一些船家还在河里找人。

太阳偏到了西边山头，快有一天了，綦江河底没有找到要找的人，孙家父女还想跳进河里寻找。陈知雄流着眼泪拦住了，说：“孙大伯，孙家小妹，你们在水里泡了一天了，不要下水了，这么多人在河里找了这么久，也没有找到我家小妹妹，也许河水把小妹妹冲远了，也许小妹妹被河底的石头卡住了，不要找了！”

孙老大叹了口气说：“陈家侄子，对不住了，没有帮你们在河里找到人！”带着女儿走了。

綦江河边只剩下了陈家三兄弟，他们把大黄桷树下发现的女人衣服一件一件叠好，守着衣服发呆。一整天了，陈家三兄弟没有吃饭，没有喝水，他们谁也不感到肚子饿。起风了，风越刮越大，带着一阵阵凉意，陈家三兄弟穿着单薄的衣服，谁也没有感到冷。

陈家三兄弟在河边守了一夜，流着眼泪想着小妹妹，三个人都没有合眼。天快亮的时候，大哥抱起衣服走了，陈知生、陈知农跟在后面。陈知雄没有说一句话，两个弟弟也没有说一句话。三兄弟有一种默契，要到父母坟前请罪，父母临死时嘱咐要找到小妹妹，他们找了快二十年都没有找到，小妹妹也许永远找不到了，父亲和母亲临死时的嘱托也许永远没有办法做到了……

陈家三兄弟来到了父母坟前，一个挨一个跪下，大哥陈知雄把黄桷树下抱回的衣服放在父母坟前，实在忍不住，“哇”的一声哭了起来，陈知生、陈知农跟着大声哭了起来。

陈知雄哭着，大声叙说着心里的悲痛："爸爸、妈妈，我们找不到小妹妹了，小妹妹不在了！"

陈知生、陈知农也跟着大哥哭着诉说心里的悲痛。

陈知雄想为小妹妹陈知娇在父母的坟墓旁边修建一个衣冠坟，把从大黄桷树下找回的衣服埋在坟里，让小妹妹永远和父母在一起。小弟陈知农不同意，他觉得在綦江河里找了一天都没有找到小妹妹，也许小妹妹还活着，盼望着有一天会见到活着的小妹妹。陈知生也认为三弟的想法有道理，只要没有找到小妹妹的遗体，小妹妹就有可能还活在人世，兄妹就有希望团聚。大哥陈知雄同意了两个弟弟的意见，把从黄桷树下找回的衣服好好收藏了起来……

第十五章 狡猾的王专员

卢沟桥事变后，日本侵略者发动了全面侵华战争，占领了我国华北、华东大片领土，国民政府从南京迁到了重庆，决定在铁山地区建设大型铁矿，组建了铁山矿筹备处，曾经在东北地区一个铁矿担任矿长的侯工程师担任了筹备处主任；带领调查组到铁山地区调查过铁矿砂储藏情况的李贤诚被任命为筹备处副主任。东溪场上开矿洞、铁厂的老板吴宏宜的妹妹吴宏琴给李贤诚做了秘书，被任命为铁山矿筹备处办公室主任，办公室副主任是一位姓江的大姐，人们称她江姐。铁山矿筹备处还有一个姓王的专员，名字叫王益生。

铁山矿筹备处从重庆乘上水船到了綦江县城，侯主任、李副主任拜会了綦江县黎县长，希望綦江县政府支持在铁山地区建设大型铁矿。黎县长早已经接到了上峰的指令，任命熟悉铁山矿区的陈知农担任綦江县政府驻铁山矿筹备处联络主任。

黎县长热情地接待了侯主任、李副主任，让秘书找来陈知农和两位主任见了面。李贤诚见到老熟人非常高兴，紧紧握住了陈知农的手，大声说："黎县长，你安排的联络主任太合适了。上次我们到铁山调查，多亏有陈家兄弟帮忙，我们才完成调查任务！"

抗日战争全面爆发，共产党和国民党合作抵抗日本侵略者。中共上级党组织要求东溪地区党组织支持国民政府在铁山建设大型铁矿，陈知农事先回过东溪场，向中共东溪地区党小组传达了上级党组织的指示，被任命当了联络处主任，也很高兴。

陈知农随侯主任、李副主任来到铁山矿筹备处临时驻地，一眼看到正在紧张安排筹备处工作人员午饭的吴宏琴，感到很意外，张了张嘴，没有叫出声。吴宏琴看到陈知农也有些吃惊，抬起脸望了一眼，又红着脸低下了头。李贤诚在一旁看见了，笑着说："吴主任，陈联络官，你们两个东溪场上的老熟人见了面，需不需要我给你们做一下介绍？"

吴宏琴心里似乎有怨气，轻声说："李主任，人家现在是綦江县政府的大官了，怎么会认识我这个小女子。"

陈知农十分尴尬，红着脸说："宏琴妹妹，我听说你一直在重庆做事，想不到进了铁山矿筹备处。"

李贤诚曾经听吴宏琴讲过她和陈知农之间的一些恩恩怨怨，想让两个年轻人自己摆谈，化解误会，以后相互配合，好好工作，便拉着侯主任离开了，把陈知农和吴宏琴留在了屋子里。

陈知农明白，吴家妹妹是一个好姑娘，而且深深地爱着自己，可是他的心里已经有了船家女儿孙晓兰。他有些愧疚地说："宏琴小妹，我，我对不起你，真的对不起。"

时间过去三年了，吴宏琴心里的怨气已经淡化了不少，知道爱不能强求，便轻轻笑了笑说："陈家哥哥，过去的事就让它过去吧，你还是我的好哥哥，我仍然是你的好妹妹，听说你当了联络主任，今后在筹备处要一起工作了。"

陈知农高兴了，说："宏琴妹妹，不，以后应该叫你吴主任，我刚到筹备处，你要多帮助我。"

吴宏琴笑了笑说："陈家哥哥，我三年多没有回东溪场了，有些事情不了解，以后你要多帮忙啊！"

陈知农点了点头说："吴主任，以后有事需要我帮忙，尽管开口，我一定尽力而为。”

两个年轻人摆谈起了分手以后的事，摆谈起了东溪场的变化，日本飞机到东溪场丢过炸弹，曾经一起演过抗日歌舞的夏江伯当了兵，去了抗日前线，光荣战死。两个人心里都充满了对日本侵略者的仇恨，个人的一点点恩怨已经消失得无影无踪了。

铁山矿筹备处办公室副主任江姐也是共产党员，她是中共重庆地区党组织派进铁山矿筹备处协助工作的，陈知农和江姐见了面，接上了头。

吴宏宜早就接到了妹妹的信，知道铁山矿筹备处要进驻东溪场。吴宏琴走后，过年没有回家，三年多了，哥哥十分想念妹妹，早就让家里的人准备好吴宏琴回家住的房间。陈知雄、陈知生也从弟弟托人捎来的信中知道陈知农当了联络处主任，要随铁山矿筹备处回东溪，已安排好了住处。吴家人、陈家人都盼着和自己的亲人早一点相见。可是铁山矿筹备处到了东溪场，陈知农、吴宏琴都没有住到哥哥家，两人忙着给筹备处找房子，安排吃穿用，清早起床后东奔西跑，一直到天黑都得不到休息，抽不出时间回家看望。

吴宏宜在家里盼着妹妹回家见面，推迟了到重庆城和一个做铁锅生意的老板见面的时间，在家里等了三四天，也没有等来妹妹，却等来了铁山矿筹备处的王专员。

王专员看上去四十多岁，矮矮的个子，胖胖的脸，戴着一副镶有金边的眼镜，手里拄着一根看上去颇为贵重的黑色拐杖，无论见了什么人，脸上都带着笑，和人说话前先笑一笑，似乎十分有礼貌。

王专员带着一个贴身随从拜访了吴老板家。铁山矿筹备处的贵宾来访，吴宏宜又惊又喜，把客人迎到堂屋坐下，让家里人沏上托人从杭州买回的上等龙井茶，礼貌地坐下陪客人谈话。

王专员用手扶了扶鼻子上的眼镜，哈哈笑了笑，说：“吴老板，久闻大名，今日有幸相见，实为我王益生的幸事。”

吴宏宜谦逊地回答：“王专员登门拜访，是看得起我吴宏宜，不知专员有没有事情吩咐，有要我办的事，一定尽力而为。”

王专员又笑了一个“哈哈”，说：“吴老板的妹妹到铁山矿筹备处当主任，她正是年轻有为，只要好好跟着我们干，将来一定前途远大。吴老板，恭喜你有一个好妹妹。”

吴宏宜听到客人夸奖妹妹，心里高兴，赶紧说："王专员，妹妹年轻，可能还有些不懂事，今后要请王专员多多指教她。"

王专员热情地与吴宏宜摆谈起来，询问吴家先人开办矿洞、建起铁厂的艰难和吴家经营矿洞、铁厂的情况，摆谈起日本人占领了东北三省和华北、华东一些地方，正向华南、西南地区进攻，还摆谈了打仗需要钢铁，炼钢炼铁需要铁矿砂，所以国民政府要在铁山建设铁矿等事。突然，王专员长长地叹了一口气，说："吴老板，国家要在铁山建设大铁矿，今后你们吴家开的矿洞、建的铁厂或许要受到影响了。"

吴宏宜弄不明白王专员话里的意思，笑了笑说："王专员，你放心，我吴宏宜知道有国才有家的道理。日本人打进了中国，抵抗日本人侵略要造枪造炮，国家建铁矿是为了炼钢炼铁造枪造炮打日本鬼子，我们老百姓要支持国家，不会因为自家利益受到损失，就做出妨碍国家建铁矿的大事。"

王专员似乎有一些意外，伸出了大拇指称赞："吴老板深明大义，实在令人佩服得很。不过，如果损失很大，不知吴老板心里会有什么样的想法？"他没有等到吴宏宜回答，便哈哈大笑起来，而且笑得有些怪，以致吴宏宜弄不明白王宜生是在教育自己要以国家利益为重，支持国家建设大型铁矿，还是在提醒自己，国家建设大型铁矿，吴家的矿洞、铁厂会受到大的损失……

王专员拜访了吴家，又到开有矿洞、铁厂的夏家，做铁矿砂、铁锅生意的陈家拜访。同在吴宏宜家一样，说的话既像是在教育夏河水、陈知生要以国家利益为重，支持国家在铁山建设铁矿，又像是在提醒东溪场上开矿洞、铁厂和做铁矿砂生意的老板，国家在铁山地区建设大型铁矿会严重损害他们的利益。

中共铁山地区党小组召开了会议，陈知农和江姐传达了上级党组织的指示，考虑到在铁山地区建设大型铁矿会损害铁山地区不少矿洞主的利益，党小组的同志分了工，帮助铁山矿筹备处做铁山地区矿洞主的说服工作。

铁山矿筹备处的侯主任、李副主任找来陈知农、吴宏琴，希望两个年轻人帮助说服家里以及认识的人，尽量减少在铁山地区建设大型铁矿遇到的麻烦。陈知农知道大哥陈知雄为了修复自己家当年被土匪烧毁的矿洞吃了不少苦，花费了不少心血，国家建设大型铁矿要征收小矿洞，大哥心里一定十分痛苦，这一天忙中偷闲，约了陈大生一起来到山上大哥陈知雄的家。

陈知雄得知小弟陈知农随铁山矿筹备处回了东溪场，而且当了联络处主任，很高兴，盼望能和弟弟见面，好好摆一摆心里话。可是陈知农一天到晚忙，虽然在党小组会上见到了小弟，但是开完会陈知农就急匆匆走了。陈知雄听说在铁山建设大铁矿要征收小矿洞，担心自己家的小矿洞被征收，很想找弟弟陈知农问一问。这天傍晚，在小矿洞干了活回到家里，正要吃晚饭，陈知农和陈大生来了，高兴得让妻子到厨房炒了几个鸡蛋，拿出了酒，要陪两人喝两杯。

陈知雄心里有事，端起酒杯喝了一口酒，便问道："小弟，在铁山建设大铁矿，要把小矿洞全都征收了？"

陈知农也端起酒杯喝了一口酒，点了点头说："大哥，日本鬼子占了我们不少地方，国家要建大铁矿、大铁厂，炼出钢铁造枪造炮打鬼子，矿区里不能有小矿洞，所以要征收小矿洞。"

陈大生在一旁插嘴说："知雄大哥，你们家辛辛苦苦建成的小矿洞被征收了，你要想开点啊！"

陈知雄叹了口气，瞪着眼睛大声说："日本人太坏了，我听说中国和他们国家隔着很宽的大海，日本人漂洋过海来欺负我们。为了打日本，让我舍了命都愿意，可是矿洞是我们陈家几代人辛辛苦苦建成的，父亲咽气前嘱咐一定要修复的啊！"

陈知农眼里有了泪，伸出手擦了，说："大哥，说实话，我家的小矿洞要被征收，我心里也像刀割似的。不过，大哥，为了把日本鬼子赶出中国，心里再痛也要舍得啊！"

陈知雄流着眼泪哀求说："兄弟，你能不能跟筹备处的长官说一说，想办法保住我们家的小矿洞？"

陈知农没有心思喝酒吃菜了，心里悬起了一块大石头，想在大哥面前再讲一讲舍家救国的大道理，张开嘴又把想说的话咽回了肚子。夜深了，他告别了大哥，和陈大生一起回到东溪场，陈大生回了自己家，陈知农回到铁山矿筹备处驻地。刚要进大门，猛然看到王专员送一个人出来，那个人戴着一顶帽子，帽檐遮住了半边脸，陈知农觉得这个人有些面熟，像在县城里见过的霍树楠，心里有了疑团，想跟上去看清楚。但是这个人走得很快，消失在了黑暗中。

陈知农吓了一大跳，看到李贤诚房间的灯还亮着，犹豫了一会儿，走过去推开了门，进了李贤诚的住房，把看见王专员送出的人很像在铁山当了土匪的原綦江团防局副团长霍树楠的事告诉了李副主任。

李贤诚紧紧皱起了眉头，铁山矿筹备处的工作人员是从国民政府各个部门抽调来的，他只知道王专员是国民党中央党部派来的，并不知道王专员以前干过什么事，和哪些人有联系。铁山矿筹备处到东溪场不久，如果姓王的送出的人真的是当了土匪的霍树楠，十分值得怀疑。李贤诚想了一会儿，带着陈知农去见了侯主任。

侯主任已经得到了情报部门通报，铁山地区潜伏着日本特务机关派出的特务，而且铁山矿筹备处已经引起日本特务机关的高度关注，可能已经有特务打入进来。侯主任听了陈知农的报告，并没有感到震惊，他也是到铁山矿筹备处当了主任后才认识王专员的，接触的时间不长，只觉得王专员有时说话有些奇怪，好像是在有意拉拢人。

侯主任吩咐陈知农注意观察王专员的行动，如果发现他与铁山上的土匪勾结来往，立即报告。

王益生曾经在汪精卫手下做过事，在国民党中央党部任过职。七七事变爆发后，在北平任职的王益生投靠了日本人，被日本特务机关看中，悄悄送到东北特务培训基地培训了半年，然后令其回重庆找到了国民党中央党部过去的同事，托人情，贿赂上司，被安排到铁山矿筹备处当了专员。即将从重庆出发到綦江时，王益生接到日本特务机关的指令，到铁山矿区后和铁山地区潜伏的日本特务取得联系，执行日本特务机关交给的任务。可是，王益生万万没有料到，刚刚与潜伏在铁山寨的日本特务联系上，和铁山寨派来的人碰头见了面，就被筹备处里的东溪人碰见了，陈知农很可能认出他送走的人是谁。王益生吓得心里打起了鼓。

铁山寨的宋大发接到日本特务机关发来的指令，执行破坏国民政府在铁山地区建设大型铁矿的 A 计划，他派霍树楠下山和潜伏在铁山矿筹备处的特务联系，想不到差一点被陈知农认出，霍树楠吓得不敢再下山了。铁山寨和潜伏在铁山矿筹备处的特务联系断了。宋大发想派歪脖子下山联系，可是歪脖子在铁山当了多年土匪，东溪场上认识他的人多，被人认出的可能性更大，宋大发不敢冒险。宋大发派不出人去和王益生联系，自己也害怕被人认出，不敢冒险前去，可是又一次接到日本特务机关的催促指令，要他同潜伏在铁山矿筹备处的特务尽快配合执行A计划，愁得一天到晚紧皱眉头苦着脸，一声接着一声叹气。

这一天，宋大发把霍树楠、歪脖子叫到自己房间，三个歹人秘密商量起执行A计划的事。

歪脖子不知天高地厚，大手一挥说："宋大哥，执行A计划容易得很……"他的话还没有说完，就被宋大发狠狠瞪了一眼，歪脖子赶忙闭了嘴。

宋大发轻声说："歪脖子，说话小声点，你大喊大叫让山上的弟兄们听见了不好。你我心里都明白，山上的弟兄不会都跟着我们为日本人做事。"

歪脖子摇了摇头说："大哥，你的胆子太小了。"他压低了嗓门儿，接着说："大哥，我带着兄弟们下山，围了铁山矿筹备处的驻地，见人就杀，见东西就抢，看以后谁还敢到铁山来开铁矿。"

霍树楠带着嘲讽的语气说："歪脖子，你手下有多少不怕死的兄弟？知不知道驻在綦江有多少军队？国民政府的军队打不过日本人，可是对付像你这样的人，不论有多少，军队的机关枪只管突突打死。"

歪脖子不服气地瞪大了眼珠子，说："霍团长，你太小看人了，我歪脖子在铁山寨二十多年了，见过不少国民政府的军队，从来没有害怕过。"

宋大发摇了摇头说："歪脖子兄弟，霍团长说得有道理，国民政府的军队人多武器好，我们人不多武器也没有他们好，硬拼硬打打不过，要躲在暗处打黑枪。"

歪脖子不敢顶撞山寨上的大头领，说："宋大哥，你说我们该怎么办，我听你的。"

三个歹人皱着眉头，挖空心思，想了半天都没有想出好办法。

王专员也在挖空心思想着怎样和铁山寨上的同伙再次取得联系，商讨执行A计划的方案，霍树楠下山会面差一点被人认出，他不敢再让铁山寨上的同伙下山了。王专员很想亲自出马悄悄上铁山寨和同伙见面，又害怕离开铁山矿筹备处的时间长了引起人们的怀疑，同时也害怕上山的路上被认识的人撞见。

正当王专员苦苦想着怎样和铁山寨的同伙见面的时候，他得到消息，铁山矿筹备处李副主任要带着技术人员到铁山矿区复查铁矿砂储藏情况。王益生觉得机会来了，他找到了侯主任，要求跟随上铁山，为李副主任和技术人员服务。

侯主任担心王益生有阴谋，没有立即答应，找来李副主任商量，决定同意王益生随着技术人员上铁山，不过要安排人员严密监视，看他上铁山要干什么。

出发前一天晚上，侯主任把李贤诚和要为复查队带路的陈知农叫到了自己住的房间，三个人商量好了派人严密监视王专员的相关事情。

李贤诚带着铁矿复查队上了铁山。初春季节，山路两边的草绿了，草丛中开出红色、黄色、白色的野花，相互映衬着十分好看，一些山崖边的野桃树、野梨树也开了花，一片片粉红，一片片雪白，山路两旁水田里有人在插秧，一些小伙子一边插秧一边唱起了山歌。一阵风轻轻吹来，带来了一阵花的香味。

一个年轻的女复查队员被山路边的野花迷住了，采了一大把捧在手上，大声叫起来："铁山好美呀，到处是花！"

李贤诚笑着说："铁山不仅美，遍山都是宝，将来你就留在铁山，找个铁山人嫁了吧。"

年轻的女队员脸红了，大声回答："是啊，铁山到处是宝，将来我就留在铁山，做一个铁山人。"

陈知农给复查队带路，走在队伍前面，走着走着，他发现王专员不见了，急出了一头汗。李贤诚也发现王专员走丢了，心里着急，刚好走上一个山梁，李贤诚招呼复查队员在路边休息，用眼睛示意陈知农去找王专员。陈知农顺着山路往回走，眼睛仔细搜寻着山路两边的树林，发现一片树林里有人影，赶忙走过去大声喊着"王专员"。果然，王益生从树林中出来了，手里提着裤子，笑着解释说："我屎涨了，进树林里解了大便。"

陈知农故意用埋怨的口气说："王专员，山上的林子又大又密，以后进林子解便要叫上人一起去，不然在林子中迷了路，出不来就坏了。"

王益生装出感谢的样子说："陈主任，你说得有道理，以后进林子解便一定要叫着人一起。"

铁山寨上的土匪头头宋大发得到手下小兄弟报告，铁山矿筹备处派人上铁山复查。他找来歪脖子和霍树楠商量，决定派一些匪徒到复查队驻地骚扰，打几枪吓一吓。天黑了，歪脖子带着一些匪徒出了山寨。

李贤诚率领的复查队在铁山上的一个山头宿营，为了防止土匪袭击，复查人员不论男女，事先都经过军事训练，并且带了武器，能够抵御小股土匪袭击。复查队员搭起帐篷，吃了干粮，李贤诚派了几个机灵的队员在小山头附近站岗放哨，一方面防止土匪袭击，另一方面也防止混进复查队的特务分子溜出营地去和同伙会面。

整整一天，王专员都没有找到溜出复查队的机会，心里万分着急。天黑了，复查队员都进帐篷休息了，他装着解便出了帐篷，刚想钻进树林，就听到站岗的人大声喊："谁，干什么？"吓得身子抖了一下，正要回帐篷，小山头四周响起了密密的枪声。

已经睡下的李贤诚、陈知农和复查队员被枪声惊醒了，拿着武器冲出了帐篷，按照受训时分好的小队，分别守在了小山头的四周。不过，小山头四周的土匪光打枪，没有进攻。

歪脖子率领的土匪打了一夜的枪，天快亮时撤走了，害得李贤诚、陈知农和复查队员一个晚上没有睡觉。

歪脖子手下的土匪围住复查队员住宿的小山头，光打枪不进攻是在执行日本特务王益生的指令，王益生借进树林解便的机会，把他的指令留在了树林里的一棵大松树下。一直暗中跟踪复查队的小特务拿到了王益生的指令，回到铁山寨交给了宋大发。

王益生让铁山寨的土匪围住复查队驻地光打枪不进攻，是害怕土匪的进攻伤害了复查队的人，引来军队的围剿。王益生要长期潜伏，破坏铁山地区铁矿建设，他需要铁山寨的土匪为他执行日本特务机关的指令做更多的事，不想为了进攻复查队而让政府军队剿灭了铁山寨，自己失去有力的助手。王益生让土匪打枪骚扰是为了制造混乱，以便趁机溜出复查队驻地，去和铁山寨的大头头、日本特务宋大发会面。果然，土匪进攻，枪声不断，李贤诚、陈知农指挥复查队员抵抗土匪，王益生趁乱摆脱了监视他的人，离开了复查队营地，他做出了夜猫子的怪叫声，和宋大发手下一个小特务联系上了，在一片小树林里和宋大发见了面。

王益生一脸愁苦，轻声说：“宋老板，见你一面真难呀，铁矿筹备处的人一个个都睁着大眼睛，稍有不慎，我的人头就要落地。”

宋大发叹了一口气说：“是啊，我得到指令要和你联系，特意派了霍团长化装下山，不料被认识的人发现，差一点回不了山寨。”

王益生咬牙切齿，恶狠狠地说：“是啊，霍团长如果被复查队抓到，我也会暴露。复查队里姓陈的联络主任，还有姓吴的办公室主任都是东溪人，认识铁山寨上不少兄弟，以后我们联系一定要小心谨慎。”

宋大发点了点头，说：“对，今后我们联系一定要谨慎。王专员，我认为今天的会面就安排得很好。复查队的人忙着对付歪脖子，想不到你趁乱出了营地见到了我。”

王益生和宋大发以为他们的会面十分隐蔽，不会有其他人知道，两个歹人没有料到，有几双眼睛躲在不远的草丛中正盯着他俩，竖着耳朵听着他们说话。

躲在草丛中监视王益生和宋大发的是刘翠花、霞姑和张大妈的干儿子张华。

刘翠花听了霞姑的劝告，回到了铁山上住过的山洞。天冷了，挨邻的张大妈害怕她们着凉，把两个女人接到了自己家。刘翠花和霞姑同张大妈、张大妈的干儿子张华生活在了一起，一同在山坡上种地，一同到树林里打猎，刘翠花和霞姑还时时监视着霸占了铁山寨的几个歹人，不让宋大发、歪脖子、霍树楠一伙去祸害老百姓。

张大妈的干儿子不是本地人，是随红军北上抗日路过川黔边境时遭国民党军队袭击受伤掉队的红军伤员，躲在当地老百姓家里养了一些日子伤，想追赶部队，不料在大山中迷了路，不小心掉下山崖，被张大妈发现救回了家，因为红军已经走远，便留在了张大妈家，做了干儿子，并且改了名字，跟随张大妈姓了张。刘翠花、霞姑常常和张华在一起摆谈，张华讲了共产党领导的红军为穷人打天下，要让穷苦百姓过上好日子的很多事情。

这一天晚上，刘翠花和霞姑听到隐隐约约传来的枪声，担心铁山寨上的土匪下山作恶，便带着武器下了山。张华担心两个女人的安全，也提着张家打猎的枪跟着下了山。三个人顺着传来枪声的方向，找到了土匪围住的复查队驻地，正准备在土匪背后开枪，帮一帮好人，却发现土匪光打枪不进攻，有些奇怪。正在犹豫该不该在土匪背后开枪，却看到宋大发、王益生趁着混乱悄悄会面，三个人躲在草丛中，偷偷听着两个歹人说的话。

王益生正在给宋大发交代任务，压低了声音说："宋老板，我们的任务是长期潜伏，破坏铁山地区铁矿的建设。大日本帝国和中国的战争短时间不会结束，铁山矿是中国政府为建设大后方军工生产基地而建的，破坏了铁山矿的建设就是破坏了中国大后方军工生产基地的建设，有利于大日本帝国的圣战。"

宋大发轻声说："王专员，你就布置任务吧，我们该怎么办？"

王益生眼里闪露出凶光，说："我们不能让中国人建起铁山矿，要搞暗杀，除掉那些积极帮助建铁矿的人。建大铁矿要征收私人的小矿洞，我们要制造谣言，让私人小矿主都抵制征收……"

宋大发压低了声音问："王专员，你说，先杀哪些人？"

王益生咬着牙，恶狠狠地说："谁挡住我们的道就先杀谁，像铁山矿筹备处那个姓陈的联络主任，差一点认出你派去和我联络的人，就该先除掉他。"

宋大发点了点头说："你说的是东溪场上做矿砂和铁器生意的那个姓陈的老板的弟弟，那个叫陈知农的……"

刘翠花听到了歹人说的话，想到铁山寨上的土匪要对自己的亲哥哥下毒手，心里悬起了一块大石头。

王益生和宋大发见了面，安排了铁山寨土匪近期要搞的破坏活动，准备返回复查队营地了。日本特务十分狡猾，为了不让复查队的人怀疑，让护送他返回复查队营地的小特务照着他的大腿打了一枪，王益生拖着受伤的腿爬了一段山路，在复查队驻地小山头附近一丛荆棘边躺下，闭上眼睛装起了死。

天快亮了，土匪停止了打枪，退走了。李贤诚、陈知农松了一口气，正在这时，负责监视王益生的复查队员焦急万分地跑来报告，王专员不见了。

李贤诚、陈知农吓了一大跳，赶忙带着人到处寻找，天亮了，终于找到大腿受了伤的王专员。王益生哭丧着脸告诉李贤诚和陈知农，晚上土匪打枪时他发现一个匪徒鬼鬼祟祟地想摸进营地，于是一边打着枪一边想去抓住匪徒，想不到追出营地不远，匪徒回头一枪打中了他。

李贤诚和陈知农见王益生大腿受了伤，流了不少血，没有怀疑他说的话，派两个复查队员用担架把他送回了东溪场。

土匪没有再来骚扰，李贤诚和陈知农领着复查队员开始了紧张的铁山矿区复查工作，每天清早上山复查，天黑了才回驻地休息，一天忙到晚，十分辛苦。

一天晚上，陈知农回到驻地，晚饭吃了两个干馒头，正想回到帐篷休息，吴宏琴找来了。

吴宏琴带着人给复查队送粮食，天晚了，害怕回东溪场路上有危险，留在了复查队营地过夜。天黑了，不想早早地上床睡觉，来找陈家哥哥摆谈了。

三年多过去，吴宏琴以为自己应该忘了以前对陈知农的感情了，不料重新回到东溪场，和陈知农同在铁山矿筹备处工作，经常见面，以前对陈家哥哥爱的火苗又慢慢地在心中燃了起来。不过，毕竟三年多的时间过去了，吴宏琴长大了，比以前懂事，知道爱情是男人和女人都情愿才能开花结果的，于是把对陈知农的爱深深地埋在了心里，努力尝试着像对亲哥哥一样来和陈知农交往，摆谈心里话。

陈知农见吴宏琴找到自己住的帐篷里来了，赶忙端凳子让她坐下，说：“宏琴妹妹，天黑了，怎么不回帐篷休息？”

吴宏琴脸上带着笑，有些不好意思地说：“怎么，陈家哥哥不欢迎，嫌我打扰了？”

陈知农十分尴尬，脸红了，说：“宏琴妹妹，你怎么这样说，我们从小就是好朋友，我是好哥哥，你是好妹妹。”

吴宏琴苦笑了，说：“是啊，你是好哥哥，我是好妹妹，永远都是哥哥和妹妹。”

陈知农轻轻地叹了一口气，摇了摇头，说：“宏琴妹妹，我知道你的心，我希望你能原谅我，让我们永远做哥哥和妹妹，好吗？”

吴宏琴笑了，她已经在心里压住了爱，控制住了感情，说：“陈家哥哥，我以前不懂事，不要怪我。现在我懂事了，我会永远把你当成亲哥哥的。”

陈知农十分高兴，正要说话，突然看到一个人影从帐篷门边闪过，一把匕首飞进了帐篷，斜斜地插在了支撑帐篷的木柱子上，他吃了一惊，把要对吴宏琴说的话咽回了肚子，从睡觉的床边抓起枪追了出去。帐篷外站岗的复查队员也发现了闪过的人影，大声喊叫着追了过去，还开了枪。

陈知农跟着站岗的队员追下了小山头，人影闪进一片树林不见了踪影，远处传来一个女人的声音："不要追了，我是好人，想帮助你们的好人……"

陈知农和站岗的复查队员在树林里找了一阵，人影早不见了，什么东西也没有找到，无可奈何，两个人只好回了营地。

陈知农回到自己的帐篷，吴宏琴已经从柱子上拔下了匕首，正在看匕首带来的布条，布条上歪歪斜斜地写着几个大字："坏人要杀你。"吴宏琴心里"咚咚咚"地跳了起来。

陈知农接过吴宏琴递来的布条，仔细地看着布条上的字，似乎觉得曾经见过这样的布条和写在布条上的字，终于他想起了，在二哥堂屋的桌子上见过同样的布条，同样歪歪斜斜写在布条上的字。

陈知农愣住了，他走出了帐篷，面对着黑沉沉的夜幕大声呼喊："小妹妹，是不是你？你没有死，你在暗中保护我，保护我们陈家！"

吴宏琴追了出来，有些奇怪地问："陈家哥哥，你说的小妹妹是谁？你还有一个小妹妹？"

李贤诚率领的复查队完成了铁山矿区铁矿砂储藏复查工作，准备撤回东溪场铁山矿筹备处驻地。一天早上，李贤诚正与陈知农商量复查队撤退时的保卫工作，王益生一瘸一拐地找来了，刚进门就大声叫嚷起来："李主任，复查任务完成了，你交给我十个年轻会打枪的复查队员，我要带着偷袭铁山寨上的土匪，报一枪之仇。"

陈知农笑了笑说："王专员，你带着十个复查队员偷袭铁山寨，恐怕是肉包子打狗，有去无回吧！"

王益生恨得咬牙切齿，仿佛和铁山寨上的土匪有不共戴天之仇，大声说："陈主任，你不要瞧不起我，来铁山矿筹备处前我当过兵，打过仗，只要给我十个人，我一定能钻进土匪窝子，搅他个天昏地暗，我大腿上挨了土匪一枪，此仇不报非君子。"

李贤诚招呼王益生坐下，好心劝说："王专员，我知道你挨了土匪的黑枪，恨土匪，不过我们的任务是复查矿区的铁矿砂储量，不是打土匪。铁山寨上的土匪有军队来剿，猖狂不了几天了。"

王益生叹了一口气说："两位主任，铁山寨上的土匪太猖狂了，回去我要好好向侯主任禀报，让他去綦江县政府要求派兵剿匪。”

陈知农插嘴说：“王专员，你放心，綦江城里驻了对付土匪的军队，东溪场上矿洞和铁厂的工人也组织了打土匪的队伍，铁山寨上的土匪很快就会被消灭。”

王益生眯着眼睛笑了，挥着手大声说：“好啊！铁山矿区军民结合，土匪的死期到了，再也不能祸害人了！”

王益生走了，李贤诚和陈知农轻声摆谈起来，他们觉得王益生自从大腿上挨了土匪一枪，逢人便咬牙切齿地骂土匪，似乎十分痛恨土匪，可是想到王益生曾经和长得很像霍树楠的人来往，又觉得王益生十分可疑。

铁山矿区复查队撤回了东溪场，陈知农带着半夜里用匕首插着扔进帐篷的白布条来到二哥陈知生的家，他让二哥拿出小妹当年留在桌子上的白布条，仔细对照两个布条上的字迹，越看越觉得是一个人写的，不过留在陈知生堂屋桌子上的白布条上面的字是暗红色的，能看出是用血写的，铁山帐篷柱子上匕首插着的白布条上的字是黑色的，是用墨笔写的。

陈知生不知道弟弟从哪里又拿来了一个白布条，认真看了，奇怪地问：“小弟，你拿来的白布条是从哪里得到的，和小妹留下的白布条上的字好像是一个人写的。”

陈知农讲了铁山帐篷里有人用匕首插着扔进白布条的事，高兴地说：“二哥，两个白布条上的字是一个人写的，是小妹写的，小妹没有死，她一定还活着！”

陈知生有些疑惑地说：“小妹没有死，她还活着，她在什么地方，莫非还在铁山上当土匪？”

陈知农摇了摇头说：“小妹一定不会再当土匪了，她也许还在铁山上，在暗中监视土匪，她一定是知道了土匪要对我们陈家不利，用白布条发出了警告。”

陈知生高兴了，可是很快脸色又阴了下来，说：“小妹还活着是一件大好事，可是我们到哪里去找她，我们陈家兄妹什么时候才能团聚啊？”

陈知生和陈知农正在谈论小妹妹的事，大哥陈知雄来了，他是知道政府在铁山建设大型铁矿一定会征收小矿洞的事来找二弟商量的，看了三弟带回的白布条上面的字，也觉得同小妹留在二弟堂屋桌上白布条的字是一个人写的，又听三弟讲了白布条的来历，心里着急，大声说："小弟，你们在铁山什么地方搭的帐篷，快告诉我，我上铁山去找小妹。小妹还活着，我一定要找回她，不能让她一个女人在铁山上受苦。"

陈知农摇了摇头说："大哥，铁山那么大，方圆一百多里，到处是高山深沟，密密的树林，你到铁山上去找小妹，比在大海里捞针还难。"

陈知生帮着劝说："大哥，铁山上有土匪，你上铁山寻找小妹，万一遇上土匪怎么办？现在还不能上铁山。"

陈知雄心里着急，说："上铁山找小妹是很难，可是我们不能不管小妹呀，爸爸妈妈临死前要我们做的事，二十多年，我们没有办到，我心里有愧呀！"说着，眼里有了泪。

陈知农心里也十分难过，说："大哥，你是我们的好大哥，铁山要建大铁矿，军队一定会上山剿匪。等到军队把土匪赶跑了，铁山清静了，我们三兄弟一起上铁山寻找小妹，一定会找到小妹的。"

陈知生插上了嘴，说："对，等到军队赶跑了土匪，铁山清静了，太平了，我们三兄弟一起上山寻找小妹！"

太阳落山，天黑了，陈知生留大哥和三弟在家里吃饭，饭桌上三兄弟又摆谈起了寻找小妹妹的事，陈知生的女儿陈秀芳听说爸爸要和伯伯、叔叔一起上铁山寻找小姑姑，插嘴大声说："爸爸，你们上山找小姑姑一定要带上我，我也要去寻找小姑姑。"

陈家人正在一边吃饭一边摆谈着上铁山找人的事，突然，屋外"砰砰"响了两声枪声。陈家三兄弟都吓了一跳，陈知雄和陈知农赶忙出门去看，外面黑黝黝的一片，打枪的人已经无影无踪，陈家兄弟东张西望看了一会儿，又竖起耳朵听了一阵，没有发现有什么异常，正准备回屋，突然听到大门外墙角有人轻轻呻吟的声音。陈家兄弟顺着墙根寻找，发现墙角躺着一个人，赶忙拿来了灯笼，那人腿上挨了一枪，伤口正往外流血。陈知雄认出被打伤的人是东溪场上一个小混混，人们叫他癞子王三。王三身边放着一大捆浸了桐油的干竹片子，还有打火的火石火镰。王三见到陈家兄弟，吓得大声叫着请求饶恕，说："陈大爷，饶了我吧，我不该听信铁山寨上歪脖子的话，陈家大爷，你们大人有大量，饶了我吧！"

陈知雄看到王三身边的火石火镰，听了王三求饶的话，心里明白王三是受了铁山寨土匪歪脖子的唆使，想趁天黑放火的，可是什么人打了王三两枪呢？

陈知雄在王三身边蹲下，瞪着眼睛询问："王三，你来我兄弟家放火，被谁打了一枪躺在这里，快说，是谁打了你一枪？"

王三哭丧着脸说："陈家大爷，我也不知道被谁打了一枪，开枪打我的人见我挨枪倒下了，还走到我身边警告，不准我再骚扰你们陈家。听声音是一个女的。"

陈知雄和陈知农心里似乎明白了，铁山上复查队帐篷里飞刀扔进的白布条，黑夜里守护在陈家周围开枪打伤纵火人王三的女人，两者即使不是一个人，也是一伙的，也许正是小妹妹在暗中保护着他们。陈知雄心里非常激动，面对着黑黝黝的街巷大声呼喊起来："小妹妹，是不是你开枪打伤了想放火的坏人？小妹妹，你在哪里？哥哥想你，哥哥想见到你。"

陈知生听说有人想放火，也出门来看，听到大哥在呼喊小妹，觉得奇怪，走到大哥跟前询问原因。陈知农见二哥来了，吩咐把放火的王三带走，面对着黑黝黝的街巷也喊了起来："小妹妹，小哥哥想你，回家吧，我们兄妹该团聚了。"

陈家兄弟又在东溪场上找起了小妹妹，吴宏宜家的、陈大生家的，听到陈家兄弟呼喊的声音，问明白了陈家兄弟又在寻找小妹妹，也出门帮着寻找。铁山矿筹备处的江姐到东溪场办事，闻讯也加入进来。东溪场上，到处都有帮助陈家兄弟寻找小妹妹的人。

铁山矿筹备处的侯主任、李副主任听说有歹人想在陈老板家里放火，十分吃惊，派人到陈知生家慰问。王专员也听说了歹人放火的事，在东溪场街上买了两斤糖果提在手上，亲自到陈知生家慰问。陈知生刚好在家，听说铁山矿筹备处王专员登门慰问，赶忙把客人迎进堂屋坐下，吩咐家里的人，泡上好茶招待。

王专员气愤地说道："铁山寨上的土匪真是胆大包天，我听说到你们家放火的人是受铁山寨上歪脖子的指使，我随复查队上山也挨了土匪一枪，我们和铁山寨上的土匪不共戴天。"

陈知生笑了笑说："王专员，俗话说，'邪不压正'，铁山寨上的土匪祸害百姓，是邪，我们是正。土匪猖狂一时，猖狂不了一世，终归要被剿灭。"

王益生赶忙表示赞同，说："陈老板说得好，土匪是邪，我们是正，邪不压正，土匪早晚要被剿灭，不过，陈老板以后一定要小心，要防着土匪再来放火，甚至来杀人。"

陈知雄来找二弟商量事情，刚好进堂屋听到了王益生说的话，插上了嘴："王专员，东溪场的人遭受铁山寨土匪祸害多年了。杀人放火，土匪干了不少坏事，可是东溪场上的人照样居家过日子，没有被土匪吓到。"

王益生早就听说陈老板的大哥在东溪场上是一个招呼一声就有不少人会跟着走的汉子，赶忙露出笑脸讨好："这位是陈家大哥吧？你说得对，土匪杀人放火抢东西吓不到人，过去没有吓到东溪场上的人，今后也不会吓到铁矿的人。土匪是我们共同的敌人，我们要防着土匪搞破坏。"

陈知雄听着王益生的话，想起曾经听三弟讲王益生像是和铁山寨的土匪头子霍树楠有来往，心里有了一些疑惑……

第十六章

小矿洞征收风波

中国人民抗击日本侵略者的战争进行到万分激烈的阶段，日本人的飞机对国民政府陪都重庆以及周边地区狂轰滥炸，给抗日大后方的老百姓带来了深重灾难。

日本人的飞机轰炸了铁山矿区和东溪场。

初夏季节，一天清晨，天空中飘浮着几团黑云，刮着风，好像要下雨。东溪场附近小山上，陈家矿洞里十多个工人正在开采矿砂，一些人挥动铁镐，把矿砂从矿洞壁上挖下来，另一些人把矿砂往矿洞外搬运。陈知雄也和工人一起用大铁镐刨着矿砂，他光着膀子，一身的汗。干活的人们见老板干得卖力，也努力地干着。陈知雄的妻子王兰花几次到矿洞里来喊丈夫回家吃饭，陈知雄都没有停下手里的铁镐。

东溪场上早起的人家已经吃过了早饭，有的出门做小生意，有的到附近农田干活，一些小孩跑上了街，跳着蹦着做起了游戏。东溪场水码头边，孙老大的船装上了陈知生准备运往綦江县城的铁器，孙老大在船后掌舵，孙晓兰和两个船工提着竹篙站立船头，一个船工正解着船头的缆绳。

突然，天上响起了“轰轰轰”的巨大响声，十多架机身涂着红膏药标志的日本飞机飞到了东溪场上空。东溪场上有人听说过日本飞机轰炸造成民众巨大伤亡及财产损失的事，但没有亲眼看到过日本飞机轰炸，不知道该怎样躲过日本飞机的轰炸，一些不懂事的小孩看到黑压压的飞机飞来，十分好奇，指着天上的飞机你一句我一句叫嚷起来。

“看，快来看，天上是什么东西，会像鸟一样飞?”

“啊，好多啊，好大啊，一个、两个……”

“我知道，这叫飞机，上面还有人。”

孩子们正在说着，叫着，一颗炸弹掉了下来，在不远处落地爆炸，发出轰隆隆的巨响。一个孩子身子被炸成了两段，半截身子飞上了天，洒了一地的血；一个孩子的耳朵被弹片削掉了，满脸的血。小孩子们吓坏了，哭着叫着往家里跑。

“轰隆隆！轰隆隆！”巨大的爆炸声一声接着一声，一些房屋着了火，火势越来越猛。

东溪场上的人乱成了一片，大人叫，小孩哭，一群人往场外小树林里跑，刚刚跑到小树林边，日本飞机发现了逃跑的人群，扫射起了机关枪。两个人倒下了，吓得人们哭着叫着往回跑，一间着火的房子倒下，刚好拦住了路，逃跑的人们乱纷纷的，有的往路边一条小河里跳，有的躲到一棵大树下。

日本飞机在东溪场水码头扔了两颗炸弹，一颗落到码头上，一棵大树被炸断，树干倒下砸伤了两个正准备上船的船工；一颗炸弹落到了河里，河水被炸得冲起有一丈多高，河里掀起了大浪，有两只船被浪头掀翻，船上的人落到了水里。

东溪场好几处燃起了大火，黑烟笼罩了半边天，遮住了已经升起的太阳。

宋大发接到日本特务机关指令，要他派人给到铁山矿区、东溪场轰炸的日本飞机指示轰炸目标，轰炸铁山脚下的矿洞、铁厂，破坏建设铁山矿区的计划，破坏中国大后方钢铁生产。宋大发派霍树楠带着两个匪徒躲在东溪场边小树林一丛荆棘后面，用红色、蓝色两面小旗子给日本飞机指示轰炸目标。霍树楠见日本飞机虽然炸中了东溪场，却迟迟没有炸中吴家、夏家、陈家的矿洞和铁厂，心里有些着急，让一个小匪徒举着指示目标的小红旗往吴家矿洞、铁厂方向跑，不料一块弹片飞来，小匪徒被削掉了脑袋，“扑”的一声倒在草丛中死了。不过日本飞机终于发现了小红旗指示的目标，几架飞机发出巨大的轰鸣声，往吴家矿洞、铁厂方向扑过去，扔了炸弹，扫射了机关枪。

陈家矿洞里，陈知雄正领着工友干活，儿子陈铁见母亲几次去矿洞叫父亲回家吃饭，父亲都没有回家。陈铁十六七岁，在吴宏宜的铁厂上班，已经快到上班时间了，他心里着急，跑进矿洞叫父亲，正好遇到日本飞机扔下的一颗炸弹在陈家矿洞边爆炸，矿洞炸塌了一个角，陈铁的头被弹片削去了一层皮，血流满面，倒在了矿洞旁边。

陈知雄气得瞪圆了眼睛，跳起脚对着天上的日本飞机大声骂：“龟儿子日本强盗，炸塌了老子的矿洞，炸伤了我的儿子，你欠下中国人的债，有一天会让你们加倍偿还。”

王兰花见日本飞机扔了炸弹，跑出家门观看，看到陈铁倒下了，吓得浑身哆嗦，急忙奔过去抱起儿子，哭着大声呼喊：“儿啊！你睁开眼睛看一看妈妈，张开嘴喊一声妈妈……”小儿子陈勇也跑到哥哥身边，哭着喊着：“哥哥，你怎么了，一身的血？”

日本飞机飞走了，东溪场上的老百姓有的救火，扑灭炸弹爆炸引发的大火；有的救人，把受伤的人背到铁山矿筹备处医务室救治，筹备处的工作人员全都上了街，参加救火或救人。

吴家铁厂一个高炉被炸中，高炉中有几十吨滚烫的铁水，如果高炉垮塌，几十吨滚烫的铁水流出，将引发一场大火，祸害更多的人。陈大生正领着一些工友抢修高炉，用砖在高炉四周垒起保护层，防止高炉垮塌铁水溢出。因为高炉随时都有可能垮塌，吴宏宜急得火烧火燎，赶到现场给陈大生和抢修工人打气鼓劲。

陈知雄给儿子陈铁包好了伤，回到矿洞领着工人抢修矿洞，听说吴家铁厂高炉被炸，他知道高炉垮塌铁水溢出将造成的灾难，连忙扔下抢修自己家矿洞的活，带着一些工友急匆匆赶到了吴家铁厂，一起抢修高炉。

铁山矿筹备处的侯主任听说吴家铁厂高炉被炸，连忙带着李贤诚、陈知农和江姐赶到了吴家铁厂，吴宏琴也赶到铁厂，帮着哥哥出主意。

东溪场上不少老百姓都帮着吴家铁厂抢修高炉。俗话说，众人相帮好做事，抢修高炉的人干了一天一夜，终于在被炸的高炉四周修起了一道围墙，高炉不会垮塌了，滚烫的铁水不会溢出了。吴宏宜十分感谢东溪场上的朋友出手相救，特意从綦江县城请来厨子，在自己家院子里摆了十多桌酒席，杀猪宰羊，宴请帮着抢救铁厂高炉的朋友。

陈知雄和弟弟陈知农与两家小矿洞的老板坐在一张酒桌旁，两杯酒下了肚，脸红了，说话粗声粗气，没有忌讳了。

一个小矿洞老板吐着酒气说："诸位，听说铁山矿筹备处要把我们的小矿洞统统征收，不知是真是假，如果是真的，我们的饭碗就要被端走了，我们以后怎么办啊？"

另一个小矿洞老板接上话头："我们家的矿洞是祖上留下来的，快一百年了，修建矿洞的时候，我们家死过两个人，现在好了，两三年矿洞没有出事了，铁矿砂的价格也比民国初期涨了不少。可是铁山矿却要征收矿洞，抢走我们的饭碗，我想不通，实在想不通！"

陈知雄吐着酒气，睁大了眼睛大声说："两位老板，如果你们想不通，那我更想不通了。你们经营矿洞也有不少年头了，收回了本钱，还赚了不少，我们家的矿洞出矿砂不过几年。你们知道，修矿洞时我叔叔被砸死了，连一个后人都没有留下，矿洞刚刚弄好，土匪来抢，害死了我爸爸妈妈，毁了矿洞。这次日本飞机轰炸，又炸塌了矿洞一个角，我儿子受了伤，至今仍然躺在家里，我们家为矿洞赔了钱，还赔上了人，现在铁山矿要征收小矿洞，我也想不通啊！"

陈知农坐在大哥陈知雄旁边，他知道矿洞就像矿洞主的命，铁山矿筹备处征收民间小矿洞将会遇到很大的阻力，他也知道大哥为修矿洞费了不少心，担心大哥喝醉说出不该说的话，会在小矿洞主中产生不好的影响，连忙拉了拉大哥的衣角轻声说："大哥，你喝醉了，回家休息吧。"

一个小矿洞主大声叫起来："陈家小兄弟，你是东溪场上的人，你知道，小矿洞是我们的命，不会让人轻轻松松拿走的，你要替我们出面讲公道话。不错，铁山矿征收矿洞是为了打日本鬼子，但也不能下一道命令就把小矿洞统统征收去。"

陈知雄瞪着红眼珠望了陈知农一眼，说："这位大哥说得对，知农，你是东溪人，你要把我们刚才说的话讲给你们管事的听。小矿洞就像矿主的命，为了打日本鬼子，我们可以交出矿洞，但铁山矿也要为小矿主着想，不能轻轻松松就拿走矿洞。”

陈知农苦笑了，摇了摇头说：“诸位大哥，我知道矿洞就是矿主的命，不过日本人打来了，国家亡了，你们还能保住小矿洞，保住命吗？现在我们要对付的是日本帝国主义，为了打日本，要钱我们要出钱，要人我们要出人，铁山矿区要建大铁矿大钢铁厂，炼出钢铁造枪造炮打日本鬼子，要我们拿出小矿洞，我们要舍得。当然，我会向筹备处的两位主任报告诸位大哥修小矿洞的艰辛，让铁山矿作出适当的补偿，可是诸位大哥，现在铁山矿也很困难啊！”

陈知雄的儿子陈铁在日本飞机轰炸时受了伤，头上被弹片削掉了一层皮。陈知雄忙着到吴家铁厂帮助抢修被日本飞机炸塌一个角的炼铁高炉，又参加了吴家的宴请，没有及时把儿子送到铁山矿筹备处医务室抢救，陈铁因为伤重，死了。

大儿子死了，陈知雄家的天塌了，他奔进被日本飞机炸塌一个角的矿洞，脱光了身上的衣服，光着膀子，用尽全身力气挥动铁镐刨着铁矿砂，到了吃饭的时间，妻子王兰花含着眼泪进矿洞，叫丈夫回家吃饭。然而陈知雄仿佛傻了呆了，听不到妻子的喊叫声，仍然使尽全身力气挥动铁镐，刨着铁矿砂。天黑了，该回家睡觉了，王兰花又进矿洞喊丈夫回家吃饭睡觉，陈知雄仍然像没有听见一样，光着膀子挥动着铁镐刨着铁矿砂。王兰花哭着喊着扑上前，抱着丈夫要夺下他手里的铁镐。陈知雄甩开妻子，仍然光着膀子用力挥动着铁镐。

小儿子陈勇跑进矿洞，叫喊着爸爸回家吃饭，陈知雄没有理小儿子。后来，上山看望的陈大生和两个工友奔进矿洞，硬夺下了陈知雄手里的铁镐，拉着他回了家。陈知雄仍然不喝水不吃饭，傻傻地躺在床上，睁大眼睛望着屋顶，嘴里不停地念叨着：“儿子，爸爸对不起你，爸爸要跟着你一起去……”陈大生和前来看望的工友都伤心地流下了眼泪。

吴宏宜听说陈知雄的大儿子死了，知道他是为了帮着抢修自己铁厂的高炉耽误了送陈铁去医治，非常内疚，带着人赶到了山上，进了陈家屋，看到陈知雄躺在床上，嘴里不停地喊着儿子的名字，眼里流出了泪。他来到了床边，拉着陈知雄的手大声喊起来："陈大哥，好哥哥，陈铁是因为我们家里的事耽误了医治才死的，以后你就是我的亲哥哥，我的儿子就是你的亲儿子，好哥哥，亲哥哥，以后你们家的事就是我们家的事，你们家要用钱，只要说一声，要用多少我给多少。"吴宏宜从衣服荷包里掏出一把钱塞在陈知雄手里，流着眼泪说："好哥哥，这些钱拿去给陈铁办丧事，不够，再让人到我家里去拿。"

陈知雄生气了，一把推开了吴宏宜，手一挥，把他塞进手里的钱扔得满屋子都是，大声吼起来："姓吴的，你有多少钱，日本人打进了中国，杀了成千上万的中国人，你能不能都给他们办丧事?！我儿子是被日本飞机炸死的，是被日本人杀死的，不关你们吴家的事！"

吴宏宜万分惭愧，轻轻叹了口气说："陈大哥，你说得对，日本人杀害了成千上万的中国人，我们要打日本鬼子，为被日本飞机炸死、被日本人杀死的中国人报仇。"

陈大生在一旁插上了嘴："陈大哥，要打日本鬼子，为被杀害的中国人报仇，要吃饭，身上有了力气才能报仇。"

陈知雄仿佛一下子醒悟了，一骨碌翻身坐起，大声喊叫起来："对，要报仇，要吃饭。老婆，快拿饭来，我要为儿子报仇。"

陈知生到綦江县城办事，天黑才回到家，听说侄儿陈铁死了，吓了一大跳，顾不得一路辛苦，让家里人准备了灯笼，带着妻子和女儿赶到了山上大哥家里，兄弟见面，拥抱在一起哭起来，陈知雄的妻子王兰花和陈知生的妻子张春容手拉着手也哭了起来。陈知生的女儿秀芳见大哥哥死了，也大声哭了起来，吴宏宜、陈大生和前来看望的朋友也跟着流起了眼泪，屋里屋外哭成了一片。

陈知农得到侄儿陈铁死去的消息，非常悲痛，急急忙忙往山上大哥家里赶，可是铁山矿筹备处的侯主任、李副主任委托他办理征收铁山矿区小矿洞的事，半路上被一群小矿主拦住，脱不了身，没有办法，只好委托吴宏琴到山上帮助料理侄儿的丧事。吴宏琴赶到了山上，向陈家大哥讲了陈知农被小矿洞主拦住脱不了身的情况，拿出了陈知农托他带给大哥的钱。吴宏琴见哥哥吴宏宜也在山上，兄妹俩一起帮着陈家料理陈铁的丧事。

铁山矿筹备处侯主任、李副主任听说陈知雄儿子陈铁被日本飞机炸死了，很想到陈知雄家里慰问，可是侯主任一天到晚要处理的事情很多，走不开，李副主任接到通知要到重庆开会，都抽不出时间到陈知雄家看望。王专员闻讯特地找到侯主任，自告奋勇要代表铁山矿筹备处到陈知雄家慰问。侯主任见王专员主动要求，答应了，吩咐办公室副主任江姐陪着一起去。

王专员听说了东溪场陈家老大陈知雄的儿子被飞机炸死的消息，心里暗暗高兴，他到东溪场时间不久，可是已经从宋大发、霍树楠、歪脖子一伙歹人口中知道东溪场上的陈、吴、夏三家是铁山寨的对头，是抗日口号喊得最凶的人家。陈知雄家里不是很富裕，一直在吴家矿洞干活，好不容易自己开了一个小矿洞，不过，陈家老大在吴家、夏家矿洞以及铁厂工人中很有威信，是吴家组织的护矿护厂队的领头人，曾经让宋大发、歪脖子吃了不少苦头。王专员心里想，陈知雄的大儿子被日本飞机炸死了，让铁山寨的人解了恨，增添了自己以后在铁山寨的威望，同时也能让陈家兄弟与东溪场上的人知道日本人的厉害，压一压东溪场上抗日分子的气焰。王专员还想借陈知雄儿子的死，破坏铁山矿筹备处征收民间小矿洞建设大矿山的计划。他听说陈知雄的儿子是在小矿洞旁边被飞机炸死的，如果能够挑动陈家老大因为儿子的死不交出小矿洞，就可以让铁山矿区众多小矿洞主跟着一起拒不交出小矿洞。小矿洞主们不交出小矿洞，铁山地区就建不成大铁矿，中国人想在重庆地区建成大型钢铁厂、生产钢铁供应军工生产的计划就不能实现。不过想到侯主任叫了办公室副主任陪着自己一起到陈家去，王益生弄不清楚姓侯的的意图，心里又有一些不安。

王专员让人叫了两顶滑竿，想和江姐一起坐着滑竿去陈家，江姐笑着拒绝了，要走路去陈家。无可奈何，王专员也只好陪着走路去陈家，爬山累得气喘吁吁，走得腰酸背痛，终于到了陈知雄家所在的小山头。

陈知雄正和二弟陈知生商量为儿子办丧事，听说铁山矿筹备处派人来慰问，赶忙把王专员和江姐迎进了屋，倒了茶水招待客人。

王专员到陈铁遗体前行了三个鞠躬礼，硬是从眼睛里挤出了两滴眼泪，一把抓住了陈知雄的手，摇了摇头，叹了口气说："陈家老弟，你儿子被日本飞机炸死了，年纪轻轻的十分可惜，还望陈老弟节哀！"

王专员慰问了陈知雄夫妻，送上了带来的礼品，并没有打算离开，在客堂里和陈家兄弟摆谈起来，装作关心的样子问："陈老板，我听说你儿子是在矿洞边上被日本飞机炸死的？”

陈知雄不明白王专员问话的用意，叹了口气说：“日本飞机或许想炸坏我家的矿洞，把我儿子炸死了。”

陈大生在一旁插上嘴说：“陈大哥家里的矿洞也被炸塌了一个角，大家帮着修好了。”

王专员装成漫不经心的样子问：“陈老板，你家矿洞开了多久了，一定赚了不少钱吧？”

陈知雄被王专员的问话勾起了心事，苦笑起来，说：“我家矿洞开的年份很久，可是近两年才出矿砂，不要说赚钱，本钱也没有收回来。为了开矿洞，我们家还丢了好几条人命。”

王专员显出吃惊的样子，连连感叹：“陈老板，你们家为了开矿洞还丢了人命，太可怜了，为矿洞付出太多了。”

陈知生插嘴说：“王专员，铁山脚下开矿洞的人家，家家都有一肚子的苦水，有的人家有人为开矿洞丢了命，有的人家为了开矿洞弄得家破人亡，所以征收铁山地区小矿洞开办大铁矿，不少小矿洞主舍不得交出自家的矿洞。”

王专员装出了一副菩萨心肠说：“老百姓可怜，辛辛苦苦开的矿洞，政府一道命令就要征收了。”

江姐在一旁插嘴说：“不能责怪政府，要怪就怪日本鬼子。”

陈大生接过话头说：“对，要怪日本鬼子，要不是日本鬼子打进中国，政府或许就不会在铁山建设大铁矿了。”

王专员假情假意地竖起大拇指说：“这位老弟说的话有道理，令人佩服，确实要怪日本鬼子，日本鬼子不打进中国，铁山不会建设大铁矿。”说着，王益生装出了关心的样子说：“不过，征收小矿洞也应该看情况，陈老板的矿洞死了好几个人，花费了不少精力，出铁矿砂不久，也许可以通融通融，迟一点征收。”

陈知雄吃了一惊，有些疑惑地说：“征收小矿洞的事可以通融？我们家的小矿洞可以迟一点征收？”

王专员看到一起来的江姐内急离开了屋子，赶忙把嘴巴凑近陈知雄的耳朵，故作关心地说：“陈老板，我知道，你兄弟陈知农是县政府派到铁山矿筹备处的联络主任，我回去再在侯主任、李副主任前面帮着说说好话……”正说着，江姐回来了，王益生赶忙住了嘴。

中共东溪地区党小组召开了会议，陈知农和铁山矿筹备处办公室副主任江姐参会。会议研究了东溪场上人们关心的征收小矿洞的事，铁山矿筹备处征收小矿洞是抗击日本侵略者的需要，党小组决定支持铁山矿筹备处征收小矿洞的工作。

王益生和铁山寨上一伙歹人策划了一个又一个破坏铁山地区建设大铁矿的阴谋。

东溪场大街小巷被人贴上了小帖子，上面写着鼓动铁山地区小矿洞主反对铁山矿筹备处征收小矿洞建大铁矿的话，闹得东溪场上小矿洞主们人心惶惶，相互见面摆谈的都是政府征收小矿洞的事。

“李老板，铁山矿要征收小矿洞，我们只能认倒霉，俗话说，胳膊拧不过大腿。”

“王老板，话不能这么说，你没有看到街上贴的小帖子。上面说，只要我们人心齐，一致对抗政府征收小矿洞，或许就能保住我们的小矿洞。”

“小帖子上的话信不得，听说政府建大铁矿是为了打日本鬼子，日本鬼子侵占了我们国家大片国土，为了打日本鬼子，我们应该让出小矿洞。”

“李老板，不要相信铁山矿筹备处里的人说的话，我们国家还有很多地方没有被日本人占领，哪儿不能建铁矿，偏偏要到铁山来建？小帖子上说，是因为我们这一地区的人软弱，好欺负，半夜吃柿子，挑软的捏，我们要齐心抵制，不让政府在铁山建大铁矿。”

一个街角围了一大堆人，一个鬼头鬼脑的人正在鼓动小矿洞主：“诸位，我听说这次政府征收小矿洞是为了把矿洞卖给美国人，那些当官的赚大钱，还有，这次政府征收矿洞，背后有人的，后台硬的，也许就不征收。一般的小矿洞老板，背后没有人支持的，就强行征收，欺弱怕硬，不公平！”

一旁有人反驳说：“这次政府征收小矿洞，大小老板家的矿洞都要征收，没有欺弱怕硬的事。”

鬼头鬼脑的人奸笑着说：“大小老板的矿洞都要征收，那是铁山矿筹备处欺骗你们的，我就知道有一户人家的小矿洞不会被征收。”

有人大声问:“你说，谁家的小矿洞不会被征收?”

鬼头鬼脑的人眯着眼睛阴毒地笑了，压低声音说:“你们想一想，谁家的兄弟在铁山矿筹备处当主任，而且和李主任的关系好，听说姓李的带着人到铁山上调查铁矿时还帮过忙。”

有人惊讶地大声叫起来:“你说的是陈知雄，他的兄弟是联络处主任!”

有人反驳说:“不会，陈大哥为人耿直，肯帮衬人，不会通过关系保住自己家的小矿洞，不顾大家的小矿洞。”

有人气愤地说:“陈知雄只顾保住自家小矿洞，太自私了。”

马上有人提出了反对意见，大声说:“不会的，陈大哥不会做只顾保自己家的事，不能污蔑陈大哥!”

街角里围着的人争吵起来，越吵越凶。鬼头鬼脑的人见目的达到，悄悄地溜走了。

东溪场上十多个小矿洞主在满街的小帖子和一些鬼头鬼脑的人的鼓动下聚到了一起，走上大街要到铁山矿筹备处请愿，要求政府不征收小矿洞。一些爱看热闹的人跟着一起，人越聚越多，到了铁山矿筹备处大门前，一些人高声喊着要求铁山矿筹备处撤销征收小矿洞决定的口号。

铁山矿筹备处的侯主任、李副主任和王专员，联络处主任陈知农，办公室主任吴宏琴、副主任江姐正在一起开会商讨征收民间小矿洞的事，听大门口负责守卫的人前来报告，大门外聚集了不少来请愿的人，一个个都非常吃惊。王专员主张打电话通知綦江县政府，让县政府派军队来驱散请愿队伍，抓领头闹事的人，而且态度十分坚决，瞪着眼睛大声说:“可恶，太可恶了，国难当头，这些人不思团结抗日，还敢聚众闹事，一定要镇压，坚决镇压!”

陈知农提出了反对意见，说:“不能镇压，东溪场的老百姓是爱国的，这次请愿一定是受了坏人怂恿。东溪场上出现的小帖子就是别有用心的坏人张贴的，对坏人要坚决镇压，对老百姓要说服教育!”

侯主任、李副主任赞成陈知农的主张，决定让他出面说服请愿的小矿主们。同时为了防止请愿队伍中夹杂的一些坏人鼓动请愿的人冲击铁山矿筹备处，侯主任打电话通知了驻在离东溪场不远盖石场的军队，请军队迅速派人穿上便衣，赶来保护铁山矿筹备处的人员和设备。

铁山矿筹备处门前聚集的人群中有人高声吼着叫着，乱成了一片。

“侯主任，出来听听我们的意见，取消征收小矿洞的决定吧！”

“坚决反对铁山矿征收老百姓辛辛苦苦建成的小矿洞！”

“铁山地区的人不欢迎铁山矿筹备处，筹备处的人滚出东溪场！”

“政府不能下一个命令就征收我们的小矿洞，砸了我们的饭碗！”

铁山矿筹备处门前请愿的人，有的人喊出的声音温和，提出的要求通情达理；有的人恶狠狠地乱喊乱叫，乱喊乱叫的声音大，压住了其他的声音。

陈知农出来了，吴宏琴和江姐担心他遇到危险，也陪着一起出来。请愿的人群中有人看到陈知农出来，故意怪声怪气地叫喊起来。

“姓陈的，你是东溪场的叛徒，滚回去！”

“姓陈的，你帮你大哥的忙，让你家大哥保住了小矿洞，害了其他人。”

“陈知农，你是铁山矿筹备处的走狗，出卖了东溪场的人！”

陈知农听了人群中一些人的吼叫声，心里吃了一惊，他不明白为什么有人说自己帮助大哥保住了小矿洞。陈知农努力镇静下来，认真辨别着人群中发出的吼叫声，终于听出来了，那些怪声怪气吼叫的人不是东溪场上的老百姓，是铁山寨上的匪徒下了山，装成东溪场上老百姓的样子混在了老百姓中间。陈知农意识到事态的严重性，必须揭穿铁山寨匪徒的阴谋，挥着两手大声喊起来：“东溪场上的乡亲们，大伯大妈、大哥大姐、兄弟姐妹们，你们身边有坏人。铁山寨上的土匪混在了你们中间，千万不要上坏人的当，擦亮眼睛认清坏人！乡亲们……”

陈知农正大声喊着，没有注意到一个歹人蹿到了他身边，歹人手里提着一根木棒，猛地举起朝着陈知农的脑袋狠狠打来。幸好身边的江姐发现了，扑上前抓住了歹人的手，木棒打偏了，没有打中陈知农的脑袋，打中了他的手臂。陈知农感到一阵钻心刺骨般的疼痛，身子歪了歪倒下了。歹人举起木棒朝着江姐打去，旁边的吴宏琴冲上前护住了她。

人群中有人喊叫起来：“打人了！有人打人了！”“陈主任被人打伤了，快抓住打人的凶手！”

袭击陈知农的歹人有些心慌，扔掉手中的木棒。东溪场一个胆大的汉子抓住他，但他力气大，挣脱了抓他的汉子，钻进人群中不见了踪影。

铁山矿筹备处门前请愿的人乱成一片，不少人高声喊着“抓凶手”，也有人还在喊：“政府不公平，为什么不征收陈知农大哥的小矿洞！”

忽然，陈知雄随着陈大生和一些矿工朋友出现在请愿人群面前。陈知雄脸色铁青，瞪着两眼，眼里露出气愤的火苗，高声吼叫起来：“谁在说我兄弟帮我保住了自家小矿洞，站出来！我们当着众人的面说清楚，谁告诉你，我兄弟帮我保住了自家的小矿洞？”

闹哄哄的人群一下子静了下来，几个刚才还气焰嚣张、乱吼乱叫的歹人，被陈知雄和随着他一起来的人镇住了，慌慌张张地往后躲。两个叫嚷得最凶的歹人偷偷溜出了人群，钻进附近小巷子逃走了。

陈知雄继续大声说：“是的，是有人说要帮着我保住小矿洞，可是那个人不是我兄弟。我兄弟光明磊落，他不会徇私，不会只顾保自家人而不顾东溪场上众多乡亲的利益，我不许有人造谣污蔑我兄弟！”

人群中有人喊叫起来：“陈大哥，我们相信你，相信你的兄弟！”“陈大哥，我们不会听信谣言，错怪你的兄弟！”

陈知雄继续大声说：“东溪场上的大人娃娃多半知道我家里的事，我们家修矿洞修了二十多年，死了好几个人，终于修好了，我确实舍不得把小矿洞交给铁山矿。可是，我想通了，铁山矿征收小矿洞是为了建大铁矿，炼出钢铁造枪造炮打日本鬼子，日本鬼子占了我们国家大片土地，还派飞机来我们东溪场轰炸。为了打日本鬼子，不要说小矿洞，就是要我们的命，我们也该舍得！”

人群中响起了掌声，有人高声叫着：“陈大哥，你是英雄！”“陈大哥，我们相信你！”

陈知雄用了全身力气大声吼起来：“今天，我当着东溪场众多乡亲的面保证，我会把小矿洞交给铁山矿。虽然交出小矿洞像割我身上的肉一样疼，但为了打日本鬼子，我舍得！”

陈知雄双手捧着脸，大声痛哭起来。

铁山矿筹备处门前的请愿人群散了，侯主任、李副主任听了办公室副主任江姐的汇报，让人把陈知雄请进了筹备处办公室。侯主任紧紧地握住陈知雄的手，非常激动地说：“陈老板，好兄弟，今天多亏了你，谢谢了！”

陈知雄脸上满是泪水，反复地说着同一句话：“我把小矿洞交给铁山矿了，陈家没有矿洞了……”

李副主任也握住了陈知雄的手，大声称赞：“陈大哥，我知道小矿洞就像你的命，为了打日本鬼子，你交出的是命。陈大哥，你是英雄，是好汉，值得我们学习，谢谢你对铁山矿的支持！”

吴宏琴搀扶着陈知农到医务室包扎了伤口，两人也来到了侯主任办公室，见到了陈知雄。陈知农帮大哥擦了脸上的泪，说：“大哥，你是我的好大哥，为了打日本鬼子，你拿出了辛辛苦苦建成的小矿洞，你为抵抗日本侵略者作出了贡献。大哥，你是我的好大哥！”

陈知雄回到了家，脑子里始终闪现着一个念头，政府要征收小矿洞了，我把小矿洞交给铁山矿了，陈家两代人辛辛苦苦开凿出来的矿洞没有了，父母亲临咽气时嘱咐要办的事，没有办法办成了。从清晨起床到中午，陈知雄没有吃饭，不感到肚子饿，提着镐头冲进了矿洞，脱了衣服，光着膀子刨起了矿砂。妻子王兰花来叫他回家吃饭，陈知雄仿佛没有听见，仍然使劲地挥动着铁镐刨着。王兰花害怕丈夫饿坏了，累坏了，流着眼泪冲上前抓住了丈夫的手，大声喊着：“知雄，我知道你把小矿洞交给了铁山矿，心里难受，可是要吃饭啊，陈铁走了，你要是再饿出一个好歹，我们家今后的日子怎么过啊！”

陈知雄听到妻子的哭喊声，心里一阵阵痛，扔了手中的铁镐，瘫坐在地上，夫妻俩拥抱着哭了起来。小儿子陈勇跑进了矿洞，哭着大声叫：“爸爸、妈妈，回家吃饭吧！”

陈知雄跟随妻子、小儿子回到了家，吃了饭，浑身软软的没有力气，躺到了床上，闭上眼睛朦朦胧胧进入了梦乡，看到父亲、母亲，还有大儿子陈铁来到了床前。父亲陈仲元铁青着脸大声喊着：“知雄，快起来，我让你做的两件事，找回被土匪抢去的小妹妹，修好被土匪毁坏的矿洞，你做得怎么样了？给我说一说。”

陈知雄慌了，翻身下了床，“扑通”一声跪在了父亲、母亲面前，流着眼泪说：“父亲，母亲，孩儿不孝，你们交代要我做的事情都没有做好。没有找到被土匪抢走的小妹妹，被土匪毁掉的矿洞修好了，可是我把小矿洞交给了铁山矿，我们陈家没有矿洞了，永远也不会有了。”

父亲陈仲元生了气，恶狠狠地骂起来：“陈知雄，你这个不忠不孝、胆大妄为的东西，怎么敢把我们陈家几代人辛辛苦苦开凿出来的矿洞交出去？你对得起我和你母亲，对得起陈家的列祖列宗吗？”

母亲在一旁哭着大声责备：“知雄，你怎么这样笨，这样傻呀？陈家两代人辛辛苦苦开凿的矿洞，轻易就交给了铁山矿，铁山矿筹备处那个姓王的不是答应帮你保住小矿洞吗？你为什么不去找他帮忙，就把小矿洞交了出去？”

大儿子陈铁浑身是血地站在面前，哭着说：“父亲，我在矿洞边被日本飞机炸死，也算是为了保住矿洞而死的，你为什么要把矿洞交出去，爷爷婆婆生气了，我也生气了。”

陈知雄慌了，大声解释：“我把矿洞交出去是为了打日本鬼子，政府征收小矿洞，为的是在铁山建大铁矿，炼出钢铁造枪造炮打日本鬼子。我们不交出小矿洞，东溪场上很多人也不会交出小矿洞，建不起大铁矿，没有钢铁造枪造炮，日本鬼子会灭掉我们中国的！”

父亲陈仲元仍然黑着脸大声训斥：“我不管在铁山建大铁矿的事，你把陈家两代人开凿的矿洞交了出去就是不孝，从今以后我不再认你这个儿子了。”

父亲陈仲元走了，母亲和儿子陈铁也跟着走了，陈知雄慌了，大声喊着，追了过去，可是父亲、母亲和儿子越走越快。陈知雄追呀追，眼前突然出现了一条波涛滚滚的大河，他被河水拦住了。陈知雄大声喊着父亲、母亲和大儿子的名字，声音却消失在滚滚波涛中……

陈知雄一着急，终于醒了。妻子王兰花站在床前，看到丈夫醒了，擦了擦脸上的泪，轻声说：“知雄，你一定是做梦了，大声叫着父亲、母亲，还喊着儿子陈铁的名字。”

陈知雄起了床，又想提着铁镐进小矿洞干活，但是身子软软的，刚刚提起铁镐又放下了，拿了一条小板凳放在门前，坐下了。

太阳偏西了，陈知雄感到身子不舒服，正想回到屋里躺到床上睡觉，吴宏琴带着铁山矿筹备处的侯主任、李副主任来看望了。陈知雄见铁山矿筹备处两个主任同时来家里做客，心里有些慌，把客人迎进了屋，大声吩咐妻子烧水泡茶。

侯主任紧紧握住了陈知雄的手，有些激动地说：“陈家兄弟，陈老板，我听小吴主任说了，你们陈家辛苦了两代人，还死了好几个人，才开凿出了矿洞，你能主动交给铁山矿，谢谢你了！”

李贤诚插上话说：“陈大哥，你是一个好人，是一个爱国的人，我带着调查组来铁山矿区调查时多亏了你的帮忙，要不是你们打土匪，也许我不能活着离开铁山，现在你又把矿洞交了出来。陈大哥，你对在铁山建设大铁矿作出了大贡献。”

吴宏琴在一旁插话说：“陈家大哥，你为东溪场的小矿洞主做出了榜样，我哥哥听说你把陈家几代人辛辛苦苦开凿的矿洞交给了铁山矿，也准备跟你学，把吴家矿洞全都交给铁山矿。”

陈知雄摇了摇头，轻轻叹了口气说：“侯主任、李副主任、吴家妹妹，说真心话，我确实很想保住自家的矿洞，因为这是父亲临死前交代我要办的事，可是，有人鼓动小矿洞主到铁山矿筹备处门前闹事，还以筹备处有人要为陈家保住小矿洞为借口，拒绝交出小矿洞，我不想成为建设大铁矿的绊脚石，才赶到了铁山矿筹备处大门前，当着众多东溪场老百姓的面，答应交出小矿洞。”

侯主任大声称赞说：“陈老板，你为我们征收小矿洞带了个好头，我准备给你特别奖励，奖给你一笔钱，作为你交出小矿洞的补偿。”

李副主任补充说：“陈家大哥，你们陈家两代人建成了小矿洞，还为建小矿洞死了人，铁山矿筹备处可以根据实际情况多付给你补偿费。陈大哥，你可以算一下，你们家为建成小矿洞花费了多少人力物力，告诉小吴主任，供我们参考。”

陈知雄摇了摇头说：“两位主任，吴家妹子，你们能爬上山到我家里来看望我，是看得起我，我不想多要补偿，我们陈家两代人为了能有自己的小矿洞，确实费了不少力，还有人丢了命，可是当前日本人打进中国，更多的人丢了性命，我的儿子陈铁也被日本人的飞机扔炸弹炸死，我懂得有国才有家的道理，才交出了小矿洞。我不是贪图钱财的人，只收你们按规定付给小矿洞的补偿，不收多的钱，也不要奖励，我只希望早一点把日本鬼子赶出中国，把铁山寨上的土匪肃清，让老百姓过上太平日子。”

侯主任竖起了大拇指，大声说：“陈老板，你是爱国家爱百姓的好人，你的这一番话实在是让人佩服。”

陈知雄带着侯主任、李副主任、吴宏琴来到自己家的矿洞，仔细察看。侯主任有事情要回铁山矿筹备处，先走了。陈知雄留李副主任、吴宏琴在家里吃了晚饭，送两人下了山。

过了两天，天刚刚亮，陈知雄就把二弟陈知生、三弟陈知农约到了山上，兄弟三人拿着铁镐，推着小车进了矿洞，要在矿洞里干最后一次活。陈知雄和陈知生拿着铁镐刨矿砂，陈知农把刨下的矿砂装上小车，推出矿洞，他手臂上受的伤还没有完全好，推不动满满一车矿砂，王兰花跑来帮忙。矿洞就要交给铁山矿了，陈家三兄弟想起自己家为建小矿洞付出的辛劳，为建成小矿洞死去的人，心里有些发酸。陈知雄、陈知生眼里有了泪，兄弟俩用手擦干了眼泪，用尽全身力气挥动铁镐刨着矿砂，陈知农和王兰花把矿砂装上小车，一车一车地推出了矿洞，把矿砂堆在了小矿洞前面。

太阳出来了，阳光斜斜地照在山坡上，风轻轻吹着，带来一丝丝凉意，树林里传来鸟儿叽叽喳喳的叫声。

陈家三兄弟和王兰花干活累了，可是谁都没有停下来休息，咬着牙忍着累，使劲地挥动铁镐，推动小车。

吃过午饭，陈家兄弟收拾好工具，出了矿洞，从附近山坡上搬来一些石头封住了矿洞口。陈知雄从家里拿来了香烛纸钱，捧出矿神菩萨的牌位摆在了矿洞前。陈知生点燃了香烛，烧起了纸钱，陈家兄弟三人跪在了矿神菩萨牌位前，磕了头，陈知雄轻声念着："矿神菩萨，承蒙你的保佑，我们陈家建成了矿洞，陈家几代人的愿望实现了。今天，为了建成大铁矿，炼钢炼铁造枪造炮打日本鬼子，我们陈家把矿洞交给了国家。矿神菩萨，希望你今后多多保佑建成的大铁矿，多出铁矿砂，多炼钢铁造枪造炮打日本鬼子，矿神菩萨，求你了……"

祭拜了矿神菩萨，陈家兄弟三人来到了父母坟前，一个挨着一个跪下了，磕了头，烧了纸钱，陈知雄哭着喊了起来："爸爸，妈妈，不孝儿来给你们请罪了，我把我们陈家两代人辛辛苦苦建成的矿洞交给了铁山矿。爸爸，妈妈，孩儿自作主张交出了矿洞，没有事先向你们两位老人请示，你们一定会怪孩儿。爸爸，妈妈，你责备孩儿吧，孩儿有罪，孩儿不孝！"

陈知农打断了大哥的话，大声说："爸爸，妈妈！不能怪大哥，要怪只能怪我，儿子做了綦江县政府驻铁山矿筹备处的联络主任，负责铁山地区小矿洞征收，大哥为了帮我做好征收工作才主动把小矿洞交出去的。大哥是好人，爸爸、妈妈不要责怪他，要责怪就责怪我吧！"

陈知生忍不住，擦了擦脸上的泪，大声说："爸爸，妈妈！大哥和三弟都不该责怪，大哥辛辛苦苦把被土匪毁了的矿洞修好了，三弟读了书，成了县政府的官员，他们为陈家争光，千万不要责怪他们，大哥交出小矿洞是为了打日本鬼子……”

一阵风吹过树林，树枝树叶发出窸窸窣窣的响声，仿佛睡在地下的陈家两位老人在回答：“不怪，不怪，好孩子，你们是为了国家不被日本鬼子占领才献出了矿洞，爸爸妈妈不会责怪你们……”

第十七章

招工队遭袭击

铁山寨上的宋大发接到日本特务机关发来的训令，指责他办事不力，以致让铁山矿征收铁山地区民间小矿洞的行动进展顺利，指令他派人下山破坏铁山矿筹备处招收工人、建设大型铁矿的计划。宋大发把已经投靠了日本特务机关的霍树楠、歪脖子召集到自己的密室，商讨怎样执行日本特务机关指令，破坏铁山矿招收工人的计划。

宋大发皱着眉头，长长地叹了一口气说："东溪场上的人一个个被鬼迷了心窍，辛辛苦苦开凿的小矿洞，铁山矿说收就收去了，好不容易怂恿一些小矿洞主到铁山矿筹备处请愿，又被那个姓陈的几句话就说服了。现在我们要破坏铁山矿招工计划，可能也很难。"

歪脖子恶狠狠地说："东溪场上姓陈的一家人是我们的对头。姓陈的老大是采矿砂、炼铁工人的头，带着一帮人专门和我们铁山寨作对；陈家老三是个当官的，在铁山矿筹备处当了个什么主任，死了心地帮着建大铁矿，要想破坏铁山矿招工，依我看，必须先想办法除掉姓陈的老大和老三。”

霍树楠摇了摇脑袋苦笑，说：“除掉姓陈的老大和老三，我看难，陈家老大身边经常有人，老三在铁山矿筹备处干事。我们的人很难进铁山矿，并且好像还有人在暗中保护着姓陈的一家。”

宋大发挥了挥手说：“对付姓陈的以后再说，现在要好好想一下，怎样才能让铁山矿招不到工人，建不成大铁矿……”

为了帮助铁山矿招收工人，中共东溪党小组开会，专题研究了帮助矿山招收工人的事。

铁山矿筹备处在东溪场大街小巷张贴了招工启事，招收工人建设大铁矿。可是，招工启事贴出不到半天便被人撕了，很少有人到铁矿招工处报名。上级机构给铁山矿下达了命令，规定了开工建设的日期，招不到工人便没有办法开工。铁山矿筹备处的侯主任、李副主任急得白天吃不下饭，晚上睡不好觉。

陈知农看到筹备处贴出的招工启事不到半天便被人撕了，知道是有人在暗中捣鬼，破坏铁矿招工计划，很想抓住捣鬼的人。这一天，他约上吴宏琴，还带上了侄女秀芳，三个人上了街，陈知农和吴宏琴躲进了张贴有铁山矿招工启事的街巷附近一户熟悉的人家家里，让秀芳在张贴了招工启事的街巷里玩耍，暗中注意有没有人来撕招工启事，准备抓住撕招工启事的坏人，追问出幕后的指使者。

秀芳在街巷里玩耍，和一些女孩子一起踢毽子、跳绳，小女孩眼睛亮，一边玩耍一边悄悄地察看。

不一会儿，一个光着脑袋、浑身脏兮兮的人走到了招工启事旁边，眯着眼睛望了望招工启事，伸出手，“哗”的一声撕了下来。

陈秀芳喊了起来：“三叔，有人撕启事，快来抓。”陈知农、吴宏琴从躲着的房间里奔了出来，一前一后堵住了撕招工启事的人。陈知农发现不远处的街巷拐弯处一个人影闪了一下，很快消失在了一条巷子里。

陈知农、吴宏琴抓住的是一个傻子，舞动着双手“哇哇”大声叫着不让人靠近。陈知农苦笑一声，挥了挥手，叫吴宏琴让开路放走了傻子。

陈知农和吴宏琴带着陈秀芳在东溪场大街小巷张贴铁山矿招工启事的地

方等候了三天，抓住了三个撕招工启事的人，不过被抓住的三个人，一个是傻子，一个是疯子，还有一个是哑巴。

铁山矿筹备处为了招收到工人，除了继续张贴招工启事，还派出了不少人，带着喇叭话筒在东溪场大街小巷宣传，希望愿意到铁矿做工的人到招工处报名。不过，宣传的效果也不是很好，到铁山矿招工处报名的人还是不多。

铁山矿筹备处的侯主任、李副主任为了招收到工人，让人请来了陈知雄和铁厂工人陈大生。

侯主任态度诚恳地说："陈大哥，陈老板，铁山矿征收小矿洞全靠你们帮忙，现在铁矿招收不到工人，没有办法，只好又来请你们了，希望能帮着铁山矿招收工人。"

李副主任在一旁插上话说："两位大哥，铁矿建设需要很多工人，我知道两位大哥在矿洞、铁厂做过工，在工人里面有威信，准备请你们来帮助铁山矿招收工人。两位大哥，拜托了。"

侯主任皱着眉头补充说："两位大哥，日本人占领了南京、武汉，抗战形势非常严峻，铁山矿要尽快建成投产，生产铁矿砂供应在重庆建起的炼钢厂。两位大哥，招收工人的事全靠你们帮忙了。"

陈知雄皱起了眉头，说："侯主任、李副主任，铁山矿招收不到工人，一定是坏人在捣鬼搞破坏。铁山寨上的土匪是坏人的窝子，要招收到工人，除了派人下乡招收，还要剿匪，特别是铁山寨上的土匪。"

侯主任点了点头说："陈大哥，你说得对，我派人去和县政府以及綦江驻军联系剿匪，招收工人的事就请两位大哥多多费心了。"

陈大生插话说："侯主任、李副主任，凭着陈大哥在铁厂、矿洞工人中的威望，把原来在吴家矿洞、夏家矿洞干活的工人全都招到铁山矿干活问题不大。两位主任，你们放心吧。"

侯主任摇了摇头说："陈大哥，陈家兄弟，吴家和夏家的矿洞虽然交给了铁山矿，可是他们还有铁厂，而且还希望他们扩大铁厂生产，所以我们不能去招吴家、夏家矿洞的工人，要留给他们扩大铁厂生产时用。"

陈知雄皱着眉头想了一会儿，拍起了胸脯，大声说："两位主任放心，铁山矿会招收到工人。我和大生兄弟认识东溪场手下有工人的包工头，我们去找他们，让这些包工头带着工人到铁山矿招工处报名。"

陈知雄和陈大生离开了铁山矿筹备处，去找东溪场一个姓王的包工头。姓王的包工头不在家，陈知雄和陈大生耐着性子在王家等，天快黑了，终于等回了姓王的包工头。可是，姓王的包工头听陈知雄和陈大生说明了来意，皱着眉头愁起了脸，哀求说：“两位好哥子，饶了我吧，前两天我收到了铁山寨派人送来的帖子，上面白纸黑字警告我，如果帮着铁山矿招收工人，就要来杀我家里的人，烧我家里的房子！两位大哥，让我做其他的事可以，我不敢帮着铁山矿招工人。”

陈大生皱起了眉头，说：“王老板，你怎么这么害怕铁山寨上的土匪？铁山寨上的土匪欺软怕硬，知雄大哥帮铁山矿做了不少事，铁山寨上的土匪都不敢害他。吴老板，挺起腰杆，大着胆子帮铁山矿招收工人，铁山寨上的土匪不敢害你的。”

姓王的包工头苦着脸说：“陈大哥，知雄大哥确实是英雄，不怕铁山寨上的土匪，可是我害怕，帮了铁山矿，得罪了铁山寨上的人，万一冤家路窄碰上了头，杀人烧房子，铁山寨上的那帮人都干得出来。求求两位了，不是我不愿意帮铁山矿招工人，是不敢帮铁山矿招工人。”

陈知雄和陈大生劝说了一阵，姓王的包工头摇着头苦着脸没有答应。两个人失望地离开了姓王的包工头家，连夜又去了东溪场边一个姓李的包工头家，姓李的包工头也收到了铁山寨土匪寄来的帖子，吓坏了，不敢答应帮着铁山矿招收工人。天太晚了，陈知雄、陈大生无可奈何，只好各自回了家。陈知雄没有找到帮助铁山矿招工的人，心里急，睡不着觉，第二天东边天空刚刚发白就起了床，早饭也没有顾得上吃，出门赶到了陈大生家，喊起了陈大生，两个人到离东溪场十来里路的一个山村找到曾经当过包工头的张老汉，想请张老汉出面帮着铁山矿招收工人。张老汉虽然没有收到铁山寨上土匪的帖子，不过十多天前出门办事摔了一跤，摔伤了腿，走不动路，正躺在床上养伤，吃饭要家里人把饭菜端到床边，撒尿要老婆把尿盆子端到床上。陈知雄、陈大生见到躺在床上的张老汉，心凉了半截，知道张老汉不能为铁山矿招工了，两个人说了几句安慰的话，离开了张老汉家。

陈知雄和陈大生奔波劳累跑了几天，找了好几个当过包工头的人，可是大部分包工头都收到了铁山寨土匪寄来的威胁帖子，吓坏了，不敢为铁矿厂招收工人。有两个小包工头虽然没有收到威胁帖子，不过一个有病躺在床上，一个有事出了远门，都不能帮铁山矿招收工人。

铁山矿筹备处的侯主任、李副主任见陈知雄、陈大生没有请到包工头，召开专门会议研究铁山矿招收工人的事。联络处主任陈知农，办公室主任吴宏琴、副主任江姐参加了会议。侯主任还派人请来了陈知雄、陈大生列席会议。会上陈知农提出了铁山矿自己组织招工队到附近乡镇和乡下农村招收工人的建议，得到了参加会议的大多数人同意，侯主任、李副主任也支持陈知农的建议。招工会议决定组成两个招工队，陈知农和江姐带领一队，委托陈知雄、陈大生带领一队，尽快出发到附近乡镇农村招收工人。东溪场上由吴宏琴负责，继续张贴招工启事，做好招工宣传，为铁山矿招收工人。

陈知雄、陈大生带着一个招工队，天刚刚亮就从东溪场出发，去到二十多里外一个叫赶水的乡场招收工人。招工队里有铁山矿筹备处的三个年轻人，两个男的，一个姑娘。姑娘十分活泼，爱说话，一路上叽叽喳喳询问陈知雄东溪场的历史，又问陈大生家里有多少人，孩子读书没有？为了防止路上遇到土匪，招工队员带了防身的枪。

东溪场和赶水场都在綦江河边上，从东溪到赶水可以翻山走山路，也可以走顺着綦江河向前延伸的大路。走山路近，可是山路两边有密密的树林，担心土匪躲藏在树林里突然发动袭击，陈知雄、陈大生带着招工队没有走山路，而是顺着綦江河边的大路。

太阳从东边山梁上露出了脸，渐渐地，巍峨起伏的群山，山上一片片树林，山间的农田和农家小屋，被太阳光刷上了金黄的色彩，显得十分美丽，又有一点神秘。綦江河水也被太阳刷上了一层金黄，一阵阵微风吹过，河水泛起微微的波浪，满河的金黄色随着波浪闪烁。河岸草地上有一个放牛的小孩，一边吆喝着牛儿，一边唱起了山歌：

綦江河水波打波，
放牛娃儿苦水多。
天还不亮出了门，
牛儿吃饱我挨饿。

招工队的姑娘看到綦江河上闪烁的金光，高兴地大声喊起来：“啊！好美呀，生活在綦江河两岸的人天天都能看到这样的美景，多么幸福啊！”

陈大生笑了笑，摇了摇头说：“小妹妹，你说生活在綦江河两岸的人幸福，难道没有听见河边放牛娃唱的山歌，牛儿吃饱了肚子，放牛娃挨着饿，放牛娃儿幸福吗？”

陈知雄插话说：“小妹妹，綦江河边的人应该生活得幸福，可是这几十年里，战乱不止，土匪横行，种田的人也好，在矿洞、铁厂干活的人也好，生活得都很苦啊。这两年日本人打进中国，我们这儿尽管是大后方，可是也遭到了日本飞机轰炸，綦江河两岸的老百姓日子更苦了！”

姑娘听了两位陈大哥的话，气愤地骂了起来：“躲在山上的土匪个个头顶长疮脚跟流脓，坏透了，还有日本鬼子打进我们国家，杀人放火，也坏透了。我小时候听大人说，人做坏事要遭报应，山上的土匪、侵略中国的日本鬼子，总有一天要遭报应的。”

陈知雄、陈大生领着招工队一路走着，一路说着笑着，太阳升起一竹竿高时到了赶水场。陈大生认识赶水场上一户人家，借来了桌子板凳，招工队的姑娘站在板凳上，用带来的铁皮话筒做扩音器，大声宣传起铁山矿招工的事来。赶水场上的居民十分好奇，大人娃娃跑出门来看，招工队摆放的桌子前围了一大堆人，叽叽喳喳，你一句我一句询问起来。

“大哥，铁山矿招工，愿意报名去当工人的都可以去当工人吗？”

“小兄弟，到铁山矿当工人一个月能领到多少钱呀？”

“到铁矿当工人，钻矿洞，有没有危险呀？我听说矿洞里经常塌方，把人埋在矿砂里，十分吓人。”

陈知雄、陈大生和招工队里的年轻人忙着回答问题，终于有人报名了，一个，两个，十多个人报了名，愿意到铁山矿当工人。大家看到越来越多的人要求报名到铁山矿当工人，心里十分高兴，陈大生拍着胸脯对陈知雄说：“大哥，我保证今天会有一百个以上的赶水人报名到铁山矿当工人。照今天这个样子，用不了十天，我们就能完成铁山矿招工任务了。”

招工队里的姑娘笑嘻嘻地说：“陈大哥，今天我们完成任务好，你要为我们向侯主任、李主任要奖励啊！”

陈知雄心里也很高兴，大声说：“好，我们完成了招工任务，我一定帮大家向侯主任、李主任要奖励！”

越来越多的赶水人来到招工队报名，不单有赶水场上的人，赶水附近农村的一些人家听到了铁山矿招工队来招工的消息，也赶来报名了。正当陈知雄、陈大生和招工队里的年轻人忙着为要求报名的人填写报名表时，赶水场外响起了“砰”的一声枪响，接着“砰砰砰”，枪声一声接着一声，有人惊恐地大声喊叫起来：“快躲呀，土匪来了，土匪来劫场了！”想报名当工人的赶水人乱了起来，有人吼叫着向场外奔跑，有的大人找不到带来的孩子，大声叫着喊着寻找。人们拥挤着，招工队借来摆放在街头的桌子被挤倒了，报名表被踩脏了，撕碎了。招工队的一个年轻小伙子被挤倒在地上，陈大生费了很大的劲才把他拉起来。

只不过一会儿工夫，前来报名要当工人的赶水人跑得无影无踪了，土匪的枪声还在响，街的一头已经看得见土匪的身影，一个满脸横肉的土匪头目正指挥手下土匪向招工队进攻。

招工队里的年轻人只在训练时学了打枪，没有和土匪真刀真枪打过。年轻姑娘一脸惊恐，声音打着战说：“两位大哥，土匪打来了，怎么办？弄不好今天我们要死在这里了。”

陈大生和陈知雄找了一个能躲避土匪枪弹的街角，带着三个年轻人退到街角，让年轻人躲在街角瞄准冲上来的土匪开枪射击。陈知雄躲在街角，端起枪瞄准一个冲在最前面的土匪开枪，匪徒被打中了，身子歪了歪倒下了，接着，陈大生也打中了一个土匪。

铁山矿招工队和土匪相互开枪打起来，土匪人多，“乒乒乓乓”，子弹在招工队躲藏的街角上乱飞，三个年轻人吓坏了，抱着枪躲在墙角。一个年轻人还颤抖了起来，上牙齿打着下牙齿，发出了“咔咔”的响声。

一股土匪绕过了两条街，在招工队躲藏的街角另一个方向出现了，铁山矿招工队被土匪包围了。陈大生、陈知雄心里也有些发慌，陈知雄低声问：“大生兄弟，街的两面都有了土匪，怎么办？”

陈大生努力让自己镇静下来，说：“不要怕，我们一人守住街角的一头，不让土匪靠近！”

土匪从两个方向同时发起了进攻，呐喊着，叫着嚷着，“乒乒乓乓”打着枪，形势十分严峻。

忽然，土匪后面响起了枪声，打枪的人枪法很准，“砰”的一枪，一个匪徒倒下了，“砰”的又是一枪，又有一个匪徒倒下了。

进攻的土匪队伍乱了，有人继续向招工队守着的街角进攻，有的人掉转枪口去对付在背后开枪的人。陈知雄看到有人在帮着打土匪，高兴了，大声喊起来：“支援的人来了，不怕了，瞄准土匪狠狠地打呀！”

土匪经不住两面夹击，开始退了。陈知雄、陈大生领着招工队里的年轻人向土匪发起了攻击，终于，土匪退走了。陈知雄抬起头四处寻找帮着打土匪的人。可是，帮着打退了土匪、救了招工队的枪手无影无踪了。陈大生、陈知雄带着人找遍了赶水场，也没有找到。

陈大生和陈知雄看到招工名册被撕碎了，踩在地上被淤泥弄脏了，认不出上面写的字，想让报了名的人重新报名登记。两人带着招工队的年轻人大声喊起了话，他们从赶水场头喊到场尾，走遍赶水场的每一个角落，喊着叫着让报名到铁矿当工人的重新登记报名。可是，他们喊破了嗓子，也没有一个人出来重新报名登记。招工队里的姑娘哭丧着脸，带着哭腔说：“两位大哥，我们这一天白跑路，受惊吓了，一个工人也没有招到！”

一个年轻人恨得咬牙切齿，大声说：“都怪土匪捣乱，要不是土匪袭击，今天有一百多个人报名到铁山矿当工人。”

招工队的人清早出门，忙了大半天，还大声喊话，肚子饿了，嗓子冒烟了。当天不是赶场天，赶水街上饭馆茶馆不开门营业，招工队想找一户人家烧水喝，煮饭吃。可是，虽然土匪退走了，赶水场上的人家仍然关门闭户，陈大生去敲认识的一户人家，敲了半天也没有人出来开门。陈知雄一家一户挨着敲门，赶水场上的人家谁也不敢开门让他们进屋，后来到了街头，终于敲开了一户人家的门。开门的是一个头发胡子都白了的老人。老人把招工队的人让进了屋，烧开水让他们喝，家里没有米，老人就拿出一些苞谷面让陈知雄煮了一锅苞谷糊糊，给招工队员吃了充饥。招工队里的年轻姑娘十分感激，一面吃着苞谷糊糊一面说：“老伯伯，你真是好人，赶水场上的人都不给我们开门，只有你开了门，给我们烧水喝，还煮苞谷糊糊给我们吃。”

老人长长地叹了一口气，从屋子里拿出一张写着字的纸说：“我知道你们是好人，我有一个亲戚住在东溪场，前几天到我家里来过，说起过铁山矿招收工人的事。你们不要怪赶水场的人不给你们开门，东溪场住着铁山矿筹备处，土匪不敢随便去抢人、烧房子，赶水场上住的都是普通百姓人家。你们看，这张纸就是刚才土匪来时塞进我家的，很多人家都被这张纸，还有被土匪给吓坏了。”

一个年轻人接过老人手里的纸一看，纸上写的都是土匪吓唬人的话，威胁谁家有人报名当工人，或者接待铁山矿招工队，就杀他全家，还要烧房子。

陈知雄听年轻人念完了纸上的字，气得挥起拳头大声骂：“土匪真是綦江河两岸的祸害，不除掉土匪，老百姓过不上安稳日子！”

姑娘有些好奇地问：“老伯伯，你为什么不怕土匪，敢开门接待我们？”

老人苦笑着说：“我是一个孤老头子，年纪大了，不怕死了，不怕土匪烧房子了。”

陈知农和江姐带着一个招工队到綦江河下游的升平场招收工人。陈知农找到孙老大和孙晓兰，租用孙家的船到升平场招工。招工队里也有几个年轻人，其中一个姓吴的是日本特务王益生手下的小特务。为了防止走漏消息遭土匪袭击或日本飞机扔炸弹，招工队出发前陈知农和江姐没有告诉招工队员要到什么地方招工。日本特务王专员让小特务到达招工地点后用信鸽联系，以便让土匪袭击招工队，或者让日本飞机轰炸，破坏铁山矿到乡下招工。王专员为了与铁山寨上的土匪联系，养了一大群鸽子，其中有五六只是能够传达信件的信鸽。

陈知农和江姐带着招工队到升平场招收工人，是因为陈知农认识升平场上一个袍哥老大。袍哥老大在升平很有威信，而且是一个对人诚恳、有爱国心的人，帮铁矿招工打一个招呼，会有上百的人来报名。陈知农事先已经托人给袍哥老大捎了信，得到了愿意帮助綦江铁矿招工的承诺。

孙老大掌着舵，孙晓兰提着船篙站在船头。船过了盖石场一带河里的险滩，前面有一段比较平稳的河段。陈知农见船从东溪场水码头出发时晓兰就提着船篙站在船头，清晨天凉，河风呼呼吹着，她的嘴唇冻得发紫，莫名心痛，从船舱里走了出来，到了姑娘身边，轻声说：“晓兰，到船舱里歇会儿吧，我来替你守在船头，好吗？”

孙晓兰微微笑了笑，摇了摇头说：“你替我守在船头，陈家哥哥，你的手是握笔杆子的，拿不动船篙，遇到江里的大石头，撑不动船，避不开大石头，还是回船舱歇着吧。”

陈知农关心地说：“晓兰，你们天天在河里走船，晴天太阳晒，阴天河风吹，太辛苦了。”

孙晓兰回过脸看了陈知农一眼，说：“我出生在走船人家，从小跟着父亲走船，天生就是受苦的命，受惯了苦，也就不觉得苦了。”

陈知农轻声说：“晓兰，将来赶走了日本鬼子，我把你送到城里，找一个老师学习认字写字，那时候綦江河上或许会有轮船了，你学会开轮船，就不用像现在一样风里来、浪里去，受苦了。”

孙晓兰的脸上有了淡淡的红晕，看了陈知农一眼，说：“进城找老师学认字写字，还要开轮船，我不会有那么好的命。我听父亲说，做人要认命，命中只有八合米，走遍天下不满升，陈家哥哥，你是好命的人，我是苦命的人，我们不是一样的人，你就忘了我吧！”

陈知农急了，稍稍提高了声音说：“晓兰妹妹，不要相信这样命那样命，我们都是一样的人，将来赶走了日本鬼子，我们要一起来建设我们的国家。晓兰妹妹，我不会忘了你的，过去没有忘，将来也不会忘，你是好姑娘。”

孙晓兰心里十分激动，她很想扑上前抱住身边的男人，但咬咬牙忍住了。

招工队乘坐的船继续向前，河面上出现了耸立着的出水礁石，河底有了险滩，水流急了，河面上激起了一个个旋涡。孙晓兰知道船到了綦江河上十分凶险的河段，不敢分心去想自己和身边男人的事了，眼睛紧紧盯住江面，手里握紧了船篙。陈知农不再敢打扰晓兰，回到了船舱。

陈知农和江姐带领招工队乘坐着孙老大的船，天黑的时候到了目的地升平场，袍哥老大带着一些袍哥兄弟在河边码头上迎接。袍哥老大姓陈，当地人称他为陈大哥，陈大哥对人热情，得知铁山矿招工队要到升平场招收工人，早就准备好了招工队以及招来工人吃住的地方，还亲热地称呼陈知农为家门兄弟。

铁山矿招工队到达升平场的当天晚上，陈大哥在升平场一家饭馆摆了一桌酒席，款待铁山矿招工队。

江姐很担心在升平场不能招到愿意到铁矿干活的人，酒席上有些不安地对频频劝酒的陈大哥说：“陈家大哥，这次到升平场招工，全靠你和你的朋友帮忙。国家要在铁山建设大铁矿，为的是炼钢炼铁造枪造炮打日本鬼子，铁山矿要用不少工人，希望陈家大哥能帮助我们在升平场招到工人。”

陈大哥把酒杯里的酒倒进了嘴巴，拍着胸脯说：“这位妹子，你把心放进肚子里，日本鬼子打进中国，杀人放火，还派飞机来扔炸弹。你们恨日本鬼子，我也恨日本鬼子，为了打日本鬼子招收工人，我一定全力帮忙。明天我帮你们在升平场上搭台子喊话招收工人，如果升平场上招不齐工人，我就亲自带着你们到乡下，挨村挨户动员庄稼人报名当工人，一定帮你们在升平场招齐工人。”

陈知农激动了，站起身，端起了桌上的酒杯，也一口喝干了酒杯里的酒，大声说：“大哥，谢谢了，有了你刚才说的话，我们放心了！”

酒席散了，陈知农和江姐带着招工队员住进了陈大哥准备好的房子，孙老大父女也同招工队住在了一起。半夜，王专员手下的小特务借口撒尿离开了居住的房间，悄悄到了附近一片竹林里，吹响了口哨。王专员放出的一只信鸽飞到了小特务身边，小特务把一张事先准备好的白纸条绑在了信鸽腿上，信鸽飞走了，去向它的主子王专员报信了。

第二天清晨，陈大哥叫了两个袍哥兄弟在升平场口搭起招工的台子，还帮着招工队在升平场上挨家挨户喊人到报名处报名进铁矿当工人，可惜升平场不大，只有几十户人家，有的人家年轻人当兵去了打日本鬼子的前线，还有的年轻人被征调去修公路了，一天过去，只有二十多个符合条件的年轻人在招工队报了名。第三天，陈大哥带着招工队下了乡，挨家挨户动员年轻人报名进铁矿当工人。紧接着第四天、第五天，陈大哥带着招工队清早出门，天黑才回到住的地方，好在陈大哥是当地的袍哥老大，中午能替招工队找到吃饭的地方。陈大哥和招工队辛辛苦苦下乡招工人，跑了五六天的路，终于招到了近百个工人，超额完成了侯主任交给陈知农、江姐的招工任务。

招工队要把招到的工人带回綦江铁矿，陈大哥帮忙在升平场找了两只大船，在招工队报了名的人集中到了升平场上，住进了陈大哥为招工队租借的房子，做好了出发回到东溪场的准备。

袍哥老大陈大哥为铁矿招工队招收工人费了不少心思，出了不少力，陈知农和江姐心里过意不去，这天晚上，在升平场一家饭馆准备了酒席，答谢陈大哥和为招工队招收工人出力的升平场朋友。

酒席上，主人和客人心里高兴，一杯接着一杯喝酒，陈知农和江姐的脸红了。陈大哥也有一些醉了，他站起身，端着一杯酒大声说：“好兄弟、好妹子，大哥帮你们招到了工人，心里高兴，来，我们再喝一个满杯！”

突然，附近传来了“砰”的一声响。陈知农吃了一惊，大声问：“大哥，你听，是不是枪响，什么人打枪？”

陈大哥摇了摇头，把酒杯里的酒倒进了嘴里，吐着酒气说：“兄弟，你放心，升平场不像东溪场，山上有土匪，升平场没有土匪，没有坏人打枪，一定是哪家小孩在放鞭炮，是鞭炮声响。”

陈大哥的话音刚落，外面又传来两声“砰砰”的声音。陈知农听出来了，是枪声，脸上变了颜色，大声说：“大哥，不是小孩放鞭炮，是枪声，真的是枪声。”

陈大哥也听出是枪声了，吓了一大跳，正要让酒席上的袍哥兄弟出门去看，一个袍哥兄弟急匆匆地跑进了饭馆，慌张地大声喊道：“大哥，不好了，升平场背后竹林里藏了一些人，好像是土匪，在往这里打枪。”

陈大哥气得扔了手里的酒杯子，大声骂了起来：“龟儿子，哪里来的土匪？敢来我升平场上行凶作恶，土匪有枪，老子也有枪，老子的枪也不是吃素的。”

那时候，很多乡场的袍哥兄弟为保一方平安，准备有武器，有大刀长矛，也有枪，陈大哥让酒席上的袍哥兄弟回家拿武器，要和土匪干一仗。

躲在升平场外竹林里打枪的是歪脖子率领的铁山寨土匪，不过他们只是打枪吓唬铁矿招工队和招来的工人，没有准备进攻升平场。铁山寨离升平场有上百里地，不是铁山寨土匪活动的地盘，歪脖子不熟悉升平场的地形，晚上进攻害怕中了埋伏吃大亏。

陈知农和江姐见升平场附近出现了土匪，猜出土匪是冲着招工队来的，两个人的心里都悬起了一块大石头，一起离开了饭馆，回到了住宿的地方，找了孙老大、孙晓兰以及陈大哥帮忙找的两只大船的船工，准备天一亮就起程返回东溪场。因为綦江河水流湍急，上水船走得慢，担心回东溪场途中遭土匪袭击，陈知农请陈大哥帮忙借了两匹快马，江姐和一个招工队员悄悄离开升平场，骑马连夜赶回铁山矿筹备处报信，让侯主任、李副主任找军队来接应，保护招工队和招到的工人安全回到东溪场。

整整一个晚上，陈知农、孙老大父女、招工队和招来的工人都没有睡着觉，陈大哥带着袍哥兄弟为招工队站岗放哨，防止土匪进攻，也没有睡觉。

歪脖子带着二十多个铁山寨上的匪徒，躲在竹林里打枪骚扰，准备天亮后在招工队的船返回东溪场的路上发动袭击。

铁山寨上的土匪头子宋大发接到信鸽送来的信息，王专员在信息中指令铁山寨派人到升平场干扰铁山矿招收工人，袭击招工队和招来的工人。宋大发找来歪脖子、霍树楠商量，因为升平场离铁山远，不属于铁山寨土匪的活动范围，担心在升平场附近袭击招工队会遇到麻烦。那时候，每个山寨的土匪都有自己的活动范围，超越活动范围去发动袭击会遭到那个地区活动的土匪攻击。因此，宋大发和歪脖子、霍树楠商量的结果是，由歪脖子带领少数土匪到升平场骚扰招工队，躲在升平场附近打枪吓唬，不组织进攻。霍树楠则带领大队土匪埋伏在离东溪场不远的地方，准备袭击完成招工任务返回东溪场的铁山矿招工队。宋大发还给日本特务机关发了密电，希望派飞机到升平场一带轰炸，从空中袭击铁山矿招工队。

天刚刚亮，升平场附近竹林里的枪声停了，陈知农安排吃了饭，让招工队的工作人员组织招来的工人上了船，告别帮了招工队不少忙的陈大哥，带着招工队和招来的一百多工人乘船返回东溪场。尽管夜里遭到土匪打枪恐吓，但并没有伤到人，陈知农心里高兴，他仍然乘坐了孙老大的船，站在船头和提着竹篙用力撑船的孙晓兰说着话。

陈知农看到船家妹子累得满头大汗，想换下她休息一会儿，大声说："晓兰妹子，你把船篙给我，让我试着撑船。"

孙晓兰瞥了陈知农一眼，说："陈家哥哥，你是读书人，提笔杆子的，提不动船篙。"

陈知农有一点不服气，大声说："晓兰妹子，你不要门缝里看人，把人看扁了，我好歹也是二十多岁的男子汉，怎么会提不动船篙？"

陈知农和孙晓兰正在说话，突然，天空传来"嗡嗡"的声音，嗡嗡声越来越响，终于从几朵黑云里钻出了两架身上涂着红膏药标志的日本飞机。

陈知农吃了一惊，大声喊叫起来："快，快让船靠岸，船上的人全都躲上岸，找隐蔽的地方躲避飞机！"

孙老大赶忙让船掉头靠到岸边，其他两只大船也跟着靠向岸边。刚好岸边有一片小树林，密密的，可以躲飞机，陈知农带着船上的人躲进小树林，他看到其他两只船刚刚到了岸边，船上的人还没有来得及下船躲避，日本飞机便冲过来要丢炸弹。陈知农担心有人会被日本飞机扔下的炸弹炸着，或者被日本飞机扫射的机关枪打着，奔出小树林向河边的两只大船冲去。孙晓兰害怕陈知农遇到危险，也跟着冲出了小树林，向河边的两只大船奔去。

果然，日本飞机扔炸弹了，一个炸弹落到河水中，“轰隆隆”一声响，水花冲起很高；一颗炸弹落到了岸边离大船不远的地方，一些石块、泥土被炸得飞了起来，两个报名当铁矿工人的年轻人被飞起的石块打倒了。

陈知农心里着急，大声喊着：“趴倒，赶快趴倒，就地趴下……”他光顾喊话了，没有注意到天上的日本飞机对着他扫射起了机关枪，“哒哒哒”一串机关枪子弹射下来，眼看陈知农要被子弹打着，跟着他跑的孙晓兰急了，狂奔了几步，扑上来按倒了他，用身子护在他身上。日本飞机的机关枪子弹擦着孙晓兰的头皮飞过，孙晓兰头上出了血。

陈知农跳了起来，看到孙晓兰头上有血，蹲下身想抱起她。孙晓兰自己站起了身，笑了笑说：“陈家哥哥，刚才好险啊，就差一点点，我们俩都没命了。”

陈知农十分感激地说：“晓兰妹妹，为了救我，你受伤了。”

孙晓兰用手摸了摸头皮，说：“没有什么，擦破了一点皮，脑袋没有被打着。”

河边有人受了伤，陈知农和孙晓兰奔到河边，帮着把受伤的人扶到小树林里躲藏起来。

日本飞机在天上扔炸弹，扫射机关枪，折腾了一个多时辰，飞走了。一只大船被炸坏了，好几个招来的工人在日本飞机轰炸中受了伤，好在伤都不太重。陈知农让招工队带来的卫生员给受伤的人包扎好了伤口。

快要到中午了，太阳从云层中钻了出来。陈知农让招工队和招来的工人吃了随身带着的干粮，上船继续往东溪场方向前进。三只大船被日本飞机炸坏了一只，被炸坏的船上的人挤到了另外的船上，每只船都挤得满满的，逆水行船，加上船上的载重量大，行走得不快。天快黑的时候才到了綦江县城，綦江县城到东溪场还有七八十里，这一段河道险滩暗礁多，十分难行。为了安全，陈知农找房子，让招工队和招来的工人在綦江县城住了一晚上，还把伤员带到县城一家医院换了药，准备好了第二天中午吃的干粮。等到天亮了，大家上了船，两只大船继续向东溪场进发。

快到中午的时候，两只大船到了一处比较狭窄的江面，陈知农知道铁山寨上的土匪经常在这一带抢劫过往船只，提高了警惕，站在孙家大船的船头，眼睛注视着两边岸上的一个个山峦，一片片树林。

霍树楠带着三十多个匪徒正隐藏在河右岸一片树林里，等候着招工队的船只。

陈知农发现了隐藏在岸边树林里的土匪，心里悬起了一块大石头，他和孙老大商量了一会儿，决定让船掉头，往綦江县城方向走，因为船往东溪场走是上水，很难甩脱土匪，向綦江县城方向走是下水，甩脱土匪容易一些。

“砰！”霍树楠让手下匪徒开枪了，一些土匪吼着叫着让河里的大船靠岸，几个土匪还脱光了衣服，“扑通扑通”跳下了水，浮着水游向河里的船。

孙老大的船掉了头，另外一只船也掉了头，霍树楠见招工队的船要跑，急忙让手下的匪徒赶在船的前面，在河中心拉起了拦河的绳索。孙晓兰发现河里有了拦河绳，赶忙回到船舱拿来了斧头，姑娘站在船头，看着船靠近拦河绳，举起斧头用力便砍，拦河绳断了，木船在河水冲击下冲了过去，后面的船也紧跟着冲了过去。

霍树楠眼看着招工队的两只大船要逃出他布下的包围圈，急了，赶忙让匪徒赶到河的下游又布下了拦河绳，并且找了两个枪法准的匪徒，端着枪瞄准了孙老大船的船头。

孙老大驾着的船又被河里的拦河绳拦住了，孙晓兰双手举起斧头，正要用力砍，河边“砰”的一枪打来，孙晓兰肩膀被打中，身子摇了摇，倒在了船头。船被河里的拦河绳拦住了，一群土匪跳下了水，怪声叫着、吼着向被拦住的船浮来，形势非常危急。正在这时，岸边一个小山头上的树丛中有了黑衣人的身影，响起枪声，射出了子弹，正在河里浮水冲向招工队船只的一个土匪被打中，水里的匪徒们吓坏了，不敢往前浮了。

孙老大船上，陈知农冲过去正想拿过孙晓兰手里的斧头去砍断河里的拦河绳，孙晓兰挣扎着站了起来，双手吃力地举起斧头砍了下去。

河里的拦河绳断了，“砰”的一声枪响，孙晓兰又被岸上的土匪打中了，“扑”的一声倒在了船头。

两只大船冲过了土匪布下的第二道拦河绳，陈知农奔过去抱起倒在血泊中的姑娘，眼里有了泪，大声呼喊起来：“晓兰妹子，晓兰妹子！快睁开眼睛，陈哥哥在叫你，晓兰妹子，快睁开眼睛……”

霍树楠见招工队的船又一次冲过了拦河绳，气急败坏，正要让手下匪徒再到河的下游布下第三道拦河绳，岸上响起了一阵又一阵激烈的枪声，接应招工队的军队赶到了。霍树楠吓坏了，来不及命令手下的匪徒撤退，脚板底下抹油，钻进一片密密的树林，抢先逃跑了，其余的土匪见头头逃跑了，乱纷纷的，有的逃进了树林，有的跳进了河水里，一些逃不掉的匪徒跪下，高举双手投降。小山头树丛中的黑衣人见军队来了，也悄悄退走了。

孙老大船的船头上，陈知农一脸的泪，紧紧抱着孙晓兰大声呼喊着：“晓兰妹妹，晓兰妹妹！你睁开眼睛看看哥哥，土匪被打退了，我们安全了，晓兰妹妹，你睁开眼睛看看哥哥……”

终于，孙晓兰微微地睁开了眼睛，轻声说：“陈家哥哥，我，我被打伤的地方好疼啊！”

第十八章

攻打铁山寨

宋大发、歪脖子、霍树楠一伙歹人多次下山袭击铁山矿招工队，还袭击了铁山矿筹备处运送物资的船只，严重干扰了铁矿的建设，受到了日本特务机关的嘉奖，宋大发非常高兴。这一天，他让手下人在寨里准备了酒席，宴请参与袭击行动的歪脖子、霍树楠和其他土匪。

宋大发手里端着一大碗酒，嘴里吐着酒气，瞪着血红的眼珠子大声说："兄弟们，你们袭击了铁山矿的招工队和运输物资的船只，出了力，立了功，我敬大家一杯酒，今后我们还要多下山袭击铁山矿上的人，不让那些不识好歹的家伙在铁山建起大铁矿！"

歪脖子喝得满脸通红，拍着胸脯说："宋大哥，你说得对，这铁山是我们兄弟的，要建大铁矿也该我们兄弟来建，不能让不知道从哪里跑来的人建，老子手下有兄弟，有人有枪，熟悉这铁山上的沟沟坎坎，打得赢老子就打，打不赢老子就钻山沟，铁山矿上那伙人要想跟老子斗法，没有他们赢的。"

霍树楠吐着酒气插嘴说："歪哥子，我们也要小心谨慎，铁山矿上那伙人虽然是从外地来的，不熟悉铁山，不过东溪场上有人帮他们，特别是陈家三兄弟，他们的小兄弟还当了铁山矿筹备处的什么主任，我们好几次下山失败，就是吃了他们的亏。还有姓吴的，妹子也在铁山矿筹备处当主任，也在帮铁山矿的人和我们斗。"

宋大发端起酒碗喝了一大口酒，说："霍家兄弟说的话有道理，铁山矿上的人大多数是外面来的，不熟悉铁山，和他们斗容易，可是东溪场有不少人帮着铁山矿，心里向着外面的人，特别是陈家、吴家，他们明里暗里都在帮着铁山矿的人，这些人不单熟悉铁山上的大小山沟和山洞，还了解一些我们的底细，是执行A计划的心腹大患。"

歪脖子摇了摇头，瞪大眼睛说："不知道东溪场上陈家、吴家的人吃了什么迷魂药，铁山矿里的那些外来人要来建大铁矿，跟陈家、吴家开铁矿做铁器生意的人抢饭碗，他们还帮着这些外来人，我实在想不明白。"

宋大发和歪脖子、霍树楠以及手下匪徒喝酒吃肉，你一句我一句说着话，突然听到外面树林中传来鸽子的叫声。宋大发知道是王专员放信鸽传递消息来了，急忙放下手中的酒碗，出了大堂，让心腹匪徒捉了信鸽，解下绑在信鸽脚上的纸条看了，心里暗暗吃惊，赶忙让手下匪徒把歪脖子、霍树楠请到自己房间商讨重要军情。

宋大发回了房间，不一会儿，歪脖子、霍树楠来了。歪脖子满口酒气，大声说："宋大哥，有什么军机大事？酒也不喝了，肉也不吃了。"

宋大发把从信鸽腿上解下来的纸条递给歪脖子、霍树楠看了，霍树楠皱起了眉头。歪脖子眯着小眼睛说："宋大哥，我以为发生了什么大事，原来有人想来攻打铁山寨。俗话说，水来土掩，兵来将挡，铁山矿的人想让军队来灭我们，他们打错了算盘，老子在这铁山上二十多年了，遇到过不少想灭掉我们的人，也遭到过军队搜山，可是我歪脖子今天照样稳稳地待在这铁山寨上，那些想灭我的人都被我赶跑了。"

宋大发摆了摆手，皱着眉头说："歪脖子兄弟，此一时彼一时，过去的皇历不要翻了，现在中国政府跟大日本皇军打仗打败了，要在大西南建设什么抗战基地、抗战大后方，一定会派出精锐部队来剿灭各个山头上的反抗力量。我估计这次军队来者不善，我们一定要好好谋划出对付军队的办法。"

霍树楠点了点头说："宋大哥说得有道理，这次军队要来铁山剿灭我们，一定会派来精锐部队，加上会得到东溪场上一些人的帮助，虽然军队不熟悉铁山地形地貌、大山里的沟沟坎坎，可是陈家、吴家那些人住在铁山边上，十分熟悉铁山，军队有了他们的帮忙，好像老虎添了翅膀，我们要认真对待。"

歪脖子仍然眯着一双小眼睛，一副胸有成竹的样子，大声说："宋大哥，霍家老弟，不要长他人志气，灭自己威风。我是铁山上的山耗子，有人来打，打得赢，我咬他一口；打不赢，我就钻洞洞。铁山方圆上百里，哪一个山沟沟躲不下我们这百十来个人？军队走了，我们照旧出来当铁山王。"

歪脖子信口开河，说者无意，宋大发狡猾，从中听出了应付进山剿匪军队的好办法，鼓起了掌，大声说："歪脖子兄弟，你想出了好主意。对，我们就照着你说的办，给进山剿匪的军队演一出空城计，然后选地方，找机会狠狠咬他们一口。"

歪脖子、霍树楠没有听懂宋大发的话，仿佛丈二高的和尚摸不着头，歪脖子瞪大一双眼睛问："宋大哥，我想出了什么好主意？"霍树楠也有一些疑惑，说："宋大哥，你说唱一出空城计，空城计怎么唱？"

宋大发嘻嘻笑了，说："霍家兄弟，我们就像歪脖子兄弟刚才说的那样，变成会钻洞的山耗子，军队来了就钻进洞里，有了机会就钻出洞狠狠咬一口。"

霍树楠终于听明白了宋大发的话，笑了起来，说："宋大哥，你想的办法好，对，我们给进山围剿的军队唱一出空城计！"

歪脖子似乎还没有明白宋大发的意思，摇着头，一脸的疑惑不解。宋大发拍了拍他的肩头，大声说："走吧，歪脖子兄弟，你熟悉铁山的沟沟坎坎，去挑选一个能咬疼进剿军队的地方。"

铁山矿筹备处的侯主任请示了上司，想通过綦江县政府联系军队剿匪，可是綦江县的黎县长调走了，新上任的黄县长是一个只知道一天到晚花天酒地玩女人的贪官，没有理会铁山矿的要求。好在铁山矿筹备处办公室副主任江姐认识在东溪附近盖石场驻军的刘营长。刘营长是一个有爱国心的军人。江姐跑了两次盖石场军营，给刘营长讲了在铁山建设铁矿是为了抗击日本侵略者，铁山土匪的骚扰严重妨碍了铁山矿建设。刘营长被说动了心，带着两个连二百多人到了东溪。不过，刘营长和他手下的连长都不是綦江人，不熟悉铁山寨周边的地形。侯主任让人请来了陈知农，给军队的几位长官介绍铁山寨土匪巢穴的情况。陈知农虽然是土生土长的东溪人，但是小时候跟着吴家老爷到重庆城里读书，后来又在县政府里做事，虽然当娃娃的时候跟着哥哥一起上过铁山，也曾带着李贤诚的调查队到铁山调查，不过对铁山寨的情况仍然不很熟悉，建议请来大哥陈知雄和好朋友陈大生介绍铁山寨的情况，侯主任、李副主任同意了。陈知雄、陈大生到了铁山矿筹备处，给侯主任、李副主任以及军队的刘营长和两个连长讲了自己知道的铁山寨周边的复杂地形，以及山寨里的一些情况，还自告奋勇给军队带路攻打铁山寨，侯主任、李副主任和刘营长同意了。刘营长还同陈知雄、陈大生以及两个连长一起制订了详细的攻打铁山寨的作战计划。

尽管侯主任、李副主任对王专员已经有了怀疑，没有让他参加研究攻打铁山寨的会议，但是王专员已经买通了给铁山矿筹备处办公室打扫卫生的工人，让他借口送开水进入了研究作战计划的会议室，偷听到了一些会议内容。王专员放出信鸽，把军队要攻打铁山寨土匪巢穴的事情通知了潜伏在铁山寨里的日本特务宋大发。

刘翠花和霞姑回到铁山后住在张大妈家附近一个山洞里，两个女人的警惕性都很高，山洞外面和周围没有留下一丝一毫人的痕迹，而且刘翠花和张大妈以及张大妈的儿子张华建立了非常亲密的关系，张家母子成了两个女人的义务保卫人员。张华一有空就给两个女人讲红军的事，让刘翠花和霞姑明白了很多道理，知道红军来了，铁山周围的穷苦百姓就能过上好日子了。

刘翠花和霞姑常常尾随宋大发、歪脖子、霍树楠和他们手下的匪徒下山，发现土匪干坏事就躲在暗处打黑枪，有时候张华也跟着两个女人躲在暗处打土匪的黑枪，弄得宋大发、歪脖子、霍树楠一伙歹人伤透了脑筋。宋大发怀疑铁山寨附近有打黑枪一伙的眼线，多次让歪脖子、霍树楠带着匪徒在铁山寨附近搜寻，可是每次搜寻都无功而返。铁山寨上的土匪搜寻到张大妈家附近时，张大妈和干儿子张华都成了老实巴交的庄稼人，无论匪徒问什么，他们都摇着头捂着耳朵表示什么也不知道。

一天晚上，刘翠花和霞姑悄悄出了藏身的山洞，来到铁山寨附近的山坡上，藏身在一片密密的树林里，偷偷窥视着铁山寨里的动静，发现大队土匪出了山寨门，不过并没有下山，而是进了大山深处的密林。两个女人见铁山寨里的土匪一队一队离开了铁山寨，留下了一个空空的山寨。刘翠花和霞姑十分奇怪，弄不清楚发生了什么事，以致土匪全都撤离了山寨。

刘翠花和霞姑来到了张大妈家，说了铁山寨里的土匪全都撤走的事，张大妈和张华也觉得奇怪。突然，张华轻声叫了起来："铁山寨里的土匪撤进了深山，一定是军队要来攻打铁山寨，铁山寨里的一伙歹人探听到了消息，留一座空寨子是想把军队引到深山，然后打军队的伏击。如果真的是这样，攻打铁山寨的军队要吃亏了。"

刘翠花吓了一跳，大声说："不行，不能让铁山寨里那伙歹人捡到军队的便宜，要给准备攻打铁山寨的军队报个信。"

刘翠花吩咐霞姑去东溪场上铁山矿筹备处报信，自己和张华沿着铁山寨土匪大队人马撤进深山沿路留下的痕迹，暗暗跟踪铁山寨的土匪。

霞姑是土生土长的铁山人，熟悉铁山的大小山路，选了一条便捷的山间小路到东溪场报信。不料陈知雄、陈大生给一个连的军人带路进铁山围剿铁山寨的土匪，走的是东溪场进铁山的大路，与前往东溪场报信的霞姑错过了。

陈大生与剿匪军队的王连长走在队伍前头，陈知雄与剿匪军队一个排长走在队伍最后面。害怕被铁山寨里的土匪发现，王连长命令全连士兵走路时不要说话，连咳嗽也要用手蒙住嘴巴，脚步放轻，一百多个人借着山路两边的小树林和荆棘茅草作掩护，悄悄地向铁山寨进发。到了铁山寨附近一个山头，王连长命令士兵们停下脚步，让陈知雄、陈大生带路轻手轻脚地靠拢了铁山寨寨门，寨门虚掩着，寨门前没有放哨的土匪。

王连长有些奇怪，附着陈知雄的耳朵轻声问："这里是铁山寨土匪的巢穴吗？"陈知雄点了点头。王连长捡起路边一块小石头，一扬手，把小石头扔进了铁山寨的寨门里。小石头落到地上发出"咚"的响声，没有土匪的吆喝声，也没有发现铁山寨里有什么动静。王连长又向铁山寨里扔了两块石头探路。铁山寨仍然没有一点动静。王连长皱起了眉头，招手叫来了三个排长，和陈知雄、陈大生一起悄悄地商量起来。

一个排长有些疑惑，说："两位陈大哥，这里真是土匪的巢穴吗？"

陈知雄点了点头，肯定地说："对，这里就是铁山寨土匪的巢穴。"

一个排长自告奋勇，说：“我带着几个士兵摸进寨里，去看看土匪在耍什么花样。”

王连长是一个小心谨慎的人，摆了摆手，说：“这里的土匪狡猾得很，没有了解山寨里的情况，不能冒冒失失进山寨。”他作了决定，让全连一百多人包围了铁山寨，等到天亮看清了山寨里的情况再进山寨。

天终于亮了，王连长躲在铁山寨附近一个山梁的树林里，用望远镜仔细观察了铁山寨里的情况，发现铁山寨里的的确确没有人，是一个空寨。他命令士兵们进了山寨，四处搜寻，见到山寨每一间房屋里都是乱糟糟的，大堂桌子上还放着酒瓶酒碗、没有吃完的饭菜，土匪住的房间里扔着没有来得及带走的被盖、乱糟糟的臭衣服。

铁山寨里的情况似乎是，土匪发现了军队上山围剿，慌慌张张逃走了。

王连长命令士兵们在铁山寨周围搜索，发现一条通往深山的路上扔着土匪的破衣服烂鞋、空酒瓶子，山路上有大队人马走过的痕迹。

王连长和他手下的三个排长上了铁山寨的当，以为土匪是在发现军队围剿后慌慌张张逃走的，准备沿着土匪逃走的山路追击。陈知雄和铁山寨里的土匪交过好几次手，知道宋大发、歪脖子、霍树楠一伙歹人十分狡猾，害怕军队追击路上遭到袭击，好心劝告说：“王连长，不能盲目追土匪，让我带几个人先去探看一下，如果发现土匪逃窜，再去追击。”

王连长也有些担心追击路上遭到土匪袭击，赞成陈知雄的意见，可是他手下三位排长立功心切，主张跟踪追击逃跑的土匪。一个排长拍着胸脯大声说：“连长，下命令吧，不然土匪逃进深山躲藏起来，我们这次上山剿匪就是瞎子打灯笼白费了，也许费了力气连个匪毛也捞不着！”

又一个排长跟着大声说：“王连长，眼看铁山寨的土匪就在眼前，快下命令追击吧，不能让土匪跑远了。”

终于，王连长被手下排长说得动了心，下达了追击土匪的命令。他让陈知雄带路，带着一个排的士兵在前面探路，陈大生和两个排的士兵紧紧跟在后面。

天空中飘着几朵黑云，遮住了刚刚露头的太阳，天变得阴沉沉的，刮起了风，呼呼呼响，带来一阵阵寒意。

陈知雄走在追击土匪军队的最前面，他小心谨慎地一面走一面观察四周的情况。远远近近都是山，山上长着密密的树，看不见人的踪影。远处树林中传来野狼的嚎叫，一声接着一声，听了让人有些害怕。

追击土匪的军队进入了一个狭窄的山谷，山路很窄，走在上面不小心就会摔倒，山谷里有一条淙淙流淌的小溪。突然，陈知雄发现小溪边上的树林里有人影晃动，一个不祥的念头在脑子里闪过，荒山野岭平时不会有人，一定是土匪，大喊了一声："有土匪，快找地方隐蔽起来。"

陈知雄喊迟了，他的喊声还没有停，山谷里响起了枪声，一串机枪子弹扫射过来，追击土匪的军队里两个士兵倒下了。其他士兵慌了，赶忙寻找藏身的地方，有的藏到了荆棘丛中，被荆棘刺得手上脸上全是血；有的藏在大石头后面，屁股翘得高高的，子弹打着了屁股，流出的血染红了裤子；有的没有找到躲藏的地方，跳进了山路旁边的小溪，弄得一身水淋淋的。

陈知雄、王连长躲到了山路旁边一丛荆棘后面，被土匪枪里射出的子弹打得不敢抬头，王连长十分焦急。正在这时，土匪后面响起了枪声，打枪的人躲藏在十分隐蔽的地方，射出的子弹很准。土匪的机枪手被一枪打倒了，机枪哑了，另外一个土匪跑过去抱起机枪正要射击，又被隐藏的枪手打倒了。

剿匪军队得到了调整部署的机会，陈知雄和王连长带着一排士兵隐蔽到一块较大的岩石后面，陈大生和两个排长带着士兵躲进了小溪旁边一片小树林里。不过，宋大发一伙歹人率领的土匪占据的地方地势高，十分有利。陈知雄、陈大生和王连长率领的剿匪军队被分割成了两块，所处地势低，十分不利，好在土匪阵地背后有枪手在暗中帮助剿匪军队，让剿匪军队没有吃大亏。

土匪阵地上，歪脖子从一块岩石后面伸出脑袋，狂妄地大声吼叫起来："山沟沟里当兵的，你们今天逃不掉了，投降吧。老子也优待俘虏，投降跟着老子当土匪，大块吃肉、大碗喝酒，还能分大把大把的钞票……"歪脖子正喊得得意，隐藏在土匪阵地后面的枪手"砰"的一枪打来，吓得歪脖子哆嗦了一下，赶忙躲到一块岩石后面。

剿匪军队的阵地上，王连长十分焦急，摇着头，叹着气说："陈大哥，都怪我没有听你的话，中了土匪的埋伏，这次进山剿不灭土匪，弄不好还要被土匪剿了。"

陈知雄安慰说："王连长，不怕，我们坚持到天黑，我带路翻山回东溪，逃出土匪的包围圈。”

王连长摇了摇头说：“土匪占据了有利地形，如果不是土匪背后有人打枪帮助我们，匪徒早在火力掩护下冲下山来了。”

陈大生隐蔽在小溪旁边的树林里，一个排长后悔地捶着胸脯说：“怪我大意轻敌，中了这帮王八蛋土匪的埋伏，看样子今天老子要死在这里了。”

另外一个排长恨得咬牙切齿，大声说：“死！老子没有那么容易就死了，死也要拉上两个垫背的。”

陈大生也有些焦急，说：“两位排长，我们要想办法和王连长带的人取得联系，冲破土匪的包围和他们会合，大家一起想办法突破土匪的包围圈。”

一个排长似乎有些绝望，摇了摇头说：“和王连长会合，土匪在高处，人多枪多，我们冲出去就成了他们的靶子，怎么冲得出去？”

另外一个排长赞成陈大生的意见，叫了一个班长带着两个士兵跟着陈大生试探着冲出土匪包围圈，去和王连长带的人会合。可是，陈大生带着人刚刚出了小树林，土匪阵地上密密的子弹射来，陈大生的手臂受了伤，鲜红的血染红了衣服，突围失败，他们被迫退回了小树林。

土匪阵地上，宋大发、歪脖子、霍树楠也十分焦急，想带着土匪居高临下冲到山沟里消灭进山剿匪的军队，背后又隐藏着打黑枪的枪手，枪手的枪法很准，冷不防一颗子弹飞来就会要了自己的命，想放弃消灭进山军队的计划，又舍不得到了嘴边的肥肉。三个歹人聚在一起商量办法，歪脖子大声说：“霍团长，我们分工，我带着兄弟们冲下山沟去消灭那些想剿灭我们的军队，你带着人对付打黑枪的枪手，让宋大哥带着一些兄弟坐镇山头阵地。”

霍树楠摇了摇头，苦笑着说：“对付打黑枪的枪手，我没有这个本领，他们躲在暗处，枪法又准。我带着兄弟去是送死，枪手一枪一个，躲的机会都没有。”

宋大发叹了口气说：“我们上百个兄弟，被几个打黑枪的弄得没有办法，真是太窝囊了。看来，我们只有放弃到了嘴边的肥肉了。”

歪脖子瞪着眼睛，恶狠狠地说：“我不会放弃到了嘴边的肉，依我看，打黑枪的没有几个人，我带几位兄弟去逗引他们打枪，等到枪手的子弹打光了，枪里没有子弹就打不成黑枪了。”

霍树楠脸上有了笑，说：“对，我们和打黑枪的枪手耗时间，让他们打光子弹，我们就冲下山去吃掉进山想剿灭我们的军队。”

山岗上一片密密的树林里，刘翠花和张华心里也燃着火，两个人枪里的子弹确实不多了，可是霞姑去东溪场送信迟迟没有消息，不知道信送到了没有，增援的军队什么时候能够到来。他们害怕子弹打光了，不能躲在暗处打黑枪了，宋大发、歪脖子、霍树楠一伙歹人没有了后顾之忧，冲下山去，剿匪的军队会吃大亏，而且刘翠花还发现，给剿匪军队带路的是自己的亲大哥……

霞姑翻山过沟，走捷径小路到了东溪场，把一封铁山寨匪徒撤向深山地势险要地方、军队进山剿匪要防止土匪伏击的警告信，扔进了陈知生家的院子，可是不巧得很，陈知生的老婆张春容带着女儿秀芳回娘家了，陈知生家里的用人不认识字，在院子里拾到了信，不知道信里说了一些什么，把信放进了陈知生的书房，搁了起来。

霞姑送的报警信，没有起到给进山剿匪军队报警的作用。

陈知生几天前就去了重庆，铁山矿筹备处征收了铁山地区的民间小矿洞，吴宏宜、夏河水的十多个小矿洞被征收了。吴家、夏家的当家人一起商量，准备扩大铁厂规模，多炼钢铁，多生产铁器销往重庆、成都、云南、贵州等地。吴宏宜、夏河水委托陈知生负责联络各地的商家，销售铁山地区铁厂生产的铁器，陈知生上成都，跑重庆，很少有空待在家里。

终于，陈知生有了两天空闲时间，从重庆回到了东溪场，到了家里，看到书房桌上放着的信，拆开看了，担心进山剿匪的军队真的如信中警告的那样遭了伏击，急急忙忙拿着信出了家门，赶到了铁山矿筹备处，想把警告信交给在铁山矿筹备处工作的弟弟陈知农，可是铁山矿筹备处的门卫告诉他，陈知农有事出差了。陈知生询问，侯主任和李副主任在不在？门卫告诉他，不巧得很，筹备处两位主任都有事出去了。陈知生心里着急，正发愁不知道该把警告信交给谁，王益生从铁山矿筹备处里走了出来。陈知生认识王益生，知道他是铁山矿筹备处的一个官员，于是把警告信交给了王益生。

陈知生回到了家，心里想着进山剿匪的军队会遭到土匪伏击的事，十分不安，脑子里浮现出剿匪军队遭到土匪袭击，不少士兵被打死打伤、鲜血染红山坡的惨景。他拿起书想看，可是看不进去，躺上了床，想闭上眼睛休息一会儿，朦朦胧胧进入了梦乡，看到铁山山坡上躺满了被土匪打死打伤的军人，大哥陈知雄走到面前，一脸怒气，瞪着眼睛，责备他耽误了送警告信的时间，害得剿匪军队遭到土匪伏击，伤亡惨重。陈知生想辩解，大哥陈知雄不听，满脸怒气走了……

陈知生从梦中惊醒，突然听到大门外有人在敲门，大声呼唤家里的用人，用人出去办事了，不在家。陈知生翻身下了床，出了书房来到院子里，看到有人从外面扔进院子里一封信，急忙捡起来打开看，信纸上写着“陈家大哥带军队剿匪遭伏击，快让军队前往救援”。

陈知生仿佛遭人当头猛击一拳，吓得呆住了，回过神后，急急忙忙又赶到了铁山矿筹备处，弟弟陈知农，铁山矿筹备处的侯主任、李副主任仍然不在，陈知生心里急得好像有一把火在烧，只好又把在院子里捡到的警告信交给了王专员。

铁山矿筹备处的侯主任、李副主任一早就来到了吴宏宜家的铁厂，正在铁厂办公室和吴宏宜、夏河水商量铁矿砂供应的事，吴家、夏家的铁厂，炼铁炼钢以前用的是自己家小矿洞里生产的铁矿砂，小矿洞被铁山矿筹备处征收了，吴家和夏家的铁厂没有了原料，扩大生产规模成了一句空话。铁山矿筹备处在铁山建的矿洞还处在试生产时期，生产的铁矿砂不多，要供应重庆新建成准备开炉点火炼铁炼钢的高炉，又要保证供应吴、夏两家铁厂生产所需要的铁矿砂，实在有些心有余而力不足。由于铁山矿筹备处供应的铁矿砂不能满足铁厂生产所需，吴宏宜和夏河水以及吴、夏两家铁厂的一些工人心里有些不满。侯主任、李副主任十分清楚，要在铁山地区建成大型铁矿，必须得到铁山地区吴家、夏家、陈家以及众多采砂工人的支持，于是来到了吴家铁厂，找到了吴宏宜，还约来夏河水和一些小矿洞老板，准备商量出一个两全其美的办法，既保证重庆钢铁厂新建高炉炼钢炼铁所需的铁矿砂，也要尽量满足铁山地区民间铁厂炼钢炼铁制造铁器供应市场所需铁矿砂。商谈中有一个小矿洞老板提出，让一些位于较高地势、大铁矿无法开凿巷道采矿砂的小矿洞自己采矿砂以补大铁矿生产矿砂不足的办法，侯主任和李副主任认为建议好，准备请示上司，得到批准后付诸实践。商讨的气氛十分融洽。

陈知生离开铁山矿筹备处，虽然已经把捡到的警告信交给了王专员，但是不知道什么原因，心里仍然悬着一块大石头，脑子里总是想着剿匪军队遭土匪伏击，大哥陈知雄有危险的事。终于，他决定到吴家，告诉吴宏宜剿匪军队遭土匪伏击的事，请他帮忙想一想办法。陈知生到了吴家，看门的告诉他吴老板不在家，到铁厂去办事了。陈知生急急忙忙赶到了铁厂，找到了吴宏宜、夏河水同铁山矿筹备处两位主任一起商量事情的地方，他见侯主任和李副主任都在铁厂，十分高兴，想立即把剿匪军队遭土匪伏击的事告诉两位主任。陈知生是十分注重礼节的人，看到侯主任、李副主任正在专心地倾听一个小矿洞主的发言，知道打断别人不礼貌，他耐着性子，想等两位主任听完小矿洞主发言后再告诉警告信的事，不料小矿洞主讲完了，侯主任又开始讲话，陈知生只好又耐着性子等待。

陈知生等了好一阵子。终于，侯主任讲完了话，他不敢再耽误了，抢在一个想发言的小矿洞主前把侯主任拉出了屋，报告了收到警告信的事。

侯主任大吃一惊，脸上变了颜色，带着埋怨的口气说："陈老板，你应该早一点告诉我警告信的事，剿匪军队遭土匪伏击是一件十分严重的事。救援的军队赶到迟了，剿匪军队会遭大的损失啊！"

陈知生像一个做错了事的小孩，苦着脸轻声解释："我知道救兵如救火，侯主任，刚才我怕打扰你说话。"

侯主任看了陈知生一眼，苦笑着摇了摇头，叫出了李副主任，让吴宏宜、夏河水和参加商讨会的小矿洞主回了家，带着陈知生急匆匆赶回了铁山矿筹备处。

王专员收到了陈知生送来的警告信，心里十分高兴，他从警告信中看出进山剿匪的军队钻进了宋大发一伙布下的圈套，遭到铁山寨土匪的伏击，如果是其他人收到警告信，会立即把信转交军营的刘营长，请刘营长派出增援军队，可是王专员把警告信揣进了衣服荷包，他已经想好了应付侯主任、李副主任责问的办法，说自己因为不知道警告信上说的事是真是假，不敢自作主张，准备等待主任们回到筹备处商量好后，再决定是不是应该交到军营。王专员躺在自己办公桌前的藤椅里，跷起了二郎腿，眯缝着眼睛，想着应该如何把手下人伏击中国军队大获全胜的事报告给特务机关。王专员知道，特务机关接到报告一定十分满意，会奖给一笔不小的奖金，他想接到奖金后到綦江县城去一趟，让潜伏在县城里的同伙带着自己到窑子里找一个漂亮的妹子好好玩一玩……

侯主任、李副主任带着陈知生急急忙忙赶到了驻军兵营，刘营长正在为剿匪的军队进山快一天了没有一点消息传来而坐立不安，听陈知生讲了收到警告信的事，十分吃惊，双手抓住陈老板的两只胳膊，大声问："老乡，真的，你真的收到了警告信？"

陈知生点了点头说："我收到了警告信，我大哥给进山剿匪军队带路，他也遇到了危险。"

刘营长听陈知生说把警告信交给了王专员，火冒三丈，跳起脚大声吼："侯主任、李副主任，你们那个王专员为什么收到警告信后不立即来报告，他安的什么心？"

因为反间谍机构有规定，侯主任和李副主任不敢把已经怀疑王专员是日本特务的事告诉刘营长。侯主任心里着急，赶紧做出安排，大声吩咐："刘营长，王专员的事我们会报告上司，你快派出军队，陈老板帮着李主任去找给军队带路的人，让增援的军队立即进山。"

王专员躺在藤椅上做着美梦，他知道侯主任和李副主任到铁厂去了，也许要等到天快黑时才能回筹备处，到那时候进山的军队也许已经被宋大发的人吃掉了。王专员想象着到县城逛窑子的事，好像已经搂抱着一个皮肤又白又光滑的少女身子，正要去亲少女鲜红的嘴唇，侯主任、李副主任推门进来了。王专员见两位主任早早地回到了筹备处，吓了一跳，有些吃惊，不过很快镇静了下来，脸上装出了笑，讨好地说："侯主任、李副主任，我听说你们到铁厂去开会，太辛苦了。"

侯主任似乎随意地问："王专员，我听说有人交给了你一封警告信？"

王专员赶忙拿出了陈知生送来的警告信，眯着眼睛笑着说："对，我收到了警告信，可是不知道信上写的事情是真是假，不敢冒冒失失送到军营。"

侯主任没有说话，接过王专员递上的警告信，带着李副主任走了。王专员猜不出两位主任葫芦里卖的什么药，心里不安起来。

陈知雄和王连长带着一些士兵躲藏在一块大岩石后面，打退了土匪的一次又一次进攻。

一个山崖下，宋大发挥舞着手里的枪，大声吼叫着让匪徒向军队阵地进攻："兄弟们，不要怕死。人活着就是为了吃喝玩乐，冲上去抓住一个当兵的赏一百块大洋，打死一个赏五十块，冲啊！冲过去抓住当兵的！”

宋大发正叫嚷着，“砰”的一声枪响，不偏不倚，正好打中宋大发的手腕，疼得他尖声叫起来，手里的枪掉到了草丛中。

歪脖子见背后又有人在打黑枪，气得大声骂起来：“打黑枪的龟儿子，站出来和老子当面锣对面鼓地比试一下，躲在背后打黑枪算不上英雄。”歪脖子正骂着，“砰”的一枪打过来，子弹擦着耳朵边飞过，歪脖子吓得“哎呀”叫了一声，缩回脖子钻进草丛中躲了起来。

一群土匪在宋大发的怂恿下呐喊着，吼叫着向军队的阵地冲去，离军队阵地越来越近。王连长心里有些慌，可是回过头看到陈知雄十分镇静，正伏在一块岩石后面，手里端着枪瞄准土匪射击，“砰”的一声，一个土匪倒下了，“砰”的又是一声，又有一个土匪倒下了。王连长脸上有些发烧，努力镇静下来，大声吼着鼓励士兵：“兄弟们，不要怕，不要心慌，瞄准了土匪开枪，打完仗我给兄弟们请功。”

土匪的一次进攻被军队打退了，紧接着又发起了进攻，吼着叫着冲向军队防守的阵地。士兵们有了伤亡，两个士兵胸口中枪，死了，三个士兵被打伤了手脚，走不动路，举不起枪了。

陈大生和两个排长带着士兵们守在小溪边的小树林，土匪头子霍树楠指挥一大群匪徒发起了进攻，匪徒们吼着叫着冲到小树林边上。一个排长急了，放下手里的枪，拿起了身边的大刀，站起身大声吼着：“龟儿子土匪，老子和你们拼了！”朝着进攻的土匪冲了过去，挥动着大刀砍向土匪。一个冲在最前面的土匪躲避不及，“咔嚓”一声，一条胳膊被砍了下来，鲜红的血喷洒出来，被砍的土匪身子晃了晃倒下了。土匪们吓坏了，回转身逃跑，排长举着刀，瞪圆了眼睛冲向土匪人群，躲在一块岩石后面的霍树楠举起枪，瞄准排长开了一枪，排长的肚子被子弹打中，“扑”的一声倒在草丛中。两个土匪冲过来想抓走中弹倒下的排长，陈大生一着急，跳起身猛冲上前，抢先背起满身鲜血的排长，几个大步奔回了小树林。受伤的排长感动不已，挣扎着伸出双手紧紧握住了陈大生的手，眼里闪着泪花说：“老乡，谢谢你救了我一命。”

刚刚退走的土匪吼着叫着又冲了上来，形势十分危急，陈大生把另外一个排长拉到一丛荆棘后面，紧皱着眉头，焦急地说：“排长，我们的人被土匪分割成了两块，这样不行，要想办法和王连长他们会合，一起打土匪。”

排长叹了一口气，苦笑着说：“我们中了土匪的圈套，我和我手下当兵的都不熟悉这山里的地形，怎么能突破土匪的包围去和王连长会合？眼看天快要黑了，天黑后我们这些外面来的人辨认不出山里的东南西北，更没有办法去和王连长会合了。”

陈大生觉得排长说的话有道理，想了想，提出建议：“排长，我一个人顺着小溪穿过树丛去找王连长，先探清路，天黑后再回来带着你们去和王连长会合。”

排长感动地说：“老乡，你的主意好，谢谢了！你孤身一人去和王连长会合，一定要小心，注意安全。”

陈大生点了点头，和排长分了手，独自一人穿过一丛丛荆棘、一片片小树林，沿着小溪向响着枪声的地方摸索前进。

大岩石后，陈知雄和王连长艰难地打退了土匪的又一次进攻，又有两个士兵倒下了，陈知雄的肩头也被子弹擦破了皮，阵地前面摆了六七具土匪的尸体。

太阳落下了山梁，天色暗了下来，铁山的山坡上、树林里，笼罩上了一层暗暗的灰色。

大岩石后面，陈知雄焦急万分，轻声对身边的王连长说：“连长，天黑前打不退土匪的进攻，突不出土匪的包围圈，情况会变得很糟。土匪一个个像铁山上的山耗子，熟悉山里的每一条山沟、每一片树林，我们不如他们熟悉地形，打起仗来会吃大亏，大生兄弟和你们的两个排长被土匪分割开了，天黑前不能合在一起，容易被土匪吃掉。”

王连长的眉头皱得紧紧的，说：“陈大哥，你说得对，现在最重要的是我们被分割成的两部分天黑前必须会合在一起，然后想办法突出土匪的包围，可是怎么才能让我们被分割的两部分会合在一起呢？”

陈知雄拍了拍脑袋，想了想说：“王连长，我是本地人，熟悉铁山的大小山头，我去把大生兄弟和两个排长以及他们手下的兄弟带过来，合在一起对付土匪。”

王连长有些疑惑地说：“陈家兄弟，土匪包围得这样紧，枪打得这样密，你还受了伤，能把被土匪围住的两个排兄弟带过来？”

陈知雄点了点头，轻声说：“王连长，你放心，土匪围了我们大半天，一定疲倦了，松懈了，我会想办法把两个排的兄弟带来会合的。”

王连长答应了。陈知雄悄悄离开了大岩石，藏身在一丛丛野草和荆棘里，顺着小溪向着传来枪声的地方摸索前进。往前走一段路，就停下来躲在草丛中认真观察四周的情况，没有发现土匪的踪影，再摸索着前进。

在一丛荆棘后观察四周情况时，他发现了小溪边一丛野草后面也在摸索着前进的好兄弟陈大生，又惊又喜，轻声学起了小鸟叫。陈大生听到了熟悉的小鸟叫声，知道陈知雄躲在附近，顺着声音找到了陈知雄藏身的地方，两个战友会合在了一起。

陈大生紧紧握住了陈知雄的手，激动地说：“知雄大哥，我们会合在一起了，王连长他们在哪儿？我要赶回去把两个排的军人带来和王连长会合。”

陈知雄也十分激动，说：“我们这一次上了土匪的当，军队死了人，还有人受了伤。好兄弟，你说得对，要趁天还没有完全黑，土匪打了大半天仗会有一些松懈的机会，把两个排带去和王连长会合，再想办法突破土匪的包围。”

陈知雄和陈大生正在商量，没有注意到，十多个土匪悄悄地向他们包围过来。土匪手里端着的枪，对准了陈知雄和陈大生的脑袋。

“砰”的一声枪响，陈知雄、陈大生吓了一跳，土匪们也吓了一跳，打枪的人不是土匪，是脸上蒙着黑纱的枪手。

刘翠花让张华留在山梁密林中监视土匪行动，躲在暗处打黑枪保护剿匪军队，特别是保护陈知雄的安全。自己化装下山，把警告信扔进哥哥家的院子里，回到铁山的路上，遇到了也是到东溪场给剿匪军队报警后回铁山的霞姑，两个人会合在一起，回到了张华藏身的山梁密林中，轻声商量后分工，张华去暗中帮助被霍树楠一伙土匪包围的两个排的军队和陈大生，刘翠花和霞姑暗中帮助王连长和陈知雄带领的军队。看到天色暗下来，天快要黑了，增援的军队还没有赶到，十分着急。正在这时，刘翠花发现陈知雄离开了隐蔽藏身的大岩石，往小溪下游方向去了。她猜出自己的亲哥哥是想去寻找被分割开的军队，让两股军队会合在一起，担心陈知雄遇到危险，跟霞姑商量后让霞姑留在山梁密林中监视宋大发、歪脖子一伙歹人，自己则悄悄尾随在陈知雄后面保护着亲哥哥。

包围了陈知雄和陈大生的土匪虽然听到身后密林中响起了枪声，知道遇上了打黑枪的枪手，一阵惊慌，不过匪徒看到被围住的只有两个人，不想放弃已经到了嘴边的肉，于是打着枪一步一步向陈知雄和陈大生逼过来。一个冲在最前面的土匪一边打枪一边大声吼叫：“被我们围住的野汉子，缴枪投降吧。我会帮着给你们在大头领面前求情，缴枪投降，免你们不死！”

“砰”的又是一声枪声，躲在暗处的枪手枪法很准，冲在最前面的土匪倒在地上，蹬了两下腿，不动了。其他土匪被吓住了，不敢往前冲，只是把陈知雄和陈大生紧紧包围了起来，吼着叫着劝他们缴枪投降。

王连长隐蔽的大岩石前，山梁上的土匪和包围着两个排军人的土匪同时发起了进攻。宋大发、歪脖子、霍树楠一伙歹人挥着手里的枪，怂恿手下匪徒向前冲锋，两股土匪似乎占了上风，形势对剿匪军队非常不利。

突然，进攻的土匪背后响起了密集的枪声，刘营长带着增援军队赶到了……

第十九章 悄悄离开的女人

铁山上的小矿洞被铁山矿筹备处征收了，吴家、夏家还有做铁矿砂、铁器生意的陈知生联起手来组建了一个铁业公司，在铁山地区建了十多个小铁厂，买来铁山矿筹备处的铁矿砂炼铁炼钢，铸铁锅，造农家耕地用的铁铧、锄头。由于吴、夏两家炼铁铸锅都有上百年历史，经验丰富，炼出的铁锅经久耐用，铁犁和铁锄轻巧好用，很受老百姓喜欢，特别是四川西部盐厂熬盐要用的大铁锅，质优价廉，是盐厂老板们争着要买的，吴、夏、陈三家的生意越来越好。经过协商，给组建的铁业公司取名叫东胜，吴宏宜担任了公司总经理，陈知生、夏河水分别担任了副总经理。

东胜公司在东溪场召开成立大会，四川以及挨邻的贵州、云南等地来了很多祝贺公司成立的客人，铁山矿筹备处的侯主任也到场祝贺，东胜公司成立大会十分热闹。

主席台上，吴宏宜紧挨着侯主任和川西坝子大盐商王老板坐着，趁着大会还没有开始，三个人谈起了事情。

吴宏宜带着哀求的口气说："侯主任，东胜公司成立了，人手肯定不够，能不能让陈知农到我们公司来，他哥哥是公司的大股东，当弟弟的理应帮着哥哥做生意。"

侯主任笑了笑，摆了摆手说："不行，绝对不行，陈主任在铁山矿筹备处的工作没有人能替换。吴老板，你不要想着挖我们的墙脚了，再说陈主任没有做过生意，到你们公司帮助也不大。"

吴宏宜叹了一口气说："侯主任，听说你们还想把陈副总经理的哥哥陈知雄招进铁山矿筹备处，也应该给我们东胜公司留点人才嘛。"

侯主任轻轻握住了吴老板的手，坦诚地说："铁山矿筹备处里的人多半是从外地来的，人生地不熟，需要铁山本地人帮助。吴总经理，今后我们应该联起手来，我们有难处，你们帮，你们有难处，我们帮，以后有需要陈知农、陈知雄帮东胜公司解决疑难事情时，我一定让他们到你们公司去。"

吴宏宜放心了，说："好，侯主任，你说得对，东胜公司和你们大铁矿应该联起手来，互相帮助。现在东胜公司就遇到了难处，各地来订货的客户多，可是铁山矿供应的铁矿砂有限量，不够我们铁厂用，我们自己在地势高的小矿洞生产了一些，还是不够，侯主任，铁山矿能不能多供给一些铁矿砂？"

坐在一边的王老板插上了话，说："侯主任，吴老板说的是实情，就拿我们盐场来说，重庆成了陪都，涌进了上百万的人，增添了上百万张嘴巴，每张嘴巴都要吃盐巴，政府要我们多生产盐巴，可是熬盐要盐锅，云、贵、川这么大的地盘，所有盐厂都在用东胜公司铸的盐锅。东胜没有铁矿砂铸不出盐锅，我们盐场没有盐锅熬不出盐巴，不论是做工的，种地的，还是当兵的，没有盐巴吃都不行。侯主任，求求你了，多供应东胜公司一些铁矿砂吧！"

侯主任皱起了眉头，说："我知道你和吴老板说的都是实情，可是我们也很为难，上头下了指标，必须按时按要求供应钢铁厂铁矿砂，怪就怪日本鬼子无缘无故打进中国，让我们大家都受苦了。"

吴宏宜、侯主任、王老板三个人正在摆谈，陈知生带着重庆北碚一个炼钢厂的老板找来了。陈知生把吴宏宜叫到了主席台边一个比较清静的角落，轻声介绍说："吴大哥，这是重庆北碚炼钢厂的张老板，他们钢厂炼出的钢是供应兵工厂生产炮弹的，需要我们供应铁，张老板手里还拿着重庆有关当局的指令，要我们公司按照他们钢厂的需要供应，你看怎么办?”

张老板插上嘴解释说:“吴总经理，你们东胜公司铁厂炼出的铁质量好，我们钢厂要炼出兵工厂需要的钢材，只有用你们公司生产出来的铁，兵工厂生产出来的炮弹是运到前线打日本鬼子的，你们一定要保证供应给我们的生铁。”

吴宏宜苦笑，说:“张老板，我们中国有一句话，巧媳妇难为无米之炊，东胜公司炼铁用的铁矿砂是靠铁山矿筹备处供应的。他们供应的铁矿砂有限，没有铁矿砂怎么生产出生铁供应你们?”

张老板手里握着重庆有关当局的指令，有恃无恐，提高了声音说:“吴老板，现在是抗战特殊时期，打仗需要炮弹，我们钢厂没有生铁做原料炼不出钢材供应兵工厂，有关当局追究起来，我们负不起责任，不知道吴总经理能不能担负这个责任?”

陈知生见张老板有些生气了，于是到主席台上请来了铁山矿筹备处的侯主任。王老板知道是为了铁矿砂的事情，也跟着来了。吴宏宜把张老板、侯主任、王老板请到了会场附近自己的家里，让家里人泡上茶招待客人。一些前来参加东胜公司成立大会的老板也需要东胜公司生产的铁器，听说公司总经理在接待大客户，也找来了。吴家客房挤满了要求东胜公司供货的客人。主持东胜公司成立大会的总经理走了，不少参加会议的客人也走了，东胜公司成立大会只好延迟了开会的时间。

吴宏宜皱着眉头，耐着性子给要求供给铁器和生铁的客户们解释:“老板们，朋友们，今天是东胜公司成立的日子。这么多老板、这么多朋友前来捧场是天大的好事！可是，东胜公司没有矿洞，铁厂需要的铁矿砂要靠铁山矿筹备处供应，铁山矿筹备处供应给我们的铁矿砂有限量，没有铁矿砂炼不出铁，铸不成铁锅。各位老板，各位朋友，希望你们体谅东胜公司的苦衷!”

一个老板大声叫起来:“吴总经理，你应该去找铁山矿筹备处的人说理，为什么不能多供应一些铁矿砂，满足东胜公司需要，满足市场需要?”

一个老板插话说:“吴总经理，你带着我们去求求铁山矿筹备处的人，让他们多供应一些铁矿砂。”

重庆北碚炼钢厂的张老板手里挥着重庆有关部门的批文，大声说:“我手里有批文，我们钢厂生产出来的钢是供应兵工厂造炮弹，送到前线打鬼子的。

铁山矿筹备处的人不能保证供应东胜公司炼铁的铁矿砂，耽误了钢厂的生产，耽误了兵工厂造炮弹打鬼子，我看他们是想当汉奸！”

侯主任听着老板们你一句我一句大声说着希望增加铁矿砂供应的理由，听着一些老板责备铁山矿的话，心里仿佛浇进了一锅滚烫的开水，他明白，老板们说的话都很有道理，盐厂熬盐需要盐锅，老百姓煮饭需要铁锅，干活需要铁器，这一切都需要铁山矿生产的铁矿砂。侯主任让人做过调查，目前铁山矿生产的铁矿砂已经大大超过了铁山地区以前小矿洞生产的铁矿砂，可是日本鬼子打进中国，占了中国大片地方，当前抗战大后方铁矿砂生产主要靠铁山地区刚刚建成的铁山矿，而战争需要消耗越来越多的钢铁。由于日本人入侵，政府人员、军队、逃难的老百姓涌入重庆地区，人口成百万增加，也要消耗大量的钢铁，为了满足军队和老百姓生活对钢铁的需要，铁山矿筹备处的人、东胜公司的人、铁山地区的老百姓做出了努力，作出了贡献，还要继续努力贡献。侯主任站了起来，向拥挤在房间的老板们挥了挥手，老板们听说他是负责供应铁矿砂的铁山矿筹备处侯主任，都想听一听他要说什么，便停止了议论，陈家客堂里安静了下来。

侯主任给老板们鞠了一个躬，眼里有了泪花，挥着手大声说：“朋友们，各位老板们，你们责备铁山矿，责备我，责备得对。我们虽然努力了，但努力得还不够，生产出来的铁矿砂还不能满足老百姓的需要，还不能满足打日本鬼子的需要，我给大家说一声对不起了！今后要更加努力，多生产铁矿砂……”

一个老板喊了起来：“侯主任，不怪你们，应该怪万恶的日本鬼子，要不是打仗，铁山地区生产的铁矿砂完全能够满足四川、贵州、云南的需要！”

张老板站起了身，激动地握住了侯主任的手，大声说：“侯主任，你说得对，你们和东胜公司、铁山地区的老百姓都努力了，希望今后更加努力，多生产铁矿砂，让钢铁厂生产出钢铁，造枪造炮打鬼子，同时也满足老百姓的需要……”

铁山矿筹备处的副主任李贤诚来了，他到重庆开会刚刚赶回东溪场，听说很多老板在陈家与侯主任商量铁矿砂供应的事情，急着赶来给大家报告一个好消息。李贤诚在重庆开会时向有关当局负责人报告了东胜公司成立，希望能增加铁矿砂供应，有关当局研究后，认为东胜公司承担了大后方老百姓生活所需铁器以及一些枪炮生产厂家所需钢铁的供应，可以按东胜公司生产所需增加供应铁矿砂。

吴家客堂里的大小老板听说东胜公司有铁矿砂了，十分高兴，“哗哗哗”使劲儿鼓起了掌。

吴宏宜、陈知生和铁山矿筹备处的两位主任，大大小小的老板回到了东胜公司成立大会会场，鞭炮响了起来，紧接着锣鼓响了起来，吴宏宜站在主席台上大声宣布：“铁山地区的东胜公司成立了！”

会场上响起了热烈的掌声。

王益生过起了一天到晚提心吊胆的日子。进山围剿土匪的军队遭到了伏击，侯主任怀疑铁山矿筹备处里有人给铁山寨的土匪事先通风报信，找了一些人了解情况，也找王益生谈了话。王益生虽然是日本特务机关培养出来的，但贪生怕死，看到侯主任找自己谈话，以为有些事情做得不够缜密，露了马脚，虽然用编造出来的谎言证明自己事先根本不知道军队进山剿匪的事，蒙混过了关，但是王益生清楚，侯主任是一个相当精明的人，表面上看似乎相信了自己编造的谎言，实际上仍然在怀疑自己。王益生担心姓侯的会派人抓了自己，白天吃饭不香，晚上睡不着觉，闭着眼睛就做噩梦，梦见侯主任派出的人突然闯进房间，用粗麻绳紧紧绑住自己的双手，押上了刑场，侯主任大声宣读罪状，下令士兵开枪，一颗子弹尖叫着飞了过来，王益生吓醒了，吓出了一身的汗。

王益生计划逃出铁山矿筹备处，逃上铁山寨找宋大发、歪脖子一伙土匪，暂时躲藏在铁山寨，再向特务机关报告要求离开东溪场。可是还没有等到逃离铁山矿，日本特务机关就发来了指令，要他想办法破坏铁山地区东胜公司的生产。指令说得十分清楚，铁山地区的东胜公司供应着中国抗战大后方一半以上地区的民用铁器，特别是盐场生产食盐要用的盐锅，破坏了东胜公司的生产，就会让中国抗战大后方的老百姓因为购买不到食盐而引起恐慌。王益生不敢逃走了，他知道不执行日本特务机关的指令也有灾难性的后果，于是挖空心思想着如何破坏东胜公司的生产，最后决定让躲在铁山上的宋大发、歪脖子、霍树楠化装下山，想办法混进东胜公司搞破坏。

一天清晨，王益生偷偷摸摸把一只腿上绑着写了日本特务机关指令纸条的信鸽放飞了，信鸽拍着翅膀飞向了铁山。

刘翠花和霞姑仍然住在张大妈家附近一个隐秘的山洞里。这天傍晚，霞姑家里的人到铁山上找到霞姑，告诉她父亲生了病，很想让女儿回家看一看。霞姑在张大妈家要了一些治病的草药，回家看望父亲。刘翠花独自一人在山洞里住了一晚，天亮了，准备到张大妈家看能不能帮忙做一些事。刚刚出了山洞，就看到天上一只鸽子拍着翅膀飞过。刘翠花曾经几次看到鸽子从天上飞过，每次鸽子飞过，铁山上的土匪都会有行动。她曾经想用枪打下飞过的鸽子，又害怕惊动铁山寨里的土匪，就没有开枪，只是每次看到鸽子飞过都暗中加强了对宋大发、歪脖子、霍树楠一伙歹人的监视，不让土匪下山祸害老百姓。

刘翠花赶到张大妈的家里，想叫上张华一起到宋大发、歪脖子、霍树楠一伙歹人住的山洞旁边监视歹人的行动，不料张华一早就上山打猎去了，不在家。刘翠花只得独自一人前去。为了不引起歹人的注意，她回到住的山洞化了装，装成一个浑身上下脏兮兮的老太婆，来到铁山寨旁边歹人住的山洞附近，爬上一棵枝繁叶茂的大树，躲在树叶丛中，偷偷观察着土匪的动静。

宋大发、歪脖子、霍树楠一伙歹人率领的土匪在军队进山围剿时悄悄撤离了铁山寨，打了剿匪军队的伏击，想不到遭到蒙面黑衣人背后的暗算，遭黑枪打死打伤了不少同伙，耽误了时间。后来增援的军队到了，解救了遭到伏击的剿匪军队，铁山上的土匪被增援的军队打死打伤、俘虏了不少，偷鸡不着反蚀把米，损失惨重，一百多人的土匪只剩下了五六十个。人少了，害怕遭到军队围剿，不敢在铁山寨里住，宋大发、歪脖子、霍树楠带着残兵败将来到了铁山寨附近歪脖子以前住过的山洞住下来。

这天早上，宋大发把歪脖子、霍树楠叫到一起，准备商量如何网罗铁山附近的地痞流氓扩大队伍，重回铁山寨的事。一个手下兄弟抱着刚飞来的信鸽进来了，宋大发解下鸽子腿上绑着的白纸条看了，皱起了眉头。

歪脖子在一旁大声说："宋大哥，上峰又发来什么指令？快告诉大家。"

宋大发苦笑，说："上峰指令我们派人下山，混进东溪场上的东胜公司搞破坏，炸毁炼铁高炉，暗杀公司老板，让东胜公司不能生产。"

霍树楠摇着头叫了起来："宋大哥，我们不能派人下山送死了。手下兄弟已经不多，东溪场上有铁山矿的人，还有一直同我们作对的陈家和吴家人，派人下山就等于把手下兄弟往老虎嘴巴里送。”

歪脖子打断了霍树楠的话，大声说：“我听说东胜公司是东溪场上吴家、陈家、夏家合伙开的，这三家都是我们的死对头，特别是陈家，多次坏我们的好事。破坏他们的公司，让这几个死对头尝尝苦头，知道一下我歪脖子的厉害，这件事应该做！”

霍树楠叹了口气说：“教训吴、陈两家，让他们知道我们的厉害是好事。可是，现在下山进东溪场，十有八九回不来，谁敢去？”

宋大发见手下两个兄弟争了起来，苦笑了一声，大声说：“两位好兄弟，不要争了，上司有指令，不能不派兄弟下山。的确，下山有危险，但是我想，重赏之下必有勇夫。我愿意拿出两根金条作为奖赏，无论是谁，下山炸了东胜公司的铁厂，杀了东胜公司的老板，两根金条就奖给他。”

歪脖子是贪财鬼，听说有两根金条可以到手，赶忙站起身拍着胸脯说：“我去，我下山进东胜，哪怕东溪场有天罗地网，我也要下山闯一闯。”

宋大发见歪脖子上了钩，心里暗暗高兴，装出颇为关心的样子说：“好哥哥，兄弟佩服你有胆气，不过千万要小心，化装下山混进东溪场，兄弟一定准备好两根金条等你回来拿。”

躲在土匪藏身山洞旁边的大树枝叶丛中的刘翠花看见从洞里出来一个穿着破烂衣衫的老头，旁边还跟着一个年轻人，觉得在铁山土匪中没有看到过这个老头，心里有些奇怪，擦了擦眼睛仔细看，发现老头竟然是歪脖子化装的，顿时提高了警惕，悄悄从树丛中出来，暗中跟随着歪脖子，监视歪脖子的行动。

歪脖子装扮成到东溪场大街上走亲戚的种地老头，怀里藏了炸药和手枪，还让一个手下兄弟装扮成陪着一起走亲戚的庄稼人，一前一后下了铁山。歪脖子没有发现远远跟在后面装扮成乡下老太婆的刘翠花。

歪脖子带着随从到了东溪场，躲在东溪场边一个小树林里，等到太阳下了山，四周成了黑黝黝的一片，两个歹人走小路来到位于东溪场西边小山脚下的东胜公司铁厂，趁着看守大门的人不注意溜了进去。

刘翠花明白了，鸽子带给铁山上一伙歹人的信里写的是要宋大发、歪脖子破坏东胜公司的铁厂，歪脖子下山是要对铁厂下手。她以前进过东溪场，从路人口中知道东胜公司是自己的亲哥哥和吴家、夏家合伙开办的。看到歪脖子在打东胜公司铁厂的歪主意，刘翠花急出了一头的汗，一双眼睛紧紧盯着已经进了铁厂的歪脖子和他的同伙，也要跟着混进去，不料被大门口的守门人拦住了。刘翠花看到歪脖子奔向铁厂高炉去了，急得大声叫了起来："歪脖子，快抓住土匪歪脖子！歪脖子进了铁厂！"

陈知农有事去了东胜公司铁厂，在铁厂办完了事，正准备出厂回二哥陈知生的家，走到离厂门口不远的地方，听到一个女人的声音在喊"抓住土匪歪脖子"，吓了一大跳，仔细打量周围的人，看到一个不认识的乡下老头正往铁厂高炉方向奔去，急忙跑过去拦住了老头。不料乡下老头从怀里掏出了手枪，对着陈知农就要开枪，刚好一个工人从旁边经过，手里拿着挑东西用的扁担。这个工人认识陈知农，见歪脖子要开枪伤人，急得挥着扁担打去，刚好打在歪脖子的胳膊上，歪脖子被打疼了，手里的枪掉到了地上，陈知农抢过了掉到地上的枪。

歪脖子手里没有了枪，急得发疯了，从怀里掏出了炸药包，大步向炼铁高炉奔去。陈知农大声吼叫，要歪脖子不要跑。歪脖子不听，手里举着炸药包继续往炼铁高炉方向跑，还点燃了炸药包的引线。陈知农急了，对准歪脖子开了枪，歪脖子倒下了。

陈知农奔过去抱起了炸药包，用手掐灭了炸药包的引线。歪脖子被子弹打中了胸口，死了，跟着歪脖子混进铁厂的土匪被工人抓住了。

刘翠花被拦在铁厂大门外，看到歪脖子被人拦下了，心里的一块石头落了地，正准备走开，不料王益生手下一个叫吴孝中的特务奉王益生指令到东胜公司铁厂查看高炉生产，寻找下手破坏的机会。天黑了，要回铁山矿筹备处向王益生禀报看到的情况，正好走到铁厂大门口，听到刘翠花大声呼叫抓土匪，吓了一大跳，又听到了枪声，猜出是铁山上的同伙实施破坏被人认出，他恨大声呼叫抓土匪的女人，看到报信女人要离开铁厂大门口，急走几步赶了过去，趁刘翠花没有注意，悄悄从衣袋里掏出了一把三寸多长的尖刀，对准她后背心猛地刺去。

刘翠花后背心扎进了一把尖刀，大叫一声倒了下去。

东胜公司铁厂大门口的看门人听到"咚"的一声响，拿着照明的马灯照了照，发现一个身上满是鲜血的女人躺在地上，背上还插着尖刀，吓得大声喊叫起来:“来人啊，杀人了，这里有人被杀了!”

陈知农让铁厂里的人把抓到的小土匪押到铁山矿筹备处关押起来，拖走了歪脖子的尸体，正准备回铁山矿筹备处向侯主任、李副主任汇报土匪头子歪脖子想炸东胜公司铁厂高炉的事，听到看门人大声呼叫的声音，急急忙忙奔了过去，刚好看到地上躺着的满身是血的人，急忙询问:“这是什么人，被什么人杀的，怎么倒在了厂门口?”

看门人摇着脑袋说:“不知道是什么人，也没有看清她被什么人扎了一刀。不过，这个女人刚才大喊抓土匪，看来不是坏人。”

陈知农有些奇怪，继续询问:“她为什么在厂门口喊叫抓土匪，不冲进去抓土匪?”

看门人说:“这个女人是想跟着土匪进厂，被我拦在了厂门口。”

陈知农摇了摇头，带着责备的语气说:“你把想炸高炉的土匪放进了厂，把阻止土匪行凶的好人拦在了厂门口，如果不是这个女人大声喊叫，歪脖子就炸了高炉，东胜公司铁厂的损失就大了。”

看门人十分惭愧，说:“是我不对，分不清好人歹人，差一点闯了大祸……”

陈知农急着救人，没有听看门人的解释，蹲下身子查看女人的受伤情况，他见一把尖刀扎在女人的背心处，女人身上到处是血，急忙让看门人帮着把受伤的女人放在了自己背上。

陈知农把受伤的女人背到了铁山矿筹备处医务室，值班医生和护士见女人浑身是血，伤势很重，让人抬进了急救室，放上了手术台，医生取下伤者背上扎着的尖刀，止住了流血，护士清洗干净了伤者身上的血。陈知农发现受伤的竟然是一个年轻的女人，似乎在什么地方见过。他认真回忆，想起了在岩洞坝遭遇土匪袭击时见过这个女人，她阻止了土匪对李贤诚带领的调查组员的伤害，她长得和自己及两个哥哥都很像，也很像记忆中母亲的样子。

陈知农万分吃惊，意识到受伤的女人也许就是当年被土匪抢走的亲妹妹，他眼里有了泪，很想冲上前抱住她大声叫“妹妹”，可是又害怕抱错了，叫错了，不敢喊叫。

陈知农心里又喜又惊，也有些怕，赶紧吩咐医生和护士要好好照顾受伤的女人，然后急急忙忙离开了医务室，他要去向大哥、二哥讲述受伤女人的事，要大哥、二哥同自己一起到医务室辨认，这个女人是不是当年被土匪抢走的亲妹妹。

铁山矿筹备处的医生、护士清理了女人背心的伤口，尖刀虽然扎得深，但是扎偏了，没有伤到身体的要害部位，护士认真包好了伤口，把她送进了病房，躺到了病床上。

夜深了，刘翠花苏醒过来，发现自己睡在一个陌生的地方，空气中弥漫着药味，背上的伤口一阵阵疼痛，这是哪里？自己又是咋了？刘翠花挣扎着想挪动身子，但是背心疼得厉害，头上冒出了汗，她突然想起自己是受了伤。她曾经听人说过有一个叫医院的地方，有医生和护士给生病的人治病，给受伤的人治伤，便猜想着自己被人送进了医院。刘翠花认真回想着自己受伤的情况，终于慢慢地想起了一些事情，她想起自己跟踪歪脖子下了山，到了铁厂大门口，歪脖子混进了铁厂，听见了枪声，然后自己就莫名昏过去了。不过，刘翠花清楚，自己虽然暗中帮助铁山矿里的人，帮助三个亲哥哥做了一些事，但是在东溪人的眼里自己仍然是一个土匪，不配躺在医院里让医生、护士治伤，而且她也不知道铁山矿里的人治好自己的伤后会怎样处置自己。刘翠花想起了铁山上的张大妈和她的干儿子张华，想起了生死与共的好姐妹霞姑，她要回到铁山上，回到张大妈、张华和霞姑身边，那里才是她的家。刘翠花也渴望同三个亲哥哥团聚，渴望喊一声哥哥，也渴望三个亲哥哥喊自己一声妹妹。不过刘翠花觉得，自从在亲哥哥家里留下咬破手指写了字的衣襟布，在亲哥哥心里自己就已经死了，不能让死了的人再去惊吓亲哥哥。

刘翠花决定离开铁山矿筹备处医务室，她咬着牙，忍着痛，挣扎着想挪动身子坐起来，终于坐了起来，不过，一阵剧烈的疼痛又让她倒了下去。刘翠花是一个意志坚强的女人，再次努力挣扎，后背心的伤口太疼了，实在忍受不了，又倒下去……

刘翠花挣扎着坐起，又倒下，头上满是汗珠，嘴唇被牙齿咬破了，流出了血，最后终于坐了起来，还下了床，挨邻病床边放着一根竹棍，她拿在了手里，用竹棍支撑着身体，迈出了一步，又迈出了一步，病房门开着，刘翠花出了病房。病房里的值班护士忙碌一天累了，睡着了，没有发现病房里一个病人出去了。

刘翠花拄着竹棍艰难地走着，走两步，停下来，用竹棍支撑着身体，喘几口气歇一会儿，又往前走。离铁山矿筹备处医务室不远的地方有一片小树林，刘翠花挣扎着来到了小树林边，被一根倒在地上的枯树枝绊倒了，没有站起来，便爬着进了小树林……

陈知农摸黑走夜路，急急忙忙赶到了二哥陈知生家，“咚咚咚”用力拍打着大门。陈知生清理东胜公司账目，回家已经很迟，白天太辛苦了，睡在床上没有听到敲门声，他的妻子张春容听到大门被敲得咚咚响，不知道发生了什么事，提心吊胆起了床，来到大门边，听出门外有三弟的声音，急忙打开了门。陈知农问明哥哥还睡在床上，急匆匆奔进了二哥的卧室，把陈知生从被窝里拉了起来。陈知生醒了，看到弟弟着急上火的样子，不知道发生了什么事，急忙穿好衣服下了床。

陈知农双手抓着二哥陈知生的胳膊使劲摇，大声说：“快，快去认妹妹，妹妹在铁山矿的医务室里！”

陈知生没有听明白弟弟说的话，吃惊地睁大了眼睛，大声问：“妹妹，妹妹怎么会在铁山矿的医务室里？三弟，快告诉哥哥，发生了什么事？”

陈知农讲了傍晚时发生在铁厂大门口的事。陈知生又惊又喜，大声说：“三弟，快，我们去找大哥，叫上大哥一起去医务室认妹妹。”

陈知生、陈知农两兄弟出了门，离开了家，急急忙忙往陈知雄家里赶。陈知雄家住在小山上，天黑看不清路，陈知生和陈知农都摔了跟头，陈知生额头上还破了皮，流了血，爬起身继续往陈知雄的家里赶。

陈家两兄弟到了大哥陈知雄的家门前，叫开了门。开门的是大嫂王兰花，大嫂告诉两个兄弟，他们的大哥在铁山矿筹备处附近一个矿洞里上夜班，天亮后才能下班回家。

陈知生、陈知农等不及大哥下班回家，急急忙忙赶到了陈知雄上班的矿洞口，天已经快要亮了，两人在矿洞口刚好碰见下班准备回家休息的陈知雄。听两个弟弟讲了很像妹妹的女人受伤躺在铁山矿筹备处医务室里，也是又惊又喜。

陈家三兄弟急急忙忙往医务室赶，却扑了一个空——医务室的护士告诉陈家兄弟，那个女人不知道什么时候悄悄走了，他们找遍了医务室里里外外，都没有找到。

陈知农慌了，瞪大眼睛吼起来：“她不见了！她受的伤那么重，流了那么多血，怎么会悄悄走了？快说，你们把她怎么样了？”陈知生眼里流出了泪，哀求说：“护士小姐，那个受伤的女人是我们的亲妹妹，求求你告诉我们，她去了什么地方？”

医务室的长官认识陈家三兄弟，听说他们的妹妹受伤住在医务室不见了，急急忙忙赶了来，听值班护士讲了病人失踪的事，十分生气，大声吩咐：“快去找回伤者，医务室找不到就到附近树林去找，到东溪场大街上去找！”

铁山矿筹备处医务室里的医生、护士到处寻找失踪的受伤女人，陈家三兄弟也随着一起寻找亲妹妹。陈家三兄弟的朋友陈大生、吴宏琴，綦江河上走船的孙老大和他的女儿孙晓兰，还有一些关心陈家兄弟的人听说他们刚刚找到的亲妹妹又失踪了，都来帮着寻找。铁山矿筹备处的侯主任、李副主任听完办事人员汇报，也派出筹备处里的人帮助寻找。

铁山矿筹备处附近的小山坡边、小树林里、东溪场上、綦江河边码头上，到处是寻找陈家小妹的人，到处响着：“陈家小妹，你在哪里，你的三个哥哥在找你！”

陈家三兄弟从清晨找到黄昏，早饭没有吃，中午饭也没有吃，肚子不感到饿，大声呼喊着，声音嘶哑了，喊不出声了，仍然在用力大声呼喊，腿走得酸软了，跌跌撞撞，仍然奔走着寻找，跌倒了爬起来继续寻找。

吴宏宜、吴宏琴兄妹也帮着寻找，找遍了东溪场附近的大小山梁和河沟，累得筋疲力尽，仍然看不到陈家小妹的身影。害怕陈家兄弟寻找妹妹累坏了身体，吴宏宜拦住了陈知雄，好心劝说：“陈家哥哥，找了大半天了，也许那个受伤的女人不是你家小妹，也许受伤的女人被人救走了，不要找了，带着两个弟弟回家休息吧，不要累坏了身体。”

陈知雄摇了摇头说：“吴家兄弟，谢谢关心，我一闭上眼睛，就看见死去的爸爸和妈妈交代我们，要找回小妹妹。找不到小妹妹，爸爸和妈妈在地下也不会安心，我们要找到小妹妹，一定要找到！”

吴宏琴拦住了陈知农，看到他疲倦的样子，心疼得眼里有了泪，大声劝说：“知农哥哥，你们找了一天妹妹了，肚子饿了，身上没有力气了，叫上你的两个哥哥到我们家吧。我叫家里人煮好饭菜，让你和两个哥哥吃饱肚子。”

陈知农摇了摇脑袋，说：“不，我们要找妹妹，妹妹受了伤，不医治十分危险，我要把她找回医务室，治好伤，我们兄妹好好地团聚在一起。”

陈大生见陈家兄弟为寻找妹妹着了魔，也来劝说，铁山矿筹备处侯主任、李副主任、办公室副主任江姐听说陈家兄弟从清早开始寻找妹妹，不吃不喝找到了黄昏，也来劝说他们回家休息，还让人送来饭菜。可是陈家兄弟没有休息，也没有吃送来的饭菜，挣扎着寻找妹妹，从一个山坡下来时，陈知生的脚被山路边一块大石头绊着了，摔倒了，腿摔伤了，走不动路，陈知农便扶着二哥寻找妹妹……

天黑了，看不清路了，陈家兄弟来到小山上陈知雄家附近的父母坟墓前，三兄弟一个接一个“扑通扑通”跪下了，磕了头。大哥陈知雄流着眼泪抢先说了话：“爸爸、妈妈，你们走了二十多年，可是我们还是没有找到被土匪抢去的小妹妹。小弟昨天晚上看到了一个很像小妹妹的女人，受了伤送进了医务室，可是今天找不到了。爸爸、妈妈，我决心找回小妹妹，不管多么难都要找回。爸爸、妈妈，你们要保佑我们找回小妹妹，让我们兄妹团聚，我想见到小妹妹，我想小妹妹回家。”

陈知雄哭着说不出话了。陈知生流着眼泪接着向父母倾诉心里的委屈：“爸爸、妈妈，求求你们保佑我们早日找到小妹妹，我常常在梦中看到小妹妹，看到小妹妹被坏人欺负，哭着喊着要回家。小妹妹是一个弱女子，现在歹人多，一个弱女子很难保护自己不被歹人欺负。爸爸、妈妈，求求你们了，保佑我们找到小妹妹，小妹妹回了家，我们一定会让她过上安安稳稳的日子，再也不受坏人欺负。”

轮到陈知农向父亲、母亲祷告了，他找到了很像小妹妹的女人，又让这个女人走了，心里充满悔意，跪在父母坟前磕头，一个接着一个磕，头皮破了，流出了血。陈知农终于忍不住，“哇”的一声哭了，一边哭一边诉说着心里的委屈：“爸爸、妈妈，孩儿是一个不孝的人，一个又笨又傻的人。昨天晚上我救了被坏人刺伤的女人，长得很像妈妈，她就是失散二十多年的小妹妹。好几次，我和哥哥遇到危险，小妹妹都出手相救。我把昏迷不醒的小妹妹背到医务室，应该一直守在她身边，等到小妹妹醒来，兄妹相认。可是我回家找两个哥哥去了，等到天亮回到医务室，小妹妹不见了。爸爸，妈妈，我太傻了，该一直守在小妹妹身边……”

陈家兄弟跪在父母坟前祷告着，哀求父母帮着找回妹妹。小山上刮起了风，陈家兄弟不感到冷，下起了小雨，雨水打湿了衣服，陈家兄弟没有怕雨淋，跪在父母坟前祷告，祈求找到小妹妹，一直到东边山梁露出了红光……

张华回到家，听干妈说刘翠花跟踪土匪歪脖子下山了，担心一个年轻女人和歪脖子动起手来会吃亏，心里打起了鼓，没有心思再上山干活，坐在家门前一块石头上眼巴巴地盼着刘翠花回来。天快黑了，刘翠花没有回铁山，霞姑找来了。霞姑回了一趟自己的家，回到铁山没有看到刘翠花，她猜出刘翠花出门办事了，可是直到天黑，刘翠花也没有回来，霞姑心里十分不安，找到了张大妈家。

由于与张大妈家隔得近，经常来往，刘翠花和霞姑同张大妈以及张大妈的干儿子张华熟络起来。张华当过红军，相互交往的时间长了，与刘翠花和霞姑成了好朋友。刘翠花和霞姑遇到了事，常常去找张华，张华总是全力相帮。终于，张华心里有了很难抹去的两个女人，特别是刘翠花的影子。刘翠花心里也有了张华的影子……

霞姑在张家没有见到刘翠花，心里有些急，皱起了眉头，说："张大哥，刘家姐姐不见了，是不是出了什么事，我心里'咚咚咚'地跳得慌。"

张大妈插上话说："翠花来我家找过张华，后来匆匆忙忙走了，像是下山去了东溪场，到现在还没有回来，该不会是在山下出了事？"

张华心里仿佛燃起了一团火，十分着急，大声说："天黑了，翠花再不回山，我们下山去找，翠花是好人，不能让她受到伤害。"

霞姑留在了张大妈家等待刘翠花，到了吃饭的时间，张大妈煮好了红薯稀饭，可是张华和霞姑都没有心思吃饭。太阳落下了山，刘翠花仍然没有回来，霞姑心里好像浇了一盆滚烫的油，坐立不安。张华爬上了家门前一棵大树，坐在树杈上向下山的路张望，直到天黑了，看不清路了。

张华和霞姑决定下山到东溪场寻找刘翠花，两个人心里急，走得快，抄小路到了东溪场附近一片小树林，四周黑漆漆的一片，没有办法找人，就躲在小树林里等到了东方发白。两个人装成到东溪场办事的乡下人，走大街串小巷，找遍了东溪场没有找到刘翠花。后来发现东溪场上的陈家兄弟也在找人，还听东溪场上帮着陈家兄弟找人的乡亲议论：陈家小妹受了伤，送到铁山矿筹备处医务室治伤不见了。霞姑知道一些刘翠花的身世，猜出陈家兄弟同自己寻找的是同一个女人，于是带着张华来到铁山矿筹备处医务室附近寻找，仍然没有找到。霞姑和张华非常失望，天快亮了，两个人决定暂时回铁山，天黑了再下山寻找，想不到回铁山途中，在山路旁边一丛荆棘里发现了受伤昏迷的刘翠花。霞姑帮着张华背起了刘翠花，回到了铁山上张华的家。

刘翠花后背心被吴孝中用尖刀刺伤了，虽然在铁山矿筹备处医务室经医生治疗包扎好了伤口，但是小树林里湿气重，野草丛中的露水浸透了包扎伤口的纱布，沾到了伤口上，刘翠花的伤口发了炎，化了脓。好在山里人懂得采草药治伤的方法，张华天天上山采回草药，让张大妈给刘翠花敷上。霞姑也住到了张大妈家，照料受伤的刘家姐姐。张华还在山上采回能熬成汤水治伤的草药，张大妈熬好后喂给刘翠花喝。张家母子和霞姑精心照料刘翠花，十天过去了，二十天过去了，一个月过去了，终于，刘翠花的伤好了，能下床了，搀扶着能走路了，她非常感激给自己治好伤的张家母子和霞姑妹妹。

一天晚上，刘翠花做梦见到了像亲生妈妈一样把她养大的李婶，李婶拉着她的手，流着眼泪要她去东溪场上同亲哥哥相认。刘翠花梦中醒来，发现脸上满是泪水。天还没有亮，四周黑黝黝的一片，刘翠花睡不着了。想着三个亲哥哥一定也在寻找自己，刘翠花很想去和三个亲哥哥相认，但一想到自己当过土匪，还曾经同土匪头子宋大发拜过堂，成过亲，又不敢去和亲哥哥相认。

刘翠花让霞姑陪着来到了铁山寨背后山林中李婶的坟墓前，流着眼泪跪下了，在心里向把自己养大，像亲妈妈一样保护过自己、爱过自己的李婶倾诉着委屈：“妈妈，我该怎么办？我想和亲哥哥相认，每一天都在想，我知道哥哥们也想我，到处寻找我，可是我不敢去和亲哥哥相认，我害怕亲哥哥知道我当过土匪头子，还和坏人宋大发拜过堂成过亲，嫌弃我。妈妈，我不是坏人，我要做好人，过去受了坏人的骗，帮着坏人做了一些事，现在认清了宋大发一伙坏人，我要教训那些害人的坏人。妈妈，你要原谅我失手打死了你，保佑我惩罚坏人！”

第二十章 陈家小妹跳了崖

铁山上的日本特务、土匪大头目宋大发接到隐藏在铁山矿筹备处里的日本特务王益生用飞鸽送来的情报，知道了揭穿歪脖子是土匪、企图扔炸药炸毁东胜公司铁厂炼铁高炉的人是刘翠花，恨得咬牙切齿，跳起双脚大声骂："姓刘的臭女人，你坏了我们的计划，害死了我的好兄弟歪脖子，我和你不共戴天，有一天你落在我手里，我要剥你这个臭女人的皮，抽你的筋，一块一块割下你身上的肉喂狗！"

霍树楠在一旁火上浇油："宋大哥，刘翠花这个臭女人曾经同你拜过堂，上过床，她忘恩负义，一点不念过去的夫妻情分，往死里整我们。宋大哥，你咽得下这口恶气，我也咽不下！"

宋大发瞪圆了眼珠子，眼睛里露出一股杀气，恶狠狠地说："刘翠花这个臭女人一定还藏在铁山，让兄弟们去搜，搜遍铁山的大小山梁、大小河谷和山洞，抓住这个臭女人千刀万剐点天灯，为被她害死的歪脖子还有其他兄弟报仇！”

宋大发、霍树楠手下的匪徒遵照头头的指令，果然在铁山上搜寻起了刘翠花，匪徒们爬上山梁，钻进树林，钻进山洞，想找到刘翠花。

刘翠花在张大妈家养好了伤，发现土匪搜山，便带着霞姑和宋大发、霍树楠手下的匪徒玩起了藏猫猫游戏。土匪在东边山林中搜寻，她们躲到西边，土匪在山梁上搜寻，她们藏到了河谷。刘翠花是在铁山上长大的，熟悉铁山上的大小山梁、河谷，每一条山路。宋大发派出手下匪徒搜了半个多月的山，也没有发现刘翠花的踪迹。终于，宋大发烦了，手下搜山的匪徒累了，停止了劳而无功的搜山行动。

铁山矿筹备处的侯主任接到东胜公司铁厂一个工人的秘密举报，铁山矿筹备处王专员手下一个姓吴的办事员是刺杀揭露歪脖子妄图炸毁铁厂的那个年轻女人的凶手。侯主任非常重视这个举报，担心王专员一伙歹人策划更大的阴谋，破坏铁山矿和东胜公司铁厂、铸锅厂的生产，召开了李副主任、陈知农以及铁山矿筹备处保卫人员参加的秘密会议，商讨应该怎样揭露特务分子阴谋，防止特务分子的破坏给铁山矿建设和东胜公司生产造成更大的损失。会议正在进行，一个拿着扫把的清洁工人推开门进来了，鬼头鬼脑地打量了开会的人，装出惊讶的样子说：“啊，这里这么多人，是不是在开会呀？我还以为这屋子里没有人，想来做一做清洁。对不起，打扰了你们开会。”

扫地人退出了屋子，却引起了侯主任的警惕，马上让人到负责筹备处办公室清洁工作的总务后勤部门查问，清洁工人应该在一天的什么时候打扫房间做清洁。不一会儿，查问的人回来报告，工作时间不会有清洁工人闯进铁山矿筹备处办公房间做清洁。

侯主任皱起了眉头，李贤诚、陈知农也感到吃惊，装成扫地的人闯进开会房间，他可能是特务分子派来的奸细。侯主任压低声音说：“隐藏在铁山矿筹备处的特务一定知道自己暴露了，怀疑我们的会是针对他们开的，有可能要逃跑了。”

李贤诚提出了建议，说：“不能让特务跑掉，要赶在特务分子逃跑前动手，把他们一网打尽。”

侯主任摇了摇头说：“除了已经完全暴露的那个姓吴的，现在还不能动手抓其他的人，包括王益生，因为我们还没有拿到他们搞破坏的证据。”

陈知农有些担心地说：“侯主任，现在不抓姓王的，万一跑了怎么办?”

侯主任皱着眉头想了想，作出决定，吩咐说：“要派人对姓王的一伙人进行监视，并且不能让姓王的发现我们在监视他。如果姓王的逃跑，马上抓起来。”

会议结束了，陈知农接受了任务，在忠实可靠的保卫人员中挑选了几个机灵一点的，一天二十四小时监视王益生和他的同伙，并且带着人去抓捕姓吴的特务分子。

装成扫地的闯进会议室的人是王益生派去的，也许是做贼心虚，自从手下小特务刺伤了姓刘的女人，王益生就感到铁山矿筹备处的同事、铁矿的工人、东溪场上一些老百姓看他的眼神里有让人害怕的冷光，王益生心里十分清楚，吴孝中在东胜公司铁厂门口杀人，尽管当时天已经黑了，但也难免会被人发现。王益生埋怨吴孝中做事太鲁莽，太冒险，担心姓吴的已经暴露了身份，姓吴的被抓了，十有八九会牵连到自己。王益生心里悬起了一块大石头，一天到晚提心吊胆，吃饭不香，晚上睡觉做噩梦，思考起了逃离铁山矿筹备处的方法。

陈知农慎重地挑选了两个负责监视王益生的人，他给挑选出来的人交代了任务，让他们装扮成铁山矿筹备处临时招聘的清洁工人，趁着打扫筹备处各个地方的清洁卫生，秘密地监视着王益生一伙特务分子的一举一动。

一天早晨，王益生到铁山矿筹备处上班，刚刚走到办公室门口，看到两个军人押着吴孝中走过，吓得心里“咚咚咚”打起了鼓。王益生努力镇静下来，急匆匆地走进了自己的办公室。

王益生再也沉不住气了，打定主意逃出铁山矿筹备处，逃到铁山上去避一避。他知道铁山山高林密，方圆上百里，藏几个人就像大海里藏了一根绣花针，很难被人找到。

王益生提心吊胆地在铁山矿筹备处办公室熬到了下班的时间，悄悄找来几个心腹小特务商量好了逃出铁山矿的事。天黑怕信鸽辨不清方向，王益生耐着性子等到天蒙蒙亮，放飞了信鸽，约定了宋大发派人接应他们上铁山的时间。

铁山上，刘翠花、霞姑和张大妈的干儿子张华悄悄监视着宋大发、霍树楠一伙歹人的行动。这一天清晨，张华起得早，正准备到树林里抓两只野兔子让两个女人改善一下生活，看见了天上“扑棱棱”飞过的信鸽，猜出山下的歹人在和宋大发、霍树楠通消息，赶忙到了刘翠花、霞姑住的山洞，告诉了信鸽飞过的事。刘翠花和霞姑猜出宋大发、霍树楠一伙歹人又要做害人的事了，两个女人和张华分了工，严密监视宋大发、霍树楠一伙的行动，不让歹人祸害人的阴谋得逞。

宋大发收到了信鸽送来的消息，知道吴孝中被抓，王益生处境危险，准备逃进铁山躲藏，又高兴又害怕，还有几分担心。高兴的是，王益生上铁山会带来一些人，壮大他们的土匪队伍，多了人枪，就有可能重新杀回铁山寨，不用再像山耗子一样躲在山洞里了，害怕的是，连十分狡猾混进铁山矿筹备处当上专员的同伙都在铁山矿里站不住脚，要逃上铁山和他们一起钻洞洞，这充分说明他们在铁山矿筹备处里的对手不简单，会有一天带着军队上山剿匪，加上铁山上有刘翠花和她的同伙作对，以后在铁山上的日子会越来越难过，也许有一天会落得像吴孝中一样的下场。宋大发和霍树楠还担心，王益生带着人上了铁山会取代了自己在土匪中的地位，宋大发知道，王益生在日本特务机关眼里比自己吃香，受重视，他到了铁山，自己会从一山之主变成他人手下之将，说出的话在铁山匪徒中不会像现在一样管用了。

宋大发、霍树楠一伙歹人心里各有一把小算盘，商量起了派人下山接应王益生一伙上山的事。

这一天晚上，陈知农带着人监视王益生，他悄悄地躲藏在王益生住房附近的树林中，看到王益生屋里亮着灯，一个人影子印在窗户纸上，似乎正伏在桌子上写字，陈知农睁大了眼睛，紧紧地盯住了窗户上的人影子。夜深了，屋里的灯亮着，窗户上的人影子一动不动，陈知农看到这么晚了，屋里的人还不睡觉，心里有些奇怪，悄悄地摸到了亮着灯的窗户前，似乎听到屋里有人咳嗽，又回到了树林中，眼睛仍然紧紧盯着窗户纸。又过了一段时间，王益生的房间里仍然亮着灯，陈知农忍不住了，让人去找来了李贤诚。李贤诚也觉得天这么晚了，王益生的房里仍然亮着灯，十分奇怪，便装着有紧急事情，去敲王益生的门，敲了好一阵，门开了，但是开门的并不是王益生，而是铁山矿筹备处的一个小职员。

王益生逃走了，小职员哭丧着脸交代，王专员给了他一大笔钱，让他坐在桌子旁边，装着在桌子上写字。

李贤诚和陈知农大惊失色，马上报告了侯主任，并且带着人在附近寻找，铁山矿筹备处大小办公室、职工住宿的地方、附近小树林找遍了，都没有找到王益生一伙歹人。吴宏琴和江姐听说王益生跑了，也帮着寻找。两个女人和陈知农一起带着人在东溪场大街小巷寻找，没有找到王益生和他手下小特务，陈大生、陈知雄得到了王益生逃走的消息，叫上了一些信得过的工人兄弟帮着寻找，仍然没有找到。

宋大发、霍树楠带着匪徒下山接应王益生一伙上山，走到离东溪场十来里的一个山梁边，宋大发让手下匪徒停止前进。霍树楠不明白宋大发为什么不让队伍前进了，有些奇怪地问："宋大哥，我们要到东溪场边去接应王专员，这里离东溪场还远，为什么不走了？"

宋大发眯着眼睛，摇了摇脑袋说："霍家兄弟，我们带着队伍到了东溪场边，万一被驻在东溪场的军队发现了，把我和兄弟们包围起来怎么办？真的那样，我们就回不了铁山了。"

霍树楠歪着脑袋想了想，竖起了大拇指，说："宋大哥高明，想得周到，我们不能光顾着接应王专员上山，不顾自己的安全，宋大哥，你说怎么办，我和兄弟们都听你的。"

宋大发笑了笑，说："我们让一些兄弟守在这里，守住山梁的有利地形，派出一些兄弟到东溪场边去接应王专员。如果接应王专员的兄弟被军队发现了，脚板底下抹油，跑，如果军队追赶上了山，我们就包饺子吃掉他们。"

霍树楠轻轻拍起了手，说："宋大哥想的主意好，就这么办！"

宋大发挑选了一个机灵的小头目带着十来个兄弟下山到东溪场边接应王专员，他和霍树楠率领剩余土匪在山梁上埋伏起来。

刘翠花、张华、霞姑猜出宋大发一伙歹人会有行动，加强了对铁山土匪的监视，不论是白天还是夜晚，三个人换着班，躲藏在宋大发、霍树楠一伙歹人藏身山洞附近的树林里，暗中监视着歹人的行动。这一天晚上轮到霞姑监视，半夜过了，她发现宋大发、霍树楠带着手下匪徒鬼鬼祟祟出了山洞，向东溪场方向出发了，急急忙忙跑去向刘翠花讲了。刘翠花叫上了张华，三个人穿了黑色衣裤，一路急追赶上了宋大发、霍树楠一伙，悄悄地跟在土匪后面，监视着他们的行动。宋大发、霍树楠带领着手下匪徒走得快，他们也走得快，宋大发、霍树楠带领着匪徒走得慢，他们也走得慢，始终尾随在土匪队伍后面不远的地方，监视着宋大发一伙歹人的行动。到了离东溪场十多里的山梁上，土匪分了两路，十多个土匪继续向东溪场方向进发，大队土匪待在山梁上不走了。

霞姑轻声说："大姐，土匪分成了两路，我们怎么办？是不是也分开来，留下两个人监视大队土匪，一个人去跟踪朝东溪方向去的土匪？"

张华摇了摇头说："到东溪场去的土匪一定是去祸害老百姓，应该跟踪监视他们，不让土匪祸害老百姓，留在山梁上的土匪大概是准备接应下山土匪的。依我看，可以暂时不管山梁上的土匪，找机会给铁山矿筹备处或驻扎在东溪场上的军队报信，让他们来对付山梁上的土匪。"

刘翠花想了想，觉得张华的主意好，点了点头说："霞姑，我们就按张大哥说的办，悄悄跟在去东溪场的土匪后面，不让他们作恶祸害老百姓，想办法给铁山矿上的人报信，让他们带着军队来消灭山梁上的歹人。"

刘翠花、张华、霞姑避开了山梁上的土匪，绕过山梁暗中跟踪着到东溪场上的土匪。离东溪场越来越近了，接应王益生一伙歹人的土匪在东溪场边树林里停住了脚，隐蔽了起来。刘翠花、张华、霞姑也在东溪场边树林里隐蔽了起来。

再说王益生带着几个心腹手下悄悄逃出了铁山矿筹备处，四周黑黝黝的，辨不清方向，找不到上铁山的路。王益生害怕被铁山矿筹备处里的保卫人员发现，心里"咚咚咚"地跳，手脚冰凉，和心腹手下藏在东溪场边一片树林里等待着山上宋大发派来接应的人。夜越来越深，刮起了风，呼呼响，冷得王益生和心腹同伙上牙碰着下牙"咔咔"响，身上哆嗦起来。一个心腹手下哭丧着脸说："王专员，怎么看不到来接应我们的人？万一铁山上不来人接应，天亮了被抓住，也许保不住性命了。"

王益生也很担心铁山上不来人接应，为了壮心腹手下的胆，强作镇静说："不会的，铁山上的宋家兄弟一定会派人下山来接应我们，我们上了铁山，就不用像现在一样一天到晚提心吊胆了。"

王益生和他的心腹手下正躲藏在东溪场边树林中，等待铁山上来接应的人，看到铁山矿筹备处附近山林、东溪场的大街小巷有了火把、灯笼的亮光，还能听见人的说话声。王益生和他的心腹手下知道，铁山矿筹备处里的人发现他们逃跑了，正在到处寻找、捉拿他们。一个心腹手下吓坏了，浑身颤抖起来，说话也结巴了："王，王专员，坏，坏了，筹备处的保卫人员在寻找我们了，怎么办？被抓住，我，我们都会被枪毙，没，没有命了。"

王益生也吓得不轻，想对心腹手下说几句安慰的话，但是身子颤抖着，说不出话来。

宋大发派到东溪场边接应王益生一伙歹人的土匪以及刘翠花、张华、霞姑都发现了东溪场上火把、灯笼的亮光，听到了人声，接应王益生一伙歹人的土匪被吓住了，不敢再往东溪场边靠近，躲在山路边的树林里不敢出来了。刘翠花、张华、霞姑注意听着东溪场上的人声，终于听出东溪场上的人在寻找一伙逃跑的歹人，刘翠花明白了，宋大发、霍树楠带领土匪下山是要接应东溪场上准备逃上铁山的同伙，她不愿意让歹人的阴谋得逞，便把张华和霞姑叫到身边，轻声说出了自己的想法：潜入东溪场，帮助东溪场上的人捉拿坏人。张华和霞姑都觉得刘翠花的主意好，同意了。

刘翠花、张华、霞姑悄悄绕过等待接应王益生一伙歹人的土匪，进了东溪场。三个人十分熟悉东溪场的大街小巷以及场边的小树林、小山坡、小河沟，他们找遍了东溪场上能藏人的地方，没有发现躲藏的坏人，又到东溪场边寻找。

王益生和他的心腹手下久久等不到来接应的同伙，王益生在心里狠狠咒骂起来，正当他们十分绝望的时候，突然发现躲藏的树林旁边蹿过了几个人影。王益生错误地把刘翠花、张华、霞姑当成了铁山上派来接应他们的同伙，在藏身的地方颤抖着轻声问道："喂，你们是不是铁山上派来的人？"

刘翠花愣住了，她很快明白过来，用手轻轻拍了一下身边张华的手臂。张华明白了刘翠花的心意，赶紧低声回答："对，我们是铁山上下来的人……"

王益生被刘翠花、张华和霞姑捉住了，刘翠花用树林里的葛藤紧紧地绑住了王益生的手脚，扔到了树林深处的一个山洞里。王益生的心腹手下发现认错了人，急忙逃跑，不过，刘翠花、张华、霞姑身体轻巧跑得快，追了上来。只有一个小特务逃脱了，其他几个特务被抓住，也被刘翠花、张华和霞姑用树林里的葛藤紧紧地捆住了手脚，扔在了小树林里的山洞里。

宋大发派去接应王专员的土匪害怕被东溪场上的人发现，不敢到东溪场边寻找要接应的人，久久等不到王专员一伙，心里正在着急，突然发现一个人慌慌张张地往上铁山的路上跑，拦住了询问，得知王益生和他的手下被几个穿着夜行服装的人抓住了，吓了一大跳，赶忙带着漏网的小特务回到铁山半山的山梁上，向守候在那里的宋大发、霍树楠禀报了王益生被抓的事。宋大发、霍树楠得知王益生是被穿着夜行服的几个男女抓住的，猜出又是刘翠花一伙干的，坏了他们的事。宋大发气得跳起脚大声骂："姓刘的臭女人，几次坏了我们的事，抓住了我一定千刀万剐了她！"

霍树楠也十分生气，插嘴说："宋大哥，刘翠花和她的同伙要回铁山，我们就在路上等着他们，打他们的伏击。"

陈知农、江姐和吴宏琴各自带着一些人在东溪场大街小巷、周边寻找逃跑的王益生一伙歹人，一直找不到，陈大生、陈知雄带着一些工人兄弟，驻扎在东溪场上的军队也加入进来，帮助寻找。天快亮了，陈知农带着人搜寻到了东溪场边小河沟附近的树林里，一个穿着黑衣，脸上蒙着黑布的人奔到了他的身边，轻声说："要抓坏人，随我来。"陈知农将信将疑地跟随着蒙面黑衣人到了一个山洞边，蒙面黑衣人几个健步，蹿进密林不见了踪影，陈知农让人搜寻，听到山洞里发出响声，他带着人进了山洞，发现了被葛藤紧紧捆住手脚的王益生和他的心腹手下。

日本特务王益生终于被抓住了。

陈知农带着人抓住了王益生及他的心腹手下，押着回到铁山矿筹备处，半路上遇到了大哥陈知雄。陈知雄见王益生一伙歹人被抓住，非常高兴，正准备带着工人兄弟回铁矿和铁厂上班，突然听到铁山上传来了枪声，而且枪声越来越激烈。

陈知雄有些疑惑地说："铁山上有枪声，莫非是土匪内讧，自己打自己？"

陈知农也觉得枪声有些奇怪，突然，他想到了帮助他们抓住王益生一伙歹人的蒙面黑衣人。陈知农担心蒙面黑衣人遭到铁山土匪的袭击，头上有了汗珠，大声说："大哥，铁山上响起激烈的枪声，是不是多次帮过我们的黑衣人遭到了土匪袭击？"

陈知雄愣住了，问："三弟，你怎么会猜到是黑衣人遭到土匪袭击？"

陈知农有些紧张地说："蒙面黑衣人下了山，王益生是他们帮助我们捉住的，算着时间黑衣人正该走在回铁山的路上。"

陈知雄急得脸上有了汗，心里悬起了一块大石头，说：“三弟，自从你在铁厂门口看到了受伤的小妹，我就猜想几次暗中帮我们的蒙面黑衣人是小妹，这次又帮我们捉住了王益生，一定是她在回山的路上遭到土匪袭击，怎么办?”

陈知农大声说：“大哥，你帮我把王益生一伙押到铁山矿筹备处去，我马上赶到军营，请军队派出一些人去铁山剿匪。大哥，不管黑衣人是不是我们的妹妹，她几次帮助我们，是好人，好人遭到土匪袭击，我们应该去救。”

陈知农和大哥陈知雄分了手，带了两个人急匆匆赶到了东溪军营。天还没有亮，刘营长还没有起床，陈知农心里急，“咚咚咚”敲响了刘营长房间的门，把刘营长从床上叫了起来，告诉了土匪可能袭击蒙面黑衣人的事，请求派军队去打土匪。刘营长也知道蒙面黑衣人的一些事，救兵如救火，马上让身边的通讯兵叫来了王连长，让王连长带着士兵跟随陈知农去铁山剿匪。

陈知农和王连长带着士兵向响着枪声的铁山半山腰进发。陈知雄带着人把王益生一伙歹人押到了铁山矿筹备处，他不放心遭到土匪袭击的蒙面黑衣人，带着两个工人兄弟赶来，追上了陈知农和王连长率领的军队。

刘翠花、张华、霞姑在返回铁山的路上，的确遭到了宋大发、霍树楠率领的土匪袭击。

宋大发猜想刘翠花和她带的人帮助铁山矿筹备处抓住了王益山，会连夜赶回铁山上隐藏的地方，于是在铁山半山腰撒下了一个大网，在上铁山的大小山路、很少有人走的茅草路都布了伏兵，等候着刘翠花一行。宋大发贪恋刘翠花的美色，尽管她离开已经很久了，但仍然忘不了搂抱着她那细嫩光滑身子睡觉的滋味，有时候夜里梦见抱着她缠绵，醒过来却发现身边空空。宋大发手下的心腹匪徒也曾经抢过女人献给他，可是他都觉得不如刘翠花，他曾经想过去寻找刘翠花，把拜过堂的美人重新接回山寨。不过宋大发虽然喜欢女人，十分好色，但他是一个受过专门训练的日本特务，懂得应该怎样对待抗日分子。刘翠花暗中帮助铁山矿筹备处，和自己作对，几次破坏了他精心设计的阴谋，破坏了日本特务机关筹划的阻止中国建设铁山矿、建设西南地区军工生产基地的计划，已经成了大日本帝国的敌人，也成了自己的敌人，在敌人面前不能有半点同情及怜悯，必须坚决消灭。宋大发给手下的土匪下达了命令，绝不能让刘翠花和她的同伙活着回到铁山。

刘翠花、张华、霞姑返回铁山时选了一条极为隐秘的山路。刘翠花已经弄清了自己的身世，知道了三个哥哥的一些情况，尽管没有相认，但刘翠花在心里已经把东溪场上的陈知雄、陈知生、陈知农当成了自己的亲哥哥。刘翠花把抓到的坏人交给了陈知农，心里高兴不已，回铁山的路上走得很快，山路熟悉，哪儿有树林，哪儿有山崖都知道。刘翠花大步走在前面，张华、霞姑紧紧跟在后面，快走到半山梁了，累了，口渴了，三个人在山路旁一丛野草边停下来休息，霞姑到山路边的小水沟里用手捧起水来喝。

突然，"砰"的一声枪响，子弹擦着刘翠花的头皮飞过，山梁上传来宋大发狂妄的笑声和喊话声："姓刘的，你们帮铁山矿抓了我的朋友王专员，现在进了我们的埋伏圈，跑不了啦，乖乖地缴枪投降吧！说不定我念在我们俩曾经拜过堂、上床睡过觉的情分上，会饶你不死。"

刘翠花、张华、霞姑都吓了一大跳，霞姑不敢从小水沟里捧水喝了，回到刘翠花身边，有些焦急地问："大姐，我们中了宋大发的埋伏，怎么办？"

刘翠花很快镇静下来，说："想办法突围出去，不用害怕，我们都是在铁山上长大的，熟悉铁山的大小山路，一定会找到突围出去的路。"

张华插上话说："刘家妹子、霞姑，我们三个人分三条路往外突围，土匪不会把每一条山路都堵死的，谁发现可以突围出去的路，就学夜猫子叫，通报消息。"

刘翠花、张华、霞姑各自选了一条山路，轻手轻脚地试探着往上山的方向突围，可是三个人都遇到了埋伏的土匪，都没有找到可以突围出去的路。

半山梁又传来宋大发狂妄的笑声："姓刘的，你想突围出去，不要做梦了。你们已经被围得滴水不漏了，趁早死了突围的心，乖乖地缴枪做俘虏，也许还能保住性命。"

霍树楠也狂妄地大声喊起来："姓刘的，我们知道你的枪打得准，跑得快，曾经是铁山寨上的第一女侠，不过今天掉进了宋大哥设下的陷阱，跑不了啦。"

刘翠花没有慌张，她知道山路前边不远的地方有一个较高的山崖，只要夺下山崖，居高临下，可以抵挡围上来的土匪，于是把张华、霞姑叫到身边轻声吩咐："宋大发一伙可能全部出动了，现在我们处的地势低，要找一个较高的山梁，居高临下和姓宋的一伙斗。"

张华、霞姑听从了刘翠花的安排，三个人三支枪同时打响，一起向山路附近的山崖冲去。果然，拦路的土匪抵挡不住，刘翠花和张华、霞姑冲上了一个较高的山崖。宋大发担心刘翠花冲出包围圈，挥舞着手里的枪大声喊叫起来：“快！兄弟们，冲上去，抓住姓刘的一伙人，抓住姓刘的赏一百块大洋，打死姓刘的赏五十块大洋！”

宋大发手下的土匪一个个都是要钱不要命的家伙，听说有大洋赏，打着枪、吼着叫着，很快围住了刘翠花和张华、霞姑守住的山崖。

宋大发、霍树楠跟在往山崖上冲的土匪后面，一声接着一声，吼叫着为手下土匪鼓劲。

“冲啊！抓住姓刘的有赏，打死姓刘的也有赏！”

“不要害怕，我们人多，姓刘的身边只有几个人，冲上去抓住她！”

刘翠花、张华、霞姑各自选了隐蔽的位置，瞄准着冲上来的土匪开枪。“砰！”一个土匪倒下了；“砰！”又一个土匪倒下了。土匪惊叫着退后了，可是很快又在宋大发、霍树楠的鼓动下冲了上来。

刘翠花、张华、霞姑守在山崖上，打退了宋大发、霍树楠手下匪徒的一次又一次进攻。可是，刘翠花、张华、霞姑带的子弹十分有限，三个人枪里的子弹都快要打光了，而土匪还在组织进攻。

霞姑急得眼里冒出了火，奔到刘翠花身边说：“大姐，怎么办，子弹快要打光了？”

张华也来到了刘翠花身边，轻声说：“我的子弹也快要打光了，我知道山崖下有一条路可以突围出去，我们攀着山崖边的小树下山吧！”

刘翠花摇了摇头说：“不行，山崖高，我们还没有退到半山，宋大发一伙就会冲上山崖，居高临下打我们，突围不出去。”

霞姑十分着急，说：“刘大姐，你说怎么办？”

刘翠花皱着眉头想了想，说：“我守在山崖上，霞姑，你随着张大哥攀着山崖边小树下山，想办法突围出去。”

霞姑睁大了眼睛叫起来：“不行，大姐，我们生生死死要在一起。要下山崖一起下，守在山崖上和宋大发一伙拼，也要一起。”

张华也态度坚决地说：“刘家妹子，我们不能丢下你一个人守在山崖上。不管是下山崖，还是守在山崖上和宋大发一伙拼命，三个人都要在一起！”

山崖下的土匪又吼着叫着冲上来了，刘翠花急了，举起枪对准自己的脑袋，大声说：“张大哥，霞姑妹子，你们快下山崖，不然我就开枪打死自己。宋大发恨的是我，他要的是我的命，我不能连累你们！”

张华、霞姑被迫答应攀着小树下山崖，流着眼泪和刘翠花分了手，张华把自己枪里的子弹退出来留给了刘翠花，霞姑也把自己枪里的子弹留下了。

山崖上剩下了刘翠花一个人，她没有惊慌，没有害怕，瞄准着冲上来的土匪开枪，一个土匪倒下了，又一个土匪倒下了。

刘翠花打退了宋大发一伙土匪一次又一次的进攻，终于，枪里的子弹打完了。刘翠花估计张华和霞姑已经到了山崖下，放心了，她知道自己逃不出去了。不过刘翠花不甘心被宋大发手下的人捉住受侮辱，她躲在山崖上一块大石头后面，看到土匪冲上了山崖，宋大发和霍树楠跟在后面也上了山崖。她瞅准宋大发，突然发疯似的从大石头后面奔出来，冲进土匪群中，一把抱住宋大发，吼叫着冲到山崖边，跳下了山崖。

张华和霞姑拉着拽着山崖边的小树枝慢慢往山崖下爬，山崖很陡，所处地势很险，两个人往山崖下攀爬得很慢。

山崖上传来一阵阵激烈的枪声和土匪的呐喊声，张华停住了手脚，不往山崖下爬了。霞姑轻声问：“张大哥，怎么不爬了？”

张华摇了摇头，语气坚定地说：“不，我不能丢下刘家妹子自己逃命，我要回到山崖上去，活与刘家妹子在一起，死也要在一起！”

霞姑轻声称赞说：“张大哥，你有情有义，生死要同刘大姐在一起，我和刘大姐是同生死的好姐妹，也要同她生死在一起。你要回到山崖上，我也要回到山崖上。”

张华同霞姑开始往山崖上攀爬，心里急，攀爬得快，快要攀爬到山崖上的时候，突然看到扭抱在一起的两个人从山崖上跳了下来，接着听到山崖上乱糟糟的呐喊声、吼叫声：“不好了，宋头领被姓刘的女人抱着掉到山崖下去了！”“宋头领掉到山崖下去了，姓刘的女人也掉到山崖下了！”“快下山崖去救宋头领！”“这么高的山崖，宋头领和姓刘的女人一定都没有命了！”

张华和霞姑吓了一大跳，霞姑眼里滚出了泪水，她想哭，又怕哭声被土匪听见，咬着牙忍住了。

张华心里一阵阵痛，可是他是一个男人，轻轻叹了一口气，说："快，往山崖下爬，抢在姓宋的那伙歹人前面找到刘家妹子，也许她还有救。"

张华和霞姑又往山崖下攀爬，想早一点找到翠花。两个人不顾山崖边上的荆棘挂破衣服，刺穿皮肤，拼命往山崖下攀爬着，离山崖下还有一丈来高，张华就不顾危险，纵身一跳，霞姑紧紧跟着，也跳了下去。

张华和霞姑睁大了眼睛四处搜寻，没有看到扭抱着跳下山崖的刘翠花和宋大发，宋大发手下一些歹人也跳下了山崖，张华和霞姑害怕宋大发手下的人抢先找到刘翠花和宋大发，心里十分焦急。正在这时，山崖上和山崖下同时响起了枪声，一些军人的身影在山崖边树林中出现，张华和霞姑见剿匪的军队到了，隐蔽在了一丛一人多高的野草后面。

陈知雄和陈知农带着王连长的一连士兵朝着铁山上响枪的地方赶，天还没有亮，铁山树林里黑黝黝的一片，山路陡峭不好走，不断有士兵摔倒。王连长知道土匪狡猾，稍迟一步就会逃进密林中不见踪影，命令手下官兵放轻脚步，加快速度往铁山上赶，来到了一个三岔路口，前面有两条路，一条山路通往山梁附近的一个山崖上，一条山路通往山梁附近山崖下。陈知农建议兵分两路，包抄土匪，一路由陈知雄带路走通往山崖的小路袭击土匪，一路由他带路走通往山崖下的小路包抄土匪。王连长同意了，他和陈知雄带了两个排的士兵朝山崖上响枪的方向赶，陈知农则带着一个排的士兵走上了山崖下的小路。

宋大发手下的十多个匪徒已经陆陆续续攀爬下了山崖，正在四处寻找跳下山崖的大头领和姓刘的女人。突然听到了枪声，发现了包围上来的军人，吓坏了，几个胆子大的匪徒取下了背在肩上的枪，拉开枪栓刚要射击，士兵们冲上前，匪徒还没有来得及开枪就被按倒了，几个匪徒吓得"扑通扑通"跪下，高举着双手投降了。

陈知农带着一排士兵消灭了攀爬下山崖的土匪，他害怕有土匪躲藏在野草丛或者树林里，让排长命令士兵搜寻漏网的土匪。两个士兵在搜寻时发现了野草丛中躺着的刘翠花和宋大发，大声喊叫起来："排长，这里有一个女人，还抱着一个男人，看样子是从山崖上摔下来的。"

陈知农和排长一起去查看从山崖上摔下来的女人和男人，女人满脸是血，看不清楚模样，不过陈知农仍然觉得女人有些面熟，似乎在什么地方看到过，他蹲下身子，从衣袋里摸出了几张纸，擦去了女人脸上的血污，终于认出来了，从山崖上摔下来的女人，就是在东胜公司铁厂门口被歹人刺伤，他背到铁山矿筹备处医务室治伤、后来失踪了的女人，就是他们陈家二十多年前被土匪抢上山，他和两个哥哥多年来到处寻找都找不到的小妹妹。陈知农眼里涌出了泪，把女人抱了起来，紧紧抱在怀里，大声呼喊着："小妹，我的小妹，我亲亲的小妹，你怎么从山崖上摔下来了？我和哥哥找你找得好苦啊！小妹，你快醒来，喊哥哥一声，小妹，快醒来，不要吓哥哥了……"

军队的排长见陈知农紧紧抱着女人不放，伸出手在女人鼻子前试了试，觉得已经没有了气息，轻声提醒说："陈主任，你抱着的女人已经没有气了，放下她吧！"

陈知农吓了一跳，把脸贴在女人的脸上，发现果然没有了气息，"哇"的一声哭了起来，一边哭一边大声述说着心里对妹妹的思念："小妹呀，你不要哥哥了，离开哥哥了。我和大哥、二哥都想你，你不能抛下哥哥独自一个人去了爸爸、妈妈身边，小妹妹呀，你千万不能死呀……"

排长见陈知农哭得伤心，眼里也有了泪，不过追击残余土匪任务很急，轻声提醒："陈主任，节哀吧，我们还要追击残匪，给你妹妹报仇。"

陈知农想起了自己的任务，强忍着悲痛，轻轻放下了抱在怀里的女人，他挑选了一块能避风挡雨的大岩石，把妹妹放在了大岩石后面，"扑通"一声给妹妹跪下了，用手背擦了擦脸上的泪，说："小妹妹，你在这里躺一会儿，你的小哥哥要带着军队去追击残匪，为小妹妹报仇。等到消灭了残匪，我叫上两个哥哥来接你回家……"

陈知农和排长率领着士兵押解着抓到的匪徒，追击残匪离开了山崖。

张华和霞姑躲在野草丛中，看到土匪有的被剿匪军队打死了，有的成了俘虏被带走了，剿匪军队也离开了山崖，两个人从野草丛中走出来，在大岩石后面找到了刘翠花，还在离大岩石不远的地方发现了宋大发的尸体。

霞姑见亲如姐妹的刘翠花躺在草丛中，灰白色的脸，紧紧闭着的眼睛，一身的血，吓了一大跳，扑在刘翠花身上大声哭喊起来："刘家姐姐，亲亲的姐姐，你让我下到山崖下，一个人和宋大发一伙歹徒斗，你死了，你为救我们死了。好姐姐，亲姐姐，我不该离开你，应该和你生生死死在一起！"

张华心里也十分悲痛，泪珠顺着脸颊滚下来，用手擦去了，不一会儿，泪珠又从脸颊上滚了下来。不过，他仍然十分冷静，用手指探了探刘翠花的鼻子，又仔细查看了伤情，轻声说：“霞姑，不要哭了，你的刘大姐还没有死，或许还能救活！”

霞姑睁大眼睛叫起来：“张大哥，刘大姐没有死，还有可能救活，你说的话是真的，没有骗我？”

张华点了点头，蹲下身抱起了刘翠花，顺着一条山间小路急急往家里走，霞姑紧紧跟在他的身后。

天亮了，陈知农和排长率领的一排士兵与陈知雄、王连长率领的两排士兵在铁山寨门前会合了，两路剿匪军队打死了三十几个匪徒。土匪头子霍树楠带着匪徒与军队对抗，也被打死了，军队还抓了十多个活的，铁山上的残余土匪吓得躲进了深山密林。剿匪军队打了胜仗，要返回东溪场上的军营，陈知农告诉大哥陈知雄小妹从山崖上摔下死了，遗体被安置在山崖下一块大岩石后面，要运回东溪场。陈知雄听说二十多年没有找到的小妹妹终于找到了，可是找到的是一具冷冰冰的遗体，悲从心底生，脸上有了泪，拉着三弟的手要到山崖下去看妹妹。王连长派了一个班的士兵随着陈家兄弟到山崖下，准备帮着把陈家小妹的遗体运回东溪场。

陈知雄和陈知农心里悲痛，泪水不住地从眼里滚出来，带着士兵到了山崖下，发现放在大岩石后面能遮风避雨地方的小妹妹遗体没有了踪影。

陈知雄睁圆了眼睛，一双手紧紧抓住陈知农的胳膊大声问：“弟弟，小妹妹呢？小妹妹到哪里去了？快说呀，你急死大哥了。”

陈知农一脸的疑惑，摇了摇头说：“大哥，我把小妹妹放在大岩石后面，这里能遮风避雨，不知道她到哪里去了。”

陈知雄心里突然冒出了一个念头，大声问：“三弟，你是不是没有弄清楚，小妹妹真的死了吗？你把她放在大岩石后面，你走了，她活了过来，离开了山崖。”

陈知农摇了摇头，用手背擦了擦脸上的泪，带着哭声说：“大哥，我用手指探了小妹妹的鼻子，小妹妹已经没有了气息。”

王连长派来的一班士兵开始帮陈家兄弟在山崖下寻找陈家小妹的遗体，陈知雄、陈知农擦了脸上的泪，也寻找着小妹妹的遗体，山崖下每一丛野草、每一片树林都找遍了，每一块岩石都翻开看了，也没找到陈家小妹的遗体。

陈知生在东溪场上听说小妹妹摔下山崖死了，也带了人上山寻找，找了一天、两天、三天，没有找到……

第二十一章

新娘子回不来了

陈知农深深地爱着船工孙老大的女儿孙晓兰，晓兰也在心里默默地爱着陈知农，但是她总觉得自己是走船的，配不上上过洋学堂、在政府里办公的陈家哥哥，一直扭扭捏捏不回应他的爱意。但她心里有了陈知农，便接受不了其他男人，媒人说的亲事一件都没有成。陈知农见孙晓兰不接受自己，只有干着急的份，但见晓兰迟迟不成亲，心里又存有几分念想，也就拖着不成亲。两个人就这样干耗着，从二十岁出头耗到了三十岁左右，耗得两家的亲人都坐不住了。孙老大更是急得坐立不安，终于主动跑去找陈知雄、陈知生想办法。陈家兄弟本来就知道弟弟的心思，也喜欢具有侠义心肠的美丽船家女，看到晓兰老爹态度终于软下来了，乘机劝说孙老大，要不，我们就定了这么亲事吧。

孙老大本来心里就一直喜欢陈知农，觉得他虽然门第高了一点儿，自己女儿有点高攀，但是心眼儿好，人又机灵，对女儿也是一心一意，这样的好女婿上哪儿找去？便借坡下驴，回家劝说晓兰接受陈知农。孙晓兰早就心猿意马，就差一个实实在在的台阶下，老爹这么一劝说，便羞羞答答地同意了。

终于到了准备举行婚礼结成夫妻的时候，孙老大知道女婿是洋学堂毕业的学生，在铁山矿筹备处里做事，大小也是一个官，很想为女儿置办一些好的嫁妆，在女婿面前争一个面子，可是自从日本人打进中国，重庆城里头建起了钢铁厂，炼钢炼铁需要的铁矿砂和煤炭，全靠綦江河上的木船从铁山一带运去，綦江河上的运输任务重。国民政府下了命令，綦江河上的木船运十次货，必须有七次运铁矿砂和煤。由于和日本人打仗，耗费了大量的钱财，国民政府资金困难，给运铁矿砂和煤的船家酬劳很低，因此綦江河上的船夫生活十分艰难，一日三餐都是用苞谷米煮成的饭，菜是白水煮青菜萝卜，有时候连青菜萝卜都吃不起，就用盐开水下饭，穿的也是破破烂烂。一些十七八岁的小伙子，没有衣服穿，夏天一丝不挂，光着身子撑船拉纤。没有和日本人打仗的时候，綦江河上的船家每运一次货，船到码头都要带着船上的船工到饭馆里吃一顿好的，算是酬谢船工努力工作。自从日本人打进了中国，船老板入不敷出，每运完一次货须到码头饭馆里请船工吃一顿的惯例取消了。

孙老大有一艘一次可以运五六十吨货的木船，平时和女儿孙晓兰驾船，货多时也雇两三个船工，由于运十次货要有七次以上运铁山矿洞采出的铁矿砂，得到的报酬比以前少了一半多，日子越过越艰难，想给女儿置办嫁妆，手里没有钱，手长衣袖短，十分为难。想到亲戚朋友家里借钱，但孙老大的亲戚朋友不是走船的就是种地的，家里都很穷，没有钱借给孙老大为女儿置办嫁妆，孙老大愁得一天到晚紧皱着眉头。

心里喜欢的姑娘就要成为自己的媳妇，陈知农十分高兴，他的二哥陈知生特地拿出自己家里的两间屋给弟弟做娶媳妇的新房，并且找来人布置新房。陈知农的好朋友陈大生听说布置新房，自告奋勇来帮忙，每天下了班便来到陈家。这一天，陈大生上班时听朋友说起孙老大为女儿置办嫁妆到处借钱的事，到陈家告诉了陈知农。

晚上，陈知农送走了帮忙布置新房的人，嫂子张春容要煮荷包蛋给小叔子吃。可是陈知农心里有事，谢绝了嫂嫂的好心，匆匆出了门，摸黑到了孙晓兰家。由于忙着筹办婚礼，陈知农好几天没有到老丈人家了，孙晓兰想他盼他，希望能天天见到心中喜爱的男人，见陈知农来了，十分高兴，红着脸倒了一碗开水端到未婚夫手边，轻声说：“喝水，这么晚了还来，路上有沟有坎，不好走。”

陈知农心里“怦怦”跳，想伸出手去拉姑娘的手，又怕唐突了佳人，刚刚伸出又缩了回来，轻声问：“晓兰，爸爸去哪里了？”

孙晓兰在一旁的凳子上坐下，说：“爸爸想要为我置嫁妆，去借钱了。”

陈知农摇了摇头说：“晓兰，我要的是你这个人，不是嫁妆。”

孙晓兰低着头轻声说：“我给爸爸说了，没有钱置办嫁妆就不置办了，你不会怪他的，可是爸爸不听，还是到处去借钱。”

陈知农轻轻叹了口气，说：“你家的船为铁山矿运矿砂，得的运费少，吃苦了，我要等你爸爸回来，告诉他多给铁山矿运两次矿砂就是最好的嫁妆，不要到处借钱了。”

孙晓兰低着头没有说话，陈知农等着老丈人孙老大，孙晓兰陪他坐着。月亮升起来了，天上没有云彩，洁白的月光洒下来，给青山绿水蒙上一层朦朦胧胧的白纱，一些月光也照进了屋里……

陈知农站起身走到门边，见月光下的山山水水十分美丽，回过身吹灭了桌上的小油灯，高兴地说：“晓兰，你看月光多美啊，走，我们到门外那棵大树下等着爸爸回来。”

孙晓兰的心里“咚咚”跳起来，犹豫了一会儿，红着脸站起了身，跟着知农出了门。两个人来到家门前一棵大黄桷树下，陈知农先坐下，接着孙晓兰也坐下了，陈知农见姑娘坐得离自己有五六尺远，站起身走到离她近一些的地方坐下，孙晓兰脸上发烫，心里“咚咚”跳着，站起身又坐到远一些的地方。陈知农鼓起了勇气，走到姑娘身边坐下，孙晓兰红着脸低下了头。

陈知农轻声说：“没有几天了，你就要做我们陈家的新媳妇了。”

孙晓兰说：“知农哥哥，你是有学问的人，在铁山矿里做大事，我是船家女儿，只会掌舵、撑船，以后你一定会嫌弃我。”

陈知农急了，有些生气地打断了姑娘的话，说：“晓兰妹子，我们是娃娃朋友，相处这么久了，你怎么还这么说？你，你不相信我。”

姑娘轻轻地叹了一口气，带着歉意说：“知农哥哥，我不好，惹你生气了。”

陈知农鼓足了勇气，伸出手抓住了姑娘的手。孙晓兰觉得脸上烫得厉害，想缩回手，无奈陈知农抓得紧，手没有能够缩回来。

陈知农望着月光下的姑娘，觉得孙晓兰比平时更美，轻声说："晓兰妹妹，我喜欢你，现在喜欢你，今后也会喜欢你，相信我，一辈子都会喜欢你。"

孙晓兰脸上发烫，心里"怦怦"跳，她很想扑进知农怀抱，好好地享受知农的爱，犹豫了一会儿，终于忍住了……

山路上响起了脚步声，孙老大垂头丧气地回来了，看到女婿到了家里，心里说不出是什么滋味。他到亲戚朋友家借钱，奔波了一天，跑大了脚板，可是两手空空回了家。

陈知农见孙老大一脸沮丧，猜出外出借钱碰了壁，安慰说："爸爸，晓兰妹妹嫁给我不用置办嫁妆，我知道你们为铁山矿运矿砂运费低，生活十分艰难，运矿砂是为抗击日本侵略作贡献，女婿是懂道理的人，不会怪爸爸没有为晓兰妹妹置办嫁妆。"

孙老大脸色阴阴的，说："我两个女儿，大女儿被土匪逼得跳河死了，只剩下晓兰一个女儿，女儿出嫁，没有钱置办嫁妆，我心里惭愧，我对不起晓兰！"

孙晓兰接上话头，安慰说："爸爸，知农哥哥说了，我们不要嫁妆。日本人打进中国，害苦了中国人，没有嫁妆我们不怪你，怪万恶的日本鬼子……"

孙老大脸上有了泪，大声说："好女儿，好女婿，你们不怪爸爸没有能力置办嫁妆，爸爸谢谢你们了。"

陈知农提高了声音说："爸爸，我和晓兰妹妹不要你借钱置办嫁妆，以后不要再出门到处借钱了。现在是抗战时期，不少有钱的都把钱支援给政府打日本鬼子去了，我和晓兰妹妹结婚不要嫁妆。"

孙晓兰也提高了声音说："对，爸爸，不要到处借钱了，我嫁给知农哥哥，不要嫁妆。"

陈家和孙家为陈知农与孙晓兰预定的结婚日期一天天近了，铁山矿筹备处的侯主任和李副主任见筹备处的得力干将要结婚办喜事，十分高兴，尽管铁山矿的采矿任务重，筹备处工作多，仍然批准了陈知农一个星期的婚假。李贤诚还把陈知农请到自己的办公室，询问举办婚礼有什么困难，拿出五百元钱作为贺喜钱送给陈知农。

陈知农非常感激，要把贺喜钱退还给李贤诚，说：“李副主任，你重庆家里也很需要用钱，我不能收你这么重的贺礼。”

李贤诚装着生气的样子板起了脸，责备说：“陈主任，陈知农，你不要把我当成外人，从带着我们到铁山地区勘查算起，这么多年了，我把你当成朋友，也当成自己的小辈，你结婚要花钱，当长辈的拿出钱来帮助你，该！”逼着陈知农收下了贺喜钱。

陈知农待人好，平时遇到有困难的人肯出手相助，不论是在铁山矿筹备处里，还是在东溪场上，人缘好，朋友多，听说陈知农要办喜事娶媳妇，不少人来帮忙布置拜天地行结婚大礼的喜堂和新郎新娘的新房，有的人还事先送来了贺礼。

陈知农和孙晓兰结婚的喜日子眼看就要到了。拜天地的喜堂布置好了，挂起了大红灯笼，正面墙上贴上了大红“囍”字。新郎和新娘的新房也布置好了，充满了喜气，墙上贴着红“囍”字，床上铺着红被褥，就连梳妆桌上的镜子也贴上了红红的“囍”字。

陈家在东溪场上、铁山矿筹备处里散发了喜糖，喜糖发得很广，东溪场上不少人家、铁山矿筹备处里的工作人员、矿洞里采矿砂的工人吃了陈家散发的喜糖，都知道陈知农要和孙晓兰结成夫妻了。

离陈知农和孙晓兰拜堂成亲还有两天，晴朗的天变了，刮起了大风，下起了暴雨。

闪电一个接着一个，刺得人不敢睁开眼睛，“轰隆隆！轰隆隆！”雷声一声接着一声，震得人耳朵嗡嗡响。“哗哗哗”，仿佛天上有一条大河决了口，雨水直往大地上倾倒。

大雨下了一天一夜，綦江河涨大水了。

綦江河是集群山中众多小溪流汇集而成的河，而群山中的小溪是山林中的小溪汇集在低洼地方形成的，平时天上不下雨，小溪里水少，如果十天半月不下雨，小溪干了，没有山中小溪的水流入綦江河，綦江河的水少了，河里的沙滩、石头露出水面；连着下几天大雨，小溪里的水多了，一个浪花追逐着一个浪花，一个浪头拍打着一个浪头，涌进了綦江河，綦江河里的水多了，河水涨了，淹没了河边的小路、草地、小树林，河里掀起一个又一个巨大的浪头，发出震天动地的吼声，浪头相互追逐着涌向河的下游。由于天干河水少，天下大雨河水暴涨，在綦江河上走船十分艰难：天旱水少的时候，大船会因水浅而搁浅，天下大雨河水暴涨的时候，恶浪翻滚，行船时船工稍不注意，船就会被浪头冲击着撞上江中巨石，船毁了，船上的人和货物落到水中，损失巨大。綦江河两岸有一首民谣唱出了綦江河上船家的苦：

綦江河上走船难，
时时在闯鬼门关。
天旱水少船搁浅，
雨天涨水恶浪翻。
掌舵师傅舵稍偏，
船毁人亡泪涟涟。

下了一天一夜的大雨，山中小溪涨了水，浑浊的溪水吼叫着，裹卷着山水冲下来的枯枝败叶、被山洪冲断的树干、山坡上低矮破旧的农家茅草屋，冲进了綦江河。綦江河里的水涨了一丈多高，发出震天动地的吼声，巨大的浪头一个追着一个，浪头裹卷的不仅有树木、屋顶，还有淹死的猪、狗和人的尸体。

綦江河上的船家无论是给私家老板运货，还是给铁山矿运铁矿砂，涨大水时都把船停靠在能躲避风浪的水湾，不敢行船了。

谁也没有料到，暴雨下了一天一夜，停歇了半天，又接着下了起来，风更大，雨更狂，雷声更响。綦江河上的水越涨越高，铁山矿运矿砂的船停在避风港里不敢行船，铁矿砂运不到长江边上的钢铁厂，炼铁高炉没有铁矿砂做原料要停炉，而燃烧着熊熊炉火的高炉一旦歇火停炉，钢铁厂就要遭受巨大损失。

重庆钢铁厂的告急电话打到了铁山矿筹备处侯主任的办公室。钢铁厂负责人在电话里大声吼叫："老侯，侯主任，我这里火烧眉毛了，铁矿砂只够用一天的了，高炉没有铁矿砂要停炉，损失巨大，并且军工厂催着要钢材，你说怎么办？"

侯主任手里拿着电话筒，眉头紧紧地皱着，长长地叹了一口气，对着话筒说："天下暴雨，綦江河涨水，运矿砂的船家不敢冒险行船，怎么办，能不能派汽车先运一些铁矿砂去你那里救急?”

钢铁厂负责人在电话里大声说：“侯主任，天降暴雨，山水把公路冲断了好几处，正在抢修。即便抢修好了，通了车，也要先抢运前方打仗需要的军用物资，铁矿砂还是需要用船运，派人做做船家的工作，让他们冒一冒险，把铁矿砂运到钢铁厂来。”

侯主任放下了电话，紧皱着眉头来到李贤诚的办公室，告诉他长江边上钢铁厂催着要铁矿砂的事。李副主任也皱起了眉头，说：“綦江河的水涨得那么高，浪头那么大，让船家开船运矿砂，难!”

侯主任拉了一把椅子在李贤诚身边坐下，说：“李主任，我知道綦江河里的水涨得高，行船十分危险，可是钢铁厂急需铁矿砂，动员船家冒着危险开船运矿砂是我们的责任，再难也要去做，我想请陈知农去做一下船家的工作，你看怎么样?”

李贤诚吃了一惊，摇了摇头说：“陈知农就要办喜事娶媳妇，怎么抽得出时间去做船家的工作?”

侯主任叹了口气说：“陈知农要结婚办喜事，是很忙，不过结婚可以往后推迟几天，动员船家开船运矿砂的事情很急。他是当地人，土生土长，和船家很熟悉，并且要娶的新媳妇也是走船的，他去最合适。”

李贤诚也觉得派陈知农去动员船家开船运矿砂比较合适，同时运矿砂的任务十万火急，无可奈何地点了点头，同意了。

陈知农要结婚娶媳妇，请了一个星期的假，正在家里同好朋友一起商讨结婚办喜事的事，铁山矿筹备处的人找了上来，说侯主任和李副主任有事情找他。陈知农知道两个主任找自己一定有急事，立刻去了铁山矿筹备处，见到了侯主任和李贤诚，接受了动员船家冒着綦江河水滚滚恶浪开船抢运铁矿砂的任务。陈知农心里明白，綦江河上发大水，船家行船要冒很大的风险，单靠自己去做船家的工作很难，他想到了老丈人孙老大，孙老大在綦江河上多年行船，结识不少船家朋友，叫上他出面一起去做船家的工作比自己孤身一人去好得多，于是去了綦江河边小山坡树林中的老丈人孙老大家。

孙老大为了给女儿出嫁置办嫁妆，跑了不少路，费了不少口舌，终于在亲戚朋友家借了一些钱，买了木材要给女儿做陪嫁的大衣柜。孙老大年轻时学过两年木匠，借了木匠工具，自己动手在家里做大衣柜。孙晓兰也在家，她正忙着赶做自己出嫁时要穿的新衣服，父女俩都有事，各忙各的，虽然都有一些累，但是心里高兴，手里不停地忙着做事。正在这时，陈知农来了。

孙晓兰看到了就要做丈夫的陈知农，心里甜甜的，抬起头看了一眼，又低下了头，轻声说："你来了，自己找凳子坐下吧。"孙老大看到女婿进了家门，心里也很高兴，赶忙端来凳子，倒了茶水。可是孙家父女听陈知农说明了来意，却惊得呆住了，孙老大摇了摇头说："知农，你不该答应去动员船家冒着风浪运矿砂，綦江河上涨了大水，走船十分危险，船家不会拿自己的身家性命去冒险的。"

陈知农皱起了眉头，说："爸爸，我知道綦江河上风急浪高，走船十分危险，可是钢铁厂没有铁矿砂炼不出钢铁，军工厂没有钢铁造不出枪炮，前方的士兵没有枪炮怎么打仗？仗打败了我们的国家会有危险。"

孙老大叹了口气，不说话了。一会儿，孙晓兰起身来到父亲身边，拉着孙老大的胳膊摇了摇，轻声说："爸爸，知农说得对，去吧，去帮助知农劝说船家开船运矿砂。"

孙老大听到女儿的话，发了一阵呆，终于放下了手上的木工活，站起身领着陈知农出了家门，来到了东溪场上船家们经常聚会的茶馆，找到了七八个正在喝茶的船家。可是，船家们听说要冒着狂风恶浪抢运铁矿砂，一个个摇起了脑袋，摆起了双手。一个船家大声说："陈知农，陈家老弟，我知道是铁山矿里当官的命令你来这里劝我们去冒险运矿砂，不怪你，你老丈人是綦江河上走船的，知道綦江河上风浪天走船的危险。陈家兄弟，问一问你的老丈人，像这样的涨水天在綦江河上走船，有几个能活着把货运到码头？我们走船人都有家，有老婆、孩子，要保住自己的命，保住自己的家！"

一个船家接过话头大声叫起来："姓陈的，我们知道你要拜堂成亲了，新媳妇也是走船的，像这样的涨水天，满江的恶浪，你舍得让自己的新媳妇去冒险走船吗？"

茶馆里船家们哄笑起来。孙老大见女婿急得红了脸，大声帮着辩解起来："兄弟们，我家女婿是好人，让船家运矿砂是为了打日本鬼子，为了打鬼子，保国家。我女儿如果不是就要拜堂成亲，她，还有我，一定会和大家一起去开船运矿砂！"

一个船家不满地大声说："孙老大，是啊，你女儿要拜堂成亲，你和她都不会冒着狂风恶浪运矿砂，真是站着说话不腰疼。”

一个船家尖声叫起来：“孙老大，只要你和你女儿敢冒着綦江河上的狂风恶浪去运矿砂，我们也敢冒着狂风恶浪运矿砂。”

“老大哥，你说的这话可当真？”随着一个女人的声音，孙晓兰进了茶馆，原来她担心父亲和未婚夫碰壁，陈知农完不成铁山矿筹备处侯主任、李副主任交给的事情会很为难，也找到茶馆来了。她听到茶馆里船家们的话，横下一条心，决定同众多船家一起冒险运矿砂。

孙老大听了女儿的话，大吃一惊，吓得脸上变了颜色，说：“晓兰，你怎么来了？过了明天就是你的大喜日子，没有时间去运矿砂了。”

孙晓兰笑了笑，说：“爸爸，结婚拜堂的日子可以推迟一两天，和大家一起运了铁矿砂再拜堂成亲也不迟。”

陈知农见新媳妇要和船家们一起冒着危险抢运铁矿砂，心里又高兴又害怕，扑过去抓住了孙晓兰的手，眼里有了泪花，想对心里爱着的女人说几句话，可是又不知道该说一些什么。

茶馆里一个船家大声叫起来：“伙计们，孙家妹子要推迟结婚，同我们一起冒着风险运矿砂，是我们船家中的女英雄！我们谁也不能当缩头乌龟，都要随着孙家妹妹去运矿砂！”

茶馆里的船家们你一句我一句喊叫起来：“对，冒险运矿砂，大家都要去！我们这些男子汉，不能让一个女娃子比了下去！”

“运矿砂，去，都去，不去对不起孙家妹子！”

雨还在下，又刮起了风，綦江河上浑浊的浪头一个追逐着一个，扑向岸边的一块块田地和一片片树林，恶浪冲击着江中耸立的巨大岩石，发出了震天动地的响声。

东溪场水码头排列着二十多只装满铁矿砂的船只，船工们卷起裤腿，撸起衣袖，手里紧紧握着船篙，等待开船。铁山矿筹备处的侯主任、李副主任听说东溪场上的船老大都答应冒着綦江河上的狂风恶浪运矿砂，十分感动，亲自到水码头来送行。东溪场上开铁厂、做铁器生意的吴老板、夏老板听说陈知农和船家女儿孙晓兰为了带动船家抢运铁矿砂推迟了婚期，十分敬佩，伸出大拇指称赞，也来到水码头送行。吴宏琴冒着雨也来到了水码头，不过她没有在船家前面露面，而是躲在一棵大黄桷树下的茅草房里，偷偷地看着水码头上正在话别的陈知农和孙晓兰。吴宏琴心里爱着从小一起长大，又一起在重庆读过书的陈家哥哥，可是陈知农心里爱的却是船家姑娘孙晓兰，吴宏琴曾经十分嫉妒孙晓兰，甚至有一些恨她，听到陈知农和孙晓兰要拜堂成亲的消息，心里酸酸的，很不是滋味，犹豫着该不该送去贺礼，去不去参加心里爱恋的男人和别的女人的婚礼。不过她知道了孙晓兰为了带着东溪场上众多船家冒着綦江河上的惊涛恶浪为铁山矿抢运铁矿砂，推迟了婚礼，便对船家姑娘产生了深深的敬意，躲在暗处悄悄地为孙晓兰祝福，希望她能平安地把铁矿砂运到钢铁厂，回来和知农哥哥举行婚礼，祝福知农哥哥娶到了一个好姑娘，希望他们夫妻恩爱，一生幸福……

水码头上，陈知农紧紧拉着孙晓兰的手，站在船边，他没有撑雨伞，也没有戴遮雨的斗笠，没有穿雨衣，头上、脸上流着雨水，身上的衣服已经被雨水淋得湿漉漉的。陈知农不怕雨淋，紧紧抓住姑娘的手不放。孙晓兰脸上有一些发烧，望了望站在周围的船工和来送行的人，轻声说："知农哥哥，放开手，这里人多，要笑话我们。"

陈知农摇了摇头说："晓兰妹妹，我们已经是夫妻了，不怕笑话。"

孙晓兰十分激动，眼里流出了泪，泪水和雨水混在一起从脸颊上流下，轻声说："知农哥哥，我帮着父亲运铁矿砂到钢铁厂，来回只要五六天，五六天后我就回来了，我们拜堂成亲。"

陈知农仍然紧抓着姑娘的手不放，说："綦江河上风大浪恶，你一定要小心，我在家里等你。"

孙晓兰轻声安慰说："知农哥哥，你放心，我会小心的，在家里等着我回来。"

起锚开船的时间到了，陈知农终于松开了孙晓兰的手，他站在雨地里望着孙家父女的矿砂船离开了水码头，被风吹着，被浪头拍打着，慢慢地消失在了风雨中。陈知农仍然没有离开水码头，站在雨地里，两眼凝视着翻卷着浑浊浪头的綦江河。吴宏琴也没有离开水码头，仍然躲在大黄桷树下的小茅草屋里，偷偷地望着站在风雨中的知农哥哥……

孙晓兰和父亲孙老大以及临时请来帮工的水手王二，艰难地驾着船在翻卷着浑浊浪头的綦江河上前行。孙老大两手紧紧地抱着船舵，两眼盯着恶浪翻滚的江面，不敢有一丝一毫的松懈；孙晓兰和王二提着船篙站在船头，两双眼睛紧紧盯着江面。一根漂流的大木头挡在了船头，孙晓兰和王二同时伸出了船篙，把大木头从船头推开，不让它挡住运矿砂的船；江中心出现了一块两层楼房高的巨大岩石，急速的河水冲击着矿砂船直向岩石撞去，眼看着矿砂船就要被撞得粉身碎骨，孙晓兰赶紧伸出船篙，王二也紧跟着伸出了船篙，两只船篙插在江心岩石缝里，孙晓兰和王二使出了全身的力气撑着船篙，想让木船不撞到岩石上，可是河水的冲击力太大太猛，一个恶浪接着一个恶浪扑来，矿砂船直往江中岩石撞去。“咔嚓”一声，王二手中的船篙断了，紧接着孙晓兰手里的船篙也断了，千钧一发之际，孙晓兰纵身一跳跳到了江中大岩石上，双脚紧蹬着岩石，用肩头顶着矿砂船的船帮，王二也跟着跳上了江中岩石，和孙晓兰一样，双脚蹬着岩石，用肩头顶着船帮，矿砂船紧擦着江中巨石的边缘过去了。孙晓兰和王二赶紧跳上了船，分别拿起船上的备用船篙，冒着风雨站立在船头……

孙老大在舱尾紧紧抱着船舵，矿砂船被狂风巨浪冲得忽而向左，忽而向右，船舵在狂风巨浪中一会儿偏向左，一会儿偏向右，孙老大使出了全身力气，勉强维持着矿砂船的航向。一根大木头被恶浪冲击着向矿砂船撞来，孙老大吓出一身冷汗，用力抱着船舵，河水中的大木头擦着矿砂船漂向了下游。孙老大还没有来得及松一口气，一棵被山洪连根拔起冲进河中的大树又出现在矿砂船后面，被浪头卷着向矿砂船扑来，孙老大赶紧抱着船舵左拨右拨，躲避着船身后面的大树，终于，大树也擦着船身漂过去了。可是，矿砂船被浪头拍打冲击着进了江边一个巨大的回水沱，出不去了。

孙晓兰和王二同时把船篙伸到江底，一起用力，孙老大还跳入河水，两脚蹬住江底的石块，肩头扛着船帮，船上三人一齐用力，想把船弄出江边的回水沱，船动了，在浪头拍打下冲向回水沱外面的急流，孙老大跳上了船，孙晓兰和王二收回了船篙。船上三人正在庆幸矿砂船要冲出回水沱了，不料江心一个恶浪打来，又把矿砂船打回了江边回水沱，船上的三个人哭笑不得，孙晓兰、王二又一次把手中的船篙撑到江中岩石上，插进江边沙滩里，孙老大又跳进河水中，用肩头扛起船帮。三个人一齐用力，想让船冲出回水沱，第一次失败了，第二次还是失败了，第三次矿砂船终于冲出了回水沱。

孙老大的矿砂船在风浪中艰难地前行着，来到了离东溪场三十多里的盖石洞。盖石洞一带是綦江河上有名的险要河段，不到两里的河床中河底高低相差将近一丈，江中心还矗立着好几个巨大的岩石，最危险的一处，两块巨大的岩石紧紧相逼，中间只有狭窄的一丈多宽的河道。由于河底高低落差大，水流特别急，加之两块巨石间的河道狭窄，风平浪静时船家驾船经过都需小心谨慎，綦江河涨了水，风大浪恶，驾船经过这里更需加倍小心。几年来铁山矿运矿砂的木船先后有二十多只在这里撞上岩石，船毁了，铁矿砂倾倒在河底，还死了人，綦江河上的船工把这里称作“阎王门”。

孙老大的矿砂船到了阎王门，船上的三个人万分小心，可是仍然出了事。矿砂船到了阎王门前，孙晓兰和王二手提船篙，两眼紧盯着急流两边的巨大岩石。孙老大抱着船舵，矿砂船进入了阎王门，不料一个恶浪从船后扑来，船身剧烈摇晃起来，王二在船头没有站稳，身子一歪落了水，被一个恶浪卷得没有了踪影。孙晓兰见王二掉进了水里，吓了一大跳，扔了手中的船篙，纵身跳入翻滚着恶浪的河水中救人。孙老大掌着舵，矿砂船在河水冲击下过了阎王门，他用尽了全身力气，让矿砂船靠了岸。担心落水的王二和跳入河中救人的女儿，孙老大也纵身跳入了湍急的河水……

孙晓兰在恶浪中挣扎着把头伸出河水，向四周寻找着落水的王二，一根漂浮在江面上的树干被浪头卷着打来，击中了孙晓兰的身子，一阵刺骨般的疼痛，姑娘咬紧牙关忍住了，两眼望着恶浪翻卷的江面，终于发现不远处，王二正挣扎着，时而浮出水面，时而又沉入水中。孙晓兰咬紧牙关用力向王二浮去，眼看着浮到了王二的身边，一只手已经抓住了王二的衣领，一个恶浪打来，她和王二都被卷进浑浊的河水中，河水灌进了孙晓兰的肚子。姑娘没有害怕，吐出了嘴里的河水，使出全身力气浮出了水面，终于又看到了在身边不远处时沉时浮的王二。孙晓兰用尽全身力气浮过去，抓住了王二的衣领，咬着牙拼命往江边拉，王二已经被河水淹得昏迷了，孙晓兰用力拉着，河水流得太急，浪头太大，拉不动，并且，她感到自己的身子也在往河水深处沉。孙晓兰一心要救起王二，紧紧抓住他的衣领不放，正感到力气快要用完的时候，孙老大顶着风浪游过来了，她赶紧把王二交给了父亲。孙老大看到女儿被河水泡得脸像一张白纸，非常心疼，大声吼叫：“晓兰，快，抓住我的衣服，我带你们两人游向岸边。”

孙晓兰心里十分清楚，洪水中带着两个人游十分危险，对着父亲笑了笑说：“爸爸，你把王二救起吧，我身上还有力气，能够游到岸边。”

孙老大带着被女儿救起的王二游走了，孙晓兰用力向岸边游去，她刚刚准备上岸，江面上传来呼救的声音。原来一只运矿砂的船被巨浪冲击着撞上了阎王门边的岩石，船撞得粉碎，船上的三个人全都落了水。

孙晓兰觉得自己身上的力气快要用完了，不过，听到了江上呼救的声音，仍然回过身，又冲进了恶浪中。

綦江河运矿砂的船上，不少船工都听到了江上呼救的声音，赶紧跳入河水中救人。一个多时辰过去了，落水船工都被救起来，可是孙老大没有看到女儿回来……

雨哗哗下着，风呼呼吹着，四周黑黝黝的一片，陈知农站在东溪场水码头的河边，等候着运铁矿砂到钢铁厂的船队回来，船队已经走了五天，到了该回来的时候，可是还没有回来。自从船队走后，每天傍晚，陈知农忙完了铁山矿筹备处的事，都要来到东溪场水码头，站在綦江河边，脸朝着綦江河下游船队离去的方向呆呆地望着，等待驾船去运矿砂的孙晓兰回来。下雨天，雨水打湿了衣服，遮住了望向綦江河下游的视线，但是陈知农不怕雨淋，站在綦江河边等待。刮风了，风吹到身上，带来一阵阵寒意，冷得脸色发青嘴唇发紫，浑身哆嗦，他仍然站在綦江河边上等待。

綦江河是集山溪之水形成的。俗话说，易涨易落山溪水，下雨天，雨下得小了，河中的水慢慢退了，雨下得大了，河中的水又涨起来。傍晚，陈知农刚刚到綦江河边等待矿砂船队的时候，水退了一大截，他站在河边等候，雨下得越来越大，綦江河里的水慢慢地涨起来，淹过了陈知农的一双脚。他集中了全部精力，望着矿砂船队回来的方向，没有感觉到水淹了脚。河水继续慢慢地往上涨，淹没了他的膝盖，淹到了大腿，陈知农仍然集中全部精力望着矿砂船队回来的方向，没有感觉到水已经淹到了大腿。直到一个路过水码头的人看到了，以为他要跳水寻短见，赶紧跳入河中，硬把陈知农拉上了岸。

陈知农天天傍晚到东溪场水码头等候矿砂船队回来，这一天傍晚，他终于等到了，可是陈知农找遍了靠上水码头的每一只船，也没有找到孙老大和孙晓兰的船。陈知农焦急地询问着一只又一只矿砂船上的人，询问见到孙老大和孙晓兰没有，询问孙老大和孙晓兰驾着的矿砂船为什么没有回来。被询问的人叹着气、摇着头没有回答，有的偷偷抹起了眼泪。陈知农急了，奔到河边，朝着黑黝黝的河面大声呼喊：“孙晓兰，晓兰妹子，好媳妇，回来没有，你在哪里？”他呼了一遍又一遍，没有回答的声音。陈知农心里仿佛燃着了火，用尽全身的力气，大声呼喊着，声音嘶哑了，喊不出声了，他仍然站在河边上，脸朝着矿砂船回来的方向大声呼喊……

陈知农心里深爱着的姑娘为了抢运铁矿砂走了，再也没有回来。他病了，在家里昏昏沉沉睡了三天三夜，大哥陈知雄、二哥陈知生、好朋友陈大生天天来看他，铁山矿筹备处侯主任、李副主任，办公室副主任江姐都来看他，吴宏琴也经常来看他。

终于，陈知农起了床，重新振作了起来，不过他心里仍然忘不了船家小妹，一有空就到东溪场水码头呆呆地站着，眼睛望着綦江河中流淌的河水，渴望就要做自己新娘子的船家姑娘驾着的船在綦江河上出现……

一天晚上，陈知农又来到了綦江河边水码头，呆呆地站了一个多时辰。夜深了，他来到二哥家，刚刚走到二哥家巷子口，突然看到一个黑影从二哥家附近黑暗处蹿出，一闪身跳上了二哥家的院墙。陈知农大吃一惊，担心是坏人要伤害二哥家里的人，赶忙追了过去，大声喊着：“什么人，快站住！”黑影没有站住，仿佛一阵风似的从院墙上蹿到了房顶上，很快没有了踪影。陈知农追到二哥家院墙下，正东张西望寻找着黑影的踪迹，突然听到一阵婴儿的啼哭声。他诧异不已，夜深人静为什么会有婴儿的哭声？顺着哭声寻去，才发现二哥家大门外有一个布包裹，婴儿的哭声是从布包裹里传出的。

陈知农抱起了布包裹，发现包裹包着一个正在大声啼哭的婴儿，他非常吃惊，不知道什么人把婴儿丢弃在了二哥家的大门外，大声喊了起来：“谁家的孩子扔在了我家门外？谁家的孩子扔在了我家门外？……”

陈知农喊了一声又一声，没有人回答。他只好抱着婴儿叫开了二哥家的门。陈知生到綦江城里办事没有回来，不在家。二嫂张春容看到三弟抱来了一个婴儿，有些奇怪地问：“知农弟弟，你从哪儿抱回来一个孩子？哪家的孩子？”

陈知农摇了摇头说：“我也不知道是哪家的孩子，被人丢弃在大门外。”

婴儿哭了，一声比一声高，让人听了心里难受，陈知农把婴儿放到了二嫂手上，说：“哄哄孩子吧，你养过孩子，知道怎样哄孩子不哭。”

张春容抱着婴儿看了看，说："孩子一定饿了，可是半夜三更，到哪儿去找孩子吃的东西。"

陈知农皱着眉头想了一会儿，说："二嫂，你带着孩子，我去街上买奶粉，孩子小，不能让他饿着。"

陈知农到了大街上，找到了一家杂货店，"咚咚咚"敲了一阵门，一个店伙计端着油灯，揉着眼睛开了门，可是杂货店里没有奶粉卖。陈知农只好离开了杂货店，好在他是东溪本地人，熟悉街上的店铺，转过一个街角，找到一家卖食品的商店，一问，店里卖过奶粉，可是卖完了。

陈知农跑遍了东溪场的大街小巷，终于买到了婴儿吃的奶粉，回到二哥家，在二嫂帮助下给婴儿喂了奶。婴儿不哭了，躺在被窝里睡着了，红红的圆脸蛋，黑黑的眉毛，十分好看，身上穿着一件胸口绣着小红花的小红袄。

第二天清晨，陈知农早早起了床，等不及在二哥家里吃早饭便出了门，他在东溪场街上，挨家挨户打听，有没有丢孩子的人家，跑了一个上午，没有打听到有谁家丢了孩子。侯主任有事情找陈知农，派人找到了他，陈知农只好回了铁山矿筹备处。找不到孩子的亲生父母，他心里悬起了一块大石头。

陈知生在綦江县城办完事情回来了，看到捡回家的婴儿，也出门寻找婴儿的亲生父母。陈知雄、陈大生听说陈知农在家门口捡到一个婴儿，下了班赶到陈知生家看孩子。吴家的吴宏宜、吴宏琴也来了。陈知农在铁山矿筹备处办完事，天已经快黑了，心里牵挂着捡到的婴儿，急急忙忙赶到二哥家，看到一屋子的人，一个人抱着婴儿轻轻叫两声，另外一个人接过去亲了亲孩子的嫩脸蛋，婴儿很乖，瞪着黑眼珠，咧着嘴甜甜地笑了。

屋子里的人七嘴八舌议论着，应该怎样处置捡到的婴儿。

吴宏琴看到陈知农进了屋，大声叫起来："知农哥哥，你捡到的孩子好乖哟！找不到她的亲生父母，就把孩子给我吧！"

屋里的人笑了起来，吴宏宜看了妹妹一眼，说："小妹，你还没有结婚，一个单身女子怎么带孩子？"

吴宏琴噘着嘴说："我喜欢这个孩子，只要知农哥哥把孩子给我，我就带。"

陈知生发现捡回的小孩身上穿着的小红袄，同小妹妹留在自家堂屋桌上的小红袄十分相像，胸口上都绣有小红花，便告诉了大哥和三弟。陈知雄和陈知农也发现了这一点，心里都有了疑惑。

陈家三兄弟和吴宏宜一起商量决定，捡回的孩子先由陈知生妻子张春容养着，以后找到了孩子的亲生父母，再把孩子送回给她的亲生父母。

潜伏在铁山矿筹备处的日本特务王益生被抓住了，被押到綦江县城关进了县政府的牢房，在铁山上当土匪头头的宋大发被刘翠花抱着跳下山崖摔死了，潜伏在铁山矿区的两个日本特务都暴露了，日本特务组织不甘心失败，命令潜伏在綦江县城的特务用钱贿赂了看守大牢的牢头，里应外合救出了王益生。王益生来到铁山上，召集起了宋大发的残兵败将，组成了新的土匪队伍，不过土匪人数不多，不敢住在铁山寨里，选了铁山上一个隐蔽的山洞做土匪窝子。

陈知农仍然常常到东溪场水码头，呆呆地望着綦江河江面。

另外，陈知农担心老岳父孙老大死了女儿，孤身一人过日子艰难。一天特地向二哥陈知生要了一口袋米，背着给孙老大送去。陈知农很想把老岳父接来和自己住在一起，尽心孝顺失去女儿的孙老大，可是陈知农没有自己的家，白天在铁山矿筹备处上班，晚上住在二哥陈知生家里，孙老大不愿意麻烦陈知生夫妻，坚持一个人住在自己的家里。女儿的死对他打击很大，人衰老了很多，不能继续在綦江河上走船，于是卖了木船，在家附近的山林空隙开了两小块荒地，种一些苞谷、红薯和蔬菜，陈知农经常送去一些钱，让老人买吃的穿的。

陈知农把米送到了孙家，孙老大十分感激，他在綦江河边钓了两条鱼，留陈知农在家里吃鱼。孙老大诚心诚意留他吃鱼，陈知农答应了，鱼下了锅，冒出了香气。突然，远处隐隐约约传来了枪声，陈知农心里奇怪，出门站在一个小山包子上仔细听，枪声是从铁山方向传来的，隔的地方远，听得不是很清晰。

孙老大也出了门，叹了一口气说：“铁山上又有了土匪，老百姓又要遭祸害了，什么时候铁山上才没有土匪，老百姓才过上安稳日子？”

陈知农安慰说：“铁山上的土匪会有完全被消灭的一天，老百姓会有过上安稳日子的一天，一定会有这一天的。”

第二十二章 刘老板的特殊使命

公元 1945 年 8 月 15 日，日本侵略者无条件地向中国人民投降，从公元 1931 年 9 月 18 日日本侵略者在东北制造九一八事件开始，十四个年头，中国人民英勇顽强地同侵略者斗争，无数中国人在抗击侵略者的战场上，在抗击侵略者神圣战争的大后方的各条战线上作出了贡献，有的还献出了宝贵的生命，终于赶走了日本侵略者，捍卫了国家的独立与完整。抗日战争胜利结束后，广大人民群众盼望过上和平安稳的生活，可是国民政府中一小撮反动分子发动了国内战争，中国人民又前仆后继奋斗了三年，国民政府中的反动分子面临着彻底覆灭的命运。

抗日战争胜利后，铁山矿筹备处撤销了，成立了铁山矿，侯主任调到了其他地方任职，铁山矿筹备处原来的副主任李贤诚被任命担任了铁山矿矿长。

陈知农当年在二哥家大门口捡到的女孩子长大了，陈知生给小女孩取名叫陈莎莎，小莎莎长得十分可爱，圆圆的脸蛋，大大的眼睛，在东溪场小学校读书，成绩很好。

江姐有新的任务离开了铁山矿，铁山地区成立了中共特别党支部，领导人民群众开展了同反动分子的斗争，维护铁山矿及东溪劳苦大众的利益。

陈知农和吴宏琴终于结成了夫妻，陈知农想接孙老大到家里住，可是孙老大不愿意打扰陈知农和吴宏琴甜蜜的夫妻生活，仍然住在原来的家里。他老了，先后失去了两个女儿，过度悲伤，生了病，在床上躺了一年多，后来在陈知农的帮助下虽然治好了病，但身体虚弱，走不了船，在住家的房子附近开荒种了一些菜，自己吃不了，用背篼背到东溪街上卖了，买米买盐。陈知农十天半个月到家里看望一次，送来一些钱和日常生活用品，帮助老人维持生活。

陈知农和吴宏琴还没有自己的小孩，夫妻俩都很喜欢孩子，于是和二哥商量把陈莎莎领到了自己家，当成自己的女儿养起来。为了和地下党组织的同志联络方便，避开特务监视的眼睛，陈知农结婚后从二哥家里搬了出来，在綦江河边一个比较僻静的地方租了两间房子住。陈知农仍然在铁山矿担任联络处主任，吴宏琴辞去了铁矿的工作，当起了家庭主妇，除了照顾女儿，还要买菜煮饭洗衣服。

铁山矿区的工人，东溪场上以及附近的老百姓日子仍然过得十分艰难。日本人投降了，抗日战争胜利了，老百姓以为日子会一天比一天过得好，想不到当官的比原来更加贪婪，还打起了仗，市场上的米、面以及生活必需品价格涨得更快，国民政府看到原来的纸币贬值得太厉害了，发行了新的货币，可是不到一年，一千元钱当不了开始发行时的十元钱用。国民政府又发行了新的货币，同样，物价飞涨，货币贬值，老百姓生活在水深火热中。

陈知农快满四十岁了，他接到上级党组织指示，国民党反动政府即将彻底垮台，由于国民政府中一小撮极其反动的人不甘心灭亡，要在人民解放军到来之前破坏各地工矿和交通设施。铁山矿是国民政府反动分子要破坏的主要目标之一，中共铁山地区特别支部的主要任务是千方百计挫败国民政府中反动分子破坏铁山矿的计划，让铁山矿完整无损地回到人民手中。陈知农想利用自己满四十岁的机会办一个生日酒席，借机把铁山地区的地下党员以及进步人士聚集到自己家里，研究如何在人民解放军到来之前保护好铁山矿区的矿洞及机器设备，完成上级党组织交给的任务。

这天刚好是星期天，学校里不上课，小莎莎跟着妈妈上了街，为爸爸举办生日宴会买东西。小莎莎乖巧懂事，小嘴巴很甜，有时候看到吴宏琴为市场上的米油涨价皱起眉头，就会掏出积攒了很久的零花钱放在妈妈的手里，轻声劝说："妈妈，不要皱眉头，我把零花钱全都给你。妈妈拿着上街买米买油，以后爸爸、大伯、二伯给我的零花钱我都给妈妈，只求妈妈不要皱眉头。"吴宏琴听了陈莎莎的话，心里暖烘烘的，情不自禁地将孩子紧紧抱入怀里，亲着陈莎莎的圆脸蛋说："乖女儿，妈妈不要你的零花钱，妈妈会节省着花钱，让爸爸和你吃得好一点，穿得漂亮一点。"

陈莎莎帮着提菜篮，走在吴宏琴身边，走着走着，抬起小脸问："妈妈，爸爸过四十岁生日，你说，我应该送给爸爸一件什么礼物？"

吴宏琴轻轻拍了拍女儿的头说："好女儿，你好好读书，就是送给爸爸最好的生日礼物，不用买其他东西了。"

陈莎莎摇了摇脑袋说："妈妈，我会好好读书的，将来长大了做一个像爸爸一样的人，不过，我还是想买一个生日礼物送给爸爸，爸爸和妈妈养我十分辛苦，我要懂得感谢爸爸和妈妈。"

吴宏琴感动了，说："乖女儿，你说得好，妈妈帮你为爸爸挑选一个好的生日礼物。"

吴宏琴带着陈莎莎买了菜，还买了一小块肉，帮着女儿挑选了一支毛笔作为送给爸爸的生日礼物。

孙老大得知女婿要举办四十岁生日宴会，在綦江河边守了整整一天，钓上了两条鱼，还在自已种的菜地里挑选了一些新鲜蔬菜，清早吃了两碗野菜红薯汤，用背篼背着蔬菜，手里提着鱼到了陈知农家。刚好遇到吴宏琴带着陈莎莎上街买东西回来了，便帮着吴宏琴洗菜、剖鱼，准备着女婿的生日宴会。

陈知农的大哥陈知雄、矿工陈大生和矿上的几个共产党员借口到陈家参加生日宴会陆陆续续到了，陈知农的二哥陈知生、吴宏琴的哥哥吴宏宜、开铁厂的夏河水虽然不是共产党员，不过在国民党反动政府统治下办铁厂、做生意十分艰难，看清了国民政府政治的黑暗、一些官员的腐败，又经常听到陈知农介绍共产党的政策，相信共产党治理中国会比国民党好得多，暗中支持铁山矿区共产党地下组织的活动，他们知道陈知农借办四十岁生日酒宴和其他共产党员商讨事情，有意去晚一些，等到该吃中午饭时才赶到陈知农家赴宴。

陈知农要和同志们开会商讨事情，为了防止特务突然前来搅局，他把刚刚陪妈妈上街买东西回来的陈莎莎叫到身边，轻声吩咐女儿到屋外放哨。陈莎莎年纪小，但是聪明机灵，早已成为了陈知农的“地下交通员”，为陈知农给地下党同志送信，替中共铁山特别支部开会放哨。有一次，陈知农和特支的党员同志在东溪场边一个小树林里秘密开会，不料消息走漏，十多个特务前来抓捕。陈莎莎被安排在小树林边装作捉蝴蝶玩，给与会人员开会放哨。她看到一些人要闯进小树林，装作捉蝴蝶闯到一个特务身上，大哭大叫起来。陈知农得到报警，安排开会的同志迅速撤离，特务在小树林里扑了一个空。

陈莎莎来到了家门外一片草地上，装作在草丛中采摘小红花，一双黑黑的大眼睛警惕地向四周打量。时间慢慢过去，阳光照在身上，暖暖的，陈莎莎觉得十分疲倦，靠着一棵小树坐下，不知不觉上下眼皮靠在了一起。一阵风吹来，陈莎莎突然睁开眼睛，想起在为爸爸放哨，赶忙向四周望去，看到几个人影子正向家门口走去，吓了一大跳，赶忙大声唱起了生日歌，给正在开会的爸爸报警。

陈知农和特支的党员已经开完了会，突然听到女儿的报警歌声，赶紧把准备好的麻将牌倒在桌子上，几个人坐在桌子四周打起了麻将。

走近陈知农家门口的几个人进了屋，原来是陈知生、吴宏宜和陈知生的女儿陈秀芳和她的朋友。陈莎莎和陈知农以及特支的同志们虚惊了一场。

来陈知农家祝贺四十岁生日的客人陆陆续续到了，吃了生日宴，说说笑笑摆谈了一阵，走了。陈知雄、陈知生和孙老大在摆谈了一阵家务事后，吃完晚饭也各自回家了。正好是农历十五，天气晴朗，太阳落下了山，圆圆的月亮爬到了天上，银白色的光洒下来，给青青的山、白亮亮的河水蒙上一层朦朦胧胧的神秘光辉，陈知农叫上了妻子吴宏琴、女儿陈莎莎，搬来小凳坐在门外草地上赏月。

一阵微风吹来，凉凉的，陈莎莎突然想起给爸爸买的生日礼物，白天客人多，没有拿出来送给爸爸，现在院子里只有一家三个人，小莎莎跑进屋拿出了给爸爸买的毛笔，依在陈知农身边，歪着小脸说：“爸爸，我用积攒的零花钱买的，送给你做生日礼物。”

陈知农心里暖暖的，把女儿抱在怀里，亲了亲小莎莎的脸，说："乖女儿，懂得送给爸爸生日礼物了。爸爸给你的零花钱是让你买学习用具的，你要好好学习，将来为国家、为老百姓做更多的事情。"

陈莎莎仰起小脸蛋说："爸爸，我长大了也要像你一样和坏人斗，帮着好人做事。"

陈知农笑了笑，轻声说："好孩子，等你长大了，我们国家会变得完全不像现在这样，人民当家做了主人，再也不会有上山坡挖野菜当饭吃的穷人了，铁山矿会建设得更好，东溪场会变得更加漂亮，老百姓过上了好日子，大人娃娃穿上了新衣服，娃娃们全都进学堂读书，读了小学读中学，读了中学还会读大学。铁山矿区和重庆，和全国一些大城市一样，不但会修好公路，通汽车，还会修铁路，通火车，那时候下綦江，去重庆，一天，不，也许不到半天就能到了……"

陈莎莎抬起了脸，望着爸爸的眼睛，说："爸爸，等我长大了，东溪场真的会变得像你说的那样好吗？我长大了，真的会上中学、上大学？"

吴宏琴在一旁插嘴说："知农，你说的那样好的社会能很快来到吗？我们还要等多久？"

陈知农一手抱着女儿，一手搂着妻子，说："快了，我们盼望的好日子就要到来了。"

陈知农接到中共地下党组织通知，近期有一个以铁锅商人为掩护的同志前来与他接头，接头暗语是：来人问，铁山矿区方圆多宽多大？答，一百三十多公里。来人问，铁山地区是什么时候开始采铁的？答，北宋年间就有人在铁山地区采矿炼铁了。来人问，铁山地区三个开铁厂做铁锅铁器生意的老板，谁家的生意做得最大？答，差不多吧。接上头后，中共铁山特支的同志要积极协助来接头的同志，做好铁山矿主要领导人的工作，保证铁山矿在国民党军队溃败时不被破坏，完好无损地回到人民手中。

接到了上级党组织的指示，陈知农十分激动，因为他知道铁山矿区就要回到人民手里了，他和铁山矿区的广大矿工朋友就要过上当家做主人的新生活了。陈知农感到肩头上的担子很沉重，因为他知道国民政府中一小撮反动分子不甘心失败，撤退时一定会想尽办法破坏矿山设施，甚至炸毁铁矿。阻止反动分子破坏的任务十分艰巨，甚至要付出血的代价。

陈知农盼望着上级党组织派来的同志早日到来。

一天清晨，陈知生带着一个来东溪场做铁锅生意的刘老板来到陈知农家。刘老板问了几句近期铁山矿生产铁矿砂的情况，貌似漫不经心地问："陈家兄弟，铁山矿区方圆有多大啊？"

陈知农吃了一惊，也装成十分随意的样子回答："铁山矿做过测量，矿区方圆一百三十多公里。"

刘老板似乎对铁山矿十分感兴趣，接着问："陈家兄弟，你知不知道最早在铁山地区采矿炼铁是什么时候？"

陈知农装作想了想说："大约是在宋代吧，对，是在北宋时代。"

两句暗号对上了，陈知农心里"咚咚咚"地跳起来，手板心出了汗。可是，刘老板没有再往下对暗号，而是和陈知生摆谈起了其他事情。陈知农有一些失望，正想走开，刘老板突然叫住了他，笑着问："陈家兄弟，依你看，东溪场上开铁厂做铁锅生意的老板，谁家生意做得最大？"

陈知农悬着的心落下了，笑了笑说："差不多吧！"

暗号对上了，陈知农相信二哥带来东溪场做铁锅生意的刘老板是地下党组织派来的同志，刘老板到东溪不是为做铁锅生意，肩上担负着地下党组织交给的特殊任务。

陈知生家里有事，回了家。陈知农让妻子上街买东西，让女儿陈莎莎到外面草坡上玩，注意有没有陌生人靠近家门。陈莎莎知道爸爸叫她到外面放哨，乖巧地跑出了家门，在家门前草地上踢起了毽子。

屋里只剩下了陈知农和刘老板，两个人的手紧紧地握到了一起。陈知农激动地说："刘老板，我接到上级党组织的指示，盼你来盼了很久了。"

刘老板警惕地压低声音说："陈知农同志，国民党反动派就要彻底完蛋，他们要做垂死挣扎，疯狂地残害革命同志，破坏工矿以及交通设施，我们肩上的担子很重。"

刘老板和陈知农紧挨着坐下了，轻声商量起了如何执行上级党组织交给的任务。

中午到了，陈知农留刘老板在家里吃饭，陈莎莎坐在客人身边，小女孩十分乖巧，想把好吃的菜夹到客人碗里。刘老板看了陈莎莎几眼，觉得小孩子长得和自己的一个亲人很相像，他情不自禁地紧紧盯着陈莎莎的圆脸蛋看起来，越看越觉得像，心里泛起了涟漪，眼里有了泪。刘老板努力忍着，不让眼里的泪水流出，实在忍不住了，借口被海椒辣出了眼泪，捞起衣袖擦了擦眼睛。

刘老板想了解陈莎莎的身世，弄明白小女孩和自己有没有关系，吃了饭，他把陈莎莎叫到身边，装作有意无意的样子和小女孩摆谈起来，轻声问："小莎莎，妈妈爸爸喜欢你吗？"

陈莎莎点了点头，说："喜欢，爸爸妈妈都喜欢我，两个伯伯也喜欢我。"

刘老板把小女孩搂在怀里，问："小莎莎，你有没有哥哥、姐姐，妈妈就生你一个小女孩？"

陈莎莎轻声说："我不知道是不是妈妈生的，我原来住在二伯家，二伯家里的人也很喜欢我。爸爸妈妈结了婚，才把我领到了家里。"

刘老板更加相信陈知农家的小女孩和自己有着特殊的关系，他很想向陈知农夫妻询问莎莎的身世，进一步弄明白小女孩和自己有没有关系，不过看到陈知农夫妻十分疼爱小莎莎，早已把她当成了亲生女儿，便忍住了没有问。

刘老板特别喜欢小莎莎，牵着小女孩的手要上街为莎莎买新衣服。陈知农知道党的地下工作者经济不富裕，叫住了女儿，不让她随刘伯伯上街买衣服。不过刘老板心意很诚，牵着陈莎莎的手上了街，在一个服装店买了一件很好看的衣服送给小莎莎，还把小女孩背在背上到处玩耍，到小树林边草丛中摘了花戴在小莎莎头上，在小河边一棵野山桃树上摘了山桃给小莎莎吃，还搂着小女孩在山坡草地上晒太阳。两个人坐在草地上，刘老板轻轻拉着小莎莎的手，亲切地问："小莎莎，刘伯伯喜欢你吗？"

陈莎莎懂事地说："喜欢，我看出来了，刘伯伯十分喜欢我。"

刘老板情不自禁地抱住了小莎莎的头，在额头上亲了一口，说："小莎莎，让刘伯伯做你的爸爸，你做刘伯伯的亲女儿，好不好？"

小莎莎摇了摇头，似乎有些生气了，说："不好，刘伯伯，我有爸爸妈妈，你只能做我的伯伯，不能做爸爸。"

刘老板苦笑了，一把搂住了小莎莎，说："好孩子，乖孩子，刘伯伯要是有你这样的乖女儿，那该有多好啊！"

刘老板带着陈莎莎回了陈知农的家，陈知雄、陈大生以及其他几个地下党员接到通知来到了陈家，吴宏琴被丈夫安排带着小莎莎到门前小山坡草地上，装作挖野菜暗中放哨。中共铁山地区特别支部党员会在陈知农家秘密召开了，陈知农把刘老板介绍给特别支部的同志们认识。刘老板讲话，介绍了国内革命形势，人民解放军占领了除西南、西北一些地区以及台湾岛、海南岛等沿海岛屿以外的全部地方，中华人民共和国即将在北平成立，国民党反动派疯狂不了多久了，不过反动派要做垂死挣扎，疯狂镇压革命群众，破坏工矿和交通设施，中共铁山地区特别党支部的任务是团结广大工人群众，保护好铁山矿的矿洞及机器设备，积极做好同情革命，愿意站到人民群众一边的铁山矿上层人物、技术人员的工作，让他们留下来参加铁山地区解放后建设美好新矿山的工作，同时要做好民族资本家、商人的工作，让他们办厂的继续办好工厂，做生意的做好生意，迎接人民解放军的到来。

陈知雄、陈大生和其他几个党员同志听了刘老板的讲话，一个个非常高兴。陈知雄挥着大手轻声说：“老刘同志，你转告党的上级领导，我们一定会保护好铁山矿的矿洞及机器设备，国民党狗特务敢来破坏，我们就砸碎他的狗脑袋。”

陈大生接上话头说：“知雄大哥说得对。他是铁山矿工人中的老大哥，工人们都听他的话，狗特务要来搞破坏，知雄大哥喊一声，工人兄弟们都来了，我们人多势众，狗特务不敢轻举妄动。”

陈知农点了点头说：“大哥和大生哥都说得对，铁山地区工人兄弟团结，敢斗争，不过大意不得，国民党狗特务有枪，背后还有反动军队支持，保护好矿山的斗争一定十分残酷，同志们要有思想准备。”

刘老板紧紧皱着眉头说：“知农同志说得对，我十分了解铁山地区，原来铁山上有土匪，铁山矿里有日本特务，现在残余的日本特务和国民党反动派混在一起了，一些土匪被招安进了国民党反动派的军队，同志们一定要做好充分的思想准备，保护铁山矿区的斗争一定会相当残酷，不过我们有信心夺取这场斗争的胜利。”

刘老板为了做好铁山地区开铁厂、做铁器生意的老板吴宏宜、夏河水等人的工作，让铁山地区在人民解放军到来时铁厂照样生产，保证市场上的铁锅、铁器供应，大小商店照常开门做生意，维护好社会稳定，让陈知农帮着做通了陈知生的工作，以欢迎做铁器生意刘老板的名义设下酒宴，请东溪场上比较知名的铁厂老板以及开店做生意的商人到陈家做客，借机让刘老板认识铁山地区大大小小开铁厂和做生意的老板。

酒席设在陈知生家院子里，陈家院子比较大，摆了五桌酒席，尽管近年来钞票贬值，物价飞涨，市场上货物匮乏，东西不好买，不过陈知生让人到铁山上打了两头野猪，又让人下河捞了一些鱼虾，自己家还酿了酒，酒席上有鱼有肉还有酒，大家吃着喝着十分高兴。

吴宏宜看着酒席上的野猪肉，长长地叹了一口气，摇了摇头说："这年头老百姓难过啊，像我们这些人，办酒席招待客人都只能用野猪肉，穷苦人家恐怕一年到头连肉影子都看不到了。"

一个做铁器生意的老板接过话头说："吴大哥，现在这个世道，穷苦人家不要说一年到头看不到肉星子，恐怕连白米饭也吃不了两顿。"

陈知生知道三弟让他办酒席请客人的用意，插上话说："各位朋友，今天请大家来，我要向各位兄弟朋友介绍生意场上的刘老板。刘老板今后想在铁山地区做铁器生意，希望朋友们多多关照。"

酒席宴上，客人们你一句我一句嚷了起来。

开铁厂的夏河水大声叫着："陈家老弟，你放心，你的朋友就是我的朋友，今后生意场上遇到难事，我一定帮忙。"

一个开百货商店的老板接着大声说："刘老板，今天有幸认识你，以后生意场上一定好好合作。"

抗日战争结束后，一些地方的日本特务组织被国民党特务组织接收，成为国民党特务组织的一部分，王益生官复原职，被任命为国民党铁山地区党务特别专员，大摇大摆地下了铁山，住进了铁山矿国民党特别专员官署，任务是监视铁山地区进步人士的活动，打击有异党嫌疑的人。王益生知道铁山矿联络主任陈知农思想倾向共产主义，有异党分子的重大嫌疑，只是陈知农行动谨慎，拿不到他有异党活动的把柄，同时很会办事，深受铁山矿矿长李贤诚的喜爱，因而不敢轻易对陈知农采取行动。近期他接到手下小特务报告，陈知农带着一个外地来铁山地区做铁器生意的老板几次拜访了李矿长，陈知农每次带着客人来拜访，李贤诚都要让手下信得过的秘书守在办公室门口，不让闲杂人进去，这一行为让人有些怀疑。王益生把手下小特务的报告通过电台向重庆的特务机关汇报，得到指示：查明拜访李贤诚的铁器商人的真实身份，因为陈知农思想“左”倾，有异党嫌疑，可采取暗杀行动除掉。王益生加派了小特务监视陈知农和铁器商人的活动，寻找采取暗杀行动除掉陈知农的机会。

一天下午，陈知农又陪着刘老板去拜访李贤诚，三个人摆谈了很久，谈到了国民政府的黑暗腐败，官员贪腐，民不聊生，在战场上连连打败仗，人民解放军解放了中国的大部分地区，国民党反动政权的垮台已经用不了多少时间，气氛十分融洽。刘老板和陈知农见李贤诚投向人民政府的意向十分明显，于是表明了身份，希望李矿长在国民党反动势力退出铁山地区进行破坏时站在工人大众一边，帮助保护好矿井和机器设备，让铁山矿完完整整回到人民手中，李贤诚答应了。

这次拜访又被王益生手下的小特务知道了。王益生听了小特务的报告，派了枪手躲藏在陈知农和刘老板离开铁山矿回东溪场的山路上，想寻找机会暗杀思想“左”倾、在工人中有很大影响的陈知农，吓一吓铁山矿区中陈知农的同伙。

陈莎莎已经和爸爸的朋友刘老板十分熟悉了，刘老板喜欢小莎莎，经常买一些小孩子喜欢吃的、玩的东西送给陈莎莎，小莎莎也喜欢刘老板，有了空就守在刘老板身边听他讲故事、说笑话。这一天，陈莎莎放学回到家，听妈妈说刘老板和爸爸到矿上去了，于是顺着山路向矿上走，想在半路上迎接爸爸和刘老板。小莎莎走到一片小树林旁边，天已经快要黑了，她走累了，于是在小树林边一块大石头上坐下，想坐着等爸爸和刘老板回家。

陈知农和刘老板一前一后往东溪场上走，和李矿长谈得很融洽，两个人心里高兴，一边走一边轻声摆谈着铁山矿回到人民手里后的发展远景。

“砰”的一声枪响，子弹从小树林里飞出，打中了陈知农的肩膀，陈知农身子晃了晃，倒下了。在小树林里打黑枪的特务又把枪瞄向了刘老板，不料从大石头后面蹿出一个小女孩，抱着打黑枪特务的大腿狠狠咬了一口。特务疼得大声号叫起来，拿着手枪柄朝抱着大腿的小莎莎砸去。陈莎莎松开了手，特务准备再次用枪柄砸小女孩时，“砰”的一声枪响，打黑枪的特务胸口中了弹，“扑”地倒下了。小树林里还有一个准备打黑枪的特务，见同伙被树林深处射出的子弹打中，心里害怕，站起身要逃跑。这时，刘老板正抱着陈知农查看伤势，子弹只打中肩膀，伤势不是很重。刘老板抬起头发现打黑枪的同伙想逃跑，愤怒地追过去想抓特务，猛然听到树林深处传出一个熟悉的女人的声音：“孩子被打伤了，快去救孩子。”

刘老板愣住了，惊呆了，他奉党组织的指示回到铁山地区，一直想找到分离了七八年没有音信、最亲近的一个女人，刘老板曾经挤出时间一个人上铁山寻找，可是铁山太大了，高山密林，草丛中，悬崖下，有一个又一个山洞，刘老板没有办法找到她。

刘老板听到树林深处传来声音，猛然想起了孩子，长得很像他要寻找的亲人的小莎莎，尽管回到东溪场的时间不长，和小莎莎接触不到两个月，但他和孩子已经建立起很亲密的关系。刘老板喜爱小莎莎，把小女孩看成了自己的孩子，听了树林深处传来的熟悉的女人的声音，他意识到也许小莎莎真的和自己有着十分特殊的关系，赶忙奔到小树林边大石头后面，看到小莎莎紧紧闭着眼睛，躺在草丛中，慌了，急忙抱起孩子，大声呼叫起来：“莎莎、小莎莎，你怎么了，快睁开眼睛，回答刘伯伯的话。”

陈知农捂着肩膀上正在流血的伤口跑了过来，看到陈莎莎紧紧闭着眼睛不说话，也吓坏了，大声呼喊起来：“小莎莎，好孩子，快睁开眼睛看一看爸爸，喊一声爸爸……”

陈莎莎躺在刘老板的怀里，仍然紧闭着眼睛不说话。

刘老板眼里有了泪，陈知农眼里也有了泪，两个人焦急地呼喊了一阵，小莎莎仍然没有睁开眼睛。刘老板一手抱着孩子，一手搀扶着肩膀受了伤的陈知农，艰难地回到了东溪场，来到一个能治刀枪伤的郎中家，恳求郎中医治小莎莎和陈知农的伤。

吴宏琴在家里做好了饭，久久等不回丈夫和小莎莎，正在着急，有人前来报信，说陈知农和小莎莎都受了伤，正在郎中家里治伤。吴宏琴吓了一大跳，急急忙忙出了家门，找到了郎中家里，看到丈夫肩上的伤已经包扎好了，女儿陈莎莎仍然闭着双眼昏迷不醒，扑在孩子身上大声哭了起来……

天亮了，陈知雄、陈大生、陈知农的一些工人朋友听说夜里有坏人躲在小树林里向路过的陈知农开枪，还打伤了陈知农的女儿陈莎莎，纷纷赶到治伤的郎中家里看望，人们猜出是王益生手下特务下的黑手，十分气愤，要找到特务头子王益生讨说法。一些气愤的工人兄弟邀约一起，向王益生的办公楼走去。一路上不少做工的、东溪场上做生意的、东溪场附近种庄稼的农民参加进来；铁山矿区和东溪场上的人平时经常受国民党特务欺负，都痛恨行凶作恶、欺压良善的特务，大家都觉得不能再忍了，大声喊着叫着，来到王益生的办公楼前。

王益生清早到了办公楼，听小特务回报暗杀陈知农没有成功，打伤了陈家小女孩的事，责骂手下特务办事不力，两三个人拿着枪打不死一个空着双手的人，突然，听到办公楼前传来愤怒的吼叫声。

“狗特务暗杀无辜，打伤小女孩，没有天理！”

“打伤小女孩的凶手滚出来！”

“打人犯法，打伤一个年仅七岁的小女孩没有天理！”

“姓王的，快把打人的特务交出来，不然我们要烧了你的办公楼，把你们这些狗特务全都烧死在里面。”

办公楼前愤怒的吼叫声越来越大，聚集的人越来越多，王益生吓坏了，又接到了铁山矿矿长办公室打来的电话。李矿长在电话中气愤地责备王益生手下的特务暗杀铁矿官员，打伤年仅几岁的小姑娘，引起了众怒，矿上工人罢工了。李矿长要求王益生出面，说服工人回铁矿上班，恢复铁矿正常秩序。紧接着，重庆特务组织总部打来电话，原来李贤诚向重庆有关部门打电话报告了王益生手下特务暗杀矿上工作人员，打伤工作人员家里七岁小女儿，引起铁矿以及周边百姓不满，矿上工人罢工的事。重庆特务组织总部受到上司指责，只好给王益生打了电话。

王益生偷鸡不着倒蚀一把米，被迫交出开枪伤人的特务，送到綦江县政府关进了大牢。重庆特务机关责命他，亲自出面向矿上工人和东溪场上的老百姓赔礼道歉。接着，他被愤怒的矿上工人、东溪场上的老百姓指着鼻子骂了一顿。

陈莎莎昏昏沉沉睡了两天，终于睁开眼睛醒了过来，不过，由于国民党反动军队和人民解放军的仗越打越激烈，市场上药品非常缺乏，郎中治伤缺药，陈莎莎头上的伤好得很慢，刘老板和陈知农、吴宏琴都很着急。

一天夜里，刘老板挂心陈莎莎头上的伤没有药医治，在床上翻来覆去睡不着，半夜里听到敲门声，门外有人轻轻在喊：“药放在大门口了，快拿进去！”

刘老板听出来了，又是自己非常熟悉的女人的声音，赶忙翻身下床，奔到大门边打开了门，抬头往门外一望，两个黑黑的人影一闪没有了踪迹。他出了门，四处张望，果然在大门边看到了一个布袋，赶紧提起进了屋。陈知农和吴宏琴也闻声起来了，吴宏琴点亮了桌上的油灯，陈知农打开了刘老板提进屋的布袋子，布袋子里装满了各式各样的药品。

陈知农把黑衣人送来的药拿到治伤郎中的家，郎中看了药，非常高兴，告诉陈知农，药品全是治伤用的，有山里采来的草药，也有城里才能买到的西药。

陈莎莎头上的伤有药治疗，很快好了。

刘老板越来越觉得自己同小莎莎有着特殊的亲缘关系。

一天晚上，刘老板把陈莎莎带到自己的房间玩，玩了一会儿，陈莎莎疲倦了，在刘老板怀里闭上了眼睛。刘老板把小莎莎抱上床，盖上了被子，让莎莎睡了。他坐到桌子前拿起一本书翻看着，看一会儿书，又回过头看一会儿睡在床上的小莎莎，圆圆的脸、弯弯的眉毛、黑黑的大眼睛，脑子里涌现出了快八年没有见面的妻子的形象，眼里涌出了泪水。

陈知农推门进房间来了，两个人认真研究了从铁山地方武装手里弄枪，在工人中挑选人组成护矿纠察队，保护矿山设备不受破坏的事。刘老板担心小莎莎睡梦中小脚蹬开了被子会着凉，嘴里和陈知农谈着话，眼睛关注着睡在床上的莎莎。

陈知农关心地问：“刘老板，你这么喜欢小孩，家里有小孩吗？”

刘老板摇了摇头说：“我不知道家里有没有小孩，也许有，也许没有了。”

陈知农有些奇怪，轻声问：“刘老板，你好久没有回过家，见到家里人了？”

刘老板叹了一口气说：“快八年了，快八年没有见到妻子了，离开的时候妻子怀了孕，不知道生下小孩没有？小孩还在不在？”

陈知农感觉很奇怪，忍不住又问：“刘老板，听你的口音像是南方人，可是说话时又夹着一些铁山味。刘老板，你以前来过铁山，在铁山上生活过？”

刘老板眼里有了泪花，说：“我确实在铁山上生活过，认了干妈，娶了妻子，妻子还怀了孩子，不知道干妈、妻子和孩子怎么样了。”

原来，刘老板就是铁山上张大妈的干儿子张华。当年张华和霞姑看到刘翠花抱着宋大发跳了崖，吓坏了，攀着山崖边的树枝和葛藤下到山崖下，找到了摔得血肉模糊的刘翠花，张华用手探了探翠花的鼻息，觉得似乎还有气息，便把刘翠花背回了家，和霞姑一起采来草药给刘翠花治伤，精心照料。过了半年多的时间，刘翠花的伤好了，同张华做了夫妻，两个人相亲相爱，不久刘翠花怀了孕。后来张华打听到红军在陕北地区改了名字叫八路军，想要回到八路军部队里打日本鬼子。张大妈和刘翠花留不住，只得准备了路上吃的用的，送张华出了门。

张华装扮成要饭的叫花子，吃了不少苦，终于在陕北找到了八路军，回到了部队。张华作战勇敢，先后立了三次大功，被提拔当了团长，跟随解放大军南下，因为在铁山生活过，了解铁山矿的情况，被党组织选中派回铁山地区领导保护铁山矿的斗争。他便化名刘华，装成老板回到了铁山地区。

陈知农听刘老板讲了在铁山上娶过妻子的事，想起了当年亲妹妹抱着土匪头子跳崖死了，后来遗体不见了，猜出刘老板的妻子很可能是自己的亲妹妹，忍不住眼里有了泪，激动地说：“老刘，刘老板，你应该上铁山仔细寻找妻子，铁山很大，你妻子一定搬了家，换了住的地方，只要认真去找，多花一些时间，一定会找到的。”

刘老板摇了摇头说：“知农同志，我回到铁山不是为了寻找妻子，组织上派我回铁山是要和铁山地区党组织、工人兄弟一起保护好铁山矿，让铁山矿完好无损地回到人民手里，现在没有时间寻找妻子，寻找家里人。等到革命胜利了，有时间了，再去寻找吧！”

刘老板说起家里的事，有些激动，说话的声音高了，惊醒了睡在床上的陈莎莎。她听说刘老板有亲人在铁山，一骨碌翻身爬了起来，插上嘴说：“刘伯伯，你是好人，你没有时间去铁山上找人，我去找陈勇哥哥、秀芳姐姐，我们有时间，我们上铁山去找人，帮你找亲人。”

刘老板听了陈莎莎的话，以为小孩子说着玩，没有放在心上，只是点头感谢。时间不早了，陈知农抱着小莎莎回了她的屋，让她在自己屋子里的小床上睡觉了。

天亮了，由于时局动荡，学校里住进了国民党的兵，学生没有地方上课，不用到学校了。陈莎莎在家里吃了早饭，想起帮助刘伯伯寻找亲人的事，走山路到了住在小山上的大伯家，找到了陈勇哥哥。陈勇也和陈莎莎一样是热心帮助人的孩子，并且知道刘老板是爸爸的好朋友，他拍着胸脯答应同陈莎莎一起，上铁山帮刘老板寻找家里人。兄妹俩又约了陈知生的女儿陈秀芳和一个叫王友生的男孩，四个孩子背着家里人上了铁山。

中午吃饭的时间到了，吴宏琴看到女儿没有回家，心里着急，到处寻找。同样，王兰花也没有看到儿子陈勇回家吃午饭，张春容没有看到女儿陈秀芳回家吃午饭，东溪街上王友生家里的父母也没有看到孩子回家吃午饭。几个家庭到处寻找孩子，将东溪场上大街小巷和周边找遍了，都没有看到孩子的影子。

太阳落坡，天快黑了，陈知农回到家里，听妻子说陈莎莎和几个孩子同时不见了，猛然想起陈莎莎说要上铁山帮助寻找刘伯伯亲人的事，猜出女儿真的像她说的那样找一些伙伴上了铁山。看到天色已晚，担心孩子们在铁山上出事，急着要上铁山寻找，刚好刘老板回来了，大哥陈知雄、二哥陈知生也找来了，陈家兄弟和刘老板商量后，决定组织人上铁山寻找孩子。

陈家三兄弟住在东溪场上，平时喜欢帮助人，人缘好，听说陈家兄弟的孩子不见了，大家都来帮忙，陈知雄挑选了一些年轻人，刘老板还让陈知农去通知工人纠察队的陈大生，让陈大生带着一些纠察队员拿着武器上铁山寻找孩子。

陈勇、陈莎莎、陈秀芳、王友生四个孩子上铁山帮刘老板寻找亲人，在铁山上遇到了土匪，一个匪徒认出陈秀芳是做铁器生意的陈知生的女儿，想抓住四个孩子，让陈知生拿出一大笔赎金来赎回孩子，发一笔横财。

日本投降了，王益生摇身一变成了国民党特务组织的人，官复原职，堂而皇之进了铁山矿，当上了国民党特务组织的大专员。王益生让手下一些匪徒留在了铁山上，成为听从国民党特务组织指挥的武装队伍。土匪发现几个孩子上了铁山，悄悄围住了孩子们，想不到陈勇、陈莎莎十分机灵，带着陈秀芳、王友生钻草丛躲过了匪徒的抓捕，躲进了一个狭窄的山洞。匪徒是大人，而且有王益生暗中支持，平时吃得好，一个个长得像猪一样肥，钻不进狭窄的山洞，只好守在了山洞口，想等孩子们肚子饿了自己钻出来。

十多个土匪在山洞外，等着孩子们出山洞换赎金发大财。突然，几个黑色的人影从山洞外边闪过，两个匪徒被黑色人影扔出的绳套套住了脖子，悬空吊在了树丫上，其他匪徒吓得呆住了，站起身想逃跑，几只竹箭飞来，一个匪徒被射中后背心，“扑”地倒在草丛中死了。

土匪们没有抓住孩子，反倒丢了三个同伙三支枪，其他匪徒十分狼狈地逃走了。

陈知雄、陈大生带着人上铁山寻找孩子，铁山很大，到处是密密的树林，找了一个山头，没有发现孩子，又爬上一个山头，搜遍了山头上的树林、草丛，还是没有找到。

天黑了，看不清山路，陈知雄、陈大生都为找不到孩子而着急，突然，一个黑影闪过，一个女人的声音轻声传来：“要找孩子，随我来！”

陈知雄、陈大生心里一动，紧紧跟随着黑影去寻找孩子。黑影似乎担心陈知雄、陈大生和他们带着的人跟不上，走得不快，走一段路就停下来等。

陈知雄、陈大生在黑影的带领下，在狭窄的山洞里找到了陈勇、陈莎莎、陈秀芳、王友生四个孩子。

第二十三章 穿上军装的土匪

王益生接到重庆特务组织的通知，要他到重庆接受新的指令。王益生到了重庆，特务组织头目告诉他，前方在打仗，急需补充兵源，要王益生在铁山地区招募一个师的兵力，封他当师长，征募士兵时可以招安山上的土匪，也可以在铁山地区抓壮丁，必要时候还可以抓铁矿的工人当兵，所招募士兵的服装、武器、所需费用，由重庆国民政府拨给。

特务组织的王专员摇身一变，成了手握兵权的王师长，心里乐滋滋的，不过招募几千人的军队，也有些让人头疼。王益生想到了留在铁山上的一帮土匪，这些土匪原来就是为特务组织搞绑架、暗杀用的，现在可以编入国民政府的正规军了，让土匪名正言顺地听从自己号令，为自己效劳。可是铁山上的残余土匪只有一百多人，要招募到一个师的人，还需动动脑筋，想想办法。

王益生换上了军装，肩头上有了少将师长的军衔，带着几个手下护卫耀武扬威地回到了东溪场，又上了铁山，在一个山神庙里召集了残留在山上的一伙匪徒。

看到过去的头头成了正规军的师长，匪徒们兴奋得大声吼叫，又蹦又跳。其中一个叫刘歪嘴的匪徒叫声最大，叫得最响。刘歪嘴是歪脖子的侄子，跟着叔叔上铁山当了土匪，歪脖子死了，他投靠了王益生，见主子当了国军师长，激动得很，大声叫喊起来："好啊，王专员成了王师长，我老刘也成了正规军，弄个团长、旅长当一当，挂着盒子枪，骑着高头大马在东溪场，不，在綦江城里大街上显摆显摆，让手下人弄来两个漂亮姑娘玩一玩。"

曾经是王益生手下的特务小头目刁平，平时就觉得刘歪嘴一伙匪徒只知道躲在山林中抢劫过路客商，干不了大事，非常瞧不起，听了刘歪嘴的话，冷笑着讽刺起来："歪嘴子，你常年躲在铁山上的黑洞洞里，没有见过大世面，现在这个世道，军队中当官的谁还骑马？师长、团长都坐上了洋汽车，开着洋汽车嘟嘟响着从城里大街上走过，那才叫威风。骑着马上大街？土包子一个。"

刘歪嘴听见刁平骂他是土包子，十分气愤，挥舞着手里的枪吼叫起来："姓刁的，你不找杆秤来称一称自己几斤几两，在我面前托大。告诉你，老子过的桥比你走的路多，吃的盐比你吃的米多，再敢笑话老子，我手里的枪打出的枪子不认人。"

刁平一点也没有被吓倒，瞪大了眼珠子，也从腰上拔出了枪，大声吼着："刘歪嘴，老子就是瞧不起你这个土包子，你有枪，老子手里也有枪，怎么样，敢不敢比试比试？"

王益生把刘歪嘴和刁平都看成自己的心腹，见两人瞪大了眼睛，挥舞着手里的枪，似乎真的要动手，生气地大声训斥起来："刘歪嘴、刁平，把手里的枪给我收起来，成了正规军要像个正规军的样子，手里的枪是在战场上用的，不能再像以前当土匪那样动不动就打呀杀的，以后谁要是敢不听从命令，随便掏出枪来动武，一定按军法，用大板子打屁股。"

王益生派出了哨兵，把守住山神庙四周的山路，然后把刘歪嘴、刁平等心腹召集到山神庙菩萨神座下商量起了抓壮丁扩充军队、凑齐一个师编制的事。刘歪嘴听说抓人当兵，拍着胸脯说起了大话："王师长、师长大人，抓人当兵容易得很，明后天我下山，带着人到东溪场挨家挨户搜查，不出十天，一定能给师长大人抓来上千的兵，再到周边场镇去抓，别说一个师，一个军的兵也能抓到。”

刁平不满意刘歪嘴逞能说大话，冷嘲热讽起来：“十天抓一千人来当兵。说得轻巧，扛根灯草！十天不要说抓一千人，抓一百人来当兵都难。”

王益生紧皱着眉头，叹了口气说：“小刁说得有道理，现在前方在打仗，抓壮丁补充兵源不会顺利。老百姓不愿意当兵，听到抓壮丁的风声就躲得远远的，我们要好好商量一下，怎样才能招募到一个师的兵。重庆方面开了口，招募到一个师的兵，我就当得稳这个师长。我也定下个规矩，你们想办法去抓壮丁，抓到一个团的兵就让你当团长，抓到一个营的兵，就让你当营长，抓不到兵，就什么也当不成。”

刘歪嘴高兴了，大声叫起来：“王师长的主意好，抓到多少兵就当多大的官，我一定抓他个千儿八百的兵，弄一个团长当当……”

刘歪嘴的话音刚落，突然，山神庙屋顶传来轻微的，似乎有人走动的声音。王益生吃了一惊，赶忙让正在说话的刘歪嘴住了口，带着人出庙门查看，发现山神庙屋顶有两个黑影子闪过，跳下山神庙屋顶，进了密密的大森林。

王益生生气地大声吼起来：“哨兵？哨兵到哪儿去了？为什么有人在屋顶偷听不来报告？”

哨兵没有回答，不见了踪影，王益生派了手下人去寻找哨兵，山神庙周围的哨位都没有发现放哨的人，后来在小树林草丛中找到了被捆绑成一团、嘴里塞了树叶和泥土的哨兵。王益生气得脸上变了颜色，让手下人脱了哨兵的裤子，一人打了三十板子，然后询问哨兵，怎样被抓住捆绑起来扔进草丛里的？哨兵哭丧着脸回答：正在站岗放哨，眼前似乎有黑影闪过，正四处张望想弄明白是什么东西时，被人在身后朝脑袋上重重打了一拳，昏倒在地上，被捆住手脚扔进了草丛。

刁平睁大眼睛叫起来：“师长，是铁山上的黑衣人！坏了，黑衣人一定偷听到了我们在山神庙里说的话，他们会破坏我们的征兵计划。如果黑衣人把我们的征兵计划告诉给铁山矿陈大生、陈知雄等工人头头，他们联起手来破坏我们的征兵计划，招募一个师的计划就很难办到。”

王益生气得白了脸，咬牙切齿地骂了起来：“黑衣人，这帮混账一直在和我们作对。现在老子手里有了兵权，一定要抓住敢和我们作对的这伙臭女人，送她们一个个上西天。”

刘歪嘴在铁山上和黑衣人打过很多次交道，吃过不少亏，说到黑衣人心里也有些害怕，低下头不敢说话了，不料被点了名。王师长大声下达了命令：“刘歪嘴，你在铁山上待的时间长，熟悉山上的山沟沟和大小树林，黑衣人偷听了我们的军事秘密，会破坏我们的征兵计划，现在命令你带领手下人在铁山上搜索，一定要找到黑衣人，并把他们消灭，不能让这些人破坏征兵计划。”

刘歪嘴身上哆嗦了一下，苦着脸提出了要求，说：“王师长，铁山上的黑衣人虽然人数不多，但一个个武艺高强，能飞檐走壁，百米外要打人的眼睛不会打到鼻子上。我手下的兄弟不多，恐怕不是这些黑衣人的对手，能不能让小刁也带着他手下的人来搜寻黑衣人，两股人马加在一起力量大，一定能找出黑衣人，消灭这些王八蛋。”

刁平也惧怕铁山上的黑衣人，心里正想着推托的办法，王益生做了决定，大声说：“好，刘歪嘴和小刁两股人马都去搜索黑衣人，一定要找出这些祸害，消灭他们。”

刘歪嘴和刁平带着手下人出发了。害怕黑衣人从身边草丛中、大树上、山崖上突然发动袭击，他们个个胆战心惊，哆嗦着慢慢地往前走，用枪尖拨弄着一丛丛荒草，一只野兔从草丛中窜出来，大树上一只鸟儿飞起，都吓得他们浑身哆嗦，大声吼叫。

刘歪嘴、刁平带着手下在铁山上搜寻了一天、两天、三天，也没有搜寻到黑衣人的踪迹，王益生不甘心，下令手下匪徒继续搜寻，又搜寻了好几天，搜遍了铁山上大小山梁、十多个山洞，仍然没有搜寻到黑衣人的踪迹。重庆方面传来电令，要王益生抓紧征召士兵，按照一个师的编制凑足兵源，王益生知道不能再让刘歪嘴、刁平带着人在铁山上搜寻黑衣人了，尽管他们是心头大患，但是招齐一个师的人才坐得稳师长的宝座，抓壮丁凑齐一个师的兵源显然比搜寻黑衣人重要，便下令刘歪嘴和刁平停止搜寻黑衣人，让手下人换上国军的军装开进东溪场，抓紧时间抓壮丁，补充兵源。

刘歪嘴、刁平的手下原来都是铁山上危害百姓、打家劫舍的土匪，摇身一变，穿上军装成了国军正规军人，一个个得意扬扬，耀武扬威地开进东溪场，不过因为当惯了土匪，养成了习惯，即便穿上军装也不像军人，队伍走得不整齐，有的嘴上叼着香烟，有的看见路边的漂亮女子，挤眉弄眼做怪相，说着挑逗的下流话。

东溪场上的老百姓看到铁山上杀人放火抢女人的土匪摇身一变成了正规军，有的吓坏了，看到土匪军队远远走来，慌慌张张躲进了屋，紧紧关起了大门；有的非常气愤，朝着走过来的土匪军队吐口水、挥舞拳头。

街头巷尾、茶馆里、一些人家的饭桌上，东溪场的人们议论着铁山上的土匪摇身一变成了国军的事，一些人非常气愤，也有些人感到十分无奈。

“打家劫舍的土匪摇身一变成了正牌军人，天啊，这是什么世道啊！”

“哼，像刘歪嘴这样的土匪，以为当上了国军的官，人们就会忘了他做过的恶事。俗话说，善有善报，恶有恶报，铁山上的土匪做了不少恶事，早晚有一天会得到报应的。”

“听说国民党的部队老是打败仗，刘歪嘴一伙土匪投靠国军也横行不了几天，解放军打来，这些坏蛋统统要完蛋。”

“铁山上的土匪变成了国军，开进了东溪场，以后东溪场上的老百姓可要加倍小心了，没有事不要出门，晚上把大门闩牢一些，防止土匪兵干坏事。”

“不怕，现在不比从前了，铁山矿里的工人抱成了团，东溪场上的老百姓也比原来齐心多了，土匪兵敢做坏事，大家齐了心找他们算账。”

东溪场上的不少年轻人家里都收到了不知什么人晚上从大门缝里塞进的纸条，上面写着开进东溪场的土匪军队要抓壮丁，把年轻男人抓进军队里当兵，送到打内战的前线去当炮灰，劝告不愿当兵的年轻人躲起来，不要让土匪军队抓到。

土匪军队要抓壮丁，吓坏了东溪场上有年轻人的人家，赶紧让家里的年轻人躲藏起来。刘歪嘴、刁平带着手下匪徒在东溪场上以及附近人家搜寻，闹得鸡飞狗跳，可是很难看到年轻人的影子，土匪军队抓壮丁抓了十多天，只抓到了十多个三四十岁的人充数，年轻人一个也没有抓到。抓壮丁的任务完不成，凑不足一个师的士兵名额，王益生要从师长降为团长，刘歪嘴、刁平只能当营长、连长了。王益生心里有一把火在烧，歪脖子、刁平也十分着急。

王益生把刘歪嘴、刁平等心腹叫到自己的办公室，商量抓壮丁的事，他苦着脸，皱着眉头，一声接着一声叹气，说：“各位，你们是我手下的官员，是我的心腹，我们是捆绑在一起的，一荣俱荣，一损俱损，我们要抓壮丁凑足兵额，可是部队开进东溪场这么久了，只抓了不到一个连的人，而且大都是中年人，还有一些长着胡子的老头，一个年轻人都没有抓到。大家出一出主意，怎么办?”

刁平摇着脑袋开了腔，说：“我派人打听了，东溪场上的人家都收到要抓壮丁的警告信，让家里的年轻人躲藏起来，有人故意和我们作对，让我们完不成抓壮丁凑足兵额的任务。”

刘歪嘴接过了话头，恶狠狠地说：“我也弄清楚了，是黑衣人往东溪场上的人家发了警告信。黑衣人是我们的冤家对头，不除掉他们，我们要想在东溪地盘上混下去，难!”

刁平脸上露出无可奈何的神色，说：“除掉黑衣人，说得轻巧，我们和黑衣人斗了这么多年，也没有斗过黑衣人。黑衣人像鬼影子一样，他找得到我们，我们找不到他们，不过，我倒想出了一个抓壮丁的主意。”

王益生心里着急，大声问：“刁团长，快说，你想到什么样的方法抓壮丁?”

刁平神秘地笑了笑，压低了声音说：“我们派人晚上躲藏在铁矿、铁厂工人下班的路上，等候下夜班的年轻工人，悄悄抓，不声张，抓到后送到铁山上，找一个大一点的山洞关押起来……”

王益生没有等刁平说完话，摇着脑袋大声说：“刁团长，你想的主意行不通，我们抓铁山矿下班工人当壮丁，李矿长告到重庆方面，我们吃不了要兜着走。”

刁平奸诈地笑了，说：“师长大人，你放心，我早想好了主意，我们悄悄在晚上抓下班的矿工，送上铁山关在山洞里，神不知鬼不觉。铁山矿抓不到军队抓工人当壮丁的证据，告不倒我们，等到抓的矿工够了数，悄悄押送到其他地方，去换那里的乡保长抓的壮丁，凑足我们需要的兵额。”

刘歪嘴听了刁平想出的主意，大声叫起了好，说：“刁团长，你真像梁山好汉里的智多星，想的主意好，东溪场上铁矿、铁厂的工人成百上千，多数是年轻人，不要说一个师的兵额，再加上一个师的兵额也能凑齐!”

王益生皱着眉头想了想，觉得刁平想的主意有些冒险，万一抓下班工人的事被人揭穿，铁山矿的人告到重庆方面会遭训斥，弄不好会丢了官，不过确实想不出更好的完成上司抓壮丁指令的办法，只好同意了刁平的主张，并且指定刁平具体执行抓夜里下班工人当壮丁的任务，再三反复叮嘱刁平行动谨慎。

半夜三更，刁平带着人悄悄潜伏在铁矿、铁厂工人下班回家的路上，挑选单独行走，或者一两个、三四个走在一起的年轻人下手，抓住送到铁山上一个隐秘的山洞关押起来。

铁山矿和吴、陈、夏三家铁厂都出现了年轻夜班工人失踪的事。一天晚上，陈大生晚上下夜班回家，也在半路上失踪了。东溪场上有了谣言，说开铁矿、采矿砂触怒了山神菩萨，派天兵天将抓走了一些下夜班回家的工人。

刘华、陈知农知道了这个情况，联想到土匪军队开进东溪场后到处抓壮丁的行动，猜想工人失踪和抓壮丁有关，不过拿不到土匪军队抓工人当壮丁的证据，不知道王益生一伙歹人把抓去的年轻人关在什么地方，解救不出被土匪军队抓走的工人，十分着急。

一天，刘华和陈知农到了小山头上陈知雄的家。陈知雄下班回来了，铁山矿区特支的两个同志也来了。刘华主持召开了中共铁山地区特别支部会议，研究如何解救被土匪军队抓去的同志和铁矿、铁厂工人。

陈知雄皱着眉头首先发了言，说："失踪的陈大生是我们的好兄弟、好同志，还有铁矿、铁厂的工人，我们一定要想办法找到他们，救出他们，可是不知道他们现在被关在什么地方。这些人的失踪应该和土匪军队抓壮丁有关，是土匪军队把他们抓去当了壮丁，不过我们手里没有证据，不能到土匪军队去向他们要人。"

一个党员同志接过话题说："失踪的陈大生和铁矿、铁厂工人肯定是被土匪军队抓了壮丁，不过，我们确实很难找到证据。即使有证据，土匪军队里刘歪嘴、刁平一伙歹人也会耍赖不承认。"

刘华点了点头说："对，要想救出陈大生和铁矿、铁厂的工人，不能寄希望于土匪军队放人，要想办法找到这些人被关押的地方，再想办法把他们救出来，然后揭穿土匪军队的阴谋，粉碎他们抓壮丁的计划。"

陈知农插话说："土匪军队里的刘歪嘴以前是铁山上的土匪，熟悉铁山的地形，他们一定会把抓去的人关在铁山上。"

陈知雄皱着眉头说："我也认为土匪军队把抓去的人关在了铁山上，不过铁山方圆一百多里，山高沟深，一片茫茫大森林，要找到土匪军队藏人的地方很难。"

参加特别支部会议的同志都和陈家兄弟有相同的看法，一个个皱着眉头，想不出怎样才能在铁山上找到土匪军队藏人的地方。突然，两个黑影从陈知雄家门口闪过，一张纸条包着小石子扔到了陈家大门前。陈勇眼睛尖，急忙跑过去捡起纸条送到爸爸手里，纸条上写着："要想救人，明天天黑，铁山寨前等待，多带一些人。"

陈知雄看了纸条，脸上露出了笑容，把纸条递给了刘华。刘华看了纸条，轻声读出纸条上写的字。

特别支部的一个同志高兴地挥起了手，说："好了，陈大生和被抓去的工人有救了，找到关押他们的地方，一定能救出他们。"

陈知农拿过纸条仔细看了，认真思索了一会儿，轻声说："陈大生和被抓去的工人兄弟有救了，我看过这样的纸条，认识纸条上的字迹，是黑衣人的纸条。铁山上的黑衣人是好人，为东溪场上的老百姓做了不少好事。"

刘华接过话头说："纸条上要我们去救人时多带人，一定是关人的地方有不少军人，我们应该去找李矿长，希望他能让矿警队的人和我们一起去救人。"

陈知农非常赞同刘华的意见，点了点头说："对，去找李矿长。李矿长和王益生、刘歪嘴不是一路人，一定会帮助我们救人。"

铁山矿矿长李贤诚得到不少下夜班工人失踪的消息，也猜想是土匪军队抓了壮丁，他很想到土匪军队去责问，让他们放出抓去的工人，但是手里又没有土匪军队抓工人当兵的证据，正在为铁矿工人失踪而影响生产发愁时，陈知农来了，报告了收到黑衣人纸条的事，希望矿上派出矿警队和工人一起上铁山救人。李贤诚爽快地答应了。

陈知雄、陈知农带着三十多个矿警和一些工人上了铁山，在黑衣人纸条上指定的时间到了铁山寨前，果然有两个黑衣人已经在那里等待，一个黑衣人轻声说了一句："跟着我。"走在了前面。陈知雄、陈知农带着人跟着黑衣人来到铁山寨附近一个山沟，发现山沟树丛中有一个山洞，山洞附近有土匪兵站岗放哨。领路的黑衣人让陈知雄、陈知农带去的人在山洞附近隐蔽起来，一个黑衣人故意朝着山洞前放哨的土匪兵开了枪，一群土匪兵喊叫着追了过去。黑衣人引走了站岗放哨的土匪兵，陈知雄、陈知农趁机带着人向山洞冲去，山洞里剩下的土匪兵不多了，抵挡不住攻击，落荒逃走了。陈知雄、陈知农带着人进了山洞，果然找到了被关押在里面的陈大生和铁矿、铁厂的工人。

陈知雄、陈知农带人解救了陈大生和铁矿、铁厂的工人，带着他们往铁山下撤退。铁山上的土匪军队发现抓来的壮丁被救走了，害怕遭到上司惩罚，打着枪拼命追赶，想追回被救走的壮丁，可是遭到黑衣人的伏击。黑衣人好像山林中刮着的风，一会儿刮到后面，一会儿吹到前面，有时候又从侧边吹来，而且，黑衣人的枪法很准，一声枪响，必然会有一个土匪兵倒下。土匪兵害怕了，一个个只顾抱着脑袋躲避黑衣人射出的子弹，不敢追赶被救走的壮丁。

抓到手里的上百名壮丁被救走了，王益生得到消息，气得跳起双脚，大骂手下土匪办事无能，他很想抓起负责看守壮丁的一个营长严办，可是又想到这个营长跟随他十多年，忠心耿耿，是自己的心腹，于是饶了他。

王益生手下的官兵有不少原来是打家劫舍的土匪，看见老百姓家里有好东西就动手抢，看见漂亮女人抱上床就睡，进了饭馆吃了喝了，抹抹嘴巴就走人，从来不给钱。土匪成了正规国军的官和兵，驻进了东溪场，按理说当官的应该约束当兵的，守规矩，可是土匪毕竟是土匪，身上的土匪习气很难改掉，况且王益生也上山当过土匪，而且贪财好色，进东溪场不久就把一个妓院里的漂亮婊子小丽接进了他的师部大院，封了一个少校特务长的官，每天晚上搂着小丽睡觉。中国有句古话，叫上行下效，于是土匪军队中当官的、当兵的，一个个跟着师长学，泡妓院，睡寡妇，把东溪场弄得乌烟瘴气。

有一次，土匪军队里的一个连长带着七八个排长、班长和士兵闯进东溪场上一家饭馆，叫了一桌子菜，七八瓶酒，划拳猜字，大吼大叫，吓得老百姓不敢进饭馆。他们吃好喝好，抹抹嘴皮子站起身，大摇大摆地走出了饭馆。饭馆管事的见土匪军队连长和他带来的人吃了不少，也喝了不少，不付钱就想走人，急了，赶出饭馆拦住了土匪连长，低声下气地哀求说：“长官，你们吃了喝了这么多，不付钱就走了，老板知道了会责备我们，从我们的工钱里扣去长官们吃的喝的。长官，我们都是伙计，家里穷，老板扣了工钱一家人要饿肚子，可怜可怜我们，付了饭钱酒钱吧。”

土匪连长见饭馆管事的居然敢在大街上拦住他要钱，生气了，鼓起一对鸡蛋眼睛，伸出手“啪”的一声，抽了饭馆管事一个大嘴巴，大声骂起来：“混账东西，你在东溪场上打听打听，老子在饭馆吃饭，谁敢拦住讨钱？老子现在是堂堂正正的国军，驻进东溪场是为了保护东溪老百姓过太平日子，吃一点喝一点是应该的！”

饭馆管事的脸被打得火辣辣的，想到土匪连长和他手下吃的喝的一大笔钱讨不到手，老板会从他和饭馆伙计的微薄工资里扣，哭丧着脸继续在土匪连长面前哀求：“长官大人，求求你可怜可怜我们这些伙计，我们都是穷苦人家的人，长官们吃喝的一顿饭钱是我们好几个月的工钱。可怜可怜我们，付给一些钱吧！”

土匪连长更生气了，鼓起鸡蛋眼睛大声吼叫：“不识抬举的东西，还敢要钱。兄弟们给我打！狠狠地打，教训教训这个不知好歹的家伙。”

土匪军队的排长、班长见长官发了话，撸起衣袖，有的解下了腰上的皮带，有的脱下了脚上的鞋子，拥上去围住饭馆管事的动了手，“噼噼啪啪”，打得饭馆管事的抱着脑袋哭叫起来。

东溪场上一些有正义感的人忍不住了，刚好铁山矿的工人头领陈大生路过，看到土匪兵行凶打人，走上前抓住一个土匪兵手里正挥舞着的皮带，大声吼起来：“住手！你们这些害人的土匪，打着国军的牌子，穿上国军的军装，还是像土匪一样进饭馆吃了喝了不给钱，殴打无辜百姓，你们眼里还有没有王法？”

一些老百姓拥了上来，你一句我一句责骂起土匪连长和他的手下。

“进饭馆吃东西不给钱还打人，跟土匪一样坏，还厚着脸皮说自己是国军。”

“这些坏人欺负东溪老百姓，做了不少缺德事，应该教训教训他们！”

“打，抽出皮带，脱下鞋子打，也让这帮坏人尝一尝挨打的滋味。”

土匪连长见越来越多的东溪老百姓围上来，心里害怕，掏出手枪朝着天“啪啪”打了两枪。东溪场上的老百姓见土匪连长开了枪，更加气愤了，有的人拥上前要夺连长手里的枪，有的回家拿来了锄头、扁担。陈大生看到愤怒的老百姓真的要和土匪军队的一帮歹人打架，担心土匪兵开枪伤人，大声叫喊，要东溪场上的老百姓不要动手。土匪连长害怕了，不得不掏腰包拿出钱，支付了饭馆里吃喝的费用。陈大生叫人们让开了一条路，放土匪连长和他手下的排长、班长走了。

刘歪嘴当了土匪军队里的团长，扬扬得意，虽然已经四十多岁，但色心不死，看到师长大人从妓院里弄了个年轻漂亮的婊子，夜夜陪着睡觉，十分妒忌，也想寻找一个年轻漂亮的女人晚上抱着睡觉，他进了东溪场上的妓院，发现年轻的、漂亮的已经被刁平一帮人选走了，剩下的又老又丑，看不上眼，于是打起了年轻漂亮良家女子的主意，可是他的名声太臭，没有哪一个良家女子会跟他鬼混。刘歪嘴天天晚上带着两个心腹营长在东溪场上转，一对贼溜溜的眼睛盯着出现在街头巷尾的女人，仿佛一只恶狼寻找猎物。

刘歪嘴和他的两个心腹营长晚上在东溪场上转悠了一个多月，终于发现了以为可以弄到手的年轻漂亮女人。

东溪场水码头旁边住着一个姓李的年轻寡妇，丈夫四年前被抓了壮丁上前线送了命，给她留下了一个五岁的儿子。丈夫死了，虽然是为打日本侵略军死的，国民政府发给了一块“抗日烈士”的牌子，也给了一些抚恤金，不过市场上物价飞涨，李寡妇拿到手里的抚恤金在街市上买不回两斗米，养活孩子的重担落在了李寡妇肩头上。为了养活自己和孩子，李寡妇每天天不亮起床，帮人纳鞋底做衣服，一直到深夜，尽管一天累到晚，因为物价上涨，街上店铺里的米、面一天比一天贵，李寡妇和孩子常常因为没有钱买回粮食饿肚子。好在李寡妇的丈夫生前和陈知雄、陈大生是朋友，朋友上前线打日本人送了命，陈知雄、陈大生常常去照顾朋友留下的妻子和儿子，送去一些钱和粮食。

一天晚上，李寡妇让儿子上床睡觉，守着一盏小小的菜油灯纳鞋底。夜深了，累了，困了，李寡妇洗了脚准备上床睡觉，出门倒洗脚水时被刘歪嘴和他带着的两个营长看见了。

刘歪嘴夜里出门，寻找可以弄到手的年轻漂亮女人，猛地一眼看到了李寡妇，眼睛便直了，走不动路，心里仿佛有一只猫在抓，痒得厉害，正想上前说两句挑逗的话，李寡妇已经进屋关上了门。因为不知道屋子里有没有男人，男人是做什么的，刘歪嘴没有敢去敲门。第二天，刘歪嘴让手下人打听清楚李寡妇家里的情况，只有她一个女人带着五岁的孩子，胆子便大了，晚上带了两个心腹营长去了李寡妇的家，看到屋里亮着灯，借口要做衣服敲开了李寡妇家的门，进屋强力占有了李寡妇的身子。

李寡妇遭人欺负，又悲又气，感到对不起死去的丈夫，想上吊或跳河自杀，又舍不得五岁的孩子，从晚上哭到天亮，眼睛又红又肿。第二天，陈大生到李寡妇家看望，知道了刘歪嘴夜闯李家欺负她的事，想带着人闯进土匪军队的营房找刘歪嘴算账，转念一想，没有抓住现行，刘歪嘴一定不会认账，于是和陈知雄商量，晚上带着人藏在李寡妇家附近，准备抓刘歪嘴强暴民妇的现行。不料刘歪嘴十分狡猾，暗中派人打听到有铁矿工人帮李寡妇打抱不平，晚上藏在李家附近要抓现行的事，一连好几天晚上没有敢到李寡妇家去。陈大生、陈知雄见刘歪嘴不去李寡妇家了，没有再让人夜里守候在李家附近。刘歪嘴得知这一情况，色心不死，这一天晚上又带着人去了李寡妇家……

天亮了，住在东溪场水码头附近的人家发现李寡妇家附近一棵黄桷树上吊了三个破麻包，其中两个破麻包里似乎有什么东西在动，十分奇怪，拍打李寡妇家的门，没有人答应。几个胆大的年轻人放下了黄桷树上吊着的破麻包，发现麻包里捆绑着赤身裸体的三个男人，有人认出是土匪军队里的团长刘歪嘴和他手下两个营长。三个赤身男人的头上都蒙着黑纱布，其中刘歪嘴两条大腿中间夹着的那个东西已经被人用刀割掉了，流了不少血，刘歪嘴瞪大了一双鸡蛋眼睛，眼神异常恐惧，鼻子里早就没了气息。

东溪场上的人传得沸沸扬扬：三名国军军官深更半夜闯到寡妇家，强暴年轻寡妇，被行侠仗义的黑衣人抓住惩罚，脱光衣服，赤身裸体捆绑起来，装进破麻包吊在黄桷树上，一个死了，另外两个吊了个半死。王益生从手下那里得到消息，气得一个半死，他恨刘歪嘴不争气，带着人深更半夜去寡妇家耍流氓，更恨铁山上一直和自己作对的黑衣人，他要亲自出马，带着刁平和一百多名土匪军人上铁山搜寻黑衣人，发誓要抓住黑衣人，乱枪打死，为刘歪嘴报仇。

王益生带着他手下的土匪兵在铁山上搜寻了一天、两天、三天，十多天过去了，一个个筋疲力尽，累得站不起来了，可是连黑衣人的影子也没有发现……

这一天，在东溪场营房里担任留守的一个营长累得气喘吁吁地上铁山找到王益生报告，重庆方面打来电话，要王师长赶到重庆接受新任务，王益生只好命令部下，停止搜寻黑衣人。

刘华听中共铁山地区特别支部的同志汇报了黑衣人的事，他也几次亲眼见到黑衣人帮助东溪场上善良的百姓，处罚歹人。他猜出黑衣人就是自己分别多年的妻子刘翠花和她的姐妹，于是进山寻找。刘华熟悉铁山上的大小山洞，并且在铁山上时与妻子约定有联络暗号，很快便找到了刘翠花。但是因为组织的要求和斗争形势的严峻，刘华并未问起自己走后翠花的情况，而是就铁山矿、东溪场及国民党军队的情况，恳请妻子在适当时候给予一定帮助，完成党组织交给的任务，而后一家人团聚。刘翠花不知刘华的用意，既不满他对自己这几年的情况不闻不问，又担心多说让刘华分心，也就故意不向他提起分别后的生活，但是对他的抗击土匪军队、保护铁山矿及东溪场的要求，满口答应。

黑衣人成了保护铁山矿的一支革命武装力量。因为和国民党反动派的斗争非常残酷，刘华没有把和妻子有联系的事告诉陈知农和陈大生，规定了和妻子翠花单线联系的方法。刘翠花也没有把见到丈夫的事告诉手下姐妹。

时间进入了 1949 年下半年，中国共产党领导的人民解放军在战场上取得了决定性的胜利，百万大军突破长江天险，顺利渡过了长江，东北、华北、华东大片国土被人民解放军占领。10 月 1 日，毛泽东主席在北京天安门城楼上向全世界庄严宣布：中华人民共和国成立了！一个崭新的，属于中国人民自己的政权诞生了。紧接着人民解放军进军西南、西北，刘伯承、邓小平率领的中国人民解放军第四野战军从广西、湖南进军贵州、四川，国民党反动政权已经风雨飘摇，朝不保夕。

王益生接到重庆特务总部命令，到重庆接受新的任务，自从刘邓大军进军西南，王益生和他手下心腹干将刁平、小丽等人心里都十分清楚，人民解放军很快就会打到铁山地区，一个个惶惶不可终日，暗中盘算着铁山被解放军占领后该怎么办，如何才能逃脱灭亡的命运？

接到了去重庆接受新任务的命令，王益生心里仿佛装了一只蹦蹦跳跳的兔子，不知道会有什么样的命运落到自己头上，他带着心腹手下刁平和小丽坐着小汽车到了重庆，见到了特务组织的方组长。

方组长一脸的笑，见面后紧紧握住了王益生的手，拍了拍王益生的肩头，亲切地说：“辛苦了，老朋友，王师长，你带着手下兄弟在铁山地区维持了社会秩序，保障了铁山矿的正常生产，功不可没……”

王益生紧皱着眉头，苦笑着打断了方组长的话，长长地叹了一口气说：“莫夸了，快告诉我，接下来要我做什么。共军已经打到武隆的白马山下了，南川保不住，綦江保不住，铁山地区很快就会成为共党的天下，我们该怎么办？”

方组长笑着摇了摇头，说：“王师长，王老弟，不要光说丧气话，共军是打了一些胜仗，占领了一些地方，可是王师长，不要忘记我们有美国人撑腰，美国人手里有原子弹，抗日战争时期日本人那么厉害，美国人的两颗原子弹就让日本人无条件投降，到时候我们的美国老板也在共产党头上扔两颗原子弹，毛泽东也会无条件投降！”

王益生紧皱着的眉头稍稍舒展了一些，说：“方组长，你要我们来，有什么新的任务交给我们去做，说出来吧。”

方组长仍然一脸的笑，又紧紧握住了王益生的手，大声说：“王师长，总部研究决定，鉴于你和你的部下在维持铁山地区社会秩序方面有功，决定升任你为中将军长，你手下的人也都官升一级，团长升师长，营长升团长，士兵由你们在当地征集，武器弹药、新招募士兵的军装等所需用品由总部供给。”

王益生听了方组长的话，又喜又怕，小心翼翼地问：“方组长，老朋友，我的一个师变成了一个军，是不是要我们上前线去同共产党打仗？”

方组长摇了摇头说：“不需要你们上前线打仗，不过你们要负责在共军占领铁山地区前炸毁铁山矿以及东溪场上的铁厂，让共产党接受一个烂摊子。”

王益生心里又打起了鼓，问：“我们完成了破坏铁山矿和铁厂的任务后又怎么办？”

方组长恶狠狠地说：“共军来了，你们就上铁山打游击，袭击共产党的队伍，暗杀投靠共产党的人，就像铁山矿的矿长李贤诚，就有投靠共产党的嫌疑。老朋友，共产党占领了铁山地区，你们要像插进共产党心里的一把钢刀，搅得共产党人心惶惶。”

王益生吓了一大跳，仿佛掉进了冰冷的水里，脸都白了，身子颤抖起来，说话也结巴了："方，方组长，老朋友，求，求求你了，在上面帮我说几句好话，我不要当什么军长，让我走吧，到台湾或者去美国，我愿意为党国效劳，只要不留我在铁山，让我干什么都可以！"

方组长不满意地摇了摇头说："老朋友，好兄弟，你怎么这么害怕留在铁山？铁山是你的老地盘，人熟地熟，共产党来了，你就采用他们所说的游击战术，打得赢就打，打不赢就跑。铁山那么大，到处都是山洞，躲进山洞里十分安全，我们会给你运去武器弹药、装备物资，只要在铁山地区坚持两三年，等到我们在美国人的支持下开展大反攻，你就会成为党国的大功臣，升官发财，前途无量。"

方组长一番话，说得王益生又有些动心了，终于接受了特务组织的任务，答应解放军占领铁山地区后留在铁山打游击。

王益生带着心腹干将刁平和小丽在重庆特务总部换上了新的军官制服，他穿上了中将军长的军装，刁平、小丽也分别穿上了上校军装，王益生还在特务组织总部领到了招募一个军人马所需的费用——十根金条，坐上小汽车回铁山了。三个歹人在车上商量起招募士兵的事情。

小丽皱着眉头说："王军长，刁大哥，招募一个军的兵，一万多人，太难了，恐怕办不到。"

王益生给两个心腹手下鼓气，大声说："我们有钱！俗话说，有钱能使鬼推磨，有了钱，有了金条，什么事情都好办。不要说一个军的兵，两个军、三个军的兵，有钱有金条也能招到。"

小丽心里仍然悬着一块大石头，说："在铁山，恐怕有钱也很难招到一个军的兵。铁山上有黑衣人和我们作对，铁山矿有陈知雄、陈大生一帮穷工人和我们作对，要招募当地人当兵，难啊！"

王益生恨得咬牙切齿地说："小丽，你说得对，铁山上的黑衣人，还有东溪场上陈知雄、陈大生等穷工人都是我们的冤家对头，要招兵，完成总部交办的事，我们要想办法除掉黑衣人和陈知雄、陈大生一帮子工人头头。"

刁平接过话头说："我们下了铁山，进了东溪场，在明处，黑衣人和东溪场上、铁山矿里心里向着共产党的人在暗处，找准机会就整我们，王军长，我们也要学他们，组织暗杀队、暗查队，在背后捅刀子整他们。"

王益生高兴了，拍着手叫起来："刁平的主意好，就由你和小丽负责，用钱收买一些人组成暗查队、暗杀队，悄悄调查铁山矿和东溪场上有没有共产党，暗中干掉妨碍我们招兵买马、和我们作对的人。"

小汽车进入了铁山地区，离东溪场不远了，公路两边是一个连着一个的小山头，山头上长满了密密的树。突然，小汽车轮子扎在了几颗铁钉子上，汽车轮胎吱吱响着，往外冒气，轮胎没有气了，小汽车开不走了。

刁平跳下车，发现公路上有人撒了十多颗尖尖的铁钉，抬起头打量了一下，公路两旁的小山头上有一片密密的松树林，猜出是有人故意在公路上撒铁钉，逼停汽车，在小树林里打伏击，吓了一大跳，轻声喊起来："王军长，小丽妹子，快下车，找地方躲起来，迟了被在公路上放铁钉子的人发现，我们就惨了。"

王益生、小丽也猜出汽车轮胎扎到的铁钉子是有人故意放的，听了刁平的话，慌慌张张下了车。王益生爱财如命，下车时把十根金条紧紧抱在怀里，金条重，累得他张着大嘴巴，呼呼喘着气。

王益生、小丽、司机在刁平的带领下，连滚带爬下了公路，公路旁边有一个茅草房，里面有一个大水池子，池子里有一些臭水和烂树叶子，是附近种地的农民准备用来做肥料的。刁平、小丽、王益生跳进了臭水池，司机嫌水太臭，躲到了臭水池旁边的柴火堆里。

公路旁边的小树林里出现了几个黑衣人，原来刘翠花得到消息，土匪军队的王益生和他的两个心腹到重庆办事，一两天内会回到东溪场，于是在公路上撒了铁钉子，还派人在公路旁边的小树林里守候，准备伏击王益生和他的心腹。不过刘翠花不知道王益生一伙返回铁山矿的具体时间，守候在小树林里的人守了一个晚上，累了，肚子饿，去找东西吃了，让王益生和他的两个心腹成了漏网之鱼。

刘翠花发现小汽车停在公路上，轮胎被扎破，但是没有找到车上的人，失望地撤走了。

王益生、刁平、小丽泡在臭水池里，衣服湿了，冷得发抖，司机看到小树林里的黑衣人撤走了，到臭水池边报告了师长大人。王益生、刁平、小丽爬出了臭水池，可是，小汽车轮胎扎破了，开不走，要回到东溪场上还得走七八里山路，而且害怕遇到黑衣人伏击，不敢走大路，只能钻山沟沟走小路。

王益生害怕丢失了十根金条，始终紧紧抱在怀里，走了不到两里的山沟小路，走不动了。刁平让司机背着王益生走，王益生胖，身子重，怀里又抱着十根金条，司机使出了吃奶的力气背起来，走了不到半里路，就累得背不动了，无可奈何，只得放下，搀扶着王益生走。又走了不到两里路，王益生胖身子的大脚踩松了山路上的一块石头，“扑通”摔倒了，疼得他眼里滚出了泪珠子，“哎哟哎哟”叫唤了一阵，实在走不动了，司机只好又背起了他……

王益生一行艰难地回到了铁山矿。想起一路上受的苦遭的罪，王益生把铁山上的黑衣人恨得咬牙切齿，又一次派出手下的土匪军队上铁山搜捕黑衣人。土匪军队在铁山上搜寻了十多天，几乎搜遍了铁山大小树林和山洞，仍然没有搜寻到和他们作对的黑衣人。

第二十四章

送给陈莎莎的小红袄

王益生变成了王军长，为了补充兵额，他让手下的刁平和小丽又是用金钱哄骗，又是强征硬拉，妄图扩充军队，不过铁山及附近场镇、乡坝里的年轻人为了躲过上战场给国民党反动政府当炮灰的厄运，纷纷逃离家乡。铁山矿的年轻人在陈大生、陈知雄的带领下组成了护矿队，既保护矿山不被国民党特务破坏，又抱成团抵制王益生手下人抓壮丁。陈大生、陈知雄等人处处与王益生和他手下的特务作对，成了王益生、刁平、小丽一伙歹人的眼中钉、肉中刺。王益生下了命令，限手下特务刁平、小丽一个月之内除去陈大生、陈知雄等有“共党”嫌疑的人。

冬天到了，天气一天比一天冷，陈莎莎穿上了她喜爱的小红袄，在东溪场水码头边的草坡上玩，一边玩一边四面张望，看有没有可疑人出现。草坡旁边有一个破草棚，原来是一个可怜的孤老头的家。天气冷了，破草棚既不遮风又不挡雨，陈知雄帮孤老头在东溪街上找了一个住处，孤老头搬走了，破草棚成了刘华、陈知农、陈大生、陈知雄以及铁山矿、东溪街上中共特别支部共产党员秘密接头的地方。刘华和陈知农接到上级党组织通知，人民解放军已经进入了四川境内，国民党反动派抓紧了实施破坏公路桥梁以及工矿设施的行动，要组织力量保护好敌人逃跑前要破坏的上述设施，迎接铁山地区的解放。刘华让陈知农通知了中共铁山地区特别支部的同志在破草棚召开紧急会议，商量如何确保铁山矿区的交通及工矿设施安全。为了防止特务分子袭击会场，陈知农安排了四五个人在草棚周边放哨，小莎莎就是其中一个。

王益生手下的特务头目刁平接到小特务密报，有共产党嫌疑的陈大生、陈知雄要到东溪场水码头附近一个破草棚参加秘密会议，心里十分高兴，派出了十多个便衣特务，准备包围陈大生、陈知雄开会的破草棚，抓捕参加会议的人，除掉妨碍他们执行征兵及破坏计划的障碍。

太阳落坡了，夜幕悄悄降下，四处黑黝黝的一片，刘华、陈知农、陈大生等人召开的会议正紧张地进行，刁平带着一些特务悄悄来到水码头，要对破草棚进行包围。

陈莎莎在草坡上玩着，给她换班的陈勇来了，陈莎莎准备回家。突然，她听到水码头传来窸窸窣窣的声音，陈莎莎人虽小，耳朵灵、眼睛尖，向水码头四周望去，吓了一大跳，她看到一些鬼鬼祟祟的人影子正悄悄向爸爸、伯伯开会的破草棚包围过去。

陈莎莎急了，大声唱起了爸爸教唱的儿歌："一个青蛙四条腿，两个眼睛一张嘴……"这是陈知农与女儿约定好的暗号，表示有歹人接近了会议地点。

陈莎莎大声唱着儿歌，特务刁平猜出小女孩唱儿歌是在给开会的陈大生、陈知雄一伙人发暗号，怒从心来，轻手轻脚地来到陈莎莎的身后，一手蒙住了陈莎莎的嘴巴。旁边的陈勇急了，扑上前抱住刁平的一只胳膊狠狠咬了一口，刁平被咬疼了，放开了蒙住陈莎莎的手，陈莎莎又大声唱起了儿歌。刁平身边的一个特务举起手枪，用枪柄砸向小女孩的头，陈莎莎倒下了。

参加秘密会议的同志得到了陈莎莎发出的暗号，迅速转移了会议地点。刁平和他率领的特务扑了个空，没有抓到一个人。

陈知农参加完秘密会议回到家，发现女儿陈莎莎还没有回家，焦急万分，正要出门到东溪场水码头寻找，只见陈勇艰难地背着陈莎莎推开房门进来了。陈知农、吴宏琴发现女儿一头一脸的血，吓得瞪大了眼睛说不出话。陈知农从陈勇背上抱过女儿放在床上，轻声呼喊起来：“莎莎，莎莎，好孩子，快睁开眼睛叫爸爸！”吴宏琴拉着侄儿陈勇出了家门，到了一个熟识的医生家叫开了门，她心里着急，结结巴巴地说了半天，医生终于听明白有人受了伤，背起治伤的药箱子，跟着吴宏琴、陈勇到了陈家，给受伤的陈莎莎清洗了头上的伤口，上了药，还喂了治伤的药。终于，陈莎莎睁开了眼睛，认出了爸爸妈妈。

陈家的小女孩又被特务打伤，消息很快在东溪场、铁山矿区传开，激起了东溪场老百姓、铁山矿工人的愤怒，好几百人聚集在王益生的军营前面，高声吼叫着，要军营交出打人凶手。铁山矿矿长李贤诚也出了面，亲自打电话给王益生，指责他放纵手下军人打伤陈莎莎，要求王军长严惩凶手。王益生见刁平打伤陈莎莎的事激起了众怒，又气又急，带着刁平来到军营大门口吼叫着要严惩凶手的老百姓前面，让刁平当众承认了罪行，还当着愤怒的老百姓面，用手杖狠狠抽打了刁平十多棍，并且表示，要用军法严惩打伤陈莎莎的凶手，愤怒的老百姓慢慢散去了。

陈莎莎为了给参加秘密会议的人发出报警信号，被国民党特务打伤了。刘华知道了，心里仿佛燃起了一团火，又着急又心疼，为了不引起特务注意，白天不方便到陈知农家里看望。可是整整一天，脑子里浮现的全都是陈莎莎的样子，好不容易熬到太阳落山，天黑了，刘华急急忙忙出了门，穿黑巷子走小路，匆匆忙忙来到了陈知农家，叫开了门。

陈莎莎躺在床上，头上包着绷带，身上穿着小红袄，妈妈吴宏琴坐在床边，手里拿着剥了皮的橘子，正把分成一瓣一瓣的橘子喂进女儿嘴里。

陈知农把刘华领到女儿床边，轻声说：“小莎莎头上的伤经过医生治疗已经好多了，用不了两天就可以下床了……”

刘华两只眼睛直直地盯住了陈莎莎身上穿的小红袄，没有听见陈知农在说些什么，心里酸酸的，眼睛湿湿的，强忍着不让眼泪流出来。小女孩身上的小红袄勾起了他的心事。因为陈莎莎身上的小红袄和他始终记在心中的一件小红袄一模一样，只不过刘华记忆中的小红袄要小一些，是给即将出生的孩子准备的，陈莎莎身上穿的小红袄大一些。

刘华记得离开铁山到陕北前刘翠花怀了孕，要为还没有出生的孩子缝棉袄，他陪着妻子到了铁山附近一个乡场，买了红布和棉花，做了一件小红袄，妻子在小红袄胸口处绣了两朵小红花。妻子给他讲，小时候自己身上也穿着一件胸口上绣着小红花的小红袄，是亲妈妈做的，妻子想念自己的亲妈妈，所以给女儿也做了胸口上绣着小红花的小红袄。刘华记起了妻子一针一线缝的小红袄和小红袄胸前的小红花。现在陈知农小女儿身上穿的小红袄，小红袄胸前的小红花，和记忆中妻子给还未出世孩子缝的小红袄，胸前的小红花一模一样……

刘华认真查看了陈莎莎头上的伤口，嘱咐吴宏琴要好好照顾女儿，情不自禁地俯下身子，亲了亲小女孩的脸蛋，盯着小红袄看了又看，还伸出手轻轻摸着小红袄胸口的小红花，似乎有什么话要说又没有说出来。陈知农心里有些奇怪，把刘华请到另外一个房间，给客人倒了茶，陪着坐了一会儿，终于忍不住轻声问："老刘同志，刘老板，你是不是有什么话要给我说？"

刘华轻轻地叹了口气，抬起头打量了一下陈知农，他知道虽然相识不久，但自己和陈知农是同志，是信得过的亲密战友，终于说出了陈莎莎身上穿的小红袄和妻子为未出生孩子缝的小红袄十分相像，特别是胸口的小红花一模一样。

刘华轻声问："知农老弟，你女儿身上穿的小红袄是做的还是买的，小红袄胸口的小红花是什么人绣的？"

陈知农愣住了，发了一会儿呆，脸上露出了惊喜，猛地抓住了刘华的一双手，瞪大了眼睛问："老刘，老大哥，你真的认出来了，我们家莎莎身上穿的小红袄和你妻子为孩子缝的小红袄一模一样，小红袄胸口绣的小红花是同一个人绣上的？"

刘华猜不出陈知农问话的意思，一脸疑惑，点了点头。

陈知农十分高兴，因为他们所在的房间离陈莎莎睡觉的房间近，担心说话的声音打扰了女儿睡觉，陈知农压低了声音说："好了，我快要找到送小红袄的人了，我快要找到亲妹妹了。老刘，我见到小莎莎时她身上就穿着一件小红袄，以后每隔两年就有人给我们家送来一模一样，只不过大一些的小红袄，我想找到送来小红袄的人，找了很多年都没有找到。老刘，小莎莎身上穿的小红袄和我亲妹妹留下的小红袄也是一模一样……"

陈家大门外传来有人扔石子的声音，陈知农急忙跑去开了门，出门四处张望。刘华也跟着出了门，一个黑色的人影在巷子口闪了一下不见了。陈知农看到大门下有人放了一个小包裹，打开来看，里面装着一件跟莎莎身上穿的一模一样的小红袄，只不过比莎莎身上穿的小红袄大一些。

刘华和陈知农都似乎明白了什么，向巷子口追了过去……

刘华和陈知农没有追上黑衣人，两个人回了屋。刘华轻声问起了小莎莎的身世。陈知农犹豫了一会儿，说出了小莎莎是在二哥陈知生家门口捡到的，捡到时身上就穿着一件胸口上绣着小红花的小红袄。

刘华明白了，陈莎莎就是他离开铁山后妻子生下的孩子，眼前的陈知农就是妻子的亲哥哥，刘华很想把这一切说出来，可是又觉得还不到说出真相，认亲生女儿的时候，于是抓住了陈知农的手，抓得紧紧的，眼里含着泪，轻声说："知农，好同志，你亲妹妹一定还活着，会有见面相认的一天，一定会有的……"

刘华虽然和分别多年的妻子刘翠花见了面，有了联系，但见面的机会少，每次谈的都是和反动派斗争的事，没有谈到家事。现在见到了自己的孩子，非常激动，刘华努力控制住了自己的感情。

王益生接到重庆特务组织指示，铁山矿矿长李贤诚是当前中国少有的地质专家，不能让共产党得到如此珍贵的人才，要使出软的、硬的各种手段，让李贤诚离开铁山矿，或到台湾，或到美国。王益生十分清楚李矿长的为人，知道用软的一套弄不走他，于是找来心腹手下干将刁平和小丽，制订了绑架计划，想把李矿长弄到重庆交给特务组织，实在弄不走，就用暗杀手段除掉他，不让他留下来为共产党服务。同时，刘华和陈知农也接到了上级党组织的指示：李贤诚是难得的地质专家，是新中国急需的人才，要想办法说服他留在铁山矿，并且保证他的安全，不能让李贤诚落到国民党特务手里或者被国民党特务杀害。

刘华安排陈知农找来李矿长谈心，试探着询问他在解放军到来前夕的打算。李矿长坦诚地表明了态度，留在铁山矿，和广大工人一起保护好矿洞和机器设备，迎接人民解放军的到来。中共铁山特别支部的同志得知李矿长决心留下来，非常高兴，制定了周密的保卫李矿长安全的措施。

国民党特务组织想让李贤诚离开铁山矿去重庆，然后去台湾或者美国。

一天，王益生让刁平把李贤诚请到了军长办公室，让手下人泡了上好的龙井香茶招待他，脸上堆满了笑，说重庆方面很关心李矿长的安全，准备送他到台湾或美国以躲避即将到来的战争，希望李贤诚服从安排，做好动身去重庆的准备。

李贤诚摇了摇头，态度坚决地说："王军长，请你转告重庆方面，我不会去台湾，也不会到美国，铁山矿是我和广大工人朋友辛辛苦苦建起来的，我要和广大工人朋友一起，留在铁山矿。"

王益生碰了钉子，有些生气，强压着心里的火气，仍然装出友好的样子，嘻嘻笑了笑，说："李矿长，你是党国培养出来的专家，理应服从党国的命令，再说共产党都是泥腿子、穷棒子，不懂得科学，你留在铁山矿，共产党来了你会吃苦的……"

王益生劝说了好一阵，说得嘴皮干了，终于不耐烦了，翻了脸，生了气，露出了一副凶恶的面孔，拍着桌子大声吼起来："姓李的，你不要敬酒不吃吃罚酒，重庆方面下了命令，不管你愿不愿意，都必须离开铁山矿去重庆，请不去就押解着去。今天在我的军部，你是来得了回不去了！"

李贤诚也生气了，站起身拍着桌子大声说："姓王的，我是国民政府任命的铁山矿矿长，你没有理由强迫我去重庆，我要回到自己的工作岗位，回到铁山矿矿长办公室！"

李贤诚要离开王益生的军部回铁山矿，可是他走不出这个办公室了。两个土匪兵端着上了刺刀的步枪，站在军长办公室的门口，限制了李贤诚的自由。

陈知农得到了李矿长被软禁在土匪军队军部的消息，吃了一惊，额头上有了汗，急急忙忙赶去见了刘华，两人商量了救出李矿长的办法，让陈莎莎到陈知生家叫上了陈秀芳，两个女孩子跑到小山上找到了陈勇，陈勇到铁矿找到了刚刚下班的父亲陈知雄，告诉了李矿长被土匪军队软禁起来要押往重庆的消息。

李矿长被土匪军队关起来的消息在铁山矿传开了，愤怒的矿工聚集起来赶到土匪军队的军营门口，要冲进营房救出李贤诚。

铁山矿的矿工在军营门前大声吼叫着：

"赶快放出李矿长，不然我们要冲进军营了！"

“土匪军队在铁山做尽了坏事，现在又关起了李矿长，和他们拼了！冲进去救出李矿长！”

“不要怕这些土匪兵，冲进去救出李矿长！”

成百上千的铁矿工人，还有不少痛恨土匪兵做坏事的东溪百姓拥在军营门口，黑压压一片，在军营门口站岗的土匪兵害怕了，后退了。愤怒的铁山矿工人、东溪场老百姓高声吼叫着，一步一步向土匪军营逼近，王益生的心腹刁平听卫兵报告军营门口被人围住了，拔出手枪拿在手里壮胆，来到了军营门口，看到黑压压的一片人群，听到震耳的吼叫声，吓坏了，颤抖着举起手枪，朝天打了两枪。

围在土匪军营门口的人群看到刁平朝天鸣枪示威，更加愤怒，高声喊着要土匪兵放出李矿长，朝土匪军营涌去。王益生得到报告，也害怕了，赶忙调来更多的土匪兵守在军营大门口……

刘华担心工人和老百姓硬冲军营，当兵的开枪会造成伤亡，和陈知农、陈大生、陈知雄商量了，让工人和老百姓只是围住土匪兵的军营，防止土匪兵把李矿长押送到重庆，不硬往军营里面冲。

王益生想把软禁起来的李贤诚送到重庆，完成重庆特务组织交给的任务，可是担心遭到工人和老百姓的拦截，不敢送走，长期软禁在军营里面，又担心工人和老百姓硬冲军营，抢走李贤诚。王益生抓着头皮左思右想，仍然想不出一个把李贤诚送往重庆的好方法，便叫手下勤务兵找来了心腹刁平和小丽等人，要这些人想出一个比较稳妥的方法，送李贤诚到重庆。

刁平性子急，拍着胸脯叫起来：“一群钻矿洞采矿砂的工人没有什么了不起，给我一个连的士兵，武装押送李贤诚到重庆。”

王益生狠狠地瞪了刁平一眼，大声训斥：“刁平，你现在是国军的师长了，说话办事要多动动脑子，不要张着嘴说一些不负责任的话，武装押送，李贤诚不是犯人，是重庆方面不想让共产党得到的人才，不能对他动粗，搞什么武装押送？再说铁山矿的工人和东溪场的老百姓大多受了共产党的蛊惑，你搞什么武装押送，过得了围住军营的工人和老百姓这一关吗？动起武来造成大量人员伤亡，会引起更多铁矿工人和老百姓的愤怒，会给自己树立更多的敌人，不利于我们以后在铁山地区潜伏打游击，你这个办法行不通！”

刁平被训斥得不作声了。过了一会儿，小丽开了口，想出一个化装秘密押送的好办法。王益生听了，竖起了大拇指，大声说："好！好！化装秘密押送这个办法好！"

小丽让人悄悄地在李贤诚喝的茶里下了迷药，李贤诚喝了茶，昏迷了过去。小丽亲自动手给李贤诚化了装，穿上了旗袍，戴上了女人用的长发头套，还给李贤诚穿上了高跟皮鞋，然后让负责押送的士兵也换了装，穿上普通男人的衣服，再叫来东溪场上抬滑竿的人，撒谎说是军营里一个当官的夫人生了病，要送到綦江县城大医院里看病，多给轿夫赏了辛苦费，让轿夫抬往綦江县城。

果然，这个办法骗过了围住土匪军营的铁矿工人和老百姓的眼睛，看到滑竿上抬的是一个生了病的女人，他们没有阻拦，让一行人出了军营。

王益生得到报告，得知李贤诚已经被化装押送出了军营，上了去往綦江县城的山路，非常高兴，准备了酒菜，让卫兵叫来有功之臣小丽，喝酒吃菜，以示庆贺。喝醉了酒，王益生瞪着一双血红的眼睛，抱起小丽进了自己睡觉的房间，急吼吼地脱光了衣服，扑在女人身上……

负责押送的土匪兵担心在押送路上李贤诚被人救走，指望早一点赶到綦江县城，一路上催促轿夫快走，累得轿夫气喘吁吁。路过一片小树林时，两个负责押送的土匪兵累了，走不动了，坐在路边一棵大树下想歇一歇。突然，两个黑衣人出现在小树林里，像一阵风似的从大树下正在休息的土匪兵身边闪过。土匪兵还没有看清黑衣人的模样，身上的穴道便被点了，"扑通扑通"栽倒在地上，黑衣人又扑向了抬着李贤诚的轿夫和仍然跟在滑竿后边的土匪兵，一瞬间，土匪兵都被点了穴道，"扑通"倒下了。抬滑竿的轿夫吓傻了，放下滑竿跪下，磕着头大声叫起来："好汉，饶了我们吧，我们是军营花钱雇来抬滑竿的，军营里歹人干的事与我们毫不相干……"

两个轿夫跪在草地上哀求了一阵，没有听见一点声响，试探着抬起头一看，黑衣人已经没有了踪影，他们抬的"女人"也不见了。两个轿夫害怕押送轿子的土匪兵清醒过来自己受牵连，站起身慌慌张张地逃跑了。

刘华、陈知农得到潜伏在土匪军营里的同志传出的消息，李贤诚被化装成女人，躲过了围住军营的铁矿工人和东溪百姓，被押送出军营，去了綦江县城方向，吓了一大跳。两个人都十分着急，急忙让人通知陈大生、陈知雄等同志，召开紧急会议，商量派人半路劫道，救出李贤诚。

陈知雄听说李矿长被土匪兵迷昏后化装成女人押送出了军营，生气地大声骂起来："土匪！真是一群无法无天的土匪，使出这样卑劣的手段押走了李矿长。"

陈大生摇着头，叹着气说："土匪兵押着李矿长出军营大半天了，要追赶上他们救下李矿长很难！"

刘华坚决地说："同志们，不管有多么难，我们都要完成上级党组织交给的任务，救出李矿长，不能让敌人的阴谋得逞！"

陈知农接过话头说："半路上追不上李矿长，在綦江城里也要救出李矿长。我在綦江城里有熟人，我赶到綦江县城想办法救人，再派同志在路上追赶李矿长，一定要想办法救出李矿长。"

几个人正在商量救出李贤诚的事，一个黑影在窗外闪过，一张包着小石子的纸条飞进了窗户。刘华吃了一惊，急忙过去捡起纸条打开，上面写着："李矿长在东溪场水码头旁边的茅草棚里，快派人去接。"

陈知农、陈大生、陈知雄听说黑衣人救了李贤诚，一个个都很激动，紧急会议提前结束，陈知农、刘华赶回了铁山矿办公楼，安排给李矿长治病、检查身体的医生和负责保卫安全的人员，陈知雄、陈大生带着人赶去东溪场水码头旁边的破草棚里接人。

李贤诚虽然已经吃了解药，头脑仍然不很清楚，被陈知雄、陈大生接回铁山矿办公楼，矿上的医生检查了身体，打了针，还让吃了药。李贤诚完全清醒了，看到守候在身边的一个个人，倍感激动，眼里有了泪花，他已经知道刘华是共产党派来的，双手紧紧地抓住了刘华的手，说："刘老板，这次的遭遇让我更加看清了国民党中一小撮人的嘴脸，请你转告你们的人，我一定会坚定地站在人民的一边，和你们一起保护铁山矿的机器设备。"

刘华高兴地说："李矿长，欢迎您，欢迎您站在广大人民群众一边。您放心，一小撮歹人行凶作恶的日子不会长了。"

土匪军营里，光着身子的王益生跟女人折腾了一阵，累了，搂着抱着睡着了。突然，"咚咚咚"，有人敲响了门，手下一个军官焦急地在门外喊："军长，王军长，快起来，出大事了，李贤诚被人救走了！"

终于，王益生醒了，听清了门外军官说的话，吓白了脸，从床上跳下来，急急忙忙穿上衣服，打开房门，不由分说，“啪啪啪”抽了门边站着的军官好几个耳光，大声号叫起来：“丧门星，老子睡得正香，你来报什么丧！李贤诚化了装已经好好地被押送出了军营，怎么会被人救走？”

军官脸上火辣辣地疼，忙用手蒙住了被打红的脸，眼泪珠子不停地往下滚，说：“李贤诚被押送到铁山下一片小树林边时，被黑衣人救走了。押送的兄弟被点了穴，说不出话，喊不出声，动弹不得，被过路的人看到来军营报了信，才被救了回来。”

王益生气得大声号叫起来：“黑衣人，又是黑衣人坏了我的好事！抓住这些黑衣人，我要把他们一个个开肠破肚点天灯，让他们求生不得求死不能！”

小丽已经穿好了衣服，走到王益生身边安慰说：“军长大人，犯不着为几个黑衣人生气，活的李贤诚送不走，我们可以送一个死人走……”

黑衣人多次破坏土匪兵的行动，成了王益生的眼中钉肉中刺。一天，他让人把心腹手下刁平找来，命令刁平带着人上铁山搜寻黑衣人。

刁平脸上露出了为难的神色，长长地叹了一口气，说：“王军长，铁山那么大，到处是密林，到处有山洞，到铁山上搜寻黑衣人，太难了。”

王益生用手拍了拍心腹手下的肩头，为刁平鼓气说：“刁师长，刁平，上司要我们看好姓李的矿长，不让他落到共产党手里，还要我们炸掉铁山矿，然后上铁山打游击，等待国军大反攻。可是黑衣人处处与我们作对，如果不除掉黑衣人，上司要我们办的事恐怕一件也办不好。不除掉黑衣人，共产党的军队来了铁山上不会有我们的立足之地，将来怎么到铁山上打游击？刁师长，你和小丽是我的心腹，我的左右手，你们要为我分忧，我让你带人上铁山搜寻黑衣人，除去心腹之患，让小丽负责组织人手干掉李贤诚，炸毁铁山矿。我们是生死朋友，一根藤上的瓜，危急时刻，希望刁师长能够助大哥一臂之力。”

刁平被王益生说得激动起来，拍起了胸脯，大声说：“王军长，王大哥，兄弟我服从命令，带人上铁山，就是把铁山翻一个遍，也要找出黑衣人，还要把他们统统干掉。”

王益生高兴了，吩咐说：“刁师长，你带人上铁山，要用明的暗的两手，明的让手下团长营长当指挥官，率领军队开进铁山，声势要大，大白天当着铁山矿的工人、东溪场上的老百姓，大张旗鼓上铁山，一个山头一个山头、一片树林一片树林搜寻，暗的要挑选熟悉铁山地形、精明能干的人组成小分队，最好由刁师长你亲自带领，钻树林子，走山沟，躲在暗处等待黑衣人现身，扑上去抓住，消灭掉。”

刁师长十分佩服王益生的安排，竖起了大拇指：“王军长，你出的主意好，想出的点子高，属下一定遵照执行，我们用明的暗的两手，一定会消灭心腹之患黑衣人。”

土匪军队搜寻黑衣人的行动开始了，大队人马从军营出发，经过东溪场，大张旗鼓开上了铁山，一个一个山头、一条一条小河沟、一片一片树林搜寻，乒乒乓乓胡乱打着枪，闹得山林里的鸟儿乱飞，野兽乱跑。太阳快要落山了，刁师长带着经过挑选组成的小队伍悄悄出发了，他们不走大路，专钻密林，爬山崖，进了铁山，躲在隐秘的山沟里、山洞旁、密林深处，等候着黑衣人的出现……

刁平带着几个心腹躲藏在曾经多次发现黑衣人的一片密密的小树林里，等了大半天，没有看到一个人影，几个心腹烦了，要起身离开，被刁平制止了。太阳落了山，小树林里暗了下来，刁平见等不到黑衣人，心里也有了撤兵回军营的念头，正要向心腹下达撤兵命令，听到草丛中响起窸窸窣窣的声音，一个心腹大声叫起来：“蛇，刁师长，你身边有蛇！”

刁平吓了一大跳，瞪大眼睛看，果然身边草丛中有一条几尺长的蛇，他想挪动身子躲开大蛇，不料又一条大蛇出现了，两条大蛇一前一后把刁平围在了中间，吓得这位国军的师长大人浑身颤抖，想跑不敢跑，想躲躲不开。身边又一个手下大声号叫起来，原来刁平带来的心腹都遇到了蛇，一个心腹想用刺刀挑起蛇扔到远处，不料被蛇咬了一口，一条胳膊肿了起来。

两个黑衣人出现了，一个女人的声音冷笑了两声，训起了话：“姓刁的，我知道你是你们狗屁军长的心腹，今天本想要了你的狗命，可是要让你给你的主子带信，所以暂且饶你一命。姓刁的，你让手下把枪留下，回去禀告你的主子，少做恶事，铁山就要变天了，给自己留条后路。”

刁平身子颤抖着说：“女菩萨，多谢饶我的狗命！以后，以后我一定做善事，好事，也，也劝王军长少做恶事。”

女人的声音继续训斥："姓刁的，为了让你和你带来的手下记住教训，我让围住你们的蛇咬你们一人一口，然后留下武器滚下山去。"

刁平和他的心腹都遭蛇咬了一口，一个个疼得大声号叫，扔下了枪，狼狈地逃出了小树林……刁平带着土匪兵上铁山搜寻黑衣人，没有能和黑衣人刀对刀枪对枪地打一仗，有的遇到了蛇，有的遇到了黄蜂，还有的遇到了老鹰，狼狈地逃回了军营。

原来，刘翠花带着霞姑住在铁山上的张大妈家里，她和张华成了夫妻。后来张华要寻找红军部队，离开铁山去了陕北。张大妈生了病，尽管刘翠花和霞姑细心照料，从山坡上采来草药，还冒着危险到綦江县城买药，可是张大妈的病越来越重，终于去世了。刘翠花和霞姑安葬了老人，两人相依为命地住在了张大妈留下的草房里。刘翠花生下了一个女儿，她知道在高山密林里很难把女儿养大，于是送到了东溪场上二哥陈知生家的大门口。

刘翠花和霞姑留在了铁山上，后来一些姐妹又上了山，成了专门和土匪以及东溪场上歹人作对的黑衣人。

一天，霞姑从东溪场上回来，找到刘翠花，高兴异常地说："大姐，今天我在东溪场上见到了张华大哥。张大哥回来了，身上穿着蓝布大褂，好像很有钱，我差一点没有认出来。"

刘翠花微微地笑了笑，说："我也听说张华回了东溪场，不用大惊小怪。"

霞姑十分奇怪，说："你知道张华大哥回来了，为什么不去找他？"

刘翠花摇了摇头，故意叹了口气，说："霞姑妹子，现在的张华大哥是做大生意的老板，看不起我这个山野女人了。他不来找我，我也不会去找他，你也不能到东溪场上去找他。"

霞姑吃惊地瞪大眼睛说："大姐，听你说的话，张华大哥成了忘恩负义的人！不，我不相信，张大哥是好人，绝不会忘恩负义，他一定会上铁山来找你……"

刘翠花摇了摇头，走开了，其实她心里特别想和分别多年的丈夫生活在一起，夜里常常在梦里和丈夫还有女儿，手牵着手走在东溪场大街上，女儿撒着娇，要妈妈抱。

刘翠花盼望着这一天早日来到。

第二十五章

暗杀阴谋

铁山矿矿长李贤诚接到了重庆方面的顶头上司张部长打来的电话，要他安排手下人炸毁铁矿，前往重庆报到，准备飞往台湾或者美国。

张部长和李矿长是老朋友，一直非常支持李矿长的工作，电话里用关切的语气说："贤诚，老朋友，听说你不愿意去台湾，也不愿意去美国，要留在铁山矿，不要傻了，听老朋友的劝，服从上面的安排，听从命令，炸了铁山矿，到重庆来。如果你真的不愿意去台湾或到美国，我去跟上面的人要求，让你选一个欧洲国家，到那里好好钻研学问。你是一个很有才华的专家型人才，不能埋没在穷山沟里，到重庆来吧，上司送你出国深造，让你大展宏图，成为世界地质学界的顶尖人才。"

李贤诚十分平静，对着话筒说："老朋友，谢谢你的关心。我不走，哪儿也不去，留在铁山矿，你知道铁山矿是我和广大工人朋友一起建成的，就像自己的孩子，我爱它，也要保护它，我不会离开铁山矿，不会毁了它，也不允许其他人来毁了它！”

顶头上司似乎生气了，在话筒里吼了起来：“李贤诚，李矿长，你不要敬酒不吃吃罚酒！上司命令你炸毁铁山矿，不服从命令会受到制裁。明确告诉你，不管你愿不愿意，我们都要炸毁铁山矿，把你强行带走，绝不能把铁山矿和你留给共产党。李贤诚，你好好考虑考虑吧！”

李贤诚也有些生气，对着话筒，声音大了很多，异常坚定地说：“张部长，不管上面是敬酒还是罚酒我都不会喝，东溪场上的土匪兵已经绑架过我一次，你派人再来绑架我吧，我等着。”

张部长气得“咚”的一声放下了电话筒。李贤诚也很生气，放下了电话筒，觉得有些口干，想喝水，大声唤来守候在门外的服务生，吩咐泡一杯茶来喝。服务生答应着去泡茶了。

陈知农有事来找李矿长，进了矿长办公室，看到李贤诚一脸怒气，双手叉腰，瞪着眼睛站着，询问李矿长为什么生气。李贤诚告诉了顶头上司张部长打来电话要他炸毁铁山矿、然后到重庆去的事，摇着头大声说：“知农老弟，我对国民党已经彻底失望了，现在有人想炸铁矿，你一定要带着工人好好保护它。”

陈知农笑了笑说：“李矿长，你放心，坏人要想炸毁我们辛辛苦苦建成的铁山矿，他们的阴谋不会得逞。”

服务生送茶进来了，陈知农发现送茶的服务生不是安排在矿长身边一直为李贤诚服务的人，而是一个陌生人，放下茶杯就匆匆忙忙走了，起了疑心，想喊住服务生，询问什么时候被派到矿长办公室服务的，便急忙追了出去，可是服务生走得很快，已经看不到身影了。

陈知农心中的疑团更大了，回到矿长办公室，看到李贤诚已经端起茶杯，正要喝茶，便大步上前，夺下李矿长手里的茶杯，大声叫起来：“李矿长，这茶不能喝，小心被人下了毒！”

李贤诚似乎有一些茫然，说：“知农，你怎么知道茶里有毒？”

陈知农解释说：“李矿长，今天给你送茶的服务生为什么不是往常在你身边服务的人，而且放下茶杯匆匆忙忙就离开了，你不觉得奇怪吗？”

陈知农让人牵来一只狗，硬把茶水灌进了狗的嘴巴里，狗“汪汪”叫着，挣扎了几下倒在了地上。

李贤诚吓了一大跳，大声叫来了办公室主任，询问什么时候换了服务生，新来的服务生是哪里来的。办公室主任见地上躺着一条死狗，被告知有人在矿长茶杯里下毒，吓出了一身冷汗，说话也哆嗦起来："李矿长，没，没有人换掉你身边的服务生，我不知道今天给你送茶的服务生是哪里来的。"

李矿长和陈知农都明白了，这个服务生是冒名顶替的歹人。李矿长感激地抓住了陈知农的手，说："知农老弟，你救了我，要不是你警惕性高，看出了服务生有鬼，我喝了茶就没命了。"

陈知农明白国民党反动派见李贤诚站在广大矿工一边，要留下来，动了杀机，今后保护李矿长的任务更重，于是让办公室主任找人在矿长办公室周围搜查，想抓到在茶杯里下毒的坏人。陈知农和办公室主任带着人搜遍了矿长办公室周围的房屋、树丛，也没有搜到装成服务生下毒的歹人，只在一个树丛里搜到了手脚被紧紧捆住，嘴里塞了一团破布的办公室服务生。陈知农让人解开了他手脚上的绳子，掏出了嘴里的破布，带回矿长办公室询问，他被什么人绑了手脚。服务生哭丧着脸说，他清晨来上班，刚刚走到办公室附近的小树林边，就被人从后头用木棒打了脑袋，失去了知觉，醒过来后发现手脚被捆住，动弹不了，嘴巴里塞了破布，喊不出声。

陈知农知道国民党反动派不愿意让一个爱国又敬业的地质专家参加新中国的建设，欲除之而后快。离开矿长办公室，他找到刘华汇报了李贤诚险些被害的情况，两人商量后让陈大生、陈知雄挑选了两个比较机灵的工人，征得李贤诚同意后，派到办公室担负起保护李矿长的任务。

王益生见李贤诚铁了心要留下来和铁山矿的工人一起保护铁山矿，把情况报告了重庆的顶头上司，他的顶头上司下达了除掉李贤诚的指令，并且承诺杀死李贤诚的任务完成后，会奖赏给两根金条。

王益生是一个贪财的人，听说要奖赏给金条，在电话中给顶头上司作了保证，十天内一定送李贤诚上西天，他把暗杀李贤诚的任务交给了小情人小丽，并且承诺杀死李贤诚后奖赏给她一根金条。

小丽接受了任务，拍着胸脯保证一定在一个礼拜内要了李贤诚的命。她挑选了一个心腹手下做杀手，想神不知鬼不觉地干掉李贤诚，并且答应心腹手下，杀死李贤诚后奖赏给半根金条。

然而，小丽的心腹手下在茶水里下毒毒死李贤诚的阴谋被陈知农识破了，王益生、小丽费尽心思，到头来竹篮打水一场空。王益生得知暗杀李贤诚计划失败，把小丽叫来痛骂了一顿，并且威吓她，如果不能在“共军”进驻铁山矿以前杀死李贤诚，就不带着她上铁山，把她交给共产党惩办。小丽挨了骂，又气又恼，把心腹手下叫来劈头盖脸扇了十几个大嘴巴子，痛骂心腹手下无能，责成继续执行暗杀李贤诚的任务。

李贤诚遭土匪兵软禁、绑架，又差一点被歹人在茶水里下毒毒死，他明白两次遇险都是国民党特务干的，心里更加痛恨国民党特务，看到陈知农、刘华、陈知雄等人对自己非常关心，知道这些关心自己、保护自己的好人，十有八九都是共产党的人，于是更加坚定了站在共产党一边、站在人民群众一边的决心。

李贤诚在铁山矿当矿长，不像有些铁矿煤矿的矿长那样，担心下矿井遇到危险，喜欢坐在办公室里听汇报指挥生产。李矿长每隔十天半个月就要到矿井各处巡视一次，帮助工人解决在生产中遇到的问题。

这一天，李贤诚带着两个手下到铁山矿巡视，下了矿井，来到一个僻静的巷道，发现陈大生、陈知雄和一些工人正在商量事情，猜出是铁山矿的共产党员在研究工作，布置任务，便想绕开僻静巷道，不打扰他们，不料被陈知雄看到喊住了。

陈知雄来到了李矿长身前，坦率地说：“李矿长，我们在开会商量当前应该怎样保护铁山矿，以及解放军来后怎样发展生产，让铁山矿为新国家的建设作出大的贡献。李矿长，你是专家，铁山矿是我们一起建成的，请你参加我们的会，给我们讲一讲你的意见，好吗？”

李贤诚有一些犹豫，说：“我，我现在还是国民政府任命的矿长，参加你们的会议合适吗？”

陈知雄紧紧握住了李贤诚的手，诚恳地说：“李矿长，你现在虽然还是国民政府任命的矿长，是国民党的官，但是你已经站到了人民群众一边，站到了我们工人一边，我们要保护好铁山矿，让它完整无损地迎接解放军的到来，你也一心一意要保护铁山矿不受破坏，我们有共同的心愿、共同要做的事，是朋友，是真心实意的朋友，完全应该坐在一起，商讨怎样保护好铁山矿，在新的社会建设好铁山矿，让它为国家作出更大的贡献。”

李贤诚十分激动，眼里有了泪花，大声说：“谢谢，谢谢你们对我的信任！我一定会忠实地站在人民群众一边，站在矿山工人一边，无论遇到什么风险，我都会和你们在一起，同国民党反动派斗！”

李贤诚安排跟随着他的两个办事员去办其他的事情，自己跟随陈知雄来到共产党员和工人积极分子开会的僻静巷道。一会儿，陈知农和刘华也来到了铁山矿井下僻静巷道开会的地方。刘华和陈知农发现李贤诚和工人们坐在一起，十分高兴，刘华紧紧握住了李贤诚的手。

国民党军队在川黔边境和人民解放军作战打败了，败得很惨，成千上万的败兵沿着川黔公路往重庆方向退去，败兵们一个个像土匪，沿途遇到有老百姓的住房，进门就抢东西，金钱抢光了就抢吃的穿的，遇到好看一点的女人也抢，害苦了这一线上的老百姓。

败兵涌进了东溪场，可是，东溪场上的老百姓提前得到了败兵即将到来的消息，收拾了家里值钱一点的东西跑上山躲避了。只有一个大着肚子的女人跑慢了一点，被一群败兵抓住强奸了，女人肚子里的孩子流了产，女人又气又羞，在路边一棵黄桷树上吊死了。败兵们在东溪场大街上抢不到东西，涌向了铁山矿办公楼和吴宏宜、陈知生、夏河水等人开的铁厂。

铁山矿办公楼有矿上的警卫队把守，大门口架着机关枪，败兵们不敢硬闯，便闯进了吴、陈、夏三家合伙开的东胜公司铁厂，铁厂里的工人把败兵恨得要命，有的拿着扁担，有的拿着铁棍，要和败兵拼命。可是，东胜公司铁厂工人不多，败兵人多势众，就在败兵砸开了铁厂大门，要进铁厂抢劫财物的时候，陈大生、陈知雄带着支援的工人队伍来了，铁山矿的李矿长也下令矿上警卫队，带着武器帮着东胜铁厂赶走企图抢劫的败兵。败兵看到前来声援的人多，害怕打不过，退出了铁厂。

川黔公路上还有国民党的败兵经过，刘华、陈知农召开了中共铁山地区特别支部会议，研究了保卫铁山地区老百姓和铁山矿、铁厂的安全问题，组建了铁山地区人民自保队。吴宏宜、陈知生、夏河水捐了钱粮，还拿出了准备动乱时保家护院的武器交给人民自保队，李贤诚也让铁山矿警队捐出一些武器，人民自保队在东溪街上以及东胜铁厂周围巡逻放哨，驱赶成群结队抢劫财物、强奸女人的过路败兵。东溪场上的老百姓过上了比较安稳的日子，晚上睡得着觉了。

土匪军队中的王益生一天三次接到重庆方面顶头上司的电话，催促抓紧执行对执意留下不走的李贤诚的暗杀命令。王益生皱起了眉头，他已经让小丽派出三个暗杀能手去执行暗杀李贤诚的任务，可是遭遇过绑架、暗杀的李贤诚似乎提高了警惕，平时行动小心谨慎，而且身边有陈知农等人保护，派出的三个杀手一个被陈知农带人抓住关进了铁矿禁闭室，一个暗杀失败害怕回到军营受处罚便逃走了，剩下的一个杀手暗杀时被矿警队发觉并追赶，逃跑时摔下山崖死了。小丽再也派不出杀手去执行暗杀的命令。

可是，王益生的顶头上司下了死命令，并且一天几次电话催促抓紧执行，还用完不成暗杀李贤诚的指令就不运给武器装备相威胁。王益生心里明白，跟着顶头上司逃往台湾和美国的路已经被切断了，“共军”来后只有带着心腹手下上铁山跟“共军”打游击，等待国民党军队在美国的支持下反攻回来。王益生十分迷信美国，美国有原子弹，他以前的主子日本人就是被美国人用原子弹炸得认了输、投了降的，他以为只要美国人在中国投上两颗原子弹，共产党就会乖乖地打出白旗投降。但是上铁山打游击等待国民党反攻，必须有充足的武器装备，因此，他必须想办法完成顶头上司交给的暗杀李贤诚的指令。

王益生让人叫来了小丽，小丽既是他的心腹手下、得力干将，又是他的小情人，长得乖巧，一双水汪汪的大眼睛，两片红红的小嘴唇，会让很多男人心动。王益生喜欢小丽，一有机会就让小美人进入自己房间，搂着光身子的小美人睡觉，用臭烘烘的大嘴去含小美人红红的奶头，用被香烟熏得焦黄的手指头去抚摸小美人白嫩的皮肤。王益生轻易不会让小丽去执行比较危险的任务，害怕失去小美人，如今顶头上司催促他，要他抓紧执行暗杀李贤诚的指令，王益生不得不让小丽亲自去当杀手了。

小丽进了军长大人的屋，见了王益生愁眉苦脸的样子，撒娇地走到了王益生身边，紧紧靠着男人，细嫩的小手轻轻抚摸着王益生长满胡子的下巴，娇声娇气地说：“军长大人，叫我来有什么事情啊？这里是办公室，又不好做那种事情。”

王益生长长地叹了一口气说：“小丽，我的好帮手，重庆的顶头上司又打来电话，催促杀掉李贤诚。”

小丽皱起了眉头，说：“军长大人，姓李的一定暗中投靠了共产党，身边有能人在帮他。我先后派出三个杀手，连他的汗毛也没有伤到一根，要执行顶头上司的暗杀指令，实在有些难！”

王益生苦笑了一下，说："暗杀李贤诚确实很难，可是，顶头上司发了话，完不成暗杀任务就不把我们需要的武器装备运来，你知道，将来要上铁山打游击，等着国民党反攻，不能没有武器装备。"

小丽十分聪明，猜出了男人的心，叹了一口气，说："军长大人，你的意思是不是要我亲自出马，去执行暗杀李贤诚的上司指令？"

王益生把小美人搂进了怀里，亲了亲脸蛋，说："小丽，我真的不舍得让你去冒险执行暗杀指令，可是没有办法，为了我们的将来，只好让你去冒险了。小丽，我的小美人，你要懂得我的心。"

小丽挣脱了王益生搂抱着身子的手，站起了身，苦笑着说："军长大人，我是你手下的一个兵，你是长官，长官下了命令，我只有服从！"

小丽出了军长办公室，心里很苦，她十分清楚，尽管和王益生在一起的时间不短，睡在一张床上的时候，这个男人不知发过多少次誓，说真心实意爱她，生生死死永远在一起，但男人说的很少有真话，她不过是军长大人的一个玩物、一支枪，有一天被男人玩厌了，没有作用了，就会像一件破烂衣服一样被扔掉。和王益生混在一起，小丽的心已经麻木了……

夜深了，小丽换上了一身黑色的夜行服，带了两把子弹上了膛的手枪，悄悄地出了门，来到了东溪场边的小树林里。铁山矿的矿长办公室在离小树林不远处一个小山头下，旁边有一条潺潺流淌的小溪。小丽爬上一棵高高的白杨树，朝着小山头下的矿长办公室方向望去，有一间办公室还亮着灯。小丽知道铁山矿在小溪上建了一座小型发电站，用小溪淙淙的流水发电，冬天到了，小溪的水少了，发出的电不够用，只能保证矿井以及矿长办公室用电，因此，小山头下亮着灯的，一定是矿长办公室。小丽在白杨树上等了很久，终于等到矿长办公室的灯灭了，便悄悄下了树，朝着矿长办公室奔去。

然而，小丽刚刚出王益生的军营，就被好几双眼睛盯住了。

铁山矿区已经隐隐约约能听见人民解放军的隆隆炮声，上级党组织给中共铁山地区特别支部下发了通知，指出国民党反动派不会甘心失败，在人民解放军即将到来的时候会做垂死挣扎，破坏工矿设施和交通道路，绑架或暗杀对新中国有用的各种人才，通知特别提到了像李贤诚矿长这样国内外有一定知名度的专家，要求中共铁山地区特别支部采取措施，保护好铁山矿以及民间铁厂设施，保卫好李贤诚的安全。

刘华、陈知农召开了特别支部会议，十分慎重地研究铁山地区即将获得解放时铁山矿、民间铁厂以及像李贤诚这样的重要人物的保护。陈知农在特别支部会议上提出了明保和暗保同时进行的方法，明保是组织保卫人员，一天二十四小时守护在铁山矿、铁厂以及重要人物办公室及住家附近，防止可疑人员进入实施破坏；暗保是挑选有一定武功，枪法准，能纵身上房上树的人，白天晚上化装守候在可能派出人员搞破坏搞暗杀的土匪军营，以及有可能趁人民解放军到来之前的短暂混乱时期搞破坏的歹人住处附近，暗中监视，发现土匪兵及东溪场上的歹人有进行破坏活动的动向，迅速采取行动制止，保护铁山地区工矿设施以及老百姓的安全。陈知农提出的建议被采纳了。这一天晚上，陈知雄守候在土匪军营附近的小树林边，借助一棵枝繁叶茂的黄桷树隐蔽着身子，一双眼睛警惕地盯着土匪军营的围墙及军营大门，他不知道小树林里还藏着一个黑色的人影，一双机灵的眼睛不但盯着土匪军营的围墙，还盯着他。

小丽轻轻奔到了铁山矿矿长办公室围墙外，纵身上了围墙，藏在了围墙边一棵黄桷树的枝叶里，她听到身后不远处的树林中响起了鸟叫声，因为正在执行危险的暗杀任务，她没有留意是什么鸟在叫。

小丽在黄桷树枝叶里躲了一会儿，看到矿长办公室走出了一个人，从穿的衣服、戴的帽子、走路的姿势看，很像是矿长李贤诚，赶紧掏出手枪，瞄准开了枪。同时不远处树林里也响起了枪声，小丽的手臂中了一枪，惊叫着从黄桷树上掉了下来。听到叫声，从矿长办公室走出来的人迅速转向黄桷树，在月光下摘下帽子，不是李贤诚，却是陈知农。

陈知农按照中共铁山地区特别支部会议作出的安排，征得李贤诚的同意，采用了调包的策略，让李矿长晚上秘密转移到另外一个地方办公，自己则穿起李贤诚的衣服，戴上他的帽子，装着李贤诚的样子在矿长办公室办公，引出暗杀的国民党特务，捉住杀手曝光，揭穿国民党反动派的暗杀阴谋。

小丽果然上了当，误把陈知农当成了李贤诚，并且被人开枪打伤了手臂。

小丽忍着痛，挣扎着站起了身子，看到陈知农追来，又看到矿长办公室追出了几个人，大声喊着："抓住暗杀李矿长的凶手！"知道自己上当了，吓得浑身颤抖，咬着牙，忍着痛，往矿长办公室院墙外逃跑，跑到院墙角，使出了全身力气，居然跳出了院墙，拼命奔跑到了小树林边上。眼看杀手小丽就要逃进小树林，摆脱抓捕她的人。突然，小树林里一个黑色的人影闪了一下，一块石子扔来，不偏不斜，刚好打在奔跑着的小丽大腿上。小丽感到一阵剧烈的疼痛，腿一软，“扑”的一声倒在草丛中。女杀手吓得胆战心惊，挣扎了两下，没有能够站起身，陈知农、陈大生带着人追到了，两个工人从草丛中拉起了小丽。陈大生走到跟前，一口唾沫吐到了女杀手脸上，大声骂道：“臭婊子，居然敢来暗杀李矿长，狗胆子不小。”

矿长办公室涌出来的人把小丽围在中间，气愤地你一句我一句吼了起来。

“跑来暗杀李矿长，快说，受了什么人的指使？”

“这不是王益生手下的美女吗？一定是王益生派来暗杀李矿长的。这些坏蛋，解放军就要到了，不赶快夹着尾巴滚蛋，还敢做坏事、搞暗杀！”

“瞧瞧这个女人，模样长得还可以，可惜长了一副豺狼的心肝，一门心思变着法子害人。”

铁山矿和东溪场上的人听说抓到了暗杀李矿长的女杀手，一个个都来了，围着女杀手的人越来越多，人们气愤不已，有人朝小丽脸上、身上吐口水，有的人狠狠地用脚踢。一个七八岁的小男孩跟着大人来看抓到的女杀手，抓起地上的污泥，摔到了小丽的头上。

小丽吓得魂不附体，两手紧紧抱着脑袋蹲在地上，身子不停地颤抖，她不敢说话，不敢抬头看谁在骂她，在吐口水、扔泥块砸她，小丽恨不得地上裂一条缝，让她一头钻进去……

刘华也赶来了，陈大生、陈知农商量后决定把女杀手送回土匪军营，交给王益生处置，不料围在周围的铁矿职工、东溪场上的老百姓听说要把小丽押回土匪军营，一个个喊叫起来，表示坚决反对。

一个铁矿工人大声吼道：“女杀手就是土匪军营里的人，把她送回土匪军营，这是在放虎归山，千万不能做这样的傻事！”

东溪场上的一个老大爷气愤地说：“我听人说这个女杀手是土匪军队王益生的姘头、小情人，把她送回土匪军营，让王益生抱着睡觉倒是合他龟儿子的心意。让姓王的狗屁军长来处置他的小情人，那是痴人在说梦话！”

陈知农十分理解大家的心情，不过，他知道如果扣押了女杀手，土匪军队会借口铁山矿私自扣押军人来惹事，现在的头等任务是保护矿山，不能让土匪兵借机闹事破坏矿山……

陈知农费了很多口舌，劝说愤怒的铁矿工人和东溪场上的老百姓，陈大生、刘华也帮着劝说，终于，大多数群众理解了陈大生、陈知农和刘华的想法，赞成把女杀手押到土匪军队的军营，交给土匪军营自己处理。陈知农让人拿来了纸和笔，让小丽写了认罪书，承认在铁山矿矿长办公室外开枪暗杀李矿长的事实，还在认罪书上按了手印。

陈知农、陈大生押着女杀手小丽向土匪军营走去，众多的铁矿工人和东溪场老百姓跟在后面。这时天已经快亮了，东溪场上越来越多的老百姓听说抓住了暗杀铁山矿李矿长的女杀手，跑出家门看热闹。押送杀手小丽的队伍越来越长，人越来越多，浩浩荡荡。一路上，气愤的老百姓朝着女杀手吐口水，往她身上砸烂南瓜、烂橘子，也有的随手捡起路边小石块砸，弄得杀手小丽一身脏兮兮的，头上被砸破了好几处，流了血，十分狼狈。

土匪军营里，王益生正抱着一个刚弄到手的年轻女人睡得香，房间门被人“啪啪”敲打起来，一个侍卫焦急地大声喊着：“王军长，快起来，有重要事情报告，王军长，快起来……”

王益生被吵醒了，非常生气地骂起来：“放屁！什么重要事情报告？吵了老子的春梦。”一边骂一边找裤子穿，不料睡在身边的女人撒开了娇，一把抓过王益生拿在手上准备穿的裤子扔下了床，光着身子扑了过来，把他压到身子下面，娇滴滴地说：“亲亲，乖乖，我要你陪我再睡一会儿，天还早，不要理会门外的人嘛！”

王益生翻过身，光溜溜的身子压在一起，他抱着女人好看的脸蛋亲起来。门外的敲门声越来越急，侍卫的喊叫声也越来越响：“王军长，快起来，你派去暗杀李贤诚的小丽小姐被铁山矿的人抓住了……”

王益生闻讯吓了一跳，翻身跳下了床，嘴里不干不净地骂起来：“他妈的，铁山矿那帮子狗杂种，吃了熊心豹子胆，胆敢抓我手下的人。小丽也混蛋到了家，交给的指令没有完成，还被铁山矿的人抓了起来。”

王益生一边骂一边穿上衣服裤子，打开门去了军长办公室，听了知情侍卫的详细报告，皱起了眉头，吩咐侍卫叫来师长刁平，他要和刁平商量一个应付铁山矿工人的妥善办法。

不一会儿，刁平来了，王益生让侍卫再一次报告了小丽暗杀李贤诚不成、反被铁山矿工人抓住的经过。刁平也皱起了眉头，可是过了一会儿，刁平的眉头舒展开了，脸上露出了笑。王益生有些奇怪，厉声问道：“刁师长，小丽是执行我的命令去刺杀李贤诚的，现在刺杀不成反被抓住。铁山矿的工人抓住了小丽，就是抓住了我让人暗杀李贤诚的证据，你怎么还笑？”

刁平眯起了小眼睛，一副奸诈狡猾的样子，说：“王军长，现在小丽在铁山矿的工人手里，问出来的口供我们可以死不认账，相反，铁山矿里的人私自抓了军队的人，还扣住军队的人不放，我们可以借机组织军队冲进铁山矿，混乱中谁也不敢保证不出事，我们借机捣毁铁山矿的机器设备，毁了矿洞，出了事推在当兵的身上。就说当兵的因为铁山矿无理抓了军队的人，一些情绪激动的官兵在气头上做错了事，上司肯定不会追查。我们让铁山矿上的人有苦说不出。王军长，你说我出的主意好不好？”

王益生仔细琢磨了刁平的话，终于明白了刁平的意思，高兴极了，脸上露出了笑容，拍着他的肩头大声夸奖起来：“刁师长，你真是智勇双全的将才。好，我听你的话，按照你的主意，现在按兵不动，等到天完全亮了，你传我的命令，集合一些当兵的到铁山矿要人。如果铁山矿不放人，就冲进去，放火扔炸弹，炸塌铁山矿，既为小丽受辱被抓报了仇，又完成了顶头上司交给的任务，留给共产党共军一个毁了的铁山矿。”

两个歹人相当得意，狂妄地大声笑起来。

王益生和刁平正打着如意算盘，侍卫又慌慌张张地跑来报告，铁山矿的人并没有把抓住的小丽上校关押起来，而是押送到军营来了，听说小丽上校承认了刺杀李矿长的事，招了供，还在供词上按了手印。随同铁山矿的人押送小丽上校到军营的，还有成百上千的铁矿工人和东溪场上的老百姓，黑压压一片，已经快要到军营大门口了。

刁平帮王益生定下的计谋泡汤了，铁山矿的人把暗杀矿长的凶手押回了军营，特别让王益生和刁平恼火的是，有成百上千的铁矿工人和东溪场老百姓陪着一起把女杀手押回了军营，意味着他们都知道女杀手受命暗杀铁山矿矿长的事。

刁平眼珠子转了转，又想出了歪主意，说：“事到如今，没有其他的办法，只有让小丽当替罪羊了。”

王益生摇了摇头，长长地叹了一口气，说：“刁师长，小丽可是我们的有功之臣啊！跟了我这么久，为我做了不少事，让她当替罪羊，我真有些舍不得。”

刁平也叹了一口气，哭丧着脸说：“王军长，让小丽当替罪羊是迫不得已的啊！”

陈家兄弟和众多铁矿工人、东溪场上的老百姓押着小丽往土匪军营走，一路上，有人扔烂菜叶子、臭豆腐，有人朝女杀手身上吐口水、泼脏水，一些小孩还向女杀手扔石块。小丽的头发散了，脸上青一块紫一块，身上的衣服脏兮兮的，发出难闻的臭味，她两手抱着脑袋，在人们的推搡下向军营走去，心里渴望着早一点到军营，渴望王益生能救她……

小丽被愤怒的铁矿工人和东溪场老百姓押到了军营面前，王益生、刁平带着军营的警卫人员已经等候在军营门口了，王益生看见了小丽，看到了她眼里祈求救助的目光，突然瞪大了眼睛，生气地大声吼叫起来：“混账女人，真是胆大包天，竟然敢暗杀政府官员，暗杀铁山矿的李矿长！来人，把这个女杀手给我绑了，押出去枪毙了！”

小丽吓傻了，吓呆了，刚想开口申辩自己是奉命行事，两个侍卫拥上前，一个侍卫把一团破布硬塞进她嘴里，她开不了口，说不出话。紧接着，侍卫把她的双手扭到背后用粗麻绳捆绑起来，绳子绑得很紧，两个被绑着的膀子钻心般的痛，小丽感到万分委屈，眼里流出了泪。

刁平装起了好人，拦住了要押解小丽去刑场执行枪决的侍卫，走到王益生面前求起情来：“王军长，消一消气，现在还不能枪毙女杀手，先把她关押起来，审问出她的幕后指使再决定如何处罚，该枪毙就枪毙，该关进大牢就关进大牢！”

王益生似乎还有些犹豫，身边又站出了两个土匪军官，劝说暂时不要枪毙小丽。王益生故意皱起了眉头，答应了，让侍卫押走了小丽，然后走到铁矿工人和东溪场老百姓面前，装出一副惭愧的样子大声说：“乡亲们，我的军营中出了败类，李矿长是国民政府的官员、经验丰富的地质专家，我们确实接到过命令，怕共产党打来他受到伤害，准备送李矿长到重庆，坐飞机去台湾，到美国，但决不允许有人伤害李矿长。我要好好审问女杀手，找出幕后指使者，把参与暗杀李矿长的人统统抓起来，从严惩处……”

王益生和刁平合演的这出好戏，确实忽悠住了不少善良的铁矿工人和东溪场上的老百姓，聚集在土匪军营前的人群慢慢散了。

小丽被松了绑，关进了牢房，她不明白王益生为什么会突然变得这样无情，居然下令要枪毙自己。小丽生活在王益生身边已经好几年了，虽然知道这样的男人眼里看重的是利而不是情，为了一点点小利就会做出绝情的事情，但是真的看到他是这样的人还是觉得难以接受。时间稍长，她慢慢冷静下来，意识到王益生是为了安抚愤怒的老百姓，不因自己失败的暗杀行动而激起民变，便让自己当整个暗杀行动的替罪羊。小丽害怕王益生会杀人灭口，真的把自己五花大绑押上刑场，想起来身子就一阵阵颤抖。

不多时，看守送来了饭，也许是王益生特意安排的，饭菜很丰盛，有鱼有肉，可是小丽没有胃口，吃不下。好心的看守劝她说："大妹子，吃吧，有吃的就吃吧，今天吃了，也许明天就吃不上了。"小丽听了看守的话，心里更加害怕，拿着筷子的手颤抖着，夹不起菜碗里的肉。

小丽心惊胆战地在牢房里待了一天，中午和晚上看守也送来了饭，小丽吃不下，几碗饭菜放在牢房角落里，凉了。看守叹着气，端走了。

天黑了，小丽蜷曲着身子躺在牢房潮湿的地上，瞪着眼睛睡不着，有时候实在疲倦，眼睛闭上了，可是上眼皮和下眼皮刚刚合在一起就做起了噩梦，看到满面杀气的刽子手进来了，像绑小猪小羊似的用粗麻绳把自己捆绑得紧紧的，押到了刑场上，喝令她跪下。刽子手端起了枪，黑洞洞的枪口对准了自己的后脑勺，枪响了……

小丽从噩梦中惊醒了，一身冷汗，身子哆嗦颤抖着，眼里满是泪水。有人进牢房来看望了，居然是她又恨又爱、又怕又想的王益生。

王益生吩咐牢房看守到厨房拿来好菜好酒，让牢房里外的闲杂人避开了，要和小情人喝酒吃菜。

小丽害怕王益生是来陪着自己喝断头酒的，喝了酒吃了菜，就要送自己上断头台，声音颤抖着说："王，王军长，你，你真的要枪毙我，送我走？"

王益生笑了，亲热地把小丽搂进怀里，轻轻抚着小情人被捆绑得有些麻木的手臂，查看着小丽额头上被铁矿工人和老百姓用小石块砸的伤口，说："小丽，你受苦了。"

女杀手有些受宠若惊，用手背擦了擦脸上的泪水，说："为军长大人受一些苦，该！我害怕军长大人忘了小丽，真的抛弃了小丽，让我当了替罪羊，真的押上刑场枪毙了。”

王益生捧起小情人的脸蛋亲了亲，说：“小傻瓜，你那么可爱，我怎么舍得枪毙你？再说，我还有大事交给你去办。”

小丽有些疑惑地说：“我暗杀李贤诚失败了，整个铁山矿、东溪场上的人都知道了，我成了过街的老鼠人人喊打，还能给军长大人办什么事情？”

王益生眯着眼睛，狡猾地笑了，说：“小美人，你知不知道《三国演义》里有一出戏叫周瑜打黄盖？周瑜为什么要打他的爱将黄盖？为了麻痹他的敌人曹操。”

小丽明白了，轻声叫起来：“王军长，你当着铁矿工人和东溪场人的面要枪毙我，也是像《三国演义》里的周瑜一样，为了麻痹他们？”

王益生笑着点了点头，说：“小美人，今天早上当着铁矿工人和东溪场上老百姓的面，我和刁师长是在演戏，想不到那些捆绑你的侍卫下手这么重，让你受苦了。”

小丽撒起了娇，故意瞪大了眼睛说：“王军长，你真坏，演戏也不事先给我透一个信，吓死我了。”

王益生紧紧搂着小情人说：“小美人，你吓坏了，我也心疼死了，为了把周瑜打黄盖这出戏演真演好，今天晚上你要逃出去躲藏起来。我要让手下人贴出通缉令抓捕你，等风声过去，你去找陈知农或者陈知雄，装成十分恨我的样子投靠他们，然后找机会暗杀李贤诚或陈家兄弟，炸毁铁山矿。”

小丽噘起了嘴，撒起了娇，说：“我不去，你们在军营里吃香的喝辣的，让我去假装投靠陈家兄弟，万一被陈家兄弟识破了，我的脑袋就会真的搬家。我怕，我不去。”

王益生捧着女人的脸，大口亲着，哄着说：“小丽，小美人，如果你除掉了铁山矿姓李的或陈家兄弟，炸了铁山矿，你就是党国的大功臣，我就把上头给的十根金条全都给你，还想办法让你到台湾或者美国。那时候你就是阔太太，如果还瞧得起我，我们俩做了夫妻，不再冒险打打杀杀，在台湾或者美国过舒舒服服的日子。”

小丽摇了摇头，一脸的疑惑，说：“王军长，你们男人说的话大多不靠谱，我有些不敢相信了。”

王益生赌咒发誓，说："小丽，小美人，你今天晚上逃出牢房，明天晚上我就让人把两根金条送到你指定的地方。干掉了李贤诚，我再让人给你送去两根；干掉陈知雄、陈大生或者陈知农，我也让人给你送去两根。"

王益生和小情人谈成了买卖。当天晚上，小丽"越狱"逃出了土匪军营。王益生装着十分生气的样子，让手下侍卫把牢房的看守关押起来，还五花大绑地在东溪场上游了三天街，罪名是看守不严，让暗杀铁山矿李矿长的凶手从大牢里逃走了。然后在东溪场大街小巷张贴了通缉令，通缉从大牢中逃走的凶手小丽。

过了两天，一个月黑风高的夜晚，王益生让心腹手下偷偷地把两只手枪和两根金条送到了小丽指定的东溪场水码头旁边一个破庙里，还和小丽约定了暗中接头的地点和方法。

中共地下党组织派到铁山地区领导特别支部、保护铁山矿和东胜铁厂以及铁山矿矿长李贤诚安全的刘华同志终于确认了陈知农夫妇收养的小女孩陈莎莎是自己的亲生女儿，尽管回到铁山后见到过妻子，但很少谈起家事，而刘翠花为了不影响他的工作，也避开不谈，刘华渴望能够经常看到亲生女儿，虽然陈莎莎没有叫过他一声"爸爸"，然而，只要能见到陈莎莎，听到从女儿口里叫出的"刘伯伯"，刘华就会感到特别幸福，他常常找借口去陈知农家，想办法见到陈莎莎。

这一天晚上，刘华和特别支部的同志们开会商量，加强铁山矿以及东胜公司铁厂的保护，散会时夜已经很深了，便跟着陈知农去了他家。陈知农和妻子吴宏琴已经知道刘华是陈莎莎的亲生父亲，非常理解一个父亲对女儿的爱，便直接让他去了陈莎莎住的房间。小莎莎已经睡了，刘华点燃了油灯，看着女儿红红的小脸蛋，情不自禁地伏下了身子，去亲陈莎莎的小脸蛋。

陈莎莎醒了，看到身边的刘华，翻身坐了起来，大声说："刘伯伯，我做梦看见妈妈了。刘伯伯，我想亲妈妈，想见到亲妈妈！"

刘华眼里有了泪，坐在床沿上，把陈莎莎搂到怀里，轻轻抚着小女孩的黑头发，说："小莎莎，你现在有妈妈，你天天都和妈妈在一起。"

陈莎莎噘起了小嘴，说："我知道，我有两个妈妈，但我想见到生我的妈妈，我想叫她一声妈妈！"

第二十六章

小莎莎见到了亲妈妈

人民解放军已经突破了国民党军队的白马山防线，解放了和綦江相邻的南川县，东溪场能够清晰地听到人民解放军的隆隆炮声了。

东溪场传开了谣言，有的人说国民党军队要死守铁山矿，与人民解放军在东溪场打一个大仗，东溪场以及周边地区都要成为战场，房屋要被炮弹轰垮，留在东溪场家里的人不被炮弹炸死，也要被乱飞的流弹打死；还有的人说共产党掌管了天下，有钱人家不管是开铁厂的、做生意的，还是把田地租给别人耕种靠收租过日子的，统统要被打倒，男人要被抓起来或关进大牢受罪，或押上刑场枪毙。

一天早上，陈知农到铁山矿办公室上班，路上遇到两个东溪场上的中年人，一边走路一边摆谈。一个穿蓝色大褂的问："解放军要来了，共产党要掌管天下了，老兄，你打算怎么办？是逃到乡下还是逃到綦江或重庆城里躲避？"另外一个穿白色粗布衫的说："我是一个做小生意的，不怕共产党掌管天下。”穿蓝布大褂的摇着头说：“老兄，我听说共产党掌管了天下，不论是做大生意还是小生意，都说你是有钱人，要抓起来关进大牢……”

陈知农到了铁山矿办公室，由于解放军要来了，办公室一些职员害怕打仗，找了各种借口请假，不来上班，办公室里空荡荡的没有几个人。陈知农办完了自己应该办的事情，还没有到下班的时间，因为想到最近各种谣言盛传，闹得人心惶惶，不少做生意的、开铁厂的逃到了乡下或綦江、重庆城里，东溪场上不少商店关了门，严重影响了一般老百姓的生活，需要找刘华商量，怎样揭穿一些别有用心的人散布的谣言，稳定人心，维护正常的社会秩序，于是到了矿长办公室，想请半天假，却看到矿长李贤诚正对着电话筒大喊大叫，气得满脸通红，张大了嘴巴呼呼直喘粗气。原来重庆方面又打来电话，要李矿长立即赶回重庆另外安排工作，铁山矿的事情交给土匪军队的王益生去办。

李贤诚看见陈知农，仿佛受了天大冤屈的孩子见到了大人，一把抓住陈知农的手，眼睛红了，大声说：“知农老弟，上头来电话要我把铁山矿交给姓王的狗屁军长，让他去搞破坏。铁山矿是我们辛辛苦苦建起来的，砍了我的脑袋也不能交给姓王的狗屁军长！”

陈知农拍了拍李贤诚的肩膀，点了点头说：“李矿长，你说得对，不能把铁山矿交给姓王的。解放军要来了，你上面那些混账头头猖狂不了几天了，再说，有成千上万的工人兄弟和你在一起，不要怕你上面那些混账头头和姓王的一伙。”

李矿长脸上露出坚定的神色，大声说：“不怕！知农老弟，有你和你的那些朋友支持我，我不怕，我要留在铁山矿，和你们一起保护矿山。”

陈知农向李矿长请了假，到了大哥陈知雄家住的小山头，找到了住在大哥家的刘华。刘华已经听陈知雄报告了铁山矿和东溪场上谣言四起、闹得人心惶惶的情况，派人去通知中共特别支部的同志来一起研究对策。刘华和陈知农等了一会儿，陈知雄和陈大生以及另外两个同志来了。

中共铁山地区特别支部开会研究决定，要稳住铁山地区的人心，先要稳住市场，因为在东溪场开铁厂的吴宏宜、夏河水以及做铁器生意的陈知生在东溪场商界威望高，说出的话做生意的人相信。特别支部会议决定由刘华、陈知农两位同志去拜访东胜铁厂老板吴宏宜、夏河水，陈知雄和陈大生去拜访做铁器生意的陈知生，让几个老板给东溪场上的生意人打招呼、做工作，保证东溪场上的商店照常开门，生意照常做，稳定市场秩序，稳定人心。

吴宏宜、夏河水、陈知生和陈知农、陈大生、陈知雄不是兄弟，就是朋友，也听过共产党保护正当生意人的宣传，因此对他们三人的要求满口答应。吴宏宜还拍着胸脯向刘华保证，不管东溪场上会不会发生战事，东胜铁厂一天也不会歇火停炉。刘华和陈知农、陈大生、陈知雄也向几位老板承诺，组织工人纠察队和民众自卫队，保护铁厂和开门做正当生意的商家，维护铁山地区的社会秩序，直到人民解放军到来。

王益生一次又一次遭到重庆方面施压，很想派出军队强行占领铁山矿，抓起对抗上司、不听指挥的矿长李贤诚，赶走在矿上坚持生产的工人。可是，他和心腹手下刁平商量时，姓刁的摇着脑袋不同意王益生的想法。刁平告诉王益生，铁山矿里很可能已经有了共产党的组织，工人已经组织起来抱成了团，还有了武器，同时铁山矿的警卫队听姓李的指挥，如果军队和工人发生冲突，警卫队会站在铁矿工人一边。因此，军队强行进入铁山矿，一定会遭到工人武装和警卫队抵抗，加上东溪场上老百姓的心是向着铁矿工人的，军队和工人打起来，军队打不过，会被工人武装赶出东溪场，到时候，偷鸡不成倒蚀一把米。王益生觉得刁平的话有一些道理，不能轻易得罪铁山矿的工人，可是，炸毁铁山矿、除掉李贤诚是重庆顶头上司下达的死命令，也不能不执行。王益生歪着脑袋想了半天，决定再次起用小情人、心腹手下小丽。

王益生和暗杀李贤诚、引起众怒的小情人演了一出戏，让小丽越狱离开了大牢，相互约定了秘密会面的暗号和地点，还让人定期给小情人送钱。

天黑了，远处传来解放军隆隆的炮声，王益生带了两个侍卫，悄悄来到东溪场水码头附近一个寡妇家。寡妇已经被王益生手下的人用钱买通，她的家成了王益生和情人小丽秘密约会的地点。小丽早就在寡妇家里等待，王益生到了，寡妇知趣地离开，两个侍卫在门口把守着不让人进，屋里只剩下王益生和他的小情人。小方桌上点着一盏菜油灯，灯头燃烧着发出暗红色的光。王益生见到小情人，心里痒得发慌，一把抓住拉到身边搂进怀里，用手去解她的衣服纽扣。

小丽似乎还在为被关进大牢的事情而生气，轻轻地推开了男人的手，嘛着嘴说："军长大人，我现在是被通缉捉拿的杀人犯，杀人犯的身子不干净，会脏了军长大人。”

王益生用手轻轻拍了拍小情人的嘴巴，轻声说：“不准你说自己是杀人犯，你暗杀姓李的执行的是我的命令，你是党国的勇士、党国的功臣，我已经在你的功劳簿上大大地记上了一笔。”

王益生脱光了小情人的衣服，搂着她光滑细嫩的身子玩弄了一阵，下达了再次执行暗杀铁山矿矿长李贤诚的命令。

小丽轻声叫了起来：“军长大人，再次去刺杀姓李的，如果惊动了矿长办公室周围的侍卫，又抓住了我，我这条小命就完了。求求你，军长大人，不要再让我去杀人了，特别是像姓李的那样得到铁山矿工人保护的人。”

王益生紧紧搂着小情人，轻轻说着话，给她鼓气出主意：“小丽，我的心肝宝贝，只要你完成了顶头上司交给的暗杀任务，顶头上司给的十根金条有一半就是你的了，我们有了钱，神不知鬼不觉地离开这个鬼地方，出国到美国、到欧洲都可以。这次执行暗杀任务不能用枪，不要弄出响动，这样就不会被人发觉，可以偷偷溜进李贤诚住的地方，在他喝茶的茶杯里下药，还可以从山上弄来毒蛇放进屋里，放在姓李的床上或办公桌旁边，让毒蛇咬死他……”

小丽听着王益生的吩咐，轻声叫了起来：“蛇，对，到山上去捉毒蛇，放进姓李的房间，神不知鬼不觉，让毒蛇咬死姓李的……”

一天晚上，铁山矿矿长李贤诚找来在矿井里带着工人采矿砂的工头，听取了工头汇报铁矿砂开采的情况，回到宿舍已经夜里十二点多了，他脱了衣服上了床，吹了油灯要睡觉，突然觉得屁股被什么东西咬了一下，一阵刺骨钻心般的疼痛，大叫一声昏了过去。

守候在门外的工人听到了屋里的叫声，推开房门进了屋，喊了两声“李矿长”，床上的李贤诚没有回答，工人觉得事情不对，恰好停电了，他奔到屋外找了一个松油火把点燃，进屋后发现一条青花小蛇正从床上往床脚爬，李贤诚躺在床上，脸色铁青。工人慌了，大声叫了一阵，李贤诚没有回答。工人奔到屋外，叫来了更多的人，抓住了爬到床脚的小青蛇。有工人认出来了，小青蛇是铁山上一种很毒的蛇，李矿长被毒蛇咬了，生命危在旦夕。

工人赶到陈知农的家，报告了李矿长被毒蛇咬伤的事。

陈知农大吃一惊，意识到李矿长又是遭了国民党特务的暗害，慌忙叫起妻子吴宏琴，让妻子赶到大哥家去告诉陈知雄和刘华，自己来到一个熟悉的老中医家，敲开门叫起了老中医，带着老中医赶到了李贤诚住的地方。老中医给李矿长把了脉，开了药。陈知农让工人连夜到药店买回了药，熬好后喂给李贤诚吃了。

老中医离开时告诉陈知农，咬伤李贤诚的是一种很毒的蛇，他开的药方只能暂时缓解毒性发作，保住病人的命，要治愈李矿长的伤，还是需要到铁山上去寻找一种很难找到的草药。

刘华、陈知雄连夜上铁山，为李贤诚寻找医治毒蛇咬伤的草药。刘华曾经在铁山上住了四五年，打过猎，采过草药，熟悉铁山上的每一个山头，每一条山沟，他认识老中医说的医治毒蛇咬伤的草药，知道这种草药长在悬崖峭壁上，于是翻过好几重山，天亮时到了一个山崖边。他抓住山崖边上的小树下到了半山壁，寻找医治毒蛇咬伤的草药，在高高的山崖峭壁上找了很久，没有找到要找的草药。刘华、陈知雄相互拉着、拽着又爬上了一处山崖的峭壁上，仍然没有找到要寻找的草药，两个人的衣服被树枝挂破了，手背和大腿被荆棘挂伤了，流出了血，针扎一样疼。刘华、陈知雄没有怕疼，继续翻山越岭爬悬崖，太阳偏西了，肚子饿了，寻找残留在树上的野果子吃，终于在一处悬崖上寻找到了医治毒蛇咬伤的草药。

刘华、陈知雄十分高兴，采了草药，小心翼翼地揣进怀里。两人正准备下山，突然听到不远处传来“轰隆隆”的巨响和“噼噼啪啪”像放机关枪似的枪声。

刘华一个激灵，本能地担心黑衣人遭到土匪兵的袭击。刘华爬上了一棵高高的大松树，向四周查看，发现远处山崖边有一座残破的小庙，冒出了一股又一股浓烟，还闪着火光。他认出小庙是曾经去过的山神庙，以前庙里住有给菩萨烧香的道士。后来铁山上土匪强盗猖獗，山神庙里的道士走了，庙里很少有人去烧香拜神，院子里长满了野草，野山鸡、野兔子在神台上筑了窝。

刘华在大松树上发现山神庙周围有不少土匪兵，有的在灭火，有的从庙里往外搬东西，感到很奇怪，下了大松树，把看到的情况给陈知雄讲了。两个人很想弄清楚山神庙里发生了什么事，便借着树林的掩护悄悄地接近了山神庙，才发现山神庙是土匪兵建在铁山深处的一个秘密军火库，不知道被什么人点了一把火，爆炸了。

王益生接到心腹手下刁平的紧急报告，铁山上的秘密军火库不知道被什么人放火点燃爆炸了，大吃了一惊，吓得脸上变了颜色，生气地叫了起来："军火库被炸了，守卫军火的人干什么去了，统统抓起来枪毙！"

王益生向重庆的顶头上司要了很多军火，有机关枪、步枪，还有小钢炮以及子弹、炮弹，悄悄地运上了铁山，藏在了破旧的没有人住的山神庙里，派了一个连的土匪兵担任守卫，以便日后上铁山打游击使用。为了防止有人知道山神庙里的秘密，王益生命令担任守卫的土匪兵不能穿军装，统统换上山里农民的破烂衣服，而且只留四五个人守在山神庙里，其余的人守在离山神庙不远的一个山洞里，他们保持着联系，共同担负起保护藏在山神庙里的武器弹药的责任。

王益生一次又一次下达命令，要求守在山神庙里以及附近山洞的土匪兵行动谨慎，不能让外人知道山神庙里的秘密。可是，这个秘密还是让外人知道了。

这一天，山神庙里来了两个年轻漂亮的女人，长长的辫子，苗条的身材，水汪汪的大眼睛，白里透红的圆脸蛋，说话的声音悦耳，好像黄鹂在叫。王益生手下的土匪兵十个有九个是玩女人的老手，十天半月不碰一碰女人，心里便痒痒的。自从被派上铁山看守山神庙里的军火，他们不要说碰女人、搂着女人睡觉，见也没有见到过一个好看的女人。这些当兵的白天没精打采想女人，晚上睡觉翻来覆去睡不着，还是想女人，突然发现来了两个漂亮女人，一个个睁大了眼睛，有了精神，围到了女人身边。

两个年轻漂亮的女人自称是到铁山上走亲戚的，在山上树林里迷了路，转了大半天没有找到亲戚家，没有吃上饭，树林子里也没有找到水，想讨一口水喝，讨一碗饭吃。

土匪兵的连长嘻嘻笑着，来到两个漂亮女人身边，一双色眯眯的眼睛盯着女人好看的脸，流里流气地说："好漂亮的妹子，想讨水喝，讨饭吃，好说！我们这里有水有饭，还有酒，不过，我们这里的水不能白喝，饭不能白吃，要看两个漂亮妹子知不知趣，为我们做一点什么……"

一个看起来年纪稍大一点的女人似乎没有听懂连长的话，皱起了眉头，说：“长官，我们是姐妹俩，正经人家的妹子，不知长官想要我们做什么？”

土匪连长伸出了手，摸了摸年轻一点女人的脸蛋，嘻嘻笑着说：“我，我要两个妹子陪我喝酒，还要两个妹子陪着我的兄弟们玩。”

年纪稍大的女人摇了摇头说：“长官，我和妹妹都不会喝酒，也不会陪男人们玩，我们只想讨口水喝，讨碗饭吃。”

一个土匪兵放肆地叫了起来：“不会喝酒，不会喝酒更好，两杯酒灌下肚，玩得更有趣。”

年轻一点的女人似乎没有听明白土匪兵嘴里说的玩是什么意思，说：“姐姐，我肚子饿得发慌，长官要我们陪他们喝酒，我们就陪着喝酒，我在家里还偷老爸的酒喝，长官要我们陪着玩，我们就陪着玩。只要有水喝，有饭吃，不管叫我做什么，我都愿意。”

土匪兵们高兴了，鼓起了掌，你一句我一句叫了起来。

“好，这个妹子爽快，我们这里有水有饭，管饱管够。”

“妹子痛快，陪哥子们玩高兴了，我们还会赏给你钱。”

“妹子，等会儿陪哥哥玩，保证让你玩得舒服痛快。”

一个土匪兵从山神庙里搬出了一缸酒，两个漂亮女人陪着负责守护山神庙的土匪兵你一碗我一碗喝了起来，不一会儿，两个女人都喝醉了。年纪稍大一点的女人说想喝水，拿着碗进山神庙找水喝……

突然，山神庙里传出了爆炸声，土匪兵睡觉的草垫子和棉被都被人点着了，蹿起了火苗子，负责守护武器弹药的土匪兵惊呆了，知道遭了两个女人的暗算。慌乱之间，土匪兵发现两个女人已经不见了，庙里庙外，庙前庙后，都不见了两个漂亮女人的身影……住在山洞里的土匪兵听到山神庙里传出的一阵阵爆炸声，知道山神庙里的武器弹药出了事，一个个吓得脸青面黑，出了山洞，想到山神庙救火。可是很快，山神庙里的火就蹿上了房顶，山神庙的屋顶塌了，不过，“噼噼啪啪”的爆炸声仍然在响，大多数土匪兵怕死，根本不敢冲进山神庙里抢出武器弹药。

刘华和陈知雄来到了山神庙附近的树丛后面，观察着山神庙的冲天大火、武器弹药的爆炸以及土匪兵惊慌失措的样子，正在猜想是什么人放火烧毁了山神庙里的军火库。刘华的眼睛尖，猛然发现不远一个山崖下的树丛中，有黑色人影闪动，猜出是铁山上的黑衣人放火烧毁了土匪军队的军火库，心里既为妻子领导的游击小分队烧毁土匪军队的军火库而高兴，又很担心游击小分队遭到土匪疯狂的报复……

刘华和陈知农在铁山上采到了草药，回到铁山矿办公楼。李贤诚吃了老中医的药，又吃了他们采回的草药，被毒蛇咬的伤口慢慢好了。中共铁山特别支部的同志知道国民党特务暗杀李矿长的行动还会继续，加强了对李贤诚的保护。

王益生坐着轿子，带着刁平和二十多个侍卫上了铁山，到了山神庙前，看到费了不少心思从重庆顶头上司那里要来的武器弹药已经被炸成了一堆破铜烂铁，山神庙也炸塌了，气得两眼发黑，大声怪叫："把看守军火库的人抓起来，统统枪毙了！"说完，一头栽倒在地上，昏了过去。刁平吓坏了，赶忙让侍卫弄来凉水泼在王益生脸上，还一声接着一声地大声呼叫着："军长大人，醒一醒吧！"

刁平和几个侍卫呼叫了一顿饭的工夫，王益生终于睁开了眼睛，在侍卫的搀扶下挣扎着站起了身，瞪大眼睛走到已经被五花大绑、正在瑟瑟发抖的看守山神庙的土匪连长面前，咬牙切齿，破口大骂："混账东西，老子相信你，叫你带着人看守军火库，你却让人炸了山神庙，毁了我费尽心思要来的武器弹药，你罪大恶极，罪不可赦……"王益生越骂越生气，越骂越冒火，从一个侍卫手中夺过了枪，朝着土匪连长一连打了四五枪，土匪连长"扑"地倒在了地上，伸了伸腿死了。

王益生枪毙了土匪连长，心里的怒气还没有消，要手下侍卫把看守山神庙军火库的几十个土匪兵统统枪毙。刁平知道解放军已经占领了南川，一两天内就会打到铁山地区，以后打仗还要靠手下兄弟，害怕杀了过多的人会寒了手下兄弟的心，连忙走到王益生身边劝说："军长大人，军火库被毁的事，主要责任应该由看守军火库的长官负，不能牵涉过多的手下兄弟。古人说，法不责众，希望军长饶了守卫军火库的众多兄弟！"

王益生明白了刁平的心意，摇了摇头，叹了口气，下令放了负责守卫军火库的土匪兵。

人民解放军逼近了铁山矿区，王益生接到重庆方面顶头上司的命令，立即炸毁铁山矿以及东胜公司的铁厂，杀死铁山矿矿长李贤诚，然后带着土匪军队上铁山打游击，等候国民政府在美国帮助下的大反攻。顶头上司还承诺，只要完成了炸毁铁山矿和杀死李贤诚的两项任务，王益生就可以到国民政府撤退后留下的潜伏人员那里再领取十根金条。

王益生是一个非常贪财的人，接到顶头上司的命令，连忙让人找来心腹手下刁平和情人小丽，商量了执行命令的具体办法，还分了工，刁平负责带人去炸毁铁山矿和东胜公司的铁厂，遇到工人反抗就武力镇压；小丽负责暗杀李贤诚，如果暗杀不成就用武力抓起来枪杀，然后会合一起上铁山。

刘华和陈知农也接到了上级党组织的指示，国民党中一小撮死硬分子不甘心灭亡，要做垂死挣扎，在人民解放军到来之前炸毁铁山矿，杀害准备投向人民的工程技术人员，要铁山特支动员一切热爱新社会、愿意为新社会服务的人积极行动起来，阻止一小撮反动分子的破坏，保护矿山、铁厂，保护工程技术人员。刘华、陈知农召集中共铁山地区特别支部的同志开会，研究了保护铁山矿和东胜公司铁厂、保护李贤诚和铁山矿工程技术人员的具体方案。陈知雄、陈大生负责带着矿工保护铁山矿，陈知农负责带着人保护李贤诚和铁山矿的工程技术人员，刘华负责联系东溪场上开铁厂、做铁器生意的吴宏宜、夏河水、陈知生，保护东溪场上的铁厂。

人民的正义力量和反动分子的反动力量在东溪场展开了坚决的残酷的斗争。

陈大生、陈知雄率领工人护矿队守护在铁山矿矿洞周围，刁平带着手下上百名土匪兵，端着上了刺刀、子弹上膛的枪，杀气腾腾地逼近了铁山矿的矿洞，一些土匪兵猖狂地高声喊着："要保命的赶快让出路来，乖乖回家和老婆一起抱孩子，不要妨碍我们执行军务。"

陈大生、陈知雄站在工人护矿队最前面，陈大生大声回答："我们是铁山矿的工人，铁山矿是我们一手建成的，国民党反动派要完蛋了，你们妄想替主子效劳，毁了铁山矿。我们不答应，铁山矿成千上万的工人不答应！你们想凭着手里几杆破枪冲进铁山矿，毁了铁山矿，办不到！我们不会让国民党反动派的阴谋得逞！"

众多护矿队员喊叫起来："对，大生哥说得对，我们铁山矿的工人不会让歹人毁了铁山矿！""铁山矿是我们工人一手建成的，你们想毁了铁山矿，我们工人不答应!”“替国民党反动派卖命，没有好下场!”

刁平恼了，高举起手里的枪朝天放了两枪，凶神恶煞般号叫着：“赶快让开路，再要阻挡我们进矿区，就要用子弹打烂他的脑袋!”

陈大生高高举起了手里的大刀，大步走到刁平面前，怒声呵斥：“姓刁的，我知道你是姓王的土匪军长的心腹，是他手下的一条狗，你不称一称自己有几斤几两，你敢开枪伤人，我们就敢用大刀砍下你的脑袋喂狗!”

刁平有些害怕了，后退了两步，他手下的土匪兵也跟着后退。

陈大生、陈知雄带着工人护矿队一步一步逼着刁平和他手下的土匪兵后退，可是就在这个时候，王益生带领着大队土匪兵赶来援助了。刁平看到王益生带着人来支援，胆子壮了，挥着手里的枪，逼向了工人护矿队。陈大生和陈知雄见土匪兵来了支援的人，让护矿队员排成了一排，手挽着手，挡在挥舞着长短枪支吼叫着，想要逼退工人护矿队、冲进铁山矿的土匪兵面前，不让土匪兵冲进铁山矿。

王益生见众多土匪兵被护矿队挡住，进不到铁山矿里面，想到完不成顶头上司交给的指令便得不到十根金条，恼羞成怒，朝着工人护矿队员开了枪。两个护矿队员倒下了，一些护矿队员心里害怕，开始往后退。

形势非常严峻，陈知雄大声喊起来：“工人朋友们，不要怕，解放军就要来了，一小撮国民党反动分子、祸害铁山地区的土匪兵就要完蛋了，挺起腰板挡住土匪兵，保住我们的铁山矿!”陈大生也大声喊起来：“工人兄弟们，挡住妄想冲进铁山矿、炸毁铁山矿的土匪兵，铁山矿是我们大家的，不能让土匪兵毁了我们的铁山矿!”

刁平和一些土匪兵跟着王益生开了枪，又有两个护矿队员倒下了，眼看着护矿队员挡不住疯狂进攻的土匪兵，突然传来一阵阵怒吼声：

“土匪兵开枪杀人，打死开枪的杀人凶手!”

“铁山矿的工人兄弟不要怕，我们矿警队来支援你们了!”

“铁山矿的工人兄弟们，我们东胜铁厂的工人也来支援你们，土匪兵猖狂不了几天，解放军就要打来了!”

陈知农带领着铁山矿矿警队赶来支援工人护矿队，刘华、陈知生带领着东胜铁厂的工人也赶来支援铁山矿护矿工人，铁山矿的不少工人、东溪场上的老百姓听说土匪兵要冲进铁山矿炸毁铁矿，也自发地赶来支援。虽然土匪兵企图炸毁铁山矿和东溪场上的生意人、普通老百姓没有直接的利害关系，不过铁山矿兴旺，矿上工人多，带动了东溪场的繁荣，生意人的生意好做了，东溪场附近老百姓种的蔬菜、养的鸡鸭、喂猪杀了卖的肉好卖了。因此，东溪场上的老百姓不论是富有的还是贫穷的，都不愿意铁山矿被土匪兵毁掉，听到土匪兵要冲进铁山矿炸毁矿洞，相互邀约着赶来支援护矿队。

王益生、刁平看到铁山矿护矿队来了成千上万的支援者，心里发慌，举着手枪的手颤抖起来。不过这些心肠狠毒的歹人不愿意眼睁睁看着就要到手的十根金条的奖赏化为乌有，要做垂死挣扎。王益生大声吼着、叫着："兄弟们，不要害怕，来声援护矿队的都是普普通通的工人和老百姓，是一群乌合之众！冲进铁山矿老子论功行赏，冲在最前面的十个兄弟每人奖赏一百块大洋，凡是往前冲的每人奖赏五十个大洋。兄弟们，往前冲啊！"

刁平也声嘶力竭地喊叫着："兄弟们，听清楚王军长的话没有？不要害怕，往前冲，不要后退，有了军长大人奖赏的一百块大洋，可以够一家几十年吃的用的了，以后再也不用当兵打仗、做工干活那样辛辛苦苦地挣钱养家了，拿着大洋回家，找一个漂亮媳妇抱着睡觉去吧！"

土匪兵一个个都是贪财的，听说有大洋奖赏，不想后退了，瞪大着眼睛，端着枪朝着护矿队员守护的矿洞冲去。为了拦阻土匪兵冲进矿洞，又有几个护矿队员被土匪兵枪里射出的子弹射中，也有护矿队员被土匪兵手里端着的枪上的刺刀刺中，倒下了去。陈知雄的耳朵被土匪兵枪里射出的子弹击中，半边耳朵没有了，脸上血淋淋的。陈大生的肚子被土匪兵枪里射出的子弹穿了个洞，流出的血染红了衣服裤子。可是两个人仍然坚持带领着护矿队员，守护着铁山矿。

前来声援的铁山矿矿警队、矿上和铁厂的工人、东溪场上的老百姓看到土匪兵动了刀枪，打伤打死了护矿队员，愤怒了，一些年轻人扑过去要和土匪兵拼命，刘华害怕更多的无辜群众受到土匪兵伤害，劝阻了他们。

铁山矿工人护矿队和李贤诚带领的矿警队守住通往铁山矿矿洞的路，不让土匪兵冲进矿洞搞破坏，黑压压一片铁矿、铁厂的工人，东溪场上的老百姓围住了王益生、刁平带领的土匪兵。双方对峙着，护矿队员一个个都很勇敢，受了伤不离开岗位，同时有矿警队和工人及老百姓支援，土匪兵冲不进矿区，因为有刘华、陈知农的劝阻，愤怒的工人和老百姓没有对土匪兵采取攻击行动。

正在铁山矿护矿队、矿警队以及成千上万的工人、老百姓和土匪兵相互对峙着都没有后退的时候，离得不是很远的地方传来了隆隆的炮声和清晰的机关枪声音。刘华、陈知农听见了炮声和枪声，同时高兴地大声叫了起来："听啊，炮声，还有枪声，人民解放军的炮声和枪声！解放军来了，国民党反动派完蛋了！土匪兵们，不要再给国民党反动派卖命了！"

护矿队员、矿警队员、成千上万的工人和老百姓听到了炮声、枪声，听到了刘华、陈知农的喊叫声，兴奋极了，一个个跟着喊叫起来："好啊，解放军来了！土匪兵缴枪投降吧，我们听说过人民解放军不杀俘虏！""姓王的，姓刁的，你们这些歹人行凶作恶的日子到头了。"

王益生、刁平也听到了炮声和枪声，吓得白了脸，忽然，王益生发现了人群中的情人小丽。小丽化了装，头上包了一个黑布帕子，身上穿着穷人家女人穿的破破烂烂的衣服，脸上还糊了脏兮兮的泥巴，没有让人认出来。王益生见小丽混在东溪老百姓人群里，心里暗暗高兴，赶忙远远地给情人做了一个手势，让小丽抓紧时间执行暗杀任务。

小丽化了装混在东溪场老百姓中，正是在执行王益生的指令，暗杀铁山矿矿长李贤诚，不过李矿长身边一直有人保护，小丽过不去，迟迟没有找到下手的机会。解放军的炮声和枪声传来，守护在李贤诚身边的陈知农和矿警队员高兴地喊叫着欢迎解放军的口号，放松了警惕，小丽趁机接近了李矿长，偷偷用手枪瞄准李贤诚开了枪。

这时，刘华正好在李矿长身边，突然发现不远处的人群里有人正偷偷用手枪瞄准李贤诚，吓了一大跳，赶忙用身体去掩护。

小丽手枪里飞出了子弹，眼看着刘华要被子弹击中。人群里一个身穿黑色衣服的女人猛地扑了上来，小丽手枪里射出的子弹击中了黑衣女人的胸部，黑衣女人身子晃了晃，倒下了。

铁山矿和东胜铁厂的工人、东溪场上的老百姓见土匪兵又开枪打伤了人，愤怒了，高声呼喊着："打呀，打土匪呀！""土匪兵敢开枪杀人，抓住杀人凶手！""解放军就要来了，不用再怕土匪兵了，打呀，打土匪！"

王益生手下的土匪兵见成千上万愤怒的老百姓围了过来，有的手里拿着锄头，有的手里拿着厨房切菜的、砍柴的刀，有的拿着扁担、木棍，一个个瞪大了眼，脸上露出愤怒的神色，同时又听到陆陆续续的枪声炮声，那声音越来越近，土匪兵害怕了，胆怯了，一个又一个扔下手里的枪，摘下戴有国民党帽徽的帽子，悄悄溜走了。王益生发现身边的士兵越来越少，急了，大声喊起来："兄弟们，不要跑，继续往前冲，冲进铁山矿赏两百块大洋！兄弟们，不要往后退……"

可是，愤怒的老百姓吼出的声音太响了，王益生声嘶力竭发出的吼声淹没在了老百姓的吼声里，没有土匪兵听从他的指挥了，只有心腹手下刁平和情人小丽仍然紧紧跟随在他的身边。刁平见剩下的土匪兵不多了，知道已经没有办法完成上司炸毁铁山矿的指令了，把嘴巴凑到王益生的耳边大声说："军长大人，兄弟们都跑了，我们也跑吧，再不跑来不及了！"

王益生还没有完全死心，大声说："刁师长，不能跑，要想办法炸了铁山矿，十根金条啊！"不过刁平已经听不进王益生的话了，摘下头上的帽子扔了，混进人群中，一会儿便没有了踪影。王益生发现心腹手下刁平逃走了，心里发慌，拉着情人小丽的手想混进人群逃走，可惜迟了一步，一个愤怒的东溪场人举着扁担打过来，不偏不斜，正好打中了王益生的脑袋。王益生两眼一黑，"扑通"一声栽倒在地上。

小丽见王益生倒下了，吓得胆战心惊，抱着脑袋想逃跑，有人高声喊起来："抓住那个女人，就是她刚才开枪打伤了人！"铁山矿和东胜铁厂的工人、东溪场上的老百姓围了上来，一个老人抓住小丽的衣领，狠狠打了她一个耳光；一个女人抓住小丽的衣领，用力一拽，衣服被撕破，露出白嫩的肉，女人扑上前抱着小丽的身子，张开嘴巴狠狠咬了一口。女杀手疼得尖声叫了起来。更多的工人、老百姓涌过来，有的用拳头打，有的用木棍打，还有的用脚踢，小丽脸上、身上被打伤，流了血，成了一个血肉模糊的肉块，被愤怒的人群打死了。

刘华见一个黑衣女人扑到身前替自己挡了子弹，心里已经认出她是谁。黑衣女人中弹倒下了，衣服被血染红了，刘华急忙上前揭开了黑衣女人的面纱，看见了一张熟悉的女人的脸，果然是他的恩爱妻子，刘翠花。

刘华眼里涌出了泪水，大声呼喊了起来："翠花，翠花！我的好妻子，快睁开眼睛看看我，我是刘华。不，我是当年的张华，你的丈夫，我们有好多好多话要说……"

陈家兄弟已经知道刘华的妻子就是当年被土匪刘胡子抢上山，在铁山上长大，吃了不少苦，受了不少罪，也做了不少铁山地区老百姓都交口称赞的好事的妹妹，听见刘华在呼唤妻子，大哥陈知雄、二哥陈知生、小弟陈知农都挤了过去，发现睡在刘华怀里的果然是当年在山崖下找到的血肉模糊的小妹，当时以为她死了，十分悲痛，直到听刘华讲起妻子的事，才知道小妹被救，还和刘华结成了夫妻，怀上了孩子。

陈家兄弟见小妹紧紧闭着眼睛不说话，眼里都有了泪，大哥陈知雄大声喊："小妹，我亲亲的小妹，睁开眼睛看看大哥，张开嘴巴叫一声大哥，我们是亲亲的哥哥和妹妹，可是你还没有喊过我一声大哥，我也没有喊过你一声小妹。父母临终时交代我们一定要找到小妹妹，现在找到了，可是你却紧紧地闭着眼睛不说话，叫不出声了！"

二哥陈知生流着眼泪说："小妹，我亲亲的小妹，当年你在我家桌子上留下纸条，留下小红袄，我们在綦江河边找到女人的衣服，以为你跳河死了，后来发现你没有跳河，我们万分高兴，可是始终见不到你的面。亲亲的小妹，你没有喊过我一声哥哥，我也没有喊过你一声妹妹，小妹，你张开嘴叫我一声哥哥吧，求你了，张开嘴叫我一声哥哥！"

陈知农哭着说："小妹，你的孩子现在在我家，我给她取名叫陈莎莎。小莎莎很乖，自从知道除了我妻子外还有一个亲妈妈，孩子一直想见亲妈妈一面，叫上一声亲妈妈。小妹，求你了，满足孩子的愿望，赶快醒过来，让我们的女儿能见到亲妈妈，叫一声亲妈妈……"

刘华和陈家兄弟一声又一声呼喊着紧紧闭着眼睛的女人，他们周围的一些人也帮着呼喊，不少人眼里的泪流了下来，突然，刘华发现抱在怀里的妻子身子动了一下，高兴得睁大眼睛仔细看，发现妻子的眼睛睁开了一条缝，嘴唇在颤抖，似乎在说话。他把耳朵凑近妻子的嘴巴，终于听清了妻子在轻声说："亲哥哥，好男人，还有孩子，你们，你们都是我的亲人……"

刘华又惊又喜，大声喊了起来："翠花，翠花没有死！快，快把她送到医院里，求医生救救她！"

一个东溪场上的汉子找来了滑竿，刘华和陈家兄弟把受了重伤的刘翠花抬上了滑竿，抬着滑竿去了铁山矿医务室。

五天以后，人民解放军已经解放了铁山地区，陈知农带着陈莎莎来到了解放军的医疗队，刘翠花已经从铁山矿医务室转到了医疗条件好一些的解放军医疗队里治伤。陈知农是带着女儿来看她的亲妈妈的，自从知道亲妈妈被坏人开枪打伤了，陈莎莎天天吵着闹着要去医院看亲妈妈，可是解放军刚刚占领铁山地区，陈知农工作忙，抽不开身，好不容易挤出了时间，于是赶紧带着她来看望亲妈妈。

陈知农带着陈莎莎到了解放军医疗队，进了刘翠花的病房。刘翠花经过几天的治疗，已经能够开口说话了，她的好姐妹霞姑带着一个姐妹找到了解放军医疗队，帮助照顾刘翠花。看到小哥哥带来了孩子，刘翠花非常激动，挣扎着想抬起身子去抱一抱女儿，然而胸口的伤口痛，没有能够抬起身子。

陈莎莎终于见到了生她的亲妈妈，哭了，扑过去，小脸紧紧贴住了亲妈妈的脸，大声喊："妈妈，我的亲妈妈，我终于见到你了。亲妈妈，我想你，想见到你，曾经到铁山上去找你，可是没有找到你……"

刘翠花伸出一只手抱住了女儿的脸，流着眼泪说："乖女儿，是妈妈不好。爸爸去找八路军了，婆婆死了，我独自一个女人，害怕带不好你，把你托付给了舅舅。现在好了，妈妈伤好了就把女儿带在身边，永远不分开了。"

陈莎莎摇了摇头说："妈妈，亲妈妈，我有两个妈妈，养我的妈妈，生我的妈妈，都是我的好妈妈。以后我要跟生我的妈妈住一阵子，还要回到养我的妈妈身边住一阵子！"

刚好，刘华到解放军医疗队来看妻子，听到女儿的话，大声赞扬："乖女儿，你说得对，以后有了亲妈妈，不能忘记养你长大的妈妈。亲妈妈亲，养你的妈妈也亲！"

陈莎莎拍着手叫了起来："好了，我有两个妈妈了，两个妈妈都是好妈妈。"

中午过了，太阳偏到了西边，太阳光从病房的窗户射进来，照在陈莎莎的脸蛋上，给陈莎莎的脸蛋染上了一层红红的颜色。

陈知雄、陈知生也到解放军医疗队里来看望妹妹，陈家兄弟和陈家小妹终于团聚在一起了。

病房旁边的院坝里有一根旗杆，旗杆上的五星红旗迎风飘扬，给铁山地区的山山水水增添了更加亮丽的色彩。